CUENTOS COMPLETOS Y UNO MÁS

CUENTOS COMPLETOS Y UNO MÁS

Luisa Valenzuela

CUENTOS COMPLETOS Y UNO MÁS
© 1998, Luisa Valenzuela

ALFAGUARA^{MR}

De esta edición:
© D. R. 1998, Aguilar, Altea, Taurus, Alfaguara, S.A. de C.V.
Av. Universidad 767, Col. del Valle
México, 03100, D.F. Teléfono (5) 688 89 66

- Distribuidora y Editora Aguilar, Altea,Taurus, Alfaguara, S.A.
  Calle 80 No. 10-23. Santafé de Bogotá, Colombia
  Tel: 6 35 12 00
- Santillana S.A.
  Torrelaguna, 60-28043. Madrid
- Santillana S.A.
  Av. San Felipe 731. Lima.
- Editorial Santillana S.A.
  Av. Rómulo Gallegos, Edif. Zulia 1er. piso
  Boleita Nte. Caracas 1071. Venezuela.
- Editorial Santillana Inc.
  P.O. Box 5462 Hato Rey, Puerto Rico, 00919.
- Santillana Publishing Company Inc.
  2043 N. W. 86 th Avenue Miami, Fl., 33172 USA.
- Ediciones Santillana S.A. (ROU)
  Javier de Viana 2350, Montevideo 11200, Uruguay.
- Aguilar, Altea, Taurus, Alfaguara, S.A.
  Beazley 3860, 1437. Buenos Aires.
- Aguilar Chilena de Ediciones Ltda.
  Dr. Aníbal Ariztía 1444. Providencia, Santiago de Chile.
  Tel. (600) 731 1003
- Santillana de Costa Rica, S.A.
  Apdo. Postal 878-1150, San José 1671-2050 Costa Rica.

Primera edición en Alfaguara: agosto de 1999

ISBN: 968-19-0509-1

© Fotos de cubierta: Fernando Esteves
© Diseño de cubierta: Pablo Rulfo. Stega Diseño

Impreso en México

Índice

Prólogo

La narrativa de Luisa Valenzuela

En la bibliografía de Luisa Valenzuela hay títulos que nos pueden servir de punto de partida: me refiero a *Aquí pasan cosas raras* (1976), pero más especialmente a *Como en la guerra* (1977), *Libro que no muerde* (1980) y *Cambio de armas* (1982). Anuncian un violento conflicto, una conflagración ineludible. ¿Qué tipo de enfrentamiento? El de la autora frente a su texto.

"Es el libro más raro de todos", contó Luisa Valenzuela en una entrevista con Montserrat Ordóñez (en "Máscaras de espejos, un juego especular", *Revista Iberoamericana* 132-133, 1985). "Lo escribí en un mes. El cuento que dio título al libro, *Aquí pasan cosas raras*, es mi choque con la violencia de Buenos Aires. Cuando volví después de un largo viaje me encontré con un Buenos Aires de violencia que no conocía. El Buenos Aires de López Rega era la violencia en las calles, algo que nunca habíamos visto. La única manera como me podía reconciliar con la ciudad era escribiendo un libro en un mes, el tiempo que tenía libre antes de empezar a trabajar en otras cosas. Me reintegraba a un mundo que no podía entender, que no era el mío. Entonces iba a los cafés, pescaba una frase al vuelo, y después todo el cuento venía detrás. Por eso son cuentos que a veces empiezan de una manera extraña. La corrección me llevó tiempo, pero todo fue una experiencia muy vital y muy agotadora. Y realmente estaban pasando cosas raras en esa ciudad..."

En Barcelona escribió *Como en la guerra*, sobre una Barcelona mítica que no tiene mucho que ver con la Barcelona real, sino más bien con una envalenzuelada. *Libro que no muerde* cuenta Luisa "Es una frase muy argentina: *Agarrá los libros, que no muerden;* por ejemplo, cuando se le dice a un niño que se ponga a estudiar. Es un dicho opuesto a la célebre frase peronista que era *Alpargatas sí, libros no.* Y finalmente los libros muerden. Por eso le puse ese nombre, pero ojalá muerda. Son textos muy cortos, que tienen que funcionar como maquinitas de pensar". Este libro se publicó en México. *Cambio de armas* se publicó en New Hampshire. El cambio al que alude el título es el cambio de armas por el sexo. "Es la dominación por el sexo", explicó Luisa, entre un viaje y otro.

Y ya hemos comenzado. Miren cómo viaja, como si no estuviera contenta en ningún lugar, siempre buscando cosas. Así es su narrativa. Nunca tiene una respuesta, siempre plantea una nueva pregunta, sigue buscando, la literatura siempre está allá lejos, adelante. Eso lo dijo el Martín Fierro: "Muy pronto llegaremos, después sabremos adonde." Es el deseo de escribir sobre el deseo. Y así como su primer disfraz, cuando niña, fue de aviadora, y el segundo de exploradora, siempre de aventurera, su deseo es siempre ir a la búsqueda no de un tesoro, sino de aquello que nadie tiene, la carencia absoluta, un agujero de negatividad voraz, lo que no existe, lo que nadie sabe, lo verdaderamente invisible. Así fue a Francia como recién casada, y allí, a los veintiún años de edad escribió su primera novela, *Hay que sonreír* (1966). Muy porteña.

Su familia era de escritores. Su madre novelista famosa: Luisa Mercedes Levinson. A su casa acudían los escritores más importantes de la época. Jorge Luis Borges, Ernesto Sábato, Eduardo Mallea, Adolfo Bioy Casares y muchos exiliados españoles eran los visitantes frecuentes. Se hablaban con fluidez diferentes lenguas. Luisa inició su cosmopolitismo. Consiguió empleo en el diario *La Nación* donde ahora es columnista, años más tarde en la revista *Crisis,* y en otro llamado *El Mundo.* La publicación de su segundo libro, *Los heréticos* (1967), la lleva a ganar becas y al Taller Internacional de Escritores de la Universidad de Iowa. Allí desarrolla *El gato eficaz* (1972), y de regreso se detiene en México y consigue publicarlo entre nosotros. Aquí ya ha encontrado su voz, una voz que el crítico inglés Donald L. Shaw no duda en llamar del post-boom, por sus inestabilidades y metamorfosis, su placer por el extravío y el enigma, los lenguajes de la aproximación y la ironía, en fin, una geometría no euclidiana de la cultura. En efecto, en sus tres primeros ensayos narrativos, Luisa ha iniciado un reconocimiento de lo caótico de la vida, de razones no aristotélicas, causas sin efecto, ausencia de normas, ausencia total de verdades estables. Empieza a arriesgarse. Su protagonista piensa y sus pensamientos irrumpen en la narración sin aviso de ninguna clase. Los sueños son verdaderos. La realidad no es real. Lo absurdo irrumpe. Y nadie podría establecer qué es razonable y qué es locura, cuál es el orden del desorden, todo se ha vuelto vago, indefinido, indistinto y a veces contundente, feroz, deslumbrante. Por si fuera poco el amor ha desaparecido, pero queda el sexo. Y además todo se ha sexualizado, hasta las palabras. Y todo también empieza a politizarse. Yo dije en una de mis novelas: "Si no podemos hacer la revolución social, hagamos la revolución en la recámara." Luisa, por su parte publicaría más tarde *Realidad nacional desde la cama* (1990), y un año después, en *Novela negra con argentinos* (1991), empezará a hablar de "la llamada realidad".

Pero también hay otras obsesiones, otros subtemas que reptan y se enredan en las estructuras narrativas, y que van a seguir desarrollándose hasta alcanzar toda su obra narrativa. Vamos a empezar por el humor y la violencia. No es que se mezclen, pero para Luisa Valenzuela, extrañamente, se mezclan. ¿O será que todo puede verse con ironía? Hasta lo más atroz. Luisa ha creído que como había censura, la manera que tenía de enfrentar temas como la tortura y los crímenes políticos era a partir de lo grotesco, de lo absurdo, de lo cómico. Pero antes de López Rega y las juntas militares, la censura, de haberla, sería interna. Luisa dice que para ella "el humor es tan importante como respirar, pero hay que usarlo también como un arma. El humor permite agredir, es un arma violenta y le permite a uno asomarse a ciertos temas". Lo cierto es que en todas sus guerras Luisa Valenzuela siempre se presenta con su malicia y despiadada ironía, especialmente cuando el tema es la pareja, la lucha por el poder en una pareja. ¿Qué les parece el contrapunto del cuento "Simetrías"? Un militar prepotente saca de la prisión y las cámaras de tortura a una de sus prisioneras, a la que convierte en su amante y la lleva a vivir unas cuantas semanas a un departamento. Pero como si se tratara de una baraja, a una escena de esa relación, sigue otra escena de una historia que parece también sucedió realmente. En ella una mujer mira al gorila enjaulado en un zoológico, y establece una relación extraña con ese animal, tan extraña, que su esposo, otro militar, alterado por los celos, mata a balazos al primate, mientras en el otro relato, la plana mayor militar mata a la amante del coronel lúbrico. Alguien ha destacado que las dos víctimas están enjauladas. Alguien, que el militar que se enamora de las detenidas y las convierte en sus amantes por un tiempo, es también algo que pasó realmente, pero de lo que sólo se hablaba en rumores. A la vez esto es lo que busca Luisa

Valenzuela en sus constantes búsquedas, episodios grotescos de la guerra conyugal, paradojas estrepitosas, excesos y antídotos, coincidencias siniestras...

Sexo como alegría y liberación de impulsiones, o como muerte, o como culto a un imaginario, o incluso como imaginación, drama, denuncia. Y los personajes inquietos y provocativos, violentamente fálicos o afeminados, difusamente hermafroditas, obscenos, travestidos escandalosos, andróginos míticos, ya ni hombres ni mujeres, ambiguos, mutantes. "El hombre siempre se encargó de amordazar a las mujeres, muchas veces acusándolas de brujas. Brujas primero, histéricas más tarde", escribió Luisa en "Mis brujas favoritas", en *Theory and Practice of Feminist Literary Criticism* (1982). Y Martha Paley de Francescato enmienda que "Cuando la narradora de *Cola de lagartija* (1983), se desprende de su parafernalia mágica, la acusación del discurso masculino rebota al hombre, al Brujo. Brujo primero, histérico más tarde."

Las armas parecen ser siempre las mismas. Los jóvenes luchan contra su inmadurez, los castos contra la lujuria, los expertos contra la inexperiencia, los lúbricos contra la muerte, las mujeres contra su fisiología, los transexuales contra los andróginos, los comprometidos contra los desinteresados, los confusos y los perplejos contra el desvanecimiento de los géneros, los informados contra el olvido, los honestos contra los mentirosos. Del lenguaje contra sí mismo, contra las viejas estructuras que se usaban para contar; de la imaginación tras lo imposible; de los vivos contra la muerte, y quizás, de los enmascarados contra los sin máscara. La violencia está en todas partes, allí afuera ahora mismo. "Uno empieza a absorberla por los poros", dijo Luisa, "y sale por la mano y aparece en la escritura". Pero también acepta que debe haber violencia dentro de cada uno de nosotros, y que es necesario reconocerla e interpretarla. ¿Sólo violencia? No, también miedo, no el miedo paralizador, sino el miedo creador, el miedo que impulsa. El que hace que uno pegue el salto y pase por encima de uno mismo. El miedo que hace que uno haga cosas que no haría jamás conscientemente. "Escribimos para descubrir, para develar, pero también para señalar aquello que por comodidad preferimos olvidar."

Sin participar en ninguna de las discusiones polémicas de los años sesenta sobre el compromiso literario, Luisa se inició como una escritora comprometidísima con las causas humanísticas. En un "Pequeño manifiesto", publicado por la *Review of*

Contemporary Fiction, Luisa Valenzuela number (1983), Luisa aclaró: "El animal literario en cada escritor/a requiere paz e intenta sustraerse de las perturbaciones externas para poder crear a su antojo. El animal político no lo deja, cada tanto lo despierta de su dulce ensueño con un zarpazo a traición. El mundo sigue andando —a los tumbos— y somos parte de este mundo y si invaden Granada o si gana el Partido Radical en la Argentina sabemos que para peor o para mejor las cosas en este mundo ya no son iguales y tampoco somos iguales nosotros. ¿Debemos escribir entonces sobre estos temas, protestar o regocijarnos?"

Luisa hacía periodismo y allí sus opiniones concretas tenían un valor directo. Pero su narrativa es otra cosa. "La literatura es el cruce de las aguas —las claras y las borrosas—, donde nada está precisamente en su lugar porque no conocemos el lugar, lo buscamos", sigue ella en el manifiesto citado. "Si creemos tener una respuesta a los problemas del mundo más nos vale ser políticos e intentar o no arreglar algo con el poder que la política nos otorga. La literatura no pretende arreglar nada, es más bien una perturbadora, es la gran removedora de ideas porque las ideas no deben quedarse quietas hasta estancarse y descomponerse."

"Pero es en esta perturbación de las aguas que se cruzan donde se vuelve necesario tener una ideología clara como base para presentar de una u otra forma los problemas y ofrecer nuevas ópticas de enfoque. No creo en absoluto que los escritores seamos o debamos ser jueces, pero tampoco debemos pretender ser la ciega y bella justicia. Simplemente testigos con las antenas bien alertas, testigos del mundo externo y también del interior, entre-mezclados como siempre sucede. Nada de crudo realismo social ni de difuso surrealismo metafísico, más bien una mezcla de ambos con añadiduras varias para pintar esta realidad en la que quienes se creen dueños de la verdad, aquellos que instauran los dogmas, pretenden manipularlos a su antojo."

La tarea de escribir es desgarradora pero dichosa al mismo tiempo. La narrativa está del lado del goce pero también un poco en el infierno. Así escribe sus cuentos, sin modelos definidos, más bien buscando formas, intensidades, ritmos, exabruptos y límites excéntricos. Hay algunos cuentos de tres líneas y de dieciocho líneas. Se respira una gran libertad, hasta parece que estamos frente a muestras de escritura automática. Pero nada más lejos de ese automatismo. Una inteligencia vigilante detrás de cada palabra. Cuentos breves, de media página, que callan más de lo que dicen. Fragmentos para un vitral. Voces porteñas con acento y jerga. Realismo lingüístico, folklorismo crítico. Piénsese en cuántos detalles nos muestra la historia del arte o cuántos vestigios utiliza la arqueología. No sin razón, Barthes elige como emblema propio una frase de Gide: "La incoherencia es preferible al orden que deforma." El fragmento como material creativo responde así a una exigencia formal y de contenido. Formal: expresar lo caótico, lo casual, el ritmo, el intervalo de la escritura. De contenido: evitar el orden de las conexiones, alejar al "monstruo de la totalidad", como diría Cesare Segre en *La era neobarroca*. Cápsulas de vida. Y sin embargo nunca llegamos a perder de vista el gran cuadro de referencia general: la Argentina de la Guerra Sucia, Buenos Aires bajo los abusos de las juntas militares.

Y las malas palabras. Luisa reflexiona frente a la lengua, herramienta, amiga seductora enemiga terrible. La escritura como una maldición de tiempo completo, como una llamada autoritaria. Se enfrenta al lenguaje como a una lucha, ceremonia de decisión entre el querer decir y el no poder decirlo. No le interesa tanto aquello que escribe, sino "cómo lo escribe". Aquí la sombra benéfica de Felisberto Hernández, Julio Cortázar, James Joyce, Jack Kerouac, Jacques Lacan. Y las palabras se convierten en perros fieles, "cuchillos o dados". Para no hablar de los silencios, "de los que de todos modos es imposible hablar. Lo no dicho, lo tácito y lo omitido y lo censurado y lo sugerido cobran la importancia de un grito".

"Durante la infancia", escribe Luisa en "Dangerous Words", en *Review of Contemporary Fiction* (1986), "las madres o los padres —por qué echarle la culpa siempre a las mujeres— nos lavaron a muchas de nosotras la boca con agua y jabón cuando decíamos alguna de esas llamadas palabrotas, las *malas* palabras. Cuando proferíamos nuestra verdad. Después vinieron tiempos mejores, pero esas interjecciones y esos apelativos nada cariñosos quedaron para siempre disueltos en la detergente burbuja del jabón que limpia hasta las manchas de la familia. Limpiar, purificar la palabra: la mejor forma de sujeción posible. Ya lo sabían en la Edad Media. Y así se siguió practicando en las zonas más oscuras de Bretaña, en Francia, hasta hace pocos años. A las brujas —y hoy todas somos brujas— se les lava la boca con sal roja para purificarlas. Canjeando un orificio por otro (…) la boca era y sigue siendo el hueco más amenazador del cuerpo femenino: puede eventualmente decir lo que no debe ser dicho, revelar el oscuro deseo, desencadenar las diferencias amenazadoras que subvierten el cómodo esquema del discurso falocéntrico, el muy paternalista."

Si la escritura franquea los abismos, habrá que tener conciencia del peligro de semejante tarea, de semejante compromiso, y armarse de toda la valentía disponible. "Olvidarse de las bocas lavadas, dejar que las bocas sangren hasta acceder a ese territorio donde todo puede y *debe* ser dicho. Con la conciencia de que hay tanto por explorar, tanta barrera por romper, todavía…" Y así comienza una incansable y vital tarea de apropiamiento, de transformación, de todas esas *malas palabras*, y todas las jergas que nos vedaron durante siglos, con furia. "Construir *no* partiendo de la nada, que sería más fácil, sino transgrediendo las barreras de censura, rompiendo los cánones en busca de esa voz propia contra la cual nada pueden ni el jabón ni la sal gema, ni el miedo a la castración, ni el llanto."

Y lo maravilloso, lo increíble, es que Luisa Valenzuela encontró esa voz propia. Porque sus textos no se parecen a los de ningún otro escritor o escritora. Siempre ella consigue encontrar no sólo un tema inédito, sino una forma que lo comprenda, de espaldas a todos los discursos conocidos. En *Cambio de armas*, por ejemplo, en los cinco cuentos que integran el volumen, las protagonistas resisten la opresión y la sumisión, como lo ha destacado acertadamente Sharon Magnarelli en su libro *Reflections/Refractions. Reading Luisa Valenzuela* (Peter Lang, 1988). El cuento que abre el libro se titula "Cuarta versión", y es el cuarto intento de escritura de un relato por parte de una narradora anónima. Describe los amores de Bella con un embajador. En primer lugar, hay un claro interés político, una preocupación constante por un país y por las condiciones de vida de unos exiliados políticos asilados en una embajada (Alfonso Callejo en "Literatura e irregularidad" en *Cambio de armas*, de Luisa Valenzuela, en *Revista Iberoamericana* 132-133, 1985). En segundo lugar, el relato se construye en torno a la transcripción que la narradora (la propia Bella) hace de *una* de las versiones de su propia vida (que ella no ha escrito), pero añadiendo siempre fragmentos de las otras versiones además de sus propias opiniones. "Es decir, que quien transcribe el relato interviene también como protagonista, lectora y reescritora a la vez. El relato entonces se cuenta a cuatro voces (protagonista, lectora, reescritora y transcriptora) y en cuatro tiempos (los de las cuatro versiones). La realidad, si existe, es plural; el perspectivismo, la riqueza de matices y la falta de fronteras entre lo real y lo ficticio es lo que caracteriza este libro." La complejidad fascinante de otro de los cuentos del volumen, "De noche soy tu caballo" es analizada por Diana E. Marting en "Gender and Metaphoricity in Luisa Valenzuela", en *World Literature Today, Focus on Luisa Valenzuela* (1995).

La lengua como una máscara, oculta la muerte. La lengua como conciencia del propio sí mismo, para reconocerse, para relacionarse con los demás. La lengua diluye el miedo. Palabras para ocultarse y para revelarse. "De alguna manera nos ocultamos tras aquello que somos y no somos", sólo así podríamos decir nuestra verdad. "Al mismo tiempo, la elección de la máscara, la del humor, la del disfraz, la del cinismo, la de la voz, la de la pintura, es una elección que revela al que la lleva." Y también: "Creo más en la máscara que revela que en la máscara que oculta. Eso lo dijo Oscar Wilde: dadme una máscara y os diré la verdad." En su cuento "El fontanero azul" aparece una máscara de Tepoztlán, de barba puntiaguda. En "Ceremonias de rechazo" la máscara es el maquillaje que exalta la belleza femenina. En "Cómo en la guerra" "el protagonista baila con una máscara de espejos. Inventé esa máscara de espejos, porque hay espejos en las máscaras, pero que yo sepa no hay máscaras enteramente de espejos. Y esta máscara de espejos es la cara del otro. Uno vive reflejando al otro y el único momento en que ve su propia máscara es cuando la tiene en la mano y se ve en ese espejo. La idea es hacer un juego especular con la máscara" confesó Luisa a Montserrat Ordóñez, "La máscara es una manera de liberar el inconsciente, de dejar que actúe el otro. Esto lo saben muy bien las sociedades africanas. Cuando el brujo se pone la máscara ya no es una persona, es la máscara, es el poder de los espíritus que responde en relación al movimiento inconsciente de toda la tribu." Cuando Luisa escribe ya no es ella, es la lengua la que habla, es el poder de los espíritus, y afortunadamente, de los buenos espíritus, los que acusan, los que denuncian, los que testifican, los que testimonian para que no se vuelva a repetir el mal, para que no se cierna el olvido, para que no nos invada la desmemoria. Pero todo esto con una gran dosis de malicia, de ironía, una capacidad de travesura inigualable y un rigor y un dominio de sus armas sin paralelo en la literatura contemporánea.

Escritora comprometida y escritora experimental. Ironista y cosmopolita. Crítica acerba de la injusticia y los autoritarismos. Investigadora obsesiva de los nexos entre la sexualidad y el poder. En una entrevista con Rosa Beltrán publicada en *La Jornada*, el 31 de enero de 1999, Luisa confió que "Borges decía que yo era capaz de matar a mi madre por un juego de palabras. Y bueno, mi madre era muy fuerte, no se moría por cualquier cosa. Pero es cierto que un juego de palabras para mí era tan importante como el amor de mi madre o un amor. Yo puedo perder el amor por hacer eso. Mi amor por el lenguaje es aún mayor que mi necesidad de afecto humano. Después me muero de arrepentimiento."

Y lo que queda por decir...

Gustavo Sainz

Dedicatorias

Algunos de estos cuentos fueron expresamente dedicados en su primera publicación, otros sufrieron dedicatorias tácitas, o sugeridas en el texto. Ha llegado el momento de saldar viejas deudas y colmar vacíos. Por lo tanto dedico estos cuentos a las siguientes personas por motivos infinitamente más ricos que los expresados:

• "Ciudad ajena" a Juan Goyanarte, que creyó en mí desde un principio y publicó éste mi primer cuento, escrito a los 18 años y entonces titulado *Ese canto,* en su revista *Ficción.*

• "Proceso a la Virgen" a Arturo Cuadrado, alma de la España republicana entre nosotros, porque me regaló la muy española anécdota central.

• "La puerta" a mi madre la escritora Luisa Mercedes Levinson que solía llevarme en sus giras de conferencias por las enigmáticas provincias.

• "El hijo de Kermaria" a Théodore Marjak, por toda la Francia que me brindó, sobre todo la Bretaña, y por nuestra adorada francesita.

• "Una familia para Clotilde" a Adolfo García Videla porque juntos elaboramos, entre otros, el guión cinematográfico de este cuento.

• "Unas y otras sirenas" a Christian Levasseur que entre tantas otras me brindó la experiencia de la navegación de ultramar.

• "Crónicas de Pueblorrojo" a Elaine de Beauport, quien un día sin saberlo me regaló una foto rojiza de los palacios de adobe de la cultura Anasazi, enclavados en la montaña, la misma que años antes había inspirado este relato.

• "Los censores" a Rosario Santos, por todas las veces —hablando literalmente— que encontró este cuento en su correspondencia.

• "Generosos inconvenientes bajan por el río" al desconocido que cierta tarde en el jardín botánico de Buenos Aires se me acercó para hablarme de la flor del irupé como una gran bandeja flotante, sirviéndome así el final para el cuento que yo estaba allí escribiendo.

• Todo *Libro que no muerde* a Margarita García Flores y a Margo Glantz, por impulsar y publicar esta recopilación de textos que bogaban al garete.

• *Donde viven las águilas* (el volumen) a Susan Sontag y a Ambrosio Vecino, por su apoyo incondicional a pesar de conocerme nada la una y demasiado el otro.

• "Donde viven las águilas" (el cuento), a Javier Wimer por abrirme grande las puertas de México y por ende las de Huautla.

• "El fontanero azul" a Angelina del Valle, gracias a quien aprendí a amar y a habitar Tepoztlán.

• *Aquí pasan cosas raras* (el volumen) a mi hija Anna Lisa Marjak, quien en 1975 me desafió a que escribiera un libro de cuentos en un mes.

• "La palabra asesino" a Araceli Gallo y Guillermo Maci quienes me confirmaron la cara oculta y curativa del lenguaje.

• "Cuarta versión" a México y Venezuela que brindaron asilo en sus respectivas embajadas a tantos perseguidos por la dictadura militar argentina.

• "Tres días" a Maxine que me contó la historia verídica en la que se basa este cuento, y a Doug Boyd de cuyo libro sobre Rolling Thunder tomé las citas verbatim del shamán.

• "La llave" a Renée Epelbaum y por extensión a todas las Madres de Plaza de Mayo, Línea Fundadora, por su fuerza, tezón y valentía.

• "Estrambote" a Rusty, Puck, Vanessa, Sombra y Verushka, mis perros que sucesivamente me fueron acompañando en cada letra escrita en Buenos Aires.

• "Tango" a Amalia Scheuer por descubrirme los ambientes milongueros que son tal cual, en la actualidad, como hace cincuenta años; y por parte del diálogo final, ininventable.

Simetrías (1993)

Cortes

Tango

Me dijeron:
en este salón te tenés que sentar cerca del mostrador, a la izquierda, no lejos de la caja registradora; tomáte un vinito, no pidás algo más fuerte porque no se estila en las mujeres, no tomés cerveza porque la cerveza da ganas de hacer pis y el pis no es cosa de damas, se sabe del muchacho de este barrio que abandonó a su novia al verla salir del baño: yo creí que ella era puro espíritu, un hada, parece que alegó el muchacho. La novia quedó para vestir santos, frase que en este barrio todavía tiene connotaciones de soledad y soltería, algo muy mal visto. En la mujer, se entiende. Me dijeron.

Yo ando sola y el resto de la semana no me importa pero los sábados me gusta estar acompañada y que me aprieten fuerte. Por eso bailo el tango.

Aprendí con gran dedicación y esfuerzo, con zapatos de taco alto y pollera ajustada, de tajo. Ahora hasta ando con los clásicos elásticos en la cartera, el equivalente a llevar siempre conmigo la raqueta si fuera tenista, pero menos molesto. Llevo los elásticos en la cartera y a veces en la cola de un banco o frente a la ventanilla cuando me hacen esperar por algún trámite los acaricio, al descuido, sin pensarlo, y quizá, no sé, me consuelo con la idea de que en ese mismo momento podría estar bailando el tango en vez de esperar que un empleaducho desconsiderado se digne atenderme.

Sé que en algún lugar de la ciudad, cualquiera sea la hora, habrá un salón donde se esté bailando en la penumbra. Allí no puede saberse si es de noche o de día, a nadie le importa si es de noche o de día, y los elásticos sirven para sostener alrededor del empeine los zapatos de calle, estirados como están de tanto trajinar en busca de trabajo.

El sábado por la noche una busca cualquier cosa menos trabajo. Y sentada a una mesa cerca del mostrador, como me recomendaron, espero. En este salón el sitio clave es el mostrador, me insistieron, así pueden ficharte los hombres que pasan hacia el baño. Ellos sí pueden permitirse el lujo. Empujan la puerta vaivén con toda la carga a cuestas, una ráfaga amoniacal nos golpea, y vuelven a salir aligerados, dispuestos a retomar la danza.

Ahora sé cuándo me toca a mí bailar con uno de ellos. Y con cuál. Detecto ese muy leve movimiento de cabeza que me indica que soy la elegida, reconozco la invitación y cuando quiero aceptarla sonrío muy quietamente. Es decir que acepto y no me muevo; él vendrá hacia mí, me tenderá la mano, nos pararemos enfrentados al borde de la pista y dejaremos que se tense el hilo, que el bandoneón crezca hasta que ya estemos a punto de estallar y entonces, en algún insospechado acorde, él me pondrá el brazo alrededor de la cintura y zarparemos.

Con las velas infladas bogamos a pleno viento si es milonga, al tango lo escoramos. Y los pies no se nos enredan porque él es sabio en señalarme las maniobras tecleteando mi espalda. Hay algún corte nuevo, figuras que desconozco e improviso y a veces hasta salgo airosa. Dejo volar un pie, me escoro a estribor, no separo las piernas más de lo estrictamente necesario, él pone los pies con elegancia y yo lo sigo. A veces me detengo, cuando con el dedo medio él me hace una leve presión en la columna. Pongo la mujer en punto muerto, me decía el maestro y una debía quedar congelada en medio del paso para que él pudiera hacer sus firuletes.

Lo aprendí de veras, lo mamé a fondo como quien dice. Todo un ponerse, por parte de los hombres, que alude a otra cosa. Eso es el tango. Y es tan bello que se acaba aceptando.

Me llamo Sandra pero en estos lugares me gusta que me digan Sonia, como para perdurar más allá de la vigilia. Pocos son sin embargo los que acá preguntan o dan nombres, pocos hablan. Algunos eso sí se sonríen para sus adentros, escuchando esa música interior a la que están bailando y que no siempre está hecha de nostalgia. Nosotras también reímos, sonreímos. Yo río cuando me sacan a bailar seguido (y permanecemos callados y a veces sonrientes en medio de la pista esperando la próxima entrega), río porque esta música de tango rezuma del piso y se nos cuela por la planta de los pies y nos vibra y nos arrastra.

Lo amo. Al tango. Y por ende a quien, transmitiéndome con los dedos las claves del movimiento, me baila.

No me importa caminar las treintipico de cuadras de vuelta hasta mi casa. Algunos sábados hasta me gasto en la milonga la plata del colectivo y no me importa. Algunos sábados un sonido de trompetas digamos celestiales traspasa los bandoneones y yo me elevo. Vuelo. Algunos sábados estoy en mis zapatos sin necesidad de elásticos, por puro derecho propio. Vale la pena. El resto de la semana transcurre banalmente y escucho los idiotas piropos callejeros, esas frases directas tan mezquinas si se las compara con la lateralidad del tango.

Entonces yo, en el aquí y ahora, casi pegada al mostrador para dominar la escena, me fijo un poco detenidamente en algún galán maduro y le sonrío. Son los que mejor bailan. A ver cuál se decide. El cabeceo me llega de aquel que está a la izquierda, un poco escondido detrás de la columna. Un tan delicado cabeceo que es como si estuviera ápenas, levemente, poniéndole la oreja al propio hombro, escuchándolo. Me gusta. El hombre me gusta. Le sonrío con franqueza y sólo entonces él se pone de pie y se acerca. No se puede pedir un exceso de arrojo. Ninguno aquí presente arriesgaría el rechazo cara a cara, ninguno está dispuesto a volver a su asiento despechado, bajo la mirada burlona de los otros. Éste sabe que me tiene y se me va arrimando, al tranco, y ya no me gusta tanto de cerca, con sus años y con esa displicencia.

La ética imperante no me permite hacerme la desentendida. Me pongo de pie, él me conduce a un ángulo de la pista un poco retirado y ahí ¡me habla! Y no como aquél, tiempo atrás, que sólo habló para disculparse de no volver a dirigirme la palabra, porque yo acá vengo a bailar y no a dar charla, me dijo, y fue la última vez que abrió la boca. No. Éste me hace un comentario general, es conmovedor. Me dice vio doña, cómo está la crisis, y yo digo que sí, que vi, la pucha que vi aunque no lo digo con estas palabras, me hago la fina, la Sonia: Sí señor, qué espanto, digo, pero él no me deja elaborar la idea porque ya me está agarrando fuerte para salir a bailar al siguiente compás. Éste no me va a dejar ahogar, me consuelo, entregada, enmudecida.

Resulta un tango de la pura concentración, del entendimiento cósmico. Puedo hacer los ganchos como le vi hacer a la del vestido de crochet, la gordita que disfruta tanto, la que revolea tan bien sus bien torneadas pantorrillas que una olvida todo el resto de su opulenta anatomía. Bailo pensando en la gorda, en su vestido de crochet verde —color esperanza, dicen—, en su satisfacción al bailar, réplica o quizá reflejo de la satisfacción que habrá sentido al tejer; un vestido vasto para su vasto cuerpo y la felicidad de soñar con el momento en que ha de lucirlo, bailando.

Yo no tejo, ni bailo tan bien como la gorda, aunque en este momento sí porque se dio el milagro.

Y cuando la pieza acaba y mi compañero me vuelve a comentar cómo está la crisis, yo lo escucho con unción, no contesto, le dejo espacio para añadir

—¿Y vio el precio al que se fue el telo? Yo soy viudo y vivo con mis dos hijos. Antes podía pagarle a una dama el restaurante, y llevarla después al hotel. Ahora sólo puedo preguntarle a la dama si posee departamento, y en zona céntrica. Porque a mí para un pollito y una botella de vino me alcanza.

Me acuerdo de esos pies que volaron —los míos—, de esas filigranas. Pienso en la gorda tan feliz con su hombre feliz, hasta se me despierta una sincera vocación por el tejido.

—Departamento no tengo —explico— pero tengo pieza en una pensión muy bien ubicada, limpia. Y tengo platos, cubiertos, y dos copas verdes de cristal, de esas bien altas.

—¿Verdes? Son para vino blanco.

—Blanco, sí.

—Lo siento, pero yo al vino blanco no se lo toco.

Y sin hacer ni una vuelta más, nos separamos.

Cuchillo y madre

Se empieza simplemente queriendo cercenar. Después, hay toda una vida para ir averiguando qué.

Siempre un pasito más adelante, plus ultra como quien dice, con obstinación, siempre.

Tres son los protagonistas de esta historia: la hija, el cuchillo y la madre. También hay un antagonista pero permanece invisible y es mutante. Antagonista es todo aquel que entre los protagonistas se interpone, uniendo; o viceversa.

Planteadas ya las prioridades, haremos primero la descripción de los personajes y luego pasaremos a los hechos. O mejor dicho al lento y penoso desarrollo de una trama que la narrativa volverá ligera.

Ganador indiscutido de lo lento y lo penoso es el Tiempo, jugando a favor o en contra.

¿Qué más?

Lo demás será dado por añadidura.

Por lo tanto:

la hija tiene apenas cinco añitos cumplidos cuando empieza su camino de percepción que se arrastrará confuso por los años de los años.

El cuchillo no es un arma, es un vulgar cuchillo de cocina, contundente y filoso, eso sí, y el color herrumbre de su hoja es precisamente herrumbre, no lo otro, y el cabo de madera sólo está manchado de grasa animal y de aceite comestible, como corresponde.

De la madre basta decir que es bella.

La nena debe haberse fijado muchísimas veces en la belleza de su madre, pero esta vez parece fijarse con mayor intensidad. Y sufre.

La bella madre está en su dormitorio, arreglándose para salir —una vez más arreglándose para salir, como siempre— y la nena está recostada en una reposera en el amplio corredor frente a la puerta de dicho dormitorio. La nena contempla, contempla, y le crece la angustia; debe estar sufriendo de verdad con sus cinco añitos a cuestas y su cuerpito frágil y su cabeza enmarañada. Al ver a la madre vestirse, emperifollarse, piensa lo siguiente en forma no tan verbal:

yo me voy a levantar, en estos momentos me estoy levantando aunque no me mueva de esta reposera en la que estoy hundida, me voy a levantar me estoy levantando y voy a ir estoy yendo a la cocina y voy a buscar y en la mano lo tengo al gran cuchillo de la cocina, el enorme cuchillo de picar carne, de cortar papas, y me lo voy a clavar y es como si me lo estuviera ya clavando en la panza y mi madre después de mi muerte no se va a vestir de negro, mi madre va a seguir usando sus alegres vestidos floreados que tan bonitos le quedan y pobre de mí, ¿quién va a sufrir cuando yo muera?

(y así, blandiendo un cuchillo que no le está permitido tomar de propia mano, la nena sin saberlo penetra en ese instante en el ambiguo reino de los símbolos, como en una ciénaga)

A los cinco años la nena se quiere matar, cree querer matarse para que su madre la llore; su madre ni se entera.

Y los cinco años pasan como tantos, con heridas que no son autoinfligidas.

La nena ya es grande, es una muchacha, es una mujer casada, el cuchillo puede que siga allí en algún cajón del hogar materno pero el hogar y por ende la cocina han cambiado varias veces y la madre nunca ha sabido nada del cuchillo ni lo sabe ahora porque no transita mucho por la cocina y quizá —eso nunca se puede saber— tampoco transite mucho por el alma de su hija.

A la madre cada tanto, en alguna discusión con la hija, en alguna pelea —digámoslo de frente— le da un berrinche súbito y empieza a los llantos. Vos me querés matar, le reclama a la hija, vos querés que me muera para heredar mis joyas (o para apropiarte de la casa, o para sacarme del camino, o para lo que fuere, cualquier motivo que corresponda a la orden del día). Vos querés matarme. Y el reclamo es una estocada directa al corazón de la hija que al no poder aguantar tanta injusticia, tanto dolor y el oprobio, cae de nuevo en la angustia como en un profundo y correntoso mar con olas que la arrastran, la sumergen, y sólo puede respirar a bocanadas ávidas, desesperadas, y ese poco de aire parece querer explotarle en la cabeza y de nuevo se hunde.

La madre se anota un tanto.

La hija se desespera y lucha contra las olas, el oleaje a lo largo de múltiples mareas poco a poco va calmándose, en la superficie aparece alguna reverberación minúscula, extendiéndose, y todo vuelve a una paz acuosa que puede durar años hasta que revienta en un nuevo maremoto.

Vos me querés matar, aúlla la madre. Vos querés que me muera.

La hija sólo puede gemir como perro apaleado sin saber muy bien reconocer el golpe.

Hay algo cíclico en todo esto, hay un reclamo materno que trasciende a la madre y a la hija y las horada a ambas.

Hasta que cierto día, sin aviso, la hija le hace frente al reclamo materno y de alguna despiadada manera parece satisfacerlo:

y sí, le contesta a la madre, y sí, moríte. Me lo decís tantas veces que por ahí tenés razón, sí, quizá quiera matarte, al fin y al cabo vos te lo buscás; sí, insiste, quiero que te mueras pero hacélo ya, no me hagas perder más tiempo, no me angustiés más, me estás jodiendo demasiado con esta eterna historia. Moríte ya y acabemos con la farsa.

La madre sabe reconocer la ironía y sabe salirse con facilidad del papel de víctima cuando éste no la favorece. La madre cambia de actitud, se ilumina, levanta la cabeza, suenan las campanitas de su risa, retoma su belleza, su encanto, su seducción, su inteligencia, su compasión, su desenfado. En una de ésas hasta abraza a la hija, y toda pero toda la amenaza de muerte se olvida, enterrada para siempre por la risa materna.

La hija se siente liberada. Liviana. En ese aspecto, al menos.

La hija carga otros pesos y así pasan los años, y las fricciones y las chispas atacan por otros inesperados flancos y la van distrayendo.

Hasta que cierta noche, en una ensoñación o algo por el estilo, la hija vuelve a verse en aquella lejana escena de los cinco años: está en la reposera de lona, observando frente a la puerta del dormitorio las apariciones fugaces de la madre, a cada paso más alegre y colorida. Vuelve la imagen de la imagen del cuchillo y de esa pancita infantil que sueña con ser tajeada. Lo que no vuelve más es el dolor: entra por primera vez la percepción clarísima de un hilo dorado, elástico, resistente, dúctil, que une a la madre con la hija y se estira y se estira como cuando la hija ya un poquito más grande anda como gato merodeando por las azoteas del vecindario o intenta sin demasiado énfasis escaparse de la casa.

Un hilo de unión dorado, maravilloso, persistiendo más allá de la muerte (de la madre), que deja a la hija satisfecha.

Un hilo dorado, y hay una nueva forma de liberación, mucho más fuerte que aquella vez cuando alguien le habló de envidia: envidia de la madre, del vestido, de la panza de la madre, etcétera. La hija se siente como quien ha tocado una puntita del secreto.

Hasta que un buen día retorna a su memoria el tercer personaje, el desdeñado. Vuelve el cuchillo que por algo estaba allí desde un principio. Y la escena se trastorna, se modifica y espeluzna:

la madre siempre tuvo razón, la hija quiso matarla. Pero no en los tiempos de pelea cuando las palabras se bastaban solas. Debe de haber querido matarla en aquel entonces, a los cinco añitos, con el cuchillo simbólico en la mano, y fue tal el espanto de ese deseo inconfesable que el cuchillo —imaginario— se volvió contra la imaginación de la deseante y la cortó para siempre de sí misma.

¿Para siempre? No. Sólo hasta ese momento. Hasta el instante de lucidez, digamos, cuando la hija supo que sí, que matar a la madre fue su oscuro deseo en la primera infancia. Un deseo tan atroz e imposible de reconocer que logró disfrazarse de otra cosa.

Y se sintió liberada al poder mirar de frente su deseo.

Y el deseo se le dio vuelta.

Y la imagen del cuchillo volvió a aparecer años después y esta vez su urgencia de cortar fue muy distinta.

Tengo que cortar el maldito hilo dorado, se dijo la hija que seguía siendo hija a pesar de la lejana (en el tiempo) desaparición de la madre (en el espacio).

Tengo que cortar el hilo, se dijo, pero no hizo nada y dejó transcurrir su vida saboreando el triunfo de haber tomado por fin conciencia de tamaña atadura.

Hasta que cierta vez bajo los árboles, cuando lo creía totalmente olvidado, el cuchillo se le apareció de nuevo y sintió que ya no se trataba de cortar o no cortar sino de agarrar finalmente el cuchillo por el mango, asumir lo que había sido cortado en el comienzo de los tiempos y no tratar más de explicarse nada de nada porque ya otros habían explicado todo eso hasta el cansancio.

Se sintió liberada, y

(Algunos dicen que a esta altura el cuchillo está mellado. No es cierto, sólo se ha ido achicando notablemente por obra de tanto afilador que al juntar su rueda con la hoja hizo levantar chispas, pero su filo es más agudo que nunca. Quienquiera que lo tenga, sabe: corta un pelo en el aire.)

Estrambote

Vivo a la vera del bosque, cosa que suena dulcemente bucólica pero en este caso es a más no poder urbana. Aunque fronteriza. Vivo en la frontera de lo que en otras ciudades se llamaría el bosque central, aquí apenas central en tres de los cuatro costados. En el cuarto, el bosque delimita con la nada, es decir con ese río tan vasto que no deja ver la otra orilla.

Ahí vivo por elección. Me gusta. Y quiero aprovecharlo al máximo, para lo cual tengo perro que disfruta de cada árbol y de todo centímetro de tierra y no deja de husmear cada rincón y de marcar territorio como si fuera propio. Y por consecuencia, mío. Se me podría acusar de apropiación por vía del meo canino, si no fuera que somos muchos los que por acá paseamos o nos dejamos pasear por esos cuadrúpedos afables, los mejores amigos del hombre, como dicen. Los mejores amigos de la mujer, también, que buena compañía me brinda este bastardo.

Su certificado de vacuna antirrábica afirma: de raza mestizo. Gran cosa. Y le digo a los que preguntan la estúpida pregunta que se trata de una raza peruana (y perruna, naturalmente). Raza llamada cuzco, y el que quiere entender que entienda.

Se trata de un cuzco negro, simpático, cachorrón, efusivo, al que en la intimidad del hogar llamo el Supergroncho. En la calle responde —cuando se le da la gana— al más culto apelativo de Sombra. Sí, es macho, vuelvo a aclarar como tantas veces en la calle. Sombra es el apellido. Lo llamamos por su apellido, como don Segundo (Sombra). Su primer nombre es a veces Nelson y a veces Ángel, pero no usamos ni el uno ni el otro: Nelson en homenaje a Mandela, y Ángel porque en algún lado leí que la manchita blanca que lucen ciertos perros negros es la marca del ángel. Éste lleva a su ángel en el medio del pecho como una afirmación, breve pero rotunda.

Es un cuzco mediano, peludito, orejita parada y cola mohawk algo cursi. Animal muy poco intimidante. Y sin embargo, la otra noche vivió su hora de gloria.

Habrá que tenerle más respeto.

Cuando se eriza tiene algo de hienita negra.

Chiquita, para hiena.

Era bien tarde cuando salimos con mi amigo a pasearlo entre los árboles. Y ahí no más, a la vuelta de casa, a metros del asfalto, le conocí el calibre. De mi amigo no puedo decir lo mismo.

En la noche de marras un hombre apareció de golpe, un tipo que dejó a sus espaldas lo que podríamos llamar la civilización y empezó a internarse en el bosque (urbano). El perro que no entiende de fronteras se le fue al humo, quizá queriendo defender a su caperucita (yo) de este enemigo lobo. Se le fue al humo y lo chumbó a prudencial distancia y el hombre desatendiendo las sabias recomendaciones en semejante circunstancia desdichada no supo quedarse quieto y se empezó a sacudir, nervioso, sin saber hacia dónde enfilar.

—No se mueva —le recomendé mientras me iba acercando—. No se mueva, es cachorro, no le va a hacer nada.

El tipo no estaba para sensateces y, como en corrido mexicano, echó mano a la cintura y una pistola sacó. Revólver o pistola de muy buen tamaño, debo reconocer, aunque desconozco detalles de balística.

—Agarre al perro o lo mato —me dijo el tipo. Le creí.

Le creí y por esos pasmosos milagros de la mente humana en la cual no puede una confiar en absoluto, no sentí ni una pizca de miedo, imprudente de mí. En el bosque aunque bastante cerca de la orilla. En ese descampado a las dos de la mañana sin un alma (¿y mi amigo?), sola sí con perro que le ladraba. Al otro. Perro chumbándole al chumbo. Incontenible.

Me acerqué parsimoniosamente para no alarmar a la dupla can-hombre que, revólver por medio como un hiato, como la célebre barra entre significado y significante, formaban un todo.

Estas sesudas reflexiones no las tuve entonces.

Apenas a duras penas las tengo ahora, ya lejos de toda amenaza.

Entonces tuve otra impensada salida que ahora no tildo de sesuda, sino de suicida. Porque fue sujetar al can (parsimoniosamente, ya lo he dicho), levantar la vista y tras fija observación del amenazado amenazador, exclamar con tono liviano:

—¿Qué hacés vos tan joven con un revólver?

Frase que ahora me suena —y sé que estoy en lo cierto— a lo más insensato de la tierra.

Pero en aquel momento, del alma, del más recóndito rincón donde se agazapan las exclamaciones que acabarán por perdernos, me salió la antológica frase: ¿Qué hacés vos?, etcétera. Tengo colección de ésas. En otra oportunidad exclamé Soy una señora grande, cuando me quiso violar o algo parecido un colectivero despistado. Pero ésa es otra historia. Qué hacés vos tan joven con un revólver es la frase que hoy nos preocupa. A mí y a mi perro. Porque lo que es a mi interlocutor de aquella noche, la pregunta le resultó lo suficientemente lógica dadas las circunstancias como para contestarla.

—Soy policía —me dijo.

Y logró despertar mis iras que hasta ese instante estaban dormitando a la deriva.

Policía, masculié entre dientes, tenerle miedo a este cuzquito, vergüenza debiera darle, cagón, y pensar que pacíficas ciudadanas como una esperan que nos defiendan, policía, cagón, y para colmo prepotente.

Reflexiones sensatas todas ellas generadas por las circunstancias pero afortunadamente masculladas, espero, como ya estipulé, masculladas entre dientes, cargadas de veneno, sopladas con asco pero con cierta contención y medida mientras en el fondo del jardín, mi fornido acompañante y amigo se hacía el oso.

Acérqueme entonces a él y díjele Vayamos a la comisaría.

—¿A la comisaría? Estás loca. Vos sabés en qué país estamos, mujer, la cana puede ser peor que los chorros.

—Ese tipo tenía un chumbo.

—¿Y qué? ¿Te vas a arriesgar por eso? Lo menos que te puede pasar es perder el tiempo, que te tengan ahí horas y horas para tomarte la denuncia. Lo más, no sabemos. Y de todos modos, si él es cana, ¿qué vas a lograr denunciándolo?

—Nada. Lo voy a humillar, eso, lo voy a humillar. Imagináte, tenerle miedo a este cuzquito de morondanga.

En el camino, entre protestas, mi amigo me contó la historia de la mujer que oyó ruidos en su casa de campo y espió por la ventana y vio a alguien intentando robarle la bomba de agua. Puso a funcionar la bomba. El tipo huyó. A la mañana siguiente, en la correa del motor encontró un dedo cercenado. Y más tarde encontró el complemento: desde la puerta de la comisaría donde había ido a hacer la denuncia vio, a tiempo, al joven cabo con la mano vendada y la venda ensangrentada. Pudo huir, si huir es en este caso la palabra.

Digamos que escuché la historia con media oreja. Mi obsesión de humillar al maldito era más fuerte que toda sensatez. Y también mi miedo ¿qué hacía un hombre armado paseándose tranquilamente a la vera de mi hogar? Tenía una pregunta en la punta de la lengua.

—¿Tienen ustedes personal de civil patrullando la zona? —formulé en tono digno al llegar a destino.

—No —me contestaron los azules con igual dignidad—. En absoluto.

Y entonces me largué a narrar la vicisitud canina escamoteando el detalle de mis balbuceos indignados. Yo sabía, dije muy ufana, recalcando la rima. Yo sabía que no podía ser policía. ¡Tenerle miedo a un cuzquito de este porte!, me indigné para que no quedaran dudas del porte del cuzquito ni del indigno coraje del hombre armado.

Los azules resultaron bastante bonachones, debo admitir. Lo miraron a Sombra, sonrieron, me dejaron progresar en mi diatriba, llamaron a un tercero.

—Soy el subcomisario Fulano —dijo el tercero—. En qué puedo servirla —dijo.

De civil ese tercero pero de porte imponente.

—Bueno —le dije—, soy —le dije—, vecina de la zona, y me pasó tal y tal cosa y yo sabía que no podía ser policía de civil como dijo porque claro, asustarse, ¿vio?, de este tierno animalito tan poco intimidante, bla, bla.

—¿Cómo era el sujeto?

—Era así, y asá, delgado, con bigote. Y cobarde. ¿Cómo puede ser que ande esa gente armada suelta por mi barrio?

—Hay personal de civil custodiando el hipódromo.

—Está lejos, el hipódromo.

—Sí, pero los muchachos se distraen mirando los autos estacionados en el bosque...

Con parejas (no lo dijo). Se distraen (dijo). Cómo (no lo dijo). Y yo —juro que no era para vengarme, más bien para hacerme la que no registraba esa frase tan cargada de significados inquietantes—, y yo entonces quise dar vuelta al mostrador tras el cual se escudaba el subco y mostrarle de cerca al cuzco con ánimo de desprestigiar para siempre a su atacante.

—Ni un guardia del hipo... —empecé a decir, minimizando a mi humilde perrito.

—¡No se acerque! —casi gritó el subcomisario.

¿No se acerque? Lo miré, interrogante, azorada. Espantada, más bien.

—Soy alérgico —aclaró el subcomisario, tarde.

Salimos medio corriendo de la comisaría, con mi amigo, porque no pudimos contener más las carcajadas. Y nos reímos por cuadras y cuadras en medio de la noche, hasta que por fin descubrí el motivo que me había llevado hasta la comisaría, arriesgando no digo mi libertad pero sí mi tiempo y aun, quizá, mi tranquilidad de espíritu.

Había ido, sencillamente, para conseguirle un final a esta historia. O más bien un estrambote.

El zurcidor invisible

Tengo que escribir la historia (y hablar del cuento) de mi alumna que fue apuñalada. La bella alumna (acá debo encontrar la palabra exacta):

transparente   prístina
etérea   blanca
                    alabastrina
evanescente
¿virginal? (no, nada de categorizar)
medieval, distante.

(Una sola palabra debo encontrar, un adjetivo que la pinte de cuerpo entero. Si no, cualquiera podría contar esta historia). Decir que era —es— muy rubia, etérea, son apenas aproximaciones vagas y se supone que yo soy la escritora, la maestra, y estoy acá para dar en el clavo. No estoy acá para contar esta historia que por secreto profesional debería permanecer incontada, al menos por quien no ha sido su protagonista. Pero la escritura no tiene profesión, y menos aún secretos.

Por eso empezaré a narrar desde el primer día de clase. La escena transcurre en un taller de escritores en pleno corazón de Manhattan. Alumnos universitarios de posgrado. Y ella fue la única ausente el primer día. Yo sólo tenía un nombre y a ese nombre no le correspondió rostro alguno.

La asaltaron, aclaró alguien. Es por eso que no vino.

¿Hoy la asaltaron?, inquirí contrita.

No, el otro día. Se está reponiendo apenas.

Pobre.

A la semana siguiente tampoco apareció la alumna. Asalto largo, pensé con cierta crueldad, sin saber nada de esta historia que hoy quiero escribir aunque no pueda. Aunque no encuentre la palabra exacta.

A la tercera reunión del curso apareció más pálida que nunca, importante detalle que yo habría de inferir con retroactividad. Es decir que en abril supe que en febrero ella había llegado a clase más pálida que nunca, blanca como la blanca nieve recién caída. El invierno ese año resultó despiadado.

Y ella poco a poco fue contando.

O fue contándome a mí, durante las llamadas horas de oficina que pueden llegar a transformarse en un confesionario o un diván, esas cosas del alma. Fue contándome lo que le había sucedido.

Y seguía usando el mismo tapado.

¿El mismo tapado?

El mismo: un abrigo de grueso paño jaspeado en tonos de azul y cobre que impedían ver la mancha si es que mancha quedaba después de su paso por la tintorería.

Sangre seca.

Una mancha de sangre, borrada también —eso habría de saberlo más tarde— gracias al paso por la oscura tiendita del zurcidor invisible, como allá lo llaman, un personaje tan de épocas pretéritas.

Quisiera encuadrar la historia alrededor del viejo que suturó la herida del tapado y supo de la mancha. Quisiera pero no puedo, y no por falta de imaginación o de pericia: se supone que soy la maestra, la conductora de un taller de zurcido no-invisible, de zurcidos por cierto bien visibles tratándose como se trata de letras negras sobre la blanca página.

La blanca era ella. El abrigo era oscuro sin por eso llegar a negro. Negro era el hombre que la apuñaló aunque en estos casos sólo se trate de una convención semántica. El hombre era de piel color castaño oscuro, confundible con la noche.

El color del puñal lo desconozco. Olvidé preguntarlo y ahora lo lamento (¿tendrá ella el puñal en su casa, guardado bajo vidrio, como un trofeo?). Podemos conjeturar: blanca empuñadura de nácar, negra hoja de acero. No, no escribo esto, hagamos de cuenta que el puñal no figura, no quiero inventar nada.

En la descomunal ciudad reinventada por mí, por todos nosotros y más por la pobre estudiante apuñalada.

Ella vivía —seguía viviendo— en un pequeño departamento compartido en un barrio indefinible, sin fama de dudoso como tantos otros barrios neoyorquinos. Hacía frío esa noche. Ella al salir del subte iba caminando rápido, quizá no demasiado rápido porque el correr no parece formar parte de su naturaleza (en el momento de tratar de definirla hubiera podido elegir la palabra lánguida; no habría sido una definición feliz. Ella no es lánguida, hay poco de sensual en ella, ella es más bien evanescente.)

Pero quizás es evanescente ahora, después de haber perdido tanta sangre.

Quizá antes era más decidida, y caminaba con firmeza desde la boca del subte hacia su casa cuando la interceptó el asaltante. El asaltante no le reclamó ni la bolsa ni la vida, no le dijo nada y ése es uno de los detalles que más la desesperan. El asaltante se le abalanzó encima para arrancarle la cartera, los dos cayeron a la vereda cubierta de nieve, él sobre ella, quizá, eso queda poco claro, sí, él sobre ella, forcejearon algo, ella sintió un golpe seco bajo el omóplato izquierdo

(en aquel momento ella no ubicó el golpe anatómicamente, al principio dijo en la espalda, pero con el correr del tiempo le ha asignado su lugar exacto. Con el correr del tiempo y con su paso por las oficinas de médicos forenses.)

Las palabras se van delineando. Escribílo todo, la conminé entre el tercero y cuarto mes de clase. Estábamos llegando al final del semestre, y ella sin poder manifestarse. Escribílo. Ese golpe.

Ella sintió como un golpe en la espalda y el ladrón vaya una a saber qué golpe sintió, qué dolor cuando por fin pudo ponerse de pie y huir sin la cartera.

¿No hubo testigos?

No había nadie en la calle. Eran casi las once de la noche, hacía mucho frío vos sabés no había nadie en la calle, era una de esas noches.

Ahora cuando salgas de clase, todas las noches de miércoles al salir de este taller, aquí presente, se hacen las once al volver a tu casa, ¿no tenés miedo?

Sí.

Escribí el miedo.

No sé escribirlo, no sé decirlo, el miedo no tiene palabras.

Todas las palabras son del miedo. Todas. Y no hay nada que no pueda ser escrito. Ahuyentá ese miedo escribiéndolo.

El miedo es mío.

Aquella noche, la noche cuando ella atravesaba el frío para llegar prontito a su casa, no tenía miedo. Y él saltó de un oscuro zaguán para plantarle el miedo. Bajo el omóplato izquierdo, diría después el informe forense aunque en aquel momento sin palabras, no existían ni puñal ni miedo, sólo un golpe seco no necesariamente doloroso.

Él se puso enseguida de pie y huyó corriendo. A ella le costó recuperar la posición vertical a causa del hielo y otros obstáculos. Lo logró por fin y a su vez huyó, caminando huyó, como pudo, dándole la espalda al otro que corría en sentido contrario. Ella avanzó con la vista al frente sin saber de ese ojo abierto en ella por el otro, ojo que seguiría mirando al otro aun después de que él hubiese dado vuelta alguna esquina.

Mi alumna llegó a su edificio y el portero la saludó al entrar y ella le pidió que llamase a la policía, por favor, porque la habían asaltado. Lívida lo pidió, calma, como es ella, separada ya de sí misma. Llame a la policía, yo no puedo.

Pudo subir al ascensor, llegar hasta su departamento vacío, cerrar la puerta tras de sí, evitar desmoronarse.

Escribílo todo, le insistía yo varios meses más tarde. Si no se te va a quedar ahí clavado para siempre.

¿Qué escribo?

Lo que quieras. Tomá uno de los temas, uno de los elementos, y escribí alrededor de eso: alrededor de una acción, una actitud, un objeto, un personaje de esa noche. Lo que quieras. No necesitás mostrar lo escrito a nadie, ni siquiera a mí si no tenés ganas.

Ella entró a su casa aquella noche aciaga y quedó de pie en medio de la pieza como para ir entrando en calor, ir entrando en sí y recobrarse, no en el sentido de reponerse sino de recuperarse a sí misma, volver a entrar en ese cuerpo que —ella aún no lo sabía— le había sido horadado.

Ella sólo había percibido un golpe, allá en la calle oscura, y en medio de su pieza se sentía tan fuera de su propio alcance, en otro plano; pero el calor le iba volviendo al cuerpo y se lo iba configurando.

Intentó sacarse el tapado y no pudo. Por más que tironeara no pudo separar el abrigo de su espalda y entonces la sacudió un dolor agudísimo.

Lo hice para poder sacarme el tapado, diría horas después en el hospital, al recuperar el conocimiento.

Porque en su pieza al pasarse la mano por la espalda encontró la presencia inesperada. Ni el portero lo había visto: el cabo del cuchillo sobresaliendo del tapado y por lo tanto ahora puedo especificar mango negro, hoja blanca. Arma blanca.

Contra el tapado oscuro el portero no alcanzó a ver la empuñadura enhiesta. Tampoco vio —imposible verla— la hoja incrustada entre las costillas de la muchacha.

Ella ni pensó en el dolor o la sangre o la herida o algo semejante. Pensó que necesitaba quitarse el tapado y se arrancó el puñal como quien se arranca una enorme sanguijuela. Y oyó un silbido fino y persistente.

No un suspiro; un silbido de globo que se va vaciando.

Al pulmón tienen que volver a inflárselo y parece que no es cosa sencilla. Yo le digo escribílo, llenalo de palabras. Y agrego: escribí sobre el pulmón desinflado, la boquiabierta herida, o sobre el puñal, o escribí sobre el portero que no se dio cuenta de nada.

Personalmente yo bordaría la historia en torno de mi personaje favorito, aquel zurcidor invisible que le dejó el tapado como nuevo.

Pero cuando mi alumna por fin logra escribir, produce un breve texto sobre el retorno de los ojos del ladrón, fijos en los de ella, en el suelo, cara a cara. Y son ojos amantes.

El café quieto

Por suerte parece que a las mujeres nos toca el lado de las ventanas. Y el sol. A esta hora, claro, más tarde ya no habrá sol y quedaremos tan en la penumbra como los hombres. A ellos les toca la pared del fondo. Fondo desde nuestra perspectiva, digamos, porque quizá ellos, allá, piensen que nosotras somos las que estamos al fondo.

Tres hileras de mesas vacías nos separan, con sus respectivas sillas: dos por mesa, enfrentadas. En realidad las vacías son las sillas, porque ni siquiera las mesas ocupadas están lo que se puede decir llenas. Apenas un pocillo de café con un poco de borra, un vaso de agua y otro vaso —es mi suerte— con lo que se supone son servilletas de papel, simples cuadraditos de papel de panadería, prolijos, blancos, que ahora providencialmente me sirven para escribir estas notas. La pluma fuente la traje en el bolso. Creí que entraba acá a tomar sólo un café y que al rato salía nomás a reanudar mi vida cotidiana. Algo monótona mi vida, es cierto, pero mía. Con pluma en ristre firmaba pagarés, letras de crédito, órdenes de pago, cheques no siempre sin fondos —sólo últimamente sin fondos, para ser sincera ahora que ya nadie me interpela.

Las mesas de este café son de color verde oscuro, pintadas como a la laca, y patas color lacre. Las sillas son de marco cromado y están tapizadas de un símil cuero del mismo tono verde de las mesas. Tapizadas, sí, resultan bastante cómodas, menos mal. Creo que pretenden ser lujosas. Esto último no lo logran, tampoco es importante en este café tan quieto, un poco dilapidado. Los techos son altísimos, las paredes están pintadas en tres sectores horizontales no simétricos, separados por una moldura del color verde imperante. El primer sector es lacre, como un zócalo hasta la altura de las vidrieras, cremita es el segundo sector, el más ancho, y el último es color cielo algo sucio, grisáceo. Los grandes ventanales antiguos, las vidrieras frente o mejor dicho de perfil a las cuales estamos sentadas las mujeres, tienen ancho marco de madera color ídem, así como la puerta vaivén de vidrio y el mostrador de madera pintado de color madera sobre el que descansa la vieja máquina de café express como una locomotora.

Las mujeres estamos sentadas en fila. No sé si esto es voluntario, casual o impuesto. Podemos observarnos la nuca y los peinados. Rara vez una de nosotras gira la cabeza y entonces cruzamos brevemente las miradas y nos sonreímos, apenas, con algo de complicidad y lástima.

Los hombres tienen un aire más decidido. Sus mesas están alineadas contra la pared como las nuestras contra las vidrieras, pero ellos no se sientan necesariamente de cara a las mesas, al menos no todos: algunos han girado sus sillas, o apoyan directamente la espalda contra la pared, y nos enfrentan. No por eso nos miran. O muy poco nos miran, no de manera franca, desembozada.

Con cierta envidia y por el rabillo del ojo —porque no sé si corresponde girar un poco la cabeza y mirarlos de frente— noto que a veces se han sentado dos por mesa. Nosotras estamos solas, individualizadas.

Me siento como en la escuela, frente a la hilera de pupitres, sólo falta el tintero pero quizá el café con su borra tenga algo que ver con el tintero y entonces la cucharita epónima haga a la vez de lapicera con su pluma. Tenemos mucho que aprender en esta escuela. Yo quisiera saber cruzar las piernas con la decisión de ellos pero la mesa no me lo permite. Quisiera intercambiar fichas con alguna compañera pero la disposición de esta parte del aula no me lo permite. Antes que nada debemos aprender a funcionar por cuenta propia y no como parte de la masa femenina de la cual, ahora, nos encontramos escindidas por el hiato configurado por la superficie plana de nuestras respectivas mesas —no más de cincuenta centímetros de lado— y por el corte vertical del respaldo de la silla vacía que nos enfrenta.

Contra la pared, los hombres deben sentirse más seguros. A veces hablan entre sí, musitan. Hasta acá no llegan los murmullos pero sí un levísimo temblor del aire cuando mueven los labios. A veces, en un arranque que podríamos calificar de valentía, levantan la cabeza y emiten en voz decidida el vocablo (mozo), como llamando.

Cuando suena esa palabra creo notar la aceleración de las hormonas en la nuca de algunas de las mujeres. Esa palabra, mozo, dicha así en voz grave, tan cargada de ooos, creo que también a mi me eriza los pelitos.

Reconozco que algunas de las mujeres, como la que está sentada justo delante de mí, no se inmutan por nada. Debe ser que llevan más tiempo —años quizá— en este café tan quieto y saben, entre mil otras cosas, de la poca eficacia del llamado. El mozo vendrá cuando corresponda, sin ritmo fijo o previsible, o vendrá cuando se le antoje o cuando consiga más café. Nos llenará entonces los pocillos, nos mantendrá despiertos. A veces. Los hombres parecen dormitar más que nosotras pero también tienen actividades más agotadoras: leen el diario, quizá comentan en voz baja las noticias.

Con gusto le pediría el diario prestado a alguno de los que han dejado de leerlo, pero parece que acá eso no se estila. Mis compañeras seguramente también quieren un diario y sin embargo deben contentarse con espiar de lejos algún titular de primera plana en cuerpo catástrofe.

Cuerpo catástrofe. Me gusta la expresión, me identifica, aunque no desde el punto de vista tipográfico.

A veces de las mesas de los hombres nos llega el sonido de un gargajo. Es algo viril y abrupto. Rompe la calma de este café tan quieto donde ninguna de nosotras las mujeres atina a moverse, tan sólo a desperezarse tenuemente.

Yo aprovecho el espacio del sonido, algo más electrizado y solidario, para echar miradas de reojo. En la última detecté unos ojos verdes. Luminosos. Por un instante pensé que me miraban. Un instante. Verdes. No del glauco tono de las mesas —glauco laqueado que apenas nos devuelve un reflejo descompuesto del propio rostro como desde el fondo de un pantano de vegetación subacuática y viscosa—. No, ojos como de mar, de aguas cambiantes.

Podría mirar hacia la calle, sentada como estamos las mujeres, pero los vidrios están sucios o empañados o quizá bruñidos por las tormentas de polvo que últimamente asuelan la ciudad.

Muchos deben haberse refugiado en este café por eso. Por las tormentas, la crisis, la desocupación, la desesperanza. No podemos mirarnos, no vemos hacia afuera. Sólo sé que en este ámbito hay unos ojos verdes que quizá en este preciso instante estén mirándome. Del mundo exterior nos llegan sonidos en sordina.

Gracias a los opacos vidrios, no nos llegan miradas, y eso para mí es un consuelo: nadie vendrá a reclamarme la firma, nadie vendrá a reclamarme nada de nada y puedo seguir con estas anotaciones. El problema sobrevendrá cuando se me agote la tinta y se gaste hasta la última servilleta de papel y se acabe el café, y se diluya el mundo.

Los hombres ni se inmutan, los diarios que leen siguen siendo los mismos. Estamos y no estamos. Empieza otra ronda del mozo, los ruidos de la calle casi han desaparecido. Siento que el de los ojos verdes se está por poner de pie.

Alguien tose.

Gracias a los opacos vidrios, no nos llegan miradas, y eso para mí es un consuelo: nadie vendrá a reclamarme la firma, nadie vendrá a reclamarme nada de nada y puedo seguir con estas anotaciones. El problema sobrevendrá cuando se me agote la tinta y se gaste hasta la última servilleta de papel y se acabe el café, y se diluya el mundo.

Los hombres ni se inmutan, los diarios que leen siguen siendo los mismos. Estamos y no estamos. Empieza otra ronda del mozo, los ruidos de la calle casi han desaparecido. Siento que el de los ojos verdes se está por poner de pie.

Alguien tose.

Cuentos de Hades

Si esto es la vida, yo soy Caperucita Roja

Le dije toma nena, llévale esta canastita llena de cosas buenas a tu abuelita. Abrígate que hace frío, le dije. No le dije ponte la capita colorada que te tejió la abuelita porque esto último no era demasiado exacto. Pero estaba implícito. Esa abuela no teje todavía. Aunque capita colorada hay, la nena la ha estrenado ya y estoy segura de que se la va a poner porque le dije que afuera hacía frío, y eso es cierto. Siempre hace frío, afuera, aun en los más tórridos días de verano; la nena lo sabe y últimamente cuando sale se pone su caperucita.

Hace poco que usa su capita con capucha adosada, se la ve bien de colorado, cada tanto, y de todos modos le guste o no le guste se la pone, sabe donde empieza la realidad y terminan los caprichos. Lo sabe aunque no quiera: aunque diga que le duele la barriga.

De lo otro la previne, también. Siempre estoy previniendo y no me escucha.

No la escucho, o apenas. Igual hube de ponerme la llamada caperucita sin pensarlo dos veces y emprendí el camino hacia el bosque. El camino que atravesará el bosque, el largo larguísimo camino —así lo espero— que más allá del bosque me llevará a la cabaña de mi abuela.

Llegar hasta el bosque propiamente dicho me tomó tiempo. Al principio me trepaba a cuanto árbol con posibilidades se me cruzaba en el camino. Eso me dio una cierta visión de conjunto pero muy poca oportunidad de avance.

Fue mamá quien mencionó la palabra lobo.

Yo la conozco pero no la digo. Yo trato de cuidarme porque estoy alcanzando una zona del bosque con árboles muy grandes y muy enhiestos. Por ahora los miro de reojo con la cabeza gacha.

No, nena, dice mamá.
A mamá la escucho pero no la oigo. Quiero decir, a mamá
la oigo pero no la escucho. De lejos como en sordina.

No nena.
Eso le digo. Con tan magros resultados.

No. El lobo.
Lo oigo, lo digo: no sirve de mucho.
O sí: evito algunas sendas muy abruptas o giros en el
camino del bosque que pueden precipitarme a los abismos. Los
abismos —me temo— me van a gustar. Me gustan.
No nena.
Pero si a vos también te gustan, mamá.
Me as/gustan.

El miedo. Compartimos el miedo. Y quizá nos guste.

Cuidado nena con el lobo feroz (es la madre que habla).
Es la madre que habla. La nena también habla y las voces
se superponen y se anulan.

Cuidado.
¿Con qué? ¿De quién?

Cerca o lejos de esa voz de madre que a veces oigo como si
estuvieras en mí, voy por el camino recogiendo alguna frutilla
silvestre. La frutilla puede tener un gusto un poco amargo detrás
de la dulzura. No la meto en la canasta, la lamo, me la como.
Alguna semillita diminuta se me queda incrustada entre los dientes
y después añoro el gusto de esa exacta frutilla.

No se puede volver para atrás. Al final de la página se sabrá: al
final del camino.
Yo me echo a andar por sendas desconocidas. El lobo se
asoma a lo lejos entre los árboles, me hace señas a veces obscenas.
Al principio no entiendo muy bien y lo saludo con la mano. Igual
me asusto. Igual sigo avanzando.

Esa tierna viejecita hacia la que nos encaminamos es la abuela.
Tiene los cabellos blancos, un chal sobre los hombros y teje y teje

en su dulce cabaña de troncos. Teje la añoranza de lo rojo, teje la caperuza para mí, para la niña que a lo largo de este largo camino será niña mientras la madre espera en la otra punta del bosque al resguardo en su casa de ladrillos donde todo parece seguro y ordenado y la pobre madre hace lo que puede. Se aburre.

Avanzando por su camino umbroso Caperucita, como la llamaremos a partir de ahora, tiene poca ocasión de aburrimiento y mucha posibilidad de desencanto.

La vida es decepcionante, llora fuera del bosque un hombre o más bien lagrimea y Caperucita sabe de ese hombre que citando una vieja canción lagrimea quizá a causa del alcohol o más bien a causa de las lágrimas: incoloras, inodoras, salobres eso sí, lágrimas que por adelantado Caperucita va saboreando en su forestal camino mucho antes de toparse con los troncos más rugosos.

No son troncos lo que ella busca por ahora. Busca dulces y coloridos frutos para llevarse a la boca o para meter en su canastita, esa misma que colgada de su brazo transcurre por el tiempo para lograr —si logra— cumplir su destino de ser depositada a los pies de la abuela.

Y la abuela saboreará los frutos que le llegarán quizá un poco marchitos, contará las historias. De amor, como corresponde, las historias, tejidas por ella con cuidado y a la vez con cierta desprolijidad que podemos llamar inspiración, o gula. La abuela también va a ser osada, la abuela también le está abriendo al lobo la puerta en este instante.

Porque siempre hay un lobo.

Quizá sea el mismo lobo, quizá a la abuela le guste, o le haya tomado cariño ya, o acabará por aceptarlo.

Caperucita al avanzar sólo oye la voz de la madre como si fuera parte de su propia voz pero en tono más grave:

Cuidado con el lobo, le dice esa voz materna.

Como si ella no supiera.

Y cada tanto el lobo asoma su feo morro peludo. Al principio es discreto, después poco a poco va tomando confianza y va dejándose entrever, a veces asoma una pata como garra y otras una sonrisa falsa que le descubre los colmillos.

Caperucita no quiere ni pensar en el lobo. Quiere ignorarlo, olvidarlo. No puede.

El lobo no tiene voz, sólo un gruñido, y ya está llamándola a Caperucita en el primer instante de distracción por la senda del bosque.

Bella niña, le dice.

A todas les dirás lo mismo, lobo.

Soy sólo tuyo, niña, Caperucita, hermosa.

Ella no le cree. Al menos no puede creer la primera parte: puede que ella sea hermosa, sí, pero el lobo es ajeno.

Mi madre me ha prevenido, me previene: cuídate del lobo, mi tierna niñita cándida, inocente, frágil, vestidita de rojo.

¿Por qué me mandó al bosque, entonces? ¿Por qué es inevitable el camino que conduce a la abuela?

La abuela es la que sabe, la abuela ya ha recorrido ese camino, la abuela se construyó su choza de propia mano y después si alguien dice que hay un leñador no debemos creerle. La presencia del leñador es pura interpretación moderna.

El bosque se va haciendo tropical, el calor se deja sentir, da ganas por momentos de arrancarse la capa o más bien arrancarse el resto de la ropa y envuelta sólo en la capa que está adquiriendo brillos en sus pliegues revolcarse sobre el refrescante musgo.

Hay frutas tentadoras por estas latitudes. Muchas al alcance de la mano. Hay hombres como frutas: los hay dulces, sabrosos, jugosos, urticantes.

Es cuestión de irlos probando de a poquito.

¿Cuántos sapos habrá que besar hasta dar con el príncipe?

¿Cuántos lobos, pregunto, nos tocarán en vida?

Lobo tenemos uno sólo. Quienes nos tocan son apenas su sombra.

¿Dónde vas, Caperucita, con esa canastita tan abierta, tan llena de promesas?, me pregunta el lobo, relamiéndose las fauces.

Andá a cagar, le contesto, porque me siento grande, envalentonada.

Y reanudo mi viaje.

El bosque tan rico en posibilidades parece inofensivo. Madre me dijo cuidado con el lobo, y me mandó al bosque. Ha transcurrido mucho camino desde ese primer paso y sin embargo, sin embargo me lo sigue diciendo cada tanto, a veces muy despacio, al oído, a veces pegándome un grito que me hace dar un respingo y me detiene un rato.

Me quedo temblando, agazapada en lo posible bajo alguna hoja gigante, protectora, de ésas que a veces se encuentran por el bosque tropical y los nativos usan para resguardarse de la lluvia. Llueve mucho en esta zona y una puede llegar a sentirse muy sola, sobre todo cuando la voz de madre previene contra el lobo y el lobo anda por ahí y a una se le despierta el miedo. Es prudencia, le dicen.

Por suerte a veces puede aparecer alguno que desata ese nudo.

Esta fruta sí que me la como, le pego mi tarascón y a la vez la meto con cuidado en la canasta para dársela a abuela. Madre sonríe, yo retozo y me relamo. Quizá el lobo también. Alguna hilacha de mi roja capa se engancha en una rama y al tener que partir lloro y llora mi capa roja, algo desgarrada.

Después logro avanzar un poco, chiflando bajito, haciéndome la desentendida, sin abandonar en ningún momento mi canasta. Si tengo que cargarla la cargo y trato de que no me pese demasiado. No por eso dejo ni dejaré de irle incorporando todo aquello que pueda darle placer a abuela.

Ella sabe. Pero el placer es sobre todo mío.

Mi madre en cambio me previene, me advierte, me reconviene y me apostrofa. Igual me mandó al bosque. Parece que abuelita es mi destino mientras madre se queda en casa cerrándole la puerta al lobo.

El lobo insiste en preguntarme dónde voy y yo suelo decirle la verdad, pero no cuento qué camino he de tomar ni qué cosas haré en ese camino ni cuánto habré de demorarme. Tampoco yo lo sé, si vamos al caso, sólo sé —y no se lo digo— que no me disgustan los recovecos ni las grutas umbrosas si encuentro compañía, y algunas frutas cosecho en el camino y hasta quizá florezca, y mi madre me dice sí, florecer florece pero ten cuidado. Con el lobo, me dice, cuidado con el lobo y yo ya tengo la misma voz de madre y es la voz que escuché desde un principio: toma nena, llévale esta canastilla, etcétera. Y ten cuidado con el lobo.

¿Y para eso me mandó al bosque?

El lobo no parece tan malo. Parece domesticable, a veces.
El rojo de mi capa se hace radiante al sol de mediodía. Y es mediodía en el bosque y voy a disfrutarlo.
A veces aparece alguno que me toma de la mano, otro a veces me empuja y sale corriendo; puede llegar a ser el mismo. El lobo gruñe, despotrica, impreca, yo sólo lo oigo cuando aúlla de lejos y me llama.
Atiendo ese llamado. A medida que avanzo en el camino más atiendo ese llamado y más miedo me da. El lobo.

A veces para tentarlo me pongo piel de oveja.
A veces me le acerco a propósito y lo azuzo.
Búúú, lobo, globo, bobo, le grito. Él me desprecia.
A veces cuando duermo sola en medio del bosque siento que anda muy cerca, casi encima, y me transmite escozores nada desagradables.
A veces con tal de no sentirlo duermo con el primer hombre que se me cruza, cualquier desconocido que parezca sabroso. Y entonces al lobo lo siento más que nunca. No siempre me repugna, pero madre me grita.

Cierta tarde de plomo, muy bella, me detuve frente a un acerado estanque a mirar las aves blancas. Gaviotas en pleno vuelo a ras del agua, garzas en una pata esbeltas contra el gris del paisaje, realzadas en la niebla.
Quizá me demoré demasiado contemplando. El hecho es que al retomar camino encontré entre las hojas uno de esos clásicos espejos. Me agaché, lo alcé y no pude menos que dirigirle la ya clásica pregunta: espejito, espejito, ¿quién es la más bonita? ¡Tu madre, boluda! Te equivocaste de historia —me contestó el espejo.
¿Equivocarme, yo? Lo miré fijo, al espejo, desafiándolo, y vi naturalmente el rostro de mi madre. No le había pasado ni un minuto, igualita estaba al día cuando me fletó al bosque camino a lo de abuela. Sólo le sobraba ese rasguño en la frente que yo me había hecho la noche anterior con una rama baja. Eso, y unas arrugas de preocupación, más mías que de ella. Me reí, se rió, nos reímos, me reí de este lado y del otro lado del espejo, todo pareció más libre, más liviano; por ahí hasta rió el espejo. Y sobre todo el lobo.

Desde ese día lo llamo Pirincho, al lobo. Cuando puedo. Cuando me animo.

Al espejo lo dejé donde lo había encontrado. También él estaba cumpliendo una misión, el pobre: que se embrome, por lo tanto, que siga laburando.

Me alejé sin echarle ni un vistazo al reflejo de mi bella capa que parece haber cobrado un nuevo señorío y se me ciñe al cuerpo.

Ahora madre y yo vamos como tomadas de la mano, del brazo, del hombro. Consustanciadas. Ella cree saber, yo avanzo. Ella puede ser la temerosa y yo la temeraria.

Total, la madre soy yo y desde mí mandé a mí-niña al bosque. Lo sé, de inmediato lo olvido y esa voz de madre vuelve a llegarme desde afuera.

De esta forma hemos avanzado mucho.

Yo soy Caperucita. Soy mi propia madre, avanzo hacia la abuela, me acecha el lobo.

¿Y en ese bosque no hay otros animales?, me preguntan los desprevenidos. Por supuesto que sí. Los hay de toda laya, de todo color, tamaño y contextura. Pero el susodicho es el peor de todos y me sigue de cerca, no me pierde pisada.

Hay bípedos implumes muy sabrosos; otros que prometen ser sabrosos y después resultan amargos o indigestos. Hay algunos que me dejan con hambre. La canastita se me habría llenado tiempo atrás si no fuera como un barril sin fondo. Abuela va a saber apreciarlo.

Alguno de los sabrosos me acompaña por tramos bastante largos. Noto entonces que el bosque poco a poco va cambiando de piel. Tenemos que movernos entre cactus de aguzadas espinas o avanzar por pantanos o todo se vuelve tan inocuo que me voy alejando del otrora sabroso, sin proponérmelo, y de golpe me encuentro de nuevo avanzando a solas en el bosque de siempre.

Uno que yo sé se agita, me revuelve las tripas.

Pirincho. Mi lobo.

Parece que la familiaridad no le cae en gracia.

Se me ha alejado. A veces lo oigo aullar a la distancia y lo extraño. Creo que hasta lo he llamado en alguna oportunidad, sobre todo para que me refresque la memoria. Porque ahora de tarde en tarde me cruzo con alguno de los sabrosos y a los pocos pasos lo olvido. Nos miramos a fondo, nos gustamos, nos tocamos la punta de los dedos y después ¿qué?, yo sigo avanzando como si tuviera que ir a alguna parte, como si fuera cuestión de apurarse, y lo pierdo. En algún recodo del camino me olvido de él, corro un ratito y ya no lo tengo más a mi lado. No vuelvo atrás para buscarlo. Y era alguien con quien hubiera podido ser feliz, o al menos vibrar un poco.

Ay, lobo, lobo, ¿dónde te habrás metido?

Me temo que esto me pasa por haberle confesado adónde iba. Pero se lo dije hace tanto, éramos inocentes...

Por un camino tan intenso como éste, tan vital, llegar a destino no parece atractivo. ¿Estará la casa de abuelita en el medio del bosque o a su vera? ¿Se acabará el bosque donde empieza mi abuela? ¿Tejerá ella con lianas o con fibras de algodón o de lino? ¿Me podrá zurcir la capa?

Tantas preguntas.

No tengo apuro por llegar y encontrar respuestas, si las hay. Que espere, la vieja; y vos, madre, disculpáme. Tu misión la cumplo pero a mi propio paso. Eso sí, no he abandonado la canasta ni por un instante. Sigo cargando tus vituallas enriquecidas por las que le fui añadiendo en el camino, de mi propia cosecha. Y ya que estamos, decíme, madre: la abuela, ¿a su vez te mandó para allá, al lugar desde donde zarpé? ¿Siempre tendremos que recorrer el bosque de una punta a la otra?

Para eso más vale que nos coma el lobo en el camino.

¿Lobo está?

¿Dónde está?

Sintiéndome abandonada, con los ojos llenos de lágrimas, me detengo a remendar mi capa ya bastante raída. A estas alturas el bosque tiene más espinas que hojas. Algunas me son útiles: si antes me desgarraron la capa, ahora a modo de alfileres que mantengan unidos los jirones.

Con la capa remendada, suelta, corro por el bosque y es como si volara y me siento feliz. Al verme pasar así, alguno de los desprevenidos pega un manotón pretendiendo agarrarme de la capa, pero sólo logra quedarse con un trozo de tela que alguna vez fue roja.

A mí ya no me importa. La mano no me importa ni me importa mi capa. Sólo quiero correr y desprenderme. Ya nadie se acuerda de mi nombre. Ya habrán salido otras caperucitas por el bosque a juntar sus frutillas. No las culpo. Alguna hasta quizá haya nacido de mí y yo en alguna parte debo de estarle diciendo: nena, niñita hermosa, llévale esta canastita a tu abuela que vive del otro lado del bosque. Pero ten cuidado con el lobo. Es el Lobo Feroz.

¡Feroz! ¡Es como para morirse de la risa!

Feroz era *mi* lobo, el que se me ha escapado.

Las caperucitas de hoy tienen lobos benignos, incapaces. Ineptos. No como el mío, reflexiono, y creo recordar el final de la historia.

Y por eso me apuro.

El bosque ya no encierra secretos para mí aunque me reserva cada tanto alguna sorpresita agradable. Me detengo el tiempo necesario para incorporarla a mi canasta y nada más. Sigo adelante. Voy en pos de mi abuela (al menos eso creo).

Y cuando por fin llego a la puerta de su prolija cabaña hecha de troncos, me detengo un rato ante el umbral para retomar aliento. No quiero que me vea así con la lengua colgante, roja como supo ser mi caperuza, no quiero que me vea con los colmillos al aire y la baba chorreándome de las fauces.

Tengo frío, tengo los pelos ásperos y erizados, no quiero que me vea así, que me confunda con otro. En el dintel de mi abuela me lamo las heridas, aúllo por lo bajo, me repongo y recompongo.

No quiero asustar a la dulce ancianita: el camino ha sido arduo, doloroso por momentos, por momentos sublime.

Me voy alisando la pelambre para que no se me note lo sublime.

Traigo la canasta llena. Y todo para ella. Que una mala impresión no estropee tamaño sacrificio.

Dormito un rato tendida frente a su puerta pero el frío de la noche me decide a golpear. Y entro. Y la noto a abuelita muy cambiada.

Muy, pero *muy* cambiada. Y eso que nunca la había visto antes.

Ella me saluda, me llama, me invita.

Me invita a meterme en la cama, a su lado.

Acepto la invitación. La noto cambiada pero extrañamente familiar.

Y cuando voy a expresar mi asombro, una voz en mí habla como si estuviera repitiendo algo antiquísimo y comenta:

—Abuelita, qué orejas tan grandes tienes, abuelita, qué ojos tan grandes, qué nariz tan peluda

(sin ánimos de desmerecer a nadie).

Y cuando abro la boca para mencionar su boca que a su vez se va abriendo, acabo por reconocerla.

La reconozco, lo reconozco, me reconozco.

Y la boca traga y por fin somos una.

Calentita.

No se detiene el progreso

A sus espaldas, suponiendo que las tuviera, le decía la Brhada: combinación de bruja y hada, porque no se animaban a pronunciarse del todo por lo primero. Era sin embargo el hada más sensata de la comarca, cualidad no demasiado bien vista en aquellos tiempos por demás atrabiliarios. Nadie parecía apreciarla, a pesar de no ser competencia para hembra alguna. Era desdentada, desgreñada, desfachatada y, peor aún, vieja, cualidad esta última también poco apreciada en tiempos cuando casi todos tenían la suprema cortesía de morir en la flor de la edad. Medio marchita, la flor, a veces, pero flor al fin. Sin trucos.

Por todo esto y más también, el rey y la reina omitieron invitarla al supremo banquete de bautismo alegando más tarde olvido por falta de visibilidad de parte de la Brhada. Pero en toda la comarca corrieron rumores de omisión culposa: por razones estéticas, por miedo al papelón, por prejuicios raciales ya que ella era bastante oscura, por temor supersticioso, lo que fuera. El hecho concreto es que no la invitaron. Ningún heraldo montado en brioso corcel se tomó la molestia de cabalgar las leguas y leguas hasta su puerta para entregarle el bando. Cierto es que no podía llamarse puerta a ese amasijo de tablas mal clavadas que obturaba con escaso éxito la entrada a su covacha. Si es por eso, tampoco podía llamarse bando a la participación que portaban los heraldos, inscripta en letras de oro anunciando el nacimiento de la tan anhelada princesita y conminando sobre todo a las hadas a asistir al banquete de bautismo.

Como quiera que fuese, la mal llamada Brhada perdida entre las grutas más allá del bosque de retorcidos cedros supo del nacimiento y del bautismo y también de la omisión culposa. Mucho había vivido y aprendido y entendido sobre seres humanos como para sentirse ofendida. No tenía razón para condenar a los monarcas pero tampoco tenía razón para privarlos de su siempre saludable presencia. Con su peine hecho de ramitas secas intentó arreglarse las mechas y con un manojo de plumas de ganso intentó desempolvar sus harapos de gala.

Al verla en tan desusada actividad, el entenado a su cargo quiso desalentarla rogándole que no fuera. "Abuela, abuela", suplicó Buerdagundo, que así se llamaba el adolescente, "por favor, abuela, no vaya donde no la quieren".

"Buerdagundo", contestóle ella medio indignada. "Buerdagundo, ya eres grande y es hora de saber que no debes meterte en las cosas de los grandes. Ni debes pensar que hay parte alguna en todo este vastísimo universo donde no se me quiera. Además, te he dicho una y mil veces que no me llames abuela, no soy tu abuela, y el apelativo me envejece."

"Perdón, madrina, mi hada madrina, ¿pero qué haré, pobrecito de mí, mientras su merced esté ausente?"

"Puedes entretenerte con tu nuevo invento, niño."

"No es mi invento, no es mi invento, usted me lo dibujó tan bonito en la tierra, ¿y ahora qué hago con eso? Yo sólo lo fabriqué en madera como usted lo dibujó", lloriqueó Buerdagundo. "Lo hice porque se parecía al sol, bien redondo con rayos hacia el centro. Es lindo verlo girar. ¿De qué sirve? ¿Y cómo se llama?"

"Qué sé yo. Se trata de algo totalmente nuevo. Por lo pronto puedes entretenerte poniéndole nombre", le sugirió la Brhada para calmarlo.

Al bueno de Buerdagundo entusiasmóle la idea, por lo cual empezó a saltunguear y a batir palmas. Y de golpe se le iluminó la sonrisa:

"¡Ruda, ruda!", exclamó para bautizar el innominado objeto.

"No seas grosero", indignóse la Brhada. "A un hada de mi categoría no se le menciona esa planta maloliente y propensa a los hechizos. Rueda, querrás decir, rueda, ¿no te parece un nombre bien bonito?"

Y con estas palabras de despedida, la mayor o mejor dicho la de aspecto más vetusto de las hadas del reino se dispuso a trasladarse de un soplo hasta el castillo.

Se decía por ahí que sus poderes estaban herrumbrados, pero eso no era en absoluto cierto. Ella se había dejado, eso sí, marcar por las experiencias y había asumido su vida hasta el punto de permitirse envejecer despreocupándose de su aspecto de hada. De las doce hadas del reino, fue única en no usar sus poderes para combatir arrugas y achaques, por eso al caminar se doblaba en dos pero cuando de volar se trataba, volaba como la más grácil de entre ellas. Y cuando se trataba de crear cosas nuevas era la más creativa. Por lo cual le resultaba imposible sospechar que ya tenía reemplazante en el centro del reino.

Se volatilizó con el corazón liviano, para materializarse casi en ese mismo instante a las puertas del castillo más allá del puente levadizo sobre el foso de los cocodrilos, donde los lacayos desconcertados pretendieron impedirle el paso. La Brhada ni tiempo tuvo de apelar a sus artes de magia cuando los monarcas dieron la orden de hacerla pasar. Y tratando de remediar el gran error de no haberla invitado —negligencia que podía costarles caro— la sentaron a la mesa de las hadas.

Éstas al verla se apuraron a deglutir los manjares para lograr brindarle a la princesita todos los dones antes de que fuera demasiado tarde, antes de que la Brhada hiciera una de las suyas. Y así nimbaron a la recién nacida de cuanta femenina cualidad podía ocurrírseles, y la hicieron la más bella, la más tierna, virtuosa, rica, refinada, resplandeciente, hacendosa, encantadora, grácil, espiritual y misteriosa de las futuras damas.

Presenciando la escena nuestra hada rió entre diente —le quedaba uno solo— y decidió hacer algo para evitar el total empalago. No adivinó la presencia del hada nueva que se había escondido tras los cortinados decidida a cederle el turno para tratar después de mitigar su probable maleficio. Tampoco previó que por los siglos de los siglos se hablaría de maleficio en relación con ella al narrar la historia de los dones. Se ve que los poderes empezaban a mermarle, a la Brhada. O quizá digo mal: los poderes no merman con la edad, se acrecientan, así como había ido acrecentándose su inocencia. Se creyó la última hada, y se sintió sagaz, y frente a la esplendorosa cuna de la princesita ya bañada en el radiante almíbar de los dones, decretó que al llegar a la pubertad la más bella y tierna y grácil y simpática de todas la princesas moriría pinchada. Por un huso.

La Brhda logró así abolir de manera elegante, y nada menos que por prohibición real, el uso del huso. Al menos en ese vasto reino y sus alrededores.

Las hilanderas debieron de estarle agradecidas: ya no se llagarían más las yemas de los dedos hilando penosamente. El artefacto de Buerdagundo encontró verdadera aplicación y para el caso no se llamó más rueda, sino rueca.

El plan de la Brhada se habría cumplido a las mil maravillas de no haber sido, como todos sabemos, por cierta hadita entro-
metida y cierta remota vieja sorda que ignoró con sincera ignorancia
la prohibición del rey. Al cumplir los quince años la radiante
princesa se encontró con la vieja hilandera y
        como consecuencia de estos oficios poco lúcidos

Cien años después
empiezan a abrirse las malezas que protegen y a la vez aprisionan
a la bella durmiente y su cortejo.

Esas matas espinosas y esas zarzas, las gigantescas
plantas carnívoras y las más urticantes de las ortigas se hacen
benignas. Todo lo que era maraña impenetrable se alacia, donde
había ciénagas empiezan a fluir arroyos cristalinos. Hasta las
alimañas van perdiendo ponzoña, la tarántula se torna lampiña
y rubia y se le borran los colmillos de los que manaba un veneno
verdusco. Las serpientes son ahora meras culebras. El sol va poco
a poco penetrando la fronda y secando las miasmas, va poniendo color allí donde todo era humedad y moho y emanaciones
tóxicas.

Al avanzar, el príncipe azul cree ir restableciendo el orden.
En realidad el orden va encontrando solito su propio diapasón
interior. Y a lo lejos se oyen suspiros, una como respiración humana
que les va borrando a las tinieblas su condición de espanto.

Los vapores ascendiendo del suelo son ahora perfuma-
dos, no ya fétidos, la descomposición a ras de tierra parece
haberse revertido y la caverna profunda profundísima que se fue
tragando a todos los demás príncipes azules se ha cerrado.

Ha transcurrido un siglo.

La princesa de los dones está como entonces, como en el
momento de dormirse: bella, resplandeciente, refinada, hacendosa, más misteriosa que nunca. Y bastante atrasada de noticias.
Sus ropajes son de otras épocas, y no sólo sus ropajes.

El príncipe azul sólo atina a cambiarle el ajuar. Es así
como la quiere, con ideas de antes y la moda de su tiempo. Ella
se deja hacer, sacude a sus doncellas y lacayos para despertarlos
largo rato después de haber sido despertada, ella misma, por el
príncipe, con un beso.

Princesa y príncipe, enamorados, cabalgan el brioso corcel
blanco para dejar atrás el castillo demasiado carcomido por la
fronda.

Lo que el príncipe nunca llegará a saber es que su amada princesa cien años atrás se durmió de un pinchazo. Y tampoco le importa.

¿Qué es un siglo de sueño en la vida de una dama de alcurnia? Apenas un destello.

El mundo no le ha pasado por encima porque el mundo, con todo su horror y destemplanza, no concierne a las damas. Ella toca el laúd como un ángel, sabe cantar y bordar y hacer bolillo, es a más no poder hermosa, y si de vez en cuando su cuerpo desprende un cierto olor a moho y su vello púbico se hace como de líquen, al príncipe no le importa. Ella no se preocupa por esas nimiedades y el príncipe la quiere tal cual, inocente de todo cuestionamiento vano.

La ama así y no le importa mientras ella no intente abandonar sus aposentos o enterarse de las cosas de la corte. La ama con pasión creciente mientras ella se sumerge cada vez en sueños más profundos donde cabalga víboras y la sangre se le hace clorofila y todo su cuerpo ruge como rugen las ranas a merced de tormentas. La ama mientras de sus gráciles brazos van creciendo poco a poco unos zarcillos viscosos que lo atrapan.

4 Príncipes 4

Príncipe 1

Como príncipe puede que tenga sus defectos, pero sabe que para sapo es una maravilla. Igual está triste. La doncella que lo besó ya no es más de este mundo. En su momento el príncipe no quiso dejar una testigo de la mutación por él sufrida, y ahora se arrepiente. No hay nadie en el castillo que pueda narrarle su pasado, y él necesita que le hablen del charco, del repetido croar: es una cuestión de voces. Para el amor, para la reproducción digamos, le es imprescindible una voz vibrante con las exactas entonaciones de su especie. Ella era así, tenía el tono justo, pudo comprender la súplica de él. Ella comprendió y después de pensarlo un rato, atendiendo a sus ruegos, lo besó. A causa de ese simple acto no contó el cuento.

Ahora el príncipe-sapo, en su aislamiento afectivo, sólo puede repetírselo a quien quiera escucharlo. A veces lo embellece, al cuento.

No es lo mismo.

Príncipe 2

Este príncipe practica su beso que despierta. Reconoce ser único en dicha habilidad y pretende afinarla al máximo. Su éxito no es total. No importa: es extremadamente apuesto, joven, tiene tiempo.

Considera que su éxito no es total y absoluto no porque las doncellas que besa no despierten, no. Todo lo contrario. Sabe llegarse con gran sigilo hasta las castas alcobas y cuando encuentra a las doncellas sumidas en el más profundo de los sueños, las besa. Y las doncellas despiertan. Demasiado. Se vuelven exigentes, despiertan a la vida, al mundo, a sus propios deseos y apetencias; empiezan los reclamos.

No es así como él las quiere.

Insiste en su empeño porque algún día le tocará la verdadera prueba, la definitiva. Sabe que en algún lugar del desaforado reino yace una princesa hermosa, irremisiblemente dormida, que lo está esperando para su salvación. La salvación de ella y también la de él. Simultáneas, equivalentes.

Entregado a la búsqueda, el príncipe de nuestra historia besa por acá y besa por allá sin prestar demasiada atención a los resultados. Besa y se va, apenas un poco inquieto. Los años no pasan para él mientras persiste en su búsqueda. Él sigue igual de joven y de apuesto, presumiblemente más sabio. Ya besa con más sigilo, pero su beso obtiene resultados cada vez más profundos. Sigue buscando tan sólo en apariencia, desinteresado por dichos resultados.

Y cuando por fin encuentra a la bella princesa durmiente, la misma que lo espera desde siempre para ser despertada por él, no la toca. Sin besarla ni nada, sin siquiera sacarla de su facetado sarcófago de cristal, la hace transportar a palacio con infinitas precauciones. Allí la ubica en una estancia cerrada a resguardo del sol y desde lejos la contempla, inmóviles ella y él, distantes. Ella es una joya. Ella es hermosa y yace en su sarcófago como pidiendo el beso. Al príncipe el beso que despierta se le seca en la boca, se le seca la boca, todo él se seca porque nunca ha logrado aprender cómo despertar lo suficiente sin despertar del todo.

"La respeto", les dice a quienes quieran escucharlo.

Y ellos aprueban.

Príncipe 3

Había una vez un príncipe que se negaba rotundamente a contraer enlace. Le presentaban a las doncellas más hermosas, y nada. Sus razones tendría, pero nadie, absolutamente nadie en todo el dilatado reino estaba dispuesto a escucharlas, suponiendo que el tan reacio príncipe estuviese a su vez dispuesto a detallarlas. Nadie lo escuchaba, y menos aún sus coronados padres, ancianos ya, quienes soñaban con una corte de nietecillos, o al menos con un sucesor del sucesor, para asegurar la continuidad de la muy azulada sangre.

Tan perentoriamente le reclamaban al príncipe que se buscara novia, que el pobre llegó a idear un subterfugio:

se casaría con la princesa que, al dormir, percibiera o percibiese (le daba lo mismo) un guisante seco del tamaño exacto de un guisante seco oculto bajo siete colchones de la mejor lana del reino.

"Quiero esposa extremadamente sensible", alegó el príncipe, y los monarcas aceptaron la exigencia del delfín comprendiendo que la sensibilidad, así sea epidérmica, resulta excelente requisito para una futura reina.

Fue así como emisarios montados en los más briosos corceles de palacio emprendieron la carrera allende bosques y sierras hacia los reinos periféricos, y las jóvenes princesitas casaderas se aprestaron a dormir sobre los siete colchones designados sin saber bien qué se esperaba de ellas pero teniendo las más oscuras, deleitosas sospechas. Por cierto infundadas, las sospechas. Por lo tanto ninguna de ellas detectó el guisante oculto bajo el séptimo colchón contando desde arriba, y el príncipe de nuestro cuento estuvo en un tris de celebrar su celibato cuando de lejos se vio llegar la carroza aquella a paso de hombre cansado.

Lenta, lentísimamente avanzó la carroza hasta las puertas mismas del castillo, y dieciocho lacayos con guantes acolchados depositaron a la princesa sobre un espumoso palanquín especialmente diseñado para ella.

Era muy hermosa la joven princesita, muy rubiecita y blanca, y los monarcas del reino se alegraron porque intuyeron que ella sí pasaría la prueba. E intuyeron bien. Y se fijó fecha para la magna boda, pero hubo que ir postergándola y postergándola por problemas de la futura esposa: que el recamado de perlas del vestido de novia se le clavaba en la finísima piel de sus hombros color albayalde, que el velo de tul de ilusión le raspaba la naricita, que una sutilísima costura en los guantes de gasa le arañaba la mano. Esos detalles.

El príncipe daba órdenes y contraórdenes a las costureras reales pretendiendo satisfacer a su prometida, pero sin jamás de los jamases convocar a hada alguna por miedo a que le arruinara el pastel. No precisamente el de bodas.

Príncipe 4

En este reino remoto el príncipe tiene un nombre para ser leído de atrás para adelante y de delante para atrás. Así como su nombre son sus acciones. No se cotizan en bolsa. No admiten crítica ni comentario alguno.

Nuestro príncipe parece haber aprendido artes marciales de Oriente y sabe: él no está nunca donde debería estar, donde estaba un segundo atrás. Por lo tanto allí donde sus enemigos golpean él ya no está. Así es de escurridizo. No está en sus promesas ni en sus afirmaciones del minuto anterior ni en la palabra empeñada. El Monte de Piedad del reino está atiborrado con las palabras del príncipe; él no las reclama. Palabra empeñada o dada es palabra que ya no le interesa, ni siquiera para arrinconarla en la memoria.

La palabra memoria, verbigracia: olvidada por decreto, relegada desde su más tierna infancia. El mísero nacimiento de un recuerdo es aquí motivo de ostracismo.

No hay en este reino ni persecución ni cárceles. Simplemente hay nuevas reglas de juego. Siempre, a cada paso, las reglas son otras y otro es el juego para el gran vencedor, el príncipe.

Todo empieza con él y con él todo acaba. Quienes no pueden seguirlo, quienes no cambian de dirección y mutan y atienden los intereses del príncipe, caen como pins. No importa. Ya no se juega al bowling. Se juega a otros juegos más sutiles y recientes. Se juega al Final de la Historia, o al Posmodernismo, juego este que es pura parodia, que nunca es tomado en serio, gracias a lo cual cumple con precisión su cometido.

La densidad de las palabras

Mi hermana, dicen, se parecía a padre. Yo —dicen— era el vivo retrato de madre, genio y figura. "Como todo el mundo quiere generalmente a quien se le asemeja, esta madre adoraba a su hija mayor y sentía al mismo tiempo una espantosa aversión hacia la menor. La hacía comer en la cocina y trabajar constantemente." Así al menos reza el cuento, parábola o fábula, como quieran llamarlo, que se ha escrito sobre nosotras. Se lo puede tomar al pie de la letra o no, igual la moraleja final es de una perversidad intensa y mal disimulada.

Padre, en el momento de narrarse la historia, ya no estaba más acá para confirmar los hechos.

El hada tampoco.

Porque hada hubo, según parece. Un hada que se desdobló en dos y acabó mandándonos a cada una de las hermanas a cumplir con ferocidad nuestros destinos dispares. Destinos demasiado esquemáticos. Intolerables ambos.

¿Qué clase de hermanas fuimos? Qué clase de hermanas, me pregunto. Y otras preguntas más: ¿quién quiere parecerse a quién? ¿Quién elige y por qué?

Bella y dulce como era, se cuenta —parecida a nuestro padre muerto, se cuenta—, mi hermana en su adolescencia hubo de pagar los platos rotos o más bien lavarlos, y fregar los pisos e ir dos veces por día a la lejana fuente en procura de agua. Parecida a madre, la muy presente, tocóme como ella ser la mimada, la orgullosa, la halagada, la insoportable y caprichosa, según lo cuenta el tal cuento.

Ahora las cosas han cambiado en forma decisiva

y

de mi boca salen sapos y culebras.

De mi boca salen sapos y culebras. No es algo tan terrible como suena, estos animalejos tienen la piel viscosa, se deslizan con toda facilidad por mi garganta.

El problema reside en que ahora nadie me quiere, ni siquiera madre que antes parecía quererme tanto. Alega que ya no me parezco más a ella. No es cierto: ahora me parezco más que nunca.

De todos modos es así y no tengo la culpa. Abro la boca y con naturalidad brotan los sapos y brotan las culebras. Hablo y las palabras se materializan. Una palabra corta, un sapo. Las culebras aparecen con las palabras largas, como la misma palabra culebra, y eso que nunca digo víbora. Para no ofender a madre.

Aunque fue ella quien me exilió al bosque, a vivir entre zarzas después de haberme criado entre algodones. Todo lo contrario de mi hermana que a partir de su hazaña vive como princesa por haber desposado al príncipe.

"Tú en cambio nunca te casarás, hablando como hablas actualmente, bocasucia", me increpó madre al poco de mi retorno de la fuente, y pegó media vuelta para evitar que le contestara y le llenara la casa de reptiles. Limpitos, todos ellos, aclaro con conocimiento de causa.

Ya no recuerdo en cuál de mis avatares ni en qué época cometí el pecado de soberbia.

Tengo una vaga imagen de la escena, como en sueños. Me temo que no se la debo tanto a mi memoria ancestral como al hecho de haberla leído y releído tantas veces y en versiones varias.

Todo empieza —empezó— cierta mañana cuando mi hermana de regreso de la fuente nos dijo Buenos días y de su boca saltaron dos perlas enormes que se echaron a rodar. Mi madre les dio caza antes de que desaparecieran bajo la alacena. Bien, rió mi hermana y de su boca cayó una esmeralda, y por fin puesta a narrar su historia regó por todo el piso fragantes flores y fulgurantes joyas.

Mi madre entonces ni corta ni perezosa me ordenó ir a la misma fuente de la que acababa de retornar mi hermana para que la misma hada me concediera un idéntico don. Por una sola vez, insistió madre, ni siquiera debes volver con el cántaro lleno, sólo convidarle unos sorbos a la horrible vieja desdentada que te los pida, como hizo tu hermana y mira qué bien le fue. No es horrible, protestó mi hermana la muy magnánima y de su boca chorrearon unas rosas y me pregunté por qué no se pincharía de una buena vez con las espinas. Para nada horrible, claro está, se retractó madre rápidamente, para nada: se trata de un hada generosa aunque muy entrada en años que le concedió a tu hermana este resplandeciente don y contigo hará lo propio. Tu bella hermana, dice ahora al verla por vez primera.

Fue así como me encaminé a la fuente, protestando. Llevaba un leve botellón de plata y me instalé a esperar la aparición de la desdentada pedigüeña. Dispuesta estaba a darle su sorbo de agua al hada vieja, sí, pero no a la dama de alcurnia, emperifollada ella, que apareció de golpe y me reclamó un trago como quien da una orden. No señora, le dije categórica, si tenéis sed procuraos vos misma un recipiente, que yo estoy acá para otros menesteres.

Y fue así como

ahora

estoy sola en el bosque y de mi boca
s a l e n   s a p o s   y   c u l e b r a s.
No me arrepiento del todo: ahora soy escritora.

Las palabras son mías, soy su dueña, las digo sin tapujos, emito todas las que me estaban vedadas; las grito, las esparzo por el bosque porque se alejan de mí saltando o reptando como deben, todas con vida propia. Me gustan, me gusta poder decirlas aunque a veces algunas me causen una cierta repugnancia. Me sobrepongo a la repugnancia y ya puedo evitar totalmente las arcadas cuando la viscosidad me excede. Nada debe excederme. Los sapos me rondan saltando con cierta gracia, a las culebras me las enrosco en los brazos como suntuosas pulseras. Los hombres que quieren acercarse a mí —los pocos que aparecen por el bosque— al verlas huyen despavoridos.

Los hombres se me alejan para siempre.

¿Será ésta la verdadera maldición del hada?

Porque una maldición hubo. Hasta la cuenta el cuento, fábula o parábola del que tengo una vaga memoria —creo haberlo leído—. La reconozco en esto del decir mal, del mal decir diciendo aquello que los otros no quieren escuchar y menos aún ver corporizado. Igual al apropiarme de todas las palabras mientras merodeo por el bosque me siento privilegiada. Y bastante sola. Los sapos y culebras no son compañía lúcida aunque los hay de colores radiantes como joyas. Son los más ponzoñosos. Hay culebras amigas, sin embargo, ranitas cariñosas. Me consuelan.

Me consuelan en parte. Pienso a veces en mi hermana, la que fue a la fuente y retornó escupiendo tesoros. Sus dulces palabras se volvieron jazmines y diamantes, rubíes, rosas, claveles, amatistas. El recuerdo no me hace demasiado feliz. Mi hermana, me lo recuerda el cuento, era bella, dulce, bondadosa. Y además se convirtió en fuente de riquezas. El hijo del rey no desaprovechó tamaña oportunidad y se casó con ella.

Yo, en cambio, entre sapos y culebras, escribo. Con todas las letras escribo, con todas las palabras trato de narrar la otra cara de una historia de escisiones que a mí me difama.

Escribo para pocos porque pocos son quienes se animan a mirarme de frente.

Este aislamiento de alguna forma me enaltece. Soy dueña de mi espacio, de mis dudas —¿cuáles dudas?— y de mis contriciones.

Ahora sé que no quiero bellas señoras que vengan a pedirme agua. Quizá no quiera hadas o maravillamientos. Me niego a ser seducida.

Casi ni hablo.

A veces lo viscoso emerge igual, en un suspiro.

De golpe se me escapa de la boca una lagartija iridiscente. Me hace feliz, por un buen rato quedo contemplándola, intento emitir otra sin lograrlo, a pesar de reiterar la palabra lagartija. Sólo sapos y más sapos que no logran descorazonarme del todo. Beso algunos de los sapos por si acaso, buscando la forma de emular a mi hermana. No obtengo resultado, no hay príncipe a la vista, los sapos siguen sapos y salidos como salen de mi boca quizá hasta pueda reconocerlos como hijos. Ellos son mis palabras. Entonces callo. Sólo la lagartija logra arrancarme una sonrisa. Sé que no puedo atraparla y ni pienso en besarla. Sé también que de ser hembra, y bajo ciertas circunstancias, podría reproducirse solita por simple partenogénesis, como se dice. Ignoro a qué sexo pertenece. Otro misterio más, y ya van cientos.

Pienso en mi hermana, allá en su cálido castillo, recamándolo todo con las perlas de palabras redondas, femeninas. Mi lagartija, de ser macho, de encontrar a su hembra, le mordería el cuello enroscándose sobre ella hasta consumar un acto difícilmente imaginable por la razón pero no por lo sentidos. Mi hermana allá en la protección de su castillo azul —color de príncipe— estará todo el día armando guirnaldas con sus flores, enhebrando collares de piedras preciosas variopintas y coronas que caducarán en parte. En cambio yo en el bosque no conozco ni un minuto de tedio. Yo me tengo que ir abriendo camino en la maleza mientras ella andará dando vueltas por un castillo rebosante de sus propias palabras. Debe proceder con extrema cautela para no rodar por culpa de una perla o para no cortarse la lengua con el filo de un diamante. Sus besos deben ser por demás silenciosos. Dicen que el príncipe es bellísimo, dicen que no es demasiado intelectual y la conversación de mi hermanita sólo le interesa por su valor de cambio. No puede ser de otra manera. Ella hablará de bordados, del tejido, de los quehaceres domésticos que ama ahora que no tiene obligación alguna de ejercerlos. El castillo desborda de riquezas: las palabras de ella.

Yo a mis palabras las escribo para no tener que salpicarlas con escamas. Igual relucen, a veces, según cómo les dé la luz, y a mí se me aparecen como joyas. Son esas ranitas color fuego con tachas de color verde quetzal, tan pequeñas que una se las pondría de prendedor en la solapa, tan letales que los indios de las comarcas calientes las usan para envenenar sus flechas. Yo las escupo con cierta gracia y ni me rozan la boca. Son las palabras que antes me estaba prohibido mascullar. Ahora me desacralizan, me hacen bien. Recupero una dignidad desconocida.

Las hay peores. Las estoy buscando.

Antes de mandarme al exilio en el bosque debo reconocer que hicieron lo imposible por domarme. Calla, calla, me imploraban. El mejor adorno de la mujer es el silencio, me decían, en boca cerrada no entran moscas. ¿No entran? ¿Entonces con qué alimento a mis sapos?, pregunté alarmada, indignada más bien, sin admitir que mis sapos no existen antes de ser pronunciados.

Triste es reconocer que tampoco existiría yo, sin pronunciarlos.

A mi hermana la bella nadie le reclama silencio, y menos su marido. Debe sentirse realizada.

Yo en cambio siento lo que jamás sentí antes de haber ido a la fuente. Y no me importa avanzar entre la zarza o ir apartando ramas que me obstruyen el paso. Menos me importa cuando los pies se me hunden en la resaca de hojas podridas y los troncos de árboles caídos ceden bajo mi peso. Me gustan las lágrimas del bosque llorando como líquenes de las ramas más altas: puedo hablar y cantar por estas zonas y los sapos que emergen en profusión me lo agradecen. Entonces bailo al compás de mis palabras y las voy escribiendo con los pies en una caligrafía alucinada.

Aprovecho las zonas más húmedas del bosque para proferir blasfemias de una índole nueva para una mujer. Ésta es mi prerrogativa porque de todos modos —como creo haber dicho— de mi linda boquita salen sapos y culebras, escuerzos, renacuajos y demás alimañas que se sienten felices en lo húmedo y retozan. También yo retozo con todas las palabras y las piernas abiertas.

Pienso en la edulcorada de mi hermana que sólo tiene al alcance de la boca palabritas floridas. La compadezco, a veces.

Pienso que si ella se acuerda de mí, cosa poco probable allá en su limbo, también quizá me esté compadeciendo. Equivocadamente. Porque en el bosque en medio de batracios soy escritora y me siento en mi casa. A veces. Cuando no llueve y truena y el croar se me hace insoportable como el mugido de mil toros en celo.

Los detesto. Los temo. A los toros en celo que no existen.

Mi hermana en cambio sólo ha de conocer dulces corderillos entre cuyos vellones ella enhebra zafiros y salpica con polvo de topacios y adorna con hibiscus detrás de las orejas. Monumento al mal gusto.

Yo, el mal gusto, sólo en la boca cuando alguna de las siguientes preguntas se me atraganta: ¿quién me podrá querer? ¿quién contenerme?

Pero soy escritora. Sapos y culebras resumen mi necesidad de amor, mi necesidad de espanto.

Conste que no pronuncio la palabra cobra, o yarará, la palabra pitón o boa constrictor. Y en ese no pronunciar puedo decirlo todo.

Necesario es reconocer que tanto mi hermanita como yo disfrutamos de ciertos privilegios. Casi ni necesitamos alimento, por ejemplo; las palabras nos nutren. A fuerza de avanzar por el bosque yo me siento ligera, ella debe estar digamos rellenita con sus vocablos dulces. Un poquito diabética, la pobre. No quiero imaginarla y la imagino, instalada en su castillo que empiezo a divisar a lo lejos. No quiero ni acercarme.

La corte de sapos croa, las víboras me van guiando por una picada en el bosque cada vez más ralo, voy llegando a la pradera y no quiero acercarme al castillo de mi hermana. Igual me acerco.

La veo a la distancia: ella está en una torre de vigía, me aguarda, la veo haciéndome gestos de llamada y seguramente me llama por mi nombre porque en el aire vuelan pétalos blancos como en una brisa de primavera bajo cerezos en flor. Mi hermana me llama —caen pétalos—, yo corro hacia ella. Hacia el castillo que en ese instante va abriendo su por suerte desdentada boca al bajar el puente levadizo. Corro más rápido, siempre escoltada por mi corte de reptiles. No puedo emitir palabra. Mi hermana se me acerca corriendo por el puente y cuando nos abrazamos y estallamos en voces de reconocimiento, percibo por encima de su hombro que a una víbora mía le brilla una diadema de diamantes, a mi cobra le aparece un rubí en la frente, cierta gran flor carnívora está deglutiendo uno de mis pobres sapos, un escuerzo masca una diamela y empieza a ruborizarse, hay otra planta carnívora como trompeta untuosa digiriendo una culebra, una bromelia muy abierta y roja acoge a un coquí y le brinda su corazón de nido. Y mientras con mi hermana nos decimos todo lo que no pudimos decirnos por los años de los años, nacen en la bromelia mil ranas enjoyadas que nos arrullan con su coro digamos polifónico.

Avatares

El Señor del Sur se aburre, se aburre el Señor del Norte y, al igual que en las tres últimas, en esta su reunión anual se quejan. Ya no saben qué hacer para divertirse, o saben poco. Aquello que les produjo tanta gratificación en sus años mozos hoy ni pueden soñarlo. La guerra. Ni soñar con la guerra pueden ahora. El Rey Central les contuvo las ínfulas tiempo atrás: los conminó, los exhortó, los convenció y para tratar de aplacarlos por último los premió. Pero al ver que todo eran recaídas y relapsos acabó amenazándolos seriamente. Muy seriamente, como todo lo que hace su Alteza. Y tanto el Señor del Norte como el del Sur comprendieron el riesgo que corrían no sólo sus respectivos ducados sino sobre todo sus respectivas testas. Por lo tanto no les quedó más que aburrirse, quejarse cuando cada año se encontraban y apenas permitirse alguna diversión muy de entrecasa cuando estaban en casa.

"Añoro los tiempos de la guerra cuando impunemente podía cortarles las orejas, la lengua y todo lo demás que cuelga a cada uno de mis infames prisioneros. Cortárselo de propia mano, claro está", suspiraba el Señor del Sur.

"Cómo añoro las tiernas, tiernísimas doncellitas impúberes que era casi casi mi deber desflorar a mansalva después de las batallas", se lamentaba el del Norte.

"Y ahora, nada", suspiraba uno, disconforme.

"Y ahora, nada. Aunque a veces, un poquito..."

El Rey Central, como ya señalamos, supo reprenderlos, conminarlos, reconvenirlos, hasta lograr por fin convencerlos y por eso mismo premiarlos —dado que los conocía mal— ofreciéndoles a cada uno una de sus dulces hermanas en matrimonio. El Rey Central tenía excedente de hermanas, por cierto, pero no fue ése el motivo.

Las pobres delicadas princesas duraron poco en esos feudos bárbaros. La del Norte murió de parto, y en cuanto a la del Sur, la causa de su muerte provocó gran desconcierto, cubierta de moretones como estaba.

Lo cierto es que dejaron sendas hijas, diminutas, llorosas. Y hasta ahí llegaba la simetría en lo que a nuestros dos Señores se refiere. No así la camaradería.

Y ya que no podían ser más deleitados contrincantes en las lides de guerra, compadres se tornaron en el momento de salir a procurarse esposas nuevas. Y con tal excusa se dedicaron escrupulosamente a recorrer cuanto lenocinio, casa de mayor o menor tolerancia, burdel o lupanar había por los vastos caminos de sus respectivas comarcas. No lo hicieron con la intención de hallar allí reemplazante alguna para las frágiles princesas, pero sí con la idea de irse fogueando. A su paso fueron despertando más de una queja, cosa bastante sorprendente si se considera el tenor de tales establecimientos; un verdadero logro, afirmaban ellos mismos escudándose en la impunidad conferida por su rango.

Hasta que por fin estos señores, cada cual por su lado, encontraron consortes hechas a su medida: el Señor del Norte encontró mujer sumamente joven, muy bella y veleidosa, que si bien pronto dejó de ser tan radiantemente joven supo conservar su capricho juvenil y su belleza gracias a una atención esmerada y sostenida.

En cuanto al Señor del Sur, dio éste con una viuda rabiosa con tres hijas rabiosas, y si bien no le interesaban las tres hijas como podrían haberle interesado a su compadre del Norte, supo que ese mujerío iba a poner animación en su soporífero castillo, dormido en demasía por culpa de la apagada y sumisa de su hija adolescente. Al Señor del Sur no le gustaban las sumisas, odiaba a las sumisas, a cada rato le daban ganas de patearla a su hija y en efecto lo hacía con sus botas de montar. O le sacudía un sopapo cuando la pobre niña menos se lo esperaba, y la muy idiota ni siquiera es capaz de chillar como Dios manda, se quejaba el Señor, sólo sabe gimotear en un rincón cual un perro apaleado.

"¿Y no es bonitilla, la pequeña, no es delicada y blanca como la nieve, con sus labiecitos carmín cual la gota de sangre en el pulgar de una futura madre, no tiene un culito turgente y redondito, como la mía?", preguntábale entonces el del Norte.

"Pues si lo tiene ni me he enterado, y puede que sea bonita pero os juro que no permitiré que lo deje traslucir. No vale la pena. La tenemos siempre hecha una roña."

"Ah, no, yo a mi pequeña niña, mi delicia, mi encantadora Nieves, la tengo siempre hecha un primor. Siempre va con sus faldas tan bien almidonadas que sólo yo, a veces, puedo en la intimidad observarle sus delicados piececillos, y lleva su corpiño de terciopelo negro siempre bien ceñido al cuerpo y ya se le escapan sus pechecillos tiernos cual blancos pichones queriendo salir del nido. Esa niña me tiene a mal traer, y aunque mi casi joven esposa se enfurezca, no dejo de halagarla y alabarla ni un minuto, y más ahora que se está tornando tan bella. Además, ¿qué me importan las rabietas de Gumersinda al respecto? Nieves es mi hijita querida y al cariño de un padre no hay que ponerle coto; y además los celos de Gumersinda me estimulan. Ponen una pizca de sal en el monótono transcurrir de estos años de paz que para mí son como milenios."

"La paz nos está conduciendo a la locura."

"Yo trato de distraerme azuzándola a mi Gumersinda. Y ella me interroga cuando no puede más: 'Espejo, Espejo', me llama, porque mi esposa debe mantenerme el respeto y dirigirse a mí por mi nombre de familia, le tengo prohibido pronunciar mi primer nombre, sólo a mi dulce Nieves le permito tamaña confianza, 'Espejo, Espejo', me llama entonces Gumersinda, y después me pregunta. '¿Quién es la más bella entre las bellas?' Yo naturalmente contéstole siempre: Mi Nieves, mi Blanquita. Esta respuesta, legítima por cierto, tiene el añadido mérito de enloquecerla de furia, y a mí me divierte, me hace reír a mandíbula batiente como en los buenos viejos tiempos de pillajes y saqueos que ambos tanto añoramos."

Y para continuar con este tenor de confesiones, los dos Señores, el del Norte y el del Sur, convocan al mesonero y le ordenan más perdices, medio jabalí asado, una pata de ciervo y otras dos jarras rebosantes de aguamiel.

Mientras tanto, en el castillo del Norte el guardabosques ha retornado con su engañoso trofeo después de haberse consumado los incidentes por todos conocidos. Y al tiempo que la niña, perdida, avanza por el bosque hacia su séptuple destino, la madrastra cree estar preparando un guiso con el corazón de ésta para servírselo de cena al perverso de su esposo cuando retorne de la reunión cumbre.

"Ahora que diga no más ese desgraciado que su adorable hijita está como para comérsela, que está como para chuparse los dedos, que es un budincito. Que lo diga, no más", masculla la madrastra mientras mistura y muele el menjunje en la marmita.

"Os reconozco méritos de buen padre, cariñoso en exceso", ríe no sin cierto sarcasmo el Señor del Sur mientras consumen entrambos la séptima jarra de hidromiel. Y agrega:

"Mi hija no logra despertar en mí tamaño interés ni tan meritorias pasiones, todo lo contrario, ya os lo dije. Y eso que tiene casi la misma edad de la vuestra, es apenas mayorcita si no me equivoco, por lo cual las teticas ya le habrán nacido y otros melindres de mujer, de seguro, pero eso a mí me deja indiferente; la tenemos todo el día limpiando las cenizas del hogar, haciendo los quehaceres más rudos. Ni mi consorte ni yo tolerámosle mañas. A estas criaturas debe tratárselas con mano dura, la mía hasta su nombre ha perdido, mis hijastras que son la mar de graciosas la llaman por un apelativo que habla de su baja condición y de su inmundicia. Bien le tengo dicho a mi consorte que hay que disciplinarla a mi hija, y quien se encarga de ello es precisamente mi consorte, que yo ya tengo trabajo suficiente con disciplinarla a ella, mi consorte."

Los señores se ponen de pie para orinar. Ya que están, se palmean mutuamente la espalda.

Mientras tanto en el castillo del Sur está ocurriendo lo que hoy es de dominio público, y al tiempo que en la cenicienta cocina el hada busca un par de ratones y una calabaza para la célebre transformación, la pérfida madrastra y sus tres pérfidas hijas ya están por llegar al baile, riendo todavía hasta las lágrimas. "Lástima que mi señor esté tan atareado atendiendo los asuntos del feudo", comenta la madre, "pues nadie mejor que él para disfrutar la desazón de la inmunda de su hija; pensar que pretendía venir al suntuoso baile en el palacio del Rey Central, la muy andrajosa, la muy desarrapada, bien que nos burlamos de ella, ¿no es cierto, mis hermosas? Mi señor va a alborozarse cuando le cuente."

En la mal llamada reunión cumbre, el Señor del Norte y el Señor del Sur se han quedado dormidos sobre la mesa, todavía aferrados a sus jarras de hidromiel, ya engullidas las perdices y la carcasa del jabalí casi pelada. Duermen el pesado sueño de los que se creen sin culpa, por eso mismo no se permiten los sueños. Y roncan llenando además el aire de sonoras flatulencias.

Los ronquidos de los padres no llegan allí donde las niñas empiezan a cobrar brillo propio.

Como de oro me siento, por fin toda yo como el sol, sé del sol aunque sea de noche la noche más luminosa del mundo y emerjo de mi carroza de oro, un oro rojo casi color zapallo, los corceles color oro viejo me han traído hasta acá, avanzo por los pasillos acompañada por el rumor de mi vestimentas tejidas en fino hilo de oro, voy calzada como corresponde con los zapatitos más bellos del mundo, los lacayos me hacen reverencias, avanzo en la luz dorada del palacio, el hijo del rey corre a mi encuentro, nos reconocemos como habiéndonos encontrado tantas veces en tantas otras épocas y abrimos el baile. Ay, cómo bailamos, y en el baile voy ascendiendo en espirales, me ablando y me dejo llevar, me elevo, yo, la misma que en el castillo de mi padre debía ser toda hecha de durezas para fregar los pisos como me ordenaban, dura para restregar las marmitas y limpiarle al hogar su hollín de siglos. Dura a más no poder y resistente para aguantar los golpes, con la espalda más firme de esta tierra. Ahora mi espalda y mis hombros relucen como cubiertos de un finísimo doradísimo polvillo y mi piel que nunca vio la luz del día refleja los candelabros de oro y cobra brillo propio, tan suave y dúctil soy. Fluyo con el manso fluir de la música. Yo, que nunca supe nada de la música, me elevo entre unos brazos que son de terciopelo y de caricia. Yo, que nunca supe nada de caricias. Bailo, me elevo hasta el sol y ya soy otra. Soy del aire, estoy en medio de un vórtice que me aspira hacia arriba, hacia el sol más radiante. Ya no hay brazos, no hay palacio, sólo luz. Me entrego.

Como de plata me siento, hecha de luna o mejor de tierra, de las más profundas entrañas de la tierra donde brillan las vetas de plata pura. Voy cavando muy hondo, abriendo socavones para internarme en el corazón del mundo. Hace calor aquí, la tierra me recibe. Tengo siete pequeños guías y los siete son mineros. Ellos siempre se dirigían a la mina, cantando, y un día les pedí irme con ellos. Mujeres traen mala suerte en la mina, se disculparon, pero supe convencerlos. Al llegar los demás mineros me miraron con furia como queriendo asesinarme, pero los siete pequeños son mis protectores; siete como los pecados capitales que no cometí pero es como si los hubiera cometido porque amo a los siete. Eso me ayuda a avanzar en la mina, en esta oscuridad de víscera mortecinamente iluminada a tramos muy cortos por candiles. Todo es negro acá, todo como el carbón y río al pensar qué será de mi tan inmaculada piel, mi falda almidonada, mi apretado corpiño de terciopelo. Siento los pechos al aire pero aquí casi no hay aire, respiro los efluvios más infectos, las miasmas de azufre y está bien luego de haber respirado tanto aire enrarecido por el lujo. Las rocas más filosas me desgarran la piel y está bien luego de haber recibido tanta caricia densa. Es un camino a oscuras lleno de escollos y está bien, lo respeto, es un camino. Encuentro untuosidades repugnantes, ciénagas; las acepto. Aquí en esta profundidad acepto todo y, lo que es más, lo asumo.

Mientras tanto, en los feudos del Norte y del Sur siguió ocurriendo lo que todos sabemos, sin tomar en cuenta para nada los caminos iniciáticos recorridos por las dos niñas que ya no son más niñas, que a partir de este momento empezarán a narrar sus respectivos cuentos, los mismos que tanta infinidad de veces han sido contados por los otros:

Somos Blancacienta y Ceninieves, un príncipe vendrá si quiere, el otro volverá si vuelve. Y si no, se la pierden. Nosotras igual vomitaremos el veneno, pisaremos esta tierra con paso bien calzado y seguro.

La llave

Una muere mil muertes. Yo, sin ir más lejos, muero casi cotidiana-
mente, pero reconozco que si todavía estoy acá para contar el
cuento (o para que el cuento sea contado) se lo debo a aquello
por lo cual tantas veces he sido y todavía soy condenada.
Confieso que me salvé gracias a esa virtud, como aprendí a llamarla
aunque todos la llamaban feo vicio, y gracias a cierta capacidad
deductiva que me permite ver a través de las trampas y hasta
transmitir lo visto, lo comprendido.

Ay, todo era tan difícil en aquel entonces. Dicen que
sólo Dios pudo salvarme, mejor dicho mis hermanos —manda-
dos por Dios seguramente—, que me liberaron del ogro.

Me lo dijeron desde un principio. Ni un mérito propio
supieron reconocerme, más bien todo lo contrario.

Los tiempos han cambiado y si he logrado llegar hasta
las postrimerías del siglo xx algo bueno habré hecho, me digo y
me repito, aunque cada dos por tres traten de desprestigiarme
nuevamente.

Tan buena no serás si ahora te estás presentando en la
Argentina, ese arrabal del mundo, me dicen los resentidos (argentinos, ellos).

Aun así, aun aquí, la vida me la gano honradamente
aprovechando mis condiciones innatas. Me lo debo repetir a menudo, porque suelen desvalorizarme tanto que acabo perdiéndome
confianza, yo, que tan bien supe sacar fuerzas de la flaqueza.

De esto sobre todo hablo en mis seminarios: cómo desatender las voces que vienen desde fuera y la condenan a una. Hay que
ser fuerte para lograrlo, pero si lo logré yo que era una muchachita
inocente, una niña de su casa, mimada, agraciada, cuidada, cepilla-
da, siempre vestida con largas faldas de puntilla clara, lo pueden
lograr muchas. Y más en estos tiempos que producen seres tan
aguerridos.

Dicto mis seminarios con importante afluencia de público, casi todo femenino, como siempre casi todo femenino. Pero

al menos ahora se podría decir que arrastro multitudes. Me siento necesaria. Y eso que, como dije al principio, una muere mil veces y yo he muerto mil veces mil; con cada nueva versión de mi historia muero un poco más o muero de manera diferente.

Pero hay que reconocer que empecé con suerte, a pesar de aquello que llegó a ser llamado mi defecto por culpa de un tal Perrault —que en paz descanse—, el primero en narrarme.

Ahora me narro sola.

Pero en aquel entonces yo era apenas una dulce muchachita, dulcísima, ni tiempo tuve de dejar atrás el codo de la infancia cuando ya me tenían casada con el hombre grandote y poderoso. Dicen que yo lo elegí a mi señor y él era tan rudo, con su barba de color tan extraño... Quizá hasta logró enternecerme: nadie parecía quererlo.

Cierto es que él no hacía esfuerzos para que lo quisieran. Quizá por eso mismo me enterneció un poco.

No trato este delicado tema en mis seminarios. Al amor no lo entiendo demasiado por haberlo rozado apenas con la yema de un dedo. En cambio de lo otro entiendo mucho. Se puede decir que soy una verdadera experta, y quizá por eso mismo el amor se me escapa y los hombres me huyen, a lo largo de siglos me huyen los hombres porque he hecho de pecado virtud y eso no lo perdonan.

Son ellos quienes nos señalan el pecado. Es cosa de mujeres, dicen (pero tampoco quiero meterme por estos vericuetos, hay sobre el tema tanta especialista, hoy día).

Digamos que sólo intento darles vuelta la taba, como se dice por estas latitudes; o más bien invertir el punto de vista.

Desde siempre, repito, se me ha acusado de un defecto que si bien pareció llevarme en un principio al borde de la muerte acabó salvándome, a la larga. Un "defecto" que aprendí —con gran esfuerzo y bastante dolor y sacrificio— a defender a costa de mi vida.

De esto sí hablo en mis grupos de reflexión y seminarios, y también en los talleres de fin de semana.

Prefiero los talleres. Los conduzco con sencillez y método. A saber:

El viernes a última hora, durante el primer encuentro, narro simplemente mi historia. Describo las diversas versiones que se han ido gestando a lo largo de siglos y aclaro por supuesto que la primera es la cierta: me casé muy muy joven, me tendieron lo que algunos podrían considerar la trampa, caí en la trampa si se la ve de ese punto de vista, me salvé, sí, quizá para salvarlas un poquitito a todas.

Hacia el fin de la noche, según la inspiración, lo agrando más y más al ogro de mi ex marido y le pinto la barba de tonos aterradores. No creo exagerar, de todos modos. Ni siquiera cuando describo su vastísima fortuna.

No fue su fortuna la que me ayudó a llegar hasta acá, me ayudó este mismo talento que tantos me critican. La fortuna de mi marido, que naturalmente heredé, la repartí entre mis familiares más cercanos y entre los pobres. Al castillo lo dejé para museo aunque sabía que nadie lo iba a cuidar y que finalmente se derrumbaría, como en realidad ocurrió. No me importa, yo no quise ensuciarme más las manos. Preferí pasar hambre. Me llevó siglos perfeccionar el entendimiento gracias al cual realizo este trabajo de concientización, como se dice ahora.

El viernes por lo tanto sólo empleo material introductorio, pero las dejo a todas motivadas para los trabajos que las esperan durante el fin de semana.

El sábado por la mañana, después de unos ejercicios de respiración y relajamiento que fui incorporando a mi técnica cuando dictaba cursos en California, paso a leerles la moraleja que hacia fines de 1600 el tal Perrault escribió de mi historia:

"A pesar de todos sus encantos, la curiosidad causa a menudo mucho dolor. Miles de ejemplos se ven todos los días. Que no se enfade el sexo bello, pero es un efímero placer. En cuanto se lo goza ya deja de ser tal y siempre cuesta demasiado caro."

¡La sagrada curiosidad, un efímero placer!, repito indignada, y mi indignación permanece intacta a lo largo de siglos. Un efímero placer, esa curiosidad que me salvó para siempre al impulsar en aquel entonces —cuando mi señor se fue de viaje dejándome el enorme manojo de llaves y la rotunda interdicción de usar la más pequeña— a develar el misterio del cuarto cerrado.

¿Y nadie se pregunta qué habría sido de mí, en un castillo donde había una pieza llena de mujeres degolladas y colgadas de ganchos en las paredes, conviviendo con el hombre que había sido el esposo de dichas mujeres y las había matado seguramente de propia mano?

Algunas mujeres de los seminarios todavía no entienden. Que cuántas piezas tenía en total el castillo, preguntan, y yo les contesto como si no supiera hacia dónde apuntan y ellas me dicen qué puede hacernos una pieza cerrada ante tantas y tantas abiertas y llenas de tesoros y yo las dejo no más hablar porque sé que la respuesta se las darán ellas mismas antes de concluir el seminario.

Las hay que insisten. Ellas en principio hubieran optado por una vida sin curiosidad, callada, a cambio de tantas comodidades.

¿Comodidades?, pregunto yo, retóricamente, ¿comodidades, frente a la puerta cerrada de una pieza que tiene el piso cubierto de sangre, una pieza llena de mujeres muertas, desangradas, colgadas de ganchos y seguramente un gancho allí, limpito, esperándome a mí?

Todas ellas fueron víctimas de su propia curiosidad, me dicen los manuales y muchas veces también me lo señala la gente que participa en los talleres.

¿Y la primera?, les pregunto tratando de conservar la calma. ¿Curiosidad de qué tendría la primera, y qué habrá visto?

En mis épocas de joven castellana prisionera —sin saberlo— del ogro, la suerte, mejor llamada mi curiosidad, me ayudó a romper el círculo. De otra forma tengan por seguro que habría ido a integrar el círculo. La sola existencia de ese cuarto secreto hacía invivible la vida en el castillo.

Se genera mucha discusión a esta altura. Porque yo presento las opciones, y entre todas escarbamos en las opciones, y curioseamos, y nos entregamos a actividades bellamente femeninas: desgarramos velos y destapamos ollas y hacemos trizas al mal llamado manto de olvido, el muy piadoso según dice la gente.

Antes de terminar el trabajo del sábado retomo el tema de la llave, y así como mi ex esposo me entregó cierto remoto día un gran manojo de grandes llaves, yo les entrego a las participantes un gran manojo de grandes llaves imaginarias y dejo que se las lleven a sus casas y duerman con las llaves y sueñen con las llaves, y que entre las grandes llaves permitidas encuentren la llavecita prohibida, la de oro, y descubran qué habitación prohibida cierra esa llavecita, y descubran sobre todo si con la llave en la mano le dan la espalda a la habitación prohibida o la encaran de frente.

El domingo transcurre generalmente en un clima cargado de espera. Las mujeres del grupo me cuentan sus historias, el momento de la llavecita prohibida se demora, aparecen primero las puertas abiertas con las llaves permitidas, las ajenas. Hasta que alguna por fin se anima y así una por una empiezan a mostrar su llavecita de oro: está siempre manchada de sangre.

Hasta yo a veces me asusto. A menudo afloran muertos inesperados en estas exploraciones, pero lo que nunca falta es el miedo. Como me sucedió a mí hace tantísimo tiempo, como les sucede a todas las que se animan a usarla, la llavecita se les cae al suelo y queda manchada, estigmatizada para siempre. Esa mancha de sangre. En mi momento yo, para salvarme, para que el ogro de mi señor marido no supiera de mi desobediencia, traté de lavarla con lejía, con agua hirviendo, con vinagre, con los alcoholes más pesados de la bodega del castillo. Traté de pulirla con arenisca, y nada. Esa mancha es sangre para siempre. Yo traté de limpiar la llavecita de oro que con tantos reparos me había sido encomendada, todas las mujeres que he encontrado hasta ahora en mis talleres han hecho también lo imposible por lavarla, tratando de ocultar su trasgresión. ¡No usar esta llave! es la orden terminante que yo retransmito el sábado no sin antes haber azuzado a las mujeres. No usar esta llave... aunque ellas saben que sí, que conviene usarla. Pero nunca están dispuestas a pagar el precio. Y tratan a su vez de limpiar su llavecita de oro, o de perderla, niegan el haberla usado o tratan de ocultármela por miedo a las represalias.

Todas siempre igual en todas partes. Menos esta mujer, hoy, en Buenos Aires, ésta tan serena con la cabeza envuelta en un pañuelo blanco. Levanta en alto el brazo como un mástil y en su mano la sangre de su llave luce más reluciente que la propia llave. La mujer la muestra con un orgullo no exento de tristeza, y no puedo contener el aplauso y una lágrima.

Acá hay muchas como yo, algunos todavía nos llaman locas aunque está demostrado que los locos son ellos, dice la mujer del pañuelo blanco en la cabeza.

Yo la aplaudo y río, aliviada por fin: la lección parece haber cundido. Mi señor Barbazul debe estar retorciéndose en su tumba.

Tormentas

El deseo hace subir las aguas

El deseo, como la luna llena, hace subir las aguas. Sí. ¿Pero el deseo de quién, en este caso? ¿El de ella que quería pasar su noche de bodas a orillas del canal? ¿El de él que quería pasar su noche de bodas, simplemente? ¿El del canal que quiso verlos de cerca, meterse en cama con ellos, en lo posible?

Se acababan de casar dos días antes. Ella no había reservado su cuerpo hasta la boda: había reservado su emoción.

Se habían conocido en la facultad, juntos se recibieron, empezaron a trabajar y ni tiempo tuvieron de compenetrarse con las voluptuosidades de la carne. Pero al año se fueron a vivir juntos y pudieron intuir que la voluptuosidad los esperaba a la vuelta de alguna esquina esquiva.

Cierto día la esquina tuvo nombre: Venecia. Ella lo pronunció primero y al oírlo a él le tembló la mano que por esas cosas del destino se encontraba muy cerca de los pechos de ella. Con ese leve roce involuntario, erizante, ambos comprendieron. Y ahí mismo se pusieron a armar planes en pos de esa Venecia que ya andaba alborotándoles la sangre.

Y por fin había llegado el momento del milagro tan largamente entrevisto, percibido. Se habían estado preparando durante meses, se habían reventado trabajando para poder pagar los pasajes. Hasta habían decidido casarse formalmente para que esa noche tan ansiada fuera la noche de bodas, la verdadera, y algunos familiares habían optado por regalarles plata y con esa plata ellos podrían pasearse un poco por Europa y más que nada pasar la primera noche (esa noche de amor y de amor a Venecia, a Europa toda que hasta ese momento sólo habían visto en los folletos y guías de viajes que ambos devoraban), pasar la primera noche en el Hotel Danieli a orillas del Gran Canal y dejar que su cama esa noche fuese una góndola meciéndose en las aguas del deseo.

Esas cosas. Esos sueños a punto de realizarse.

La tarde en que todo estuvo ya claramente establecido ella fue al registro civil a concretar la fecha, él se dirigió al centro rumbo a la agencia de viajes a hacer la reserva del hotel tan codiciado. En el camino se encontró con amigos, fueron a tomar unas copas para festejar y festejaron como locos y cuando volvió a casa a altas horas de la noche la encontró a ella dormida pero la despertó para contarle que había tenido su despedida de soltero, y ambos rieron.

Y juntaron más y más información sobre Venecia, y fueron a la embajada de Italia, y consiguieron libros y así supieron que en el siglo XVII el carnaval duraba seis meses en Venecia, y enfundados en negros dominós y disimulados tras las máscaras todos eran iguales a todos y ya no se sabía quién hacía el amor con quién y ellos estaban dispuestos a ser en su noche de Venecia todos el uno para el otro, y los planes eran de una ambición tan galopante que sólo la desmedida dimensión de su deseo podía hacerlos viables. Y leyendo se enteraron de que en el siglo XVII, en Venecia, el juego había sido decretado eterno, universal y violento, y ellos se volverían eternos, universales y violentos esa noche en Venecia. La única noche, porque después del sibarítico desayuno en los barrocos comedores del Hotel Danieli, que se tragaba el presupuesto de todo un mes de viaje, lo poco que restaba de la luna de miel transitaría por destinos más triviales.

Se casaron, y del almuerzo con la familia partieron directamente rumbo a Ezeiza, se sacudieron el arroz, subieron al primer avión de sus vidas, no permitieron que el entusiasmo se desbordara en efusiones, del aeropuerto en Roma corrieron a la Stazione Termine, del tren al vaporetto sin mirar el paisaje, y ya se había hecho oscuro y ¡Venezia!, Venezia surcada de reflejos y esa cama que los estaría esperando.

Estar estaba, la cama, pero al costado, sin esperar a nadie, como ofendida por no haber sido finalmente reservada; desplazada, ciega. Ciega no la cama, en realidad, sino la ventana. La habitación no miraba al canal, miraba a una pared sombría a pocos metros de distancia, miraba a las espaldas de Venecia que son espaldas cualquiera, sobre todo vistas así, en la oscuridad y con el bruto cansancio.

Ella entonces se negó a que él la tocara. Hasta se negó a desvestirse. Sos un inútil, le espetó, la idea era con canal y acá estamos como en la pieza de doña Paula de nuestras primeras citas, algo más lujosa y muchísimo más cara. Así no vale, así no quiero, para esto nos hubiéramos quedado en Barrio Parque.

Él rió, lloró, pataleó, bramó, estuvo a punto de golpearla, se dio la cabeza contra la pared, aulló, imploró. Ella sólo lloró, incontenible. Él sacó de la valija las capas negras que habían traído para esta oportunidad, las máscaras venecianas que alguien había tenido la genial idea de regalarles. Y nada. Él se puso el dominó, jugó al embozado, gritó *Oé* como sabía gritaban los gondoleros aunque no los habían escuchado todavía —la ventana no daba al canal, le recordó ella entre hipos, con los ojos rojos, indeseable.

Pero él la deseaba cada vez más, o deseaba esa noche, esa noche del Hotel Danieli, y deseaba y deseaba, y se iba de cabeza contra la pared como ya estipulamos, y ella cada vez más inaccesible, sumergida en su llanto. Él la quería poseer a ella, a todo lo que juntos habían soñado durante largas noches en vela mientras se olvidaban de estar juntos, o no se olvidaban, no, sólo iban acumulando ganas para este momento. Esta frustración.

Él se puso a interpretar personajes para ella, para que amainase el llanto. Él se convirtió en un exhibicionista solapado y su falo apareció enorme y rojo, deslumbrante, desconocido entre las dos cortinas de la capa negra como en un escenario. Ella seguía llorando, ella quería un canal; parecía dispuesta a fabricarlo con sus lágrimas. Él fue entonces un feroz asesino decidido a matarla. Ganas de estrangularla no le faltaron y se le tiró encima, pero no era lo mismo, no era lo mismo. Él quería esa entrega absoluta que Venecia prometía, y ella quería entregarse a orillas del canal. El juego es eterno, universal y violento, quizá pensó él y cayó agotado sobre la espesa alfombra a los pies de la cama. Sólo entonces ella optó por desvestirse, se amortajó en las sábanas de encaje, apagó la luz del velador y se quedó dormida anegada en lágrimas.

Y los despertó la luz del día porque habían olvidado correr los cortinados, y entraba una brisa intensa y los distrajo de su encono un maravilloso reflejo en el techo, una reverberación feérica de cambiantes colores que se ondulaba y mecía allí, en el blanco cielo raso recargado de estucos, un caleidoscopio de luz que era como agua y de golpe ella supo y trató de encontrar la palabra porque la había leído en uno de los libros y no encontró la palabra tan exquisitamente veneciana y quedó diciendo es la, es la, la, hasta que por fin tomó fuerzas para saltar de la cama y correr a la ventana y como ya no había más cristales pudo asomarse del todo y sí, ahí estaba el canal, al pie de la ventana, casi al alcance de la mano, y su reflejo en el techo era esa fata morgana y ella ni se dio cuenta de que se estaba cortajeando los pies en un mar de vidrios rotos que dentro de la habitación también captaban los reflejos de esa agua casi límpida ahí abajo.

Él fue convocado a la ventana, fue perdonado, abrazado, besado, chupeteado, sorbido. Él supo del canal y de los besos, tampoco él notó los vidrios ni sus por consiguiente ensangrentados pies. Por suerte no se tiraron sobre el piso, corrieron a la cama dejando marcaciones de sangre.

Y cogieron cogieron y cogieron mientras Venecia lloraba la pérdida de tanta obra de arte, de salones enteros, de tanto mueblecito rococó y tanto cuadro de maestro a la deriva. Y cogieron sin ver a las nobles damas venecianas bogando sobre mesas dadas vuelta, empujadas a nado por algún amante fiel o su lacayo, retornando a sus respectivos hogares donde legítimos esposos estarían aguardándolas desde la noche anterior mientras trataban de salvar sus pertenencias del desastre. Y ellos cogieron y cogieron sin saber que los fastuosos salones del Danieli no podrían recibirlos para el sibarítico desayuno que se habían prometido porque dichos salones se encontraban sumergidos bajo el agua por culpa de la más feroz tormenta con inundación en la historia de la Serenissima.

Corría el año mil nueve sesenta y seis, y ellos cogían.

El protector de tempestades

Como buena argentina me encantan las playas uruguayas y ya llevaba una semana en Punta cuando llegó Susi en el vuelo de las seis. Pensé que no iban a poder aterrizar, dada la bruta tormenta que se nos venía encima. Aterrizó, por suerte, y a las siete Susi ya estaba en casa. Ella venía del oeste, la tormenta del este corriendo a gran velocidad apurada por arruinarnos la puesta de sol.

Susi dejó el bolso en el living, se caló la campera y dijo Vamos a verla, refiriéndose a la tormenta claro está. La idea no me causó el más mínimo entusiasmo, más bien todo lo contrario. La vemos desde el balcón, le sugerí. No, vamos al parador de Playa Brava, que estas cosas me traen buenos recuerdos.

A mí no, pero no se lo dije, al fin y al cabo por esta vez ella era mi invitada y una tiene, qué sé yo, que estar a la altura de las circunstancias. Yo tengo mi dignidad, y tengo también una campera *ad hoc*, así que adelante: cacé la campera y zarpamos, apuradas por llegar antes de que se descargara el diluvio universal. Esperando el ascensor Susi se dio cuenta de un olvido y salió corriendo. Yo mantuve la puerta del ascensor abierta hasta que volvió, total pocos veraneantes iban a tener la desaforada idea de salir con un tiempo como éste.

Al parador llegamos con los primeros goterones. Hay una sola mesa ocupada por un grupo muerto de risa que no presta la menor atención al derrumbamiento de los cielos. Tras los vidrios cerrados nos creemos seguras. Ordenamos vino y mejillones que a mi buen saber y entender es lo más glorioso que se puede ingerir en estas costas, y nos disponemos a observar el cielo ya total e irremisiblemente negro, rasgado por los rayos. Y allí no más enfrente, el mar hecho un alboroto. Nosotras, tranqui. Vinito blanco en mano, mejillones al caer. Humeantes los mejillones cuando por fin llegan, a la provenzal, chiquitos, rubios, deliciosos. Los mejores mejillones del mundo, comento usando una valva de cucharita para incorporarle el jugo como quien se toma ese mar ahí enfrente, revuelto y tenebroso. Umm, prefiero las almejas, me contesta Susi.

Igual somos grandes amigas. Ella es la sofisticada, yo soy la aventurera aunque en esta oportunidad los roles parecen cambiados. Susi está totalmente compenetrada con la tormenta, engulle los mejillones sin saborearlos, sorbe el vino blanco a grandes tragos, hasta dejando en la jarra la marca viscosa de sus dedos por no detenerse a enjuagárselos en el bol donde flota la consabida rodaja de limón. Casi no hace comentario alguno sobre la ciudad abandonada horas antes. Sólo menciona el calor, la agobiante calor, dice irónica, como para darle una carga de femenina gordura, ella que es tan esbelta. Y el recuerdo de la muy bochornosa la lleva a bajar el cierre y a abrirse la campera y de golpe contra su remera YSL azul lo veo, colgándole del cuello de un fino cordón de cuero —el mismo cordón, me digo, sin pensar el mismo en referencia a qué otro cordón ni en qué momento.

Me quedo mirándole el colgante: cristal, caracol, retorcida ramita de coral negro, y, lo sé, precisas circunvalaciones de alambre de cobre amarrando el todo.

—El protector de tormentas —comento.

—Sí, fíjate que me lo estaba olvidando en el bolso, por eso te dejé colgada frente al ascensor. Y con esta nochecita más vale tenerlo.

No funciona, digo casi a mi pesar. Claro que sí, retruca Susi, convencida, mientras caen los rayos sobre el mar y parecen tan cerca, y yo le pregunto cómo es que lo tiene y ella pregunta cómo sé de qué se trata y todo eso, y las dos historias empiezan a imbricarse.

—Yo estaba ahí no más, en La Barra, con los chicos, habíamos alquilado una casa sobre la playa, lindísima, mañana te la muestro —larga Susi.

A qué dudarlo. Lo que es yo nada de alquilar y menos casas lindísimas, que mi presupuesto no da para eso, no. Yo en cambio estaba como a siete mil kilómetros de aquí, en Nicaragua, más o menos laburando, captando Nicaragua en un congreso de homenaje a Cortázar en el primer aniversario de su muerte.

—Allá por el '85, digo.

—Allá por el '85, si no me equivoco —retoma Susi como si le estuviera hablando de su historia, y yo le voy a dar su espacio, voy a dejar que ella hile en voz alta lo que yo calladita voy tejiendo por dentro. Ella hace largos silencios, los truenos tapan palabras, los de la mesa de al lado se están largando por vertiginosas pistas de ski, según puedo captar de su conversación sobre Chapelco, todo se acelera y cada una de nosotras va retomando su trama y en el centro de ambas hay una noche de tormenta sobre el mar, como ésta, mucho peor que ésta.

Yo en Nicaragua en los años de gloria del sandinismo con todos esos maravillosos escritores, uno sobre todo mucho más maravilloso que los otros por motivos extraliterarios. Hombre introvertido, intenso. Nos miramos mucho durante todas las reuniones, nos abrazamos al final de su ponencia y de la mía, nos entendimos a fondo en largas conversaciones del acercamiento humano, supimos tocarnos de maneras no necesariamente táctiles. Largas sobremesas personales, comunicación en serio. Era como para asustarse. Navegante, el hombre, en sus ratos de ocio. Guatemalteco él viviendo en Cartagena por razones de exilio. Buen escritor, buena barba, buenos y prometedores brazos porque entre tanto coloquio, tanta Managua por descifrar —hecha para pasmarse y admirarla dentro de toda su pobre fealdad sufriente—, entre tanto escritor al garete, nulas eran las posibilidades de un encuentro íntimo. Pero flotaba intensísima la promesa.

—Yo estaba en esa casa, sensacional, te digo —va diciendo Susi—. Una casa sobre la playa con terraza y la parte baja que daba directamente a la arena. Jacques aterrizaba sólo los fines de semana, meta vigilar sus negocios en Buenos Aires, y yo iba poco a poco descubriendo la soledad y tomándole el gusto. Los chicos estaban hechos unos salvajes dueños de los médanos y de los bosques, cabalgando las olas en sus tablas de surf pero no tanto porque no los dejaba ir donde había grandes olas, eran chicos, igual hacían vida muy independiente y se pasaban la mitad del tiempo en casa de unos amiguitos, en el bosque, y yo me andaba todo en bicicleta o caminaba horas o me quedaba leyendo frente al mar que es lo que más me gustaba.

—¿A Adrián Vásquez, lo leíste?, atino a preguntar despuntando el ovillo.

—Jacques me tenía harta con sus comidas cada vez que llegaba. Cada fin de semana había que armar cenas como para veinte, todos los amigos de Punta, todos. Te consta que a mí me gusta cocinar, me sale fácil, pero en esa época yo necesitaba silencio, fue cuando le empecé a dar en serio a la meditación y no terminaba de concentrarme que ya empezaban a saltar los corchos de champán.

En Nicaragua le dábamos al Flor de Caña. Flor de ron, ése. Y llegó el día cuando se terminó el coloquio y casi todos se volvieron a sus pagos y a unos poquitos nos invitaron a pasar el fin de semana en la playa de Pochomil.

—Cierto fin de semana Jacques no pudo venir. Ya no me acuerdo qué problema tuvo en BAires, y los chicos patalearon tanto que me vi obligada a llevarlos a pasar la noche en casa de sus amiguitos y por fin yo me instalé en el dormitorio de abajo, el de huéspedes que daba sobre la arena, dispuesta a leer hasta que las velas no ardan.

La pomposamente llamada casa de protocolo del gobierno sandinista era a duras penas una casita de playa sobre la arena, simpática, rodeada de plantas tropicales, casita tropical toda ella con mucho alero y mucha reja y poco vidrio. Poco vidrio a causa del bruto calor, mucha reja debido a los peligros que acechaban fuera. Un país en guerra, Nicaragua, entonces, con los contrarrevolucionarios al acecho.

A Susi no le cuento todo esto, sólo largo por ahí una palabra o dos, de guía, como para indicarle que estoy siguiendo su historia. Al mismo tiempo voy hilvanando en silencio y de a pedacitos la mía, como quien arma una colcha de retazos.

—Esa casa era un sueño, te digo. Tenía un living enorme con chimenea que alguna vez encendimos y un dormitorio principal estupendo todo decorado en azul Mediterráneo, con decirte que el del depto de Libertador no parecía gran cosa al lado de ése, igual a mí me gustaba el cuarto de huéspedes, abajo, porque la casa estaba construida sobre un médano, el cuarto quedaba abajo y tenía un enorme ventanal que daba directamente sobre la playa.

—Idéntica ubicación física —convine, sin que ella me preste atención alguna entre el ruido de la tormenta que ya se había desencadenado, los truenos que reventaban como bombas y esos vecinos de la mesa de atrás que atronaban con sus voces y sus risas por encima del estrépito del viento. Idéntica ubicación física, dentro de lo que cabe, salvando las distancias.

—A mí me encantaba esa pieza de huéspedes que tenía una cucheta bajo el ventanal. Ahí me tiré a leer, esa tardecita, cuando ya se estaba poniendo el sol.

Nosotros, en cambio, llegamos a la tardecita, nos llevaron a comer a un puesto de pescado sobre la playa y después quedamos solos, los cuatro huéspedes: Claribel Alegría y Bud

Flakol, su marido, mi escritor favorito y yo. Y yo, relamiéndome de antemano.

—Yo me relamía —creo que musité en medio del soliloquio de Susi. Ella estaba en otra:

—Yo leía mientras se iban marchitando los rosados de la puesta del sol y veía acercarse la tormenta, unos nubarrones negros que venían hacia mí, espectaculares.

Amenaza de tormenta teníamos nosotros también, en Pochomil, además de la amenaza de la contra, y ahí estábamos los cuatro en esa playa perdida de la mano de Dios. Claribel y Bud son los mejores compañeros, los más brillantes que uno pueda desear, y además estaba él y yo me hacía todo tipo de ilusiones, por eso el peligro era una posibilidad más de acercamiento. De golpe se hizo de noche. Cosas del trópico. Y se presentó un hombre armado que dijo ser un guardia y meticulosamente nos encerró a los cuatro tras las rejas, llevándose las llaves del candado principal, por seguridad, dijo, porque por allí andaban peleando.

Ni que me hubiera leído el pensamiento, Susi, porque de golpe dijo:

—La Barra es un lugar muy tranquilo, pero esa noche parecía prometer inquietudes interesantes.

Y después se quedó mirando el mar, o mejor dicho el horizonte negro, con nubes como las otras que ya no eran promesas y estaban descargándose con saña.

El guardia parecía inquieto. Cualquier cosa, me llaman si necesitan algo, estoy a pocos metros de acá, dijo, montamos vigilancia toda la noche así que no tienen de qué preocuparse, compañeros, y allí está el teléfono si es que funciona, no les puedo decir porque hace mucho que no tenemos huéspedes por acá, nos aclaró, bastante inútilmente porque se notaba, todo parecía tan polvoriento y abandonado que yo ya había tomado la firme decisión de sacudir bien las sábanas y separar la cama de la pared, más asustada de las alimañas que de los contras. Con un poco de suerte, *él* me ayudaría en ese sano menester. Algo comenté al respecto, él se ofreció con gusto, nos servimos el café de un termo que había traído el guardia, y los cuatro nos instalamos en las mecedoras de paja para una sabrosa charla de sobremesa cuando empezaron los sapos.

—Te digo que todo estaba quieto quieto esa noche mientras yo miraba acercarse la tormenta, unos nubarrones como de fin del mundo que me parecían sublimes, como lava apagada, qué sé yo, como oscuras emanaciones volcánicas que se iban acercando pero yo estaba ahí protegida detrás de los vidrios sobre esa cucheta en esa casa tan bella y solitaria.

En Pochomil los sapos mugían como toros salvajes, guturales y densos. Algo nunca escuchado, y detrás el coro de ranas, todo un griterío enloquecido de batracios cuando de golpe se desencadenó la tormenta casi sin previo aviso.

—Ésa sí que fue una bruta tormenta —dije en voz alta.

—¿Cuál, che? Disculpáme, por ahí estabas tratando de contarme algo, pero yo me embalé tanto en mi historia... ¿Pedimos más vino? Mirá cómo llueve, qué lindo.

—Allá se largó una lluvia que agujereaba la tierra. Así sonaba, al menos. No podíamos salir.

—Yo tampoco. Me dormí un ratito, y cuando me desperté el mar casi casi llegaba al ventanal.

—Era bastante aterrador, te diré. Empezaron los rayos y los truenos, todo tan encimado...

—Acá también.

—¿Ahora? No tanto.

—Ahora no tanto. Entonces, te digo, entonces era feroz.

En Pochomil era tan pero tan fuerte la tormenta eléctrica que nos dio miedo. La casa temblaba con cada rayo que caía, y enseguida explotaba el trueno. De espanto. Bud dijo que había que contar despacito entre el destello y el trueno, y cada segundo era una milla más que nos separaba del lugar donde caía el rayo. Claribel empezó a contar a toda velocidad, y nunca logró llegar a más de cinco. Los rayos caían casi sobre nuestras cabezas.

—Al principio me dio un miedo espantoso, con decirte que hasta lo extrañé a Jacques, no había nadie en la casa, hasta con los chicos me hubiera sentido más segura.

—Allá se oían las olas romper casi dentro de la casa.

—Como en La Barra, en La Barra.

Y yo me dejo bogar más allá de la historia de Susi para sumergirme silenciosamente en la mía, acompañada por esa inquietante música de fondo, la tormenta del aquí y el ahora.

En la tormenta del allá y el entonces él acercó su mecedora a la mía y me susurró No te preocupes, aunque el mar entre a la casa, yo soy un excelente navegante pero además y sobre todo estamos a salvo: acá tengo el protector de tempestades, me lo hizo un viejo santero cubano, ya muerto hace tiempo, y me lo hizo especialmente para mí, porque me encantaba navegar en medio de las tormentas, y por eso me puso, ¿ves tú?, este caracol tan particular, y este cuerno de coral negro tallado por él con la figura mítica de mi Orixa, y lo ató todo con alambre de cobre en determinadas vueltas sabias y precisas como metáfora del pararrayos.

Como si hubiera sido ayer lo recuerdo. Las palabras de él, y el amuleto que quedé mirando largo rato mientras él me hablaba. Lo miraba hasta con devoción, o respeto. Él me tomó la mano y con su mano apoyada sobre la mía me lo hizo tocar, y yo sentí el calor de su pecho y hasta algún latido. En eso se cortó la luz.

—¿Sí o no? —está preguntando Susi, impaciente.

—Sí, sí. ¿Sí qué?

—¿Querés más vino? Ahí viene el mozo, no me estás escuchando.

El mozo aceptó traer más vino pero dijo que iban a cerrar casi enseguida, que los de la otra mesa ya se habían retirado, que convenía que nos fuésemos nosotras también si no no íbamos a poder volver a casa. Déjenos un ratito más, le pedí, hasta que termine de contarme lo que me está contando. Miren que tormentas como ésta sólo creen en finales trágicos, amenazó el mozo y se alejó para buscar el vinito mientras un rayo más tajeaba el cielo, iluminando el mar.

Cuando se cortó la luz nos soltamos las manos como con susto, con miedo supersticioso, casi. Claribel y Bud no dijeron palabra. Todos calladitos, a ver si volvía la luz para disolver esa puta negrura que hacía más atroz los fulminantes destellos ahí, tan cerca. Quedamos paralizados, los cuatro, mudos ante el espantoso rugido de bestias de esos sapos. No teníamos ni un encendedor, ni fósforos. Al rato Bud logró llegar hasta el teléfono, que estaba muerto como era de suponer, y a medida que pasaba el tiempo se nos esfumaba la esperanza de que el guardia volviera con su sonrisa y su metralleta. Podría traernos una lámpara de querosén, una linterna, velas, lo que fuera para aclarar un poco esa noche llena de tormenta y alimañas. Mi romance se me estaba diluyendo con esa lluvia feroz, no iba a ser yo la primera en decir que me iba a la cama, porque le tenía miedo a esa cama sin sacudir. Y si no era la primera, ¿cómo iba él a poder seguirme?

—Qué angustia —me sale en voz alta, sin querer—. Qué angustia en esta tormenta de hoy, y quizá también en aquella tan cargada.

—¿Te parece? —pregunta Susi—. No, no era para tanto. Era inquietante pero me hacía bien, aquella tormenta, no sé cómo explicártelo pero me sentía bien. Después de dormitar un poco me desperté refrescada, interiormente en paz.

Susi intenta explicarme lo de la paz, yo vuelvo al lado de él. Claribel está diciendo que se había fijado y nuestra casa no tenía pararrayos, y Bud, tratando de calmarnos, agrega: pero sí antena de televisión, que está desconectada, completa el dueño del protector de tempestades quizá para hacerme sentir segura tan sólo a su lado.

—Me sentía tan a gusto que me quedé ahí, no más, absorta en la tormenta, tratando de ver cada uno de los rayos que caían sobre el mar, sin ganas de subir a mi dormitorio y meterme en la cama. Era como una meditación, como estar dentro de esa naturaleza desencadenada, estar dentro de la tormenta y sentir tanta calma, era estupendo. Ni ganas de ir al baño me daban.

—En eso él se levantó para ir al baño —intercalo yo sin pretender que Susi me preste ni la menor atención, más bien como pie para seguir reviviendo mi callada historia. Susi habla y yo me siento como una serpiente de mar asomando arqueados lomos de palabras para después hundirme de nuevo en la memoria. No por eso dejo de escucharla, al mismo tiempo enhebrando mi recuerdo como si las palabras de la superficie y las de la profundidad tuvieran una misma resonancia.

Él se metió en el baño, es cierto. Lo oímos en medio de la negrura tropezar contra algún mueble y al próximo destello, cuando de nuevo tembló toda la casa, ya no estaba a mi lado y pude ver cómo se terminaba de cerrar la puerta. Después, en la oscuridad y el silencio, oímos el cerrojo. Retumbaba la tormenta y no nos sentíamos para nada tranquilos. Y él allí, en el baño, encerrado por horas, por milenios en medio de esa tormenta que tenía algo de desencadenamiento geológico. Estábamos como a la deriva en alta mar y él que era nuestro navegante nos había dejado para buscar refugio.

—Ahora sí tengo que ir al baño —dice Susi, y se levanta decidida al tiempo que el mozo viene de nuevo a la carga. Vamos a cerrar, insiste mientras las olas golpean contra la pared de la terraza y los vidrios del parador se sacuden con el viento. No nos van a dejar así tiradas en medio del temporal, le pedimos, al menos esperen que amaine un poco, no tenemos ninguna protección, protestamos, pero las dos pensamos en lo mismo.

Y él seguía metido en el baño, encerrado, resguardado, y nosotros tres esperándolo, esperándolo y esperándolo —yo— mientras el mundo se desmoronaba y los sapos rugían con un rugir nada de sapo, más bien apocalíptico. ¿No le pasará algo?, pregunté con tono inquieto, pero era un reclamo. Estará descompuesto, estará asustado, en fin, vos entendés lo que quiero decir, dijo la voz sensata de Bud desde la negrura. Y nos quedamos allí callados por los siglos de los siglos y uno de los tres sembró la alarma porque allá, al fondo de la densidad negra, bogaba una lucecita, hacia arriba y hacia abajo, la lucecita de un mástil, apareciendo y desapareciendo a ritmo de las grandes olas, con respiración jadeante.

—Esta tormenta es brava, casi tan feroz como... —está diciendo Susi al retomar su sitio, y yo con la lucecita a lo lejos que parecía estar acercándose y él encerrado en el baño y todos nosotros, los cuatro, encerrados en esa casa en medio de la más arrolladora de las tempestades viendo quizá cómo se acercaba un barco de los contrarrevolucionarios que naturalmente desembarcarían en nuestra playa. Casa de protocolo del gobierno sandinista: trampa mortal. Y la lucecita subía y después se borraba, y volvía a aflorar y parecía más cerca. Él no soñaba con salir del baño ni enterarse de la nueva amenaza. Yo me harté de tanta especulación, de tanta espera dividida entre el deseo y el miedo. Igual que la lucecita del mástil subía el deseo y yo esperaba que él emergiera de la profundidad del baño, dispuesta a decir algo o a hacer algún ademán en el instante mismísimo de un rayo; igual que la lucecita desaparecía el deseo y me hundía yo en la tiniebla del miedo. Ganaron por fin el término medio, la sensatez, el agotamiento, el aburrimiento, la impaciencia, quizá. Dije Buenas noches, me voy a dormir, y a tientas encontré mi dormitorio olvidándome de tanta especulación y de tanta espera, borrando hasta las necesidades más primarias y las ganas de lavarme los dientes. Traté de sacudir las sábanas y de no pensar más en alimañas. No pensar más en el amor o en el miedo a los contras. Así me quedé dormida en esa cargada noche.

—...y esa luz que avanzaba entre las olas parecía estar llegando, ya se la veía muy cerca, y el mar estaba casi en mi ventana y no me dieron tiempo de asustarme de veras porque de golpe oí que me llamaban. Susi, Susi, oí, y pensé que era el viento o mi imaginación. Pero no. Susi, gritaban, y en eso aparecieron dos figuras arrastrando un bote inflable con motor fuera de borda, un dingui, sabés, con un palo alto y una lucecita arriba. Yo estaba tras la ventana iluminada y uno de ellos se acercó. Ahí lo reconocí a Gonzalo Echegaray, ¿te acordás de él? Lalalo, alguna vez lo habrás visto en casa. Venía con otro tipo y estaban hechos una calamidad. Corrí a abrirles y Gonzalo me dijo que el otro lo había salvado, que estaba a la deriva con el velero totalmente escorado y las velas todas enredadas por el viento feroz y su falta de cancha cuando apareció el otro en el dingui y lo rescató. El otro no tenía pinta de gran salvador, por suerte. Era un dulce, un tipo parco, callado como a mí me gustan. Gonzalo dijo que se había tirado a La Barra sabiendo que yo estaría ahí, y que se hubieran ido al demonio de no ver la luz de mi ventana que podía haber sido cualquier ventana pero qué. Por suerte era la mía, el salvador era un pimpollo y apenas sonreía mientras Gonzalo contaba las peripecias y después, cuando Gonzalo se fue a dormir más muerto que vivo, me mostró su amuleto. Dijo que en realidad los había salvado el amuleto, que era el verdadero y único protector de tormentas, se lo había hecho especialmente para él un viejo cubano, qué sé yo.

Insensible, el mozo interrumpe, vuelve al ataque: que no se van a seguir arriesgando por nosotras, que por favor saldemos la cuenta y ya van a cerrar, que por ahí se vuela el parador y todo y más vale no estar cerca.

Mientras esperamos el vuelto Susi insiste en completar su prolija narración de los hechos:

—Gonzalo se quedó como una semana en casa, para reponerse, pero el otro no, sólo esa noche y sin embargo, ¡qué nochecita, doña! Memorable, una noche absolutamente tórrida y deliciosa me hizo pasar el otro en medio de la tormenta.

—¿Deliciosa como los mejillones?

—Como las almejas. No, más, muchísimo más. Fue la gloria. Lástima que cuando desperté, tarde como te imaginarás, él ya no estaba. Se había ido en su dingui y nunca más supimos nada de él. Pero me dejó sobre la almohada su protector de tempestades que ahora nos va a dar una buena mano para salir de ésta.

Buena mano un carajo, quiero acotar mientras nos disponemos a enfrentar los elementos. Pero con pasmosa templanza me sale lo otro:

—Mirá vos, che. Y pensar que al día siguiente a mí me dijo que se había quedado en el baño meditando, y que había tirado el amuleto al mar desde la ventana, para aplacar la tormenta...

Transparencia

Debemos contactarnos con hombres y mujeres del mundo para establecer de una vez por todas las bases del Club y redactar los estatutos. La tarea podría ser sencilla si nos pusiéramos de acuerdo, pero tememos que la cosa se complique con el problema de la diversidad de idiomas y, lo que es más, con el problema de los dialectos. ¡Cómo detesto los dialectos! Lo entorpecen todo, hacen que ciudadanos de tercera se sientan importantes, dueños de su habla, y despierten a la subversión. No quiero ni pensar lo que ocurre en el África, donde ni siquiera se entienden entre sí quienes viven a escasos kilómetros de distancia. O en Guatemala, donde se hablan hasta treinta y tres idiomas y dialectos diferentes. Nada nos importa que se entiendan entre sí, pues la mutua comprensión podría actuar en detrimento de las reglas del Club, pero es imprescindible que haya consenso absoluto y por lo tanto la integración de negros y latinoamericanos resulta crucial para llevar a cabo nuestra magna labor. Un apostolado casi, como siempre señalo, y digo casi porque no quisiera espantar a los nuevos postulantes. Digamos mejor, a los reclutas. Cosa delicada, el lenguaje: debemos afinar nuestro instrumento a la perfección para que no quepa ni un adarme de duda, ni una mínima gota de ambigüedad o incertidumbre.

Todos lo sabrán todo y me veré así libre de obligaciones. El Club no aspira a otra cosa que al saber, el Club es (será) una asociación sin fines de lucro. Universal, eterna, envolvente, tal como lo asentarán nuestros estatutos. Claro que la eternidad no será una condición preliminar del Club, será la causa. Mejor dicho, será el efecto al que aspiramos. Hay que hablar con propiedad, no nos cansamos de repetirlo, hay que darles a las palabras su justo valor, su peso.

Tendremos calibradores de palabras pero primero habremos optado por el lenguaje unificador del Club. El Club, como de ahora en adelante denominaremos a este planeta, ex Tierra. Un nombre tan ambiguo, Tierra, de malsanas implicaciones, que borraremos de un plumazo, sí, dado con las plumas del plumero que es lo más indicado en estas circunstancias. Y llegará el día cuando el Universo entero sea el Club y ya no habrá más verso, en el doble sentido de poesía y engaño (una y la misma cosa). He aquí el problema con el doble sentido: se presta a confusión sin por eso ofrecernos la más mínima posibilidad de riqueza. Con el doble sentido no crecemos, nos vemos tan sólo aplastados bajo su enorme peso, y por eso mismo aquí os digo y repito: aboliremos el doble sentido por decreto. Nada de lo que sea dicho tendrá otro valor que el resplandeciente valor denotativo. Y por eso os digo: no habrá más medias tintas, ni lapsus de la lengua, ni aviesas intenciones, ni ocultamientos. Os digo y os repito, ya nadie podrá querer lo opuesto de aquello que reclama, no habrá más mensajes contradictorios. La Interpretación será tema del pasado; conservaremos eso sí su museo y recorriendo las largas galerías de divanes, las vastas bibliotecas inaccesibles, los gráficos falsos de la mente, podrán los miembros del Club (que muy pronto serán todos los habitantes del planeta), podrán tener, digo, una impresión fehaciente del horror que fue aquello.

Nadie dirá blanco si quiere decir negro, nadie diciendo malo hará referencia a lo bueno. Nadie usará la doble negativa, que es un asentimiento. Todo lenguaje será por demás transparente. Haremos de la transparencia nuestro culto.

Como es natural, la diplomacia quedará abolida por esta disposición sencilla, y también la política. Esas artes nefandas. Quedará abolido el arte que ha sido y fue la peor lacra. En todos los idiomas quedará abolida la palabra arte hasta que el lenguaje unificador del Club vuelva obsoletos los idiomas y con ellos ese vocablo tan proclive a sembrar confusiones.

Y ni hablar de los llamados artistas. Merecerían todo nuestro desprecio si no fuera que también son humanos y por ello miembros potenciales del Club, distinguidos colegas. Habrá para los artistas campos especiales de rehabilitación, a considerable distancia de los campos de rehabilitación para políticos.

Reforzando la certidumbre mantendremos la paz.

Unificando el idioma tendremos todos unidad de sentido, de ideales, no habrá forma de generar presuposiciones ni de entablar conflictos. No habrá alusión alguna ni metáfora.

Cada miembro del Club, cada habitante de este planeta Club, será designado por mí personalmente y registrado en el libro de socios.

De ahora en adelante llamaremos al pan, pan, y al vino, vino, como siempre debió haber sido. No habrá más malos entendidos, el pan no será mi Cuerpo ni el vino mi Sangre, los sexos estarán claramente definidos, así como las atribuciones individuales.

Ya no tendrán por qué llamarme Dios. Ni siquiera Presidente del Club. Me iré a retirar al campo, aunque retirarme no será más la palabra, ni será la palabra la palabra campo.

El enviado

Sus padres los recibieron alborozados dos meses después de haber abandonado toda esperanza. Si la búsqueda había sido finalmente interrumpida fue porque nadie pensó que en medio de las nieves eternas, sin comida, después de la catástrofe aérea y los horrores... El pequeño grupo pudo sobrevivir, se supo por los diarios, comiéndose a los muertos, sus compañeros de aula.

Comed, éste es mi cuerpo; bebed, ésta es mi sangre. Y los pobres muchachos poco acostumbrados a los símbolos comieron y bebieron creyéndose en una comunión elemental, directa.

Es un milagro, exclamaron parientes exultantes al tenerlos de regreso. Un milagro tu abuela, habrán dicho los padres de las víctimas sin saber que hoy en día nadie escucha a quienes han perdido la voz del heroísmo —y perdurar en tan rudas condiciones es heroico, sin dudas, en épocas cuando le resulta tan fácil morir a tanta gente.

Total que dos meses después de la catástrofe los sobrevivientes del infausto viaje de egresados volvieron a sus casas, hablaron por las radios, concedieron centenares de entrevistas y aparecieron con foto en todos los periódicos. Se volvieron importantes. Recuperaron músculos, retomaron sus vidas deportivas, no cambiaron ni un ápice, no cultivaron ni una gota más de comprensión humana. Fue así como en un principio descollaron, hasta que poco a poco y sin el menor preaviso la languidez más tétrica se fue abatiendo sobre ellos. Ni los más encumbrados galenos locales o foráneos lograron descifrar la aviesa sintomatología.

Sólo el padre de Pedro, enfermero en sus años mozos al servicio de la patria, alcanzó a intuir en un destello la etiología del mal que minaba la salud de su hijo. Y para comprobarlo, con suma precaución y apelando a sus viejos conocimientos de asepsia se amputó un trocito del carrillo interno (el derecho) y se lo ofreció a su Pedro en escabeche.

Síndrome de abstinencia, no cupo duda: el organismo de Pedro reaccionó favorablemente a ese bocado de carne paterna, y el muchacho pudo sonreír en tres oportunidades distintas y practicar un poco de crawl en la pileta. No fue mucho, menos de un centímetro cúbico de carrillo interno, carne a todas luces no demasiado sustanciosa, pero les brindó por fin la respuesta tan ansiada. Y pudieron saber que aquella tremebunda experiencia en medio de las nieves eternas, si bien no contribuyó en absoluto a moldear la mente del muchacho, en cambio modificó su organismo al punto de requerir ahora tributos casi inimaginables.

Si un tigre acaba cebándose con la carne humana, ¿por qué no el ser humano, su real propietario?

Sólo que no es tan fácil, en esta sociedad en la que vivimos, con Carola la casada con Alfredo, el ex procurador de la República, de constante visita. Y María Rosa sintiéndose ahora casi madre de Pedrito porque le hizo rezar seis misas cuando lo dábamos por muerto; y tío Jaime, y Juan Servando Gómez y el padre Amuchástegui, en casa casi todas las noches para charlar con el muchacho, dicen, porque creen transmitirle una fe más fuerte que la nuestra.

Y mientras tanto Pedrito el elegido, nuestro Pedro, languidece en la cama aparentemente sin remedio, y el remedio está aquí, tan en nosotros, tan al alcance de la mano o mejor dicho el remedio *es* la mano, nuestra mano.

A mi señora esposa la convencí fácil; no le resultó demasiado sacrificio donarle un pedacito de muslo a su hijo, ella que nunca va a la playa. Cristina en cambio puso el grito en el cielo o mejor dicho, para no caer en la blasfemia, chilló como marrana. Tuvimos casi que apelar a la fuerza para que nos cediera un mordisco de ese pliegue sabroso alrededor del lomo. Después de mucho forcejeo entendió que no se trataba de un simple capricho para un simple hermano, se trataba de un sacrificio digno, una verdadera dádiva bendecida por Dios: si Él había optado por salvarlo a nuestro Pedro después de la caída del avión, en medio del desierto de nieve, y mantenerlo con vida durante sesenta días hasta que los encontraron las patrullas de rescate, si Él no decretó locura, si Él dispuso este alimento como único posible, si Él lo iluminó, no será porque sí, y todo lo que hagamos para mantenerlo a Pedrito con vida tendrá su recompensa. El Señor le enseñó el camino de su carne que es la carne de todos nosotros; el Señor sabrá agradecérnoslo.

(A veces por las noches sucumbimos al miedo cuando llega el momento de hacer nuestras cuentas, de pensar el menú para mañana. Sabemos que un bocadito basta. Pero qué bocadito. Me pregunto —y no quiero averiguarlo— si los demás padres de nuestros héroes se verán en aprietos similares. A veces hasta me pregunto si no sería mejor privarlo a Pedro de su adicción; que se haga hombre nomás como todos los hombres, sin consumir carne de hombre. Al instante siguiente me arrepiento y pido disculpas por mis dudas porque reconozco la blasfemia y también reconozco que el miedo más abyecto la genera.)

Todas consideraciones vanas, a esta altura de los acontecimientos. Porque la situación ha cambiado radicalmente y lo que hayamos hecho o lo que haremos mañana ya no nos concierne. Es por el bien de Pedro, nuestro antiguo Pedrito, pero este Pedro ha trascendido su condición de hijo. Si le fue deparado permanecer con vida después del accidente en que tantos murieron, ha sido para permanecer en esta tierra y salvarnos a todos, no para volver a casa a languidecer en nuestros brazos como languidecen sus compañeros de infortunio. Ahora estamos seguros: Pedro permanecerá con vida para realizar su obra y redimir a los fieles que a él acudan. Nos sentimos felices. Tenemos ya los medios necesarios para evitar su deterioro, sólo nos basta actuar con extrema prudencia.

Nosotros sólo compramos el congelador horizontal. Dios nos mandó lo otro.

Ya han fallecido tres de los compañeros de Pedro, de muerte inexplicable, como de una tristeza que emana de sus cuerpos y se aloja primero en las pupilas para terminar royéndolos enteros. A nosotros no nos permiten el acceso a las exequias pero no nos importa, Pedro está rozagante. Los pocos compañeros que quedan desmejoran a diario. Pedro está rozagante.

A los otros no podemos decirles ni una sola palabra, nuestro secreto debe conservarse tal como está: bien congelado. A veces eso sí María se enternece y les manda a los muchachos unas empanaditas. Ellos reviven por veinticuatro horas y yo le digo Mujer, estás comprometiendo nuestra causa con tamañas imprudencias. Pero María cree en la caridad y si bien nuestro hijo es el Elegido entre los elegidos, insiste que también sus otros compañeros fueron señalados por el dedo de Dios en su momento.

Igual tratamos de actuar con la mayor cordura, y del enviado, del maná llegado a nuestra casa como caído del cielo, racionamos sabiamente las porciones. Sabemos que no puede haber dos de este calibre: obtenido con tanta impunidad, y tan limpito.

Durante cinco días lo fuimos alimentando a conciencia, indagamos no sin cierta indiscreción por su salud actual y la pasada, escuchamos su historia de viajes solitarios por el mundo hablando con la gente. A sus espaldas lo llamamos, lo seguimos llamando *el enviado* pero él no alcanzó a saberlo y pasó a mejor vida sin la menor sospecha. Pobrecito. Quizá le hubiera emocionado conocer el papel primordial que jugaría, su noble rol *post-mortem*. Era hermoso, como señaló Cristina; pero ni aun ella se dejó enternecer por el largo pelo claro y los ojos tan puros (un joven llegado de tan lejos, tan sin familia y de limitados ideales, ¿qué mejor pudo haber hecho en este mundo que servir con su cuerpo a la voluntad divina?).

Nos quedaron sus libros de oraciones extrañas y un par de sandalias hechas por él mismo. Los conservamos para dejarle sus magras pertenencias como una compañía: están ahora en el congelador donde yace su cuerpo mutilado. Al joven tan claro no podíamos dejarlo solo. Al enviado.

¿Y más adelante, cuando se nos acabe, llegará otro para Pedro? ¿Qué será de nosotros?

Pedro está rebosante de salud pero ya no demuestra inclinaciones místicas. Eso sí, a diario y para respetar su devoción en la montaña comulga con la carne del otro, que dice ser la hostia.

¿Será en verdad la hostia? ¿Esa carne del otro será el cuerpo de Cristo?

¿Y qué si fuera así?

Si así fuera, nos ha tocado a nosotros nada menos matarlo nuevamente y esta vez no en la cruz sino de propia mano. En cuyo caso nuestro Pedro sería apenas un intermediario. Su misión ya cumplida, me parece inútil seguirnos preocupando por él. O por su malhadada dieta.

La risa del amo

Afuera la tormenta de nieve parecía estar arreciando, pero poco importaba en la vasta habitación tras los cortinados de terciopelo y menos importaba en la enorme cama bajo el baldaquín, entre edredones de plumas. La macana es que había que levantarse, la reunión estaba programada para la medianoche y sus púrpuras lo esperaban sobre el sillón frente al gran reloj de pie. Tanto esfuerzo, pensó, cuando podría quedarse allí bien calentito durmiendo en paz y hasta quizá en buena compañía. En fin. Saltó de la cama y empezó a vestirse con cierta parsimonia. Se adornó con la estola, lo mejor posible, y se caló la mitra. Ante el espejo pudo comprobar que le sentaba, hasta se veía rejuvenecido. Sonrió y oprimió el timbre para llamar al mucamo.

Por los largos corredores las alfombras se tragaron sus pasos, también en los tres tramos de escalinatas que hubo de descender tras el mucamo de librea. La mansión era tan suntuosa como se la habían descripto, majestuosa en verdad: un verdadero palacio. Al pie de la última escalinata de mármol vio más allá de los portales tallados el salón rojo donde lo esperaba la comitiva de prelados.

Monseñor el obispo de Córdoba, lo anunció el mucamo, y los demás rieron.

Él hubiera querido escapar, sin saber bien por qué, refugiarse escaleras arriba en la habitación que le habían destinado. Un cardenal no lo dejó retroceder, lo tomó del brazo y lo llevó al medio de la estancia.

Pasad, pasad, monseñor, Su Alteza Serenísima os está aguardando, le dijo, y los demás estallaron en carcajadas iguales al viento.

Los alcoholes circulaban en botellones de cristal rotulados, ambarinos. Para mí en las rocas, no más, para hacer juego con la montaña ahí afuera, pidió otro obispo.

El nuncio se apoltronó en un sofá y le hizo señas a un mucamo para que le alcanzase la caja de habanos. Alguien

[123]

recriminó al recién llegado: che, cordobés, mirá que te hiciste esperar, casi te olvidás de la consigna: estar juntos los doce cuando los relojes den las doce campanadas.

Otro reclamó la presencia de las mujeres. Ésas siempre se hacen desear, dijo el del habano. Ni sé para qué las trajimos, estamos bien entre hombres solos, intercedió uno de los cardenales. Como en los tiempos de la colimba, más camaradería, las minas se la pasan chusmeando en un rincón y para peor siempre llegan tarde, no respetan las consignas. Posta, posta ¿eh?, intervino el primer cardenal, a ustedes parece que el frío se les metió en la cabeza, díganme, no más, qué pretenden que hagamos acá en medio del Ande sin las minas, ¿meditar?, ¿correr como guanacos por los picos nevados?

De qué se vestirán las pendejas esta noche, inquirió uno de los altos prelados, de odaliscas, deseó otro, negativo, lo contradijo el arzobispo que hasta entonces había estado en silencio, negativo, si en el museo sólo van a encontrar trajes litúrgicos, el viejo barón estaba rechiflado, vendrán de carmelitas. Carmelitas descalzas, qué bodrio. Carmelitas desnudas, y así le damos a la liturgia pero le damos en serio, al fin y al cabo el barón construyó el palacio para eso, para la reverencia. Muchas reverencias les vamos a hacer nosotros a las minas. Se la vamos a dar con *tutti*. Estamos al pelo así, todos pollerudos, basta con levantarse un poco los ropajes y ya. Buenas pilchas para la salvación, buen camino, no sé si las minas pueden colaborar en esto.

Y rieron más y de mejor gana, sabiendo que hacía tanto que no reían de esta manera, a mandíbula batiente, todos con todos, y para eso habían alquilado la mansión en medio de la cordillera, tan llena de promesas. Qué podía importarles el frío casi polar, las continuas nevadas, si hasta tenían su gracia ahí dentro, en lo mullido y cálido.

¿Qué tal si mañana nos hacemos sacerdotes egipcios y caminamos de perfil? Lo que usted mande, estimado monseñor. Hecho, pero ahora quisiera convidarlos con unas pitaditas de esta sabia mezcla que me trajeron de México, y les recuerdo: aspiren a fondo, no es sólo yerba todo lo que se fuma. Brillantísima idea, no hay como los ministros para estas paponias, ministros de la Iglesia, claro está.

Fue el cordobés el que lo notó, al rato, echado en el suelo sobre almohadones como estaba. Miren, dijo, esa mesa redonda, es de tres patas. Hagamos una sesión, propuso alguien. Dale, che, despabiláte vos que venís de las tierras del gualicho, hacénos de médium, lo conminó un cardenal al cordobés. Apoyamos la moción, dijeron los otros, cada uno con sus palabra. No jodan, contestó el cordobés. Sí, hombre, vos tenés que saber de estas menesundas, algo habrás hecho para que te nombren embajador, un empresario como vos. Por lo que le duró el cargo, murmuró otro prelado.

Y bueno, pensó el cordobés, a vivo no me ganan, a actor tampoco. Y aceptó. Y exigió que se apagaran las luces y se encendieran las velas del candelabro de plata sobre la chimenea. Che, le ordenó un mitrado a un mucamo, ustedes nos despejan la sala y les van a decir a las damas que no se apersonen antes de la una, ¿entendido? Damas, coreó otro con sorna.

La sesión empezó en forma previsible; el cordobés los hizo sentar, tomarse de la mano, respirar hondo. Cada vez más hondo y más rápido, para ir ganando tiempo, a ver qué se le ocurría. Se le ocurrió lo lógico dadas las circunstancias y con voz que esperaba fuera de ultratumba empezó:

—Me han convocado y vengo, aquí estoy.

¿Quién eres?, le preguntaron como se estila en estos casos.

—Soy vuestro señor, vuestro amo, he venido a salvaros. Vosotros buscáis la redención, puedo brindárosla. Vosotros pretendéis llegar al paraíso sin pasar por la muerte, sea. Y he de salvaros. Yo. Yo os brindaré el paraíso. El paraíso.

¿Quién eres? ¿Cuál es tu nombre? ¿Eres Cristo?, fueron preguntando los demás ya casi compenetrados.

—Soy el que soy.

Y la voz se hizo otra, empezó a venir desde una distancia intolerable para el cordobés. Sin soltar las manos de sus compañeros se derrumbó sobre la mesa. De su boca siguieron derramándose las palabras.

—La salvación, la salvación, la salvación. Y escapar de la muerte. Para conseguirlo hay que reverenciar el frío. Me sofoco. El frío, el frío, el principio vital. Apagar todos los fuegos, me sofoco. Hielo, nieve, donde nada se pudre. Abrir la casa al viento.

Muéstrate, conminó alguno en esa mesa, convencido, o angustiado. Muéstrate, pidieron otros. Pero sólo alcanzaron a percibir, de golpe, un resplandor amarillo, adiamantino, que pareció enceguecerlos.

En la penumbra, el silencio fue roto por las voces de las mujeres que venían bajando hacia el salón. El primero en reaccionar pegó un salto y corrió a cerrar los portales de roble. Y les echó llave. Otro ya había ido a abrir los grandes ventanales, y el que traía la llave se encaminó ceremoniosamente a tirarla a lo lejos, para que se enterrase en la nieve. Qué hacés, loco, le preguntó uno. No vamos a poder subir más. ¿Qué nos importa, dijo un tercero, si vamos a alcanzar todas las alturas? Vamos derecho al paraíso, él nos lo prometió. Nuestro salvador.

Al cordobés le costaba reaccionar. Lo sacudieron. ¿Lo viste? ¿Pudiste verlo?, le preguntaban. No, contestó él, no sé nada, me perdí, pero creo que vi un anillo de topacio, enorme, sí, usaba un deslumbrante anillo de topacio.

Nosotros también vimos el topacio, dijeron los demás. Entonces era cierta su presencia. También su promesa.

Y fue así como empezaron de a poco a cumplir con el mandato. Sofocaron el fuego de la enorme chimenea del salón rojo, y pasaron el resto de la noche apagando cuanto fuego había en esa planta baja y abriendo todas las ventanas.

Recibieron el amanecer ateridos pero tranquilos, despejados, felices de estar cumpliendo una misión que parecía trascenderlos. Se habían cambiado, ahora sólo usaban unas túnicas oscuras encontradas en el cuarto de trajes del museo.

El mayordomo entró a eso de las siete, alarmado. ¿Qué han hecho los señores, por qué apagaron las calderas? La servidumbre pasó frío toda la noche. Y las pobres señoras. Yo mismo me pesqué una angina. Voy a cerrar los ventanales.

Que no los toque, ordenó uno. Y otros dos se abalanzaron para contenerlo. Está que arde, dijeron, trae el calor, es la muerte, dijeron. Tenemos que salvarlo, salvarnos, estipularon.

El mayordomo gritó, siguió gritando, ellos lo arrastraron de los pies a través de las puertas-vidriera más allá del parapeto de piedra hasta acostarlo en la nieve. Está caliente, dijeron, lo vamos a salvar, el frío redime.

El puñal brilló por un segundo cuando el que oficiaba de sacerdote alzó la mano. Después, sólo un borbotón humeante, y la roja mancha contaminando lentamente la blancura. Quisieron abrirle el pecho y llenárselo de nieve. El yacente ya no era más un hombre. Acababa de convertirse en la primera víctima propiciatoria de la nueva fe.

Al volver a la mansión, los doce oficiantes encontraron el desayuno servido en el salón rojo. Ofrendaron el café hirviente a la nieve pero consumieron las vituallas con verdadero apetito. Se sentían colmados, felices a pesar del pavoroso frío. El precio de la salvación es precio que se paga con dicha, sobre todo cuando no se hace necesario pagarlo con la propia muerte.

Sólo entonces les llegó muy tenue el llamado y se acordaron de las mujeres. Ese sexo maldito, convinieron. Las grandes tentadoras, las brujas, las que buscan tibiezas, las calientes y perversas.

Vamos, no nos dejemos vencer. Vamos. La Inquisición ya nos señaló el camino.

Debían preparar el ritual con parsimonia. En el cuarto de los trajes encontraron las máscaras. Enormes máscaras de animales grotescos, quizá para autos sacramentales, justo lo que necesitaban.

Siete hombres se quedaron frente a las pesadas puertas de roble sujetando siete máscaras mientras los otros intentaban forzar la cerradura con los hierros de atizar el fuego. Al cabo de un rato las hojas se abrieron de par en par y entraron las mujeres, algo indecisas, asombradas. Dieron unos pasos dentro del salón y de golpe se encontraron a oscuras, las cabezas cubiertas por enormes cabezas de monstruos.

Sintieron cómo les aseguraban las máscaras en la nuca y supieron que no se trataba de una broma. Quisieron defenderse, gritaron —pero no se oían sus gritos—, corrieron, atropellaron muebles, se dieron contra las paredes, trastabillaron. Los hombres las fueron acorralando en silencio, empujando hacia las puertas-vidriera. Las mujeres al sentir la nieve bajo los pies descalzos emprendieron carrera ladera abajo. Cuerpos aplastados por desaforadas cabezas de burro, de mono, de cabra, de buey con ojos enrojecidos, que tropezaban, y caían, y se volvían a erguir con enormes esfuerzos. Las manos trataban de arrancar las máscaras sin lograrlo, las voces quedaban sofocadas por capas y capas de papel maché.

Los hombres a unos pasos de distancia admiraban el espectáculo sin tratar de alcanzarlas, tan sólo arriándolas como animales que eran, monstruos de cabeza repelente, alucinada.

Cuando llegaron al borde del precipicio, ellos no necesitaron ni empujarlas. Cayeron solas. En el fondo del barranco las aristas de roca viva y hielo hicieron el resto.

Los hombres quedaron allí con cara de misión cumplida. Satisfechos. Estaban oficiando la nueva liturgia, la verdadera.

Sólo el cordobés, contra un árbol seco, empezó a desesperar; ¿qué hice?, se preguntaba mirándose las manos que no habían hecho nada.

El tenue sol de invierno se iba a poner y ya hacía más de seis horas que el cordobés se había ido. El muy traidor, el muy judas, los había abandonado en pos del frío, quería acaparar la salvación y había salido a buscarla en las nieves eternas, allá arriba. Esa noche no durmieron pensando en todo lo que habían hecho y lo que harían para atender los designios del amo e impedir que la salvación se les escurriese entre los dedos. Al amanecer se precipitaron hacia las ventanas, desesperados por asegurarse de que el cordobés no alcanzara su objetivo. Escudriñaron las cimas con el largavistas, por fin lo detectaron justo en la ladera de enfrente, una mancha oscura sobre la nieve, inmóvil. Cada tanto iban a controlarlo, para no tener dudas; necesitaban estar seguros, no fuera que el cordobés se hubiese guardado secretos que ahora lo llevarían a encontrarse cara a cara con el amo, el señor de los cielos; el salvador de todos ellos.

Pero no. Las horas pasaban, la mancha que había sido o era el cordobés seguía allí, y ellos ya estaban por festejar la muerte del traidor que pretendió abandonarlos para acceder por cuenta propia al templo de la gloria. El templo es éste, dijeron. Nuestro salvador, empezó a decir uno mientras el que estaba observando vio formarse, en la cima de la montaña donde yacía el cordobés, una corona de nubes negras como de entierro. El que estaba observando no oyó el final de la frase, se sentía alborozado e iba a dar la voz, cuando notó que el cordobés y su montaña y su corona de nubes empezaban un ascenso muy lento hacia los cielos.

Se salva, se salva, gritó, y todos corrieron a las ventanas para ver el milagro, la ascensión del cordobés.

Muy pronto advirtieron la realidad. La ladera de enfrente no subía, estaba bajando la de ellos. Bajando. Un extraño calor empezó a invadir el salón rojo y la tierra se los tragó sin el menor estrépito. Ni tiempo tuvieron para invocar al salvador, al amo, porque en la oscuridad súbita estalló la desmesurada carcajada. Entendieron todo cuando el resplandor del topacio les volvió a herir los ojos.

Viaje

Anoche una vez más lo llamé a Carlos. Volví a escuchar su voz en el contestador y corté. ¿Por dónde andará ese desgraciado?, me pregunté. Ese desgraciado que no da señales de vida desde el otro domingo, y lo pasamos tan bien juntos, fue tan tierno. Por eso mismo, me digo, por eso se escapa, y el entender o el creer entender no me ayuda para nada, siempre es igual, Carlos toca y se va, como si jugara a la mancha. La mancha venenosa, para colmo, y sé que no tendría que llamarlo tanto por teléfono y de todos modos nunca está en su casa y me pregunto dónde andará, por no preguntarme con quién.

Él fue el primero en mencionar la palabra amor. Y yo le dije que cuando la oigo me da el síndrome de Goering, o de Goebbels, ya no me acuerdo cuál: cuando oigo la palabra amor saco la pistola, le dije a Carlos. Qué bruta. Ahora me gustaría que estuviera acá y no me animo ni a dejarle otro mensaje en el contestador. Parece que ahora se le antoja jugar más a las escondidas que a la mancha. Y bueno, si es así yo también voy a entrar en el juego. Y cómo. Ya va a ver.

Es temprano, estoy lista para ir al yugo, decido cambiar de rumbo y enfilar mis pasos hacia la agencia de viajes para cobrar mi premio del millaje. Me voy a alejar todo lo posible de esta zona del mundo donde Carlos circula sin mí.

Tengo más de cien mil millas acumuladas, así que puedo irme a cualquier parte sin preocuparme por distancias. Al sitio más lejano, más remoto, más barato, más excitante. Nueva Delhi, pongamos por caso. Eso. Y después que Carlos me eche los galgos o me pregunte a mi vuelta ¿dónde te metiste que hace tiempo que no te veo? y yo le voy a contestar como si nada: en la India.

Así no más. Como me oyen.

Llamo a mi oficina para decirles que estoy con gripe. Virósica. Galopante. Así a ninguno se le da por visitarme. Virósica y con el teléfono descompuesto, ese virus de la comunicación tan de nuestros pagos. Pobre, dijeron, que te mejores, dijeron, que se te arregle el teléfono o alquilá un Movicom, dijeron, los muy malditos, sabiendo lo que cuesta un Movicom.

En la India con tres guitas me arreglo. Y después me río.

Me río de todos ellos y sobre todo de Carlos, el muy maldito. Nada tengo contra Carlos, que quede claro, pero me harté de seguir esperándolo. Si se va sin avisarme, yo me voy más lejos. El millaje lo tengo acumulado por viajes de la oficina. Me mandaron de correo unas cuantas veces, ida a Miami, vuelta de Miami, ida a Nueva York, vuelta de Nueva York. Viajes sin tiempo para ir a un museo o a divertirme un rato, nada. Ida y vuelta para así ahorrarse el hotel, los muy sórdidos. Yo acepté con la idea de ir acumulando millas para el premio, y dos veces me tocó eso del triple millaje, y la ilusión. Ahora ni soñar con irme a París que era el sueño inicial. No tengo ni para un día de hotel y comida. Pero la India dicen que es muy barata. Mejor Calcuta que Nueva Delhi, más pintoresca. En la compañía aérea me dirán.

En la agencia me dice —uno de ojos verdes, vale la pena escucharlo— que tengo millas acumuladas como para llegar hasta Bali, ellos ahora tienen pool con otras compañías. ¿Largo, el viaje? pregunto. Y sí, como tres días, pero tiene boleto abierto, puede hacer tres escalas, quedarse hasta un año por ahí.

Bonita perspectiva, pienso, con 550 dólares por todo capital y siete días hábiles que es lo que me conceden por enfermedad, ni uno más. Pero acostumbrada a los aviones se puede decir que estoy acostumbrada, y entonces lo busco al flaco Irazabal que me debe favores y él me consigue el pasaje para esta misma noche sin siquiera pagar los 100 dólares por urgencia, menos mal.

No me faltan las ganas de llamar a Carlos y dejarle algún mensaje críptico en su contestador, porque no va a estar en casa, nunca está en su casa últimamente. Me contengo, el elemento sorpresa es crucial en este plan y además tengo mucho que hacer: correr a la embajada de Indonesia para la visa, lavar alguna pilcha y secarla con la plancha, armar el bolso. Voy a ser una pasajera en tránsito, dormiré en aeropuertos, comeré en los aviones, sólo tomaré algún trago cuando sea gratis, seré libre. A Ezeiza me voy con anteojos negros y un pañuelo en la cabeza, por si anda por ahí alguien de la oficina. El resto va a ser pan comido.

Una vez leí un artículo sobre un millonario excéntrico que decidió no ser ciudadano de ningún país, o ser ciudadano del mundo, y sin documentos deambuló durante dos años de sala de embarque a sala de tránsito, de un avión a otro y a otro. Por todo el mundo. Pagaba su tarjeta de crédito por correo rigurosamente, desde algún aeropuerto, pedía la cuenta por teléfono desde algún aeropuerto, alguna vez alguna azafata ofició de enfermera, vaya una a saber cuántas oficiaron de amante. Era un hombre grande, desilusionado. Pero se divertía: hablaba con los distintos pasajeros de diversos aviones en múltiples idiomas, a algunos les contaba su historia. Una diría que la historia se le enriquecía poco, de un aeropuerto al otro sin nunca pasar por migraciones, pero vaya una a saber. Quizá la suya era la más rica de todas las historias. Tenía periódicos del mundo entero al alcance de la mano, las mejores bebidas, los seres más estrafalarios, los que viajan en primera. Su ropa interior se la lavaba en los baños de los aeropuertos, la secaba bajo el aparato de secarse las manos. La tiraba a la basura cuando se hartaba, se compraba pilchas nuevas en aeropuertos como el de Miami que tienen de todo. Parece que regularmente volvía al Charles de Gaulle, allí tenía un grupo de amigos en una compañía aérea. Lo abastecían de lo esencial y callaban. No necesitaba más. Resultaba sospechoso pero inofensivo. Cuando lo querían agarrar en un país, ya estaba en otro. Compraba los boletos en la puerta de embarque, a punto ya de salir el avión, no era fácil rastrearlo y en el fondo a nadie le importaba.

Quizá yo me convierta en un personaje así. Al menos por tres días sabré lo que él sintió. Y Carlos desesperándose por mí. Espero.

Sin pasar la frontera de migraciones, por tres días me sentiré ciudadana de ninguna parte. Algo bien distinto a sentirse ciudadana de tercera como de costumbre.

Yo no soy una ciudadana de tercera. Sólo Carlos me hace sentir así cuando no aparece. Y cuando aparece a veces también: me siento mendigando mimos, reclamándole. Todo un desastre. Ahora no voy a pedir nada a nadie. Por unos días voy a ser una reina, con mis 550 dólares en Bali. La bellísima Bali. Eso me dicen. Que mendiguen los otros, que me pidan a mí.

Estoy acostumbrada a viajar liviana. Lleno la mochila, dejo el teléfono descolgado, pongo cara de mártir y le digo al portero que estoy enferma y me voy por unos días a casa de una prima que me va a cuidar. Por si acaso, se lo digo. El pasaporte palpita en mi bolsillo.

Carlos no me quiere, es obvio. Y yo me estoy tomando todo este trabajo por alguien que no me quiere. Me pregunto si yo a mi vez lo quiero de verdad a él.

No sé. Tomo el colectivo 86 que va a Ezeiza. El viaje empieza cuando usted sale de su casa, cierra bien la puerta con llave, sabe que al volver será otra. Si tiene gato regale el gato, con las plantas haga como yo, ahóguelas en agua y déles un beso de despedida. Son sólo diez días, les dije.

Dos malvones, una begonia y un ficus chiquito que me regalaron. Las voy a extrañar, y eso que si hay alguien acostumbrada a los viajes, ésa soy yo. Pero éste es distinto y sé que las voy a extrañar.

Mi material de lectura es estrictamente de viaje: los folletos de Bali que me dieron en la embajada y las revistas que me darán en el avión. Llevo un cuaderno por si se me ocurre anotar ideas sobre Carlos o frases de él, que borraré cuidadosamente para ir sacándomelo de la cabeza. Llevo como cinco lápices de la oficina, de esos con goma en la otra punta. Llevo también una goma blanda porque de eso se trata. Voy a anotar cosas de Carlos y las voy a ir borrando. Cuando vuelva éste va a ser de nuevo un cuaderno en blanco, pero todo borrado. Ya me gusta.

Por lo pronto escribo: ficus, malvón rojo, malvón blanco, begonia. Y borro con ganas. No hay que tener piedad, en un viaje como éste no debemos cargar lastre.

Y eso que ni pasamos la General Paz.

Mañana no sólo será otro día, será otra parte.

Ya quiero estar en mañana, quiero estar en Bali y de vuelta de Bali. Quiero estar contándole el viaje a Carlos con lujo de detalles. Esta última frase la anoto y la borro con furia. Voy a tener que contenerme para no agujerear el papel. Igual, no debe escapárseme palabra alguna sin borrar.

Empiezo a arrepentirme de no haber comprado un cuaderno más gordo, más sólido. Después me arrepiento de haberme arrepentido: en un viaje sólo se puede ir hacia adelante.

Viaje. Mi único, verdadero viaje, y eso que el pasaporte lo tengo lleno de sellos. Los viajes de trabajo no cuentan. ¿No van a sospechar de mí, tanto ir y venir, y ahora a Bali? Sospechosa me siento: un boleto gratis, 550 dólares como todo capital, tres mudas de ropa interior bastante usada, dos blusas, tres o cuatro remeras, una campera de nylon, un suéter para el avión, zapatillas, cosméticos, preservativos (*never leave home without them*) para hacerme ilusiones, dos pares de pantalones por si se moja uno como decía mamá —la palabra mamá la escribo toda con mayúsculas y la borro bien rápido, el cuaderno se está haciendo rico en marcas y así llego a Ezeiza y me pongo en la cola y después espero en la sala de embarque mientras los demás pasajeros están en el duty free comprando como locos. Antes de salir, ya.

Todo esto no lo anoto, no voy a perder espacio borrando nimiedades. Porque no hay sobreescritura, no hay sobreimpresión posible.

Lo más valioso que llevo conmigo, además del pasaporte, es el lexotanil. Voy a tratar de dormir a pata suelta en los aviones, los múltiples aviones; Garuda Airlines se llama la última compañía, sólo empezaré a despertarme cuando aborde Garuda Airlines. El resto me tiene sin cuidado. Garuda era el ave mítica de Vishnú, dice uno de los folletos. A Bali no se puede llegar en otras alas.

Hasta Río rememoré, sopesé y anoté cinco frases de Carlos: "ni vale la pena que te arregles, sos demasiado inteligente para ser linda", la primera. Las dos siguientes eran más cariñosas y ya las olvidé, la cuarta y la quinta pueden resumirse en una sola: "la mujer debe ser como la tierra viviente". En aquel momento le pregunté cómo debe ser entonces el hombre, si como la generosa lluvia que perfora la tierra viviente o como el granizo o algo así, y me temo que fueron ironías de ese tipo las que lo alejaron de mí.

Una vez en la seguridad del Galeão, con pausado esmero borré estas frases letra por letra, coma por coma y cada punto y cada signo, minuciosamente, para que no quede ni el recuerdo, y ya tengo dos páginas completas de borraduras, vamos por buen camino. Así es como decido tratar de escribir en vuelo, borrar en los aeropuertos, con los pies en la tierra. Se va haciendo camino. Entrego al subir la tarjeta de tránsito, el ticket de embarque lo guardo con cuidado dentro del forro del pasaporte.

Juntaré unos cuantos a lo largo del viaje. Es lo único que pienso acumular, como prueba. La palabra prueba no me gusta, pero es la palabra. Necesito pruebas. Éste es un viaje de prueba. Si usted lo prueba se lo lleva. Eso.

Mi única preocupación ahora es no perderme las comidas. Se lo digo a una azafata: por favor, despiérteme para el desayuno. Ella dice que sí. De todos modos, éstos son estrepitosos, despiertan a todo el pasaje, prenden las luces de golpe, los viajeros empiezan a charlar a gritos, se pelean por los baños. Yo

tengo tiempo, yo no tengo que hacer la eterna cola de migraciones ni esperar las horas de las horas que aparezca mi equipaje en
el carrusel. Puedo tranquilamente mirar por la ventanilla, ver la
madrugada de Nueva York, descubrir cómo se va delineando la
emocionante isla de Manhattan y reconocer algunos edificios y
saber que no allí, esta vez para nada allí, nadie me estará esperando
para que le entregue los envíos y después nada, ómnibus a la
ciudad, dar unas vueltas cuando no me carcome el frío, y otra vez
de regreso como si nunca hubiera estado en Nueva York. Ahora
tampoco estoy, pero esta vez de verdad sin estar, apenas en la
tierra de nadie de las salas de tránsito donde por suerte hay baños
y me lavo un poco y todo eso. Hoy no soy la paloma mensajera,
como quizá con cariño me llamó Carlos a poco de conocernos.
Eso lo anoto y lo borro y lo vuelvo a anotar y a borrar, cubriendo
nuevas líneas, cien veces anotar paloma mensajera, pero no vale
la pena, ni anotar cuando me creyó contrabandista y claro,
resultaba más romántico que ser la humilde empleada de una
agencia de courriers.

Se empieza a hacer sentir, el viaje, y es larga la espera para
el trasbordo y tengo que recorrer largos corredores y avanzar por
cintas transportadoras y llegar hasta el otro extremo del Kennedy
para abordar el avión que me llevará a un París que tampoco he
de ver.

De la ventanilla, pienso, intuyo, lo espiaré desde la
ventanilla y algo más sabré de París, o al menos de más cerca.

De ilusión también se vive. Y se vuela.

Todas esas horas despierta, cruzando el Atlántico Norte,
para llegar agotada al momento de abróchense los cinturones, un
poco prematuro por eso de la turbulencia y la niebla. La niebla
densa ni siquiera atravesada por la aguja de la célebre torre. Un
fiasco total el aterrizaje en la tan esperada, pero yo voy a Bali. Y
aprovecho que estoy —al margen pero estoy— en la ciudad luz,
capital de la moda y todo eso, para ponerme ropita fresca y
perfumarme un poco. Con el mismo perfume que me traje de
BAires, el que me regaló Carlos y va quedando poco y Carlos
nunca más me hizo un regalo que valga la pena ser anotado en
el cuaderno, aunque allá los tengo a todos en mi mesa de luz,
hasta el boleto capicúa, bajo el vidrio.

Ahora yo me siento bajo vidrio, como en una pecera.
Efecto de tanto encierro, me digo, de no haber respirado ni una
gota de aire bueno desde que salí de la epónima. O más bien

viceversa, desde que salí de Buenos Aires ni un poco de los ídem pasaron por mis pulmones hechos ya al aire usado, enviciado, climatizado, enrarecido.

El sueño pertenece ahora a otra dimensión, la intensidad del viaje me mantiene en una especie de constante duermevela. No importa. Ya me tragué de arriba abajo los folletos, ya sé que me iré a Legian o a Kuta, al llegar a Bali elegiré la playa de la salida o la de la puesta del sol, según mi estado de ánimo, y sé que las dos son baratas y pobladas de turistas, alegres e insomnes. Como yo ahora, al menos esto último.

Un premio me merezco. En el último tramo escribí bastante y ahora borro y borro con precisión sin acordarme ni una palabra de lo escrito.

De París a Nueva Delhi sin escalas, vía lexotanil sin escalas, o sí, sólo escalas de algún trago y comida cuando nos sirven, cuando me zamarrean porque así lo pedí y me dan la comida y yo apenas abro los ojos para saber dónde meto el tenedor o la cuchara y después si te he visto no me acuerdo. Carlos.

¿Quién cambió de avión en Nueva Delhi? Debo de haber sido yo porque ahora estoy en una atmósfera toda azul, tapizados azules y esas cosas, y me atienden azafatas vestidas con sari. En todos los aviones los baños son iguales, a esta altura del viaje me siento como en casa en esos bañitos microscópicos, vomito un poco, me lavo los dientes y decido devolverme algo de color a las mejillas. Colorete, rouge, y rímel en las pestañas, como en los buenos viejos tiempos del no-viaje.

Medio mundo, me digo, al levantar un poco la persianita de plástico y ver el tercer o cuarto amanecer del viaje. El hombre a mi lado me sonríe. Dormimos juntos y ni siquiera nos hemos saludado, me dice. En inglés. Es un tipo lindo, al rato de charla me arregla la manta que se me estaba cayendo. Mientras dormía la tapé, me dice, me gustó taparla y verla dormir y creo que me agradeció en sueños.

Yo quisiera dormir un poco más pero él insiste, mientras a diez mil metros por debajo de nuestros pies se despliega todo el exotismo del mundo. Me convida con un whisky y se lo agradezco, he estado tomando agua y agua como para cruzar el Sahara porque eso me lo recomendaron hace mucho los que saben de vuelos a larga distancia.

¿Está casada, tiene novio? me anda preguntando mi vecino mientras levanta el apoyabrazos que nos separa. Así va a estar más cómoda, me dice casi con un guiño, y yo le digo gracias, prefiero del otro modo, y sí, estoy en pareja, le digo un poco hiperbólicamente y me sorprendo. La frase siempre me pareció ridícula pero quise decirla: en pareja, aunque en inglés suene diferente.

Y eso que está bueno, el hombre, y confieso que se me cruza por la cabeza la idea de un rato de acercamiento, así, bajo las mantas, como quien en el aire borra lo que dejó atrás, en tierra. Pero no. Él insiste y pregunta si estoy enamorada. No es una pregunta muy usual en un desconocido, es una pregunta que más bien nadie debe hacer, y contesto que sí sobre todo para ahuyentarlo, para alejar esa tentación que podría apartarme de mi propósito. Sí, le digo, aunque no puedo obligarme a repetir: estoy enamorada. Sí, insisto, y él queda callado y yo puedo meterme en esa frase y tratar de verla a la luz de una posible verdad, pero caigo una vez más en el sueño y me pierdo.

Bangkok, creo que se trata de Bangkok, Bangkok es calor y encierro dentro de mi cuaderno; yo sólo necesito pausas para reconocerme de alguna forma, re-reconocerme. Abro mi pasaporte, y la foto poco tiene que ver con la cara que vi minutos antes en el espejo del baño. Otro baño de aeropuerto, otro espejo, los ojos cada vez más encapotados, enrojecidos, el pelo ya indomable. En la foto casi no me reconozco, en el nombre y los datos sí, me repito el nombre, repito y repito hasta que recuerdo mi deber: borrar todo lo escrito últimamente. Borro ya casi hasta las últimas páginas del cuaderno, donde por supuesto no escribí mi nombre.

Ahora en este último tramo por fin en alas de Garuda no tengo a nadie al lado y puedo estirarme en los tres asientos. Nadie para taparme con la manta, ese gesto de ternura que sólo ahora aprecio.

¿A quién amo? ¿Al Carlos aquel que no me abriga o al fugaz desconocido de la manta? El sueño no me trae respuestas.

¿Me las traerá la escritura que borro sin consultar siquiera, sin pensarla?

Borro como voy a borrar a Denpasar, la aburrida capital de mi Bali por fin alcanzada. Es ésta la única frontera cruzable para entrar en otro mundo, frontera con migraciones y aduanas y tantas sonrisas doradas, tersas. Con dioses de furiosa cara de bulldog dándome la bienvenida. A esta altura del viaje yo sólo quiero llegar a algún módico albergue en una playa, meterme bajo una ducha y tenderme en una cama. En Denpasar son las siete y media de la tarde, en mi reloj son las cinco, vaya una a saber si de la mañana o la tarde, y de qué día.

¿Dónde te metiste? le pregunta Carlos cuando se encuentran. Estuve muy enferma, le dice ella. No estabas en tu casa, en tu oficina no sabían, reclama él. Estuve muy enferma, insiste ella. Sí, todavía se te nota, estás pálida, parecés más frágil, más suave, qué sé yo, como cansada pero linda, me gustás mucho.
No importa, dice ella.

Tardó meses en mencionar su muy breve viaje a Bali. Por fin un buen día, quizá para justificar su renuncia al trabajo, se lo narró a una amiga. El viaje hasta allí; no el tiempo pasado en la isla.
Y Bali cómo es, contáme, dicen que es un lugar maravilloso, le preguntó la amiga. No sé, contestó ella simplemente. ¿Cómo no sabés?, por poco que hayas estado, es una isla chiquitita, habrás visto un montón. No me acuerdo, no me acuerdo de nada. De algo te acordarás: los colores, la comida, los templos, los arrozales, las ofrendas, algo, vi muchas fotos de Bali en alguna revista. No me acuerdo de nada, es como si no hubiera estado ahí, quizá se me fue la mano con el lexo durante el viaje, vos sabés que no estoy acostumbrada, quizá fue el famoso jet-lag o la desorientación, pero la verdad, no me acuerdo.
Para demostrarle a la amiga que no todo era fábula fue a buscar las tarjetas de embarque. ¿Y cómo pudiste hacer un viaje de vuelta tan complicado, si estabas tan ida?, insistió la amiga. Fue fácil, volví vía Sydney, vuelo directo a casa. Diste la vuelta al mundo, dijo la amiga. Y sí, se disculpó ella, tenés que empezar el vuelo con la compañía que te da el pasaje, pero la vuelta ya no importa.
La vuelta ya no importa. Eso al menos lo tenía claro. Lo otro: algún fogonazo, como la voz que le habla del festival de la luna llena en el templo de Besakhi, el templo madre, dice la voz. No debe ir a la playa, la playa es impura, le dice la voz. Usted debe subir a lo alto. Alto. Y más tarde esa mano que la conduce escalinatas arriba por las múltiples terrazas del templo, el volcán que aparece al fondo cuando se abre la niebla. Y como muy a la distancia en la memoria, muy entre una niebla deshilachándose de a ratos, la imagen de las abluciones, la marca de arroz sobre su frente, una forma de bautizo por el fuego, quizá, y el humo, el incienso, las ofrendas a los dioses. Dioses ambivalentes, a veces devoradores,

piensa ahora, cuando por fin se anima a leer lo que ha escrito en su cuaderno, sin saber cómo o cuándo lo ha escrito, sin poder recordar el acto de escribir cancelando las borraduras anteriores. Y en el cuaderno dice (y es su letra)

soy toda, soy todos, soy, puta, desde lo más profundo e intocado de mí, soy. Me abro, me desgarro, palpito en carne viva y soy viva víscera palpitante en contacto directo con las vísceras del otro, sin aislantes o epitelios.

Con finísimas uñas desgarro carne humana y no es la mía pero sí, claro, es mía: la carne del otro es la propia carne y duele. Duele y no duele. El placer de desgarrar, destruir, aplastar o estrujar supera todo dolor puntual y todo dolor reflejo.

Con las larguísimas uñas de Rangda le abro a él las entrañas. Soy Rangda, la bruja, tengo su melena desatada y sus fauces ardientes.

Yo lo abro, lo desgarro con mis largas larguísimas uñas de bruja balinesa, lo abro de arriba abajo, lo expongo a todas las intemperies, lo eviscero, me lo como, le chupo los intestinos como fideos, por el costado de la boca le escupo su propia mierda en la cara, le vacío los chinchulines y si se mueve de un rodillazo en las pelotas lo aquieto para poder restregarme a gusto contra sus viscosidades.

Qué destrucción. Qué apropiamiento.

Soy Kali

a la luz tan engañosa, acuosa, de la luna llena, mientras voy recorriendo los caminos y no-caminos del templo hecho de puro espacio. Bajo el volcán, el templo.

A veces la luna me deja entrever la mole del volcán que se me viene encima y me siento flotante en el fuego de las tripas al aire, las tuyas y también las mías porque al desgarrarte me desgarro para leer el oráculo en las entrañas expuestas.

¿Dónde está el miedo?

Me pregunto cómo habrá nacido el miedo que ahora nos enlaza y a la vez nos aparta, él allá y yo acá, cada uno en lo suyo.

Es para saberlo que atizo el fuego.

Toda vida es un camino. Todo desgarramiento es la señalización de ese camino, un intento cada vez más preciso de mapeo. Todo amor es un cambio de ruta, de mapa, de universo. Todo amor es un salto que aterra. Todo amor es un deslumbramiento tan pero tan deslumbrante que pocos tienen el coraje de asomarse a ese gran agujero negro.

Yo no tengo el coraje.

O sí tengo, pero sin querer. Negándolo.

Tres días

Rolling Thunder se marchó de nuestro Instituto de Investigaciones Psicofísicas dando un portazo metafórico porque notó que alguien había andado metiéndose con sus plumas de curar. Se fue, y de inmediato se desencadenó la peor de las tormentas que jamás se haya visto en California del norte. La tormenta voló techos, tumbó árboles y dos gigantescos eucaliptus cayeron taponando las dos tranqueras de entrada al Instituto, dejándonos encerrados e incomunicados.

Pero nosotros sabemos que hubo un hiato de tres días.

Tomamos las plumas un martes por la tarde, Rolling Thunder se fue el viernes como si acabara de descubrir el sacrilegio. ¿Esperó la tormenta? En ese caso fue el único en preverla, el servicio meteorológico nunca hizo la más mínima referencia a una tormenta.

Pero predecir no es lo mismo que generar.

Antes del desastre, en el Instituto no se mencionaba otra cosa que no fuera el poder de Rolling Thunder, mientras Rolling Thunder andaba por ahí ostentando la parquedad propia de su tribu y nos hablaba de las curaciones sin sacar casi nunca las plumas sagradas de su caja.

Nos sentaba a todos en círculo sobre el pasto y nos decía que las plumas eran para curar sí, y curaban, pero nosotros no podíamos ni empezar a soñar con usarlas, no podíamos buscar la salud individual sin antes curar al mundo, al universo. ¿Cómo quieren curarse de los males que andan cargando si cada día enferman más a la Madre Tierra, la contaminan y la erosionan, la despueblan de sus seres naturales para superpoblarla de horrores, de ciudades y fábricas y centrales atómicas y supercarreteras? nos preguntaba. "Nosotros los indios somos los guardianes de la tierra", nos repetía. "No decimos que somos los dueños de la tierra, no, nadie es dueño de la tierra. La tierra pertenece al Gran Espíritu, pero nos ha sido delegada. Somos los guardianes de la tierra. Dondequiera que vayan en esta tierra, si quedan indios, si queda algún sobreviviente, habrá siempre alguno que conocerá las leyes de la vida y de la tierra y del aire. Es ésta nuestra misión, así como otros han sido delegados para otros menesteres. Debemos trabajar juntos para crear una vida buena para todos, todos los que vivimos sobre esta Madre Tierra."

Nosotros bebíamos sus palabras, aunque a veces nos permitíamos alguna levísima objeción. Rolling Thunder insistía: "La Naturaleza es soberana y la naturaleza interna del ser humano es soberana. La Naturaleza debe ser respetada. Toda vida y todo ser viviente debe ser respetado. Es ésta la única respuesta."

Y se largaba a denunciar la tala de los bosques en la reservación, o el intento de plantificar allí un basurero biológico, o la contaminación de las aguas. Nosotros queríamos oír más sobre curaciones y plumas, algo que nos fuera útil, algo que pudiéramos aplicar y demostrar así que no estábamos perdiendo nuestro tiempo al escucharlo. Por eso suspirábamos, como disculpándonos: no se puede detener el progreso.

¿El progreso?, preguntaba entonces Rolling Thunder, incrédulo. Siempre enfrentaba nuestras insistencias con preguntas. Sólo afirmaba al dignarse hablar de sus plumas: la manera de cazar el águila, el respeto para con el águila que brindaría las plumas, su muerte ritual y la preparación de las plumas, el poder curativo de las plumas.

Lo anduvimos escuchando bastante embobados, hasta que Keith cayó con esa bruta fiebre y un debilitamiento total. Sabíamos qué tenía; los médicos dijeron que ya no había esperanzas pero pensamos que podríamos brindarle una, nosotros.

Le pedimos a Rolling Thunder, le rogamos, le imploramos. Queríamos poner en práctica lo aprendido, demostrar por fin nuestros poderes. Rolling Thunder nos había enseñado la esencia de la ceremonia, la esencia; se nos presentaba ahora una inmejorable oportunidad de prueba.

No, dijo Rolling Thunder, ustedes no pueden hacerlo, no son de la raza de las plumas.

Qué raza, de qué raza nos está hablando, le dijimos. Nosotros no creemos en razas.

Hablo de la raza que mantiene la armonía, la que no destruye por destruir. Siempre hay una armonía, dijo, siempre hay armonía. Si curamos acá vamos a enfermar otra parte del universo, hay que tener la conciencia hecha a esta noción. No pueden curar quienes no tienen la armonía, quienes sólo saben enfermar el universo. Otras cosas nos dijo, pero no le prestamos atención porque estábamos desesperados. Keith se nos iba muriendo entre las manos y en nuestras manos estaba el poder de curarlo.

"Cada caso de enfermedad y de dolor tiene su razón de ser (no quisimos escucharlo). Sabemos (dijo, y pensamos: lo sabrá él, nosotros no sabemos, no nos interesa) que todo es resultado de algo y causa de algo más, y así en cadena. No se puede hacer desaparecer toda la cadena porque sí. A veces cierta enfermedad o dolor es inevitable porque es ése el menor precio posible que se paga por algo; se hace desaparecer la enfermedad y el precio se incrementa (de qué precio nos está hablando, él que se hace tan el desinteresado, pensamos, y dejamos de escucharlo porque queríamos lo otro). Por esta razón es que siempre nos tomamos tres días para concentrarnos en el caso, a ver si lo tratamos o no. Las personas pueden no conocer la respuesta, pero el espíritu sí la conoce y nos la transmite. Es ésta la tarea de un verdadero hombre de medicina."

Dénos una prueba, una demostración, cúrelo a Keith si puede, le exigimos.

No tengo nada que probar, no estoy en un circo, que yo sepa, nos dijo y se retiró a meditar al bosque.

Eso ocurrió un domingo. El martes no aguantamos más. Al alcance de la mano teníamos el poder, el poder de curación, el poder de devolverle la vida a Keith, el poder ser Rolling Thunder, el poder ser Dios.

En ausencia de Rolling Thunder le tomamos las plumas de curar.

Las tomamos prestadas, a las plumas, como quien dice, mientras Rolling Thunder seguramente para escaparle a la responsabilidad se pasaba el día meditando en el bosque.

Keith estaba en coma y nosotros hicimos la ceremonia lo mejor que pudimos. Rolling Thunder nos la había explicado, en abstracto, como quien habla de otra dimensión o de una realidad no compartible.

Abrimos el terreno sagrado fumando la pipa cuatro veces, dirigiéndonos a las cuatro direcciones

al este de donde sale el sol
al norte de donde viene el frío

al sur de donde viene la luz
al oeste donde se pone el sol.
Al padre Sol
a la madre Tierra.

Y después trabajamos con las plumas sobre el cuerpo moribundo de Keith.
    Al atardecer Keith se movió, se dio vuelta, suspiró. Pareció pasar del coma al sueño. Nos apuramos a dejar las plumas donde las habíamos encontrado porque Rolling Thunder estaría por volver de su meditación.
    Eso fue el martes, insisto. ¿Y recién el viernes se dio cuenta Rolling Thunder de que le habíamos andado usando sus benditas plumas?
    Entonces se marchó de nuestro predio hecho una furia, y al ratito no más el cielo azul azul se puso negro, retumbaron los truenos, el rolido de los truenos a distancia empezó a acercarse hasta que los truenos fueron precedidos por rayos que parecían caérsenos encima. Rayos como gigantísimas víboras de luz.
    Así se desencadenó la célebre tormenta.
    Queremos creer que Rolling Thunder tenía prevista la tormenta y se valió de ella como los sacerdotes egipcios del eclipse.
    Reconocemos que la tormenta resultó aterradora. Sacudió la tierra, y el mar se levantó en olas que casi llegan al tope de los acantilados y arrasan con nosotros. Los árboles fueron arrancados de cuajo, un rayo partió en dos el eucaliptus centenario que nos taponó la entrada principal, segundos después otro rayo derrumbó el eucaliptus frente a la otra entrada y quedamos así acorralados. La ruta inutilizada. Cayó la antena.
    Se cortó el teléfono, la radio. Tardaron días en llegar a rescatarnos. No nos importó demasiado. Somos hombres de medicina, por fin; aprendimos y supimos aplicar a la perfección los secretos que de tan mala gana nos fueron revelados. Tenemos el poder, gracias a lo cual logramos el primero de nuestros cometidos:
    a Keith le bajó totalmente la fiebre, y se encuentra ahora fuera de peligro según confirman sus médicos. Azorados.

Simetrías

De entre tantas y tantas inexplicables muertes ¿por qué destacar estas precisas dos? Se hace la pregunta de vez en cuando, se habla a sí mismo en tercera persona y se dice ¿por qué Héctor Bravo rescata estas dos muertes? No se aplaude por eso, pero conoce parte de la respuesta: porque entre ambas atan dos cabos del mito, cierran un círculo. Lo cual no explica los motivos de su obsesión, su empecinamiento.

Y eso quisiera olvidar. Cerrarles la puerta a los recuerdos, y sin embargo —

Parece que un coronel levantó la pistola en cada caso.

Las sacamos a pasear. No puede decirse que no somos humanos y hay tan pocas que nos lo agradecen.

Es cierto, en parte. Nos sacan a pasear, nos traen los más bellos asquerosos vestidos, nos llevan a los mejores asquerosos lugares con candelabros de plata a comer delicias. Ascos. No son en absoluto humanos, humanitarios menos. Apenas podemos probar las supuestas delicias, los vestidos nos oprimen la caja torácica; de todos modos después nos restituyen al horror nos hacen vomitar lo comido nos arrancan los vestidos nos hacen devolverlo todo. Con creces. Sólo que, sólo que. Un mínimo de dignidad logramos mantener en algún rincón del alma y nunca delatamos a los otros.

—No, no son humanos.

Hasta los más nobles sentimientos, se dice Héctor Bravo, pueden transmutarse y perder toda nobleza.

Cuando el amor llega lo ilumina todo.

Permítaseme reír de tan estereotipada frase. Permítaseme reír con ganas porque ya nos van dejando poco lugar para la risa.

Sólo lugar para eso que llamaremos amor a falta de mejor palabra.

Palabra que puede llegar a ser la peor de todas: una bala. Así como la palabra bala, algo que penetra y permanece. O no permanece en absoluto, atraviesa. Después de mí el derrumbe. Antes, el disparo.

Las mujeres que están en nuestro poder lo saben. Esta mujer lo sabe, y esa otra y la otra y aquella también. Han perdido sus nombres ahora entre nosotros y saben dejarse atravesar porque nos hemos encargado de ablandarlas. Nos hemos aplicado a conciencia y ellas lo saben.

Ellas saben otras cosas, también, que hasta los generales y los contraalmirantes quisieran conocer y ellas callan. A pesar de los horrores y de las deslumbrantes salidas punitivas, ellas callan y ellos no dejan de admirarlas por eso. Las admira también un civil, Héctor Bravo, que sufre similares padecimientos pero no en carne propia sino en esa interpósita persona llamada obsesión.

La obsesión de Héctor Bravo es elíptica. El otro foco se apoya en otra época, treinta años atrás, 1947. Él piensa que allí radica el comienzo de todo. Las balas eran entonces más mansas, no así las pasiones: una mujer está en el jardín zoológico de Buenos Aires frente a la jaula del orangután, quizá porque gorila no hay o quizá porque gorila es el enemigo. Se trata, eso sí, de un bello ejemplar de orangután de melena cobriza, todo él una gran melena cobriza, casi roja. Una llamarada tibia. La mujer y el orangután se miran.
    Eran tiempos de intercambios más sencillos, bastaba la mirada.

Nosotras las miramos pero ellas no nos ven. Están encapuchadas o les hemos vendado los ojos. Tabicadas, decimos. Las miramos de arriba abajo y también por dentro, les metemos cosas, las perforamos y punzamos y exploramos. Les metemos más cosas, no siempre nuestras, a veces más tremendas que las nuestras. Ellas chillan si es que les queda un hilo de voz. Después nos las llevamos a cenar sin tabique y sin capucha y sin siquiera ese hilo de voz, sin luz en la mirada, cabizbajas.

Les hacemos usar los más bellos vestidos. Los más bellos vestidos.

Les metemos cosas muchas veces más tremendas que las nuestras porque esas cosas son también una prolongación de nosotros mismos y porque ellas son nuestras. Las mujeres.

"Y muchas veces nos traían peluqueros y maquilladores al centro de detención y nos obligaban a ponernos unos vestidos largos, recamados. Queríamos negarnos y no podíamos, como en las demás instancias. Sabíamos muy bien de dónde habían sacado los vestidos —cubiertos de lentejuelas, sin hombros como para resaltar y hacer brillar nuestras cicatrices— sabíamos de dónde los habían sacado pero no a dónde nos llevarían con los vestidos puestos. Todas peinadas y maquilladas y manicuradas y modificadas, sin poder en absoluto ser nosotras mismas."

La obsesión de Héctor Bravo, la primera obsesión —si es que estas configuraciones pueden respetar un orden cronológico: la mujer está peinada con un largo rodete coronándole la frente, lo que entonces quizá se llamaba una banana, algo con relleno que le crea una aureola alrededor del cráneo. El resto del pelo lo lleva suelto y es de color oscuro, casi negro. El orangután es digamos pelirrojo y se mantiene erguido en sus cuartos traseros. Los dos se miran fijo. Muy fijo.

¿Cuándo habrá tenido lugar el primer intercambio de miradas, el encuentro?

"Cuando te desvisten la cabeza te visten el cuerpo perdés toda conciencia de vos misma es lo más peligroso ni sabés donde estás parada y eso que paradas lográbamos estar muy pocas veces y eso en el patio helado."

¡A sentarse!, les gritamos igual que a los reclutas, a acostarse con las piernas abiertas, más abiertas, les gritamos y es una excelente idea. Que no mueran de pie como soldados, que revienten panza arriba como cucarachas, como buenas arrastradas, que

> (pero soldados son, son más soldados ellas que nosotros. ¿Son ellas más valientes? Ellas saben que van a morir por sus ideas y se mantienen firmes en sus ideas. Nosotros apenas —gozosamente— las matamos a ellas).

Hay un reclamo:
¿quién sopló la palabra gozosamente sin decirla en voz alta? El
adverbio exacto sería gloriosamente. Gloriosamente, he dicho.
Gloriosamente es como nosotros las matamos, por la gloria y el
honor de la patria.

La mujer y el mono configuran a su vez otro cuadro vivo. Apenas
vivo porque apenas se mueven. La mujer y el mono se miran a
través del tiempo y el espacio. Los separa una fosa. Tantas otras
separaciones los aquejan pero poco les importa. Acodada a la
baranda que circunda la fosa —o quizá apoyada en forma mucho
menos inocente— ella lo mira a él y él la mira a ella.
    Cuando ella llega el resto del mundo se acaba para él.
    Ese gran animal que saltaba y se colgaba de una rama del
árbol seco y hacía cómicas cabriolas más allá de la fosa ya no es
más el mismo. Ya no es más animal. La mira a ella con ojos
enteramente humanos, enamorados. Y ella lo sabe.

Mirar hay que mirar porque si uno da vuelta la cara, si uno tiene
lástima o siente repugnancia, porque si uno tiene lástima o siente
repugnancia aquello a lo que estamos abocados deja de ser
sublime.

"Es algo demoniaco sabemos cómo se llama ellos no le dan su
verdadero nombre lo llaman interrogatorio le dicen escarmiento
y nosotras sabemos de los compañeros que han sido dejados
como harapos, destrozados de a poco hueso a hueso, que han
sido dejados sangrantes macilentos tirados en el piso después de
haberles hecho perder toda su forma humana. Nosotras sabemos
de las otras, los otros, y de noche oímos sus gritos y esos gritos
se nos meten a veces dentro de la cabeza y son sólo nuestro
recuerdo de nosotras mismas tan pero tan imperecedero y sabemos, cuando con las uñas o el zapato o de alguna otra forma
brutal aunque sea dulce nos abren la vulva como una boca
abierta en la que meterán de todo pero nunca nunca algo tan
terrible y voraz y vivo, tan destrozador e irremediable como les
han metido a otras, lo sabemos, porque nos sacarán a pasear,
para lucirse con estas presas que somos, en todos los sentidos de
la palabra presas."

¿Cómo no se supo antes, cómo nadie habló, cómo nadie las vio en el Mesón del Río, pongamos por caso, o en alguno de los demás restaurantes de categoría donde las llevaban entre una sesión y otra? Esas mujeres quizá bellas, perfectamente engalanadas, sus heridas maquilladas, y mudas, puestas allí para demostrar que los torturadores tienen un poder más absoluto aún e incontestable que el poder de humillación o de castigo.

Fue un experimento compartido y de golpe hubo un militar que perdió el norte.

El mono ladea la cabeza, la mujer ladea la cabeza.

El mono hurga entre su densa pelambre colorada, la mujer apoya los pechos contra la baranda y se pasa suavemente la lengua por los labios. El mono se entrega al desenfreno, la mujer lo mira y mira y mira (1947).

1977. Esta mujer la quiero para mí no me la toquen sólo yo voy a tocarla de ahora en adelante déjenmela en paz, acá estoy yo y me pinto solo para darle guerra de la buena.

Esta mujer es mía ahora le paso la mano por las combas la acaricio suave ella sabe o cree que voy a pegarle nada de eso, se me va la mano, la mano la sopapea con el dorso, enfurecida, la mano actúa por su cuenta la acaricia de nuevo y yo puedo solazarme, entregarme, puedo por fin entregarme a una mujer puedo bajar la guardia arrancarme las jinetas puedo

porque esta mujer es más héroes que todos nosotros juntos

porque esta mujer mató por una causa y nosotros apenas matamos porque sí, porque nos dicen.

Esta mujer es mía y me la quedo y si quiero la salvo y salvarla no quiero, sólo tenerla para mí hasta sus últimas consecuencias. Por ella dejo las condecoraciones y entorchados en la puerta, me desgarro las vestiduras, me desnudo y disuelvo, y sólo yo puedo apretarla. Y disolverla.

Héctor Bravo puede superponer las dos historias, las dos mujeres, y a veces siente que se parecen entre sí, que hay afinidades entre ellas. La enamorada del mono y la amada del militar. A veces los amores se le enredan a Héctor Bravo, anacrónicamente, y el orangután ama a la amada del militar, el militar y la mujer del orangután se juntan. Quisiera por momentos imaginarse a la otra pareja posible, cómica por cierto, pero sabe que la obsesión no puede ni debe permitirse el alivio de la risa. Entonces, nada de militar y mono.

Resulta fácil imaginar a la enamorada del mono (quizá a su vez imaginaria, ella) con el militar de treinta años más tarde. Es fácil porque esa mujer tiene de por sí una filiación castrense: un otro coronel, su legítimo esposo. Un marido que no ha aparecido hasta ahora porque hasta ahora las visitas al zoológico parecían inocentes, y el marido es hombre de preocupaciones serias —el destino de la patria, verbigracia— y no puede distraerse en nimiedades conyugales.

Por su parte el coronel de más reciente cuño deja que la conyugalidad se le vaya al carajo. Y también al carajo el destino de. Su centro, su preocupación del momento es esa mujer que está entre rejas, tirada sobre una mesa de tortura esperándolo siempre con las piernas abiertas. Una amante cautiva.

El mono también está cautivo pero puede permitirse el gozo.

El mono se sacude en breves, intensísimos espasmos que la otra mujer, aquella que mantienen extendida sobre la mesa de metal, parecería reproducir al contacto de la picana eléctrica.

La picana aplicada por el militar, claro está, un coronel reducido ahora al universal papel de enamorado.

La mujer en el zoológico le lleva caramelos al mono y otras golosinas que se venden allí para los chicos, no para los animales a los que está prohibido alimentar. Su marido el coronel no puede notar el gasto, es mínimo. Nota eso sí los retornos cada vez más destemplados de su esposa, su mirada perdida cuando él le habla de temas cruciales. Ella parecería estar en la jungla entre animales y no en el coqueto departamento del barrio residencial, escuchándolo a él.

Entre fieras salvajes de verdad está la otra y sin embargo su militar amante ha logrado arrancarle una sonrisa que queda allí planeando, algo angélica porque por suerte o por milagro quienes se entretuvieron anteriormente con ella no jugaron a romperle los dientes.

Desde el otro lado de la pared llegan alaridos y no son de la selva si bien parecerían venir de arcaicos animales heridos en la profundidad de cavernas paleolíticas. Sobre la mesa que es en realidad una alta camilla recubierta de una plancha de metal, sobre el piso rugoso de cemento, contra las paredes encostradas de sangre, él le hace el amor a la mujer. El coronel enamorado y su elegida. Y el olor a sexo se confunde con el otro olor dulzón de quienes pasaron antes por allí y allí quedaron, para siempre salpicados en piso, techo, paredes y mesa de torturas.

Es importante evitar el olvido, reconoce ahora Héctor Bravo. Hay que recordar esas paredes que han sido demolidas con el firme propósito de borrar el cuerpo del delito, de escatimarle al mundo la memoria del horror para permitir que el horror un día pueda renacer como nuevo. Que el horror no se olvide, ni el olor ni el dolor ni —

Treinta años separan un dolor de otro. También unos pocos kilómetros. La obsesión de Héctor Bravo los combina, ayudada por la recurrencia de un periodo histórico; otra vuelta de tuerca como un garrote vil.

La mujer del mono regresa a su casa cada día más desgreñada (Héctor Bravo no lo cree, pero parece que los guardianes del zoológico comentan entre risas que el orangután está perdiendo peso). La mujer del centro clandestino de detención en poder de las fuerzas armadas está cada día mejor peinada, arregladita. Cosa que la aleja cada día más de sí misma.

La simetría no radica en el pelo de estas dos mujeres. Buscar por otra parte.

Pocos se preocupan (1947) por el mono, menos personas aún se preocupan por la mujer (1977), tan arregladita ella, hierática mujer de músculos un poquito atrofiados, demacrada pero hermosa. Sólo un hombre, en realidad, se preocupa por esa mujer y se preocupa mucho. Demasiado. Ya no se contenta con llevarle vestidos y joyas obtenidos en dudosas requisas policiales. Ahora él, personalmente, vestido de civil, va a las mejores lencerías y casas de moda de la Capital y le compra ropa. Con propias manos le toma la medida del cuello, oprimiendo un poco, y después se dirige a Antoniazzi a encargarle una gargantilla demasiado ajustada, carísima. Se la brinda como prueba de amor y la obliga a usarla y la gargantilla tiene algo de collar de perro, con argollas de oro azul, una especialidad de la joyería. Con el fino cinturón de piel de víbora a modo de correa podría conducir a la mujer por todo el mundo, pero no son ésas sus aspiraciones. Él pretende que ella lo siga por propia voluntad, que ella lo ame.

Y si para ella el amor alguna vez fue algo muy distinto del sometimiento, ella ya ni se acuerda. O no quiere acordarse. Éstos son tiempos de supervivencia y de silencio: no brindar la menor información, mantenerse ida, distante; apenas sonreír un poco si se puede y tratar de devolver un beso pero nunca abrir la boca para hablar, para delatar. Nunca. El asco debe quedar relegado a una instancia externa a esas paredes.

Las paredes son él porque él la saca del encierro en la cárcel clandestina y, amurada en tapados de piel, camuflada en bellos vestidos, enmascarada tras elaborados maquillajes y peinados, se la lleva al teatro Colón, a cenar a los mejores sitios y nadie nadie la reconoce ni se le acerca en estas incursiones y de todos modos nadie podría acercársele, rodeado como suele estar él de todos sus guardaespaldas.

Ella a su vez no reconoce a nadie ni levanta la vista. Oscuramente sabe que por un solo gesto de su parte, una mirada, condena al otro; y sabe que por un gesto o una mirada él la va a lastimar, después, va a marcarla por debajo de la línea del escote para poder volver a lucirla en otras galas.

Él no lo hace por marcarla ni insiste ya en que ella denuncie a sus compañeros. Sólo busca nuevas excusas para poder penetrarla un poco más hasta lograr poseerla del todo. Él la ama. Mucho más de lo que el mono puede amar a la otra mujer, mucho más de lo que hombres o animales superiores han amado jamás, piensa él. Y la saca a pasear con mayor frecuencia de la que aconseja la prudencia y hasta espera poder presentársela a su legítima esposa y meterla en el lecho conyugal.

Los altos mandos del ejército empiezan a alarmarse.

Héctor Bravo no sabe si la mujer del mono alguna vez quiso o intentó arrancar al mono de su encierro, llevarlo de paseo, meterlo en— Son posibilidades bastante ridículas. Los altos mandos del ejército (1947, tiempos un poco menos sórdidos) empiezan a reírse de los cuernos del coronel que tiene por rival a un mono. Un orangután, ni siquiera un gorila. Y pelirrojo, el simio, para colmo.

¿Dolerá más que los cuernos la risa de los camaradas de armas?

La mujer del mono está al margen de esas consideraciones y se siente inocente. Ella sólo mira, pero en ese mirar se le va la vida, se le va el alma, se le estira un tentáculo largo largo que alcanza hasta la piel tan sedosa del mono y la acaricia. El mono tiene una expresión humana y a la vez mansa, incontaminada. El mono sabe responder a la mirada de la mujer enloqueciendo de gozo.

El gozo del coronel 1977 es más medido como corresponde a su grado. El gozo es más medido, en apariencia, pero el amor que siente por la mujer tabicada es inconmensurable.

Ocurre que la amo, parece que dijo —se le escapó— en cierta oportunidad, y la frase no cayó en oídos sordos. Sus superiores empiezan a fijarse en él y a preocuparse mientras pasean a sus víctimas favoritas por los salones de los grandes hoteles. Empiezan a observarlo, a él que tan sólo observa la línea del cuello de la mujer amada o su torpe manera de llevarse a los labios la copa de champán, con un miedo secreto.

¿Dónde estará el respeto en todo esto?, se pregunta de golpe Héctor Bravo como si el respeto fuera moneda corriente.

El mono evidencia una forma de respeto al aceptar distancias sin haber intentado jamás saltar la fosa, sin quejarse.

Hasta que una noche ya encerrado en su jaula se pone a aullar desgarradoramente y el coronel en el cuartel a pocas cuadras del zoológico oye el aullido y sabe que se trata de su rival el simio llamándola a la esposa de él y toma el cinto con la cartuchera y toma el arma reglamentaria y sale del cuartel con paso decidido.

El jardín zoológico está cerrado y el guardián nocturno no oye las órdenes de abrir los portones ni oye los improperios.

Mientras tanto, treinta años más tarde, los altos mandos del ejército lo han enviado al coronel enamorado en misión oficial a Europa. La prisionera que él apaña es una subversiva peligrosa y los hombres de pro no pueden andar involucrándose con elementos enemigos de la patria. Mejor dicho, involucrarse pueden y hasta deben, lo imperdonable es el haber descuidado el deber para hundirse —sin quererlo, es cierto— en las fangosas aguas del deseo. Un verdadero desacato. Porque un coronel de la nación no puede privilegiar a una mujer por encima del mismísimo ejército, por más que se trate de una mujer propiedad del ejército.

Borrón y cuenta nueva es lo que corresponde en estos casos.

Y el coronel del '77 está cumpliendo su misión en Europa mientras el coronel del '47 escala las imposibles verjas del zoológico.

Los tiempos se confunden en la obsesión de Héctor Bravo, es decir que en una instancia, al menos, los tiempos son los mismos.

La bala también parece ser la misma.

Y cuando los dos enamorados vuelven al sitio de su deseo, la mujer al zoológico, el coronel de Europa, encuentran sendas celdas vacías. Y los dos encuentran un terror filiforme trepándoles por la espalda y encuentran un odio que habrá de crecerles con los días.

En cuanto al otro par —el mono y la mujer sobre la consabida mesa—, como fruto del haber sido tan amados, lo único que encontraron fue la muerte.

Cambio de armas (1982)

Cambio de armas

Las palabras

No le asombra para nada el hecho de estar sin memoria, de sentirse totalmente desnuda de recuerdos. Quizá ni siquiera se dé cuenta de que vive en cero absoluto. Lo que sí la tiene bastante preocupada es lo otro, esa capacidad suya para aplicarle el nombre exacto a cada cosa y recibir una taza de té cuando dice quiero (y ese quiero también la desconcierta, ese acto de voluntad), cuando dice quiero una taza de té.

Martina la atiende en sus menores pedidos. Y sabe que se llama así porque la propia Martina se lo ha dicho, repitiéndoselo cuantas veces fueron necesarias para que ella retuviera el nombre. En cuanto a ella, le han dicho que se llama Laura pero eso también forma parte de la nebulosa en la que transcurre su vida.

Después está el hombre: ése, él, el sinnombre al que le puede poner cualquier nombre que se le pase por la cabeza, total, todos son igualmente eficaces y el tipo, cuando anda por la casa le contesta aunque lo llame Hugo, Sebastián, Ignacio, Alfredo o lo que sea. Y parece que anda por la casa con la frecuencia necesaria como para aquietarla a ella, un poco, poniéndole una mano sobre el hombro y sus derivados, en una progresión no exenta de ternura.

Y después están los objetos cotidianos: esos llamados plato, baño, libro, cama, taza, mesa, puerta. Resulta desesperante, por ejemplo, enfrentarse con la llamada puerta y preguntarse qué hacer. Una puerta cerrada con llave, sí, pero las llaves ahí no más sobre la repisa al alcance de la mano, y los cerrojos fácilmente descorribles, y la fascinación de un otro lado que ella no se decide a enfrentar.

Ella, la llamada Laura, de este lado de la llamada puerta, con sus llamados cerrojos y su llamada llave pidiéndole a gritos que transgreda el límite. Sólo que ella no, todavía no; sentada frente a la puerta reflexiona y sabe que no, aunque en apariencia a nadie le importe demasiado.

Y de golpe la llamada puerta se abre y aparece el que ahora llamaremos Héctor, demostrando así que él también tiene sus llamadas llaves y que las utiliza con toda familiaridad. Y si una se queda mirando atentamente cuando él entra —ya le ha pasado otras veces a la llamada Laura— descubre que junto con Héctor llegan otros dos tipos que se quedan del lado de afuera de la puerta como tratando de borrarse. Ella los denomina Uno y Dos, cosa que le da una cierta seguridad o un cierto escalofrío, según las veces, y entonces lo recibe a él sabiendo que Uno y Dos están fuera del departamento (¿departamento?), ahí no más del otro lado de la llamada puerta, quizá esperándolo o cuidándolo, y ella a veces puede imaginar que están con ella y la acompañan, en especial cuando él se le queda mirando muy fijo como sopesando el recuerdo de cosas viejas de ella que ella no comparte para nada.

A veces le duele la cabeza y ese dolor es lo único íntimamente suyo que le puede comunicar al hombre. Después él queda como ido, entre ansioso y aterrado de que ella recuerde algo concreto.

El concepto

Loca no está. De eso al menos se siente segura aunque a veces se pregunte —y hasta lo comente con Martina— de dónde sacará ese concepto de locura y también la certidumbre. Pero al menos sabe, sabe que no, que no se trata de un escaparse de la razón o del entendimiento, sino de un estado general de olvido que no le resulta del todo desagradable. Y para nada angustiante.

La llamada angustia es otra cosa: la llamada angustia le oprime a veces la boca del estómago y le da ganas de gritar a *bocca chiusa*, como si estuviera gimiendo. Dice —o piensa— gimiendo, y es como si viera la imagen de la palabra, una imagen nítida a pesar de lo poco nítida que puede ser una simple palabra. Una imagen que sin duda está cargada de recuerdos (¿y dónde se habrán metido los recuerdos? ¿Por qué sitio andarán sabiendo mucho más de ella que ella misma?). Algo se le esconde, y ella a veces trata de estirar una mano mental para atrapar un recuerdo al vuelo, cosa imposible; imposible tener acceso a ese rincón de su cerebro donde se le agazapa la memoria. Por eso nada encuentra: bloqueada la memoria, enquistada en sí misma como en una defensa.

La fotografía

La foto está allí para atestiguarlo, sobre la mesita de luz. Ella y él mirándose a los ojos con aire nupcial. Ella tiene puesto un velo y tras el velo una expresión difusa. Él en cambio tiene el aspecto triunfal de los que creen que han llegado. Casi siempre él —casi siempre cuando lo tiene al alcance de la vista— adopta ese aire triunfal de los que creen que han llegado. Y de golpe se apaga, de golpe como por obra de un interruptor se apaga y el triunfo se convierte en duda o en algo mucho más opaco, difícilmente explicable, insondable. Es decir: ojos abiertos pero como con la cortina baja, ojos herméticos, fijos en ella y para nada viéndola, o quizá sólo viendo lo que ella ha perdido en alguna curva del camino. Lo que ha quedado atrás y ya no recuperará porque, en el fondo, de lo que menos ganas tiene es de recuperarlo. Pero camino hubo, le consta que camino hubo, con todas las condiciones atmosféricas del camino humano (las grandes tempestades).

Eso de estar así, en el presente absoluto, en un mundo que nace a cada instante o a lo sumo que nació pocos días atrás (¿cuántos?) es como vivir entre algodones: algo mullido y cálido pero sin gusto. También sin asperezas. Ella poco puede saber de asperezas en este departamento del todo suave, levemente rosado, acompañada por Martina que habla en voz bajísima. Pero intuye que las asperezas existen sobre todo cuando él (¿Juan, Martín, Ricardo, Hugo?) la aprieta demasiado fuerte, más un estrujón de odio que un abrazo de amor o al menos de deseo, y ella sospecha que hay algo detrás de todo eso pero la sospecha no es siquiera un pensamiento elaborado, sólo un detalle que se le cruza por la cabeza y después nada. Después el retorno a lo mullido, al dejarse estar, y de nuevo las bellas manos de Antonio o como se llame acariciándola, sus largos brazos laxos alrededor del cuerpo de ella teniéndola muy cerca pero sin oprimirla.

Los nombres

Él a veces le parece muy bello, sobre todo cuando lo tiene acostado a su vera y lo ve distendido.

—Daniel, Pedro, Ariel, Alberto, Alfonso —lo llama con suavidad mientras lo acaricia.

—Más —pide él y no se sabe si es por las caricias o por la sucesión de nombres.

Entonces ella le da más de ambos y es como si le fuera bautizando cada zona del cuerpo, hasta las más ocultas. Diego, Esteban, José María, Alejandro, Luis, Julio, y el manantial de nombres no se agota y él sonríe con una paz que no es del todo sincera. Algo está alerta detrás del dejarse estar, algo agazapado dispuesto a saltar ante el más mínimo temblor de la voz de ella al pronunciar un nombre. Pero la voz es monocorde, no delata emoción alguna, no vacila. Como si estuviera recitando una letanía: José, Francisco, Adolfo, Armando, Eduardo, y él puede dejarse deslizar en el sueño sintiendo que es todos esos para ella, que cumple todas las funciones. Sólo que todos es igual a ninguno y ella sigue recitando nombres largo rato después de saberlo dormido, recitando nombres mientras juega con el abúlico, entristecido resto de la maravilla de él. Recitando nombres como ejercicio de la memoria y con cierto deleite.

El de los infinitos nombres, el sinnombre duerme y ella puede dedicarse a estudiarlo hasta el hartazgo, sensación esta que muy pronto la invade. El sinnombre parece dividir su tiempo con ella entre hacerle el amor y dormir, y es una división despareja: la mayor parte de las horas duerme. Aliviado, sí, ¿pero de qué? Hablar casi ni se hablan, muy pocas veces tienen algo que decirse: ella no puede siquiera rememorar viejos tiempos y él actúa como si ya conociera los viejos tiempos de ella o como si no le importaran, que es lo mismo.

Entonces ella se levanta con cuidado para no despertarlo —como si fuera fácil despertarlo una vez que él se ha entregado al sueño— y desnuda se pasea por el dormitorio y a veces va a la sala sin preocuparse por Martina y se queda largo rato mirando la puerta de salida, la de los múltiples cerrojos, preguntándose si Uno y Dos seguirán siempre allí, si estarán durmiendo en el umbral como perros guardianes, si serán sólo sombras y si podrán llegar a ser sombras amigas de esta mujer extraña.

Extraña es como se siente. Extranjera, distinta. ¿Distinta de quiénes, de las demás mujeres, de sí misma? Por eso corre de vuelta al dormitorio a mirarse en el gran espejo del ropero. Allí está, de cabo a rabo: unas rodillas más bien tristes, puntiagudas, en general muy pocas redondeces y esa larga, inexplicable cicatriz que le cruza la espalda y que sólo alcanza a ver en el espejo. Una cicatriz espesa, muy notable al tacto, como fresca aunque ya esté bien cerrada y no le duela. ¿Cómo habrá llegado ese costurón a esa espalda que parece haber sufrido tanto? Una espalda azotada. Y la palabra azotada, que tan lindo suena si no se la analiza, le da piel de gallina. Queda así pensando en el secreto poder de las palabras, todo para ya no, eso sí que no, basta, no volver a la obsesión de la fotografía. No volver y vuelve, claro que vuelve, es lo único que realmente la atrae en toda esa casa pequeña y cálida y ajena. Completamente ajena con sus tonalidades pastel que no pueden haber sido elegidas por ella aunque ¿qué hubiera elegido ella? Tonos más indefinidos, seguramente, colores solapados como el color del sexo de él, casi marrón de tan oscuro.

Y dentro de esa casa por demás ajena, ese elemento personal que es lo menos suyo de todo: la foto de casamiento. Él está allí tan alerta y ella luciendo su mejor aire ausente tras el velo. Un velo sutilísimo que sólo le ilumina la cara desde fuera, marcándole la nariz (la misma que ahora contempla en el espejo, que palpa sin reconocerla para nada como si le acabara de crecer sobre la boca. Una boca algo dura hecha para una nariz menos liviana).

Laura, que todos los días sean para nosotros dos iguales a este feliz día de nuestra unión. Y la firma bien legible: Roque. Y es ella en la foto, no queda duda a pesar del velo, ella la llamada Laura. Por lo tanto, él: Roque. Algo duro, granítico. Le queda bien, no le queda bien; no cuando él se hace de hierbas y la envuelve.

La planta
Tiene ya un recuerdo y eso la asombra más que nada. Un recuerdo feliz, sí, con una amargura que le va creciendo por dentro como una semilla, algo indefinible: exactamente como deberían ser los recuerdos. Nada demasiado lejano, claro que no, ni demasiado enfático. Sólo un recuerdito para abrigarla tiernamente en las horas de insomnio.

Se trata de la planta. Esa planta que está allí en la maceta con sus hojas de nervaduras blancas; hojas bellas, hieráticas, oscuras, muy como él, muy hecha a imagen de él aunque la haya elegido Martina. También Martina es oscura y hierática y cada cosa en su lugar —una hoja a la derecha, una a la izquierda, alternativamente— y a Martina sí que la eligió él, la deben de haber fabricado a medida para él, porque de haber sido por ella tendría a su lado una mujer con vida, de esas que cantan mientras barren el piso. En cambio él eligió a Martina y Martina eligió la planta después de largo conciliábulo y la planta llegó con una flor amarilla, tiesa, muy bella, que se fue marchitando por suerte, como corresponde a una flor por más tiesa y más bella que sea.

Martina en cambio no se marchita, sólo levantó una ceja o quizá las dos en señal de asombro cuando ella la llamó y le dijo: Quiero una planta.

Ella sabía que la respuesta al quiero solía ser más o menos inmediata: quiero un cafecito, unas tostadas, una taza de té, un almohadón, y lo querido (requerido) llegaba al rato sin complicación alguna. Pero pedir una planta, al parecer, era salirse de los carriles habituales y Martina no supo cómo manejarlo. Pobre señora, para qué querrá una planta, pobre mujer enferma, pobre tonta. Y pensar que quizá podría pedir cosas más sustanciosas y menos desconcertantes, algo de valor por ejemplo, aunque vaya una a saber si de ese hombre se podía esperar algo más que exigencias. Pobre mujer encerrada, pobre idiota.

Cuando el señor llegó al día siguiente Martina le comunicó en secreto que la señora pedía una planta.

—¿Qué tipo de planta?

—No sé, sólo dijo una planta, no creo que quiera alguna en especial.

—¿Y para qué querrá una planta?

—Vaya una a saber. Para regarla, para verla crecer. Quizá extrañe el campo.

—No me gusta que extrañe nada, no le hace bien. ¿Tomó todos los medicamentos? Tampoco tiene por qué estar pensando en el campo... ¿Qué tiene que ver ella con el campo, me pregunto? Así que tráigale no más una plantita si eso la va a hacer feliz, pero una planta para nada campestre. Algo bien ciudadano, si entiende lo que le quiero decir. Cómprela en una buena florería.

Estaban en la cocina, como tantas veces, discutiendo los pormenores del funcionamiento de la casa que aparentemente no concernían a la llamada Laura. Pero ella oyó la conversación sin querer —o quizá ya queriendo, ya tratando de indagar algo, tratando sin saberlo de entender lo que le estaba pasando.

El hecho es que cuando por fin llegó, la planta parecía artificial pero estaba viva y crecía y la flor iba muriéndose y eso también era la vida, sobre todo eso, la vida: una agonía desde el principio con algo de esplendor y bastante tristeza.

¿Cuándo habrá brillado el esplendor de ella? ¿Habrá pasado ya el momento o estará por llegar? Preguntas que suele formularse en un descuido para desecharlas de inmediato porque allí no radica el problema, el único problema real es el que aflora cuando se topa sin querer con su imagen ante el espejo y se queda largo rato frente a sí misma, tratando de indagarse.

Los espejos

Se trata de una multiplicación inexplicable, multiplicación de ella misma en los espejos y multiplicación de espejos —la más desconcertante—. El último en aparecer fue el del techo, sobre la gran cama, y él la obliga a mirarlo y por ende a mirarse, boca arriba, con las piernas abiertas. Y ella se mira primero por obligación y después por gusto, y se ve allá arriba en el espejo del cielo raso, volcada sobre la cama, invertida y lejana. Se mira desde la punta de los pies donde él en este instante le está trazando un mapa de saliva, se mira y recorre —sin asumirlos del todo— sus propias piernas, su pubis, su ombligo, unos pechos que la asombran por pesados, un cuello largo y esa cara de ella que de golpe le recuerda a la planta (algo vivo y como artificial), y sin querer cierra los ojos.

—Abrí los ojos —ordena él que la ha estado observando observarse allá arriba.

—Abrí los ojos y mirá bien lo que te voy a hacer porque es algo que merece ser visto.

Y con la lengua empieza a treparsele por la pierna izquierda, la va dibujando y ella allá arriba se va reconociendo, va sabiendo que esa pierna es suya porque la siente viva bajo la lengua y de golpe esa rodilla que está observando en el espejo también es suya, y más que nada la comba de la rodilla —tan sensible—, y el muslo, y sería muy suya la entrepierna si no fuera porque él hace un rodeo y se aloja en el ombligo.

—¡Seguí mirando!

y resulta doloroso el seguir mirando, y la lengua sube y él la va cubriendo, tratando eso sí de no cubrirla demasiado, dejándola verse en el espejo del techo, y ella va descubriendo el despertar de sus propios pezones, ve su boca que se abre como si no le perteneciera pero sí, le pertenece, siente esa boca, y por el cuello la lengua que la va dibujando le llega hasta la misma boca pero sólo un instante, sin gula, sólo el tiempo de reconocerla y después la lengua vuelve a bajar y un pezón vibra y es de ella, de ella, y más abajo también los nervios se estremecen y la lengua está por llegar y ella abre bien las piernas, del todo separadas y son de ella las piernas aunque respondan a un impulso que ella no ordenó pero que partió de ella, todo un estremecimiento deleitoso, tan al borde del dolor justo cuando la lengua de él alcanza el centro del placer, un estremecimiento que ella quisiera hacer durar apretando bien los párpados y entonces él grita

—¡Abrí los ojos, puta!

y es como si la destrozara, como si la mordiera por dentro —y quizá la mordió— ese grito como si él le estuviera retorciendo el brazo hasta rompérselo, como si le estuviera pateando la cabeza. Abrí los ojos, cantá, decime quién te manda, quién dio la orden, y ella grita un *no* tan intenso, tan profundo que no resuena para nada en el ámbito donde se encuentran y él no alcanza a oírlo, un *no* que parece hacer estallar el espejo del techo, que multiplica y mutila y destroza la imagen de él, casi como un balazo aunque él no lo perciba y tanto su imagen como el espejo sigan allí, intactos, imperturbables, y ella al exhalar el aire retenido sople Roque, por primera vez el verdadero nombre de él, pero tampoco eso oye él, ajeno como está a tanto desgarramiento interno.

La ventana

De nuevo sola, su estado habitual —lo otro es un accidente, él es un accidente en su vida a pesar de que puede darle todo tipo de nombres—. Ella sola, como debe ser, de lo más tranquila. Sentada ante la ventana con una estéril pared blanca frente a los ojos y vaya una a saber qué oculta esa pared, quizá lo oculte a él.

La ventana tiene marco de madera pintado de blanco y la pared de enfrente es también blanca con diversas chorreaduras de hollín fruto de las muchas lluvias. Calcula que debe ser un quinto o sexto piso, pero no puede asomarse porque a la ventana le falta el picaporte y sólo él puede abrirla, cuando está presente. Poco importa. Ella no necesita de aire fresco y asomarse le produciría un vértigo difícilmente controlable. Y de golpe lo imagina a él paseando por las calles con un picaporte ovalado de ventana en el bolsillo, picaporte como un arma para apretar en el puño y pegar la trompada.

¿Arma, calle, puño? por qué se le ocurrirán esas ideas. La noción de calle no es en realidad la que más la perturba. La noción de arma, en cambio... Un arma por la calle, una bomba de tiempo, él caminando por la calle cuando explota la bomba de tiempo que lo estaba esperando. Un estampido, y él caminando por la calle oscura y en su bolsillo el picaporte de la ventana, objeto ovalado, macizo, casi huevo de bronce y esta ventana aquí, tan desreveladora, ventana que en lugar de abrir un panorama lo limita.

Él en cambio sí sería capaz de revelarle unas cuantas verdades, pero la verdad nada tiene que ver con él, que sólo dice lo que quiere decir y lo que quiere decir nunca es lo que a ella le interesa. Posiblemente la verdad no sea importante para él. Él tiene esas cosas pero también otras: hay su manera de mirarla cuando están juntos, como queriendo absorberla, metérsela bien adentro y protegerla de ella misma. Hay ese lento ritual del desvestirla, lentamente para encontrarla en cada centímetro de piel que aflora tras cada botón que desabrocha.

Por momentos ella sospecha que podría tratarse del llamado amor. Sentimiento por demás indefinido que le va creciendo como un calor interno de poca duración y que en sublimes oportunidades se enciende en llamaradas. Nada indica sin embargo que se trate en verdad de amor, ni aun las ganas que a veces la asaltan, ganas de que él llegue de una vez y la acaricie. Es ésta su única forma de saberse viva: cuando la mano de él la acaricia o su voz la conmina: movéte, puta. Decíme que sos una perra, una arrastrada. Decíme cómo te cogen los otros ¿así te cogen? Contáme cómo. O quizá por eso, justamente, por la voz de él que le dice cosas de estar en otra parte.

Y ella, a veces, tentada de contestarle: probá, hacé entrar a los dos tipos que tenés afuera. Así al menos sabrá que existen otros hombres, otros cogibles. Pero ésta es la clase de pensamientos que prefiere callar, al menos a sabiendas, porque por otro lado está esa zona oscura de su memoria (¿memoria?) que también calla y no precisamente por propia voluntad.

El pozo negro de la memoria, quizá como una ventana a una pared blanca con ciertas chorreaduras. Él nada le va a aclarar y en última instancia ¿qué le importa a ella? Le importa tan sólo estar allí, regar su planta que parece de plástico, encremarse la cara que parece de plástico, mirar por la ventana esa pared descascarada.

Los colegas

Después está él de nuevo allí y puede haber variantes.

—Van a venir amigos míos mañana a tomar unos tragos —le dice como al descuido.

—¿Trago? —pregunta ella.

—Sí, claro. Un whisky nada más, antes de comer, no se van a quedar mucho rato, no te preocupes.

¿Whisky? está a punto de repetir pero se contiene a tiempo.

—¿Qué amigos? —se le escapa justo cuando está tratando de callarse y quizá sea mejor así para aclarar algo.

Y él se digna contestarle. Por una vez se digna alzar la cabeza, responder con paciencia a su pregunta, hacer como si ella existiera:

—Bueno, tanto como amigos no son. Tres o cuatro colegas, nada más, por un ratito, para que te distraigas un poco.

Raro, piensa la llamada Laura. Colegas, distraerme, un ratito. ¿Desde cuándo tantas consideraciones para ella? Y después él le larga lo verdaderamente asombroso:

—Mirá, te voy a comprar un vestido nuevo. Así los recibís contenta y mona.

—¿Me tengo que poner contenta con un vestido nuevo? ¿Un vestido nuevo es algo?

¡zas! el tipo de preguntas que él detesta. Para tratar de remediarlo, agrega:

—Pero me alegra que vengan tus compañeros.

—Colegas —corrige él con determinación.

—Bueno, colegas. Voy a aprender nuevos nombres, te voy a llamar de otras maneras.

—Ni se te ocurra, son todos nombres feos, no quiero escucharlos. Además, alguna vez podrías hacer el esfuerzo de llamarme por mi verdadero nombre, ¿no? Digo, para variar.

Al día siguiente él le trae el vestido nuevo que sí es bonito y evidentemente caro. Ella está mona, sonriendo para adentro, y los colegas de irrepetibles nombres llegan todos al mismo tiempo, entran con paso por así decir marcial y la llaman Laura al tenderle la mano. Ella acepta las manos tendidas, inclina la cabeza ante el nombre de Laura también como aceptándolo y él y sus colegas se sientan en los sillones y empiezan a examinarla.

Más que nada las insistentes preguntas sobre su salud le producen una extraña incomodidad que no logra entender.

—¿Se siente bien, ahora? Su esposo nos contó que había tenido problemas con la espalda, ¿ya no le duele la columna?

Y esas frases dichas al azar: es usted muy bonita, tiene una nariz perfecta...

Y esas preguntas como un interrogatorio, que empiezan ¿Usted piensa que...? y ella sabe que encierran la otra, la verdadera: ¿Usted piensa? Y ella tratando de controlarse lo mejor posible, no queriendo fallar en este primer examen aunque no sabe muy bien por qué piensa en interrogatorios y exámenes, ni por qué la idea de fallar o no fallar puede importarle. Y acepta un trago —apenitas un dedo (no tomés demasiado, no te va a hacer bien con tus remedios, le susurra él casi cariñoso)— y gira la cabeza cuando alguno la llama Laura y escucha con esmero.

—...fue aquella vez que pusieron las bombas en los cuarteles de Palermo ¿recuerda? —estaba diciendo uno y naturalmente se dirigió a ella para hacer la pregunta.

—No, no recuerdo. En verdad no recuerdo nada.

—Sí, cuando la guerrilla en el norte. ¿Usted es tucumana, no? Cómo no se va a acordar.

Y el sinnombre, con los ojos fijos en su vaso:

—Laura ni lee los diarios. Lo que ocurre fuera de estas cuatro paredes le interesa muy poco.

Ella mira a los demás sin saber si sentirse orgullosa o indignarse. Los otros a su vez la observan, pero sin darle clave alguna para orientar su conducta.

Cuando por fin los colegas se van después de mucha charla ella queda como vacía y se saca el vestido nuevo queriendo despojarse. Él la observa con el aire del que está conforme con la propia obra. De golpe ella siente ganas de vomitar, quizá por culpa de ese mínimo dedo de whisky, y él le alcanza una pastilla distinta de las que le hace tragar habitualmente.

Uno y Dos permanecen afuera, como siempre. Los oye cuchichear en el pasillo. Quizá acompañaron a los invitados hasta la planta baja y ahora están allí de vuelta, sí señor, los está oyendo y sabe que sólo se irán cuando él se vaya. Y ella quedará de nuevo sola como corresponde, hasta que él vuelva a presentarse porque la cosa es así de recurrente, un tipo dentro y dos afuera, uno dentro de ella para ser más precisa y los otros dos como si también lo estuvieran, compartiendo su cama.

El pozo

Los momentos de hacer el amor con él son los únicos que en realidad le pertenecen. Son verdaderamente suyos, de la llamada Laura, de este cuerpo que está acá —que toca— y que la configura a ella, toda ella. ¿Toda? ¿No habrá algo más, algo como estar en un pozo oscuro y sin saber de qué se trata, algo dentro de ella, negro y profundo, ajeno a sus cavidades naturales a las que él tiene fácil acceso? Un oscuro, inalcanzable fondo de ella, el aquí-lugar, el sitio de una interioridad donde está encerrado todo lo que ella sabe sin querer saberlo, sin en verdad saberlo y ella se acuna, se mece sobre la silla, y el que se va durmiendo es su pozo negro, animal aquietado. Pero el animal existe, está dentro del pozo y es a la vez el pozo, y ella no quiere azuzarlo por temor al zarpazo. Pobre negro profundo pozo suyo tan mal tratado, tan dejado de lado, abandonado. Ella pasa largas horas dada vuelta como un guante, metida dentro de su propio pozo interno, en una oscuridad de útero casi tibia, casi húmeda. Las paredes del pozo a veces resuenan y no importa lo que intentan decirle aunque de vez en cuando ella parece recibir un mensaje —un latigazo— y siente como si le estuvieran quemando la planta de los pies y de golpe recupera la superficie de sí misma, el mensaje es demasiado fuerte para poder soportarlo, mejor estar fuera de ese pozo negro tan vibrante, mejor reintegrarse a la pieza color rosa bombón que según dicen es la pieza de ella.

En la pieza puede estar él o no estar, generalmente no está y sola se repliega en sí misma; ahora les sonríe a los múltiples espejos que le devuelven algo así como un conocimiento que ella rechaza de plano.

Él reaparece entonces, y cuando está tierno el pozo se convierte en un agujerito de luz allá lejos en el fondo, y cuando está duro y aprensivo el pozo abre su boca de abismo y ella se siente tentada de saltar pero no salta porque sabe que la nada dentro de los pozos negros es peor que la nada fuera de ellos.

Fuera del pozo la nada con aquel que las apariencias señalan como su hombre. Con él y con el agujerito en que se va convirtiendo su pozo y a través del cual espía para verlo a él, reticulado. A él detrás del agujerito, tras dos finos hilos en cruz que lo centran. A través del agujerito-pozo lo ve a él como tras una mira y eso no le gusta nada. ¿Quién de los dos sostiene el rifle? Ella, aparentemente; él está cuadriculado por la mira y ella lo ve así sin entender muy bien por qué y sin querer cuestionarse.

Él le sonríe del otro lado de la mira y ella sabe que va a tener que bajar una vez más la guardia. Bajar la guardia y agachar la testuz: cosas a las que se va habituando poco a poco.

El rebenque

—Mirá que bonito —le va diciendo él mientras desenvuelve el paquete. Ella lo contempla hacer con cierta indiferencia. Hasta que del paquete surge, casi inmaculado, casi inocente, un rebenque de los buenos. De cuero crudo, flamante, de lonja ancha y cabo espeso, casi un talero. Y ella que no sabe de esas cosas, que ha olvidado los caballos —si es que alguna vez los conoció de cerca—, ella se pone a gritar desesperada, a aullar como si fueran a destriparla o a violarla con ese mismo cabo del talero.

Quizá después de todo ésa era no más la intención de él, traerse un reemplazante. O quizá había soñado con pegarle unos lonjazos o quizá ¿por qué no? pedirle a ella que le pegue o que lo viole con el cabo.

Los gritos de la mujer lo frenan en plena ensoñación inconfesable. Ella sollozando en un rincón como animal herido, más le vale dejar el rebenque para otro momento. Por eso recupera el papel que ha tirado al canaste, lo plancha con la palma de la mano y envuelve una vez más el rebenque. Para no oír los gritos.

—No quise perturbarte —le dice, y es como si ella no lo oyera porque son palabras tan ajenas a él—. Disculpáme, fue una idea estúpida.

Él pidiendo disculpas, algo inimaginable pero así es: disculpáme, calmáte, ron ron, casi dice él como un gato y la idea de gato la envuelve a ella con tibieza y detiene de manera instantánea sus convulsiones. Ella piensa gato y se aleja de él. Desde el mismo rincón donde se ha refugiado parte hacia otros confines donde todo es abierto y hay cielo y hay un hombre que de verdad la quiere —sin rebenque—, es decir hay amor. Sensación de amor que le recorre la piel como una mano y de golpe ese horrible, inundante sentimiento: el amado está muerto. ¿Cómo puede saber que está muerto? ¿Cómo saber tan certeramente de su muerte si ni ha logrado darle un rostro de vida, una forma? Pero lo han matado, lo sabe, y ahora le toca a ella solita llevar adelante la misión; toda la responsabilidad en manos de ella cuando lo único que hubiera deseado era morirse junto al hombre que quería.

Una compleja estructura de recuerdos/sentimientos la atraviesa entre lágrimas, y después, nada. Después sentir que ha estado tan cerca de la revelación, de un esclarecimiento. Pero no vale la pena llegar al esclarecimiento por vías del dolor y más vale quedarse así, como flotando, no dejar que la nube se disipe. Mullida, protectora nube que debe tratar de mantener para no pegarse un porrazo cayendo de golpe en la memoria.

Solloza en sordina y él le pasa la mano por el pelo tratando de devolverla a esta zona del olvido. Le pasa la mano por el pelo y le va diciendo con voz edulcorada:

—No pienses, no te tortures, vení conmigo, así estás bien, no cierres los ojos. No pienses. No te tortures (dejáme a mí torturarte, dejáme ser dueño de todo tu dolor, de tus angustias, no te me escapes). Te voy a hacer feliz cada vez más feliz. Olvidáte de este maldito rebenque. Ni pienses más en él ¿ves? lo vamos a tirar, lo voy a hacer desaparecer para que no te angustiés más de lo necesario.

Se dirige lentamente hacia la puerta de entrada, atraviesa el living con el rebenque (el paquete que ahora contiene el rebenque) en la mano. Saca las llaves del bolsillo —¿por qué no usará las otras que están al alcance de su mano sobre la repisa? se pregunta ella— abre la puerta y con gesto más o menos teatral arroja fuera el paquete que cae con un ruido blando, de goma. Ves, ya desapareció, le dice como a un chico. Y ella, desconfiada como un chico, sabe que no, que del otro lado de la puerta están Uno y Dos dispuestos a recibir todo lo que les sea arrojado por él, listos a echarse sobre el paquete como animales de presa.

Uno y Dos. Ella no los olvida, son presencias constantes a pesar de ser tan ajenos a ella. Ajenos como esas llaves sobre la repisa, presentes y ajenos como ha pasado a ser ahora el rebenque por el simple hecho de haberle despertado tamaña desesperación. De haber sido un detonante.

Y allí están esas cargas suyas, cargas de profundidad que explotan cuando menos se lo espera por obra de uno de esos detonantes. Explotan por simpatía como se dice, por vibrar al unísono o quizá todo lo contrario: por un choque de vibraciones encontradas.

El hecho es que la explosión se produce y ella queda así, desconectada, en medio de sus propios escombros, sacudida por culpa de la onda expansiva o de algo semejante.

La mirilla

No es una sensación nueva, no, es una sensación antigua que le viene de lejos, de antes, de las zonas anegadas. Casi un sentimiento, un saber extraño que sólo logra perturbarla: la noción de que existe un secreto. Y ¿cuál será el secreto? Algo hay que ella conoce y sin embargo tendría que revelar. Algo de ella misma muy profundo, prohibido.

Se dice: ocurre igual con todo ser humano. Y hasta esta idea la perturba.

¿Qué será lo prohibido (reprimido)? ¿Dónde terminará el miedo y empezará la necesidad de saber o viceversa? El conocimiento del secreto se paga con la muerte, ¿qué será ese algo tan oculto, esa carga de profundidad tan honda que mejor sería ni sospechar que existe?

Él a veces la ayuda negándole todo tipo de asistencia. No asistiéndola está dándole en realidad una mano para entreabrir sus compuertas interiores.

Querer saber y no querer. Querer estar y no querer estar, al mismo tiempo. Él le ha brindado más de una vez la posibilidad de verse en los espejos y ahora le está por dar la nueva posibilidad bastante aterradora de verse en los ojos de los otros.

Lentamente la va desvistiendo en el living y el momento ya llega. Ella no se explica muy bien cómo lo ha sabido desde un principio —quizá el hecho inusitado de que esté desvistiéndola en el living y no en el dormitorio—. Reclinándola contra el sofá frente a la puerta de entrada, desvistiéndose también él sin decir palabra, un mudo ritual aparentemente destinado a otros ojos. Y de golpe sí, él se aleja del sofá, camina desnudo hacia la puerta, levanta la tapa de la mirilla —esa mínima tapa rectangular de bronce— y la deja trabada en alto. Así no más de simple, un acto que parece no tejer justificación alguna. Pero después vacila, vacila antes de dar media vuelta y dirigirse de nuevo hacia ella, como si no quisiera darle la espalda a la mirilla sino más bien hacerle frente, apuntar con su soberbia erección.

Ella nada puede ver del otro lado de ese enrejadito que constituye la mirilla pero los presiente, los huele, casi: el ojo de Uno o el ojo de Dos pegado a la mirilla, observándolos, sabiendo lo que está por venir y relamiéndose por anticipado.

Y él ahora se va acercando lentamente, esgrimiendo su oscuro sexo, y ella se agazapa en un ángulo del sofá con las piernas recogidas y la cabeza entre las piernas como animal acorralado pero quizá no, nada de eso: no animal acorralado sino mujer esperando que algo se desate en ella, que venga pronto el hombre a su lado para ayudarla a desatar y que también ayuden esos dos que están afuera prestándole tan sólo un ojo único a toda la emoción que la sacude.

El apareamiento se empieza a volver cruel, elaborado, y se estira en el tiempo. Él parece querer partirla en dos a golpes de anca y en medio de un estertor se frena, se retira, para volver a penetrarla con saña, trabándole todo movimiento o hincándole los dientes.

Ella a veces quiere sustraerse de este maremoto que la arrasa y se esfuerza por descubrir el ojo del otro lado de la mirilla. En otros momentos ella se olvida del ojo, de todos los ojos que probablemente estén allí afuera ansiosos por verla retorcerse, pero él le grita una única palabra —perra— y ella entiende que es alrededor de ese epíteto que él quiere tejer la densa telaraña de miradas. Entonces un gemido largo se le escapa a pesar suyo y él duplica sus arremetidas para que el gemido de ella se transforme en aullido.

Es decir que afuera no sólo hay ojos, también hay oídos. Afuera quizá no sólo estén Uno y Dos, afuera también esos ciertos colegas. Afuera.

Para lo que les pueden servir ojos, oídos, dientes, manos, a esos que están del otro lado de la puerta y no pueden transgredir el límite. Y a causa de ese límite, delineándolo, él la sigue poseyendo con furia y sin placer. La da vueltas, la tuerce, y de golpe se detiene, se separa de ella y se pone de pie. Y empieza a caminar otra vez por el salón, fiera enjaulada, desplegando toda su vitalidad de animal insatisfecho. Rugiendo.

Ella piensa en la muchedumbre de afuera que los estará observando —observándola a ella— y por eso lo llama de vuelta a su lado, para que la cubra con su cuerpo, no para que la satisfaga. Cubrirse con el cuerpo de él como una funda. Un cuerpo —y no el propio, claro que no el propio— que le sirva de pantalla, de máscara para enfrentar a los otros. O no: una pantalla para poder esconderse de los otros, desaparecer para siempre tras o bajo otro cuerpo.

¿Y total para qué? si ya está desaparecida desde hace tanto tiempo: los otros siempre del otro lado de la puerta con sólo una mirilla exigua para acercarse a ella.

¿Comunicarse? Nada de eso, y entonces presiente sin aclarárselo demasiado, vislumbra como en una nebulosa, que a los otros —los de afuera— sólo puede transmitirles su calor por interpósita persona, a través de él que está allí sólo para servir de puente con los otros, los de afuera.

Cansado de bramar él vuelve al lado de ella y se pone a acariciarla en inesperado cambio de actitud. Ella deja que las caricias la invadan, que cumplan su cometido, que hasta el último de sus nervios responda a las caricias, que las vibraciones de esas mismas caricias galopen por su sangre y finalmente estallen.

Quedan entonces los dos cuerpos tirados sobre el sofá y la mirilla se oscurece como si le faltara la claridad de una mirada.

Al rato Martina entra sigilosamente y los cubre a los dos con una manta.

Las llaves
Más tarde él se va. Él está siempre yéndose, cuando ella lo ve de pie lo ve siempre de espaldas dirigiéndose a la puerta, y su despedida real es siempre el ruido de la llave que vuelve a clausurar la salida dejándola a ella adentro.

Ella no se deja engañar más por esas llaves, las otras, las que están sobre la repisa al lado de la puerta: sabe aun sin haberlas probado que no corresponden para nada a la cerradura, que esas llaves están colocadas allí como una trampa o más bien como un señuelo y pobre de ella el día que se anime a tocarlas. Por eso ni se les acerca, contrariando la tentación de estirar la mano y hasta de hablarles como a amigas. ¿Qué culpa tienen las pobres de estar tendiéndole una celada? Lo ha pescado más de una vez auscultándolas de reojo al entrar para asegurarse de que siguen en la posición exacta. El polvo se acumula sobre las pobres llaves, Martina sólo puede soplarlas un poco y pasarles un levísimo plumero como si estuvieran hechas de un cristal muy delicado.

También al irse él comprueba si las llaves siguen en su puesto de guardia a un pasito no más de las cerraduras a las que no corresponden, y después cierra la puerta y echa doble vuelta con las llaves de él que son las buenas y la deja a ella —la llamada Laura— libre para poder hundirse una vez más en ese pozo oscuro donde no existe el tiempo.

Las voces
Sólo existe el sonido del reloj, el tic tac sincopado del reloj, y es como una presencia. Tantas como presencias, entonces, y ningu-

na presencia verdadera, ninguna voz que la llame para arrancarla a ella de ella misma.

No que la voz de él no la llame a menudo. No que la voz de él no le grite su nombre de Laura, a veces desde lejos (desde la otra pieza) o le grite ahí no más al oído cuando está encima de ella, llamándola porque sí, imponiéndole su presencia —la presencia de ella—, la obligación de estar allí y de escucharlo.

Siempre es así con él, Juan, Mario, Alberto, Pedro, Ignacio, como se llame. De nada vale cambiarle el nombre porque su voz es siempre la misma y son siempre las mismas exigencias: que ella esté con él pero no demasiado. Una ella borrada es lo que él requiere, un ser maleable para armarlo a su antojo. Ella se siente de barro, dúctil bajo las caricias de él y no quisiera, no quiere para nada ser dúctil y cambiante, y sus voces internas aúllan de rabia y golpean las paredes de su cuerpo mientras él va moldeándola a su antojo.

Cada tanto le dan a ella estos accesos de rebeldía que tienen una estrecha relación con el otro sentimiento llamado miedo. Después, nada; después como si hubiese bajado la marea dejando tan sólo una playa húmeda un poquito arrasada.

Ella vaga descalza por la playa húmeda tratando de recomponerse del horror que ha sentido durante la pleamar. Tantas olas cubriéndola y no logran despejarle la cabeza. Vienen las olas y dejan una resaca estéril, salobre, sobre la que sólo puede crecer una especie indefinida de terror muy amenguado. Ella vaga por la playa húmeda y es al mismo tiempo la playa —ella a veces su propia playa, su remanso— y por lo tanto no barro sino arena húmeda que él quisiera modelar a su antojo. Toda ella arena húmeda para que él pueda ir construyendo castillos como un niño. Haciéndose ilusiones.

Él a veces emplea su voz para estos menesteres y la nombra y le va nombrando cada una de sus partes en un intento poco claro de rearmarla.

Es ésa la voz que a veces la llama sin poder penetrar su cáscara. Después viene la sonrisa: la sonrisa de él algo forzada. Sólo cuando ríe —en las raras, muy contadas ocasiones en que ríe— algo parece despertarse en ella y no es algo bueno, es un desgarramiento muy profundo por demás alejado de la risa.

Es decir que poco aliciente hay para llamarla a la superficie de ella misma y arrancarla de su pozo oscuro. En todo caso nada que venga de fuera del departamento aunque en este instante sí, un timbre insistente la trae de golpe al aquí y ahora. Algo inusitado ese timbre que no cesa, alguien que desesperadamente quiere hacerse oír y entonces él se dirige cauteloso a la puerta para ver qué pasa y ella puro nervio, toda alerta, oye las voces de los otros sin tratar de comprenderlas.

—Coronel, perdón, señor. Mi coronel. Hay levantamiento. No teníamos otra manera de avisarle. Se sublevaron. Avanzan con tanques hacia su cuartel. Parece que el Regimiento III de Infantería está con ellos. Y la Marina. Se levantaron en armas. Coronel. Perdón, señor. No sabíamos cómo avisarle.

Él se viste a las apuradas, se va sin despedirse de ella como tantas otras veces. Más precipitado, eso sí, y tal vez olvidando echar llave a la puerta. Pero sólo eso. A ella no le preocupan otros detalles. Ni las voces escuchadas que siguen vibrando como un sonido inesperado, anhelante, que ella no trata de interpretar. ¿Interpretar? ¿Para qué? ¿Para qué tratar de entender lo que está tan lejos de su magra capacidad de comprensión?

El secreto (los secretos)

Ella sospecha —sin querer formulárselo demasiado— que algo está por saberse y no debería saberse. Hace tiempo que teme la existencia de esos secretos tan profundamente arraigados que ya ni le pertenecen de puro inaccesibles.

A veces quisiera meter la mano en sus secretos y hurgar un poquito, pero no, nada de eso, más vale dejarlos como están: en un agua estancada de profundidad insondable.

Y entonces le da por volverse veraz en materia de alimentos y a cada rato le pide a Martina un café con leche, unas galletitas, frutas, y Martina seguramente se dice: pobre mujer, va a perder su forma, engulle y engulle y no se mueve o se mueve tan poco. Y el señor que no vuelve.

Ni Martina ni ella mencionan sin embargo la ausencia del señor que se está haciendo por demás prolongada. Ella no quiere —o no puede— recordar las voces que oyó cuando vinieron a buscarlo. Martina que había ido al almacén nunca se enteró de nada.

Martina solía aprovechar los ratos que el señor estaba en casa para ir a comprar provisiones y ahora no sabe si dejar a la pobre loca sola o esperar un día más o irse para siempre. El señor le ha dejado dinero suficiente como para que se sienta libre, y quizá ahora él esté aburrido de este juego y a ella le corresponda retirarse a tiempo y olvidarse de todo.

Problemas estos de Martina, no de la llamada Laura que ya ni del dormitorio sale, que se queda tirada sobre la cama rumiando a lo largo del día una que otra sensación difusa.

Coronel, se repite a veces, y la palabra sólo le evoca una punzante sensación en la boca del estómago.

Mucho más tarde, casi una semana más tarde, él vuelve por fin y la arranca de un sueño en el que caminaba sobre las aguas del secreto sin mojarse.

—Despertáte —le dice sacudiéndola—. Te tengo que hablar. Es hora de que sepas.

—¿Que sepa qué?

—No te hagas la tonta. Algo escuchaste, el otro día.

—Por lo que me importa...

—Está bien, no tiene por qué importarte, pero igual quiero que sepas. Si no, todo va a quedar a mitad de camino.

—¿A mitad de camino?

—A mitad de camino.

—No quiero saber nada, dejáme.

—¿Cómo, dejáme? ¿Cómo no quiero saber? ¿Desde cuándo la señora decide en esta casa?

—No quiero.

—Pues lo vas a saber todo. Mucho más de lo que me proponía contarte en un principio. ¿Qué es eso de no querer? No voy a tener secretos para vos, te guste o no te guste. Y me temo que no te va a gustar en absoluto.

Ella quisiera taparse los oídos con las manos, taparse los ojos, ponerse los brazos alrededor de la cabeza y estrujarla. Pero él abre el maletín que ha traído consigo y saca un bolso que a ella le llama la atención.

—¿Te acordás de esta cartera?

Ella sacude con vehemencia la cabeza negando pero sus ojos están diciendo otra cosa. Sus ojos se ponen alertas, vivos después de tanto tiempo de permanecer apagados.

—Fijáte lo que hay adentro. Puede que te despabile un poco.

Ella mete la mano dentro del bolso pero casi de inmediato la retira como si hubiera tocado la viscosa piel de un escuerzo.

—Sí —la alienta él—. Meté la mano, sacálo sin asco.

No, grita de nuevo la cabeza de ella. No, no, no. Y con desesperación se sacude hasta darse de golpes contra la pared. Queriendo darse de golpes contra la pared.

Él sabe qué hacer en estas circunstancias. Le da una bofetada y le grita una orden:

—¡Sacálo, te digo!

Y después, más manso:

—No muerde, no pica ni nada. Es un objeto sin vida. Sólo puede darle vida uno, si quiere. Y vos ya no querés ¿no es cierto que no querés?

—No quiero, no quiero —gime ella.

Y para que todo no empiece de nuevo (la cabeza contra la pared y la bofetada) él mete su propia mano dentro del bolso de mujer y extrae el objeto. Se lo presenta en la palma, inofensivo.

—Tomá. Deberías conocer este revólver.

Ella lo mira largo rato y él se lo está tendiendo hasta que por fin ella lo toma y empieza a examinarlo sin saber muy bien de qué se trata.

—Cuidado, está cargado. Yo nunca ando con armas descargadas. Aunque sean ajenas.

Ella levanta la vista, lo mira a él ya casi entendiendo, casi al borde de lo que muy bien podría ser su propio precipicio.

—No te preocupés, linda. Vos sabés y yo sé. Y es como si estuviéramos a mano.

No, no, empieza ella de nuevo sacudiendo la cabeza. No en este plano de igualdad, no con este revólver.

—Sí —le grita él, aúlla casi—. Nada puede ser perfecto si te quedás así del otro lado de las cosas, si te negás a saber. Yo te salvé ¿sabés? parecería todo lo contrario pero yo te salvé la vida porque hubieran acabado con vos como acabaron con tu amiguito, tu cómplice. Así que escucháme, a ver si salís un poco de tu lindo sueño.

La revelación

Y la voz de él empieza a machacar, y machaca, lo hice para salvarte, perra, todo lo que te hice lo hice para salvarte y vos tenés que saber así se completa el círculo y culmina mi obra, y ella tan como un ovillo, apretada ahí contra la pared descubriendo una gotita de pintura que ha quedado coagulada, y él insistiendo fui yo, yo solo, ni los dejé que te tocaran, yo solo, ahí con vos, lastimándote, deshaciéndote, maltratándote para quebrarte como se quiebra un caballo, para romperte la voluntad, transformarte, y ella que ahora pasa suavemente la yema de los dedos por la gotita, como si nada, como si en otra cosa, y él insistiendo eras mía, toda mía porque habías intentado matarme, me habías apuntado con este mismo revólver, ¿te acordás? tenés que acordarte, y ella que piensa gotita amiga, cariñosa al tacto, mientras él habla y dice podía haberte cortado en pedacitos, apenas te rompí la nariz cuando pude haberte roto todos los huesos, uno por uno, tus huesos míos, todos, cualquier cosa, y el dedo de ella y la gotita se vuelven una unidad, una misma sensación de agrado, y él insistiendo, eras una mierda, una basofia, peor que una puta, te agarraron cuando me estabas apuntando, buscabas el mejor ángulo, y ella se alza de hombros pero no por él o por lo que le está diciendo sino por esa gotita de pintura que se niega a responderle o a modificarse, y él embalado, vos no me conocías pero igual querías matarme, tenías órdenes de matarme y me odiabas aunque no me conocías ¿me odiabas? mejor, ya te iba a obligar yo a quererme, a depender de mí como una recién nacida, yo también tengo mis armas, y ahí con ella la gotita reseca de ternura y más allá la pared lisa, impenetrable, y él tan sin inmutarse, repitiendo: yo también tengo mis armas.

El desenlace

—Estoy muy cansada, no me cuentes más historias, no hablés tanto. Nunca hablás tanto. Vení, vamos a dormir. Acostáte conmigo.

—Estás loca ¿no me oíste, acaso? Basta de macanas. Se acabó nuestro jueguito ¿entendés? Se acabó para mí, lo que quiere decir que también se acabó para vos. Telón. Entendélo de una vez por todas, porque yo me las pico.

—¿Te vas a ir?

—Claro ¿o pretendés que me quede? Ya no tenemos nada más que decirnos. Esto se acabó. Pero gracias de todos modos, fuiste un buen cobayo, hasta fue agradable. Así que ahora tranquilita, para que todo termine bien.

—Pero quedáte conmigo. Vení, acostáte.

—¿No te das cuenta que esto ya no puede seguir? Basta, reaccioná. Se terminó la farra. Mañana a la mañana te van a abrir la puerta y vos vas a poder salir, quedarte, contarlo todo, hacer lo que se te antoje. Total, yo ya voy a estar bien lejos...

—No, no me dejés. ¿No vas a volver? Quedáte.

Él se alza de hombros y, como tantas otras veces, gira sobre sus talones y se encamina a la puerta de salida. Ella ve esa espalda que se aleja y es como si por dentro se le disipara un poco la niebla. Empieza a entender algunas cosas, entiende sobre todo la función de este instrumento negro que él llama revólver.

Entonces lo levanta y apunta.

De noche soy tu caballo

Sonaron tres timbrazos cortos y uno largo. Era la señal, y me levanté con disgusto y con un poco de miedo; podían ser ellos o no ser, podría tratarse de una trampa, a estas malditas horas de la noche. Abrí la puerta esperando cualquier cosa menos encontrarme cara a cara nada menos que con él, finalmente.

Entró bien rápido y echó los cerrojos antes de abrazarme. Una actitud muy de él, él el prudente, el que antes que nada cuidaba su retaguardia —la nuestra—. Después me tomó en sus brazos sin decir una palabra, sin siquiera apretarme demasiado pero dejando que toda la emoción del reencuentro se le desbordara, diciéndome tantas cosas con el simple hecho de tenerme apretada entre sus brazos y de irme besando lentamente. Creo que nunca les había tenido demasiada confianza a las palabras y allí estaba tan silencioso como siempre, transmitiéndome cosas en formas de caricias.

Y por fin un respiro, un apartarnos algo para mirarnos de cuerpo entero y no ojo contra ojo, desdoblados. Y pude decirle Hola casi sin sorpresa a pesar de todos esos meses sin saber nada de él, y pude decirle

te hacía peleando en el norte
te hacía preso
te hacía en la clandestinidad
te hacía torturado y muerto
te hacía teorizando revolución en otro país.

Una forma como cualquiera de decirle que lo hacía, que no había dejado de pensar en él ni me había sentido traicionada. Y él, tan endemoniadamente precavido siempre, tan señor de sus actos:

—Callate, chiquita ¿de qué te sirve saber en qué anduve? Ni siquiera te conviene.

Sacó entonces a relucir sus tesoros, unos quizá indicios que yo no supe interpretar en ese momento. A saber, una botella de cachaza y un disco de Gal Costa. ¿Qué habría estado haciendo en Brasil? ¿Cuáles serían sus próximos proyectos? ¿Qué lo habría traído de vuelta a jugarse la vida sabiendo que lo estaban buscando? Después dejé de interrogarme (calláte, chiquita, me diría él). Vení, chiquita, me estaba diciendo, y yo opté por dejarme sumergir en la felicidad de haberlo recuperado, tratando de no inquietarme. ¿Qué sería de nosotros mañana, en los días siguientes?

La cachaza es un buen trago, baja y sube y recorre los caminos que debe recorrer y se aloja para dar calor donde más se la espera. Gal Costa canta cálido, con su voz nos envuelve y nos acuna y un poquito bailando y un poquito flotando llegamos a la cama y ya acostados nos seguimos mirando muy adentro, seguimos acariciándonos sin decidirnos tan pronto a abandonarnos a la pura sensación. Seguimos reconociéndonos, reencontrándonos.

Beto, lo miro y le digo y sé que ése no es su verdadero nombre pero es el único que le puedo pronunciar en voz alta. Él contesta:

—Un día lo lograremos, chiquita. Ahora prefiero no hablar.

Mejor. Que no se ponga él a hablar de lo que algún día lograremos y rompa la maravilla de lo que estamos a punto de lograr ahora, nosotros dos, solitos.

"A noite eu sou teu cavalho" canta de golpe Gal Costa desde el tocadiscos.

—De noche soy tu caballo —traduzco despacito. Y como para envolverlo en magias y no dejarlo pensar en lo otro:

—Es un canto de santo, como en la macumba. Una persona en trance dice que es el caballo del espíritu que la posee, es su montura.

—Chiquita, vos siempre metiéndote en esoterismos y brujerías. Sabés muy bien que no se trata de espíritus, que si de noche sos mi caballo es porque yo te monto, así, así, y sólo de eso se trata.

Fue tan lento, profundo, reiterado, tan cargado de afecto que acabamos agotados. Me dormí teniéndolo a él todavía encima.

De noche soy tu caballo...

...campanilla de mierda del teléfono que me fue extrayendo por oleadas de un pozo muy denso. Con gran esfuerzo para despertarme fui a atender pensando que podría ser Beto, claro, que no estaba más a mi lado, claro, siguiendo su inveterada costumbre de escaparse mientras duermo y sin dar su paradero. Para protegerme, dice.

Desde la otra punta del hilo una voz que pensé podría ser la de Andrés —del que llamamos Andrés— empezó a decirme:

—Lo encontraron a Beto, muerto. Flotando en el río cerca de la otra orilla. Parece que lo tiraron vivo desde un helicóptero. Está muy hinchado y descompuesto después de seis días en el agua, pero casi seguro es él.

—¡No, no puede ser Beto! —grité con imprudencia. Y de golpe esa voz como de Andrés se me hizo tan impersonal, ajena:

—¿Te parece?

—¿Quién habla? —se me ocurrió preguntar sólo entonces. Pero en ese momento colgaron.

¿Diez, quince minutos? ¿Cuánto tiempo me habré quedado mirando el teléfono como estúpida hasta que cayó la policía? No me la esperaba pero claro, sí, ¿cómo podía no esperármela? Las manos de ellos toqueteándome, sus voces insultándome, amenazándome, la casa registrada, dada vuelta. Pero yo ya sabía ¿qué me importaba entonces que se pusieran a romper lo rompible y a desmantelar placares?

No encontrarían nada. Mi única, verdadera posesión era un sueño y a uno no se lo despoja así no más de un sueño. Mi sueño de la noche anterior en el que Beto estaba allí conmigo y nos amábamos. Lo había soñado, soñado todo, estaba profundamente convencida de haberlo soñado con lujo de detalles y hasta en colores. Y los sueños no conciernen a la cana.

Ellos quieren realidades, quieren hechos fehacientes de esos que yo no tengo ni para empezar a darles.

Dónde está, vos lo viste, estuvo acá con vos, dónde se metió. Cantá, si no te va a pesar. Cantá, miserable, sabemos que vino a verte, dónde anda, cuál es su aguantadero. Está en la ciudad, vos lo viste, confesá, cantá, sabemos que vino a buscarte.

Hace meses que no sé nada de él, lo perdí, me abandonó, no sé nada de él desde hace meses, se me escapó, se metió bajo tierra, qué sé yo, se fue con otra, está en otro país, qué sé yo, me abandonó, lo odio, no sé nada. (Y quémenme no más con cigarrillos, y patéenme todo lo que quieran, amenacen, no más, y métanme un ratón para que me coma por dentro, y arránquenme las uñas y hagan lo que quieran. ¿Voy a inventar por eso? ¿Voy a decirles que estuvo acá cuando hace mil años que se me fue para siempre?).

No voy a andar contándoles mis sueños, ¿eso qué importa? Al llamado Beto hace más de seis meses que no lo veo, y yo lo amaba. Desapareció, el hombre. Sólo me encuentro con él en sueños y son muy malos sueños que suelen transformarse en pesadillas.

Beto, ya lo sabés, Beto, si es cierto que te han matado o donde andes, de noche soy tu caballo y podés venir a habitarme cuando quieras aunque yo esté entre rejas. Beto, en la cárcel sé muy bien que te soñé aquella noche, sólo fue un sueño. Y si por loca casualidad hay en mi casa un disco de Gal Costa y una botella de cachaza casi vacía, que por favor me perdonen: decreté que no existen.

Ceremonias de rechazo

I

Siendo el esperar sentada la forma más muerta de la espera muerta, siendo el esperar la forma menos estimulante de muerte, Amanda logra por fin arrancarse de la espera quieta y pone su ansiedad en movimiento.

Como tantas otras veces, él se había separado de ella diciéndole:

—Mamacita, estar lejos de usted es como vivir en suspenso, pero debe entender que mis deberes me reclaman. En cuanto acabe la reunión le pego un golpe de teléfono y acá me tendrá de nuevo, para servirla. Dos, tres horitas a lo sumo.

Dos, tres, veinticuatro, cincuenta horitas que ya tienen otro nombre. Se llaman días y él sin dar señales de vida, infame Coyote, mediador entre el cielo y el infierno, más infierno que cielo cuando no reaparece y nadie logra dar con su paradero o saber en qué anda, conspirador clandestino. Para la buena causa, dice él, mientras los amigos le soplan a Amanda, Cuidado, puede ser un delator, puede ser cana, y Amanda a veces le huele la traición en un abrazo y no por eso rechaza el tal abrazo, quizá todo lo contrario.

Qué le ves, le preguntan, a ese tipo de rasgos tan duros, tan distante. Y ella sabe que para los demás el problema es precisamente esa distancia: sólo ella logra ver el ablandamiento de sus rasgos, la ternura que emana de él cuando se lo tiene al alcance de la boca, horizontal y distendido. Pero él no llama y quizá tengan razón los amigos, más valdría perderlo que encontrarlo —animal depredador, carroñero— si no fuera por esos brazos que tan bien saben envolverla a Amanda por las noches.

Es a la espera de sus brazos y también de otras delicias coyoteanas que Amanda permanece junto al teléfono, cada vez menos pasivamente. Intentando por lo pronto descartar la sospecha, esa oscura que ronda cuando el Coyote no está y a veces se disipa cuando el Coyote vuelve pero otras veces permanece impávida, flotando, envolviéndola a Amanda que intenta preguntarse con lucidez ¿quién es este hombre? y sólo logra responderse, allí en la interna penumbra donde las respuestas cobran la imperiosa vaguedad del deseo: poco me importa quién es cuando bien sé qué significa para mí y cómo me estimula. Cuando estoy con él lo inconfesable en mí acata plenamente y a mis zonas de tinieblas les crecen alas y puedo sentirme angelical aunque se trate de todo lo contrario.

Por eso mismo, Coyote, que me llegue tu llamado al que sé responder de maravilla, el para mí llamado de la selva, Coyote. Discá de una buena vez los números que sepan abrir las puertas para ir a jugar. Jugar conmigo, bolastristes, a algún juego más íntimo y jugoso que a estas escondidas a las que se te da por jugar con demasiada frecuencia.

Piedra libre, Coyote, yo a las escondidas no juego, m'hijito, yo no espero sentada a que me llamés, yo me muevo, me sacudo, me retuerzo y bailo para invocar tu llamada, yo me calo esta peluca negra, hirsuta, y pongo el teléfono en el piso en medio de la pieza estirando bien el cable hasta su máxima posibilidad, cerciorándome al mismo tiempo de no haberlo desenchufado. Yo creo en los exorcismos, Coyote, pero no en los milagros y bien sé que si me vas a llamar será con teléfono enchufado y no a través del éter.

Para provocar la llamada lo mejor es bailar con ganas moviendo las caderas, despojando de rigideces la cintura. Olvidar con el baile el rigor mortis de la ausencia y de la espera, sacudir la peluca, sacudirse las ideas.

Y el teléfono impávido negándose a cantar su monótono rin rin para acompañar la danza de Amanda.

Darle entonces una ayudita más al teléfono encendiéndole en derredor cuatro velas verdes, una por cada punto cardinal en lo posible. Y Amanda invocando:

—De los cuatro costados del mundo, de donde estés, Coyote, llamáme. No te pierdas de mí, no me abandones. Volvé, flaco, la familia te perdona.

Sentada sobre el piso dibuja con tiza un círculo mágico alrededor del teléfono y dentro del círculo una estrella de cinco puntas. El pentáculo. Para que el pobre aparato negro sepa lo que se espera de él: que atraiga las fuerzas del Coyote, solitario seductor cruel en sus ausencias.

Con el pentáculo completado y mascullando unas fórmulas cabalísticas de fabricación privada Amanda intenta invocar la voz del susodicho que habrá de decirle por el cable, Estoy a la vuelta de la esquina, quiero verte enseguida. Como si tal cosa, como si dos días atrás no se hubiera arrancado de ella prometiendo llamarla al rato.

Es decir que de nuevo Amanda chupada por el vórtice de las promesas incumplidas, esas deslumbrantes alhajas que el Coyote traza en el aire y que poco después se diluyen como luces de Bengala.

Y para eso ella ha encendido las velas, maldito sea, para invocar más luces de Bengala, más fueguitos artificiales, maldito sea, y el pentáculo embadurnando el buen piso de baldosas en procura de algo que durará lo que duran estos mismos hechizos porque Amanda ya les está zapateando encima, apagando las velas, conteniendo apenas las ganas de darle una buena patada al teléfono para mandarlo bien lejos, donde se merece.

II

Una puede decirse maldito el momento en que este tipo se cruzó por mi vida o puede en cambio decirse ese momento también fue mío, como todos los otros, y no agregar nada de nada. Nada. De nada, no hay de qué. Porque motivos de agradecimiento bien que tiene el Coyote cuando por fin se apersona en casa de Amanda, como si nada, y Amanda lo recibe como si nada o mejor dicho como la respuesta a todos sus alaridos hormonales.

Un tiempo de aceptación de los cariños y después los reclamos más o menos verbalizados, y el Coyote entonces bajando la cortina de sus ojos sin siquiera mover los párpados, volviéndose impenetrable, hermético, con la mirada fuera de la órbita de Amanda.

Pero Amanda ya ha decidido perdonar, una vez más, gracias al simple milagro de un abrazo ha decidido perdonar y no provocarlo demasiado al coyotesco Coyote. Dejar que los acontecimientos sigan su curso natural aunque la naturaleza de ella a veces se encabrite y se rebele. Hay caballos sueltos dentro de la naturaleza de Amanda y no todos han sido domados. Pero en presencia del Coyote los potros suelen no manifestarse, los potros aparecerán después cuando él haya partido.

—¿Tomamos una copa? —ofrece la mansa Amanda.

—No, dejémosla para más tarde si no te importa, mamacita. Me estoy muriendo de hambre. Vayamos al chino de Las Heras y Callao, ando necesitando un buen chop suey.

Amanda y el Coyote avanzan por calles arboladas, de la mano. Amanda trata de indagar algo sobre el Coyote, quiere una reiteración de sus promesas, quiere aclaraciones —después de tantos meses de estar juntos— sobre su vida y obra, quiere saber más sobre la organización a la que él sólo alude de pasada y pretende —sobre todo— compartir sus inquietudes y lo que él denomina sus peligros. Y el Coyote como de costumbre responde con frases truncas, se distrae en el camino, cambia de tema, insinúa, entrega y quita sin dejarse ir por ningún resquicio de palabras. Trasmitiendo eso sí a través de sus dedos todos los mensajes que Amanda quiere recibir y recibe sin preocuparse si allá arriba, en las remotas regiones cerebrales, los mensajes que parecen tan sabios en la piel pierden toda consistencia.

En el restaurant chino, Coyote con palitos. Es decir que Amanda lo va tomando delicadamente entre brotes de bambú y hongos negros, trocitos de pollo, trocitos de palabras y envolvimientos de amor que ella sabe no se van a cumplir y sería tan maravilloso que se cumplieran.

Los palitos en la mano derecha de Amanda funcionan como hábiles pinzas, el Coyote no tiene paciencia para estas sofisticaciones orientales y usa el tenedor con cierta furia. Con gula. La gula de Amanda no radica por el momento en las papilas gustativas —el paladar de Amanda ansiando otros gustos— y mientras saborea la oscura viscosidad de un alga piensa que el Coyote es eso, su oscuro deseo. Es el que nunca está allí donde se lo busca, nunca en donde promete estar, y por lo tanto está en todas partes porque en todas partes ella lo busca y no logra encontrarlo.

Frente a la parada del colectivo que habría de llevarlos de regreso a casa de Amanda ambos parecen felices. Por el rato de la espera, apenas, porque cuando llega el 59 y Amanda está ya a punto de subir el Coyote se despide de ella. Chau, preciosa, mañana te llamo.

Y Amanda, quitando su pie del estribo, recupera la calzada y una furia naciente:

—¿Cómo, chau? ¿Estás loco, Coyote? ¿Qué es esto de despacharme sin previo aviso cuando todo hacía suponer que te venías conmigo?

—Usted sabe que no soy dueño de mi tiempo, mamacita, de otra forma me pasaría la vida con usted. Bien sabe que las circunstancias me reclaman.

—Sos un bicho siniestro y macaneador, Coyote. Pero andá no más donde te reclaman las circunstancias. Y no te aparezcás más por mi vida. Me tenés requeteharta con tus misterios.
—Si así lo querés. Pero no, Amanda.
—¿No qué?
—No son misterios. Son problemas políticos, ya te lo dije mil veces. Pero vuelvo con vos, tenés razón; ganaste.
—No. Basta ya. Ya basta de torturas. No quiero verte más.

Media vuelta march, Amanda. De espaldas al Coyote internarse en la noche y dejarlo atrás. De una vez por todas. Al llegar a la esquina gira a la derecha y deriva hacia la otra calle, impulsada por la furia que ya ha crecido hasta colmarla. Lograr por fin desconcertarlo al Coyote, sacarlo de su cómodo manejo. Ya no dueño él de la situación, dueña ella aunque más no sea para destruirla: si no se puede controlar más vale retirarse a tiempo. ¿Controlar? ¿Qué parámetro es éste? Decididamente no el que Amanda quisiera reconocer como propio. Por eso al llegar a la segunda esquina, la furia ya bastante aplacada por la caminata, gira nuevamente hacia la derecha con la esperanza de volver, al rodear la manzana, no sólo al espacio sino también al tiempo donde todavía no le había dado la espalda al Coyote dejándolo plantado.

En la tercera esquina se encuentran, cara a cara, y quedan largo rato mirándose, la furia borrándosele a Amanda, dejando tan sólo lugar para el estremecimiento.

Él la toma suavemente por los hombros, la aprieta contra sí y la retiene, sin palabras. Cuando por fin la suelta es para meterse de golpe en la florería de la esquina. Sale casi de inmediato con una rosa roja para Amanda.

Una rosa de tallo larguísimo que Amanda recibe dándole al Coyote un casto beso de agradecimiento en la mejilla. También de despedida. Porque se mete en un taxi sin invitarlo a subir. Él tampoco hace intento alguno y Amanda baja la ventanilla y le grita Adiós (para siempre).

Durante el viaje Amanda se pregunta cómo puede ser que la rosa que permaneció más de tres segundos en manos del coyotesco vampiro aún no se haya marchitado.

III

Borrón y cuenta nueva. Amanda ha desconectado el teléfono y se siente liviana porque hoy no habrá más llamadas del Coyote ni de nadie, para bien o para mal. Tampoco más esperas cargadas de ansiedad con el maldito aparato al alcance de la mano. La mano libre para actividades más gratificantes si bien más solitarias. Escribir, por ejemplo, contestar todas las cartas e irse reintegrando al mundo. O la otra: lavarse del Coyote, lavarse de ella misma.

Empieza por preparar un baño a temperatura ideal con abundantísima espuma perfumada. Una forma de consuelo para su pobre cuerpo al que ha decidido arrancarle lo mejor que su pobre cuerpo poseía: el cuerpo del Coyote.

Pero antes del baño, tantas actividades previas, propiciatorias. Digamos la máscara. Las máscaras son imprescindibles para entrar en escena o para salir de escena y meter la patita en otra vida donde no hay coyotes, coyones, vampiros de sus más secretos líquidos.

De no estar segura de que ese adiós (para siempre) formulado desde el taxi iba en serio en lo que a ella respecta, Amanda no necesitaría la máscara. Ese rostro blanco para nada. Rostro ajeno, encalado, tan pero tan radiantemente blanco que los ojos son dos carbones a punto ya de consumirla y el pelo es una llamarada viva. Soy un fuego que se quema a sí mismo, dice el rostro blanco frente al demencial espejo casi sin mover la boca para no cuartear la máscara, para no entorpecer las actividades nutritivas de la crema ni crearse arrugas. Esas máscaras prácticas, aseñoradas. Quisiera arrancársela y junto con la máscara arrancarse la cara, quedar sin cara, descarada, descastada, desquiciada ¿dúctil?

Dúctil no. Sólida en sí misma para evitar que el juego se repita y aparezca otro que intente modelarla.

Transcurrido ya el tiempo necesario se lava con agua tibia y contempla cómo la cal de su fachada surca el lavatorio. Ahí va lo blanco de mi expresión y me vuelven los colores, los dolores... Y no queda del todo satisfecha, quisiera algo más drástico para arrancarse el dolor de las facciones. Arrancarse la soledad de la cara, quedarse apenas, acompañada por lo más profundo de ella misma.

Para intentarlo decide recurrir a otra máscara de belleza —las únicas que tiene—. Máscara transparente, esta vez, que al secarse se va convirtiendo en una finísima película plástica bajo la cual sus rasgos aparecen seráficamente distendidos. Y así se deja estar durante los veinte minutos que estipulan las indicaciones, sintiendo que el estiramiento se le extiende a los confines del alma. Es una dulce beatitud hasta que llega el momento de arrancar. El gran momento. Con violentos tirones empieza a desgarrarse esa cara no suya, a pelar la tersa, diáfana, iridiscente, grotesca paz incorporada que se va desprendiendo en largos girones de simulada piel, con un chasquido muy leve.

La propia piel no puede ser arrancada por más que lo intente y allí le queda configurando un rictus de disgusto alrededor de la boca. Borrar entonces el rictus, diluirlo con agua y jabón, restregarlo con el guante de crin, raspar con furia para intentar lijarse esas capas de piel que la separan de las cosas.

Y hela aquí con el pellejo dolorido y ardiente. Estos ritos caseros habría que emprenderlos con menos fanatismo y más ternura. No tan al pie de la letra esto de querer borrarse la cara: a dibujársela se ha dicho, a recrearla inventándose una cara nueva, dichosa.

Con crema nutritiva de intenso color naranja empieza a embadurnarse los párpados y la zona alrededor de los ojos. Se pone crema blanca sobre la frente y el mentón y la va diluyendo hacia los pómulos y después, con extremo cuidado, toma lápices de labios para empezar a trazar las pinturas rituales: dos anchas líneas fucsias que acaban en puntitos surcándole la frente blanca, tres finas rayas rojas sobre cada pómulo. Con el delineador verde esmeralda dibuja un círculo perfecto sobre el mentón blanco y se enmarca los ojos.

A todo esto el agua del baño se ha enfriado. La renueva y le agrega más sales.

Pero no es cuestión de meterse tan rápido en la bañera y arruinar el tatuaje. Y menos con las piernas peludas ¿cómo contaminar el agua con los pelos? Protégenos, oh Aura, de los pelos de las piernas que en las noches sin luna se convierten en moscas para envenenar el sexo. Bueno, sin exagerar: protégenos, Señor, de los pelos de las piernas que en momentos de verdadera dicha entorpecen la mano que nos acaricia. ¿Señor? ¿Qué Señor? ¿Yo señor? No señor. ¿Pues entonces quién lo tiene?

Al Gran Bonete se le ha perdido un pajarito.

A la Gran Boneta aquí presente se le ha perdido un pajarito que mucho le encantaba, y todo por su propia culpa y su ahuyentamiento. A causa de sospechas nunca formuladas pero cada vez más palpables y asfixiantes. En cuyo caso el rechazo formaría parte de la valentía y no de esa repugnante sensación: la de haber rechazado por no ser rechazada, un gesto de cobarde. Maquinaciones estas mientras se extirpa con furia los pelos de las piernas. Con furia y con pinzas, conjunción contradictoria, hasta que decide recurrir a la cera caliente y arrancar de verdad. Como un rato atrás la cara, pero ahora sí arrancando, extendiendo la cera y pegando el tirón en medio de los humos, quemándose, arrastrando leves velos de piel en cada tirón, revolviendo el caldero. Cera negra. Llamas.

El baño se ha vuelto a enfriar al final de esta nueva etapa. Sin desanimarse, Amanda cambia por segunda vez el agua y le agrega sales de pino. Sales y más sales hasta que toda la casa se va llenando de aroma a pino, como un bosque. Entonces se mete en la bañera y se va a pasear por ese bosque que es el de los veranos de su infancia. Pinos murmuradores de agua con el viento, y a los pies el crujir de las agujas, mullidos colchones algo hirsutos, muy a tono con Amanda. Había sapitos negros de panza colorada y amarilla en los pinares. Sapitos blandos como trapos que dejaban un charquito en la mano del que lograba agarrarlos: unas gotas de pis, defensa inútil. Toda defensa es inútil pero quizá no tanto, intuye Amanda. Y para comprobarlo del pis de los sapitos pasa al propio, manando con toda calidez de su cuerpo a la menos cálida tibieza del agua de la bañera y ella suntuosamente sumergida en ese mar contaminado por sus propias aguas, rodeada de sí misma. Extática. Su privado calor interno ahora rodeándola en el bosque de pinos con rayos de sol que se filtran entre las ramas y le confieren una especie de halo. Un aura dorada entre la espuma blanca.

IV

Nuevos bríos con el nuevo día. Decirle buendía, día, como para congraciarse con él y tenerlo de su lado. Muchas sensaciones se han ido aclarando durante la más bien insomne noche, muchos sentimientos han recuperado su verdadera intensidad no del todo diáfana. Y la rosa olvidada sobre una mesa ya marchita por fin, entregada a su muerte. Entonces Amanda, lista para recuperarse a sí misma, se prepara una taza de té con gusto a sol, dorada, se viste con sencillez y asoma las narices a la calle.

Rosa roja en mano, reseca y pinchuda, la rosa, Amanda se echa a caminar y caminar conociendo su meta. A las tres cuadras descubre: toda de blanco vestida, como en el soneto del Dante, pero no tanto la suspirada Beatriz, no, más bien con pinta de enfermera.

—Ma sí. Si lo que quiero es curarme.

Curarme, ojo, no emponzoñarme, no pincharme con espina de rosa como establece la romántica tradición decimonónica, no sucumbir a la trampa literaria más de lo necesario, más de lo que una ya sucumbe por el hecho por demás literario de estar viva.

Amanda camina a marcha forzada atravesando calles, plazas, parques, descampados, cuidando de conservar un aire lo menos sospechoso posible. Avanza con la sensación de estar cometiendo un acto subversivo simplemente por querer ir hasta el río a tirar esa rosa muerta para alejar de sí la mala suerte, como si se tratara de un espejo roto. O de una pieza comprometedora. Amanda siente que esa rosa cargada por el Coyote es como un arma que le hace correr mil riesgos. Irónico sería el fin suyo: en la cárcel por portación de rosa. Pero en definitiva sabe que no se trata de un arma, ni de un espejo roto, ni siquiera de una rosa: sólo un punto final.

Seguir por eso adelante sin dejarse perturbar por policías y demás uniformados que cruza en el camino, seguir para alcanzar la meta, la avenida Costanera. Y de golpe desplegándose frente a sus ojos a pérdida de vista ese inquietante, infinito poncho de vicuña que es el río, ondulado por soplos secretos.

Amanda se acerca al parapeto y lo va recorriendo hasta dar con un muelle en semicírculo que la lleva justo sobre la lamida de las mansas olitas, un plaf plaf de saludo. A esas dulces ondas que apenas salpican les arroja la rosa. Roja. Para las aguas pardas.

Sic transit, murmura Amanda no haciendo alusión a la pinchuda que se va bogando sino a la gloria de quien se la entregó dos noches atrás como una ofrenda (una ofensa). La gloria del Coyote, por lo tanto, queda en lo que a Amanda respecta y en virtud de esta humilde ceremonia ahogada para siempre en las aguas opacas del olvido. Abur.

Para convencerse de su rechazo Amanda se larga a vagar por Palermo y la eucalíptica dulzura le va peinando el alma. Reconstruyéndola, devolviéndole aquello que había ido perdiendo en la huella del Coyote.

Mucho más liviana de lastre, casi renovada, emprende a mediodía el camino de regreso no sin antes decidirse a cerrar el ciclo coyoteano con un acto vegetal: elige cuidadosamente una plantita silvestre de bellas hojas granate y la arranca de raíz. ¡Eso sí que es actuar por propia iniciativa! Porque el jardín de su terraza es obra del Coyote. Él lo fue armando con paciencia, trasplantando los yuyos más decorativos, robando una que otra planta, juntando gajos y rescatando macetas abandonadas hasta dejarle a Amanda una tupida fronda. La selva.

Por eso esta nueva plantita de hojas enruladas es la prueba de que Amanda no necesita más del Coyote para cultivar su jardín externo. ¿Y el interior? Bien podría tratarse del mismo jardín, el afuera y el adentro amalgamándose.

De vuelta en su terraza, entre las plantas, mientras las riega con la manguera comprada e instalada por el propio Coyote —el anulado— Amanda empieza a sentirse libre, por fin libre, y va esbozando un baile de apasionada coreografía que crece y crece hasta hacerse violento, incontenible. Baila Amanda con la manguera, la florea, se riega de la cabeza a los pies, se riega largo rato y baila bajo esa lluvia purificadora y vital.

Libre, libre, canta aún en el baño mientras se quita las ropas empapadas, las sandalias empapadas. Libre, sin siquiera secarse, poniéndose a hacer gimnasia desnuda frente al espejo de cuerpo entero. Libre, mientras flexiona las rodillas, libre, libre, cantando.

Y el espejo paso a paso le devuelve las formas y le confirma el canto.

La palabra asesino

Ella merodea por la vida en busca de una respuesta. Las respuestas no existen. Ella sólo logra preguntas pésimamente formuladas que al final la dejan en carne viva. Ella comprende que para saber hay que dejarse herir, hay que aceptar lo que venga en materia de información, no negar la evidencia, conocer y conocer y meterse en profundidades de las que quizá no se vuelva. Allí donde no caben las vacilaciones.

Cabe el deseo.

El deseo cabe en todas partes y se manifiesta de las maneras más insospechadas, cuando se manifiesta, y cuando no se manifiesta —las más de las veces— es una pulsión interna, un latido de ansiedad incontenible.

Él no oculta nada, más bien revela en exceso. De entrada no más le dijo:

—Tengo 28 años y he vivido 6. El resto del tiempo lo pasé en instituciones. Ahora espero recuperar los años de verdadera vida que la vida me debe.

Otras cosas también le dijo en ese primer encuentro, después de haberse mirado demasiado intensamente si nos atenemos a las normas sociales en vigencia. Ojo a ojo, un mirar hacia dentro que ambos tuvieron el coraje de sostener sin agachadas. Pero sin desafíos. Un reconocimiento mutuo.

Después la aclaración: instituciones, es decir hospitales, reformatorios, cárceles, el ejército; esas barreras. Y ella no sintió la necesidad de preguntarle por qué le estaba contando precisamente eso precisamente a ella durante una amable fiesta, lejos de toda barrera.

Ella tomó la información como una entrega de pedacitos de él y bastante más adelante, después de reiteradas dudas y retiros, lo tomó a él de cuerpo entero y supo de sus líneas perfectas y de su piel. Esa piel.

Él, oscuro. De oscuro pasado y piel oscura. Ella apenas opaca. Él, en comparación, oscuro y transparente. Ella, siempre dispuesta a ver a través, con él negándose a ir más allá de esa piel impecable y tersa, infinitamente acariciable.

Por eso acepta el encuentro y enseguida se aleja. Moción que parece pertenecer al dominio masculino: fascinarse por un cuerpo y salir corriendo antes de que la fascinación ejerza sus presiones. Todas de ella, estas sensaciones, femeninas por lo tanto y por eso ella, quizá para que la fascinación no se la trague, emprende un viaje en pos de otros horizontes.

Otros horizontes, no de otra horizontal ni otros abismos.

Pero nadie huye de verdad. Ella por lo tanto se lleva la piel de él en el tacto, la piel de él puesta, cubriéndole la propia como un Xipe Totec cualquiera. Y casi todo lo va coloreando con el color de él y lo que no, lo olvida. Para entenderlo mejor, o al menos así lo cree durante el viaje. Por su vieja arrogancia.

Tantas más arrogancias surgirán después, a su regreso, tantos hilos que parecen ir atándose hasta simular la trama. Como si configuraran un entendimiento.

Animal de la noche, él se estira a lo largo de su cuerpo y ella sabe que es lo más bello que ha tenido al alcance de la mano. Acaricia la tersura, la sedosa piel de boa constrictor en lo más lujurioso y profundo de la selva. Su selva. Le han devuelto por fin lo que ha tocado, el tacto recupera aquello que fue suyo. Siempre se vuelve y en la yema de los dedos queda la felicidad del reencuentro, un recuerdo para siempre que ella recuperará a lo largo de años, cada vez que acaricie algo tan antiguo y sabio como una porcelana S'ung o las tapas de un volumen encuadernado en cuero de Rusia.

He aquí las ensoñaciones literarias de ella. Las otras literaturas se apartan de las ensoñaciones y se limitan a dibujarlo, escuchándolo. Él habla y se narra. Su madre nunca lo quiso y es tan bello. A partir de los ocho años vivió en la calle, peleó para vivir, robó para comer, se nutrió de drogas. La historia de tantos desesperados. La droga se nutrió de él hasta las últimas mordeduras feroces que le pegó durante la cura. Un corte drástico a la droga, la cura *cold turkey*. Tengo 28 años y he vivido seis. Y ella cada vez más íntimamente va sabiendo que la vida que él merece, los años que ha perdido, ella se los brindará gota a gota a través de su cuerpo. Como un acto de amor religioso, ella manará vida para él. Renunciaría a tantas cosas para restituirle los años que ha perdido. Por suerte no al placer, el placer lo alimenta. El placer que él le brinda a ella lo alimenta y ella reconoce este intercambio de sustancias etéreas como algo maravillosamente animal, sin tiempo y sin espacio. Sin la noción de muerte. Hasta esta noche.

Esta noche, cuando con toda sinceridad ella admite no saber qué la va a matar antes, si las ensoñaciones literarias o la calentura. Una mezcla de ambas, piensa. Pero no le cabe duda de que la cosa va a acabar mal y quizá sea eso lo que anda buscando. Empujar al hombre a que la mate. No tanto. Pero empujarlo, sí, provocarlo a fondo hasta que ocurra algo. A este hombre, en todo caso. No a cualquier hombre. Y un rato antes se estaba preguntando cómo digerir la información cuando él terminaba de decirle con su mejor acento del Bronx:

—He matado hombres como para el resto de mi vida, ya está—. Y ella esperanzada le preguntaba ¿en Vietnam? y él asentía pero agregaba, también aquí.

Están como de costumbre tirados cada uno en una punta del sofá, las piernas entrelazadas, y muy pronto van a ir a la cama y a la mañana siguiente él preparará el desayuno y todo volverá a ser tan casero como siempre. Si ella se anima. Habrá además otras recompensas, si ella se anima, claro. Sobre todo esas otras recompensas, las que mediarán entre el momento de entrar al dormitorio y el momento de salir, horas después, renovados ambos.

Más vale antes seguir indagando un poco. Meterse de cuerpo entero en estas arenas movedizas. Ella quisiera saber por qué él mató a los de acá.

—Querían matarme a mí, no me quedó otra alternativa.

Motivos tendrían para querer matarlo ¿no? Y él descarta esa posibilidad con la mano, como quien espanta una mosca:

—No les gustó mi cara.

Ella lo piensa y se lo dice: su cara a ella le encanta, por ejemplo, a pesar de lo cual algún día quizá quiera matarlo. Por motivos mucho más consistentes que esa cara de la que habían estado hablando horas atrás.

Ella le había hecho algún comentario sobre sus rasgos, después de haber estudiado en silencio por centésima vez su afilada mandíbula de gato, los pómulos muy altos, la nariz sorprendentemente recta, los labios generosos, los larguísimos ojos almendrados y tiernos. A veces.

Abuela cherokee, explica él, madre latina, padre como él de cobre oscuro. La inocua conversación racial de tantas veces porque ella se deslumbra y lo estimula.

Aprende así, en definitiva, que no fue la cara de él lo que no les gustó a los futuros cadáveres. Lo que no les gustó —con justa razón— fue la fea escopeta de caño recortado con la cual él estaba amenazándolos. Esto es un asalto, y acabó en matanza. Por partida doble. Él tenía entonces 17 años, dejó de ser joven de golpe, si es que aún lo era.

Este *cool* neoyorquino, de dónde le habrá crecido a ella. Qué contagiosas son las ciudades, se comenta, heme aquí ahora asumiendo esta información como si tal cosa, con aire indiferente, tragándome mi horror, mi espanto.

Sin emitir juicio alguno, ella como si nada, sin que se le mueva un pelo, sin demostrar su desconcierto o esas corrientes cruzadas que empiezan a surcarla. Avanzando con pie de plomo para no anegarse del todo, comenta que buen motivo tenían entonces los dos hombres para querer matarlo a él. Se defendían, al fin y al cabo.

—Nada de eso. Fui yo el que me defendí. Los maté en defensa propia. Nosotros no pensábamos hacerles nada, con mi amigo. Sólo queríamos llevarnos la plata. Y la droga.

Casi nada, piensa ella. Y se identifica con esos pobres tipos (farmacéuticos, quizá, por lo de la droga) que en medio de la noche oyen ruidos en su negocio y al bajar se encuentran con esos ojos negrísimos que los clavan en la muerte.

—¿No te dieron pena?

—¿Pena? Qué me van a dar pena. Eran traficantes, gente de la pesada, matar era su oficio. Nosotros sólo queríamos asaltarlos. Una buena idea —insiste—. Esa de asaltar a traficantes, quiero decir, y obtener la droga además de la guita. Estudiábamos bien sus idas y venidas, durante meses observábamos, calladitos, analizábamos la situación hasta estar seguros de poder dar un golpe limpio. Nos había salido bien antes. Mala suerte para esos dos, aparecer en el momento justo y querer liquidarnos. Les ganamos de mano. Era cuestión de vida o muerte, ya lo sabíamos cuando nos metimos en ese negocio, y tal como están las cosas, mejor la muerte de los otros ¿no? Acordáte que me escapé de mi casa a los ocho años. Eso quiere decir que viví en la calle un montón de tiempo, que vi morir gente como moscas, que vi matar a mis mejores amigos, en Vietnam, en la cárcel, en la calle, en todas partes. La gente siempre se está muriendo ¿qué me podían importar a mí esos dos tipos? Yo no conozco la piedad, y menos por dos traficantes, gente de lo peor. Carroña.

Mi amante el justiciero, se dice ella. Mi amante. Tan absoluta, inconcebiblemente bello, con esas líneas de la más perfecta tersura, esa impecabilidad del cuerpo. Es un leopardo, una pantera negra, el más armonioso de los felinos, el más tierno, también, a qué negarlo, y mientras lo observa ve de reojo la puerta que conduce a su dormitorio y se pregunta cómo y por qué llegar hasta la cama con el asesino, a sangre fría el asesino. Y el asombro al percibir que la palabra ha sido por fin reconocida en ella, que ha enunciado interiormente la palabra asesino.

A pesar de lo cual ella sigue escuchándolo, mirándolo a los ojos porque le resulta imposible sustraerse, espiando de vez en cuando esa punta de lengua que asoma al hablar, tan rosada, ofreciéndose por encima de un labio inferior que es pura maravilla. El otro labio oculto bajo el bigote. El dibujo de la barba, la mosca perfecta dejando en la barbilla unos claros simétricos, besable. Y el otro recuerdo rosado que orla su oscurísima vaina, el repliegue rosado de la piel en esa flor enhiesta, viva. La pura perfección de líneas que constituyen a este hombre de rectas sin concesiones, de no huesos, de larguísimos músculos sedosos, la suavidad de sus contornos, la dulzura. La recta, impecable dulzura de su nuca.

No sólo sos bello por fuera, sos bello por dentro, le escribió ella mientras estaba de viaje, y a pesar de reconocer la cursilería de la frase decidió que así lo pensaba y no pudo menos que escribirlo. Admitir por carta su admiración por un hombre que había luchado por salirse de las trampas del ghetto y la droga. ¿Y los asesinatos? No sabía de los asesinatos en ese entonces. ¿Cambia ahora la belleza cuando la belleza ha andado por ahí destruyendo la perfección de líneas de los otros? La muerte es también eso: las infames posiciones sin gracia, los despatarramientos.

Ella vuelve mentalmente a su viaje mientras lo observa. No para recordar los intercambios epistolares, las amables cartas adornadas con dibujitos tiernos, casi infantiles, que él le mandaba. No. Lo que revive ahora es el encuentro con la psiquiatra que le habló de los niños somocistas entrenados en la violación y la tortura. Niños torturadores de 12, 13 años, ahora detenidos en reformatorios y negándose a hablar (él al menos habla, narra su pasado escalofriante ¿cuánto estará ocultando? ¿cuánto disfrazando u olvidando? ¿qué será lo que no puede decir?). Los niños somocistas han sido adiestrados militarmente para el horror y también para aprender a callar, a no dejar transparentar las emociones. Pero allí están los dibujos del test, que los traicionan. Se les pidió simplemente una figura humana y los niños tortura-dores sólo supieron dibujar cuerpos distorsionados, desmem-brados, cabezas con capuchas, mujeres como violadas con las piernas rotas.

Y él ¿en qué medida un deleite similar por la crueldad circulando por sus venas ahora suaves, antes estragadas por la heroína?

Y ella allí, frente a él, tratando de asimilar la idea, ella abriéndose por todos los poros con ese olor marítimo del sexo, abriéndose también por las regiones menos evidentes. Aceptán-dolo, que es lo más angustioso.

Miedo parece no tener. Lo que siente principalmente es un profundo disgusto por el desorden, o mejor dicho frente al orden subvertido por la muerte. La muerte provocada.

Pero le ha llegado a ella el momento de atender sus propias recomendaciones y no imitar al pato. Nada de meterse en el agua tratando de no mojarse, no, de que el agua se deslice por las plumas cerosas. Tampoco por eso chamuscarse las plumas, como ya ha sido prevenida. ¿Y si de eso se tratara, si fuera eso lo que ella busca: acercarse del todo al fuego, incorporarse a él? Agua o fuego, dos tentadoras posibilidades del desastre.

Es evidente que él también algo le está reclamando a ella. Aunque él no se plantee estas preguntas, sólo lance frases que mueven los resortes que ponen en marcha las poleas que hacen funcionar los engranajes que se van interconectando hasta darle la vida a todo un mecanismo de cuestionamientos. Movilización general, profunda, gracias a la cual él intenta reconocerse en ella y para lograrlo va tirando piedritas al estanque y de golpe una roca que la sacude aunque ella crea mantenerse impávida.

De las piedras que él ha ido echando para sondearse en ella, esta misma noche, ella retiene algunas: la necesidad que él siente de encontrarse a sí mismo, sus dudas ontológicas, los ensueños del género la lechera y el cántaro que en este caso particular se traducen en un camión para atravesar el país de costa a costa, con una cabina de espejos en la cual encerrarse y tratar de encontrarse. Ella le advierte: No te busqués en los espejos, buscáte por dentro. Cuidado con la imagen especular. Es falsa. Es invertida, es distante. Te desdobla y arrastra. Y él sin escuchar las advertencias, usándola a ella de espejo, tirándole a la cara la peor de sus caras en procura de autocomprensión.

Ella alcanza a entender esta necesidad de reconocimiento y es la excusa que se da para seguirlo al dormitorio, con piernas inseguras. No por eso deja de recordar a los niños torturadores, los niños violadores. Aún en la cama, abrazados, mirándose a los ojos, ella piensa en esos niños. ¿Habrá sido él como esos niños? Mucho suelen mirarse a los ojos en la cama y es a través de ese mirar que ella intenta interrogarlo a él. Para asustarse mejor, no para entenderlo. Ella quiere saber y por fin se lo pregunta ¿qué haría él si se cruzase con ella en un callejón oscuro? Él contesta, nada, si no la reconoce, y si la reconoce puede que la tome de golpe entre sus brazos. ¿Y después? Después le haría el amor con muchísima dulzura, y ella comprende que así es él y no comprende por qué está tratando de investirlo con sus propios fantasmas. Ella se interroga si estará en realidad buscando que él la mate, y piensa: Estoy perdiendo el sentido del humor, lo último que debería perderse.

Él no le permite el humor, la clava en lo dramático —¿cómo puede aceptarlo? Y la respuesta: así, sumiéndose en su abrazo, besándolo, así, que es lo más cerca que estará jamás del asesinato. El asesinato: esa vieja boca abierta, esa tentación.

Semen de asesino. Y él acaba y acaba en espasmos lujosísimos, eternos. Sólo él puede transmitirle a ella la idea de lujo, es ésta una noción que ella ha adquirido sólo al estar con él, viéndolo desnudo, estirado a su lado, animal de la noche. Nada que ver con los lujos en descomposición de los salones. Él es un lujo natural, verdadero como las playas de Tlacoyunque. Por eso desde que regresó de las playas para reencontrarlo ella ha estado expresando su agradecimiento. Gracias, Iemanyá, madre de las aguas, gracias por darme este lujo, esta seda oscura, estas tinieblas cálidas.

Después del amor, con sólo enderezar los brazos, él va suavemente despegándose de ella y apoyándose sobre las manos muy lentamente empieza a recorrerle el cuerpo con un soplo finito, un hilo de aire como el sonido de una flauta muy dulce que la va refrescando y reintegrando a sí misma.

Otra vez los besos, el detenido tiempo de caricias, la blanca playa de Tlacoyunque, la espuma del mar contra las pulidas rocas y la paz de esa arena incontaminada, intacta. ¿Dónde está su rigor? Se disuelve en la arena de este amor tan tierno, estalla contra las rocas. Y ella se olvida del mar y de las rocas, allá, al pie del acantilado, sola en un paisaje sin tiempo y a lo lejos el resplandor verde de los cocoteros hasta donde alcanza la vista. Se olvida del muy prehistórico pelícano que la observa desde lo alto del peñón más erosionado y se pone a buscar caracoles en la playa, diminutas conchitas perfectas que le restituyen lo accesible, lo asible.

La palabra asesino no ha sido pronunciada en voz alta.

Late en ella la palabra asesino pero de su boca no se ha escapado, o quizá su boca no encuentra el coraje suficiente para modularla.

¿Qué hacer con esa información demasiado candente, indigerible?

Ella se siente fuera de su propia piel, desubicada.

A ella que ama tanto la vida, hasta en sus expresiones más mínimas, que no puede matar arañas o cucarachas, que abandonó en la playa el caracol más bello porque era la casa de un cangrejo ermitaño, adorable bichito de ojos voraces ¿le tiene que tocar ahora esto? Había dicho Madre de las aguas, te devuelvo tu caracol, tu cangrejito, te pertenecen, y Iemanyá en retribución le manda el asesino. El más bello, el más perfecto de todos. Físicamente hablando, porque no se sabe si tratándose de asesinatos él no se vuelve desprolijo, torpe.

Al asesino ella lo quiere y lo que es peor quizá también por asesino lo quiere, ahora. Ella que ama la vida, se repite ¿cómo pudo caer en una fascinación tan poco transparente? Ha alcanzado el punto límite de la contradicción, el borde de la locura. A partir de esta noche ¿quién podrá restituirle esta intensidad provocada no tanto por el amor como por la inminencia del desastre? A la luz de esta sombra, cómo empalidecen de golpe las demás relaciones, qué poco abismo cobran, qué intensidades tan caseras, tan poco amenazantes. ¿Qué más le queda a ella? Ella misma salir a matar, salir a subvertir el orden porque sí, porque no hay orden, porque otras a los 17 años han matado, porque seguirán matando y serán muertos.

Este hombre me va a golpear. Ella más de una vez pensó: algún día puede que este hombre venga y me golpee. No por agresivo. No por toda su carga pasada estallando una vez más en puñetazos. No. La va a matar simplemente porque ella lo enfrenta. Y a

veces lo enfrenta con él mismo y eso se le hace
intolerable
o todo lo contrario
él busca en ella su propia destrucción. La hace depositaria de su
horror para que ella lo castigue
o no
busca que ella lo escriba,
que haga algo más que aceptarlo: lo comprenda. Y él vendrá una vez
más a depositarle un beso en la palma de la mano, como una ofrenda
mágica porque
      es el más tierno de todos los asesinos.

    Y ella por fin desgarrándose las tripas para dejarlo estampado en el papel, sacándoselo *cold turkey*, con reconocimiento pleno de cada una de las etapas del *cold turkey*.

    No darle la espalda a la asesina en ella, que lo ama.

    ¿A cuántos habrá matado, él? Y ella ¿qué predisposición tendrá para dar muerte? En parte logró matarlo a él, se lo sacó de encima casi sin darse cuenta, jugó las piezas de tal modo que él no pudo menos que sentirse expulsado, en su piel tan sensible.

    Nada de desgarrones. Nada de zarpazos, apenas una enmarañada serie involuntaria de pasos hacia el gran rechazo. A la mañana siguiente de la confesión, cuando ella ya parecía reconciliada con la idea de las muertes ejecutada por él, logró sin embargo provocar una cadena de situaciones distanciantes y él acabó por estallar y la acusó de no tomarlo en serio y no atender sus broncas.

    Lo atendió demasiado. Hasta el punto de enfurecerse a su vez y echarlo de la casa sin más explicaciones. Por motivos muy domésticos, para nada relacionados con las confesiones de la víspera. Al menos no con la palabra asesino, la nunca formulada. Lo echó como quien lo saca a latigazos, recordando más tarde las veces que hubiera querido sacar a latigazos a alguien de su vida. Domadora de fieras.

    No con él. A él no lo saca más, él está adherido a la vida de ella gracias a su fastuosa condición indómita.

    Él adherido para siempre a la vida de ella.

    En la noche de marras, de amarras, ella le descubrió al llegar a la cama esas estrías profundas en la espalda radiante. Las relegó al olvido al poco rato, cuando comprendió que no eran las marcas de un látigo en rituales sádicos como había temido sino simples impresiones de arrugas de la funda del sofá. El íntimo terror y desagrado ante esas marcas que al principio parecían inconfesables, el posterior alivio, ahora la recuperación de esa sospecha para preguntarse por qué él despertaba siempre en ella las asociaciones más inquietantes.

Esas marcas quizá hubiera querido hacerlas ella en la espalda de ese hombre que más que un hombre era la personificación de su deseo.

Nadie quiere golpear ni ser golpeado pero en el fondo lo que todos queremos es dejarnos triturar para saber, encontrarnos a nosotros mismos en el último trocito que nos queda. Él quería buscarse, buscarse en ella, ella en él, y ya no. Nadie se encuentra.

Él con su confesión, que fue apenas un dato suplementario agregado a todos los datos de su vida que había brindado antes, le abrió las puertas para que ella lo penetrara con nuevas indagaciones. Él había matado a dos traficantes de drogas, dos tipos de la pesada, y ella en lugar de tratar de entenderlo empezó a temer por su vida no sólo a manos de él sino también de aquellos que podrían estar buscándolo para vengarse, aún hoy. ¿Cómo no te echaste a toda la mafia de la droga encima, con tamaña *performance*? ¿No te estarán buscando?

Cualquier noche de éstas trepan por las escaleras de incendio, se meten por la ventana y nos matan a los dos. O tiran la puerta abajo. Ya no me buscan para nada, le explicó él algo aburrido del tema. Eso fue hace más de diez años, imagináte, por eso me fui a Corea, y me quedé dos años allá, y me casé con Kim, y volvimos juntos, y después me fui a Vietnam, y nunca pasó nada, aquí me tenés, ileso, yo sé cuidarme.

Cuidarse y cuidarla. Ella le cree y sin embargo le atribuye peligros de toda índole. Es decir le atribuía, porque él ahora se ha ido y aunque seguramente volverá —ya les ha ocurrido anteriormente, estas peleas para siempre y después el reencuentro— ella ahora no piensa en el futuro, anida en el pasado, vuelve al momento de enfrentarse con él a gritos, desde lejos, sin que ninguno de los dos acepte la tentación de una lucha cuerpo a cuerpo. Golpearse, descargarse. Peleas como las que él le había narrado, las que él solía tener con su diminuta mujercita coreana, la ex prostituta que al cabo de un tiempo de solaz conyugal había vuelto a las andadas. En represalia él la ató, entonces, y se fue de la casa.

Es ahora con ella con quien él podría intentar una vez más —podría haber intentado— las ligaduras aprendidas en Vietnam:

atar la soga a las piernas, darle tres vueltas alrededor de las muñecas juntadas a la espalda, amarrar las piernas al cuello, lo más cerca posible. Si la víctima tirada sobre el piso no tolera más la posición y quiere enderezar las piernas, se estrangula a sí misma. Así de simple es la cosa.

un tipo adiestrado militarmente en estos menesteres
los niños torturadores
y ella todavía atesorando los estremecimientos provocados por él, los estremecimientos de placer aquí sobre la cama. Tirada sobre la cama. Al mismo tiempo tratando de atar cabos —las piernas amarradas al cuello, lo más cerca posible, cualquier movimiento provoca destrucción—. ¿Cuál será el movimiento que libera?

Tirada sobre la cama queriendo retorcerse, sintiendo que algo en ella se arquea hacia atrás como en las lejanas rabietas infantiles, algo en ella quiere ceder a la desesperación y también al abandono con los talones lo más cerca posible de la nuca. Puta, qué desgarramiento, quisiera gritar, qué desgarramiento necesario, qué euforia, reconoce en nuevos gritos sordos mientras, cara al techo, siente que estalla en mil pedazos.

Sabe que está viviendo una experiencia de intensidad tal que no puede ser descrita. Puede decir experiencia, puede decir intensidad pero esas palabras a la vez la traicionan, se marchitan. Abandonada está hasta por su propio reino, el del lenguaje.

Todo fluye simultáneamente en ella y no hay palabras que traduzcan el vórtice del torbellino. Siente que ha atravesado el espejo, que está del otro lado, del lado del deseo donde no se hace pie. Todo gira y sólo trozos de diálogos con él logran estructurarse, nada demasiado concreto, nada para ser emitido por una voz incapaz de salir de su garganta. A un paso de la cama se halla la ventana abierta y la posibilidad de largarse a volar por encima de las escaleras de incendio y de los árboles. La intolerable tentación del salto y de golpe
ASESINO
grita. Y la voz consigue por fin escapar con fuerza de su ser y podría tratarse de una acusación o de un llamado pero se trata en realidad de un parto.

Cuarta versión

I

Hay cantidad de páginas escritas, una historia que nunca puede ser narrada por demasiado real, asfixiante. Agobiadora. Leo y releo estas páginas sueltas y a veces el azar reconstruye el orden. Me topo con múltiples principios. Los estudio, descarto y recupero y trato de ubicarlos en el sitio adecuado en un furioso intento de rearmar el rompecabezas. De estampar en alguna parte la memoria congelada de los hechos para que esta cadena de acontecimientos no se olvide ni repita. Quiero a toda costa reconstruir la historia ¿de quién, de quiénes? De seres que ya no son más ellos mismos, que han pasado a otras instancias de sus vidas.

Momentos de realidad que de alguna forma yo también he vivido y por eso mismo también a mí me asfixian, ahogada como me encuentro ahora en este mar de papeles y de falsas identificaciones. Hermanada sobre todo con el tío Ramón, que no existe.

Uno de los tantos principios —¿en falso?— dice así:

Señoras y señores, he aquí una historia que no llega a hacer historia, es pelea por los cuatro costados y se derrama con uñas y con dientes. Yo soy Bella, soy ella, alguien que ni cara tiene porque ¿qué puede saber una del propio rostro? Un vistazo fugaz ante el espejo, un mirarse y des-reconocerse, un tratar de navegar todas las aguas en busca de una misma cosa que no significa en absoluto encontrarse en los reflejos. Los naufragios. El preguntarse a cada pasito la estúpida pregunta de siempre ¿dónde estamos? dónde mejor dicho estaremos consolidando nuestra humilde intersección de tiempo y espacio que en definitiva es lo poco o lo mucho que tenemos, lo que constituye nuestra presencia en ésta. Esta vida, se entiende, este transcurrir que nos conmueve y moviliza.

El constante cambio para saberse viva. Y ésta que soy en tercera instancia se (me) sobreimprime a la crónica con una protagonista que tiene por nombre Bella (pronúnciese Bel/la)

y tiene además una narradora anónima que por momentos
se identifica con la protagonista y con quien yo, a mi vez, me
identifico.

Hay un punto donde los caminos se cruzan y una pasa
a ser personaje de ficción o todo lo contrario, el personaje de
ficción anida en nosotros y mucho de lo que expresamos o
actuamos forma parte de la estructura narrativa, de un texto
que vamos escribiendo con el cuerpo como una invitación. Por
una invitación, que llega.

Bella la aguerrida y bastante bella aunque muchas veces
aclaró Bel/la, sobrina nieta de Lugosi. Bella la sólida, la enterita
en apariencias, en su casa esperando sin saber muy bien qué,
quizá algún viejo y olvidado retorno, algún afecto perdido en el
camino, quizá. Bella la actriz representando su propio papel de
espera. Limándose las uñas.

Limándose las uñas cuando sonó el timbre y Bella de un
salto se abalanzó a la puerta y se sintió defraudada al encontrarse
cara a cara con un simple mensajero. De tanto andar distraída por
ciertos andurriales de la mente no pudo darse cuenta de que en
realidad se trataba de lo otro, de un Mensajero con mayúscula, de
esos que rara vez se apersonan en la vida.

Los Mensajeros suelen usar los más inusitados disfraces
y éste vestía el simple uniforme gris de un mensajero, no podía
haberse caracterizado de manera más despistadora.

Y fue de este mensajero en apariencia anodina que Bella
recibió en propia mano la entonces aparentemente anodina
invitación: un sobre con escudo dorado en la solapa conteniendo
cordial convite a una recepción en su embajada favorita para
saludar al nuevo embajador.

—No sé si favorita la embajada, favorito ese país tan lleno
de misterios. Y parece que la embajada también llena de misterios bajo el más prosaico nombre de asilados políticos. Ojalá sea
cierto —le explicó Bella a su espejo en una de esas grandes
representaciones que solía ofrecerse a sí misma, quizá para
ensayar o quizá para verse por una vez libre de público.

Bella es alguien que le habla al espejo porque la otra
alternativa sería mirarse, y mirarse exige muchas concesiones.

Mejor espejo amigo con el cual se dialoga que espejo
amante sólo para encontrarse.

Y con renovados bríos Bella completó la limada de uñas
que había sido interrumpida por el timbre. Y si alguien más

adelante insinuara la sospecha de que se las había estado afilando, Bella sabría responderle:

—Nada de afilarme nada. O al menos por fuera. Yo me afilo por dentro, me relamo, me esponjo las plumas interiores (a veces). Por fuera sólo soy la que soy con ligeras variantes y con las menores asperezas posibles. No tengo por qué afilarme de manera alguna. He dicho.

II

Ha dicho, dijo y dirá, claro, pero tuvo que contradecirse y negarse a sí misma muchas veces y volverse a aceptar y negarse de nuevo y de nuevo contradecirse, desdecirse, hasta poder recuperar el tiempo lineal en el cual los recuerdos y las interferencias no se circunvalan, no se espiralan alrededor de una hasta hacer del tiempo sólo un gran ahogo.

Tiempo lineal del conectarse con el mundo, del aquí y ahora prácticos que la llevaban por las calles para cumplir menesteres tales como pagar las cuentas —del teléfono, del gas o de la luz, se entiende, nada de pagar las otras cuentas que pertenecen a los tiempos envolventes—. Abstractas cuentas impagables que configuran la culpa.

Entonces ya prolija, todo en orden, con la correspondencia al día, las cartas sobre la mesa, las expectativas y las esperas olvidadas. Lista para encaminarse hacia otros mundos a la hora crepuscular del viernes. Preparada para ir a la fiesta, dueña ya de sus actos —el primero y el segundo acto, al menos—. Actriz después de todo ¿no? sólo una actriz, nada más y apenas alguien que simula un poco de sufrimiento y sufre. Alguien que puede olvidar el sufrimiento cuando se dispone a ir a una fiesta.

Delicadamente vestida de asombro con superpuestas prendas de colores vivos y toda la parafernalia necesaria para que no la confundan con aquellas que se disfrazan de cóctel para ir a un ídem —señoras bienintencionadas que pululan por estas latitudes—. Porque señora no es justamente el vocablo para definirla: Bella sobrenada en medio de su treintena pero con tan gracioso movimiento de brazo que parece una muchacha. Y habría que tener en cuenta su leonina cabellera y sus ojos que, bueno, los rasgos de Bella se irán delineando con el correr de las admiraciones. De todos modos, ni tan bella como indicaría su nombre ni tan ¿sofisticada? Aunque a veces algo de eso hay, sobre todo cuando juega su papel o simplemente cuando opta por mostrarse:

—Mi papel es estar viva.

Despierta, alerta Bella con los ojos de miel desmesuradamente abiertos —señal de que pocas son las cosas que escapan a su vista— ojos ayudados por el kohol, centelleantes. Se pintó con esmero para ir a la fiesta, salió de su casa en puntas de pie para no pisar en falso, no se dijo ¡cuidado! al cruzar el camión que llevaba escrito en la retaguardia *La mujer es como el indio, se pinta cuando quiere guerra.*

Premonitoria advertencia. A la que Bella prestó muy grandes ojos pero muy poco oído. Y eso que sabía, que bien consciente estaba de la diferencia entre no hacerle caso al qué dirán y desoír porque sí lo que le andan diciendo. Desoír sobre todo las señales emitidas por aquellos Mensajeros que no tienen voz propia. Camiones, verbigracia. Mensajeros que suelen señalar como al descuido el momento de entrar en el mal paso.

Aquella nochecita de viernes con la primera estrella, Bella, pobre, andaba distraída y predispuesta, y con la invitación como salvoconducto atravesó la barricada de guardianes armados que rodeaba y protegía (?) la residencia del embajador. Alguna metralleta la apuntó como al descuido, dándole pasto para reflexiones ácidas. Todo mientras atravesaba el jardín del frente hasta la entrada de la mansión donde el flamante embajador la esperaba con la mano extendida. Joven, el hombre, para sorpresa de Bella, y completito con su barba cuidada y su señora a babor.

Fue un saludo protocolar y breve como corresponde y Bella se vio libre para atravesar salones hasta alcanzar, más allá de entorchados y de escotes fulgurosos, el jardín del fondo donde como era previsible se encontró con un grupo de amigos. Estaba Celia que no podía faltar en su calidad de periodista política, estaba Aldo, gloria de la plástica nacional y claro también estaba Mara que no le perdía pisada a Aldo. Estaban otros, algunos faltaban. Hola, se dijeron alegrándose de verse. Volver a verse era un alivio, en esas circunstancias, y también se dijeron, La situación está peor que nunca, aparecieron otros 15 cadáveres flotando en el río, redoblaron las persecuciones. Y alguien le sopló al oído: Navoni pasó a la clandestinidad. Olvidáte de su nombre, borrálo de tu libreta de direcciones.

Y a mí qué me contás, hubiera querido preguntar Bella, qué tengo que ver yo con la política, estamos en una fiesta, vos siempre tan tremendista, queriendo acaparar la atención, jugando a la Rosa Luxemburgo. Pero los mozos que a cada rato le llenaban el vaso y la colmaban de bocaditos la volvieron condescendiente.

Y no sólo a Bella, a juzgar por la alegre aprobación con la que el resto de los invitados aceptaron la sorpresa: el Gran Escritor, la figura preclara de las letras locales, leería con bombos y platillo —perdón, con acompañamiento de guitarras— su épica obra cumbre.

Bella fue la única en reaccionar. *Je me les pique!* proclamó echando mano a un francés muy personal en honor de los usos diplomáticos.

—Ya no aguantás que nadie te haga sombra —*parece haberle retrucado un amigo puesto allí por el destino para impulsar esta historia. Y después hay quienes dicen que debió haberse ido para no entorpecer su preclara carrera. La del embajador, naturalmente.*

El escritor ya estaba subiendo al podio improvisado, ya desplegaba sus austeros papeles y componía su mejor cara de angustia metafísica. Por encima y por debajo de la fiesta se percibía el murmullo de los pasos de tantos asilados políticos, su ansiedad por participar de los festejos, sus ganas de asomarse una vez más al mundo, ignorantes como estaban del martirio: el escritor ya abre la boca, comienza la balada. Acompañada, desde lejos, por el ulular de sirenas de los patrulleros policiales.

Bella estaba atenta a esos sonidos inaudibles mientras buscaba un sillón bien alejado para aposentar la parte más ponderada de su ponderada humanidad. Lo encontró, frente a una pared con espléndido tapiz de Aubusson ideal para reclinar la cabeza y disponerse a honrar la cantata o lo que fuera con un plácido sueñito.

¿Con sueños dentro del sueño, con ensoñaciones en las que imágenes del amor podían ser intercambiadas por imágenes del miedo? Quizá ni ella misma lo sabía, aún no se habían amalgamado las sustancias: miedo y amor, sentimientos inconfesables, difíciles en este caso de asimilar por separado.

No que Bella desconociera la palabra miedo, o que el miedo lograra paralizarla, pero la palabra amor bien que la conocía, bien que habían andado por ahí aplicándola a destajo. Y la palabra amor le daba miedo.

Un sueñito, apoyada majestuosamente contra el Aubusson, del que no la arrancó ni la estertórea voz del escritor propalando su oda ni las guitarras que cada tanto enloquecían por cuenta propia. En cambio lo que sí logró despertarla, hasta hacerle pegar un respingo en su mullido sillón, fue algo mucho más inefable, como una oleada de calor que escalonadamente le trepaba las costillas, se le metía por la boca y así no más le emergía entre las piernas, obligándola a separarlas. Tanta bocanada de ardor persistente después del respingo le hizo abrir un ojo atento, dulce, que de golpe se topó con el cuidadoso ojo del embajador que desde la otra punta de la penumbra pero en su misma hilera de sillas, quizá, quién sabe, tal vez, probablemente la estaba acariciando.

Los aplausos cortaron ese puente tendido de miradas, la marea de gente poniéndose de pie para saludar al Maestro y procurarse un trago los separó del todo, y transcurrió un buen tiempo antes de que el embajador lograra bogar copa en mano hasta Bella.

—Usted es actriz o algo parecido.

—O algo parecido.

—Un bello reflejo —y apenas le pasó dos dedos por el mentón, como al descuido. Bella quedó con la sonrisa incorporada, un poquito flotando, y cuando alguien se acercó para hacérselo notar le echó toda la culpa al trago.

¿En qué instante se inflan las velas y el derrotero queda ya establecido, desviado para siempre de la ruta segura? ¿Bastarán sólo dos dedos, tiernamente la yema de dos dedos sobre un mentón incauto? ¿Habrá habido otro aviso, otro llamado?

Al rato sonó la hora de batirse en retirada de la fiesta, atravesar la barrera de guardianes y lanzarse a la azarosa aventura de la noche. Los ánimos andaban achispados gracias a las libaciones, el escritor ya se había retirado después de innumerables reverencias, los demás se iban despidiendo poco a poco, los entorchados reclamaban sus custodios, las damas empilchadas se aferraban a unos brazos seguros, el embajador empezaba a sospechar que la noche podría estar empezando. Entonces retuvo con un amable gesto al grupito de Bella que ¡oh casualidad! la incluía a Bella y los instó a quedarse: un traguito más, un poco de charla amena para empezar a conocerse.

Celia fue la única que no quiso quedarse, a pesar de lo mucho que podían interesarle los contactos con ese embajador y con esa embajada. Compromisos secretos la reclamaban. Pero los otros amigos aceptaron encantados y la charla fue amena, libre ya de protocolos y tensiones, y por fin el embajador pudo reír como no recordaba haber reído desde que sus transitados pies hollaran esas tierras. Reía sacudiendo la cabeza mientras su señora esposa intentaba reacomodarle el pelo. El embajador reía cada vez más, sacudía la cabeza, clamaba:

—Déjame despeinarme, mujer. Por una vez quiero sentirme despeinado, despierto, desquiciado, libre.

Y estiraba una fuentecita de dulces hacia la lánguida, ávida mano de Bella. Y Bella los aceptaba como si no supiera en honor de quién la despeinada ni por qué motivo dulces.

Pero después, con el nivel de alcohol en grado óptimo, improvisó aquel Memorable Monólogo de la Melena Mora que habría de franquearle las puertas del infierno:

—Malditos malhadados misántropos, marranos mercenarios, malparidos mirones no merecen mesarse sin melindres la melena. Porque las mieles manan de melenas morenas y mágicos manoseos mitigan mordeduras de monstruos macrocéfalos. ¡Meritorias melenas, maravillas! Minerva me mueve a ad/mirarlas —etcétera, etcétera, que nadie pudo reconstruir en su totalidad a pesar de haber sido rubricado con aplausos mucho más entusiastas que los que en su momento cosechara la epopeya del Maestro.

Y muy tiernas piecesitas fueron ensamblándose esa noche hasta el punto que Mara aprovechó la ráfaga amistosa para proponer una reunión en su propio hogar. Ese algo que flotaba en el ambiente Mara quiso uncirlo a su carro y atrapar al esquivo, a Aldo Hueso-Duro-de-Pelar Juárez.

La reunión quedó concertada para la próxima semana.

—Tienen que venir todos, toditos todos. Prepararé suculentos manjares locales para halagar el gusto de nuestros diplomáticos invitados de honor. Platos bien condimentados. Estimulantes en más de un sentido.

Con esta advertencia quiso Mara franquearle al Esquivo el camino a su cama pero sólo logró armar una trampa en la que caerían otros seres totalmente inocentes. Inocentes al menos de las manipulaciones máricas.

Inocente, inocente ¿quién está de verdad libre de culpa? ¿Quién tira la primera piedra?

III
Bella sobre la cama acariciando una sensación inesperada: el miedo. Algo que va a olvidar muy pronto y va a entrever nuevamente y va a dejar sumergir como las distintas ondas de una serpiente marina. Un tiempo de miedo arqueado sobre la superficie consciente, un tiempo de miedo subacuático.

¿Miedo de qué, por qué? Sensación confusa como la de estar al borde de un descubrimiento que muy bien podría llevarla a la catástrofe. Nada vinculado con el miedo concreto y confesable que flotaba por las calles de esa ciudad en esos tiempos de violencia. Miedo ajeno a la agresión policial, a las *razzias*, a las desapariciones y torturas.

¿Pensaba en el embajador en esos ratos, llamándolo ya por su nombre de pila? El ya Pedro en los pensamientos de Bella, con identidad propia. Había habido entre ellos tan sólo algún cambio de miradas. Esas señales secretas que Bella sabía captar tan bien cuando quería. Se había sentido acariciada, protegida cuando él la miraba y eso era importante. Pedro, protegiéndola no como embajador sino como ¿hombre? Bella, ¡Bella! guarda con estas altisonantes frasecitas de admiración fálica, se recriminó riendo y saltó de la cama para ir a vestirse.

Así le iba trascurriendo la vida, con algunos ramalazos lúcidos y la necesidad de borrarlos cada tanto pasando el trapo húmedo de la broma.

Por lo tanto, cabeza de pizarra por dentro y de cobre relumbrante por fuera, Bella llegó —tarde— a la reunión en casa de Mara. Entró sonriendo con pasos como de danza y no le fue difícil, le bastó con trasladar el movimiento del ascensor a un plano vertical y obligarse a sentir que giraba por dentro mientras iba saludando a uno por uno.

—Llegó el alma de la fiesta —señaló alguien. Y todos fueron contagiándose de su alegría hasta que Bella se encontró frente al embajador que la recriminó, muy sin sonrisa.

—¿Por qué me hizo esperar tanto?

Y Bella ya no pudo seguir sintiéndose liviana.

Se dejó conmover por la inestable seriedad del embajador y permitió que poco a poco fuera aislándola del grupo. Bastante acaparador, el hombre. Aun con su mujer de testigo fue derivando a Bella hacia el balcón y allí la arrinconó para él solo. Sin ningún propósito especial, simplemente para mirarla a los ojos y hacerla sentir incómoda. Nada menos que a Bella, no hay derecho, incómoda frente al embajador que era ahora interpelado por su primer nombre y a todas luces había hecho muy buenas migas con los amigos de Bella. Amigo, por lo tanto, Pedro el embajador. Amigo pero inquietante.

Las frases que cruzaron a esa altura fueron apenas exploratorias, mero intercambio de tanteos, pero empezaron a funcionar ya como sondas de profundidad y muy bien pudieron prefigurar un diálogo que se repetiría más adelante, con variantes:

—No entiendo por qué anda suelta una mujer tan encantadora.

—Porque soy una bestia solitaria y voraz. Arff. Devoradora, depredadora. ¿Acaso no te diste cuenta? ¿No te da miedo?

—¿Cómo no me va a dar miedo? ¿No ves que me quedo en la seguridad de mi mujercita rubia? Entre Gretel y la bruja uno siempre va a optar por Gretel ¡pero qué fascinación tiene la bruja! Te prometo que voy a luchar denodadamente contra las ganas de saltar al abismo, pero el abismo —este abismo— es lo más endiabladamente tentador que conocí en mi vida.

De alguna manera ambos compartían ya ciertas percepciones. En el balcón de Mara sabían, sin poder explicárselo, que entre ellos se trataba de esa extraña sensación llamada vértigo. Algo como un único paquete en el cual se habían mezclado los elementos más incompatibles: la imperiosa necesidad de saltar y el pánico de ceder a esa imperiosa necesidad suicida.

Bella lo iba percibiendo. Los ojos puestos trece pisos más abajo, allá donde nacen las sirenas policiales que hieren la piel de la noche. Los ojos asomándose al vacío y la mano aferrada con desesperación a la baranda, los nudillos pálidos. Pedro no tomó esa mano, aunque ganas no le faltaron, y la mano pareció marchitarse como hoja de otoño. Las manos no tomadas, las bocas no besadas. La boca de él temblaba a veces, tiernos labios asomaban por entre los pelos que intentaban ocultarlos, boca sensual del todo delatora de algo que estaba vibrando y no quería traicionarse.

—Señor embajador —rió Bella al levantar los ojos de un vacío para hundirse en el otro—. Señor embajador, usted me confunde. (*No me confunde con otra, no, ni piensa de mí cosas que yo no soy porque yo soy todas. No. Lo que hace es crearme confusión. Perturbarme.*)

Al rato se produjo la inevitable interrupción de tanto mensaje dicho a medias. El balcón fue invadido, Mara quiso inquirir sobre los asilados en la embajada de Pedro, el embajador diplomáticamente intentó desviar la conversación de tan espinoso tema, otros insistieron, reclamando detalles, pero mucho no duró la pretendida toma de conciencia colectiva. Presintiendo la tensión de Pedro, Mara los volvió a llamar a la irrealidad para no permitirles olvidar que en su casa, en lo alto, estaban al resguardo de las feroces acechanzas externas. Las humeantes cazuelas hicieron el resto y promovieron una hermandad de sabores que los fue llevando a la despreocupación ansiada.

Hay que ver con qué facilidad los condenados se aferran a la más mínima distracción, la menor hilachita de olvido. Todo por evitar mencionar lo inmencionable.

El momento de la partida se fue estirando, estirando entre estos impenitentes noctámbulos que se resistían a retornar a ras de tierra. Mara hacía lo imposible por irlos reteniendo y sacaba de su galera más postres y más licores, otro cafecito, un cognac, y sacaba y sacaba y Bella esperaba con su semisonrisa el instante de verla producir el conejo: la rendición de Aldo.

La reunión siguió el cauce estimulante de los grandes encuentros humanos, con miradas cruzadas, atracciones y repulsas e hilos misteriosos que se iban anudando por encima de las cabezas incautas. Hasta que el embajador consideró que había llegado una hora lo suficientemente avanzada como para retirarse con cierta dignidad, descolgó el teléfono y reclamó su coche.

Y todos se fueron despidiendo. Mara hizo su último intento por retenerlo a Aldo pero Aldo se aferró al brazo de Bella y le dijo te acerco y ella se vio obligada a aceptar aunque hubiera preferido hacer el viaje con Pedro, aun a costa de tener que compartirlo con madame la embajadora.

Compartieron, eso sí —los cuatro— el ascensor y también una emoción fuera de programa: estruendo feroz y sacudida que por suerte no destrozó el aparato, señal de que a poca distancia acababa de estallar una bomba. Pedro, al sentir el cimbronazo, estiró los brazos y abrazó a las dos mujeres, una a cada lado de su pecho, y las retuvo contra sí hasta llegar a la planta baja.

Al abrirse las puertas se encontraron ante una desolación de vidrios rotos:

—La onda expansiva —aclaró Aldo para demostrar que mantenía la calma.

La bomba había estallado a una cuadra, ya estaban llegando los patrulleros y quizá al día siguiente lo leerían en los diarios. O no.

De todos modos Pedro detectó a su chofer en la vereda de enfrente ante su coche intacto, y Aldo había estacionado bastante más lejos y ninguno de los dos quiso dejarse perturbar por la bomba, algo tan habitual en estos tiempos. Pero fue para digerir el cimbronazo del ascensor que Aldo lanzó al aire la próxima invitación:

—A ver si nos reunimos pronto en casa a comer un asadito. Es un barrio tranquilo.

Y así empezó la cadena de festejos que eslabón por eslabón iría amarrando a Bella, y Bella como siempre tan desprevenida. De todos modos una fatalidad que se va armando con nuditos de fiesta ¿a quién puede aterrar? ¿Y quién, pregunto, quién puede resistírsele?

IV

Bella llegó a casa de Aldo vestida de negro, con ideas al tono y a la vez exaltada por haber estado acariciando fantasías de muerte que la hacían sentirse omnipotente, por encima del grupo de amigos y más cerca de ese delicioso embajador llamado Pedro que tenía una cápsula de muerte enquistada en su casa.

Al atravesar el largo jardín y llegar a donde estaba reunido el grupo, justamente, lo oyó a Pedro disculpándose ante el dueño de casa pero en voz tan alta como para que le llegara la aclaración a ella aun antes de haberse saludado.

—Mi mujer no pudo venir y lo siente muchísimo. No se encuentra bien, la pobre, me temo que estamos viviendo demasiadas tensiones.

Aldo pareció contrito, quizá el embajador también un poco aunque no se le notara demasiado, pero Bella y Mara intercambiaron una fugacísima mirada de complicidad y cada cual por su lado se dispusieron a volverse radiantes, esa noche.

Noche fácil para lograrlo, en el jardín algo selvático de Aldo, al resplandor de esas brasas que en la enorme parrilla iban haciendo chisporrotear una carne de la que se desprendían efluvios despertadores de apetitos varios.

Al preparar la ensalada Mara podía soñar que ésa sería su misión en la vida: convertir todo el jardín en ensalada para brindársela a Aldo. Y mientras desgarraba la carne con los dientes

Bella podía soñar que ésa sería la suya, en lo que al jugoso embajador se refería. Qué soñaban los aludidos señores, qué soñaba el resto de los invitados no era cosa fácil de adivinar por encima del constante rumor de la animadísima conversación o de la música que fue copando la sonoridad ambiente hasta empujarlos a todos al baile. Un baile mezclado con rondas y risas y nudos que Pedro aprovechó para irla arrinconando a Bella, separándola de los demás con pasitos de samba, guiándola hacia la periferia con meneos de cadera un poco torpes pero graciosos.

Hablaba mientras bailaba, con movimientos de mano recalcaba las palabras y Bella trataba de atender más a esas manos que a esos labios. Él decía por ejemplo Tantas cosas que quisiera hacer y no puedo, pero las manos apilaban elementos invisibles, juntaban, acariciaban, las manos sí podían y Bella se preguntaba dónde estaría la verdad y optaba por creer en los gestos. Pero el monólogo de Pedro ya bogaba por otros derroteros y quizá las palabras no eran del todo mentirosas cuando él le decía Nunca nos vemos a solas, deberíamos almorzar en algún lugar tranquilo que esté fuera del mundo, y Bella no quería ni abrir la boca para que él pudiera seguir hablando, maniobrando, y quizá con esos pies bailantes llevarla a algún lugar fuera del mundo no sólo para almorzar sino también para. Apenas lo estimulaba con algún movimiento de hombros de esos que le salían con natural elegancia o le pasaba una mano algo hindú, con rápido movimiento de dedos, muy cerca de la boca pero él no aprovechaba para manotearla y besársela sino que seguía hablando y seguía bailando y seguía gesticulando. Mientras, la iba guiando —a veces de frente como empujándola y a veces retrocediendo, atrayéndola— hasta el rincón más remoto del jardín donde la hiedra cubría los árboles más altos.

Del todo arrinconada, Bella cesó de menearse. Sin más movimiento, con la música a lo lejos, Pedro por fin dejó de hablar y los dos quedaron en la penumbra mirándose a los ojos, donde había luces.

Y Bella, sin saber qué hacer ni qué decir, porque los sueños no tienen derecho a materializarse así de golpe, sin que una esté preparada, preguntó sin pensarlo:

—¿Dónde dejaste el lobo, Pedro, Pedro, Pedro y el lobo?

—El lobo soy yo, con piel de cordero. ¿O será a la inversa? Un cordero con piel de lobo. Eso soy para usted, señora, si usted me lo permite.

—Será o no será aunque yo no se lo permita, señor.

Aunque en esta sencilla ceremonia se lo prohíba para siempre. Y arrancando una flor, con el mismo vuelo de la mano se la puso a él en la solapa. Un malvón colorado, algo poco embajadoril pero muy tierno.

—Me la voy a comer, señora, para que esta bella flor que usted me ha brindado pase de inmediato a circular por mi sangre.

—Por favor, embajador. Usted que tiene sangre azul. Se la va a manchar.

—No. Se volverá morada. Sangre de obispo. Sagrada.

—Sangrada.

—Desangrados: así vamos a quedar nosotros si no nos cuidamos un poco.

—Y bueno. A portarse bien se ha dicho. Volvamos con los demás.

—No hablo de portarnos bien y cuidarnos de los otros. Eso qué puede importarnos. Nos vamos a desangrar si no nos cuidamos de nosotros mismos.

V

Lo que más me preocupa de esta historia es aquello que se está escamoteando, lo que no logra ser narrado. ¿Una forma del pudor, de la promesa? Lo escamoteado no es el sexo, no es el deseo como suele ocurrir en otros casos. Aquí se trata de algo que hierve con vida propia, hormigueando por los pisos altos y los subsuelos de la residencia. Los asilados políticos. De ellos se trata aunque estas páginas que ahora recorro y a veces reproduzco sólo los mencionan de pasada, como al descuido. Páginas y páginas recopiladas anteriormente, rearmadas, descartadas, primera, segunda, tercera, cuarta versión de hechos en un desesperado intento de aclarar la situación.

Entre tantas idas y venidas que han sido narradas en distintas versiones se descubre la mano de alguien que también quiso aclarar esta confusión de vida. No hay autor y ahora la autora soy yo, apropiándome de este material que genera la desesperación de la escritura.

Del material que tengo entre manos descarto las crónicas tediosas de encuentros sin consecuencia entre el embajador y Bella, de los ensayos y representaciones de Bella, la descripción de roles que van asumiendo uno y otro en muy diversos escena-

rios. Los vaivenes de siempre. Hay papeles de Bella que alguien (¿la propia Bella?) a todas luces intentó suprimir o minimizar. Papelitos estrujados, anotaciones en servilletas de papel manchadas, trozos de información que a veces me parecen rescatables como este

Tema de los pellejos

¿En qué pellejo se mete una cuando encuentra a alguien que logra estimularla? En el pellejo de la atracción, el siempre alerta, el de los poros ansiosos y las fibras vibrantes. Una está dormida y de golpe viene otro que le despierta toda la capacidad inventiva, que le despierta a una hasta los más remotos rinconcitos donde se agazapa *y la hoja está desgarrada en este punto y nunca sabremos qué se agazapa, qué se despierta en los remotos rincones de Bella. Porque ésta parece ser la historia de lo que no se dice.*

El deseo en cambio se menciona pero no se cumple. Pedro la acaricia a Bella, a veces hasta la envuelve en sus brazos, la rodea de palabras y de confesiones pero no de actos. Hablan y hablan y hablan de todo lo hablable menos de lo otro. Los asilos. Que se realizan pero no se mencionan. O se mencionan al pasar, apenas.

Entre todo el papelerío aparecen dos diálogos claves, dos conversaciones perdidas entre las tantas que descarto. Transcribo el primer diálogo, que tuvo lugar aparentemente en el despacho del embajador, meses después de haberse conocido. Bella le comunicó:

—Tengo una pareja de amigos, abogados ambos, defensores de presos políticos. Fueron los últimos que se animaron a presentar un habeas corpus en nombre de cinco de sus clientes desaparecidos. Ahora los buscan, les pusieron una bomba en la casa; están desesperados y ya no tienen dónde esconderse. Piden asilo.

—Bella, te prometo hacer lo posible. Lo que me pidas es para mí sagrado, pero la situación está sumamente difícil. Ya no puedo permitir que se asile todo mundo, no puedo abrir las puertas como antes. Estamos muy controlados, primero tengo que realizar todo tipo de indagaciones para asegurarme de que se trata en verdad de perseguidos políticos, y aun así estudiar la manera de hacerlos entrar clandestinamente. Esos guardianes oficiales que se supone protegen la residencia, que se supone son custodios, actúan en realidad de cancerberos para impedir el paso.

Ambivalencias de la protección, de eso estaba hablando Pedro aunque Bella no estuviera ese día atenta a los metamensajes. Ese día Bella no buscaba concretar la pasión de Pedro sino que reclamaba su complicidad en asuntos para nada sentimentales. Más allá de lo que dejan traslucir estos papeles ahora en mi poder, pienso que Bella estaba mucho más comprometida políticamente de lo que jamás había querido admitir, ni siquiera a sí misma.

Los papeles narran su historia de amor, no su historia de muerte.

Pero me consta que hubo otras corrientes más profundas, encontradas. Lo sé porque yo también recorrí esos senderos y ahora me apoyo en Bella y en su aparente desparpajo para recrear la historia y ella, protagonista al fin, sólo aporta los elementos menos comprometedores, nos habla de una busca de amor, sólo de eso: los desencuentros, los tiempos más o menos eróticos con Pedro, las esperas, las angustias, los temas de siempre.

Los papeles escamotean el otro plano de esa realidad donde Bella es apenas una pieza más, un peón en el juego.

Y yo en medio de todo esto, tratando de rescatar aquello que se nos escapa de entre los dedos porque responde a un escamoteo más global: la ley de asilo. Un delicadísimo equilibrio, una ley que no debe ser infringida ni aun años más tarde y por vías de ficción.

Durante el tiempo de su refugio el asilado queda suspendido en el no-lugar de la embajada. Ya no está más en su propio país —asiento de la embajada— y por lo tanto no está en ninguna parte. Entre esas paredes que no son de cárcel no puede recibir correspondencia, ni llamadas telefónicas, nunca más podrá ver a sus amigos que quizá vivan a pocas cuadras de distancia, sólo a escondidas leerá los diarios.

Y sabemos que la pareja de abogados conocidos de Bella pudo por fin ingresar a la embajada. El primero de esos regalos no expresados que Pedro empezó a hacerle a Bella. Pedro el verborrágico, respetando cierto tipo de silencios de los cuales Bella acabó por contagiarse. Hasta el punto de que su pretendida autobiografía indirecta, su novela testimonial, acabó desinflándose en partes y haciendo sólo alusión pasajera a los hechos verdaderamente trascendentales.

VI

Nadie quiere entender, se quejó Pedro, los asilados exigen salir al jardín por lo menos tres horas diarias, pretenden comidas variadas, y lo peor es que tienen razón y yo no puedo decirles que hay amenazas de bombas, que mientras se asolean en el jardín están a la merced de cualquier mira telescópica, no puedo sembrar el pánico y decirles que a cada rato recibimos llamadas telefónicas amenazando con secuestrarlos, que no logro dormir porque cada coche que se detiene bajo mi ventana pienso que son los secuestradores y sé que no estamos seguros, ni de día ni de noche, y las provisiones no pueden entrar, los guardias lo esculcan todo, lo destruyen todo con el pretexto de buscar armas o mensajes o lo que fuere. Los asilados deben estar en el más protegido de los mundos y yo hago lo imposible para que así sea pero no puedo calmar a los descontentos. Tampoco puedo conseguirles el salvoconducto para sacarlos del país, aunque día por medio me entrevisto con el Canciller. Lo único que puedo hacer, en lo posible, es evitarles el pánico y no sé por qué te estoy contando todo esto, mi bella Bella, yo que no se lo cuento ni a mi almohada, ni a mi tío Ramón con quien hablo todas las noches al acostarme, o algunas noches, bueno, y él me entiende mejor que nadie aunque toda su vida haya vivido en su pueblecito y sólo hable con las plantas y con ciertos animales no bípedos implumes. Con decirte que cierta vez mi tío Ramón iba por el bosque y de golpe, oh sorpresa, encontró sobre la tierra el reloj que se le había perdido dos años atrás. Sí, era el mismo Longines, su único orgullo, el que lo había prestigiado en todo el pueblo, no lo podía creer. Se agachó para tomarlo y llorar sobre él, dándolo por muerto, pero le pareció que el reloj estaba andando. Imposible, se dijo, llevándoselo a la oreja por si acaso, y sí, el reloj funcionaba, dos años después ¿te das cuenta, Bella? Entonces mi tío Ramón que es muy curioso volvió a dejar el reloj donde lo había encontrado y se quedó esperando. Poco tiempo tuvo que esperar el hombre, porque al rato no más vio salir a la víbora de su cueva y pasar deslizándose pegadita al reloj, dándole cuerda. Nos hiciste esperar mucho, le dijo la víbora a mi tío Ramón, ¡casi 15 000 horas!

Madame la embajadora, que había hecho irrupción en la salita minutos antes, no pudo contenerse.

—¿Cómo no conocí a tu tío Ramón, cómo nunca me hablaste de él?

—Deja, mujer. Tú ya sabes demasiadas cosas de mí. El tío Ramón es un familiar que tengo sólo para Bella.

El tío Ramón, los amuletos varios, las magias de las gentes de su pueblo y esa sutil red de encantamientos que Pedro fue tejiendo alrededor de Bella durante aquella tarde que se prolongó hasta muy avanzada la noche.

Cada tanto Bella hacía amago de irse y Pedro llamaba al mucamo para que les sirviera más bocaditos o descorchara otra botella de champán, o madame la embajadora volvía en una de sus brevísimas incursiones y la instaba a quedarse. Finalmente Pedro decidió no asistir a la cena en la embajada de Austria y prefirió apoltronarse en la salita íntima, disfrutando de la presencia de Bella.

No entiendo por qué la información crucial ha sido omitida en la relación de este encuentro clave. Según parece, el día de marras Pedro le dijo a Bella desde un principio que esperaba una comunicación urgente de su ministerio y necesitaba tenerla a su lado. Bella ya convertida para Pedro en la encarnación de ese país al que necesitaba aferrarse, con el que no quería romper relaciones diplomáticas si le llegaba la orden telefónica. Pedro reteniendo a Bella, mágicamente conquistándola para que en otro plano no se plantee el fracaso de sus gestiones oficiales. Y Bella de alguna forma debió de haber sentido en la piel esa envestidura, debió haberla sentido y rechazado: no Bella con gorro frigio, no Bella como símbolo patrio y menos de esta nación tan conflictuada. Quizá por eso prefirió ni mencionar la espera de una orden que, además, significaría el alejamiento de Pedro.

Tampoco mencionó su entrevista con la pareja asilada, ni las largas conversaciones que mantuvieron posteriormente. Tampoco los peligros que corrió para conseguirles ciertos documentos imprescindibles para tramitar el salvoconducto. Bella creyó en todo momento —o nos hace creer— que lo único importante para ella era alcanzar una intimidad con el embajador. Pedro le ofreció todo tipo de intimidades, le reveló la información más secreta, le dejó la libertad suficiente como para actuar en favor de la pareja contrariando todas las imposiciones de la ley de asilo, prefirió no enterarse de la asistencia de Bella a la pareja de abogados, pero se resistía a ceder lo más íntimo de su intimidad, aparentemente lo único que a Bella le interesa.

—Son apenas las doce de la noche, mi Bella, no se vaya, prometo que la carroza esperará y no volverá a ser calabaza. Vamos a brindar por la medianoche.

—No hemos hecho otra cosa más que brindar, Pedro, desde el mediodía. En el jardín, en el comedor, en la sala principal, en este acogedor saloncito.

—Tienes razón. Quedan otras dependencias, subamos ahora a la biblioteca. Haciendo, claro, como en las curas de espanto: Bella, toma tu espíritu y vente, Bella, toma tu espíritu y vente, Bella, toma tu espíritu y vente. Hay que llamar tres veces a la persona por su nombre, para que el espíritu no se aleje del cuerpo y el cuerpo no parta a hacer trapisondas por su cuenta.

Bella tomó en cambio su cartera y se fue después de cariñosa despedida, pensando que ciertas trapisondas con el cuerpo no serían del todo desaconsejables y ¿cuándo, mi vida, cuándo?

VII

No hay como renunciar a lo que se quiere para finalmente conseguirlo. Bella lo sabía y al mismo tiempo le costaba renunciar y pasito a pasito caminaba por las calles arboladas pensando bueno, basta, éste es el tope, no se puede pedir nada más, él da lo que puede dar y basta, no peras al olmo, dejémoslo así. Y después de todo ¿por qué no pretender algo más? ¿quién lo impide?

Un hombre casado, un hombre con su vida hecha y eso no parece ser lo que más lo preocupa. ¿Qué lo preocupará, entonces? ¿Por qué no pegará de una vez el zarpazo, el tarascón, más bien (coméme, negro)?

Sólo que Bella ya no se sentía disponible. El minuto de la gula aparentemente había pasado y si se dirigía a la residencia era para cumplir una misión, no para verlo a Pedro. Por eso caminaba despacio, dejando que el tiempo corriera y la noche avanzara, para no tener que enfrentarlo. Llegaría a la embajada, los guardianes estarían esperándola, le franquearían el paso y ella podría quizá ayudar en algo. Pedro la había llamado por teléfono una hora atrás:

—Cierta vez mi tío Ramón tenía unos invitados en su casa que se le iban quedando y quedando y aunque él hiciera lo posible para conseguirles otro sitio, no lo lograba y cierta tarde como ésta a la señora le dio un ataque de nervios y no hubo forma de calmarla. Así que mi tío Ramón aunque no creía en los siquiatras empezó a llamar a todos los siquiatras que encontró para que fueran a ayudar a la señora, pero ninguno quiso ir a esa casa porque, alegaban, la casa estaba embrujada.

—Más que siquiatra tu tío Ramón hubiera necesitado un exorcista, Pedro. Dentro de un rato voy para allá.

Y camino de la casa embrujada iba no más Bella, dándole tiempo a Pedro y a madame de partir a otra de las tantas recepciones oficiales. Sin ganas de verlos.

Pero al llegar se encontró con Pedro aún allí, de smoking.

—Te estaba esperando, Bella. Todo se ha complicado hasta lo indecible y necesito tu asistencia. Te cuento de menor a mayor los dramas del día: se nos enfermó la cocinera y tenía que cocinar para todos nuestros, digamos, invitados. Recibimos constantes amenazas telefónicas. Desapareció mi secretaria. Y ahora, para colmo de males, como si todo esto fuera poco, se nos ha metido en la casa un pez gordísimo, casi te diría el principal perseguido político del país, y le tenemos que dar asilo aunque haya ingresado sin nuestro consentimiento. Fíjate, Bella, que dijo que era el doctor, y como todos esperaban al siquiatra que nunca vino le permitieron la entrada. Ahora sí que se van a ver entorpecidas todas las gestiones, nunca más me darán el salvoconducto para sacar sanos y salvos a los otros. Necesitaba hablarte, Bella. Consultarte.

—Pedro, esto es espantoso, decíme qué puedo hacer por vos. Lo que quieras.

—Me tienes que ayudar, me tienes que sacar de esta duda que no me permite actuar. Estuve esperándote para consultarte, no podía irme sin antes hacerte esta gravísima pregunta. Dime, Bella, ¿de quién es la frase? De quién esta frase que me ronda la cabeza desde que entró el pez gordo, esta frase que no me deja respirar, casi. ¿Es del Martín Fierro, de mi tío Ramón, de García Márquez, de Borges, de quién?

—Ay, Pedro, ojalá pueda ayudarte. ¿Qué frase?

—Éramos pocos y parió la abuela.

Fue ése el precioso instante en que Bella supo que no tenía sentido resistirse al amor, que después de esa frase, de esa vital y desbordante apertura de humor en medio del espanto, lo amaba a Pedro con o sin manifestaciones físicas.

Y a continuación vienen resúmenes, anotaciones, trozos de diálogos, pequeñísimas escenas sin importancia, otras sintetizadas en párrafos que habría que hilar nuevamente para poder retejer la historia —la historia de la histeria de la abogada, por ejemplo, apenas mencionada al pasar y en la que Bella jugó un papel preponderante, e hizo de ama de casa en la residencia mientras el embajador y madame cumplían sus deberes protocolares—. Bella consiguió por fin una siquiatra, aplacó sus temores de verse enredada en algún tipo de acción subversiva y antigubernamental, aplacó los ánimos de la abogada, y se sentó a esperar a los embajadores para pasarles el parte del día —o de la noche— y poder despedirse.

Pero no pudo despedirse. Pedro la retuvo, la fue gradualmente envolviendo con sus palabras, con sus brazos, con todo el cuerpo y Bella por fin cumpliendo su sueño de una relación íntima con Pedro y entonces se nos escamotea también el amor que fue expresándose durante toda esa noche y sólo se nos deja el miedo. De Bella:

Yo lo vi, lo vi, yo lo hice y lo deshice, reconstruí, armé y desarmé. ¿Armar al ser humano? ¿Desarmarlo para descubrir cómo está hecho? Pretensión que viene de tan atrás, ganas de saber, de romper un poquito, empujar un poco más para comprobar hasta dónde resiste (y casi siempre se caen, casi nunca aguantan y después aprovechan la caída para salir corriendo).

Bella empuja y empuja y sólo piensa que el otro va a caer y después ¿qué? casi siempre es ella quien se machuca y hace trizas, se golpea y destruye, y el otro nunca está allí para amortiguar el golpe. El otro casi siempre cae encima de ella —ileso— y la aplasta

(sofocada estoy bajo el cuerpo de él, todos mis orificios obturados sin poder respirar ni gritar y él tan satisfecho y yo casi casi tan satisfecha también, y sofocada. ¿Será éste el precio? Sofocada). Despertáte, Pedro, quiero irme a casa. Despertáte, está amaneciendo, nos van a descubrir, pueden vernos. Tu mujer, los asilados, nos van a descubrir, nos van a descubrir los guardianes y los custodios, todos van a saber, los de afuera y los de adentro, los guardias armados y la policía secreta, todos van a saber. Que no se enteren, Pedro, que nos dejen tranquilos, que no nos manoseen. No quiero que me unten con la viscosidad del saber. No quiero que jueguen a una complicidad teñida de amenazas.

Pedro, despertáte Pedro, levantáte, huyamos de esta salita, volvé a tu dormitorio, Pedro, ayudáme a salir de acá, movéte, reaccioná. Defendéme.

Monólogo que quizá no tuvo lugar durante la primera pernoctada de Bella en la embajada, que probablemente fue el fruto de alguna otra noche subrepticia.

*Pedro parecía querer que todos tomaran conciencia de
su relación con Bella: era ésta su respuesta de vida a tanta
amenaza de destrucción y de muerte. En cambio para Bella la
respuesta de vida era no sólo la necesidad de estar con Pedro
manteniendo el secreto sino también el miedo estimulante que
la llevaba por las calles con los ojos bien abiertos, miedo que la
expulsaba del lado de Pedro con las primeras luces y la lanzaba
por el mundo con la casi certeza de que la estaban siguiendo.*

Lo otro no, lo otro era Bella yendo y viniendo despreocu-
pada, acumulando las sensaciones más positivas para darle los
últimos toques y pulir al máximo el espectáculo que estaba a
punto de estrenar y que llevaba por título *El todo por el todo*,
representación unipersonal en dos actos y montones de actitudes, con todas las máscaras izadas como velas. Espectáculo
concebido para invitar al público a jugarse tratando de burlar las
barreras de censura mientras la posibilidad todavía existiera,
apurándose antes de que la represión —esa mancha de aceite—
completara su eficaz marcha de mancha y lo contaminara todo.
Creación y censura, lo hecho y lo deshecho, decía Bella, lo
desechado. Un dechado de creación, ella, una castración sin tacha,
la censura. Todo por un actuación que durará apenas cinco
precisas representaciones pero que será en realidad una invitación
a dar el paso y jugarse, a saltar sin importarles, a ella o a su público,
si abajo está el vacío. Invitación, insinuación, instigación a la
introspección, ese fondo común. Pavada de proyecto.

Y unos días después, Pedro:

—¿Cómo fue aquello que dijiste en tu maravilloso espectáculo, eso sobre la relinga del pujamen, las velas arriadas que
quisieras izar más allá del palo de mesana?

—No sé, Pedro, algún absurdo más. No quiero acordarme
de la escena cuando estoy acá abajo con vos.

—Pues yo quisiera ayudar a izarte nuevamente. Quiero
que partas a todo trapo hacia la gloria que mereces. Para lo cual
he hecho las gestiones pertinentes ante mi ministerio de cultura
y he aquí la invitación oficial para que realices una gira por mi
país. Puedes zarpar dentro de una semana y es muy buena fecha
porque en 15 días más estaré por allá y podré aplaudirte todo lo
que sea necesario. De propia mano como te mereces. Si me
permites esta feroz cursilería, te diré que quisiera aplaudirte y
pulirte, quiero ser quien saque todo el brillo a esta piedra
preciosa que eres tú.

—Ahora me vas a decir que soy una piedra en bruto.

—En absoluto. Centelleante. Pero yo sacaré a relucir hasta tus facetas más ocultas. Verás que soy buen lapidador.

—Lapidario, querrás decir, por tus juicios.

En toda inocencia Bella tomó la invitación como un homenaje a su talento. Quizá la promesa del embajador de alcanzarla al poco tiempo le impidió sospechar —como hubiera sospechado en cualquier otra circunstancia— que él estaba tratando de sacársela de encima. O, más grave aún, la estaba rápidamente alejando de seguros peligros que más valía no detallarle para no alarmarla. Y así, libre de toda sospecha, Bella pidió una semana más de plazo para preparar bien sus cosas, Pedro se la concedió y a último momento la obligó a partir antes de tiempo. Lo bien que hizo.

VIII

Busco y busco entre los papeles de Bella y encuentro poco relacionado con su partida o con su gira por las universidades en tierras de Pedro. Apenas breves referencias, y por fin el esperado arribo del embajador narrado en pocas palabras, en menos palabras aún la inquietante noticia que el embajador le trae: hombres de civil allanaron el departamento de Bella, interrogando a los vecinos, revolviendo todas sus pertenencias en busca de no se sabe bien qué. Y la mención de este hecho tan significativo esbozada al pasar, elaborada sólo en uno de esos diálogos absurdos que solían mantener Bella y Pedro. Pantallas verbales.

—¿Quiénes habrán sido? —preguntó Bella.

—Y, los parapoliciales, o los paramilitares. Vaya uno a saber.

—Claro. Así queda todo aclarado. O los paracaidistas ¿no? O los parapsicólogos.

—No. Quizá las parafernalias, o las paradentosis, las paráfrasis. No hay que descartar la posibilidad de que fueran mujeres vestidas de hombres.

—Eso. Parafecto. Estamos de parabienes.

—Mientras no sucumbamos a la paranoia...

Y yo, quien ahora esto arma ¿por qué pretendo encontrar determinadas claves del asunto cuando me están siendo reveladas unas claves distintas? ¿Por qué buscaré escenas que no figuran resistiéndome a transcribir las que tengo enteritas entre manos?

A veces no las transcribo porque después de leídas una vez, nunca más vuelvo a encontrarlas. En este magma de datos se me traspapelan capítulos enteros (como los asilados, solos ahora en el silencio de la embajada, dueños de ese espacio restringido y anónimo, traspapelados también ellos. Sin saber dónde se encuentran en medio de esa compleja realidad externa que los rodea y amenaza).

Páginas enteras pueden desaparecer tragadas por las otras mientras ciertos papeluchos menores afloran a cada instante para reestructurarla a B.

Las sombras se le venían encima a Bella opacándolo todo como papel manteca. Y después, la rebeldía: lucha a muerte contra las sombras, lucha inútil porque ellas ganarán si quieren. Y si no quieren ¿de qué vale el triunfo?

Solemos creer que para combatir las sombras se requiere más luz, pero al intensificar las luces sólo se logra intensificar las sombras. Sólo la oscuridad mata las sombras, esto es lo intolerable.

IX

Vuelvo a encontrar las escenas de los tiempos del viaje, y las trascribo completas.

Bella muchas veces hubiera querido gritárselo a la cara, agarrarlo bien de las solapas y escupirle toda la verdad, sólo que en aquel preciso instante Pedro llevaba puesto coqueto piyama sin solapas y ella estaba tendida sobre la vastísima cama de él, en la propia casa de él, en el país de él, sin fuerzas para sacudir a nadie y menos en terreno ajeno. Por eso se limitó a preguntar humildemente:

—¿Por qué tendremos siempre tanto miedo de confesarnos el amor, de reconocerlo en nosotros mismos? ¿Por qué saldremos siempre huyendo de algo que puede ser tan delicioso?

Pedro se vio reflejado en ese espejo y por lo tanto no contestó Hablas por ti misma, yo nunca huyo. Porque él en efecto, gran campeón de los 1 000 metros llanos, experto maratonista. Bella lo había pescado muchas veces escapándose mentalmente, poniendo una distancia infranqueable entre ellos dos aplicando simplemente —por deformación profesional— el diplomático sistema de hacerse el que no ha oído lo que se le dice.

No esa vez, esa vez se sintió acorralado y contestó creyéndose el feliz poseedor de la respuesta justa.

—Porque tenemos miedo de perder. Le tenemos miedo al rechazo. Nadie quiere arriesgarse a demostrar sus sentimientos para que después el otro se aleje dejándolo con las manos vacías.

En absoluto. La verdad que Bella entreveía era bastante más compleja, inexplicable: cuando dos personas se juntan, si de veras están juntas, siempre se produce una modificación profunda en ambas. Algo se despierta por el solo contacto con el otro, algo nuevo y distinto que nunca más volverá a dormirse del todo. Ya no somos los mismos después de un encuentro, nos enriquecemos, cambiamos, y es un cambio inquietante. Y cuando el otro se aleja no lamentamos tanto su ausencia como la pérdida del ser en el que nos habíamos transformado nosotros a su lado.

¿Habrá emitido Bella este discurso en voz alta? Lo más probable es que lo haya callado a conciencia, en la medida en que nunca fue propensa a abrir su corazón de par en par (tan sólo a tratar de abrirle el corazón al otro, arrancándoselo de propia mano). Pero puede que sí, que lo haya dicho no más, porque mucho después, en los prolegómenos de la despedida final, Pedro le diría —Me has modificado tanto— y ella en lugar de confesarle Y vos a mí, y vos a mí, como hubiera sido la verdad, parece que sólo atinó a contestar —Modificado, menos mal. Pensá qué sería de vos si te hubiera momificado, serías entonces del todo rígido e incurablemente diplomático—. Ironías posteriores. Porque en el preciso instante de esta relación de hechos aún los vemos a ambos tirados sobre la cama, según explica el texto. Como si el mar los hubiera arrojado a la playa. Trapos ablandados, ahítos. Naufragados en sábanas azules. A veces Bella con enorme esfuerzo pegaba unas brazadas y nadando hacia él se encaramaba sobre su pecho. Isla mía. A veces él jugaba a la ballena y de alguna manera secreta los dos sabían que estarían juntos esa noche del sábado y todo el domingo y después el diluvio.

A la mañana siguiente él preparó el desayuno, la despertó suavemente con la mesa ya puesta, la cafetera humeante, unos huevos revueltos, tostadas, todo lo que hace al hogar dulce hogar. Y Bella no husmeó el aire olfateando las vituallas sino un otro olor, el de la continuidad, e inmediatamente tras ese olor el de un susto a esa misma continuidad y, como corolario, un sutil, inquietante aroma a despedida.

Él ya estaba duchado, desodorizado, hermético ¿el olor vendría de ella? ¿Emanaría de ella ese olor a ganas de quedarse para siempre contemplando tras los ventanales el radiante, insólito paisaje de volcanes, ganas de quedarse íntimamente ligadas, amalgamadas a esas otras ganas opuestas de salir corriendo para siempre? ¿De quién de los dos, la ambivalencia?

El desayuno cobró entonces una tonalidad agorera, un poco falsa pero igualmente triste, y mientras Bella estudiaba el paisaje tras las ventanas de Pedro se puso sin querer a añorar su propio balcón, sus plantas. Con el último bocado preguntó:

—¿Te parece que podría volver a casa?

—Claro que sí, mujer. Qué pregunta.

—¿Cuándo?

—Cuando cambie la situación en tu país.

—Mirá que sos gracioso, Pedro. Es como decirme nunca. ¿Para qué me hacés ilusionar si después me contestás con evasivas? Decíme algo concreto, una fecha.

—Conozco una sola cosa concreta en esta vida. Ven que te hago una demostración.

Por lo tanto de nuevo en el dormitorio principal, sobre el gran mueble que ya conocemos, dedicándose una vez más a la sabia actividad que ya sabemos. Como un golpe de borrador de felpa, suave, suave, sobre el negro pizarrón de la memoria. Sólo que la tiza ha rayado por demás, y si bien por un rato puede hacerse desaparecer el blanco de las letras queda para siempre la inscripción más profunda.

Después del amor, con la cabeza sobre el pecho de Pedro, haciéndole dibujitos de sudor sobre la panza, aportando para los dibujitos un poco de su propia saliva, Bella intentó retomar el tema y saber algo más: ¿habrán tocado a alguno de sus amigos? A Celia, sobre todo, que está tan comprometida ¿sabe Pedro algo de Celia? Y Navoni ¿habrá logrado pasar a la clandestinidad? ¿lo habrán desaparecido? ¿no estará incomunicado, torturado, muerto? ¿Habrán interrogado a alguno de ellos? Por culpa de una actriz idiota, irresponsable, pueden estar en serios problemas. ¿Y qué habrá pasado con su casa? ¿rompieron algo, todo? ¿se llevaron papeles? ¿robaron todo lo que pudieron, como acostumbran? ¿qué, qué, qué? ¿quedaron las paredes en pie, quedó su dignidad?

—Basta, Bella, bella, bellísima, criatura adorable. Ya te dije todo lo que sé. ¿De qué vale seguir dándole vueltas al asunto? No tengo más información de la que te he trasmitido. Estás aquí, conmigo, a salvo, a tus amigos los han dejado tranquilos, tu casa no quedó más desordenada que de costumbre, nada fue robado según parece, todo está lo bien que pueden estar las cosas hoy día y bajo esos gobiernos. Olvídate del problema por el momento. Bórralo.

Para subrayar la idea del olvido Pedro dio media vuelta y empezó a dormirse y Bella, tensa, se puso a recorrer el departamento recién tímidamente habitado. En el otro dormitorio encontró una cama deshecha que le permitió sí olvidar sus anteriores dudas y sumirse en nuevos interrogantes. ¿Quién? Alguien había dormido allí ¿quién? ¿Otra mujer? ¿Una mucama? (No, había dependencias de servicio.) ¿El mismo Pedro con algo de miedo o respeto, cuando se encontraba solo, por su cama gigantesca? Le causó gracia pensarlo a Pedro sintiéndose solo en medio de su gran cama de sábanas azules. Pedro a la deriva.

Quizá para olfatearla un poco Bella se sentó en la camita deshecha y siguió interrogándose. ¿Con quién habría estado su Pedro, quién era en realidad su Pedro? ¿Su Pedro, de ella? Sólo sabía de él lo poco que él se dignaba informarle. Y eran más bien anécdotas, trocitos de vida atrapados en lo imaginario, historias del tío Ramón que Pedro le entregaba quizá porque eran lo más íntimo que tenía para darle. ¿Y el otro, el Pedro embajador, el hombre de mundo, el que ataba y desataba y quizá sólo era capaz de acercarse a Bella como un espectador más?

Espectadora ella, en todo caso. Fisgona de secretos que iban más allá de los celos.

Sobre la cama entre sábanas dormidas vaya a saber por quién

¿algún refugiado político? ¿uno de los tantos asilados?

Bella quería enterarse de la verdad, saber por fin todo de Pedro.

De golpe pensó en las mujeres del mercado a pocas cuadras de allí, mujeres acuclilladas, esperando, siempre esperando, y sin notarlo también ella se instaló en cuclillas sobre la cama, apoyada contra la pared. Soy una mujer del mercado, cómpreme, marchantita, este montoncito de semillas, mis papitas, un puñado de frijoles. ¿Vender es la verdad? La verdad es tan sólo permanecer allí viendo pasar la vida. Sólo que al estar sentada en actitud pasiva de mujer de mercado que ve pasar la vida, Bella pensaba en los otros sentados en actitud pasiva frente a ella viéndola ver pasar la vida y así al infinito. ¿Quiénes ven, quiénes son vistos? ¿Quiénes ven el ser vistos, quiénes son vistos viendo, quiénes vieron esa cama, con quién encima? ¿Quiénes? ¿Se miraron a los ojos, se acariciaron?

Las mujeres del mercado no piensan en estas cosas. Stop. Las mujeres del mercado se acoplan y basta, no andan perdiendo el tiempo preguntándose quién habrá dormido en cierta cama y si durmió en compañía.

Para ahuyentar las ideas peligrosas fue que Bella puso la cabeza entre las rodillas, después no pudo resistir la tentación y ¡ops! dio una vuelta carnero que no le salió carente de gracia y que le dejó de saldo una sábana enroscada al cuello. Una sábana blanca, es decir una toga. Et tu, Brutus? Et tu? Salió del cuarto arrastrando la toga. Et tu? Salió del cuarto arrastrando la toga. Et tu? Con parsimonia llegó hasta la otra cama, la insondable, y siguió con el Et tu? enrostrándole a Pedro sus posibles traiciones. Él abrió un ojo de mala gana.

—¿Qué haces allí, a los hipos?

—Maldito, apátrida, desamorado, seco. ¿Acaso no ves que soy el César y que me estás matando?

—Pero te estoy matando dulcemente, no me lo puedes negar. Tengo una daga amable, redondeada, y tú nunca te quejas cuando te penetra, en fin, disculpando su rostro honrado. Pero será para más tarde, porque ahora necesito descansar, por una vez que puedo hacerlo. Se trata del conocido reposo del guerrero.

X

De la representación a la verdad, del simulacro al hecho. Un solo paso. El que damos al saltar de la imaginación hasta este lado ¿qué lado? el de la llamada realidad, la Tan Mentada que nos hace jugarretas y ahí estamos oscilando como títeres colgaditos de un hilo. Si vuelvo a mi país y me golpean, me va a doler. Si me duele sabré que éste es mi cuerpo (en escena me sacudo, me retuerzo bajo los supuestos golpes que casi casi me hacen doler ¿es mi cuerpo?). Mi cuerpo será, si vuelvo. Éste que aquí toco, tan al alcance de mi mano. Cuando le arranquen un pedazo será entero mi cuerpo. En cada mutilado pedacito de mí misma seré yo. Y así lo represento y representando, soy. La tortura en escena, la misma que tantos están sufriendo, la que quizá me espere en casa cuando vuelva. Porque en mi casa el miedo. La mía es ahora la casa del miedo y esta ciudad, casa de la esperanza.

Esperanza, algo que no siempre la acompañaba por las calles, que a veces se agazapaba tras los telones mientras Bella recorría la ciudad desconocida.

A la salida de la representación en el anfiteatro de la Universidad Nacional, Bella y su público descubrieron que se había largado a llover con furia. A cántaros, dijo Bella. ¿Qué? preguntaron ellos. Gatos y perros, insistió Bella, ¿De qué hablas? preguntaron ellos. De la lluvia. Gran cosa, se asombraron ellos... vamos a continuar nuestro diálogo, hay tantos aspectos de tus propuestas teatrales que nos interesan. Vayamos a la cafetería a platicar a gusto.

No, no, no, se escapó Bella alarmada. Hoy no puedo, lo dejamos para la próxima. Hoy tengo otro compromiso.

Todos aceptaron medio de mala gana salvo unos ojos oscuros que no parecían decididos a renunciar a ella. Bella tampoco hubiera renunciado, no, en algún otro momento y en algún otro rincón del mundo. Pero allí y entonces la esperaba una misión más acuciante: buscar un teléfono, bajo la lluvia. Llegó por fin a la secretaría de la universidad y la dejaron sola en una oficina con el teléfono a su entera disposición. La ansiedad ya la estaba devorando cuando por fin logró discar el número de Pedro.

Él le había dicho Llámame después de la representación, quizá podamos tomar un café juntos, sólo un ratito, debo terminar el informe y asistir a una interminable serie de entrevistas. Igual llámame.

Había sido una concesión, no un pedido, pero Bella dejando de lado su natural prudencia se dejó llevar por las ganas de estar con él y sentirse protegida.

—Bella, dime ¿ha sido un gran triunfo, no?

—Sí. Un gran triunfo, un gran triunfo.

—Me alegro tanto. Estaba seguro de que te iría espléndidamente bien. Ahora podrás dormir tranquila.

—Con vos.

—Eso no sería tan tranquilo. Lo que necesitas ahora es un buen descanso. Y yo tengo que salir dentro de un rato para entrevistarme con el Ministro.

—Pedro. Dejáte de hablarme con mayúsculas. Sólo necesito verte un minuto. Voy para allá y te dejo enseguida. Ando necesitando un masaje, estoy muy tensa.

—Tengo las manos ocupadas con la máquina escribiendo el maldito informe. Sólo podría darte el masaje con los pies. No sería muy galante.

—Pues que sea con los pies, Pedro. Aunque no dejaré que nadie se entere, para que después no anden diciendo por ahí que todo lo hacés con las patas.

—Claro, como el sapo aquel que cruzó mi tío Ramón cierto atardecer, en el bosque. Cuenta mi tío Ramón que el sapo estaba mirando con fascinación a una luciérnaga que se encendía y se apagaba, se encendía y se apagaba. Largo rato la anduvo mirando y mirando como enternecido, poeta el sapo, no más, hasta que de golpe le saltó encima a la pobre luciérnaga y la pisó. ¿Por qué me pisas?, oyó mi tío Ramón que le preguntaba la luciérnaga al sapo, en un hilito de voz. Y tú, le preguntó a su vez el sapo ¿por qué reluces?

Crac.

No fue croac, el canto del sapo, ni el reventar de la luciérnaga ni nada referente a la fábula. Fue la muy vil y material comunicación telefónica que acababa de cortarse, haciéndola sentir a Bella como en su casa. Le costó un buen rato restablecer la llamada, y cuando por fin Pedro volvió a levantar el tubo ella se identificó:

—Hola. Aquí la luciérnaga.

—Aquí el sapo.

—¿Por qué me pisas, Pedro?

—Y tú ¿por qué reluces?

—Aj, repugnante machista, así te quería agarrar, infame, incapaz de aceptar el éxito de una pobre indefensa mujercita, como decía la otra. Todos los hombres son iguales, ya te explicaría hasta qué punto son iguales todos los hombres si no fuera que me acabo de dar cuenta de algo mucho más sutil que tu muy notorio machismo.

—¿Puede haber algo más sutil?

—Y cómo ¿sabés quién tiene la culpa de que cayera la policía en casa? Vos. Por todas tus historias del tío Ramón y demás delirios: mensajes cifrados. Todos mensajes en código que nos hemos estado pasando por teléfono, señor embajador, claro que sí. Usted me decía Cuando mi tío Ramón... y eso significaba que yo debía entregarle un importante documento sobre la guerrilla o algo parecido. Y si se llegaba a mencionar la palabra cama, ni hablemos. Las implicaciones altamente subversivas eran obvias.

—Por supuesto. Sólo quisiera agregar, estimada señora, si me está permitido, que también usted ha traído perturbaciones altamente perturbadoras a mi vida.

—¿De índole laboral?

—En absoluto.

—Entonces necesito verlo de inmediato para que juntos decodifiquemos el mensaje.

—Imposible. Ha sonado la hora del Ministro.

XI

El retorno prohibido, como un boxeador al que se le prohíbe la trompada. Y Bella que no pensaba dar golpe alguno, tan sólo la ínfima nota de su presencia rebelde en su ciudad, en su casa de la que habían logrado cortarla sin previo aviso.

Suspendida entre dos aguas se sentía, comprendiendo por fin a fondo a aquellos quienes había dejado atrás encerrados en la residencia sin siquiera la presencia tranquilizadora del embajador. Ella también, sintiéndose encerrada en una ciudad desconocida sin poder verlo a Pedro, ocupado como estaba o como decía estar con sus asuntos. Bella vagaba entonces por las calles sin detenerse ante las viejas casonas, las plazas, sin querer encariñarse. Con un vasto tiempo inútil entre manos porque era tiempo de desesperación y de impotencia.

Por fin se decidió a llamarlo a Aldo, cosa que la dejó más frustrada aún a fuerza de perífrasis y de rodeos en un intento de decirse algo por encima del control establecido sobre las comunicaciones internacionales.

Mirá, le dijo Aldo, si tenés un buen trabajo allá quedáte, no vengas, acá la situación económica está pésima, hay mucho desempleo. Pero no, no me entendés, no tengo un buen trabajo y quiero volver a toda costa. No no, ni se te ocurra ¿me oís? no vengas, cualquier trabajito que puedas tener allá es mejor que lo que conseguirías acá en este momento; acá no conseguirías nada, todo lo contrario. ¿Y los amigos cómo están, qué pasó después de esa fiesta que hubo en casa, ésa que me contaron? Todos bastante bien, fue una fiesta agitada pero sin resacas, los amigos están bien, no te preocupes, con menos ganas de seguir divirtiéndose pero bastante bien en conjunto. ¿Y la casa cómo quedó? Limpita, podés estar segura, no se rompió nada, todo igual; hubo algún problema con los vecinos, claro, pero eso ya está arreglado. ¿Seguro? Seguro, olvidáte de esto y aprovechá esa gran oportunidad que se te brinda para tu carrera.

Cuando por fin pudo encontrarse con Pedro le narró la conversación y también le trasmitió su angustia.

—No puedo permitir que me asusten de esta manera y me corten de mi vida. Creo que están tratando de ahuyentar a toda la gente que piensa, por poco que piensen. No les voy a dar el gusto, voy a volver.

—Puede que no llegues más allá del aeropuerto. No te olvides que hay listas.

—Macanas. No tienen cargos contra mí.

—Como si eso los detuviera.

—Peor es estar acá angustiándome sin sentido. Mejor vuelvo y averiguo exactamente qué pasó. Quizá fue sólo un operativo rastrillo, quizá cayeron en casa como hubieran podido caer en el departamento de al lado.

—Bella, debes tener conciencia del peligro. Nadie está a salvo en tu país, no puedes ser impulsiva. Déjame actuar a mí, la gente de la embajada está tratando de averiguar exactamente cómo fue ordenado el allanamiento, ya veremos más claro. Por ahora no debes preocuparte de nada, tómate unas vacaciones. ¿Estás bien en el hotel? Si no te buscamos una casa de amigos donde te sientas a gusto.

—No seas superficial, Pietro, no seas pétreo. No se trata de un asunto práctico, se trata de un sentimiento de impotencia que me asfixia.

—Déjalo por mi cuenta, la impotencia también es cosa de hombres. Ya vamos a ir arreglando todo, con tiempo, y entonces vendrá un Mensajero y te comunicará que puedes volver sin ningún peligro. Es cuestión de paciencia con los Mensajeros, pero también hay que estar alerta y no dejarlos pasar cuando cruzan nuestro camino. Bien que lo sabía mi tío Ramón, los reconocía bajo cualquier disfraz que se presentaran y les abría de par en par las puertas de su casa. Si llegaban en horas de comida los sentaba a la mesa y los hacía comer, aunque no tuvieran hambre. Claro que los Mensajeros de entonces siempre estaban hambreados y por eso creo que iban por demás a menudo donde mi tío Ramón, para deshambrearse, no para trasmitirle secreto alguno. Porque los verdaderos Mensajeros son eso, Mensajeros del secreto. Portadores aunque ellos mismos lo ignoren y mi tío Ramón sabía interpretarlos. Todo era un ir desarticulando el secreto, para mi tío Ramón, todo era un ir sabiendo como sin querer, a contrapelo.

Ahora sí que estoy dando mi primer paso hacia la ciénaga, comprendió Bella. Ahora mi primer paso soy yo, enterita, entro y sé que no podré retroceder, ya no, no retrocedo porque las arenas movedizas de ahora en más me rodean y me atrapan. Me abrazan. Antes era yo la arena movediza pero ahora son ellas las que me circundan y me configuran. Con el tío Ramón de por medio y mediante, mediador de la fábula, ya nunca más sabré dónde estoy parada.

Sólo sabré —si sé— que tengo miedo, ahora que estoy descubriendo los peligros de despertar ese perro que duerme. ¿Entonces? Avanzar cuidando muy bien de no remover la superficie plana. No enmarañar, ni mezclar, no pretender meterse en honduras porque ya estamos en honduras; andar con pie de plomo para lograr mantenerse en el fondo, casi sin respirar, sin largar burbujas delatoras. Sólo que el tío Ramón, cuando llega, lo remueve todo: el tío Ramón es una puerta que se abre, es la entrada a la tentadora ciénaga, es transparencia que se la traga a una.

XII

Para cerrarme caminos me los cierro yo misma, no necesito que las fuerzas de la represión me hagan saber que no puedo retornar a casa, decretó por fin Bella y Pedro no pudo impedirle el regreso. Sólo pudo convencerla de llegar unos días después que él, la fue a buscar al aeropuerto y logró que se instalara en casa de Mara a la espera de que se aclarara el panorama.

Y Bella poco a poco fue olvidando los peligros y volviendo a engancharse en su atracción por Pedro. Estaban por fin libres para encontrarse a gusto, con madame la embajadora en tierra de sus mayores: la pobre no tolera más las tensiones en este país, parece que aclaró Pedro. Poco se sabe de ese período que duró más de seis meses. Porque libres estaban para encontrarse, pero totalmente amordazados en materia narrativa. Ahora que por fin están juntos la libertad de narrar se les agota. ¿Sólo podrán escribirse los tiempos de angustia? Pero la angustia no se aplaca

*nunca: están juntos y la angustia corre por otros canales que
sólo logran verbalizar cuando consiguen congelarlos en anécdotas. Pedro le cuenta a Bella:*
—Date cuenta qué tiempos alienantes. El otro día me llegó
un paquetito rectangular por correo, envuelto en papel blanco sin
remitente. El perfecto Objeto Sospechoso. Los custodios de inmediato se negaron a entregármelo y lo abandonaron en el fondo del
jardín para que explotara bien lejos. Pasó la noche y nada. Así que
esta mañana llamamos a la brigada antiexplosivos que llegó enseguida con el camión jaula, metiendo gran alharaca, y un hombre
disfrazado de apicultor tomó el paquetito y lo calibró y lo auscultó
con un estetoscopio y por fin decidió hacerlo detonar. Lo plantaron
frente a un árbol y pam, pam, dos balazos. El paquete, como si
nada, por eso decidimos desenvolverlo con precauciones extre-
mas. ¿Y qué había dentro? ¿Una bomba, polvillos venenosos? No.
Fotos. Diapositivas de la familia enviadas por mi mujer. Aparentemente fueron inspeccionadas en el correo y después nuevamente envueltas en un papel común, con el triste resultado final
de un par de balazos que atravesaban las diapositivas por el medio.
No quedó nadie de mi familia, sólo mi tío Ramón, muerto de risa.

*Y los pobres asilados contemplando el incidente desde las
ventanas altas, sin saber muy bien a qué atenerse. Sin saber del
aspecto farsesco que tanto divertía al embajador.*

*Ya casi no se habla de ellos, quizá poco con ellos. Los
conocidos de Bella obtuvieron por fin el salvoconducto, no así el pez
gordo y cuatro o cinco más que eran figuras claves en la política de
oposición. Se habla muy poco de ellos en estas crónicas de Bella y
Pedro, sólo aparecen mencionados de refilón en alguna frase que
quedó registrada por motivos más irónicos que ideológicos.*

—Ay, señor embajador, es usted un hombre tan fino, tan
charmant. Quién hubiera dicho. Menos mal que lo conocí en
este cóctel y tuvimos oportunidad de conversar un rato. Porque
si nos cruzamos en la calle yo no lo saludo, le doy vuelta la cara:
¡con esos personajes execrables que está usted amparando en la
embajada, bajo su propia ala!

*Típico comentario de las señoras engalanadas, esposas
quizá de militares (de la antigua escuela, dirán ellas). Estas
señoras no tienen problemas con lo inmencionable. No tienen
idea de las leyes de asilo. Ni de las otras leyes, las leyes del
corazón que establecen incontrolables atracciones. Por eso
alguna vez le señalaron al señor embajador:*

—Señor embajador, qué extraña esa muchacha que suele aparecer con usted. Es tan subversiva en sus juicios ¿no pertenecerá a algún grupo sedicioso?

—No, estimada señora, le puedo asegurar que no. La subversión es ella misma, es apenas una gran acumulación de irreverencias, en todo su sublime esplendor.

Y Bella que no podía en aquel entonces actuar en público para no exponerse demasiado, se exponía en estas fiestas diplomáticas. Una forma como cualquier otra, se explicaba, de seguir con la representación. El espectáculo debe continuar, se decía, y para el espectáculo se preparaba, en esas noches, reacomodando sus humildes galas y usando sus últimas gotas de perfume francés. Sólo podía dictar unos talleres muy privados y las ganancias eran magras, apenas para seguir subsistiendo. Pero las luces de esas absurdas recepciones diplomáticas a las que la llevaba Pedro actuaban de candilejas, y Bella podía representar a gusto sus papeles más frívolos.

XIII

Otros roles la aguardaban a Bella cuando se alejaba de Pedro. Bella entonces como un puente lanzado entre dos angustias ajenas y atenaceantes, que le exigían todo en su calidad de puente.

Tratábase de un puente para atravesar el horror y llegar a esa salvación llamada asilo. Puente. Con Pedro de pivote y Bella como intermediaria.

Los que ya están dentro le ruegan que interceda ante el embajador para que los saquen de allí. Y Bella sabe muy bien que no es cuestión de Pedro ni de su gobierno, que ellos hacen lo que pueden y pueden tan poco. Y lo explica, y trata de calmar los ánimos. Y todo esto no aparece en las crónicas.

Tampoco aparece la otra punta del puente: Bella en el mundo exterior a la embajada asistiendo a entrevistas clandestinas, oprimida por todos esos pedidos de asilo a los que ni el embajador puede responder.

Bella empezó a correr el Amok por las calles de la ciudad como si eso fuera lo único posible, correr y correr, dispararle a todo, no dejarse envolver por redes tan pesadas. Sólo por Pedro.

Si Pedro estuviese alejado de la diplomacia, si fuese un tipo cualquiera con el que se podía estar sin necesidad de enredarse en

situaciones políticas y hasta protocolares. "¡El proctocolon!" se quejó más de una vez Bella, "qué caca".
Pero la broma no siempre diluía las tensiones.

No. Por las calles a veces la alcanzan a Bella las tensiones, y tienen cara, caras desesperadas que necesitan encontrar refugio en la embajada y sólo Bella puede ayudarlas.

Los que están dentro quieren salirse ya de ese precario asilo, pasar a la verdad del exilio. Los que están fuera desesperadamente necesitan entrar, cuestión de vida o muerte.

De todo esto está atenta Bella, y también atenta está a los peligros mientras camina por las oscuras calles arboladas a altas horas de la noche, a su salida de la embajada. Tratando de asegurarse de que no la están siguiendo, acechando el posible murmullo de pasos a sus espaldas, escrutando las sombras, eligiendo las calles de sentido contrario para detectar cualquier coche sospechoso.

Cuando la sospechosa es ella, a todas luces, ella quien infringe las leyes para armar el incierto andamiaje del deseo.

Asistida por Pedro, claro está, como queda probado en cierta escena después de cierta noche íntima en la residencia.

Al llegar la madrugada Bella lo sacudió con desesperación.

—Despertáte, Pedro, tengo que irme.

—Tantos que quisieran entrar acá y tú queriendo partir. Quédate, mi linda.

—No compliquemos más las cosas. Acompañáme no más hasta la puerta y después te volvés a la cama y seguís durmiendo. Sabés que no puedo ir sola a enfrentar la guardia.

—Es tan bello, Bella, estar contigo, dormir contigo, es lo único que me alegra la vida —y empezó a vestirse canturreando: Bella la bella que me alegra la vida. Y siguió cantando escaleras abajo, y cantó también al abrir la puerta de la mansión y descubrir que en el jardín del frente los custodios brillaban por su ausencia. Bella la vida con Bella. Y sin los guardianes, sin la policía del otro lado de la verja. Nadie. Encendió entonces todas las luces y fue bailoteando y cantando hasta la reja y abrió de par en par los portones de hierro y se alejó bailando por la calle.

—Que se embromen los custodios, que se embromen los custodios, que se embromen, se embromen —canturreaba moviendo los hombros al compás—. Que se embromen los custodios, obá.

Bella lo alcanzó a media cuadra.

—Pedro ¿a dónde vas? Cerrá el portón.

—Que se embromen los custodios por no estar en sus puestos de guardia. Es glorioso mi Bella, ¿te das cuenta? Esta noche de luna, de hermosa, cálida luna, heme aquí con los brazos abiertos, las puertas de par en par para recibir a quien sea. Entrarán todos en tropel, Bella. Dejad que los refugiados vengan a mí. Que entren, que entren ¿cómo podría impedirlo si los guardias se han ido?

Pero las calles estaban desiertas y nadie pudo aprovechar el momento.

Sólo a Bella le fue útil.

No es mala idea, parece que se dijo.

XIV

¿Quién le habrá narrado todos estos hechos y palabras a quién? ¿En qué momento? ¿Dónde? ¿Cuál será la intervención del tío Ramón en esta historia? Aquel que nunca existió, la incursión de la fábula en el miedo y también la fábula para paliar algo tan inquietante como podría llegar a ser el amor fuera de programa.

Pobre embajador.

Quizá para recuperar su norte fue que le mandó a Bella la carta. No una invitación esta vez, todo lo contrario: una suerte de lacre.

La escena se repitió al revés en la vida de Bella, ese juego de espejos desfasados. Esta vez no estaba ella limándose las uñas o afilando arma alguna. Entregada a la introspección, estaba tratando de recomponerse interiormente sabiendo que todo es un recomienzo sin mirar hacia atrás, alisando los pliegues. Acariciando la duda. Y sí, quién diría, acariciando dudas Bella, la segura de sí, la íntegra.

Si hay lugar para la duda quiere decir que hay lugar y eso es lo bueno, se consoló Bella. Y enseguida agregó: más vale tener cabida, estar abierta a lo que venga. Porque la duda no puede ocupar todo el espacio, la duda como tal es elástica, proteica. Se abre de brazos, la duda, y permite la entrada a la imaginación y al asombro, los grandes alimentos. O se contrae y entonces de inmediato el espacio es copado por el miedo. Y el miedo deteriora. Por eso hay que acariciar la duda, nutrirla a diario. Digamos que el poder no duda, si hay alguien que no duda ésa es la gente del gobierno, los que tienen el poder entre manos. La duda hace sufrir, la certidumbre nos impulsa a hacer sufrir a los otros.

Compleja cavilación que fue interrumpida por la campanilla del timbre. Y una vez más frente a la puerta de Bella un muy gris Mensajero esta vez reconocido con mayúscula, emisario del desastre. El sobre ostentaba el escudo dorado en la solapa y al frente la mano inconfundible de Pedro. Su estilo en el contenido:

Cuando mi tío Ramón vivió en los Estados Unidos conoció a una gringa. Era negra. Creo que llegó a quererla aunque él nunca dijo nada. Poco hablaba de amoríos.

Regresó a su pueblo solo, seguramente triste.

Con el tiempo y la distancia fue burilando sus recuerdos. Un día alguien le dijo: "Oye, Ramón ¿y cómo es los Estados Unidos?"

Se quedó pensando un rato como juntando memoria.

"Mira" dijo. "Los Estados Unidos es una negra rodeada de muchos carros y de muchas casas de mampostería".

Tal vez yo estaba poseído por el espíritu de mi tío Ramón cuando me preguntaron ayer por larga distancia que cómo era este país.

"Mire" contesté. "Este país es Bella rodeada de mucha gente y de muchas calles arboladas."

Quedó un rato en silencio el Ministro.

"Embajador" me dijo por fin "creo que ese destino lo está trastornando. Es hora de que regrese."

Así que dentro de pocas semanas me vuelvo a mi tierra.

Y yo, gritó mudamente Bella sin siquiera leer la frase de saludo. *Y yo*. Sintiéndose desgarrada. Como si le hubieran cortado algo. Pensar que en más de una oportunidad le había hecho saber a Pedro: cuando mencionás al tío Ramón me lleno de cosquillas, es como si abrieras una puerta.

Con esta carta la puerta se cerraba, y aunque ella pudiera pasar del otro lado nada seguiría siendo lo mismo. Mejor entonces intentar ponerle el pie, a la puerta, trata de impedir que se cierre del todo aunque corriera el riesgo de perder el pie en el intento.

Tomó el teléfono para llamarlo de inmediato a Pedro y gritarle toda su frustración y su rabia, pero se quedó con el tubo en la mano, congelada en ese primer impulso.

Lo cual no me asombra. ¿Qué podía decir por teléfono? Y no sólo por razones prácticas, sabiendo que todas sus conver-

*saciones con el embajador eran grabadas minuciosamente.
También por lo otro, aquello que de todos modos nunca podría
expresar porque pertenecía a la dimensión de lo inmencionable,
aquello que ni ella misma lograba reconocer para sí. Algún
papelito de éstos lo atestigua.*

Cuando se dice lo que no se dice, lo que no puede ser
dicho. Yo subo a escena y mi cuerpo dice por mí lo que yo callo.
Pero la escena me ha sido vedada por ahora y no puedo expre-
sarme. Nada puede ser dicho porque no hay palabras para
contradecir mis gestos, porque una mueca sarcástica o una risa
o una máscara cualquier le quitará valor a mi furia y la volverá
doméstica. No son éstos tiempos para permitirse la pasión o el
deseo, esos lujos

*ésos no eran tiempos, pero ¿cuáles son tiempos? Quizá no
haya otros para Bella.*

Fue Pedro quien intentó la comunicación. La pasó a buscar
con su gran coche, la llevó a comer a un restaurante de moda y
frente a quien quisiera observarlos le tomó la mano sobre la mesa.

—No me lo reproches, Bella, esto para mí es un fracaso.
No he podido hacer nada de verdad por todos los que necesitan
ayuda. No puedo sacar del país a los que están refugiados en la
casa, no puedo hacer entrar a nuevos asilados, me he quedado
sin posibilidad de acción y por eso me trasladan, para ver si un
embajador militar puede restablecer el diálogo con el gobierno
local. Pero no tengo derecho a agobiarte con estos pormenores.
Lo importante es decirte que quisiera que vinieras a mi país,
Bella. Allí ya te conocen. Estoy seguro de que tus talleres de
teatro tendrían un éxito enorme. Nos hacen falta artistas como tú,
y a mí me harías muy feliz.

—A vos puede ser, pero a tu tierna mujercita ¿la haría
feliz, acaso?

—No la toques. Ella está en otra escala.

—Claro. Yo en la escala de Richter y ella en la de Mercalli.

—No. La de Richter, la de Mercalli, son tuyas. Eres la
medida de todos mis temblores. A pesar de lo cual te daría una
buena mano.

—Dejáte de embromar, Pedro. Vos sabés que no me
puedo ir, y menos así. Elegí las representaciones unipersonales
porque no quiero pertenecer a ningún elenco. No voy a ir ahora
a formar parte de tu elenco. Además siento que acá puedo ser
mínimamente útil.

Pedro no era de los que insistían. Prefirió cambiar de tema quitándole toda trascendencia a sus anteriores palabras.

—Entonces ésta corre el riesgo de ser una despedida a fuego lento, un asado con cuero al mejor estilo local. No nos dejemos achicharrar, Bella, demos vuelta la suerte, la taba, la pisada, el espejo, lo que fuera que hay que dar vuelta para cambiar el curso de los acontecimientos. Me ha llegado el turno de darte a ti una fiesta en la residencia. Mi fiesta de despedida será tuya, invitarás a quien te plazca, todos los invitados serán tus invitados. Nada de protocolos, como dices tú, esta vez en la embajada, vendrán tus alegres amigos y daremos por fin una fiesta de verdad, con gran baile. La casa es tuya, tuyo es mi corazón o mejor dicho mi hígado, asiento de las pasiones según los griegos, tuyo mi hígado porque vamos a beber hasta morirnos. Hay que acabar con la bodega. No le dejaremos ni una botella a los embajadores militares que vendrán a emba-jodernos.

Y esa noche Bella quedó atrapada en la fascinación de la fiesta. Esa noche el proyecto de la fiesta —magnífica excusa para no pensar en la separación— brilló en todo su esplendor y Bella se sintió precariamente consolada. Al menos ya no hay dudas, se dijo. Por el momento. Sólo hay una necesidad de borrarlo a Pedro. O no. Aceptarle al sueño su calidad de sueño y aplazar la vigilia. Tío Ramón, socorro para aplazar la vigilia. Pero saber que después habrá que despertar de una vez por todas. Para siempre. Despertarse después de la fiesta. Como corresponde.

XV

Y bueno, si es así, parece haberse dicho Bella, si algo es todavía mío, le estamparé mi sello. Y con treinta invitaciones en la mano, equivalentes casi a treinta pasaportes, decidió por fin asumir el papel protagónico.

El tan esperado día de la fiesta de Bella llegó por fin. El embajador despidiéndose de la Actriz a la vista de todos. Y la actriz estaba más bella que nunca, más radiante y compuesta. Y su público la aclamaba. Un público algo extraño que el embaja-dor no reconocía mientras Bella lo iba presentando y dándole los nombres. Muy protocolares, actriz y embajador estaban sobre la breve escalinata del frente de la mansión, saludando y saludando a los invitados a medida que iban llegando. Ante los portones de entrada, los custodios cuchicheaban su desprecio al recibir las invitaciones para su inspección. Qué mal gusto el de este embajador, se decían, reconocer públicamente a su amante. Y mirá los amigos que tiene ella, ni saben vestirse. Venir así a una fiesta diplomática, y algunos hasta con niños. Dónde se habrá visto. Estas actrices.

Y Bella, toda dorada, reflejos en el pelo, informales galas hindúes también doradas, iba contestando a las preguntas de Pedro entre una y otra presentación.

—No, Mara se disculpó, qué lástima, se siente muy mal la pobre, no va a poder venir, está con una gripe bárbara.

—Aldo tampoco va a poder venir. No dijo por qué, vos sabés lo misterioso que se pone cuando quiere. Los Baremblit están de viaje. Éstos son todos viejos amigos de la infancia, hace tanto que quería reunirme con ellos. Los últimos que entraron son compañeros del teatro. Aproveché para invitar a toda esa gente que de otra forma uno no puede ver nunca.

—¿Estás segura, Bella?

—¿Segura? Nunca lo he estado más en mi vida.

Mientras se iba desarrollando la fiesta, en el mundo exterior empezaban a correr rumores de un operativo rastrillo: casa por casa eran pasadas por el cedazo en busca de probables opositores al gobierno.

En la residencia, a salvo de los rumores, sólo corrían los litros de champán y todos festejaban emborrachándose con un sentimiento de libertad ya casi olvidado. Poco a poco todos los invitados iban aflojando sus tensiones, unos también se aflojaban las corbatas, algunos se quitaron un saco que les quedaba demasiado estrecho, como si no les perteneciera, algunas mujeres en el jardín se sacaron los zapatos de taco alto para sentir en los pies la frescura del pasto recién cortado.

Bella iba de un grupo a otro, sonriente, copa en mano, pero casi no intercambiaba palabras con ellos, apenas breves risas tranquilizadoras. Los mozos no se cansaban de pasar bandejas cargadas de copas y de bocaditos y por fin Pedro decidió que había llegado la hora de empezar el baile y los invitó a todos a volver a los salones.

—Vamos a bailar, vamos a vaciar la bodega. Esta noche es para siempre.

La tomó a Bella entre los brazos para arremeter con un tango, a su manera, y parecía que la estuviera cobijando. Le dijo:

—Llamó Celia para disculparse porque no puede venir. Tuvo un compromiso urgente, pero me pidió que te deseara una feliz fiesta, y yo hago lo que puedo, como ves. Hago lo que puedo para hacerte feliz en esta fiesta.

—¿Qué más dijo Celia?

—Nada. Que todo estaba perfectamente bien, que no te preocuparas. Esas frases.

—¿Por qué no me llamaste al teléfono?

—Se cortó la comunicación antes de que termináramos de hablar.

—¿Le habrá pasado algo?

—No, mujer. Hablaba de un público, se quedó sin monedas.

—¿Estás seguro? ¿No sonaba preocupada?

—Preciosa, la preocupada eres tú. Si hasta le ofrecí enviarle el coche para que viniera un ratito, aunque fuese.

Uno de los invitados los separó para ponerse a bailar con Bella, cortes y quebradas y algo susurrado en una sentadita. Pedro bailoteó solo unos minutos y para el próximo tango se consiguió otra pareja, una interesante desconocida que parecía estar incómoda en sus brazos.

Cambió el ritmo, con la música tropical todos se separaron y Bella pudo finalmente recuperarlo a Pedro.

—Pedro, si vas a mandar el coche, por favor pedíle al chofer que saque un par de bolsos que metí bajo el asiento. Traje unos papeles que te quiero dejar y un pantalón y una blusa por si me quedo a dormir. No quería que la guardia los viera.

Y siguieron bailando y ninguno de los dos volvió a abrir la boca porque lo que tenían que decirse en realidad era tan profundo que les resultaba imposible modular las palabras.

Gracias a la música a todo volumen y a las abundantísimas libaciones el baile resultó un acto de liberación colectiva. Poco a poco todos fueron sintiéndose como en casa, esos seres extraños que Bella le había presentado cuidadosamente a Pedro y que Pedro no lograba reconocer. Todos hermanados en el baile y Pedro y Bella en el centro de la gran rueda reparadora. Hasta los cinco o seis niños que habían ido acompañando a sus padres bailaban, bailaba la mujer embarazada y la madre con su bebé en brazos, y el viejo profesor también bailaba, a los suaves brinquitos pero integrándose al movimiento de los otros.

El mismo disco empezó a repetirse automáticamente hasta que empezaron las defecciones y unos se fueron desplomando en el primer sillón que encontraron y otros ocuparon los sofás, los divanes, o se fueron estirando sobre las alfombras y volvieron a los tragos.

Bella se arrellanó en un sillón profundo, Pedro fue a instalarse en el piso a su lado y despreocupándose quizá para siempre de la absurda discreción le sacó delicadamente la sandalia y se puso a acariciarle el pie. Bella a su vez empezó a acariciarle a Pedro la cabeza y a despeinarlo, con suavidad primero, después con ganas, alborotándole el pelo y a veces tironeándoselo un poco porque ese gesto le hacía retornar a los principios, revivir para atrás los largos meses pasados con Pedro hasta aquella noche en ese mismo lugar, cuando improvisó el loco monólogo de las melenas moras que la había arrastrado hasta este desenlace.

Y allí estaban ellos dos, acariciándose, rumiando recuerdos en medio de un grupo de seres agotados, entregados, Bella sin encontrar la forma de reanudar el diálogo y Pedro empezando a sospechar que quizá ya estaba todo dicho, las cartas sobre la mesa. Fue como si las caricias empezaran a extenderse y una rara calma inundó la sala. Los niños se quedaron dormidos, algunos se pusieron a fumar muy lentamente, estudiando el humo, todos sin decir palabra, ni un sonido después de tanta música atronadora. Era tan bueno estar así en suspenso, como metidos dentro de la burbuja de un suspiro.

El jefe de la guardia reventó la burbuja. El duro paso de sus botas trituró la beatitud y sus palabras que podían haber sido totalmente inocuas produjeron un inexplicable revuelo.

—Disculpe, señor embajador, pero traigo órdenes de evacuar la residencia. Los invitados deben partir de inmediato, lo siento mucho. Ha llegado la hora del cambio de guardia y mis hombres de refuerzo no tienen relevo. No habrá custodia suficiente, insisto. Sus invitados deben partir.

Todos se pusieron de pie al mismo tiempo, alarmados, y Pedro se adelantó unos pasos porque por fin sabía. Los demás se replegaron a sus espaldas, sólo Bella se mantuvo a su lado, decidida, y avanzó con él hacia el jefe de la guardia y quizá fue la única que lo oyó a Pedro decir —De aquí no sale nadie—, porque en ese preciso instante sonó el silbato y los guardias armados que seguramente estaban agazapados tras las puertas irrumpieron en la sala desde distintos ángulos, en tropel, y en la confusión las inmunidades diplomáticas fueron desatendidas y se oyó un único disparo.

Bella comenzó su lentísima caída y Pedro no encontró fuerzas para sostenerla, sólo pudo abrazarla e irla acompañando hacia abajo. *Y con la boca pegada a su oído empezó a narrarle esta precisa historia:*

—Cuando mi tío Ramón conoció a una actriz llamada Bella...

Donde viven las águilas (1983)

Los censores

¡Pobre Juan! Aquel día lo agarraron con la guardia baja y no pudo darse cuenta de que lo que él creyó ser un guiño de la suerte era en cambio un maldito llamado de la fatalidad. Esas cosas pasan en cuanto uno se descuida, y así como me oyen uno se descuida tan pero tan a menudo. Juancito dejó que se le viera encima la alegría —sentimiento por demás perturbador— cuando por un conducto inconfesable le llegó la nueva dirección de Mariana, ahora en París, y pudo creer así que ella no lo había olvidado. Entonces se sentó ante la mesa sin pensarlo dos veces y escribió una carta. La carta. Esa misma que ahora le impide concentrarse en su trabajo durante el día y no lo deja dormir cuando llega la noche (¿qué habrá puesto en esa carta, qué habrá quedado adherido a esa hoja de papel que le envió a Mariana?).

Juan sabe que no va a haber problema con el texto, que el texto es irreprochable, inocuo. Pero ¿y lo otro? Sabe también que a las cartas las auscultan, las huelen, las palpan, las leen entre líneas y en sus menores signos de puntuación, hasta en las manchitas involuntarias. Sabe que las cartas pasan de mano en mano por las vastas oficinas de censura, que son sometidas a todo tipo de pruebas y pocas son por fin las que pasan los exámenes y pueden continuar camino. Es por lo general cuestión de meses, de años si la cosa se complica, largo tiempo durante el cual está en suspenso la libertad y hasta quizá la vida no sólo del remitente sino también del destinatario. Y eso es lo que lo tiene sumido a nuestro Juan en la más profunda de las desolaciones: la idea de que a Mariana, en París, llegue a sucederle algo por culpa de él. Nada menos que a Mariana que debe de sentirse tan segura, tan tranquila allí donde siempre soñó vivir. Para él sabe que los Comandos Secretos de Censura actúan en todas partes del mundo y gozan de un importante descuento en el transporte aéreo; por lo tanto nada les impide llegarse hasta el oscuro barrio de París, secuestrar a Mariana y volver a casita convencidos de su noble misión en esta tierra.

Entonces hay que ganarles de mano, entonces hay que hacer lo que hacen todos: tratar de sabotear el mecanismo, de ponerle en los engranajes unos granos de arena, es decir ir a las fuentes del problema para tratar de contenerlo.

Fue con ese sano propósito con que Juan, como tantos, se postuló para censor. No por vocación como unos pocos ni por carencia de trabajo como otros, no. Se postuló simplemente para tratar de interceptar su propia carta, idea para nada novedosa pero consoladora. Y lo incorporaron de inmediato porque cada día hacen falta más censores y no es cuestión de andarse con melindres pidiendo antecedentes.

En los altos mandos de la Censura no podían ignorar el motivo secreto que tendría más de uno para querer ingresar a la repartición, pero tampoco estaban en condiciones de ponerse demasiado estrictos y total ¿para qué? Sabían lo difícil que les iba a resultar a esos pobres incautos detectar la carta que buscaban y, en el supuesto caso de lograrlo, ¿qué importancia podían tener una o dos cartas que pasan la barrera frente a todas las otras que el nuevo censor frenaría en pleno vuelo? Fue así como no sin ciertas esperanzas nuestro Juan pudo ingresar en el Departamento de Censura del Ministerio de Comunicaciones.

El edificio, visto desde afuera, tenía un aire festivo a causa de los vidrios ahumados que reflejaban el cielo, aire en total discordancia con el ambiente austero que imperaba dentro. Y poco a poco Juan fue habituándose al clima de concentración que el nuevo trabajo requería, y el saber que estaba haciendo todo lo posible por su carta —es decir por Mariana— le evitaba ansiedades. Ni siquiera se preocupó cuando, el primer mes, lo destinaron a la sección K, donde con infinitas precauciones se abren los sobres para comprobar que no encierran explosivo alguno.

Cierto es que a un compañero, al tercer día, una carta le voló la mano derecha y le desfiguró la cara, pero el jefe de sección alegó que había sido mera imprudencia por parte del damnificado y Juan y los demás empleados pudieron seguir trabajando como antes aunque bastante más inquietos. Otro compañero intentó a la hora de salida organizar una huelga para pedir aumento de sueldo por trabajo insalubre pero Juan no se adhirió y después de pensar un rato fue a denunciarlo ante la autoridad para intentar así ganarse un ascenso.

Una vez no crea hábito, se dijo al salir del despacho del jefe, y cuando lo pasaron a la sección J donde se despliegan las cartas con infinitas precauciones para comprobar sin encierran polvillos venenosos, sintió que había escalado un peldaño y que por lo tanto podía volver a su sana costumbre de no inmiscuirse en asuntos ajenos.

De la J, gracias a sus méritos, escaló rápidamente posiciones hasta la sección E donde ya el trabajo se hacía más interesante pues se iniciaba la lectura y el análisis del contenido de las cartas. En dicha sección hasta podía abrigar esperanzas de echarle mano a su propia misiva dirigida a Mariana que, a juzgar por el tiempo transcurrido, debería de andar más o menos a esta altura después de una larguísima procesión por otras dependencias.

Poco a poco empezaron a llegar días cuando su trabajo se fue tornando de tal modo absorbente que por momentos se le borraba la noble misión que lo había llevado hasta las oficinas. Días de pasarle tinta roja a largos párrafos, de echar sin piedad muchas cartas al canasto de las condenadas. Días de horror ante las formas sutiles y sibilinas que encontraba la gente para transmitirse mensajes subversivos, días de una intuición tan aguzada que tras un simple "el tiempo se ha vuelto inestable" o "los precios siguen por las nubes" detectaba la mano algo vacilante de aquel cuya intención secreta era derrocar al Gobierno.

Tanto celo de su parte le valió un rápido ascenso. No sabemos si lo hizo muy feliz. En la sección B la cantidad de cartas que le llegaba a diario era mínima —muy contadas franqueaban las anteriores barreras— pero en compensación había que leerlas tantas veces, pasarlas bajo la lupa, buscar micropuntos con el microscopio electrónico y afinar tanto el olfato que al volver a su casa por las noches se sentía agotado. Sólo atinaba a recalentarse una sopita, comer alguna fruta y ya se echaba a dormir con la satisfacción del deber cumplido. La que se inquietaba, eso sí, era su santa madre que trataba sin éxito de reencauzarlo por el buen camino. Le decía, aunque no fuera necesariamente cierto: Te llamó Lola, dice que está con las chicas en el bar, que te extrañan, te esperan. Pero Juan no quería saber nada de excesos: todas las distracciones podían hacerle perder la acuidad de sus sentidos y él los necesitaba alertas, agudos, atentos, afinados, para ser un perfecto censor y detectar el engaño. La suya era una verdadera labor patria. Abnegada y sublime.

Su canasto de cartas condenadas pronto pasó a ser el más nutrido pero también el más sutil de todo el Departamento de Censura. Estaba a punto ya de sentirse orgulloso de sí mismo, estaba a punto de saber que por fin había encontrado su verdadera senda, cuando llegó a sus manos su propia carta dirigida a Mariana. Como es natural, la condenó sin asco. Como también es natural, no pudo impedir que lo fusilaran al alba, una víctima más de su devoción por el trabajo.

La historia de papito

Una pared delgada nos ha separado siempre, por fin sonó la hora de que la pared nos una.

En el ascensor no solía dar un cinco por él, ni en el largo pasillo hasta llegar a nuestras respectivas puertas. Él era esmirriado, cargaba toda la trivialidad de la estación Retiro hasta dentro de la casa: un humo de tren que empañaba los espejos de la entrada, algunos gritos pegados al oído que lo hacían sordo a mis palabras corteses: lindo día, ¿no? O bien: parece que tendremos lluvia. O: este ascensor, cada día más asmático...

Pocas veces él contestaba sí, no, indiscriminadamente, y yo sólo podía barajar los monosílabos y ubicarlos donde más me gustara. De él prefería esa libertad que me daba para organizar nuestros humildes diálogos según mi propia lógica.

(Otra cosa de él no podía gustarme hasta esta noche: sus espaldas caídas, su cara gris sin cara, sus trajes arrugados, su juventud tan poco transparente.) (Esta noche, sin embargo, hubiera debido estirar una mano a través de la pared y obligarlo de una vez por todas a aceptar nuestro encuentro.)

Al fin y al cabo fue culpa de él el estruendo que acabó con mi sueño. Y yo —Julio— creí que era a mi puerta que llamaban y daban de patadas y que abrí hijo e'puta me estaba destinado. Qué tengo yo que ver con policías, me dije medio dormido palpándome de armas a lo largo y lo ancho del piyama.

Tiramos la puerta abajo, gritaban. Entregáte que tenemos rodeada la manzana. Y mi puerta impávida y supe que era al lado y él tan borradito, tan poquita cosa, ofreciéndome de golpe asistir a su instante de gloria y rebeldía.

No pude abrir mi puerta para verles la cara a los azules dopados por el odio. El odio de los que se creen justos es algo que está un paso más allá de la cordura y prefiere ignorarlo.

Me quedé por lo tanto con él de su lado del pasillo y pegué la oreja al tabique para saber si podía acompañarlo y no sé si me alegré al enterarme de que ya estaba acompañado. La voz de la mujer tenía el timbre agudo de la histeria:

—Entregáte. Qué va a ser de mí. Entregáte.

Y él, tan poquita cosa hasta entonces, ahora agrandado:

—No, no me entrego nada.

—Sí, entregáte. Van a tirar la puerta abajo y me van a matar a mí. Nos van a matar a los dos.

—Vamos a joderlos. Nos matamos nosotros antes. Vení, matáte conmigo.

—Estás loco, papito, no digas eso. Yo fui buena con vos. Sé bueno ahora conmigo, papito.

Empiezo a toser porque también a mi departamento están entrando los gases lacrimógenos. Corro a abrir la ventana aunque quisiera seguir con la oreja pegada al tabique y quedarme con vos, papito.

Abro la ventana. Es verdad que estás rodeado, papito: montones de policías y un carro de asalto. Todo para vos y vos tan solo.

—Hay una mujer conmigo, déjenla salir —grita papito—. Déjenla salir o empiezo a tirar. Estoy armado —grita papito—.

Bang, grita el revólver de papito para probar que está armado.

Y los canas:

—Que salga la mujer. Haga salir a la mujer.

Crash, pum, sale la mujer.

No le dice chau papito, ni buena suerte, ni nada. Hay un ninaderío ahí dentro, *chez* papito... Hasta yo lo oigo y eso que suelo ser muy duro de oídos para lo que no resuene. Oigo el ninaderío que no incluye la respiración de papito, el terror de papito, nada. El terror de papito debe de ser inconmensurable y no me llega en efluvios, qué raro, como me llegan los gases que lo estarán ahogando.

Entréguese, gritan, patean, aúllan de furia. Entréguese. Contamos hasta tres y echamos la puerta abajo y entramos tirando.

Hasta tres, me digo, qué poco recuento para la vida de un hombre. Padre, Hijo y Espiritusanto son tres y qué puede hacer papito con una trinidad tan sólo para él y en la que se le va la vida.

Uno, gritan los de afuera creyéndose magnánimos. Fuerza, papito, y él debe de estar corriendo en redondo por un departamento tan chico como el mío y en cada ventana se debe de topar con el ojo invisible de una mira telescópica.

Yo no enciendo las luces por si acaso. Pongo la cara contra la pared y ya estoy con vos, papito, dentro de tu pellejo. Dos, le gritan me gritan y él contesta: no insistan, si tratan de entrar me mato.

Yo casi no oí el tres. El tiro lo tapó todo y las corridas con pies de asombro y la puerta volteada y el silencio.

Un suicidado ahí no más, papito, ¿qué me queda ahora a mí al alcance de la mano? Me queda sentarme en el piso con la cabeza sobre mis propias rodillas sin consuelo y esperar que el olor a pólvora se disipe y que tu dedo se afloje en el gatillo.

Tan solo, papito, y conmigo tan cerca.

Después de las carreras, una paz de suceso irremediable. Abrí mi puerta para asomar la nariz, la cabeza, todo el cuerpo, y pude escurrirme al departamento de al lado sin que nadie lo note.

Papito poca cosa era un harapo tirado sobre el piso. Lo movieron un poco con el pie, lo cargaron sobre unas angarillas, lo taparon con una manta sucia y se fueron con él camino de la morgue.

Quedó un charco de sangre que había sido papito. Una mancha sublime del color de la vida.

Mi vecino era grande en esa mancha, era importante. Me agaché y le dije:

—Gríteme su nombre y no se inquiete. Puedo conseguirle un buen abogado.

Y no obtuve respuesta, como siempre.

Mi potro cotidiano

I. Hoy me caí del caballo. La pucha, me ocurre cada vez más a menudo, caerme del caballo. Lo intento todo: perfumarme, rizarme las pestañas, sonreír y hasta enloquecer un poco pero nada, me caigo del caballo. Qué animal más arisco, cascarrabias. Corcovea hasta voltearme sin siquiera haber intentado yo montarlo. Un animal que adivina mis intenciones, un caballo psíquico. Trato de acariciarle el lomo y se eriza no más, no acepta el azúcar de mi mano, nada de nada. Potro de mierda, potro de torturas. Animal cotidiano.

Caballo, carajo, le digo y él para las orejas pero ni me escucha. Toma actitudes así, mi caballo, indiferente a todo lo que puede ser un poco de ternura.

Lo malo de ese asunto son los otros, cuando algún otro de los nuestros se convierte en caballo y no deja para nada que uno lo monte o que simplemente le enseñe a comer de la mano... Manos ya ni me quedan, me las han ido devorando los caballos de a poquito, confundiéndolas con los trozos de azúcar que yo tan buenamente les tendía. Eso es lo que ocurre con la escasez de azúcar, genera ansias violentas y en cuanto uno exhibe tan sólo sea un terrón el primero en alcanzarlo pega un mordisco y arrasa con todo.

Total que me he quedado sin manos. No es tan grave pero complica bastante la jineteada por eso de que ya no se tienen las riendas. No es que yo haya querido en momento alguno manejar las riendas, pero a mi potro indómito no lo puedo guiar con las rodillas ni con alguna otra instancia de mi cuerpo. Mi potro no quiere ersatz, él exige buena mano y yo manos no tengo. Quisiera manejarlo a escupitajos: Dios nos libre, quisiera dominarlo con la vista y es él quien me domina.

Hay un potro para cada uno de nosotros. El mío es overo, parece manso y sin embargo me es dificilísimo contar hasta diez sobre su lomo. Potro puto, le digo, y él ni se inmuta porque se siente un semental de los mejores. Nadie se lo ha dicho (al menos yo me he cuidado muy bien de hacérselo saber) ni tiene posibilidades de compararse pero igual él lo sospecha a pesar de ciertos eventuales fracasos. Mi potro es un semental de los mejores y no lo presento en la Exposición Rural por miedo a que me lo vuelvan aún más engreído. No es un potro humilde, no; con sus exigencias me tortura bastante, me hace andar al galope, me obliga a sortear increíbles obstáculos. Y como siempre yo aferrada a su crin con los dientes para no dejarlo escapar porque es así, porque no podemos ni debemos dejar escapar a nuestro potro por arisco que sea.

Aferrada con los dientes a su crin me bamboleo como una banderola mientras mi potro galopa a toda furia. Pasa lo más cerca posible de los árboles para golpearme contra el tronco y yo como si nada, sangrando y desgarrándome pero con aire indiferente para que él no note su triunfo: potro triunfante es lo menos potro que se ha visto.

Yo, firme sobre su lomo a pesar de que la cosa no me satisface. Me enfurece más bien y pierdo los estribos. Mi caballo aprovecha esos momentos pero yo sé sujetarme con los muslos. Me adhiero a él, hasta me invento ventosas. Lo hago por su bien: no quiero ni pensar lo mal que se sentiría si lograra desprenderme de su lomo. Por eso acabo despreciándolo un poco, porque se sentiría tan solo, abandonado, y sin embargo lucha con tantas ganas por deshacerse de mí, por apartarme.

Tiene que estar muy loco para querer alejarme de su lado, de internación casi, y yo que sé lo que eso significa hago lo posible por mantenerme a horcajadas sobre mi potro, por su bien, porque sin mí no sería potro, sería tan sólo otro y ya con forma humana no podría ni pegar esos relinchos majestuosos ni galopar a gusto ni siquiera sentirse libre como un caballo indómito.

Y dejarlo, sin consideración alguna, volver a ser él mismo ¿no? sería una vuelta de tuerca inesperada, dura y apretada, demasiado parecida a la traición para mi gusto. Y es lo que menos quiero, no quiero que se sienta arrojado por mí del mundo equino como cierta vez fue arrojado por manos anónimas del mundo de los seres humanos. Echado así sin más de lo que él creyó hasta entonces que era el paraíso.

Y he aquí la historia:

II. Iba corriendo por la calle sin mirar hacia atrás. Total, nadie estaba persiguiendo. Eso bien lo sabía, lo que ignoraba era la profunda razón de esas ganas de escapar que de golpe lo asaltaban a mitad de camino de un paseo otramente placentero. Y esa vez, como de costumbre, nadie detrás de sus talones, pero allí adelante como a mitad de cuadra los vio venir, no más, nítidamente dibujados en su pulcro uniforme azul contra la claridad del cielo. Quiso sofrenar su raje, entonces, pegar media vuelta chiflando bajito como si nada, pero era tarde ya. Los otros lo agarraron cada uno de un hombro, el que tenía la derecha libre le plantó un puñetazo sobre la sien izquierda, las manos sobre sus hombros se aflojaron dejándolo caer así como al descuido sobre la vereda. Y los dos policías siguieron con un paso elástico, con su raya del pantalón siempre impecable, y él quedó hecho un harapo frente a una puerta, por un tiempo muy largo nadie se animó a acercársele.

Después ocurrió lo difícilmente explicable: la puerta se abrió como gruñendo y un par de manos lo arrastraron dentro de la casa con esfuerzo. Algo en él se resistía a aceptar esa ayuda, algo en él hubiera preferido seguir corriendo, no más, pero eso era imposible con la cabeza como la sentía a punto de estallar y sus piernas que se negaban a sostenerlo.

Es decir que no pudo menos que dejarse llevar como entre nubes y dejarse hacer, también, por un buen rato: tender sobre una cama, compresas de agua fría, un alcohol bien fuerte metido entre los labios, una mano desconocida o tomándole el pulso u oprimiendo su mano como amiga. Sólo que, sólo que... cuando por fin pudo abrir los ojos después de una larga lucha contra sus propios párpados el horror se le trepó de golpe desde las tripas hasta la boca y gritó:

—¡Estoy ciego!

—Qué va a estar ciego, mi amigo. No sea alarmista. Le vendamos los ojos, simplemente. Para que no le haga daño la luz, pero también ¿a qué ocultarlo? para que no le acarree otro daño más profundo el hecho de ver lo que vería. Así que cálmese no más y repóngase tranquilo.

—¿Tranquilo? ¿Y usted quién es? ¿Por qué me habla de esa manera? De manera tan rebuscada, carajo. Caí en un burdel de putos, caí en un ministerio, en una cárcel. Si veo, me amasijan. Si no veo, me vuelvo loco.

Una vez más le tomaron la mano. Debe ser el tipo, pensó y trató de retirarla con asco. ¿Por qué? preguntó una voz de mujer por demás dulce. Grr, masculló él pero dejando su mano donde estaba, abandonada a la caricia. La otra mano se le pegó encima, una mano demasiado grande para su gusto pero ¿qué se puede saber de dimensiones así, sin poder palpar y con los ojos vendados? La otra mano (¡no parece mano de mujer, demonios!) le acariciaba la suya y él hubiera querido ponerse a cantar mano a mano hemos quedado o algo por el estilo para romper la tensión que le iba creciendo bien adentro, pero la voz dulce dulce de la mujer retomó:

—Déjese cuidar, tenga confianza en nosotros. Al fin y al cabo lo salvamos de manos de la policía.

(Y vuelta con las extremidades superiores, pensó él. ¿No serán extremistas? empezó a alarmarse, proclive como estaba por su maldito dolor de cabeza a las asociaciones fáciles.)

—No se esfuerce en pensar quiénes somos ni ninguna de esas nimiedades —le dijo el tipo—. Eso no tiene ninguna importancia para usted. Lo importante es que se reponga pronto y que podamos sacarlo de aquí.

—Ahora —pidió él. Y cuando intentó incorporarse pegó un grito y se tumbó de nuevo. Un dolor desgarrante le había partido la nuca: los efluvios de una trompada bien puesta.

—A golpes se hacen los hombres, pero a golpes de tozudez se desarman para siempre. Quédese quieto o le va a pesar.

Por todas sus connotaciones, la palabra pesar fue más de lo que pudo resistir y unas lágrimas medio abochornadas empezaron a humedecerle la venda de los ojos. Y sintió miedo. Miedo de que el vendaje se volviera transparente con las lágrimas, dejándolo de golpe frente a seres sin cara, por ejemplo, o caras que no estaba permitido contemplar. Empezó a fantasear todo tipo de monstruos, seres informes que su razón rechazaba y otras partes de su cerebro se regodeaban en plasmarle. Entonces el quejido que empezó a escurrirse lentamente por sus labios se hizo monocorde y del todo involuntario. Él, el corredor compulsivo, el maratonista nato, ahora echado sobre una cama anónima, invisible, incapacitado para moverse. Vio avanzar por la calle a los dos vigilantes salidos de la nada, o quizá salidos de los confines de esa misma casa, de algún recoveco oscuro del jardín. Venían hacia él y sus pies eran las orugas de un tanque que iban no más a aplastarlo, y lo aplastaban.

—Vamos. Un poco de calma. Ya pronto va a poder irse. No se inquiete, no se desespere. No sufra.

Ese no sufra dicho así como una orden. Bonita idea ¿no? sobre todo para él que no puede contener el dolor chorreándole de la cabeza y desplegándose con igual intensidad por todo el cuerpo.

No sufra, no oiga, no mire, no analice. Buen chiste, sí, buena analogía de lo que el país espera de él, sí, si no fuera por esas ondas de dolor intensísimo que por oleadas lo sacuden. La onda expansiva, piensa, pensamiento idiota cuando uno está tan al borde del terror y no lo ignora.

La mano suave, suave, lo acariciaba de nuevo y él ni siquiera tiene la posibilidad de mover sus propias manos para devolver la caricia o al menos para indagar un poco. Parte del horror radica en eso: no quiere o no puede averiguar si su imposibilidad de moverse es intrínseca o extrínseca, si nace de su seso vapuleado que ya no puede transmitirle órdenes al cuerpo o si es culpa de una buena soga que lo tiene amarrado.

El irse preparando, toda su vida irse preparando para cualquier contingencia y ahora esto, un no saber dónde se está —y acostado para colmo— y con mano acariciante, mano quizá de afecto, de lujuria o de refinada crueldad.

De golpe la voz murmura algo así como *pobre* y la mano le trepa por el brazo y le afloja la corbata y le desabrocha dos o tres botones de la camisa, acariciándole el cuello como al descuido. ¿Debería amar esa mano y pasarle la lengua o debería morderla? Vacila entre esas dos actitudes igualmente caninas y de todos modos sabe que no puede optar por ninguna. Moverse no puede ni puede articular palabra y menos aún pensar. ¿Entonces cómo es que está pensando? ¿Cómo es que estas imágenes le andan dando vueltas por el mate como si nada, ideas corriéndole por las circunvalaciones, así de imprecisas como cuando él mismo corría por las calles de la ciudad? ¿La ciudad, qué ciudad, dónde, en qué punto del mapa —del miedo—?, ideas galopando como estas manos que ahora galopan por su cuerpo, manos que va sintiendo como arañas. Y son dos, no, cuatro, no dos, cuatro manos recorriéndole los muslos, los flancos, el pecho, los hombros, desabrochándole los botones, desvistiéndolo, y el dolor que le baja en bocanadas desde los parietales, inundándolo de frío, de angustia, de miedo, de furia, de placer.

Menos mal que no puede vernos, dicen las voces. Puede oírnos, contestan las voces. ¿No, ricurita, que podés oírnos, no que estás con nosotros aunque te hacés el desmayado? ¿No que no es fácil eso de andar a las corridas por el mundo? ¿No que correr implica grandes riesgos?

—¿Por qué corrías, miserable? —le gritan.

—¿Por qué siempre corriendo cuando hay que andar con pie de plomo y con el paso medido?

Un pasuco, piensa él, me quieren pasuco y yo soy de galope.

Unas como risas se le escapan de entre los labios apretados y parece un relincho.

—¡Animal! —le gritan.

Claro, piensa él, natural, piensa él, y sólo piensa porque ya ni puede decir esta boca es mía, este belfo es mío.

¿De quién son estas ancas, de quién estos ijares, estos cascos, esta crin tan tupida, estos garrones? ¿De quién estas orejas? La mano que ahora lo acaricia le va haciendo las preguntas al tiempo que lo modela. La otra mano o manos en cambio lo castigan. ¿De quién es esta grupa?, le grita la otra mano y lo palmea, y el no quiere —ni puede— piafar de impaciencia, encabritarse.

—Sos un potro —le dicen. Y él sabe que no es cierto, en este momento al menos no es todavía cierto: es en esta primera etapa tan sólo un pobre redomón a punto ya de ser quebrado, a punto de perderlo todo y aceptar los arneses.

El custodio Blancanieves

Al fondo, detrás de un vidrio, están las plantas como en una enorme caja. Y aquí delante, también en una caja de vidrio (blindado) está el custodio. Tiene algo en común con las plantas, un cierto secreto que le viene de la tierra. Y entre una y otra jaula de vidrio se esmeran los jóvenes subgerentes envejecidos, tan atildados con sus impecables trajes y su sonrisa exacta. Es verdad que son menos circunspectos que el custodio pero, como jóvenes subgerentes de empresa financiera, no están adiestrados para matar y eso los redime un poco. No demasiado. Apenas lo necesario para concederles la gracia de imaginarlos —como los suele imaginar nuestro custodio— haciendo el amor sobre la alfombra. Al unísono, eso sí, al compás sincopado de las calculadoras electrónicas. Debajo de ellos, las secretarias son también tristemente hermosas, casi siempre de ojos claros, y el custodio las contempla no sin cierta lujuria y piensa que los subgerentes rubios —casi todos también de ojos acuosos— están en mejores condiciones que él para seducir a las jóvenes secretarias. Sólo que él tiene la Parabellum y tiene también —ocultos en su maletín de ejecutivo— una mira telescópica y un silenciador de la mejor fabricación extranjera. En un bolsillo interior del saco lleva el permiso para portar armas, el carnet que lo acredita como guardián de la ley. En el otro bolsillo vaya uno a saber qué lleva, ni él mismo suele querer averiguarlo: una vez encontró un lápiz de labios y se manchó las manos de rojo como si fuera sangre, otra vez encontró semillas, no identificadas; en cierta oportunidad se perdió en las pelusas del bolsillo entre hebras de tabaco y otras yerbas, y ahora ya no quiere ni pensar en ese bolsillo mientras vigila a los clientes que entran y salen de las vastas oficinas. Sabe que los subgerentes puede que tengan los ojos claros, pero la caja de vidrio de él tiene tres ojos redondos (uno por cada lado útil, el cuarto está adosado a la pared) y son ojos más extraños, para no decir más prácticos y eventualmente más letales. Por allí puede disparar a quien se lo busque y desde allí puede sentirse seguro: esa caja es su madre y lo contiene.

Desde su caja de vidrio ve desfilar a los seres más absurdos, con cara de enanos, por ejemplo, o mujeres de formas que
contrarían todas las leyes de la estética y niñitas de pelo teñido
color amarillo huevo. Por momentos nuestro custodio piensa
que la empresa los contrata para hacer resaltar la belleza física de
sus empleados, pero muy pronto descarta esa loca idea: se trata
de una empresa financiera, hecha para ganar dinero, no para
gastarlo en proyectos absurdos.

Y él ¿para qué está allí? Está para defender la plata y estaría
para regar las plantas si sólo se lo permitieran.

Le vendría bien poder pasarse de vez en cuando a la otra caja
de vidrio, la del fondo; es bastante más amplia que la suya aunque
no esté blindada, tiene más aire, y el paso de la plata a las plantas
es sólo cuestión de una única letra. Un paso que a él lo haría tan
feliz, sobre todo porque la plata es de otros, no será nunca suya,
y en cambio las plantas no pertenecen a nadie. Tienen vida
propia y él podría regarlas, acariciarlas, hasta hablarles bajito
como si fueran un perro amigo, como aquel tipo que se pasaba
los días cuidando a los suyos con la mayor ternura y era un perro
de presa y una planta carnívora. Él no necesita tanto amar para
matar a otros, no necesita siquiera tenerle un cierto afecto a la
gente de esa oficina aunque esté allí para defenderlos, para
jugarse la vida por ellos. Sólo que allí nunca pasa nada: nadie
entra con aire amenazador ni intenta un asalto. A veces algún
paquete sospechoso sobre un asiento le llama la atención, pero
enseguida vuelve la persona que se lo había dejado olvidado y
se aleja lo más campante con el paquete de marras bajo el brazo.
Por lo tanto, suponiendo que hubiera habido una bomba en el
paquete, estallará lejos de las sacrosantas oficinas. Y su deber tan
sólo consiste en defender la empresa, no la ciudad entera y
menos aún el universo. Su deber es simplemente ése: actuar en la
defensa y no en la línea de ataque, aunque si tuviera dos dedos de
frente sabría que el presunto agresor puede muy bien ser uno
de los suyos (un hombre como él, sin ir más lejos) y no algo ajeno
como puede serlo la caja de caudales. Pero bien cara les va a
costar mi vida, se dice a menudo repitiendo la frase tantas veces
oída durante el adiestramiento, sin darse cuenta de que todo
mortal piensa lo mismo, con o sin permiso de la ley (una vida no
es cosa que se regale así no más, y menos la propia vida, pero él
tiene licencia para matar y se siente tranquilo). Por eso duerme
plácidamente por las noches cuando no está de guardia, y a veces

sueña con las plantitas del fondo. Eso, claro, cuando no le toca soñar con las bellas secretarias desnudas, algo acartonadas ellas pero siempre excitantes. Sueños que son más bien de vigilia, ensoñaciones donde bellos y bellas de la empresa financiera se revuelcan desnudos sobre la alfombra que silencia sus movimientos. La alfombra como silenciador. Él también, allí en su caja de cristal —Blancanieves, ¡la pucha!— tiene una pistola con silenciador y además se mantiene silencioso como una planta. Vegetal, casi. Silencioso él en su jaula de vidrio acariciando su silenciador mientras imagina a los de afuera en posiciones del todo reñidas con las buenas costumbres.

Y hélo ahí, sumido en sus ensoñaciones, defendiendo con toda su humanidad lo que no le pertenece para nada. Ni remotamente. Una perfecta vida de cretino. ¿Defendiendo qué?: la caja fuerte, el honor de las secretarias, el aire seguro de gerentes, subgerentes y demás empleados (su atildada presencia). Defendiendo a los clientes. Defendiendo la guita que es de otros.

Esa idea se le ocurrió un buen día, al día siguiente la olvidó, la recordó a la semana y después poco a poco la idea se le fue instalando para siempre en la cabeza. Un toque de humanidad después de todo, una chispa de idea. Algo que le fue naciendo calentito como su cariño por las plantas del fondo. Algo que se llamaba bronca.

Empezó a ir a su trabajo arrastrando los pies, ya no se sintió tan hombre. No soñó más ante el espejo que su oficio era oficio de valientes.

¡Qué revelación el día cuando supo (muy adentro, en esa zona de sí mismo cuya existencia ni siquiera sospechaba) que su tal oficio de valientes era oficio de boludos! Que los cojones bien puestos no son necesariamente los puestos en defensa de otros. Fue como si le hubieran dado el célebre beso sobre la frente dormida, como si lo hubieran despertado. Iluminado.

Cosas todas estas que le era imposible transmitir a sus jefes. Claro que estaba acostumbrado a callarse la boca, a mantener para sí como un tesoro los pocos sentimientos que le iban aflorando a lo largo de su vida. No muchos sentimientos, escasa noción de que algo transcurría en él a pesar de él mismo. Y había soportado sin proferir palabra ese largo curso sobre torturas en carne propia llamado adiestramiento: no era entonces cuestión de sentarse a hablar —y sentarse ¿desde cuándo se ha visto, frente a sus superiores?—, a hablar exponiendo dudas o presentando quejas. Fue así como poco a poco empezó a nutrir una bronca por demás esclarecedora y pudo pasar las tardes de pie dentro de su jaula de vidrio ocupando sus pensamientos en algo más concreto que las ensoñaciones eróticas. Dejó de imaginar a los jóvenes subgerentes revolcándose con las secretarias sobre la mullida alfombra y empezó a verlos tal cual eran, desempeñando sus tareas específicas. Un ir y venir en silencioso respeto, un astutísimo manejo de dinero, de las acciones, los bonos, las letras de cambio, las divisas. Y todos ellos tan insultantemente jóvenes, atractivos.

Fue bueno durante meses despojar a esos cuerpos de todos sus fantasmas y verlos tan sólo en sus funciones puramente laborales. Nuestro custodio se volvió realista, sistemático. Dio en salir de la jaula y pasear su elástica figura por los salones sembrados de escritorios, empezó a cambiar algunas frases con los empleados más accesibles, sonrió a las secretarias, charló largo rato con uno de los corredores de la bolsa. Intimó con el portero. Llegó a mencionarle a algunos su atracción por las plantas y cierta vez que las notó mustias pidió permiso para regarlas después de hora. Al cerrar las oficinas lo empezaron a dejar a él atendiendo las plantas, fumigándolas, limpiándolas de hollín para que pudieran respirar a gusto.

Cierto atardecer llevó su pasión al extremo de quedarse dos horas mateando plácidamente entre las plantas. El guardián nocturno no pudo menos que comentarlo con sus superiores y todos temieron que el custodio se estuviera haciendo poeta, cosa por demás nociva en un trabajo como el suyo. Pero no había que temer tamaño deterioro: su vigilancia la cumplía a conciencia y se mostraba por demás activo en sus horas de guardia sin dejar escapar detalle alguno. Hasta llegó a frustrar un peligroso asalto gracias a sus rapidísimos reflejos y a un olfato que le valió el aplauso de sus jefes. Él supo recibir con suma dignidad la recompensa, consciente de que no había hecho más que cuidar sus propios intereses. Sus superiores jerárquicos y también los directivos de la empresa presentes en la sencilla ceremonia entendieron la humildad del custodio como un sentimiento noble, una satisfacción verdadera por el deber cumplido. Duplicaron entonces el monto de la recompensa y se retiraron tranquilos a sus respectivos hogares sabiendo que la empresa financiera gozaba de una vigilancia inmejorable.

Gracias a la doble bonificación, el custodio pudo equiparse a gusto y sólo necesitó poner en práctica la paciencia aprendida de las plantas. Cuando por fin consideró llegado el momento de dar el golpe, lo hizo con una limpieza tal que fue imposible seguirle el rastro y dar con su paradero. Es decir que a los ojos de los demás logró realizar su viejo sueño. Es decir que se lo tragó la tierra.

Los engañosos preceptos

No podía decirse que se tratara de un anónimo, no, en absoluto: a pesar de no tener firma alguna él sabía muy bien quién lo había mandado, y sabía que quien lo había mandado sabría que él se iba a dar cuenta y todo eso. Pero la sensación fue igualmente viscosa —sensación como la de haber tocado en la oscuridad una víbora— en el momento en que desgarró el sobre y se topó con la foto y del otro lado la leyenda:

Tomad y sangrad, éste es mi bebe

El bebe de la foto no sonreía ni hacía ninguna de esas monadas que suelen hacer los bebitos muy pequeños. Éste sólo tenía un aire como de estarlo interpelando, a él, nada menos, solitario tenaz aunque no tanto, amador arrepentido. La leyenda al reverso de la foto estaba escrita a máquina con cinta roja y las letras marcaban un poco la carita del bebe, del otro lado.

Tomad y sangrad. Ya sangraba la letra por él y él no haría nada de eso, no obedecería. Tarde le avisaban: ni una gota de sangre corría ya por sus canales, ni un poco de líquido vital. Se había ido drenando de a poquito, resecando. ¿Intento de pagar la culpa? ¿Ojo por ojo etc.? ¿Acto de contrición? Más bien de disgusto. Asco. Horror. Todo eso junto. Consigo mismo. Haberse acercado a ella, haber puesto tantas secreciones en juego, tanta pasión ¿amor? Tanto entendimiento para llegar a esto: Tomad y sangrad, éste es mi bebe.

Ya estaba hecho, ya era tarde, todo hubiera podido darle a ella, la misma que no estaba en la foto ni en la firma pero sí estaba en la foto del bebe y en la no-firma. También estaba él en la foto del bebe según podía deducirse. Pobre bebe, pobre infeliz traído así al mundo por vía de pasiones no del todo humanas.

Si al menos ella le dijera lo otro: Tomad y bebed... quizá por fin él lograría animarse. Abrevarse en esa fuente, buena falta que les andaba haciendo ese preciso trago para calmar la sed que se le había quedado como adherida al gusto. Una sed tan por él negada.

El camino hasta la casa de ella no era largo, era infinito. Nunca franquearía esa distancia, al menos nunca más después de aquella noche. Tanto amor, tanto de ese querer asumirla, incorpórársela.

Él se había asustado más que ella, mucho más. Él había gritado al sentir en la boca el gusto acre. Ella sólo había atinado a pasarse la mano por el cuello sangrante y mirarlo como pidiéndole que siguiera no más. Él había salido corriendo para siempre.

Mercado de pulgas

Empezaron por secarse los árboles de la plaza. Quedó al descubierto el amplio cuadrado de cemento que desde los balcones debe verse como un patio cubierto de hojas secas. Tan fuera de temporada, tan en verano recién empezadito, y las hojas cayéndose a destiempo. De árboles que se han vuelto otoñales para diferenciarse de los demás árboles rubicundos de las demás plazas. De puro desgraciados, estos árboles, de puro desagradecidos. Para no darnos sombra los domingos y fiestas de guardar cuando concurrimos a la plaza/ adornamos la plaza/ veneramos la plaza. Porque nuestra misión no se limita a colgarle oropeles: llenamos la placita de colores, olores, sonidos; le quemamos incienso y la colmamos de música. No tanto por ella misma —placita cuadradita, lánguida, insuficiente, algo grisácea, simple— sino para atraer a los clientes, y los clientes ya no vienen como solían. Ausencia de clientes, golpe bajo. Se sienten ahuyentados por la falta de protección contra el sol achicharrante, por la falta de aire. No corre ni una gota de aire no tanto por culpa de las hojas caídas sino por la persistente ausencia de esos mismos clientes que creaban con su vaivén un soplo refrescante. Aire en movimiento era aquél cuando los clientes iban de puesto en puesto admirando una jofaina antigua, indagando precios, tomando entre sus manos una rapera, revisando incunables y hojas de antifonarios, probándose un mantón de Manila, riendo frente a una estatuita art decó, comprando, sí, casi siempre comprando para que alguno de nosotros hiciera su agosto que en estas latitudes cae —caía— a fin de año.

Tiempo alto
Los gitanos los han estado observando desde los balcones que cuelgan casi encima de la plaza. Los gitanos han ido viendo cómo la suerte se les daba vuelta a esos de abajo que cierto día en plena primavera trataron de imitarlos. Imitar a los gitanos

—señores del cambalache, grandes amos del cobre— en qué cabeza cabe.

Contemplando desde detrás de los postigos los gitanos han visto caerse las hojas de los árboles como si fuera otoño y es apenas el principio del verano. Eso les pasa a los de abajo por querer asumir otros papeles, por vestirse con ropa de colores para nada acordes con el gris de sus vidas.

La placita

Es un lugar cuadrado con árboles muy bellos que suelen perder sus hojas y está apenas enmarcada por dos calles. Una media manzana. Las casas que la rodean tienen la nostalgia del recuerdo y un único piso con balcones. Nadie sabe que los gitanos han ido ocupando las plantas altas para poder observar en secreto a los de abajo. Los de abajo, mientras lloran la inexplicable pérdida de clientes, no levantan la vista.

Los domingos y fiestas de guardar la feria vuelve a armarse en la plaza. El mercado de pulgas. Para nadie. Sólo para los feriantes cada vez más mustios y para los gitanos que en lo alto y sin que nadie lo sepa tocan panderetas sordas. Los probables clientes se refugian en las iglesias, los domingos de mañana, y por las tardes se meten en un cine. Ya no van a la placita ni circulan por las calles aledañas. Los colores de la plaza son colores estériles. Si los de abajo no hacen algo los colores pronto van a acabar por desteñirse y se van a confundir con las baldosas grises y los troncos pelados.

Los gitanos arriba bailan y despliegan gasas.

Los feriantes abajo mantienen un sombrío simulacro de dicha.

Los gitanos arriba queman hierbas, abajo los feriantes, a la espera de que caiga algún cliente, empiezan a dejarse invadir por el miedo.

Esto cada domingo.

Los días de semana la placita recupera su cara de diciembre, a los árboles les vuelven a crecer las hojas y los pibes juegan a la pelota, los jubilados tejen su manto de recuerdos, las matronas tejen con dos agujas, alguien saca la jaula del loro para que tome aire.

Tiempo bajo

¿Qué pasó este domingo? Pasó un rayo de esperanza en forma de una niña oscura. Niña de melena ardiente, como desnuda. Empezamos a amarla: fue la única que llegó de fuera en estas semanas demasiado largas. Sospecho que salió de una de las casas que rodean la placita. Yo le regalé un anillo, fui el primero. Otros fueron dándole pulseras, un cinturón plateado, montones de collares, abalorios, broches y prendedores; a mediodía hasta llevaba tobilleras, era una joya viva con su piel aceituna. Fueron añadiéndole faldas y más faldas de colores, una blusa bordada, un chal de puntillas con flecos de seda.

Así ataviada la niña levantó la cabeza y sonrió al cielo —de lejos se oían risas—. La niña giró el cuello con infinita gracia y de la altura bajaron como aplausos. La niña quiso bailar entre los puestos de la feria y no le resultó fácil con tanto peso como el que habían ido imponiéndole a fuerza de regalos. Quiso cantar y no le alcanzó la voz, tan trabado tenía el cuello de collares.

Desde el fondo de las casas pareció elevarse un alarido. Un llamado de angustia. La niña quiso volverse pero algún imponderable la retuvo: quizá se enredó en las largas polleras superpuestas, o el chal se le enganchó o alguien la tomó del brazo o todo junto. Ella justo en el centro de la plaza bajo el rayo del sol y nosotros amándola. Queriendo retenerla a toda costa porque había llegado allí para salvarnos. Por eso de los cuatro costados de la plaza nos fuimos arrimando a ella. La fuimos acorralando, nos acusarán después y eso no es cierto. Nos fuimos arrimando para poder tocarla y abrazarla. Cada vez más cerca, estrujándola un poco porque mucho la amábamos y podría salvarnos. No la estrangulamos a propósito. Nadie querrá entendernos.

Pantera ocular

1ᵉʳᵃ parte

Van avanzando por el pasillo a oscuras. De golpe ella se da vuelta y él pega un grito. ¿Qué? pregunta ella. Y él contesta: Sus ojos, sus ojos tienen fosforescencia como los ojos de las fieras. Vamos, no puede ser, dice ella, fíjese bien. Y nada, claro. Ella vuelta hacia él y pura oscuridad tranquilizante. Entonces él extiende la mano hasta dar con el interruptor y enciende la luz. Ella tiene los ojos cerrados. Los cerró al recibir el golpe de luz, piensa él pero no logra calmarse.

Total, que el diálogo entre los dos se vuelve otro a partir de esa visión de la fosforescencia en los ojos de ella. Ojos verdes con luz propia y ahora tan marrones, pardos, como dicen los documentos de identidad; marrones o pardos, es decir convencionales allí bajo la luz trivial de la oficina. Él querría proponerle un trabajo, una fosforescencia verde se interpone entre ellos (fuego fatuo). Afuera esa cosa tan poco edificante y tan edificada que es la calle Corrientes. Adentro en la oficina, ruidos de selva provocados por un par de ojos con brillo. Bueno, bueno, si empezamos así nunca sabremos dónde habrá de culminar nuestra narración objetiva de los acontecimientos. La ventana está abierta. Queremos señalar el hecho de la ventana abierta para explicar de alguna manera los ruidos de la selva, aunque si bien el ruido se explica por el ruido, la luz ocular en el pasillo no tiene explicación racional por culpa de una puerta cerrada entre la ventana abierta y la oscuridad reinante.

Ella se volvió hacia él en el pasillo, eso ni se discute. Y después ¿esos ojos de la luz con qué fin lo miraron, qué acechaban en él o qué exigían? Si él no hubiese gritado... En el piso 14, en la oficina, él se hace preguntas mientras habla con ella —habla con un par de ojos— y no sabe muy bien qué estará diciendo en ese instante, qué se espera de él y dónde está —estaba— la trampa por la que se ha deslizado lentamente. Unos ojos de fiera. Se pregunta mientras habla con ella con la ventana abierta a sus espaldas. Si hubiera podido reprimir el grito o indagar algo más...

2ᵈᵃ parte

A las tres de la madrugada la despierta un ruido sospechoso y usted se queda muy quieta en la cama y oye —siente— que alguien se está moviendo en su habitación. Un tipo. El tipo, que ha violado la puerta, seguramente ahora querrá violarla a usted. Oye sus pasos afelpados sobre la alfombra y siente una ligera vibración del aire. El tipo se está acercando. Usted no atina a moverse. De golpe algo en usted puede más que el terror —¿o es el terror mismo?— y usted se da vuelta en la oscuridad para enfrentar al tipo. Al ver lo que se supone es el brillo de sus ojos, el tipo pega un alarido y salta por la ventana que, por ser ésta una noche calurosa, está abierta de par en par.

Entre otras, caben ahora dos preguntas:

    a) ¿Es usted la misma mujer de la historia anterior?

    b) ¿Cómo explicará a la policía la presencia del tipo en su casa cuando empiecen las indagaciones?

Respuesta A a)

Sí, usted es la misma mujer de la historia anterior. Por eso mismo, y teniendo en cuenta los antecedentes, espera usted que se hagan las 9 a.m. para ir corriendo a consultar a un oculista. El oculista, que es un profesional consciente, le hace a usted todo tipo de exámenes y no le encuentra nada anormal en la vista. No se trata de la vista, atina a aclarar usted sin darle demasiadas explicaciones. El oculista le hace entonces un fondo de ojo y descubre una pantera negra en el fondo de sus ojos. No sabe cómo explicarle el fenómeno, tan sólo puntualiza el hecho y deja el análisis a sus colegas más imaginativos o sagaces. Usted vuelve a su casa anonadada y para calmarse se empieza a arrancar con una pinza algunos pelitos del bigote. Adentro de usted la pantera ruge pero usted no la oye.

La respuesta A b) se ignora.

Ojos verdes de pantera negra, fosforescentes en la oscuridad, no se reflejan en los espejos como hubiera sido dable imaginar desde un principio de haber habido un principio. El hombre de la primera parte de esta historia es ahora su jefe y por supuesto no se anima siquiera a darle órdenes por temor a que ella apague de golpe la luz y lo deje otra vez ante esos ojos. Por suerte para él la pantera no asoma por otros conductos de ella y los días transcurren en esa cierta placidez que da la costumbre al miedo. El hombre toma sus precauciones: cada mañana al salir para la oficina se asegura de que Segba no ha planeado ningún corte de luz en la zona, tiene una poderosa linterna al alcance de la mano en el cajón superior del escritorio, deja la ventana siempre abierta para que entre hasta la última claridad del día y no se permite con ella ni el más mínimo sentimiento oscuro como se permitía con sus anteriores secretarias. Y eso que le gustaría. Le gustaría llevarla una noche a bailar y después a la cama —El terror de enfrentarse una vez más con esos ojos ni siquiera le deja gozar de este tipo de proyectos. Lo único que se permite es preguntarse si realmente los habrá visto o si serán fruto de su imaginación (una ilusión óptica de la óptica ajena). Opta por la primera alternativa porque no cree que su imaginación dé para tanto. La trata a ella con música como para amansarla, ella no parece al acecho mientras le toma las cartas al dictado.

Buenos Aires no puede permitirse —permitirle— el lujo de una alucinación consciente. Nosotros que lo venimos tratando desde hace un rato podemos asegurar que su miedo nada tiene de imaginativo. Nosotros no lo queremos mucho pero vamos a ver si con el tiempo le damos oportunidad de redimirse. Ella tampoco es gran cosa, qué quiere que le diga, la salva la pantera negra, pero una pantera así, que *non parla ma se fica*, pocas oportunidades puede tener dentro de una persona tan dada a la apatía. Ella empieza a sentir oscurofobia o como eso se llame y sólo frecuenta locales muy iluminados para que nadie se entere de su inútil secreto. La pantera duerme con los ojos abiertos mientras ella está despierta, quizá se despierte durante el sueño de ella pero eso no logra averiguarlo. La pantera no requiere ningún tipo de alimento, ninguna manifestación de cariño. La pantera ahora se llama Pepita pero eso es todo. El jefe empieza a mirarla con buenos ojos, pero eso sí, nunca a los ojos. El jefe y ella acaban por juntarse a la luz del día sobre la alfombra de la oficina. La relación dura un buen tiempo.

El desenlace es optativo:

—Una vez por año a Pepita la despierta el celo. El jefe hace lo que puede pero ella queda tuerta.

—Ella acaba por empujarlo al jefe por la ventana por eso de que los ojos son las ventanas del alma y viceversa.

—Pepita se traslada de los ojos al hígado y ella muere de cirrosis.

—El jefe y ella deciden casarse y las cuentas de luz que les llegan son fabulosas porque nunca se animan a quedarse a oscuras.

—Pepita empieza a hacerle jugarretas y ella se ve obligada a dejar a su amado para irse con un domador de fieras que la maltrata.

—Ídem pero con un oftalmólogo que promete operarla.

—Ídem pero con un veterinario porque Pepita está enferma y ella teme perder la vista si muere la pantera.

—Todos los días se lava los ojos con baño ocular Flor de Loto y está tranquila porque Pepita se ha convertido al budismo y practica la no violencia.

—Ella lee que en los EE.UU. han descubierto un nuevo sistema para combatir a las panteras negras y viaja llena de ilusión para encontrarse, una vez allí, con que se trata de otra cosa.

—Lo abandona al jefe por su malsana costumbre de acoplarse a plena luz y se conchaba como acomodadora en un cine sofisticado donde todos la aprecian porque no requiere el uso de linterna.

Carnaval campero

Cuando la Eulalia lo vio salir del tambo camino a la bailanta no pudo contener su desprecio y le gritó ¡Surrealisto! No estaba bien segura de lo que quería decir pero sospechaba que era propiamente eso, algo lleno de colores sin ton ni son como la cacatúa del almacén de ramos generales. Hermenegildo creía haberse disfrazado de cocoliche pero ahora sabía mejor, después del grito de Eulalia, y cuando el cordobés le preguntó de qu'estai disfrazado él le contestó sin falsa modestia: de Surrealisto.

Cruzaron unas cuantas exclamaciones por el camino antes de llegar a la bailanta y una vez allí el Hermenegildo y el cordobés se detuvieron un rato pa'dejarse admirar y también para relojear un poco. No fuera que las mozas anduvieran esquivas esa noche, con tanta humedá y con tanto jején suelto. Jején del que pica y de los otros: los que andan zumbando alrededor de las mozas sin darles respiro; en cuanto las mozas levantan un poquito la cabeza ahí lo tienen al jején como a la orden, siempre dispuesto a menear las tabas con quien no le corresponde.

Disfrazados, pocos. Cada carnaval ocurre lo mismo y el Herme debió de haber sabido pero qué va, la tentación de dar golpe había sido demasiado grande y casi sin pensarlo se había echado encima todos los colorinches que encontró en el rancherío y aura resultaba vestido de surrealisto. Algo sorprendente.

En la pista ya empezaban a levantar polvareda y ellos seguían relojeando, sin ganas de pagar la entrada si después debían quedar pa'adorno. Las mozas cada vez más estrechas y uno se preguntaba a qué iban al baile, porque cuando algún pobre infeliz las cabeceaba ellas se hacían las desentendidas y el infeliz quedaba después contrito en el fondo del tinglado, orejas gachas como perro recién rescatao del pozo. Claro que el infeliz seguía dentro del pozo, no más, ese agujero grande que se cava alrededor de uno cuando uno anda solo. Triste circunstancia, amigo, pero el Herme vestido de todos los colores no podía en absoluto andar triste ni orejicáido ni nada. Tenía que irrumpir en la bailanta con la cabeza en alto sosteniendo su gorro y también el orgullo de ser uno de los pocos disfrazados del lugar. Por eso entró riendo a la pista, cosa que pareció gustarle a las chinitas. También les gustó verlo de todos los colores como la cacatúa, brillante en medio de los patéticos parduscos de sombrero negro y pañuelo al cuello.

Las mozas rieron, Hermenegildo rió más fuerte, la Eulalia allá en el tambo bien podía morderse los codos de despecho. Las mozas reían con él, no de él como otra que conocemos, y el Herme aprovechó la volada para cabecearla a la más esquiva de todas que de tan esquiva parecía modosita. Ella aceptó su invite ladeando apenas la cabeza y entornando los párpados, pero no se movió del banco. De tres trancos él estuvo a su lado y al empezar la polca como no sabía de qué hablarle le preguntó su nombre:

—Te lo digo si antes me decís de qué estás disfrazado.

—De surrealisto.

—¡Qué importante! ¿Y eso qué es?

—Surrealisto, surrealisto... Es un soldado de otra época, de cuando ser soldado era cosa alegre.

—Y valiente.

—Bueno.

—Y bella.

—Ajá.

—Y cariñosa.

—Si usté lo dice...

Bailaron polca, bailaron chamamé hasta cansarse y él no era de los que se cansan fácil. Ella tampoco. Sudaron mucho en el baile como corresponde, y ella en el entrevero olvidó decirle el nombre pero en una de ésas en medio de la noche le dijo:

—Surrealisto, march. Nos vamos pa' las casas.

—¿Pa' tu casa?

—Y sí, ¿qué otra? no me iba a dir pa' la tuya. Soy niña decente.

Cosa que todo buen surrealisto debe comprender, se dijo el Herme, así que emprendieron camino bajo la luna y a campo traviesa hasta llegar a la guarnición militar.

—¡Alto! ¿Quién vive?, vociferó un autoritario.

—Tu propia hija, contestó Modosita y al Herme por poco le da un paro cardíaco. Más aún cuando el autoritario abrió la tranquera y los empujó dentro.

—¿Y éste qué es?

—Es un Surrealisto, padre.

—Pa' mí es un cocoliche.

—No padre se equivoca. Es un surrealisto, un soldado de cuando ser soldado era cosa alegre, valiente y cariñosa.

—Aura no...

—Aura no, padre. Bien lo sabe usté.

—Pues usté, m'hija, lo que debe saber es que su padre siempre está dispuesto pa' la zurra.

—Este hombre es alegre, padre.

—Ya le voy a dar yo, alegre.

—Este hombre es valiente.

—Valiente. Lo quiero ver.

—Y cariñoso.

—¡Eso sí que no se lo voy a permitir!

Y se le fue al humo al Herme con la lonja, no más, y el pobre quedó como cacatúa malparida, desplumada, hecho un puro harapo. De distintos colores, eso sí.

Enfrentados quedaron por fin los dos hombres: al jefe de la guarnición se le había acabado el resuello pero al pobre Hermenegildo se le había ido el alma. El alma del carnaval, al menos, y todo por una moza que no era del todo bonita, tan sólo modosa, y también taimada. Lo ridículo de la situación no pudo menos que cosquillarle la nariz y por eso se largó a reír en medio de tanto desatino.

—Un surrealisto no ríe, se defiende —espetó la Modosita.

—La risa es la mejor defensa.

Ir al baile y salir azotado, ir por lana y salir trasquilado. Sólo que salir no era el vocablo porque tuvo que quedarse un año ahí dentro de la guarnición cumpliendo servicio con traje de fajina. Un recluta más de los que ya había varios.

Modosita se paseaba entre ellos repartiendo palabras de aliento como si fueran órdenes, aunque la cosa se invertía al dirigirse a Surrealisto y las órdenes que en este caso sí lo eran se le hacían miel en la boca y atraían las moscas. Por eso Hermenegildo fue aceptando el reclutamiento sin rebelarse: no por las órdenes ni por las moscas, sino por esas mieles que lo envolvían todo y le daban un resplandor dorado. Se fue quedando y realizando las tareas más insospechadas: hachar leña para todo el regimiento o pasarse días enteros de maniobras. El adiestramiento era constante. Salto de rana, cuerpo a tierra, práctica de tiro, lucha libre.

Cada tanto y en medio de los mayores esfuerzos —como cuando abrían picadas en el monte— aparecía la sonrisa de Modosita y el Herme recuperaba fuerzas. Eso sí, durante largos periodos extrañaba el tambo y a la vaca Aurora más que a ninguna otra y hasta la echaba de menos a la Eulalia sin pensar que quizá por culpa de ella le estaba ocurriendo todo eso.

Cosas contra las que un cristiano no pelea. Y así seguía, no más, dos tré, de servicio corrido hasta que, estalló la guerra y lo mandaron al frente en reconocimiento de su coraje. ¿Coraje? Y sí. Todo empezó con una gresca entre ellos, algo bien de muchachos. Según cuentan, el Negro Morón la miró de cerca —de muy cerca— a Modosita y nuestro pobre Hermenegildo se le fue al humo. El largo adiestramiento militar lo había vuelto fuerte y decidido, y pudo vencer al Negro en singular combate. El inesperado triunfo le confirió prestigio entre la tropa y hasta le valió un puesto de mando cuando estalló la guerra. Una guerra de fronteras que no podía ser desatendida, un asunto bien patrio.

La contienda duró unos cuantos meses y no fue pan comido como pudo creerse en un principio: el enemigo sabía emboscarse en la selva y la selva en sí era enemiga. Por lo que ni tiempo tuvo nuestro hombre pa' entregarse a añoranzas. Sólo en los momentos de armar un vivac o de cavar trincheras supo suspirar por esas épocas cuando ser soldado era cosa alegre o al menos inocua. Cosa valiente y cariñosa, había agregado Modosita aquella noche ya tan lejana cuando empezaron para él las desventuras. Modosita: quedó en el cuartel remendándole el uniforme de colores, lavándolo y planchándolo para que él pudiera recuperar el primer día, cuando le gritó la Eulalia. ¿Qué le había gritado la Eulalia? Surrealisto le había gritado tanto tiempo atrás y él se lo había creído y surrealisto seguiría él siendo, hasta la muerte.

Pero minga de muerte. Tan sólo alcanzar —peleando— el final de la guerra y volverse a los cuarteles empapado de gloria. Su valiente actuación de todo momento en el frente de batalla le valió una noche de amor con Modosita —el mejor de los premios— y una medalla impuesta por el padre de la bella en presencia de todo el regimiento.

Hubo un largo discurso donde el capitán habló del valor militar de Hermenegildo, alabó su estrategia, mencionó el día aquel cuando lo vio llegar vestido de colores y hecho un timorato, ponderó los méritos de la vida castrense que en apenas un año convierte a alfeñiques en hombres aguerridos, cantó loas al adiestramiento físico y a la disciplina cuartelaria, no habló del amor pero al final de su larga perorata vociferó: Soldado Hermenegildo, en mérito a su actuación bélica puede pedirme usted lo que quiera. Y lo miró con mirada de suegro.

El Herme o entendió mal o se hizo el desentendido y pidió tan sólo que se devolviera el traje de colores y se le concediera el alta antes de haber completado sus servicios. No hubo más remedio que hacer la voluntad del héroe y todos lo despidieron con los ojos llorosos. Para no hablar de Modosita.

Y él se fue yendo al tranquito no más, y se le hizo largo el camino al tambo y tuvo que andar toda la noche a la luz de la luna y llegó mucho después de despuntada el alba.

Al verlo, desde lejos, la Eulalia le gritó ¡Perdido! y ya cuando lo tuvo cerquita agregó:

—¿Éstas son horas de llegar y con el mismo aire de saltimbanqui del sábado por la noche? ¿Por qué no fue a cambiarse? ¿Y qué me anduvo haciendo tuito el domingo, que no apareció por estos pagos? Y pa' pior aura se me ha colgado una enorme medalla. Mamarracho.

Generosos inconvenientes bajan por el río

Oscuros, tersos inconvenientes como una piel de víbora un poco deshecha por inútil. La víbora completa —piel de víbora rellena de sí misma— podría llegar a ser lo opuesto de un inconveniente, más bien estimulante voz de alarma.

Lo que ahora baja por el río perturbando los ánimos son cosas más sutiles enancadas sobre camalotes, casi como palabras. Es decir son mensajes, es decir son desastres. ¿Desastres, los mensajes? Quién lo duda... hay que tener la conciencia alerta para poder registrarlos en todo su esplendor y el sol bien orientado para que un reflejo cualquiera no les cambie el sentido.

De todos modos por el río van bajando mensajes y la ciudad entera se ha volcado al río y pasa las tardes observándolo, reclamándole dádivas.

(Los que creen sacar verdadero provecho son los que tienen sus puestos de venta de bebidas frente a la costanera. Los que sacan el provecho secreto son aquellos contados que siempre dialogaron con el río y entienden su lenguaje.) Los otros están allí, no más, sorbiendo sus gaseosas (son traidores al agua) y luego de pasarse días enteros tratando de descifrar los camalotes van a la oficina de reclamos a quejarse porque hay interferencias (aquella piel de víbora, la cola de una iguana cortada a dentelladas). El río es así, no busca complacer a nadie, es anchuroso y calmo y cenagoso y cuando se encabrita no es generoso siempre. Es sutil, sibilino, y viene de más lejos donde ya ha andado haciendo de las suyas (serpenteó en meandros que se fueron cerrando hasta formar anillos de agua con su corazón de isla, se desbocó en saltos, anduvo en cataratas, lentamente desintegró la piedra y más lentamente aún la fue recomponiendo en otros sitios). El río viene haciendo su obra desde hace añares sin que nadie intente comprenderlo y ahora de golpe sí, todos en la ciudad de arriba auscultando el río y esperando el oráculo. (¿Qué será de nosotros, de mí, de él, de mi familia? ¿Hará alguna vez algo concreto el intendente, dejará de pronunciar discursos?)

Si el río trae una advertencia (y algo debe de traer, sus inconvenientes nunca son egoístas) basta con saber de río para saberlo todo y esperar como una revelación que llegue la creciente. Esperar y esperar sin ilusionarse demasiado, más bien como costumbre, hasta que cierta tarde alguien exclamó *el Mesías*. Cualquier tarde de éstas, dijo alguien, llegará el Mesías arrastrado por las aguas y nosotros tendremos que atraparlo, rescatarlo, no dejar que se lo lleve la corriente y lo pesquen los imbéciles de la ciudad de abajo que se creen superiores porque están frente al delta.

El Mesías llegará para nosotros y llegará cantando, profetizaron otros. ¿Y si no lo oímos? ¿Y si pasa muy lejos? Este río tan vasto, desbocado... ¿Vendrá en bote, en jangada, vendrá en un camalote, en la cesta de mimbre como el otro; o cabalgando un tronco o un pez, digamos un dorado? El fulgurante destello del dorado parece convenirle más que nada ¿y si pasa sumergido y lo perdemos?

Veintisiete días con sus noches tardó la ciudad en fabricar la red descomunal que atravesaría el río de una orilla a la otra y le llegaría al fondo. Nadie dejó de tejer o de hilar en ese tiempo y hasta los desahuciados recuperaron fuerzas para poder aportar su cuota de trabajo. Nadie, absolutamente nadie dejó de colaborar, cada uno tejiendo como mejor sabía: las viejas en crochet o dos agujas, los hombres atando nudos o uniendo las distintas tramas: un pedazo en telar, carpetitas de randa, colchas de macramé, los tules de las novias trenzados y anudados. Las fábricas de sogas se quedaron sin sogas, los servicios de empaque sin piolines, las niñitas sin cuerdas de saltar, las ovejas sin lana; y todos se sintieron felices del despojo. Durante esos 27 días casi sagrados nadie se acordó de formular la menor queja y una extraña sonrisa les empezó a brotar desde muy hondo. Hubo quienes se pusieron a cantar con un volumen de voz que fue creciendo como crecía la red y hasta se organizaron coros.

Y como esas arañas que están en los juncales y tejen su gigantesca tela comunitaria, también ellos aprendieron a dormir arracimados a la sombra, en la hora de la siesta, y a despertar a un tiempo y seguir trabajando. La red se fue haciendo así tan vasta que acabó por cubrir toda la zona costanera. Esa tela de araña.

Muchos lograron evitar el sueño por las noches para continuar la obra que parecía inacabable: la luz de los faroles y

285

el silencio los acercaba al éxtasis. Una telegrafía con hilos, una comunicación táctil se fue estableciendo entre ellos a través de esa malla que atraparía al Mesías. ¿Atrapar al Mesías? Nada de eso: tan sólo señalarle la meta, marcar en el largo curso de este río el lugar donde con toda humildad era esperado. Un acto sutil de contrición, porque el Mesías aportaría su buena dosis de castigos y ellos de alguna forma lo que andaban buscando era expiar las culpas.

Les resultaba grato sentirse así, hermanados aunque fuera en la culpa y tomando medidas para acabar con ella. Grato hasta el punto de recibir la madrugada alborozados, con cánticos potentes, para saludar la aparición del sol y también ¿a qué negarlo? para lograr que los dormilones despertaran.

No llovió ni uno solo de esos 27 días. Fue un tiempo parejo, memorable. Nadie murió, ni nació nadie: no hubo distracciones. Sólo tejer de la mejor manera posible y acoplar lo tejido hasta que alcanzaron las medidas exactas. Entonces de un lado se ató a la red todo tipo de material flotante y del otro lado se colocaron pesas. Luego se amarró uno de los extremos de la red a los árboles más añosos de la costanera y se esperó el día siguiente.

¡Ese día sí que fue de fiesta! La banda municipal partió en la lancha de pasajeros y el intendente y sus hombres en un bote para hacer más solemne el arrastre de la red. Nunca remaron tanto, nunca cincharon tanto los hombres del intendente, pero fue un hecho histórico. Nunca fueron tan aplaudidos ni tan ovacionados como cuando llegaron a la orilla de enfrente y lograron con esfuerzo amarrar la otra punta de la red a otros añosos árboles. Hubo un vino de honor en esta orilla, fuegos artificiales y hasta baile, y cuando por fin regresó el intendente bogando a lo largo de patitos, pelotas, muñecas y camiones de plástico que obraban de flotadores fue recibido como nunca y por primera vez se escuchó con entusiasmo su discurso. El intendente señaló deberes, como siempre, pero habló de esperanzas y los honorables ciudadanos pudieron poco a poco ir recuperando sus costumbres vitales: muchos lloraron sin lograr contenerse y un anciano hasta se permitió el lujo de morirse de un síncope emotivo.

Con la red debidamente colocada, después de varias horas de festejos, los ciudadanos volvieron a sus hogares a retemplarse el ánimo. Para recibir al Mesías era imprescindible estar con el ánimo sereno, descansado, y con las manos libres de impurezas; para acariciar al Mesías, para venerarlo. Él vendría flotando aguas bajas y al pie de la ciudad se detendría, al alcance de todos. El Mesías vendría de uno de esos países remotos en donde nace el río y nada obstaculizaría su camino hasta la ciudad de ellos. Nada, ni las mismas cataratas. El Mesías estaba destinado para ellos y no seguiría de largo hacia la ciudad de abajo, la execrable. ¿De qué país vendría, y qué importaba?

Y mientras se iban tejiendo las especulaciones como antes se tejiera la red, la red a su vez empezó sordamente a cumplir su trabajo. Es decir que fue enganchando camalotes en su trama, fue frenando unos troncos, algún ternero muerto, otras de esas miserias que van a la deriva, cosas que el agua arrastra y que el agua sólo reconoce luego de su descomposición total (desintegración que tiene por consecuencia lógica una absoluta integración, inseparable).

La red fue reteniendo la escoria de este río y el río se largó a correr despojado de lastre. Y corrió libremente por un tiempo no demasiado largo: ya se sabe del poder retentivo de aquello que se quiere descartar por indeseable. Así que poco a poco —sin que nadie notara— los camalotes contra la red fueron formando una barrera densa, un muro de contención de una orilla a la otra de este río, mientras los habitantes de la ciudad de arriba soñaban con salvarse.

Calladitos son los hechos fluviales y cuando en medio de la noche las aguas desbordaron lo hicieron en silencio.

Los primeros en levantarse al alba descubrieron el desastre y dieron la voz de alarma. Alaridos de alarma porque las aguas estaban subiendo a gran velocidad y amenazaban con anegarlo todo.

Tantas ganas de retener a Aquel que las aguas traerían y retuvieron agua. En junta de vecinos que duró media hora —la situación era tan apremiante que el intendente no pudo ni echarse un discursito— se decidió por unanimidad soltar amarras, liberar la red y con ese simple acto privar a la ciudad de su ilusión mesiánica. Qué se le iba a hacer, más valía seguir siendo humildes pescadores en seco que alcanzar la salvación por la vía anfibia.

Surgieron, como siempre sucede en estos casos, algunos disidentes extremistas que anunciaron el fin del mundo por obra de las aguas y fueron a buscar refugio en la copa de los árboles.

Cuanta más agua venga más crecerán los árboles, más a salvo estaremos, proclamaron.

El intendente no los escuchó siquiera, pronunció unas muy breves palabras alusivas y seguido de sus hombres partió con paso decidido —chapoteante— hasta donde pudo conservar algo de su prestancia. El botero llegó en ese momento a rescatar a los pobres del bochorno y entre todos remaron para vencer la corriente y llegar hasta ese punto de la costanera donde una semana antes (cierto día cargado de presagios) habían amarrado la red a los más fornidos árboles. Sólo que ahora (oh consternación, y desconcierto) las amarraduras de la red se encontraban naturalmente bajo el agua.

El botero después de larga reflexión mostró el machete pero no hizo el menor amago de saltar del bote. El intendente comprendió que ese acto de arrojo le estaba reservado y sin proferir palabra —sus contribuyentes estaban a distancia, contemplándolo desde los balcones— se quitó la ropa y se zambulló con el machete en alto. Logró cumplir con su cometido: cortó las cuerdas liberando la red con todos los camalotes y el río pudo en ese mismo segundo retomar su cauce con un avasallante borborigmo. Al intendente lo rescataron desnudito los de la ciudad de abajo.

Medio ahogado como estaba lucía una tonalidad azul por demás iridiscente, deslumbrante. Unas plantas acuáticas se le habían enredado en el pescuezo formándole guirnaldas y según parece traía una mojarrita como estrella plateada entre los ojos. Había perdido el habla.

La posterior iconografía lo mostró aposentado sobre una flor de irupé a la manera búdica. Los de la ciudad de arriba empezaron a venerar la imagen milagrosa sin sospechar su origen pero sintiéndola vagamente familiar. Largas peregrinaciones a la ciudad de abajo y lentos acercamientos con los viejos rivales acabaron juntándolos en un santuario común a mitad de camino. El Venerado había muerto tiempo atrás, de pulmonía. El río seguía corriendo sin mayores tropiezos.

Unas y otras sirenas

—Ahora me dice que es un sueño. Pero si usted realmente se metió en ese sueño mío, si lo atravesó como si nada, entonces usted también de alguna manera es mío porque pasó a formar parte de mi sueño.

Pavadas, quisiera gritarle el capitán. Qué estupideces está diciendo. Usted está loco.

En cambio (porque está en sus manos y porque le tiene lástima):

—Es duro el oficio de marinero. No tenía por qué hacernos esto.

—Más duro oficio es el mío, y a mí nadie me hace nada. Ni bueno ni malo. Nadie se ocupa de mí. Sólo ustedes que con su maldito barco se metieron por mi continente y lo partieron en dos y seguro que mataron a su gente, mi gente, y ahora están como si nada.

—Como si nada no, desesperados. Cuando el barco encalló en la arena la hélice sufrió una seria avería. Un estertor del barco como si hubiéramos topado una ballena y fue simplemente eso: los malditos bancos de arena de su islote. Creo que rompimos una pala de la hélice y todo por culpa suya, porque por alguna loca razón apagó el maldito faro en medio de la noche. Y encallamos. Usted faltó a su misión, es un delito grave: su misión consistía en señalarnos los escollos, no en atraernos como papel matamoscas.

—Misión. Mire quién habla. Usted es el capitán del barco y un barco debe navegar por agua, no meterse en tierra firme y hundir un continente por muy sueño que sea.

—Basta ya, basta de esas historias. Por favor. Ya le dije que ahí no había nada, sólo agua. Uniforme extensión de agua, la misma claridad de agua de todas partes sólo que era de noche, la misma agua negra, imperturbable.

—¿No oyó la música?

—Qué la voy a oír.

—¿No los vio bailar?

—No los vi, no los vi, no vi nada. Y eso que estuve en el puente toda la noche, al lado del segundo capitán, porque tenía calor y porque nos habíamos desviado ligeramente de la ruta. Nada más que por eso. Pero los hubiera visto. Había fosforescencia.

—Por lo menos admite eso y me alegra: vio la fosforescencia. Es el halo que rodea a mi continente.

—Bueno, basta, me voy a dormir, me vuelvo al barco a esperar la marea alta. Creo que vamos a poder desencallar sin problemas, después veré lo de la hélice. Haré bajar unos buzos, si es necesario cortaremos la otra pala para que la hélice funcione parejo.

—Usted no se vuelve nada. Usted se queda acá mateando conmigo. Ya que liquidó a mi gente al menos me debe conversación en grande.

—Yo no liquidé a nadie. Me voy a buscar mi bote.

—Vaya. Pero le prevengo que solté las amarras, debe de andar lejos, ya.

—Les voy a hacer señales a mis hombres para que vengan a buscarme como puedan, que armen una balsa o lo que sea.

—No veo cómo va a hacer señales. Las bengalas las tengo yo y no pienso dárselas aunque me mate. Además, sepa que estoy armado.

—¿Qué me importa que esté armado? Yo no lo amenazo a usted, usted no tiene por qué amenazarme a mí. Ahora sólo quiero irme a dormir y olvidarme del barco, no veo en qué eso puede molestarlo.

—Ojalá yo pudiera también olvidarme del barco, ese barco del demonio. Atravesó mi continente por el medio como si allí hubiera habido un canal. Lo atravesó con todo señorío, orgulloso de sus luces. Estoy seguro de que mi gente lo habría aplaudido desde el muelle, de haber habido un canal. Pero no había. Cortó la tierra en dos, la partió como con un cuchillo —el cuchillo de proa— y provocó el hundimiento.

Ahora es un continente sumergido. Venga a la plataforma, asómese no más. Ya no se ve nada.

—¿Y qué quiere que se vea?

—No sea incrédulo, ya se lo dije, se veían infinidad de luces por las noches, era muy bello, con catalejos hasta podía distinguir figuras bailando y cantando. Festejaban siempre por las noches. Seguramente festejaban el hecho de estar vivos.

—Estaban vivos sólo en su imaginación. Olvídelos. Mañana será otro día.

—¿Qué me cuenta de otro día? Ya sé que será otro día y los días no me importan para nada. Están vacíos y generalmente duermo. La luz me hace dormir, sólo me interesan las tinieblas, cuando llega la hora de encender el faro. Tengo como un fotómetro adentro que me despierta cuando baja la luz. Pero mañana también será otra noche y por las noches no puedo dormir, tengo que estar alerta. Y ellos me ayudaban y me mandaban fuerzas. Cuando el viento soplaba desde allá hasta me traía su música y era siempre una música de esperanzas. Me pensaba ir con ellos después de jubilarme. O de morirme, que es lo mismo. Me estaban esperando, y ahora nadie me espera.

—Lo podemos esperar nosotros, si quiere, cuando lleguemos a puerto.

—De qué me sirve. Ustedes son como cualquiera, ellos eran distintos.

—¿Eso cómo puede saberlo? Nosotros también somos distintos: hemos navegado mucho y podemos contarle montones de historias.

—Para lo que pueden servirme sus historias. Ahora le regalo una más y ni siquiera me siento orgulloso: el torrero loco que creía ver la Atlántida, se puede llamar para no hacer la cosa más complicada. Porque parece que no puede tratarse de la Atlántida, acá en el sur. Era otro continente secreto y ustedes me lo partieron en dos como el hilo que corta la manteca. Carajo.

—Está bien. Desahóguese.

—Y usted adelante, siéntase magnánimo. Yo me desahogo y usted se siente generoso y cree que ha apaciguado a un loco. Sólo que generoso o no, no va a poder devolverme mi continente y ahora ¿qué hago yo por las noches? ¿Cómo van a pasar mis horas sin ellos? ¿Qué sentido puede tener mi vida?

—En una de ésas su vida puede pasar a tener un sentido verdadero. Usted es el capitán del faro: ocúpese del faro.

—Pura deformación profesional, la suya.

—No lo digo por eso, lo digo porque lo siento. ¿De dónde sacó esa frase?

—A veces leo, ¿sabe?

—Bueno. Lea más, para distraerse. O lea menos. En una de ésas las lecturas lo trastornan. Como al Quijote.

—En una de ésas. Y a usted ¿qué lo trastorna? Digo, porque no es vida esa de andar por el Atlántico Sur, tan poco hospitalario. No puede estar muy en sus cabales, usted; el agua es un monstruo. Es una suave piel de monstruo recubriendo alimañas que ni siquiera sospechamos. Una piel que parece tersa: hervidero de horrores. Yo al menos la veo desde la seguridad relativa de una costa, por exigua que sea, pero ustedes andan flotando sobre esa piel que a veces se eriza y están a su merced. No los envidio.

—Envidiar por envidiar, yo tampoco lo envidio a usted definitivamente varado en este islote.

—Definitivamente no puede decirse, yo tenía otros planes... Y lo de varado suele dar cierto aplomo. En cambio ustedes, a la deriva.

—Nada de a la deriva. Conocemos muy bien el derrotero aunque a veces nos desviamos unos ínfimos grados para desgracia nuestra y disgusto de usted. Pero eso es lo de menos. Lo importante es que nos trasladamos, vamos de un lado al otro, tenemos una meta que nos estimula y nos lleva a buen puerto. Y encontramos mujeres y tragos y esa música que usted creía oír de lejos y nosotros recibimos en los huesos al llegar al puerto. Déjeme al menos ir al barco a buscar unas botellas. Así podremos hablar más a nuestras anchas.

—Usted no busca nada. Cuanto más, póngase a cantar, si quiere música. No se lo voy a prohibir pero tampoco le insisto. Pocas veces tengo la suerte de poder hablar con alguien, los que traen las provisiones y los tubos de gas para el faro vienen cada dos meses y eso cuando pueden acostar, porque las tormentas que se desencadenan en esta zona son de las que no perdonan. Y ellos no son gente de mucha conversación, son más bien hoscos. Vienen cuando pueden, me dejan lo que necesito y se van casi sin cambiar palabras. Y para colmo ahora van a tardar en venir porque ya es época de tormentas, el mar se va a poner muy bravo de un momento a otro y ellos en estos casos no quieren ni acercarse: hay mucha roca alrededor del faro. Pero no se preocupe, tenemos suficientes provisiones y podemos quedarnos meses aislados acá sin pasar hambre.

—Pero ¿y mi tripulación? En ese barco hay once hombres que me estarán esperando. Quizá podamos zarpar con la creciente.

—Ni lo sueñe, si el mar lo arranca de la arena lo va a tirar contra las rocas. Donde están encallados no hay creciente que valga, sólo pueden esperar la tempestad y la tempestad no perdona. Ya empiezan los primeros relámpagos ¿ve? no va a tardar mucho en desencadenarse la tormenta. El barómetro está bien bajo.

—El radiotelegrafista debe de haberse comunicado con tierra, pronto van a venir a rescatarnos.

—¿Pronto? ¿Usted sabe a qué distancia estamos de la tierra firme? Van a tardar mucho... demasiado. Yo que usted no me inquietaba más. Sírvase otro mate, hay bolsas enteras de yerba en el depósito.

—Basta de bromas ¿no? Cuando vengan lo van a meter preso, si yo lo acuso. Pero si usted me deja ir ya y no me apunta más como al descuido, entonces me olvido de los cargos y no le levanto un sumario por haber apagado el faro en el momento preciso. Usted nos hizo encallar, y hubiéramos podido destrozarnos contra las rocas. Usted cometió un grave delito.

—¿Y quién le va a creer? Su palabra contra la mía, capitán, y yo llevo casi cuarenta años en este puesto con excelente foja de servicios. ¿Cómo se me va a ocurrir apagar el faro? Y una distracción no corta el gas... Usted es un hombre joven, capitán, y su tripulación puede que no viva para salirle de testigo. Una torpeza suya, capitán, ¿qué hacía por esta zona? Yo no fui el que se salió de ruta. Pero no pienso acusarlo, capitán, si usted no me obliga. Piénselo.

—¡Cállese, por Dios! Mis hombres me están llamando, ¿no oye la sirena?

—¿Sirena? ¿Qué sirena? Usted está delirando, capitán. Las únicas sirenas eran las de mi continente y usted las obligó a sumergirse para siempre. ¿Cómo quiere que oiga esas otras que ni siquiera cantan?

Leyenda de la criatura autosuficiente

—Su manera de barajar las cartas no es de macho. Peor que marica, parece una mujer, da asco —comentan por las noches los paisanos mientras juegan al truco en la pulpería del pueblo.

—Nos mira como hombre. Debe de haberse vestido de mujer para tocarnos. No le demos calce que es cosa de mandinga —comentan por las mañanas las mujeres en el almacén de ramos generales.

La ubicación es la misma, ¿es también la misma la persona?

¿Un hombre que es mujer, una mujer que es hombre o las dos cosas a un tiempo, intercambiándose?

Pobre pueblo, qué duda, cuánta angustia metafísica aunque muy bien no sepa explicarla... ¿Pueblo? ¡Bah! una veintena de casas dispersas, y bien chatas para no ofender a la llanura, una iglesia abandonada (muy pocos se dijeron si viviera el padre cura él nos ayudaría a develar el misterio, él nos protegería. Los más decidieron actuar por sus propios medios y observar de cerca a este ser tan extraño; de cerca, sí, no de muy cerca, no tanto como para caer en el negro pozo del contagio).

En el pueblo —como bien puede verse— no hay criollos, todos hijos de italianos y uno que otro inglés que nunca se pronuncia (el diablo se queda, el gaucho ya se nos ha ido). El gaucho habría sabido develar los arcanos en el relincho de su propio caballo cuando este ser tan indefinido se avecina al palenque (ellos en el pueblo entienden tan poco de caballos: los atan al poste y los pobres animales desaparecen de sus vidas como si en la pampa no se llevara el caballo siempre en el corazón, aun a la distancia o entre cuatro paredes). En cuanto a este ser, no tiene ni caballo ni perro, claro está: los animales reconocen el olor a diablo por más que el diablo se oculte en las hormonas.

¿Al despuntar el alba este ser se rebana la hombría para arrancarse al diablo? ¿Y vuelve a ponérsela al caer la noche por miedo de tener al diablo metido en algún frasco?

¿O este ser portador de mandinga pertenece francamente al sexo femenino? ¿Se meterá el diablo dentro de este ser cuando este ser es hembra volviéndose dual en cada pecho y manando como leche? ¿O el Maligno estará siempre allí corriéndose de arriba para abajo, de pechos a cojones, por el solo placer de desplazarse? ¿Desplazamiento a horario como el ómnibus que llega por la ruta polvorienta los martes a la tarde? Pero el Maligno no se atrasa: con la primera estrella se hace hombre y vaga toda la noche como rondando al pueblo. A veces los paisanos lo han visto tenderse entre los pastos altos y dormir al relente para después, al clarear el día, volver al carromato —sólo el breve tiempo de algunas mutaciones— y salir nuevamente ya convertido en hembra.

Al llegar la noche se comentan estas cosas en la pulpería mientras el extraño ser está acodado al mostrador a distancia prudente. Bajo el techo amigo y al calor de la ginebra se sienten hermanados los del pueblo, libres para hablar de aquello que a cielo descubierto los haría temblar de sacrilegio. Únicamente el pulpero no interviene en conjeturas, en burlas o temores: él sabe que un cliente, si es doble, bien vale dos clientes. Salen dos compradores del raro carromato y sólo eso importa. El diablo no entra en sus haberes.

En cuanto al carromato, es una historia aparte. Cierta madrugada lo vieron los paisanos en las tierras fiscales sin poder explicarse cómo había llegado pero sin importarles. No que fuera cosa usual un carromato a una legua del pueblo, pero era tan humildito color tostado vivo como la tierra misma, en el campo de cardos bajo el azul del cielo. Tenía un aire heráldico que conmovió la gota ancestral de sangre en nuestros campesinos. Nadie opuso reparos. Sólo que al poco tiempo se descubrió lo otro y se empezó a hablar de engualichamientos y el miedo se largó a correr por las calles del pueblo y fue bueno sentirlo pasar removiendo la calma. La desconfianza también corrió a la par del miedo pero la desconfianza era vieja conocida y no perturbó a naides.

Se va la segunda
Ni lúcidos payadores pueden con esta historia de puro sencillita que es, sin pretensiones.

Ella es María José y él José María, dos personas en una cada uno si se tienen en cuenta apelativos pero nada que ver con la idea de los otros que hacen la amalgama de los dos en un ser único. Algo profundamente religioso. Inconfesable.

Son dos, lo repito: José María y María José; nacidos del mismo vientre y en la misma mañana, tal vez algo mezclados.

Y los años también transcurrieron para ellos. Hasta llegar a este punto donde empieza a pesarles —por sobre las ansias de hacer su voluntad— el más amplio surtido de imposibilidades. No pueden ni seguir avanzando: están atascados en el barro y casi sin combustible. No pueden siquiera separarse del todo porque el temor del uno sin el otro se hace insoportable. Ni pueden dormir juntos por temor a enredarse malamente pues como todos saben el tabú de la especie suele contrariar los intereses de la especie.

Él sale por la noche y hace suyo lo oscuro. Ella sale de día mientras dura el día y ninguno de los dos corta el hilo ni se aleja por demás del carromato, ese vientre materno. (Y pensar que estuvieron tan cerca, apretaditos, cuando empezó la vida para ellos y ahora sin tocarse, sin siquiera mirarse a los ojos por temor visceral a tentaciones.)

(*¿En tiempos prenatales era tuyo este brazo que rodeaba mi cuerpo, de quién este placer tan envolvente, esta placenta?*)

Ahora, sin darse cuenta, él se va robando el aspecto felino que es propio de ella y ella en cambio pone más firmeza en sus gestos y quizá ¿quién podría negarlo? mira con deseo a las mujeres del pueblo, únicos seres humanos que cruza en su camino diurno mientras los hombres se la pasan devorando el campo con tractores o atendiendo el ganado (tareas propias de este continente embrutecido con los pies y las manos y hasta el alma en la tierra). Y él, por las noches, quizá desespera por estirar su mano tan suave y tocar alguna de las manos callosas que saben del facón y de la carne viva.

Y cada vez las manos más distantes y cada vez el pueblo más cerrado en contra de ellos, sin dejarles hablar, sin que se expliquen.

Se me hace que en todos los casos de la vida conviene señalar a algún culpable. Nuestro chivo expiatorio será entonces aquel lejano cura que les puso los nombres. Es cierto que la sotana lo separaba de las cosas del sexo, pero resulta imperdonable, debió de haberse fijado bien: María María la una, José José el otro y a eliminar la duda; no todas las indagaciones son morbosas, a veces son científicas.

Estribillo

—Este hombre es mujer y se disfraza, algo trae bajo el poncho aun sin poncho.

—Esta mujer es hombre, se nos va a venir encima si le damos confianza.

Nunca una definición para ellos, pobrecitos, y menos una sonrisa. Desde el polvo tenaz que cruje entre los dientes hasta el otro crujido de la desconfianza humana. Eso ya es demasiado. Y al cabo de seis días, un viernes por la noche para ser más exactos, José María no logra reunir las fuerzas necesarias para mover su cuerpo y llegarse a campo traviesa hasta una copa amiga. A María José le deja casi toda la cama en un principio. Al ratito no más las cosas empiezan a mezclarse: allí está al alcance de la mano y de las otras partes anatómicas el calor tan buscado. Allí está el cariño, la esperanza, el retorno a las fuentes y tanto más también que conviene callar por si hay menores. Y los hubo: al cabo del tiempo establecido nació la criatura muy bella y muy sin sexo, lisita, que a lo largo de los años se fue desarrollando en sentido contrario de sí misma, con picos y con grietas, con un bulto interesante y una cavidad oscura de profundidad probada.

Más allá del carromato nunca se logró saber cuál de los dos seres idénticos había sido la madre.

¿Lo habrán sabido ellos?

El fontanero azul

Lo señalaron: es el fontanero. Yo me acerqué a él por gusto a esa palabra y no por el sentido que tiene el título en estas tierras, con derecho a distribuir a su antojo el agua racionada. Pero no fui yo quien encendió la mecha. Aunque me acerqué bastante como algunos dicen y hasta llegué a tocarlo (hay testigos para todo, siempre hay alguien sin escrúpulos que cuenta la verdad: la imaginación se va apagando y ya nada queda para el pobre).

Fontanero y todo, parece que alcancé a tocarlo como dicen los testigos. Pero no fui yo, insisto, quien encendió la mecha. Ni siquiera estuvo en mí la idea del estruendo.

Fontanero. Un hombre respetable en apariencia, alguien digno de habitar este pueblo tan lleno de respeto por las hojas caídas, por los perros hambrientos, por lo que ya se acaba y por aquel que también espera su fin pacientemente: el ser humano.

(El cementerio tiene tumbas de colores. Las casas de esta zona del mundo son de barro; mientras estamos sobre la tierra nos conviene confundirnos con ella.)

El fontanero en cambio era el único despolvado en este pueblo, algo insultante.

Piedra, polvo y piedra, todas las calles trepan hasta la mancha de luz que es el mercado. Arriba, el fontanero resplandece de limpio con su camisa blanca y sus dientes de oro y sus bigotes. Por abajo andamos nosotros acarreando baldes de agua desde el río que ya empieza a secarse.

Esto ocurrió un domingo y pasó una semana.

Yo no encendí la mecha ni tuve participación alguna en el estruendo.

Él estaba limpito de pie en el atrio del antiguo convento y yo tan sucia como siempre, polvorienta, y en la punta de los dedos todavía fresco el añil con el que había estado pintando las paredes (mi casa es de adobe como todas, la pintaba lentamente

de añil para aplacarla: quería un poco de azul para imitar al agua).
(Y si más de un testigo dice que lo toqué, pues lo habré tocado.
Aunque yo siento que fueron las manos de él sobre mi cuerpo y
no la viceversa inadmisible.)

Fue el domingo de ramos para ser más exacta y él estaba en el
atrio calculando ganancias. Un fontanero infame, no lo dude: por
cien pesos dejaba que desbordaran los tinacos de los ricos y a sus
vecinos que los partiera un rayo. Era la araña en la red de tuberías,
dios en el mundo subterráneo de desagües.

(Y pensar que con sólo mover un dedo, con sólo sacudirse el
manto de codicia y abrir con generosidad las válvulas podría
haber apagado la sed de todo el pueblo.)

Sobre el pecho le quedó una mancha azul ese domingo —el
domingo de ramos— casi oculta bajo la camisa blanca, eso fue todo.
    Y pasó una semana:

Lunes	Le llevé diez pesos habidos no les digo cómo y conseguí que de mi propia canilla manara agua suficiente como para que no murieran de sed mis tres pavos ni la puerca del vecino.
Martes	Se habían ido los turistas y no conseguí ni un peso. Pero por esas cosas de la naturaleza humana (débil, débil, débil!!) obtuve de él que manara más agua. Me lavé los calzones.
Miércoles	Seguí pintando de azul el frente de mi casa en silencio absoluto. Al caer la tarde lo fui a ver un ratito. El fontanero tenía ya los dos brazos azules, el pecho y parte de la espalda.
Jueves santo	Esperamos vanamente en el atrio la representación de la última cena. ¿Habrá faltado el agua aun para este humilde simulacro del pueblo? La idea no fue mía, fue de uno que se apeó del caballo frente al portal y dijo: aunque sea la última, después de esta cena hay que lavar los platos. ¿Con qué agua? No hay diversión, hermanos pueden volver a sus casas.
Viernes santo	Fue el vía crucis de todos como es lógico, con procesión y rezos y los labios resecos, la piel resquebrajada. (Pasan los ricos, los de las casas altas, cambian a

escondidas sonrisas con nuestro fontanero. Las bolsas de él están repletas y los ricos tienen las albercas llenas, toda el agua que quieran. A nosotros no nos queda ni una gota de humedad para las lágrimas.)

Sábado de pasión Quietud en todo el pueblo y en mi vida. Al fontanero sólo le quedan la mano izquierda, la cara y un testículo de color de su carne. El resto ya es añil, no me explico cómo. Sólo los niños andan hoy por el pueblo y los perros como cueros resecos estaqueados sobre cuatro patas.

Desde mi ventana vi llegar el camión con los judas, diablos rojos con cuernos, y confieso que me dije: nuestro judas es azul, le tenemos más miedo, no es de papel maché, no está hueco por dentro: tiene una mala entraña.

Vi también sin mirar demasiado cómo a cada muñeco le clavaban cohetes en la panza, le pasaban una ristra de cohetes por el cuello y dejaban las mechas en los cuernos. (Pero una cosa es ver y otra muy distinta es pensar en aplicar lo visto.)

(Lo vieron todos ellos, lo saben desde hace cuatro siglos mucho mejor que yo, llegada de tan lejos aunque soy solidaria. Les juro que no fui yo, no caigan en el error de siempre: señalar al extranjero aun en son de bendecirlo.)

(El color de casa, me dijeron después, y yo me alcé de hombros: el color de su tumba.)

Y a las once de la noche llamaron a misa con matracas.

Domingo de gloria A medianoche, desbocadas campanas. Ni que el pueblo conservara tantos bríos. A la una hubo suelta de bengalas y a las dos y media se largaron las primeras lluvias poniendo fin a los largos meses de sequía. ¡Qué visita aplaudida, qué remanso! A él por fin ya no lo necesitamos... (Llovió toda la noche, llovió por la mañana hasta misa de once y el pueblo en el convento agradeció al cielo lo único que el cielo tenía para darles. Y rezaron de rodillas mostrando con orgullo las plantas de los pies ensueladas de barro.)

El sol reapareció a mediodía sin haberse enterado de la gloria. ¿Y creen que en la sofocante maraña de vapores pude haber juntado fuerzas para gestar la idea? ¿Entre el calor infernal y el estampido de cohetes? En la plaza del mercado los judas de papel maché estallaban en mil pedazos, el mal se iba desintegrando y el pueblo lo sabía, estaba alegre.

A las cinco de la tarde arreciaron los cohetes y comenzó la fiesta. Corrí hasta el mercado para ver a los hombres del pueblo bailando entre parvas de plátanos y mangos, entre los puestos de sandías y de ollas de barro. Colores deslumbrantes reluciendo como las hojas de los árboles lavadas por la lluvia. Estuve a punto de ponerme a brincar con los del pueblo vestidos de señores: túnicas de terciopelo, sombrerones bordados, puntillas y oropeles, máscaras de hombre blanco con barbas puntiagudas, guantes blancos. Quería festejar con ellos el reencuentro, integrarme a su música de bronces. Comunión con el pueblo hasta que vi ahí no más al fontanero (hijo de la chingada).

De pie sobre la fuente en medio del mercado. De espaldas, buscando con la vista (buscándome a mí, casi seguro), ya vestido de azul, completadito. Azul sobre la fuente reseca el fontanero. Eso fue demasiado, y aunque mi tarea no estaba terminada —la mano izquierda, el rostro y un testículo— no pude contenerme y huí despavorida. Al verme salir corriendo las caras inexpresivas de las máscaras con ojos (¡dónde se habrá visto!) siguieron mi carrera. Y él tan añilado, irreverente.

Con mis últimos pesos compré pintura blanca (la morada es más imperiosa que el estómago: no quería una casa color de fontanero, quería una casa pura).

Reventaban los judas en la plaza y al ritmo de cohetes daba yo mis brochazos y mi casa de electrizado azul iba perdiendo fuerzas, se volvía celeste y transparente. Llevaba casi toda una pared pintada de esa forma cuando oí el estallido como de dinamita, un cohete gigante.

Hubo un compás de espera, un suspenso en el aire y vinieron jadeantes a darme la noticia:

Había sido él el gran judas, casi el verdadero. Cuando llegué a la plaza el baile se había detenido y las máscaras miraban con ojos inhumanos. Allí estaba el fontanero azul despanzurrado, clavado en la punta más alta de la fuente.

(¿Un cartucho de dinamita metido en la bragueta o un puñado de cohetes en el ombligo?)

Eso, sí, *no fui yo quien encendió la mecha* como pueden comprobar con sólo leer mi declaración atentamente.

Tenía, era lo extraño, la cara de mi color celeste transparente y también una mano con la palma hacia arriba. Juraría que además un testículo se había vuelto celeste, pero voló con las tripas y jamás pudieron encontrarlo (las tripas salpicaron un poco a los de las casas altas que estaban a un pasito, no más, sentados a la únicas mesas con mantel en medio de la plaza, entorpeciendo el baile, sorbiendo dignamente sus refrescos, luciendo sus camisas bordadas o sus vestidos largos. Los salpicó un poquito pero ellos se pusieron de pie con expresión de asco y alejaron a sus dorados niños del infausto espectáculo).

Yo en cambio me quedé allí a esperar el milagro: de la panza agujereada de este judas manaría siempre agua.

Los nativos del pueblo como ocurre a menudo no pretendieron tanto. De la panza agujereada manó sangre sin sorprender a nadie pero alegrando a todos. Y los enmascarados metieron las manos enguantadas de blanco en esa sangre y se lavaron las máscaras tan blancas que cubrían sus rostros.

Sangre de fontanero: símbolo de agua. Abluciones perfectas.

Después quisieron llevarme en andas. Me amaron y me odiaron y gritaron mi nombre. Y yo tan inmerecedora, tan abandonada mientras el fontanero azul se vuelve rojo y ya ni su color me pertenece.

Textos de la sal

Salineros

Deshidratados sería la palabra para calificarlos si no fuera que el agua no forma para nada parte de sus cálculos.

La palabra es entonces otra que no hemos encontrado todavía y total ¿para qué? si ellos no la buscan. Están en esa zona austera de sí mismos donde la deshidratación no importa ni importa la pérdida; todo lo van perdiendo aunque nunca lograrán perder aquello que los otros han andado buscando con exagerado anhelo. El concepto de perduración, por ejemplo: nada se pudre en estas comarcas, nada se transforma, todo se conserva. Obra de la sal, y también de otras sustancias que no analizaremos por no entrar en profundidades allí donde fulgura una superficie tan desoladoramente blanca.

La sal a veces enceguece, lesiona para siempre el aparato óptico, pero la ceguera es compensada por cierta visión anterior a la ceguera: las bandadas de flamencos rosados. Después, los flamencos que con admirable belleza machacan la sal parten hacia otras latitudes, pero su recuerdo permanece allí, imborrable, y quienes los vieron nunca más podrán captar el impoluto blanco, lo verán para siempre teñido de un rosa tan intenso que se asemeja al fuego. Y más tarde —aunque la sal haya acabado por dañarles la vista— mantendrán para siempre en la retina el color de los flamencos rosados que es como una quemadura.

Eso que no necesitan del color para saber de quemaduras. La sal los ha iniciado desde chicos en materia de ardores.

La cosa empieza alrededor de los siete años, cuando la cálida transparencia de la piel se va tornando pellejo, y la cosa ya no se detiene porque se va extendiendo con el lento cuartearse de la piel. Primero como corcho, después, cuero, y madera, hasta que la propia piel se convierte en el ataúd del salinero. Piel ataúd que lo sepulta en vida, sin necesidad de entierro alguno, salineros amortajados en su propia piel, momificados.

Quizá por esperanzas de perduración eterna o quizá por desidia, los habitantes de la sal nunca se deciden a partir hacia otras comarcas. Allí donde crecen los árboles, donde se conoce el verde. No, no se deciden, se quedan no más en las inmediaciones de las salinas y ni siquiera se contagian de lo blanco. Se van volviendo lentamente de un polvoriento gris mientras se les reseca el alma y eso no les importa.

No les importa porque trabajo nunca falta. Hay que cosechar la sal, hay que emparvarla, después eventualmente llevarla a la planta para el empaque. Total, como cualquier alimento que merezca su nombre y la sal más que ningún otro por ser indispensable. Las gentes de las salinas lo saben pero no es este reconocimiento que los hace soberbios. La soberbia les llega no sabemos de dónde y como suele suceder prospera con las lluvias. Porque ellos también dependen de las lluvias: que se vuelvan a formar cada año las lagunas, que el agua haga aflorar la sal del fondo de la tierra, y más tarde que las lluvias se retiren a tiempo y llegue la sequía para dejar, después de la evaporación, los mantos de sal iridiscentes, blancos, justo en el lugar de las lagunas formadas por un agua totalmente inhumana. (El agua para el consumo hay que juntarla durante las lluvias en enormes cisternas. Esta obra se convierte al instante en una solución salina saturada, agua enemiga.)

Con agua enemiga al alcance de la mano en los días más salvajes del verano no tienen motivo alguno de felicidad y sin embargo felicidad alcanzan. Quizá porque poco a poco van aprendiendo otras verdades. Quizá porque olvidan el agua (beben vino, me dirán los graciosos que nunca faltan en casos como éste. ¡Qué van a beber vino! Ni siquiera saben lo que significa un fruto generoso de la tierra. La tierra para ellos es árida porque ésta es condición inherente de la tierra que habitan, y sin embargo es tierra nutricia porque les da la sal que les permite seguir permaneciendo.)

Hablan poco entre ellos. No quieren mostrarse los unos a los otros esas lenguas hinchadas por la sal, las encías al rojo vivo. Por eso casi ni se hablan y menos se sonríen. Son orgullosos al extremo, ya lo dijimos, orgullosos y tienen sus motivos: sólo ellos conocen las verdaderas ciudades, ciudades del espejismo. Cuando las lagunas empiezan a evaporarse configuran en la otra costa gigantescos rascacielos blancos que se elevan como torres de iglesias, prístinos edificios geométricos que ostentan la inconmovible gloria de lo inalcanzable.

La sal de la vida

Las lágrimas están hechas para aquél que sepa relamérselas, es decir reabsorberlas por vía oral y a la vez saborearlas. Reciclaje de lágrimas, líquido vital, indesperdiciable, imprescindible para paliar la carencia de sal y de ternura.

Pozo seco de lágrimas se nos vuelve infrahumano. Si hasta el torturador llora sobre el cuerpo atormentado de su víctima. Le moja las heridas y el cuerpo en carne viva sufre el ardor salino de las lágrimas y la víctima sabe —a pesar de que sus ojos estén vendados, si es que le han dejado ojos— que el torturador llora.

Y la víctima aúlla, en llamas no por la picana eléctrica o por el fuego. En llamas por el llanto insultante, irritante, del torturador, con lágrimas perdidas.

Sal roja

Entre nosotras el llanto está prohibido. Otras manifestaciones emotivas, otras emociones no, pero sí el llanto. Al celo, por ejemplo, podemos darle libre curso y alegrarnos. A los celos, en cambio, debemos mantenerlos bajo estricto control: podrían degenerar en llanto.

¿Por qué tanto miedo a las lágrimas? Porque las máscaras que usamos son de sal. Una sal roja, ardiente, que nos vuelve hieráticas y bellas pero nos devora la piel.

Bajo las rojas máscaras tenemos el rostro en carne viva y las lágrimas bien podrían disolver la sal y dejar al descubierto nuestras llagas. La peor penitencia.

Nos cubrimos con sal y la sal nos carcome y a la vez nos protege. Roja sal la más bella, la más voraz de todas. En tiempos idos nos infligían la sal roja como un castigo. Nos restregaba las bocas con sal roja, queriendo lavarnos de impudicias. ¡Brujas! gritaban ellos cuando algo perturbaba el tranquilizante orden por ellos instaurado. Y nos fregaban la cara contra la roja sal de la ignominia y quedábamos anatematizadas para siempre. ¡Brujas! nos acusaban, acosaban, hasta que supimos apropiarnos de esa sal y nos hicimos las máscaras tan bellas. Iridiscentes, color carne, traslúcidas de promesa.

Ahora ellos, si quieren besarnos —y todavía a veces quieren— deben besar la sal y quemarse a su vez los labios. Nosotras sabemos responder a los besos y no tenemos inconveniente en quemarnos con ellos desde el reverso de la máscara. Ellos/nosotras, nosotras/ellos. La sal ahora nos une, nos une la llaga y sólo el llanto podría separarnos.

Con máscara de sal nos acoplamos y a veces los sedientos vienen a lamernos. Es un placer perverso: ellos quedan con más sed que nunca y a nosotras nos duele y nos aterra la disolución de la máscara. Ellos lamen más y más, ellos gimen de desesperación, nosotras de dolor y de miedo. ¿Qué será de nosotras cuando afloren nuestros rostros ardidos? ¿Quién nos querrá sin máscaras, quién en carne viva?

Ellos no. Ellos nos odiarán por eso, por habernos lamido, por habernos expuesto. Por habernos ellos lamido, por habernos ellos expuesto, ellos. Nosotras no hicimos nada, tan sólo nos dejamos. Sin siquiera derramar una lágrima, sin permitirnos nuestro gesto más íntimo: la autodisolución de nuestra propia máscara gracias al prohibido llanto que abre surcos para empezar de nuevo.

Para alcanzar el conocimiento

Los sentidos y los dioses vienen muy ligados en esta zona del mundo, suponiendo que esta zona esté en el mundo y no como colgada por encima del Ande y tanto más allá del alcance de la mano. Arriba, azul angustiante, y si al menos ellos lo supieran, si supieran de la angustia. Pero no. No saben ni de la desolación ni del azul, tantos siglos viviendo en sus falsas islas de paja que flotan sobre el lago —islas realimentadas a diario— tantas generaciones hechas de estar pisando casi el agua sobre las islas flotantes de totora, algo como Cristo si supieran. Tampoco eso saben mientras navegan en sus barcas que son prolongaciones de las islas, igualmente luminosas y amarillas.

Saben, sí, de la ausencia de los sonidos porque el oído les ha sido dado como una bendición para captar los sutilísimos matices del silencio. Por eso digo: los dioses y los sentidos vienen muy ligados por estas latitudes. También lo digo porque más sublime, para ellos, es ser ciegos a los colores. Los acromáticos puros son allí venerados porque tienen la enorme ventaja de no dejarse deslumbrar por ese azul tan inhumano que es el azul del lago, ni por su reflejo en el cielo, ni por los golpes de sol en la dorada paja. Demasiada intensidad cromática para tanto silencio, razón por la cual quienes no pueden percibir los colores a menudo alcanzan rango de sacerdotes.

Más de uno dijo no reconocer tonalidades y fingió confundirse y hasta equivocó la línea del horizonte, pero la impostura no inquieta a nadie en esta tapa del mundo; quien no ve los colores sólo puede beneficiarse interiormente y de nada le son útiles las magras reverencias que en algún momento le tributan sus cofrades.

Así transcurre la vida y es tan breve. Pocos hay entre ellos que alcanzan la cincuentena y estos escasos viejos son más queridos que execrados pero mantienen un mínimo contacto con el resto de la tribu.

Han perdurado para volverse sabios y por eso mismo ya nadie quiere prestarles oídos y todos sueñan con fabricarles una enorme jaula de vidrio para tenerlos tan sólo al alcance de la vista. Aunque no hay manera alguna de obtener el vidrio en las alturas. Una única vez conocieron el vidrio y les hubiera sido fatal de no estar viviendo sobre el agua. El vidriecito fue bello y admirado hasta que concentró tanto los rayos del sol que provocó el incendio. El primer incendio de la historia de ellos, casi el último. Se declaró en una isla recién terminada y la paja nueva ardió por un buen rato hasta que se fue abriendo camino incendiando los juncales a su paso y partió a la deriva. Una embarcación de llamas.

Esa isla tenía una choza de totora y una vieja del mismo material indefinible del que están constituidos los mortales.

Y se fueron flotando, no más, esas llamas que habían sido una isla con su vieja y su choza, y bogando a distancia dieron tal espectáculo que por primera vez los no privilegiados se alegraron de percibir los colores, porque el rojo no pertenecía al espectro conocido por ellos hasta entonces. (Los venerados acromáticos se perdieron las llamas y ésa fue finalmente su desdicha: ignorar el color de lo que arde.)

En cambio la vieja en su isla incendiada supo más: llegó a enterarse del calor y hasta del horror de aquello que está ardiendo. Comprobó también que el fuego se tragaba sus gritos, y cuando por fin el agua la pudo contra el fuego ella quedó flotando sobre la inmensidad del lago —ese mar en la punta de la tierra— en una isla chiquita, achicharrada. Empezó a notar entonces que sus conocimientos se habían ido expandiendo al calor de las llamas y se sintió infinitamente más sabia que antes de haber salido en su peregrinación forzada. ¿Más sabia para qué? para no poder transmitírselo a nadie como siempre sucede, sobre todo entre ellos que sólo conocen lo inefable. La sabiduría de ellos sobre sus islas flotantes hechas de paja fresca y la de todos nosotros creyéndonos seguros con los pies en la tierra.

Pero la vieja quería romper el voto de silencio y así en medio del lago tan azul que parecía soñado e imposible, añil, decidió transmitir a los suyos la enseñanza. Decidió hacerles llegar por lo menos la lección del fuego (si pudiera de alguna manera mandarles una chispa; pero una chispa no atraviesa la diafanidad del aire ni circula por agua. Una chispa indefensa, botoncito de lumbre). Y de todas maneras ya su isla se había enfriado, ni quedaba la dulce tibieza de rescoldos.

De la llama a la brasa, de la brasa al rescoldo, a la ceniza tibia, a esa otra ceniza seca, estéril, que todo lo recubría de gris con la ayuda del viento. Habían sido transformaciones lúcidas, pura felicidad interna para nada asimilable a la alegría.

Decirles del calor más allá de las salidas del sol —el sol sabe de esas cosas, no necesita información alguna—; la sabiduría del fuego quisiera transmitirla a los otros, los hermanos, los que aun bajo el sol ignoran todo tipo de tibiezas.

La vieja gris, gris la vieja, cubierta de cenizas, un algo achicharrada pobre vieja, chamuscada en partes y, bajo el polvillo gris de las cenizas, sumamente tostada no tanto por la acción del sol que en esa altura del mundo es inocente sino por el maestro fuego que le enseñó el principio de cocción en carne propia. Y esto, entre tantas otras nuevas, era lo que quería comunicarle a los hermanos: la posibilidad de transformarse uno al mismo tiempo que el fuego transforma el alimento. Es decir el poder transmutador de ese ser inasible, ardiente y rojo que sin que ella lo supiera se llamaba fuego.

Buscó entre la ceniza muerta un restito de vida, con las manos hurgó entre las cenizas y hundió los antebrazos hasta el codo sabiendo que el peligro de quemarse ya no era peligro alguno para ella. Y después de mucho buscar encontró una brasita diminuta latiendo en la profundidad de la ceniza. Con esa ínfima brasa y con los carbones que se habían formado mantuvo viva durante meses una humilde fogata (ni siquiera pensó en cocinar sobre ella el pescado reseco, no quiso mancillarla). Y con dulzura fue rearmando su isla: cosechó la totora que crecía en el lago, la puso a secar al sol y cubrió poco a poco el colchón de cenizas con la paja flotante. Después reconstruyó su choza con la misma totora y cuando se sintió completa le prendió fuego a todo pensando que de alguna manera los demás entenderían su mensaje gracias a esa nube oscura que se desprendía del fuego. Reinventó así, sin quererlo, las señales de humo. Tanto le hubiera valido reinventar la telegrafía sin hilos. Total, otro holocausto inútil: los hermanos allá lejos no pudieron o quizá no quisieron descifrar su mensaje.

Tal vez ya lo sabían.

Donde viven las águilas

Les va a costar creerme porque ¿quién, hoy día, ha tenido experiencia con la vida de campo? Y acá arriba: la vida de montaña, donde viven las águilas. Pero ya se irán acostumbrando. Sí señor. Se lo digo yo que eran tan citadina y ahora me pueden ver del color de la greda acarreando baldes de agua desde la fuente pública. Agua para mí y agua para los otros; lo hago para subsistir muy pobremente ya que cierta vez cometí la torpeza de subir por el camino que bordea el precipicio. Subí, y al ver en el fondo el valle convertido en un punto verde decidí quedarme para siempre. No fue miedo, fue prudencia como dice la gente: precipicios demasiado hoscos, nunca imaginados, imposibles de enfrentar en un descenso. Fui canjeando por comida lo poco que tenía, los zapatos, el reloj pulsera, el llavero con llaves y todo (ya no las necesitaría), el bolígrafo al que le quedaba escasa tinta.

Lo único de valor que me queda es mi cámara polaroid, porque nadie la quiso. Acá arriba no creen en eso de retener imágenes, más bien se esfuerzan por crear cada día imágenes diferentes, inventadas por ellos y especiales para cada momento. A menudo se reúnen para contarse las inverosímiles imágenes que han ido vislumbrando. Se sientan en ronda sobre el piso de tierra en la oscuridad del rancho comunitario, el jacal, y se concentran para materializar las visiones. Cierta vez corporizaron de la nada un tapiz de color inexistente y dibujo inefable, pero decidieron que el tapiz era apenas un palidísimo reflejo de su imagen mental y rompieron el círculo para restituirlo a la nada de la que había surgido.

Son seres extraños: hablan casi siempre un idioma del que ellos mismos han olvidado ya el significado, se comprenden interpretando las pausas, las entonaciones, la expresión de los rostros o los suspiros. Yo intenté aprender este lenguaje de silencios pero parece que mi acentuación no es la requerida para tamañas sutilezas. De todos modos se emplea el castellano para los hechos triviales, las cotidianas exigencias que nada tienen que ver con las imágenes. Algunas palabras sin embargo están ausentes de su vocabulario. Por ejemplo les falta la palabra ayer, la palabra mañana, y antes y después, o un día de éstos. Todo, aquí, es ahora y siempre. Una burda imitación de eternidad, como el tapiz que ya he mencionado. ¿He mencionado? Y sí; soy la única que conserva este tiempo de verbo y quizá, también, la única que tiene alguna noción de las conjugaciones. Resabios que me quedan del mundo de allá abajo, conocimientos que no puedo canjear con nadie porque nadie los quiere.

—Puedo darte una noción de tiempo a cambio de frijoles, anduve diciéndoles a las mujeres del mercado y ellas sacudieron la cabeza en señal de rechazo. (¿Una noción de tiempo? me miraron descreídas, ¿un estarse moviendo en un plano distinto? Eso nada tiene que ver con el conocimiento que buscamos.)

¿Quién se atreve a venir a hablarles del trascurso a los habitantes de este arriba donde todo perdura? Hasta los cuerpos perduran. La muerte ni los corrompe ni los anula, simplemente los detiene en el camino. Y los otros, con enorme delicadeza —una delicadeza que sólo les conozco con las cabras paridas o con determinados hongos— trasladan el cuerpo más allá del torrente y lo ubican en el lugar simétrico al que le correspondía en vida. Con infinita paciencia han logrado crear, en la otra ladera, la otra población que anula el tiempo, reflejo quieto de ellos mismos que les da seguridad porque está momificada, es inmodificable.

El único cambio que ellos se permiten es el de las imágenes. Crecen, eso sí, y después llegan a una edad adulta con algo de vejez implícita y ahí se estancan hasta la muerte. Yo, en cambio, compruebo con horror cómo me van apareciendo canas y se me forman arrugas en la cara. Prematuras, sin duda, pero ¿quién puede conservarse joven en esta sequedad, bajo estos cielos? ¿Y qué será de mí cuando descubran que a mí el tiempo me pasa y me va dejando grabadas sus señales?

Ellos están en otras inquietudes, tratando de retener las visiones que según parece son de palacios enjoyados y de otros esplendores nunca vistos. Ellos merodean por esas latitudes del asombro y yo puedo apenas sacarme —muy de vez en cuando y con mucho sigilo— una foto. Yo repto a ras de tierra a pesar de ser esta tierra tan elevada, tan adicta a las nubes. Después dicen que la altura nos trastorna el seso a quienes como yo llegamos del nivel del mar. Y yo creo, me temo, que los trastornados son ellos: algo ancestral, inexplicable, sobre todo cuando están en cuclillas

—casi siempre— contemplándose por dentro. Yo en cambio miro y miro por fuera, miro por los caminos y voy como al descuido alimentando mi miedo, algo callado y propio. Ellos me ven pasar con el palo sobre los hombros y los dos baldes que cuelgan del palo, acarreando agua, y me gustaría saber que nada sospechan de mi miedo. Es un miedo doble faz, bifronte, para nada hermano de aquel que me impidió bajar una vez que hube escalado la montaña. Éste no es miedo simple, éste refleja otros miedos y se vuelve voraz.

Por un lado estoy yo, aquí y ahora. Un ahora que se dilata y cambia y se estira con el tiempo y con suerte va modificándose. No quiero que se enteren de esta modificación, como ya dije, pero menos aún quiero ser como ellos y no sufrir el tiempo. ¿Qué sería de mí si acabara por quedarme para siempre con este rostro como sorprendido entre dos edades? Pienso en las momias de la ciudad espejada y pienso que en definitiva sólo las momias no se modifican con el tiempo. El tiempo no transcurre para los muertos, me dije un día, y otro día (porque yo sí me cuido bien de registrar cuestiones calendarias) agregué: tampoco pasa para quienes no tienen noción de muerte. La muerte es un hito.

Aquí los habitantes, con su lengua hecha de silencios, podrían enseñarme los secretos del estatismo que tanto se parece a la inmortalidad, pero me resisto a conocerlos. La vida es un ir avanzando hacia la muerte, el estar estancado es ya la muerte.

—Quédese acá, marchantita, quietecita con nosotras, es una de las pocas cosas que acceden a decirme en mi propia lengua y yo sacudo y sacudo la cabeza (una manera más de asegurarme el movimiento) y en cuanto estoy un poco lejos de su vista me largo a correr como loca por estos caminos tan estrafalarios. Corro más hacia arriba que hacia abajo pero igual no quiero alejarme demasiado, no quiero llegar por error a la ciudad quieta y toparme cara a cara con las momias.

La ciudad secreta. No conozco su exacta ubicación pero sé todo lo referente a ella, o quizá lo sospecho. Sé que debe de ser igual a este humilde caserío en el que vivimos, una réplica fiel, con igual número de cuerpos ya que cuando muere uno nuevo la momia más vieja es arrojada al vacío. Hay mucho ruido en la ciudad secreta, el ruido debe preanunciarla y es absolutamente necesario: todo tipo de latas cuelgan de las vigas de las chozas para espantar a los buitres. Es lo único que se mueve en la ciudad secreta, esas latas de espantar zopilotes, lo único que se mueve y suena, y en ciertas noches muy límpidas el viento trae el sonido hasta donde moramos los vivos y ellos entonces se reúnen en la plaza y bailan.

Bailan muy pero muy lentamente casi sin desplazarse, más bien como si ondularan sumergidos en el agua densa del sonido. Ocurre rara vez, y cuando ocurre siento casi incontrolables impulsos de unirme al baile —la necesidad de baile se me mete en los huesos y se mueve— pero me resisto con toda mi capacidad de resistencia. Me temo que nada sería más paralizante que ceder a la música que viene de la muerte. Por no paralizarme, yo no bailo. Yo no bailo ni comparto las visiones.

Desde que estoy aquí no he asistido a ningún nacimiento. Sé que se acoplan pero no reproducen. No hacen nada para evitarlo, simplemente la quietud del aire se los impide, el estatismo. Por mi parte, en estas alturas, yo ni me acerco a los hombres. Hay que reconocer que los hombres no se acercan a mí, tampoco, y por algo será, ellos que suelen acercarse tanto a tantos seres. Algo en mi expresión los debe de ahuyentar y ni puedo saber de qué se trata. Por aquí no existen los espejos. No existen los reflejos. Las aguas o son glaucas o son torrentes rapidísimos y blancos. Y yo me desespero. Y cada tanto en la intimidad de mi cueva, con mucha parsimonia y cuidados extremos, me saco una nueva foto.

Lo hago cuando ya no puedo más, cuando necesito saber nuevamente de mí misma y no hay razón de miedo o de prudencia que pueda contenerme. Me va quedando, por un lado, poquísima película. Por otra parte sé muy bien que si llegan a encontrar mis retratos, si logran colocarlos en orden sucesivo, pueden pasar dos cosas: o me execran o me adoran. Y ninguna de las dos circunstancias me complace, ambas están demasiado cerca de la piedra.

No podría ser de otra manera. Si ponen los retratos en orden y descubren. Si notan que a mi llegada mi rostro era más liso y mi pelo más vivo, mi porte más alerta. Si van descubriendo las señales del tiempo en mi persona sabrán que no he logrado en absoluto controlar el tiempo. Y así como me encuentro, envejeciendo, no querrán seguir aceptándome entre ellos y me echarán a pedradas del pueblo y tendré que enfrentar los aterradores precipicios.

En lo otro, no quiero ni pensar. En la posibilidad de que me adoren por haber logrado, tan concreta, eficazmente, materializar estas imágenes de mí. Pasaría entonces a ser la piedra para ellos, estatuaria, para siempre detenida y retenida.

Estas dos perspectivas lapidarias deberían bastar para contener mi impulso suicida de sacarme otra foto pero no. Cada tanto sucumbo, con la esperanza de que el destello del flash no los alerte. A veces elijo las noches de tormenta y quizá conjuro el rayo con mi débil simulacro de rayo. Otras veces busco la protección de los resplandores del amanecer que en estas alturas suele ser incendiario.

Grandes preparativos para cada una de mis secretas fotos, preparativos cargados de esperanzas y de amenazas. Es decir de vida. El resultado posterior no siempre me alegra pero la emoción de enfrentarme a mí misma —por más horrible o demacrada que aparezca— es inconmensurable. Ésta soy yo, cambiante, en un mundo estático que remeda la muerte. Y me siento segura. Puedo entonces detenerme a comentar simplezas con las mujeres del mercado y hasta entiendo sus silencios y logro responder a ellos. Puedo vivir sin amor un tiempo más, sin que nadie me toque.

Hasta el día de otra recaída y de una nueva foto. Y es ésta la última. En día de ruido a muerte cuando la mínima actividad del pueblo se ha detenido y todos se congregan para bailar en la plaza del mercado. Ese baile lentísimo como quien reza con los pies y reza suavecito. Nunca lo van a admitir pero sospecho que cuentan para adentro, que su danza es un intrincadísimo tejido de pasos como puntos, uno alzado, dos puntos al revés, uno al derecho. Todo al son tintineante de las lejanas latas: el viento en casa de los muertos. Día como cualquier otro, día muy especial para ellos a causa del sonido que llamarían música si les interesara hacer estas distinciones. Sólo bailar les interesa, o creer que bailan con el pensamiento que es lo mismo. Al compás de ese sonido que todo lo inunda y no me permite establecer de dónde viene y sólo sé que viene de la ciudad de los muertos. Un sonido que amenaza tragarme.

Ellos no me llaman ni me ven. Es como si no existiera. Quizá estén en lo cierto y yo no exista, quizá sea yo mi propio invento o una materialización algo aberrante de las imágenes que ellos han provocado. Ese sonido parece alegre y es lo más fúnebre que puede escuchar oído alguno. Yo parezco viva y quizá.

Me oculto en mi cueva tratando de no pensar en estas cosas y de no escuchar el tintineo que si bien no sé de dónde viene tengo miedo de saber hacia dónde o hacia qué puede conducirme. Con la intención de aplacar todos estos temores empiezo a prepararme para la última foto. Desesperado intento de recuperarme, de volver a mí misma que soy lo único que tengo.

Con ansiedad espero el momento propicio mientras afuera la oscuridad va hilando sus hebras de negrura. De golpe, destellos inesperados me hacen apretar el obturador sin pensarlo y no hay tal foto, sólo emerge una placa parda en la que se va adivinando una velada pared de piedra. Y basta. Puedo tirar la cámara porque no me queda más película. Motivo de llanto, si no fuera que el resplandor perdura. Motivo de inquietud, entonces, porque al asomarme descubro que el resplandor viene del exacto punto que yo quería ignorar, emerge justo allí en el corazón del sonido, de aquella cumbre un poco a nuestros pies y el resplandor es entonces el de millones de latas a la luz de la luna. La ciudad de los muertos.

Sin pensarlo tomo mis estúpidas fotos anteriores y parto en un impulso que no alcanzo a entender y que quizá sea la respuesta a un llamado del resplandor sonoro. Me llaman desde allí abajo, a la izquierda, y yo respondo y al principio voy corriendo por el precario camino y cuando ya no hay camino igual avanzo, trastabillo, trepo y bajo y tropiezo y me lastimo, quiero imitar a las cabras en su tanteo por las rocas para no desbarrancarme, por momentos pierdo pie y me deslizo y patino, trato de frenar la caída con todo mi cuerpo, las espinas me desgarran la piel y a la vez me retienen. Con desesperación avanzo porque tengo que hacerlo.

Llegaré a la ciudad de las momias y les daré mis rostros, a las momias les plantaré mis expresiones sucesivas y por fin podré emprender en libertad el camino hasta el llano sin temerle a la piedra porque mi última foto me la llevaré conmigo y soy yo en esa foto y soy la piedra.

Crónicas de Pueblorrojo

I

Llegó a este pueblo de nadie con su atadito al hombro. Estaba harto ya de los pueblos de alguien, los ajenos.

Lo primero que hizo fue escribir su nombre en una roca: una manera como cualquier otra de sentar sus dominios y además de vengarse de la piedra. Bastante lo habían hecho sufrir, las piedras sobre todo cuando arrojadas por manos desconocidas le daban en plena cara. ¿Culpa de la piedra? No, claro, pero a la piedra la conoce y puede vengarse de ella con confianza, en cambio la mano que arroja es siempre una mano anónima y entonces ¿qué? manos anónimas hay demasiadas en este mundo aunque pocas sean tan infames como para arrojarle piedras justamente a él, que suele ser tan indiferente.

En este pueblo, por suerte, no manos, no pies, no nada humano sólo arena roja, piedra roja, pueblo confundido con la montaña y desde años abandonado.

Hola, fue lo primero que le dijo al pueblo en general pero dirigiéndose sobre todo a cierta casa allí a la izquierda, que parecía la más acogedora. O al menos la más íntegra. Paredes de adobe rojo color de la tierra, y una absoluta y desenfadada ausencia de techo que le permitía ver las estrellas de la manera más desconocida para él, la menos metafórica. En esa casa largó sus bártulos e instaló sus cuarteles. Es decir que estiró bien la bolsa de dormir para que no hiciera arrugas y sacó de su atado el calentador y la pava.

Mientras preparaba parsimoniosamente el mate se dijo: Aquí estoy yo. Y nunca estuvo él tanto en sitio alguno como en este pueblo de nadie todo para él solo.

El mate tuvo otro sabor a pesar de estar hecho con la yerba de los pueblos donde lo habían apedreado, y le iba quedando poca.

Pocayerba, se llamó a sí mismo, un sonido mucho más agradable que el de su viejo nombre, ahora abandonado para siempre en una roca a la entrada del pueblo.

Desnudo de nombre se sintió mucho mejor, tan sólo Pocayerba como un taparrabos: era andar más liviano, más acorde con el aire del pueblo. Añadió leña al fuego, hizo una gran hoguera dentro de casa y se alegró de que no tuviera techo ni puerta ni cosa alguna que fuera combustible.

A la mañana siguiente iría de recorrida por el pueblo tomando posesión de las cosas poniéndoles carteles. Por eso no echó al fuego las maderas que le parecían más apropiadas, tablones sobre los que podría escribir —por ejemplo— comisaría o cárcel, posada, iglesia o alcaldía.

Pero a la mañana siguiente los primeros rayos de sol aún no lo habían despertado cuando lo despertaron los indios bajados de la alta montaña. Los vio como una mancha de color allí en el pueblo rojo, con sus ponchos con dibujos geométricos. Para dirigirse a él respetuosamente se sacaron el sombrero:

—Disculpe, don, pero acá no puede hacer fuego. No puede haber vida en este pueblo.

—¿Por qué? —les preguntó asombrado. Y le contestaron: Porque es un pueblo muerto. Y él tuvo que entender, quisiera o no quisiera, porque más se negaron a decirle y pegaron media vuelta, dejándolo con esa dulce recomendación que era casi una advertencia.

Pueblo muerto mi abuela, se dijo él sin darse cuenta de que así no más era. Se dijo otras cuantas cosas mientras empezó a ir de puerta en puerta clavando sus carteles con creciente entusiasmo, como para resucitar al pueblo. Por lo pronto el ruido de la piedra martillando lo hizo vibrar de otra manera y las antiguas paredes de adobe se sacudieron como la cola de un perro agradecido. Después, con casas acarteladas, etiquetadas, fue como si hubiera gente. Panadería, imagínense allí entre las rocas, o almacén de ramos generales y botica. (Cárcel no puso porque le pareció hiriente.)

Pocayerba entraba en cada recinto —algunos más bien del todo derruidos— y cumplía con los gestos del ritual obligado:

—Pase no más, señora —le decía a una brisa—. Tenemos los mejores productos de la región, ¿qué va a llevar?

Pueblo muerto, ¡ja! Él, Pocayerba, sabía que Pueblomuerto no, pueblorrojo vital y radiante bajo el rayo de sol. Un poco reseco, eso sí, como la piel de víbora que fue lo único animal que encontró en su largo recorrido por el pueblo. Ni un pajarito, ni una hormiga, nada. Mejor, se dijo, eso quiere decir que no se me meterán arañas en la bolsa de dormir. Pero no era un consuelo encontrarse tan así, sin compañía. Pueblo de nadie ni de nada, sólo un hilito de agua que corría a lo lejos sin llevar un solo pececito.

Pocayerba contaba con los indios para procurarse un poco de comida pero desde aquel primer día los indios nunca más volvieron a bajar. Sólo a veces, por las noches, Pocayerba creía oír desde lo alto sus voces que le gritaban: pueblo muerto, pueblo muerto. Pero nunca más se aventuraron los indios hasta el valle.

Y Pocayerba, empeñado en resucitar al pueblo, no notó cómo iba él mismo pareciéndose al pueblo: colorado y reseco. Colorado por el polvo que se le metía en los poros, reseco por el sol imperdonante. ¡Pobre Pocayerba! Era ya casi nada de yerba. Puropalo. Sin embargo con ganas seguía chupeteando del mate cada vez más lavado y así fueron pasando unos días que a él se le hicieron años y supo ser feliz por largos ratos. Supo, es decir que por fin aprendió a estarse quieto contra una pared de adobe permitiéndole a la felicidad invadirlo de a poco. Feliz mientras contemplaba los distintos tonos de la montaña roja o cuando clavaba nuevos carteles con leyendas fantasiosas: sueñería, arcoisería burdel de luxe. Feliz mientras avanzaba por las calles requete desiertas del desierto y ni escuchaba los gritos de pueblo muerto que a veces le lanzaban, o creía que le lanzaban, los de arriba. De todos modos gritos, ¿no?, era cosa indolora; no como las piedras con las que lo atacaban en los pueblos vivos por donde antes había arrastrado su aire angelical tan irritante.

Avanzaba por el pueblo rojo en su afán de colocar carteles y una noche pernoctaba en la alcaldía, otra en el almacén de ramos generales, otra en el burdel o en la panadería. Feliz en cada una de sus noches, feliz en sus días de colocar carteles, una felicidad cada vez más estable y eso que ya estaba quedando sin pintura.

Con el último resto en el tachito dando pasos de baile llegó hasta el confín del pueblo y se encontró frente al vasto terreno sembrado de cruces. Con toda su felicidad acumulada escribió Cementerio y se sentó a esperar. Tranquilamente.

II. Pocayerba y los infieles

Después vino el tiempo cuando los indios intentaron salvarlo a Pocayerba y tan sólo lograron prolongarle la vida. Unos años más, total; poquita cosa en la cuenta general de la montaña.

Pocayerba no agradeció ni nada, dejó que la resignación le lamiera las heridas del alma (indios brutos, aculturados, que ya habían olvidado los secretos de su raza y no sabían cuál era la verdadera realización del ser, la forma más profunda de la entrega).

Lo habían estado observando desde lo alto y sólo se dignaron bajar a buscarlo cuando lo vieron caer después de dos días de guardia ante el viejo cementerio —él tan erguido hasta entonces, dando sombra como un árbol—. Lo fueron a rescatar a pesar de que no aprobaban su forma de perturbar la paz de Pueblomuerto. Cartelitos por todas partes ¿dónde se habrá visto? cartelitos que ellos no podían leer pero que igual le restituían su nombre a cada casa, poniéndola en su lugar. Ya nadie olvidaría: ellos al menos ya no olvidarían, y para recordar mejor —para contarle mejor a las generaciones venideras— bajaron por segunda vez a Pueblomuerto dispuestos a llevarse al hombre hasta la altura. A las moradas del viento donde se habían instalado sus abuelos.

El extraño iba inconsciente y pesó tan poco por la cuesta escarpada. Fue como recuperar algún chivo perdido, animal descarriado: devolverlo a la altura.

En cuanto a Pocayerba, al abrir los ojos lo primero que vio fue un águila y se dijo: Estoy muerto. Si hay vida quiere decir que estoy muerto porque en este pueblo, nada de nada. Cuando oyó voces ya no le quedó la menor duda y a la pregunta de ¿Cómo te llamas? contestó Pocayerba, porque ése era el nombre con el que quería figurar en el registro de almas.

El nombre Pocayerba les sonó familiar a los indios y decidieron que este personaje con ojos de bueno debía ser uno de ellos a pesar de la barba. Le dieron de comer —actividad que Pocayerba había casi olvidado— y lo bañaron, más para sacarle el olor a Pueblomuerto que para higienizarlo.

Después lo llevaron hasta el altar de Pocaspulgas y Pocayerba se vio obligado a enamorarse de la joven shamana. Ella era así: encandilaba con los ojos. Docenas de ojos de lince, sabiamente preparados, dispuestos en forma de arco alrededor del altar. Los ojos le hacían una aureola a Pocaspulgas y Pocayerba no pudo menos que enamorarse de ella, por sus ojos.

Y en cuanto él estuvo más gordito y repuesto se casaron en la mayor intimidad, bendecidos por los vientos.

La mansedumbre de Pocayerba —que había alcanzado la felicidad y ya no necesitaba nada— llevó a Pocaspulgas a dejar de hacer honor a su nombre y la convirtió en la mejor de las esposas, detalles ambos que le valieron la pérdida de muchísimos fieles.

A él empezó entonces a crecerle la culpa, a crecerle y crecerle allá arriba en la montaña hasta que la culpa estuvo a punto de mandarlo rodando montaña abajo, de vuelta a Pueblomuerto.

Dio en pasar largas horas sentado frente al precipicio mirando hacia el lugar donde sabía que se alzaba Pueblomuerto, Pueblorrojo, su pueblo. Pero era imposible distinguirlo a esa distancia: por su color y consistencia el pueblo estaba integrado por el resto de la montaña. Entonces, como sus propios ojos no le bastaban, para ayudarse se llevó hasta el borde del abismo el arco de ojos de lince del altar de Pocaspulgas.

Y por las noches los ojos fueron reflectores diminutos y el pueblo invisible se aclaró con mil luciérnagas. Pocayerba pudo así rescatar con exactitud el lugar donde había bautizado cada casa.

Pocaspulgas, buena esposa al fin, venía a buscarlo cuando se hacía demasiado tarde y por un ratito quedaba extasiada mirando las luciérnagas del pueblo. Un ratito, no más, no fuera cosa de aplaudir abiertamente milagros ajenos.

Sólo que Pocaspulgas no fue la única en extasiarse frente a las lucecitas verdes que los ojos de lince proyectaban sobre Pueblomuerto. Poco a poco toda la tribu supo del milagro y acabó congregándose alrededor de Pocayerba al filo de la montaña.

En las noches de viento, sobre todo, la cosa era bastante impresionante y las luces bailaban allí abajo como si estuvieran vivas.

A veces tenían que retenerlo con fuerza a Pocayerba, que quería largarse barranca abajo para volver a la quieta felicidad que había conocido en su pueblo de adobe. Pero más que las manos de los indios, lo retenía la voz de Pocaspulgas cuando lo llamaba desde la choza a la hora de la otra felicidad, la móvil.

A fuerza de tener que retenerlo los de la tribu acabaron abrazándolo y por fin venerándolo. Así era Pocayerba: despertaba pasiones sin buscarlas, como el odio de los pueblos aquellos donde le arrojaban piedras.

Pasiones van, pasiones vienen, resultó que aquí arriba los indios se dieron a adorarlo como a un dios llegado de esa región de luces. Y él empezó a sentir que de eso se trataba, que su ascensión no había sido en vano y que de alguna forma inexplicable debía devolverles a los indios de arriba lo que ellos mismos habían olvidado abajo en Pueblomuerto.

III. La segunda fundación de Pueblorrojo

Los indios acabaron escuchando a Pocayerba como a un oráculo. Pocaspulgas le dictaba las frases al oído y a él le bastaba repetirlas con inspiración, agregando al final de cada profecía: —La felicidad está abajo en Pueblorrojo, pueblobello, pueblopueblo.

Pocaspulgas lo pellizcaba disimuladamente para hacerlo callar, temerosa de que los demás descubrieran la superchería, ya que lo único que él deseaba era bajar por lo mal que le sentaba el viento de altura. Pero todos lo miraban con ojos desorbitados y gracias a las luces de Pueblomuerto hasta estaban dispuestos a creerle. Logró, hay que reconocerlo, unas cuantas curas milagrosas por imposición de manos y aconsejó bastante bien a los desorientados. Total, que un venturoso día decidieron emprender el descenso, llevándolo a él en una litera rodeado del halo con los ojos de lince. Por delante iban las cabras, como abriendo camino, detrás los puercos y los primeros hombres de la fila eran los que llevaban las jaulas con gallinas (había que reconocer la sabiduría irracional: los animales sabían elegir el mejor desfiladero). No fue bajada fácil, no, colgados de las rocas, pero igual iban cantando y tocando la quena mientras saltaban de piedra en piedra y a veces resbalaban hasta el borde mismo del abismo.

Llegaron después de una jornada de marcha agotadora. Llegaron con todos los bártulos y de haberse puesto a observar un poco habrían podido entender el misterio de las célebres luciérnagas: simples destellos en las noches de luna de la pintura fosforescente que Pocayerba había usado sin querer para pintar los carteles. Pero prefirieron no investigar demasiado. Dejar las cosas como estaban. No innovar.

Sólo quedaron en actitud de adoración ante la roca de entrada. Allí brillaba con mayor centelleo lo que intuyeron era el nombre secreto de Pocayerba. En un gesto de verdadero afecto él tomó carbones y agregó: Y Pocaspulgas, y dibujó un corazón flechado. Sin equivocarse, los indios interpretaron el corazón como un signo de buen augurio y entraron al pueblo cantando tan fuerte que las paredes de adobe comenzaron a temblar. Hasta que en una nota aguda las viejas paredes no aguantaron más y se vinieron abajo con estruendo y bruta polvareda.

Al principio cundió el pánico pero luego el desmorona-
miento les causó mucha gracia. Pocayerba fue el único de no ver
el lado cómico de la cosa: su pobre pueblo reducido a escombros. Y cuando los chicos empezaron a jugar a la guerra con los
pedazos de adobe tuvo miedo de recibir una pedrada en la cara
como en los malos viejos tiempos. Pero no, no hubo agresiones
allí donde todos lo adoraban y al cabo de un tiempo decidió ver
el lado positivo del desastre: el pueblo de nadie había sido de él
solo y la reconstrucción se haría con piedra, material más bello
y resistente que el adobe.

Eligieron el tono de la piedra más apropiado para cada
casa, y las de las autoridades fueron rojas y las piedras más
sonrosadas se reservaron para las casas de placer. El tono de la
casa de ellos fue casi morado y Pocaspulgas empezó a recuperar
lentamente todos sus atributos, hasta el arco de los ojos. Pocayerba
se los fue cediendo sin que eso le pesara, como ella se los había
cedido en su momento. Descubrió así que mucho más cómodo
que el papel de brujo le resultaba el papel de dios vivo pero
inoperante.

Tomó la costumbre de ir a sentarse al atardecer sobre
la roca que tenía la inscripción de su antiguo nombre. Cara al
poniente podía recuperar pedacitos de esa felicidad que había
captado en otros tiempos.

Cumplía su rol de dios a las mil maravillas y en todo
momento, tanto que llegó a compenetrarse a fondo: para algo
había nacido, y sufrido, y meditado, y había estado a punto de
entregarse al llegar al cementerio. Nunca más había vuelto al
cementerio y ni ganas tenía. Su roca le bastaba. Y era un dios
verdadero sentado sobre esa roca con las piernas cruzadas, un
suave viento o el quejido del erke le rizaba la barba, tenía ojos tan
sabios, sabía de tantas cosas aunque no las dijera.

Alguno de la tribu tenía siempre la honorable misión de
alcanzar el mate preparado con hierbas aromáticas. A veces se le
tapaba ese extraño instrumento que él llamaba bombilla y entonces hacía ruiditos que todos festejaban. Pero la mayor fiesta se
armó un día cuando decidió enseñarles a leer y todos pudieron
descifrar por fin el significado de esos carteles que tenían por
reliquias.

La veneración llegó al colmo cuando la tribu entera supo
leer de corrido. Fue una fecha gloriosa para todos menos para
Pocayerba, claro, que vivió ese instante como una maldición

porque a partir de entonces tuvo que ponerse a escribir textos cada vez más complejos. Los indios reclamaban a gritos material de lectura y se quejaban amargamente cuando el tema no era de su agrado. Durante más de un año escribió sin descanso mientras los otros se dedicaban a las simples tareas de la tierra, al cuidado de los animales o al trueque con poblaciones distantes. Pobre Pocayerba, ni tiempo le quedaba para ver revivir a su viejo Pueblomuerto, su amado Pueblorrojo, tan enfrascado estaba en la escritura. Hasta que un día les escribió a los indios su propia historia y la historia del pueblo, y sintiéndose cumplido renunció a los halagos, renunció a ser dios vivo y se entregó a la cómoda situación de sacerdote consorte. Esa misma situación que ahora todos envidiamos mientras nos pasamos el día escribiéndole historias, como éstas.

Libro que no muerde (1980)

Cuando se busca...

Cuando se busca algo en el mayor secreto (*dentro* del mayor secreto, ahí mismo), sin saber que se busca, olvidando a cada paso la búsqueda, buscando, revolviendo, a la larga ¿qué se busca?

No que esta roca...

No que esta roca sea la puerta ¿dónde se ha visto una puerta de piedra, algo más imposiblemente abrible? Pero sí, esta roca es la puerta o mejor dicho el hito que señala la entrada.

La 730 Arrugas...

La 730 Arrugas sentada sobre la piedra (montaña de mujer, olor a cabra) levanta párpado para preguntar:

—¿Qué estás haciendo?

—Estoy buscando.

—Si te pregunto buscando qué, no vas a saber contestarme, y si no te hago preguntas vas a largar un rollo tan largo que nadie va a poder contener la inundación de palabras. Fijáte, no más, una inundación acá donde todo es tan seco y la tierra se resquebraja. Acá la tierra tiene que ser así, agrietada, no me la colmes con tu río de palabras.

—Si yo no quiero hablar...

—Sí que querés, y vas a hablar. Pero a borbotones para no estropear la armonía de la roca.

Consejo

Echado/a sobre la piedra, sentir el latido de la piedra que es el propio latido.

Agua como luz

Al final de la laguna seca donde ya casi ni la vista alcanza, aparece un puntito luminoso que se va dilatando. Se va dilatando el puntito luminoso y usted entiende que a lo lejos, por las grietas de la tierra reseca, está surgiendo un destello plateado como agua para lavarlo/a. Agua mercurial rellenando las grietas para usted, para sus abluciones, agua para despegarle las costras de barro que se le han ido pegando con los años.

Las grandes lluvias no sirven para eso. Con las grandes lluvias la laguna sólo se convierte en gigantesco lodazal —más barro para su propio barro— y usted descubre que nunca lloverá lo necesario para aplacar la inaplacable sed de las grietas. La tierra chupa hasta la última gota de lluvia, la corrompe, y usted sabe que de arriba nunca caerá nada que limpie.

Entonces, si usted ya ha atravesado alguna vez la laguna seca hasta llegar al agua, si usted ya sabe de la risa cristalina del agua, podrá volver a hacerlo una vez más y acercarse al puntito luminoso. En cambio si usted no tuvo antes el coraje necesario para atravesar la laguna seca, no podrá hacerlo ahora: la valentía es un hábito.

Los que buscan

Si queremos buscar debemos empezar por partes, hacer algo tan metódico —tan completo, inútil y perfecto— que casi va a alejarse del todo de nosotros y acabar perteneciéndole a la vida.

Pretender estampar aquí su historia sería más que nada fatuo. Las historias se escriben sobre los elegidos, no sobre aquellos que se creen elegidos (y eso que todos nos sentimos elegidos en un momento u otro: siempre alguna marca, alguna actitud, idea o irreverencia nos separará de los otros y para no pensarnos solos nos pensamos elegidos de los dioses). Ella forma parte a veces de esta banda de incautos, ella anda por el mundo queriendo secretamente bendecir a los humildes que no la necesitan para nada.

Y yo en mi cuarto de la ciudad hostil fumando sin parar y sin siquiera esperarla porque ya ni la amo ni la odio. Descarté hace tiempo las pasiones, simplemente conservo esta tristeza que me invade de golpe y que cobijo por ser algo muy mío que no preciso compartir con nadie.

Ella a veces parece tan radiante. Yo tengo los hombros caídos y me siento cansado sin motivos, a menos que sean las andanzas de ella que me cansan porque de alguna forma las comparto no por odio o amor, como ya he dicho, sino simplemente por ser lo que soy: un hombre al margen de la vida, un observador nato, apóstata de una fe que no entiendo para nada y me sostiene.

Final:
Me miro al espejo y de golpe se me va dibujando la cara de ella, el pelo largo tan negro y casi hirsuto, dos pechos bastante pronunciados y las caderas, oh las caderas.

Hola, le digo. Y bienvenida.

Y me la llevo puesta (aquí no ha pasado nada).

Primer sueño de Mercedes

¡Error! (horror), por no decir *en* Mercedes, por no tratar de eludir el equívoco que se suscita cuando una ciudad tiene nombre de mujer. Un cierto lugar: la línea divisoria de las aguas, el punto clave para sentarse a esperar si uno no sabe hacia qué barranca inclinarse (y es en este punto de la lectura donde uno cae en su propia trampa, como se verá bien claro, porque la autora se refería o creía referirse, o más bien intentaba referirse al estricto sentido geográfico). Y bueno, la cosa profunda —la transexualidad— se irá analizando en la marcha como suele suceder, como debería de suceder cuando uno logra largarse al buceo y dejar que aflore, que reflote, toda la fauna y la flora y los enigmas (estigmas), magmas y miasmas (monstruos) que pululan en el fondo sin que siquiera sospechemos su existencia. Y los monstruos tan así formando parte indisoluble de nosotros mismos, indisoluble por todo lo que esta palabra significa y también por todo lo que no significa y que nosotros le agregamos como connotación propia. Porque así ocurre con las palabras, inexpugnables fortalezas que por suerte y por desgracia logramos expugnar, impugnar, saquear y aderezar hasta a veces volverlas repugnantes de tan ciertas. Indisolubles, entonces, porque no logramos separarlas de nosotros mismos y porque son insolubles, nunca de ninguna manera se incorporan del todo a nuestro ser ni tampoco se resuelven. No se resuelven en el doble sentido de encontrar solución y a la vez de decidirse.

Hasta aquí, ilimitadamente hasta aquí, en lo que se refiere al sector vigilia. El sector sueño por ser como ajeno resulta también el más incontaminado y por ende el más peligroso. Ergo, he aquí el sueño, que abreviaré, sueño que se revierte sobre sí mismo y habla a las claras de barrancas por las que uno no sabe deslizarse:

El maniquí de vidriera, muñeca de albayalde, bella, venenosa de pelo negrísimo, entra a un negocio después de hablar conmigo y yo me quedo mirándola a través de los vidrios de la puerta. De golpe la muñeca vuelve sobre sus pasos y me doy cuenta de que la amo; cuando la tengo cerca estiro la mano para acariciarle con ternura la cara y bajo el maquillaje blanco siento los pinchos de una barba incipiente.

Es decir que las aguas, en Mercedes, vienen muy confundidas.

Interpósita persona

Ahora empiezo a saber que cuando dos se encuentran es casi siempre cuestión de tres y ¿dónde se sitúa el verdadero punto de contacto? A mí que me atraen los triángulos no me gustan los tríos y vendría a ser lo mismo. Anoche, bailando con Pepe la incorporé a Pepa y nos abrazamos/enlazamos los tres y con una mano tenía tomada la mano de Pepe por encima de los hombros de Pepa y con el otro brazo alrededor de la cintura de Pepe la tomaba a Pepa y estábamos muy juntos aunque no sé con cuál de ellos ya que no puede darse la juntidad de tres. ¿O sí? ¿Triángulo, es decir algo cerrado, completo, perfecto, figura geométrica de un mínimo de líneas o triángulo es decir fuga de ángulos, flecha hacia otros contactos?

Crisis

Pobre. Su situación económica era pésima. Estaba con una mano atrás y la otra delante. Pero no la pasó del todo mal: supo moverlas.

Este tipo es una mina

No sabemos si fue a causa de su corazón de oro, de su salud de hierro, de su temple de acero o de sus cabellos de plata. El hecho es que finalmente lo expropió el gobierno y lo está explotando. Como a todos nosotros.

Factores meteorológicos

Como un lagarto al sol.
Como un lobo en las tinieblas.
Como un delincuente común: a la sombra.

Pequeño manual de vampirología teórica
(Vademecum para incautos)

1. De la cantidad y clases de vampiros existentes

Ya hemos señalado el hecho: hay más vampiros de los que figuran en las guías telefónicas. Por eso mismo se vuelve perentorio establecer un registro de vampiros y ubicarlos por zonas. Se trata de una labor ardua ya que la mayoría de los vampiros se avergüenza de serlo y no acude a anotarse en los padrones. Además, existen los vampiros que se ignoran; son éstos los más peligrosos en una nación como la nuestra —la mejor del mundo— donde todo lo que está fuera de control significa amenaza. Por eso mismo para nosotros no hay como los dulces vampiros ya censados que sólo buscan la sangre de diabéticos y ayudan a la patria.

Los otros son como los lobizones: algo bien de *chez nous* pero altamente subversivos, quién diría. Pueden llegar hasta a ser peor que los pobres lobizones, ya que no atienden calendarios y no esperan algún viernes propicio para hacerse malignos.

Los vampiros afloran una noche cualquiera para sorprenderlo a usted a la vuelta de una esquina, y eso si usted no se está afeitando por las noches con algún propósito inconfesable y de golpe descubre que ese ser a su espalda no se refleja en el espejo. Ese ser, claro está, suele ser un vampiro y usted quizá pueda ahuyentarlo mostrándole la maquinita con la parte de la hoja hacia arriba. Si eso se parece vagamente a una cruz, agradezca al cielo. Si por otro lado usted es un hombre de su época y usa máquina eléctrica, embrómese, la electricidad excita a los vampiros y les hace cosquillas.

No se ha encontrado aún un método eficaz de combatir a los vampiros, pero hay paliativos. El diputado Emilio Villalba, por ejemplo, ya ha sometido a la Cámara un proyecto de ley donde se propone que el Estado auspicie un bar para vampiros en el cual la sangre de los alcohólicos encontrará por fin un canal de consumo. Ésa sí que es conciencia cívica, la de este diputado, no como otros que proponen sin más la caza de vampiros cuando saben muy bien que liquidarían así a quienes quizá son probos ciudadanos durante las horas diurnas. Y no nos podemos permitir tamaña pérdida, ni podemos correr el riesgo de suprimir a quien ocupa un alto cargo por el solo desliz de volverse un poquitito sanguinario en las noches sin luna. Para el exterminio habría que tomar en cuenta a los otros vampiros, los conscientes, los diurnos. Es como con el arte: ¿la sangre por la sangre o la sangre dirigida? Prefiero la primera opción pero no sigo hablando porque tengo que apurarme con mi obra y completar el censo antes de que la noche me distraiga.

2. Del hábitat natural

La ciudad de los vampiros está ligeramente al sur de la otra, la que habitamos nosotros. Es más un desplazamiento psíquico que geográfico, porque estar al sur en estas latitudes significa mantenerse del lado de las sombras. No es pasar inadvertidos lo que los vampiros buscan, pero hay que tener en cuenta que el sol nos los destiñe en sentido contrario de ellos mismos: es decir que los vuelve sonrosados, elimina esa palidez enfermiza que justifica su insaciedad de sangre y la fomenta.

Es por eso justamente que los barrios del sur han ido cayendo en el olvido y se han desvalorizado. Nada debe tener brillo donde moran los vampiros, todo debe aplacarse. Cada tanto coches repletos de turistas incursionan por los barrios del sur y las señoras con dólares pueden darse el lujo de desenroscarse en chillidos agudísimos. Los vampiros del sur las contemplan con ojos desdeñosos y se encierran en sus casas para no caer en la tentación de una yugular tan complaciente. Así las turistas pueden volver a sus hogares con los ojos brillantes y toda su sangre intacta (un chuponcito o dos que le dieron los guías, eso no cuenta) y pueden narrarles a sus amigas cómo es la ciudad de los vampiros, tan igual a la otra. Por esa misma razón no podrán jamás narrarles cómo son los vampiros: ellos pretenden ser distintos, no se muestran jamás a las ávidas turistas y esperan a la sombra que aparezca una incauta. Y así hay que ir, no más, disfrazada de incauta, si se los quiere sorprender en su hábitat natural y realizar una seria investigación de campo. Pero se corre el enorme riesgo —hay que advertirlo— de encontrar por fin el vampiro de su vida y enamorarse de él como en mi caso. Un vampiro adorable, sangre de mi sangre.

3. De cómo evitar la seducción

Tarea imposible que no recomendamos a nuestras lectoras. Mejor dicho, tarea que no recomendamos a nuestras lectoras, por imposible. Imposible evitar la seducción de los vampiros. La succión, en cambio, quizá sea evitable ¿pero quién quiere desnaturalizarlos hasta el punto de impedirles practicar aquello que los caracteriza, que hace a su esencia?

4. Sobre el poder de absorción

Hay seres altamente absorbentes en la medida en que se chupan todo. Conviene diferenciarlos y atender a las siguientes categorías:

a) Seres astringentes
b) Seres secantes
} secos-acéticos

c) seres hidrófilos
d) chupasangres
e) VAMPIROS
} húmedos, voraces

Oscuridad post-parto

Después de darlo a luz, a su madre no le quedó nada radiante a qué aferrarse. En lo que a él respecta, el acto de nacer le llevó sus buenos treinta años. El acto de vivir se le agotó en el acto.

La verdadera crueldad

La verdadera crueldad de las espinas no reside en tenerlas sino en irlas perdiendo, dejándolas prendidas en la azorada piel de quien tenga la osadía de acercársenos.

Hay algo más

Hay algo más a la vida que la vida misma: hay la muerte que le da a la vida su particular textura (un brillo insospechado).

Artefactos para matar el tiempo

En esa casa los venden al por mayor y de todos los tamaños y calidades. La venta al detalle no se realiza en parte alguna quizá porque para matar el tiempo resulta imprescindible matar *mucho tiempo*. La mira telescópica o el sutil rayo láser para matar un minuto o dos de tiempo se hacen totalmente prescindibles porque quién, pregunto, ¿quién no ha sabido sacrificar sus momentos más valiosos en aras de una guiñada o de un simple suspiro?

(Las cosas que hay que ver, las cosas que hay que oír y todo lo que nos distrae de nuestro empeño.)

Y también están aquellos asesinos consumados que matan horas y horas con una simple y abúlica sonrisa. La sonrisa es una de las mejores armas para matar el tiempo, siempre y cuando se aprenda a dejarla quieta y como suspendida en una nada dentro de la cual no flota pensamiento alguno. La sonrisa no se consigue en los negocios de venta de artefactos contra el tiempo, lo que sí se consigue es la nada, piezas enteras de una nada espumosa, sosegante, en la que uno puede dejar flotar la mente y olvidarse del tiempo.

Así como la nada, existen mil otros productos contra el tiempo, pero no debe pensarse que el tiempo se deja matar así no más; nada de eso. El tiempo se defiende a muerte de la muerte, y nos suele poner en esas coyunturas en que cada minuto vale oro, y después nos esquiva el bulto y se nos pasa volando. Difícil resulta apuntar con precisión a un tiempo que corre a la velocidad del rayo y que para colmo es inasible, invisible, inodoro, insalobre, indoloro y elástico.

De ahí la pluralidad de armas y los inventos que a diario se ponen en vigencia para lograr el milagro porque ¿quién no quisiera tener como trofeo en su escritorio una porción de tiempo embalsamado? Cazadores de tiempo hay a montones: gente siempre dispuesta a la inactiva misión de matar el tiempo o pescarlo con trampas.

Sólo resulta necesario tomar en cuenta que las armas para este fin son siempre de doble filo y en más de una oportunidad se vuelven contra el usuario.

Aunque con armas o sin ellas ¿no? uno puede pasarse casi toda la vida matando alegremente el tiempo sin tomar en cuenta que en última instancia el tiempo gana siempre la partida y tarde o temprano acaba por matarlo a uno.

Viñetas de la gran ciudad

1º. Lo mataron ante mis propios ojos, si esto que me queda ahora —ellos no se limitaron a matarlo— puede llamarse ojos.

2º. Me instalo en el parque a tomar sol y por momentos me olvido. Me lo recuerdan mis medias. Mis medias son coloridas, estridentes, van a atraer la mirada de ellos y ya se sabe: donde ponen el ojo ponen la bala. Pero en el parque, al sol, por momentos me olvido. Olvido estirar bien el pantalón y ocultar las medias.

3º. Recomendación:

Señorita: si al salir del ascensor de un edificio donde usted ha depositado una bomba se topa con un joven por demás atractivo, déjelo no más que suba. No lo tome del brazo y se lo lleve rápido a la calle con una excusa cualquiera. Los más estrepitosos fracasos están cimentados sobre este tipo de buenas intenciones.

4º. El estrangulador nos dio mucho de qué hablar en su momento. Ahora se ha abocado a los beneficios de la jubilación y nosotros con todo pesar debemos de volver nuestra atención a la actividad política.

5º. Lo peor es el juego. Dos coches se persiguen y es el juego, empiezan los balazos y es el juego. Un hombre cae desangrándose en la calle y también eso forma parte del juego. Es final de partida.

A veces pido...

A veces pido permiso y otras veces me la paso nomás con la mano en alto, distraída, sin esperar que alguien pose su atención en mí y me llame al frente a declarar.

Casi siempre mis declaraciones se vuelven en mi contra, me enfrentan y amenazan. Eso no me arredra. Me da muchos más bríos para intentarlo una vez más y enmendarme la plana. Es decir que con cada declaración me entierro más en la condena.

Textos del reino de Losotros

I

No sé qué espera de mí pero lo espera. Nosotros no sabemos explicarnos ciertas realidades pero sí sabemos realizar ciertas inexplicaciones varias.

Es un viaje muy largo por la noche hasta llegar al Reino de Losotros. Es un viaje muy largo sin moverse porque como es sabido se necesita acomodar bien el ojo y mirar fijamente para que aparezca, grabado en cada nervio óptico, la invasión de Losotros.

No hay que tenerles miedo, no: hay que hacer caso omiso de esos sentimientos tan oscuros que entorpecen la forma del mirar y del desprecio. El miedo con desprecio es mala mezcla, es el agua y aceite, no combinan porque el desprecio fluye como un río y el miedo es pegajoso y queda adherido a las solapas estropeando la estética.

Puede que con el tiempo aprendamos a hacer combinaciones y demos en la clave de lo que es pertinente (impertinente). Puede que con el tiempo todo se modere como dicen Losotros y ya nadie nos mire de reojo como palpándonos las armas de la vista. Nosotros lo creemos buenamente, nos sentimos seguros en medio de temblores y no nos refugiamos en ningún subterráneo enrarecido.

Losotros están agazapados detrás de las trincheras mirándonos con ojos de malditos sean ellos es decir seamos nos por el solo motivo de no usar uniforme.

No es que queramos ser distintos o alzar una bandera de colores opuestos a la de ellos. No queremos alzar nada de nada ni ser siquiera diferentes ni imponernos distancias. Es decir que no tenemos razón para pelearnos ni estamos como ellos dispuestos a la muerte para defender la limitada estrechez de lo que ellos llaman orden. No es que temamos al duro contacto con la muerte en la que no creemos, es que somos elásticos, proteicos, sabemos amoldarnos a los cambios pero no a la malas costumbres de Losotros. Sabemos desvivirnos por todos y por todo, desvestirnos también si eso hace falta: mudarnos de ropaje con la estación del mundo y atender sus caprichos.

II

Tres cables conectados al cerebro de Losotros y dos cabos sueltos para captar las pulsaciones que llegan de este mundo. No es fácil situación la de nosotros ni tampoco envidiable con la coronilla en la mano y la imposibilidad de volarnos la tapa de los sesos y volada de suyo.

Tres cables conectados, cuatro sueltos, poco a poco nos vamos desligando y por las estrías flotan el rojo y el verde que establecen el paso de una idea. La idea se va filtrando, va pasando por el seso de Losotros que es un cablerío y existe la esperanza de que esté distorsionada cuando llegue a nosotros, que se haya apartado para siempre del verdoso clamor de sus pellejos y detente el poder de sugerirnos otra.

Idea distorsionada, contraidea de la cabeza de Losotros a las nuestras con los signos cambiados. Un viraje la altera, cobra velocidad en el traspaso y nosotros poco a poco le vamos insuflando el aire que requiere para incinerarse en vida. Ellos no tienen ojos para ver las mutantes ideas aunque éstas despidan las luces más sublimes, los ojos de Losotros están hechos tan sólo para lo inalterable.

Nosotros en cambio vemos siempre las llamas y gritamos soltando las amarras.

Lo llamamos milagro.

La cosa

Él, que pasaremos a llamar el sujeto, y quien estas líneas escribe (perteneciente al sexo femenino) que como es natural llamaremos el objeto, se encontraron una noche cualquiera y así empezó la cosa. Por un lado porque la noche es ideal para comienzos y por otro porque la cosa siempre flota en el aire y basta que dos miradas se crucen para que el puente sea tendido y los abismos franqueados.

Había un mundo de gente pero ella descubrió esos ojos azules que quizá —con un poco de suerte— se detenían en ella. Ojos radiantes, ojos como alfileres que la clavaron contra la pared y la hicieron objeto —objeto de palabras abusivas, objeto del comentario crítico de los otros que notaron la velocidad con la que aceptó al desconocido—. Fue ella un objeto que no objetó para nada, hay que reconocerlo, hasta el punto que pocas horas más tarde estaba en la horizontal permitiendo que la metáfora se hiciera carne en ella. Carne dentro de su carne, lo de siempre.

La cosa empezó a funcionar con el movimiento de vaivén del sujeto que era de lo más proclive. El objeto asumió de inmediato —casi instantáneamente— la inobjetable actitud mal llamada pasiva que resulta ser de lo más activa, recibiente. Deslizamiento de sujeto y objeto en el mismo sentido, confundidos si se nos permite la paradoja.

Cuestión de castañas

Recogimos las castañas antes de que terminara el otoño y después nos replegamos a esperar la primavera. No es nada fácil dejarse llevar por el ritmo de las estaciones pero logramos hacerlo porque no nos quedaba más remedio. Al menos si queríamos seguir juntos. Y en el fondo queríamos, claro, por una cuestión de piel que escapaba a nosotros mismos. Mientras vivíamos en la gran ciudad y él andaba por un lado y yo por otro no lográbamos pertenecernos para nada y eso era lo intolerable. No que quisiéramos pertenecernos, no; no perdernos el uno en el otro aunque es lo que ocurría cuando estábamos juntos y al separarnos lo echábamos de menos. ¿Amarnos? No puedo decir tanto, aunque las palabras grandes a veces escapaban de nuestras bocas y nos dejaban como vaciados. Nosotros, por ejemplo. La palabra nosotros no es de fácil pronunciación y sin embargo la largábamos cada tanto y allí quedaba flotando entre uno y otro, separándonos. Culpa del miedo, claro: miedo de juntarse y todo eso, de quedar pegoteados para siempre, hasta que por fin fuimos acostumbrándonos a que el pegoteo no tenía por qué ser tan aterrador, después de todo, podía hasta llegar a ser deseable teniendo en cuenta que nuestras pieles lo buscaban, y también lo buscaban nuestras manos y algunas otras partes de nuestros cuerpos (casi todas).

Ahora la cosa ha cambiado. Ya no podemos no decir nosotros, no podemos separarnos ni en invierno por el frío ni en verano porque la sombra que nos toca es muy escasa y hay que mantenerse a la sombra si uno quiere conservar un gramo de cordura. En estas comarcas el sol suele enloquecer a los desprevenidos, y por eso nos quedamos muy juntitos a la sombra a pesar del sudor que nos empapa las zonas de nuestros cuerpos que se tocan. Un sudor compartido, entremezclado, como gotas de rocío que manan de nuestros poros y ya no sabemos cuáles son los poros de quién ni nos importa. Nuestro sudor, pensamos, sin decírnoslo para nada porque ya a esta altura nos decimos muy poquitas cosas.

Ya no necesitamos palabras, lejos como estamos de la gran ciudad y del barullo que hay que tapar con los propios sonidos. Ahora al silencio lo dejamos hacer, dejamos que nos endulce los huesos y nos meza. Meza del verbo mecer, es decir nos acune, nos apañe, haga de madre.

Todo eso mientras podemos permanecer juntos. Porque cuando algún hecho fortuito o una mirada nos obliga a separarnos, entonces sólo atinamos a ir corriendo a sacar las castañas del fuego. Esas mismas que recogimos al empezar el otoño. Pero no nos lo hacemos mutuamente, no. No nos sacamos las castañas del fuego el uno al otro sino que, por lo contrario y con sumo egoísmo, cada uno corre a retirar del fuego sus propias castañas, las que sabe que le pertenecen por haberlas marcado de antemano. Marcados con muescas profundas que parten en distintos sentidos la piel de las castañas para evitar que estallen al calor del fuego. Evitar que estallen, eso es. El complejo método de partirles la piel no tiene otra finalidad que ésa, ya que podríamos marcarlas con un poco de pintura. Pero no, preferimos herir las castañas para evitarles posteriores heridas más profundas. Y después nos las comemos, claro está. Pocas otras cosas se pueden hacer con las castañas, salvo quizá olvidarnos de ellas y abrazarnos nuevamente, quedar adheridos el uno al otro y generar calor hasta estallar un día como solemos impedir que estallen las castañas.

Bueno, a raíz...

Bueno, a raíz de todo lo que han estado temiendo en los últimos tiempos, ahora que la cosa ha sucedido se sienten liberados aunque también bastante mutilados. Al hombre de las largas manos como langostas le faltan tres dedos y la muchacha de las trenzas se quedó sin orejas. Igual se aman. La explosión no ha logrado disipar el sentimiento a pesar de ser ése su propósito.

Los sentimientos son un serio obstáculo para el cumplimiento real de las funciones inorgánicas. Para las otras, las funciones orgánicas, sí que se necesita una que otra pasión pero aquí donde moramos todo debe ser un simple vegetar desprovisto de afectos.

Por eso amenazaron primero y después hicieron estallar la bomba con los escasos y tristes resultados que saltan a la vista. Saltan, sí, porque a muchas de las víctimas les falta ahora una pierna o quizá sólo el pie a partir del tobillo pero igual se ven obligadas a avanzar a los brincos.

Yo sigo todavía con miedo y no quiero perder más porciones de mí en un nuevo estallido. Por eso trato de salir poco a la calle y sólo busco algún tipo de felicidad que no dependa para nada de los otros.

Cosa por demás imposible como bien puede verse. Es decir que a) la calle me reclama por cuestiones de vital importancia, y b) no puedo estar sin él, un él que es él, ahora, justo lo que necesito y empiezo a sentir que sí me quiere. La cosa se ha ido armando poco a poco y hemos llegado a un punto de verdadera ternura. Empecemos a temblar, entonces: la bomba no está lejos.

Lo crudo y lo cocido

Nuestro Landrú no mata a las mujeres, tan sólo las come con los ojos mientras ellas pasean por la calle Florida. Le resultan así más apetitosas que si estuvieran asadas. No siempre la cocción mejora las vituallas.

El mayor de los Odios

El mayor de los Odios se llamaba Federico y nació mientras sus padres veraneaban en California. Llegó lejos y obtuvo un importante cargo público. El menor de los Odios nunca vio la luz del día: se suicidó nonato al saber que nunca llegaría a ser el mayor de los Odios por culpa de un hermano que tomó la delantera.

Uno arranca el...

Uno arranca el cuchillo y queda el suspenso de la carne que aún no sabe de la herida. Es el único instante de inocencia: el cuchillo ha sido clavado y retirado y la carne queda boquiabierta un segundo antes de empezar a sangrar y manifestarse.

Eche mozo más champán

Menos mal que no se me ocurrió llevarle el mate. Es decir, sí, claro, se me ocurrió (cómo no se me iba a ocurrir) pero opté finalmente por no llevarlo. Me pareció ridículo, fuera de lugar: un gesto tierno no hubiera tenido nada que ver con mi persona. Yo tan aguerrida, tan hecha a los desafíos y demás. Por eso. Por eso no llevé el mate aunque en algún momento durante o después —mejor después— de la conversación pensé: yo le llevo el mate. Y la bombilla. Total, aquí nadie los usa y él está clamando por. Pero no los llevé, no. Y eso que. Eso que me llamó y me dijo, así, con su mejor voz de terciopelo: acabo de llegar te extrañé tanto. cómo estás. cómo estás. cómo estás. y la casa, y los chicos, y las plantitas (lo de las plantitas me mató. Las plantitas son él, él las hizo crecer, les dio vida, y no sólo a ellas en sus canteros, les dio vida a las plantas en mí, me hizo amarlas). Y me volvió a preguntar ¿cómo estás?, y yo, bien, bien. Bien. No se convencía. ¿Bien sin él? ¿Sin una carta suya? ¿Con tan sólo una especie de llamada desde Caracas que total nunca recibí? Y después la queja: acabo de llegar clamando por un mate y me desapareció el mate.

Era uno de sus llamados, un pedido de socorro. Tengo que verte, agregó. Me muero por verte, dijo. ¿Podríamos vernos ya?, inquirió. Y después: estoy tan cansado. Mil horas de avión. Trasbordo en Panamá. Tres horas esperando en Lima. Avión. Quiero verte. Mate no tengo. Te quiero (ver).

Contestele yo, práctica: tengo que ir a laburar. Termino a las seis. Llamáme, te llamo. Sí, sí.

Él es así. Es decir que dudé mucho: ¿Quiero verlo? ¿Tengo fuerzas para verlo? ¿Lo veré? ¿Se quedará a esperarme?, (¿querrá, después de todo, que lo vea?). Cansado. Sin mate.

Menos mal que no llevé el mío. Ya me lo veo, el mate pesando en la cartera como si fuera piedra. Yo cargando ese artefacto (factito) hecho inútil por la desaparición de él o más bien su negligencia. Estoy harta de su negligencia. Harta de anhelar cosas de él que después no ocurren y como yo de antemano sé que no van a suceder después él me lo reprocha: "El que sueña que se va a morir, se muere." Como si fuera tan simple. Como si yo provocara sus agachadas, sus rajes. Como si estuviera en mí remediarlos. Nada menos.

Y quizá lo esté. Quizá yo, él. Vaya uno a saber.

Con eso de no saber ganamos mucho. Con eso de no saber nos cuestionamos, exigimos, y hasta podemos esperar de él algún síntoma positivo. Él tan negativo, tan oscuro y dúctil.

Bueno, digo, menos mal que no llevé el mate porque estaba destinado para un encuentro que nunca se produjo y entonces yo qué hago con la puta calabaza ahí en la cartera. De qué me hubiese servido el mate sin haberlo podido ver a él por culpa de un teléfono jodido. Un jodido teléfono. Me habría visto forzada a llenar el mate de lágrimas. Llenarlo de dolores. Me habría visto forzada a decirle jaque mate, con lo poco (o lo mucho) que me gustan estos juegos de palabras. Total que no llevé el mate y pude volverme como me había ido, sin pesados lastres ni una carga inútil... Porque después de todo, después de tanto juramento de amor y ternura de su parte, nunca logramos encontrarnos. No le echo la culpa. Quizá tenga razón y a mí lo que me liquida es mi falta de fe. ¿Por qué no llevé el mate?

Escalar la montaña de trapo

—Las energías necesarias para trepar la montaña de trapo (camino de trapo, empinado, al que uno puede aferrarse con las manos).

—Y por otra parte los hombres de las profundidades. Los que se meten en cuevas o en el fondo del mar.

—Ellos exploran, yo trepo.

—Hacia arriba, hacia abajo (por dentro y por fuera).

—La horizontalidad de la tierra, el temblor de la tierra, su latido.

Advertencia:

—Después está la montaña de trapo, el camino vertical de estopa que se puede escalar con las manos. Y arriba de la montaña, un faro.

—La guardiana torrera es mujer.

—La gente sube las escaleras del faro por la vista pero a mí me basta con la vista que domino al pie del faro, en lo alto de la montaña de trapo. (Yo escalé la montaña de trapo con toda mi energía, la gente llegó en coche por otra ladera más benigna.)

—Mis dos hombres de las profundidades y el hombre de la verticalidad y como siempre yo tan inconstante.

—A veinte metros bajo el nivel del mar (dentro del mar) el buceador encontrará inconfesables secretos viscosos.

—A veinte metros bajo el nivel del mar (dentro de la montaña) el espeleólogo encontrará rígidos secretos que nunca podrá transmitir a nadie.

—El hombre de la verticalidad, en cambio, se me va por las alturas como su condición indica.

—Horizontal —yo— los espero a los tres con las piernas abiertas.

—No podré decirles que escalé la montaña de trapo y que arriba había un faro con una guardiana y una vista austera.

—No podré decirles nada de nada porque no sé hablar con la entrepierna.

—Sin embargo intercambiaremos secretos de profundidades y de alturas, para arriba y para abajo, a derecha e izquierda, para adentro y afuera.

—Seremos muy felices.

¿El sueño se...

¿El sueño se la traga? ¿Por qué justo antes de dormir leemos alguna irrefutable y secreta verdad que después no aparece —o aparece tan pálidamente— en la página que hemos marcado?

No se duerma.

Ubicación geográfica y...

Ubicación geográfica y muy precisa de la duda:

Exactamente en algún punto entre mi sofá y mi mesa de trabajo. La distancia entre uno y otra no es grande. Es infranqueable.

¿La pasión de...

¿La pasión de mi vida?: sacarle punta al lápiz.

La droga

Estoy en el puerto donde llega la droga y tengo que volver con un poquito. Me voy acercando lentamente al mar ¿qué mar? parecería el Caribe por su quietud de plomo derretido, y justo al borde de la playa están tendidas las esteras para que se arme allí el gran mercado. Sólo que hoy casi no han entrado barcos, y un único mercader con aire bastante oriental parece estar esperándome. Me siento frente a él sobre su estera, en posición de loto, y me va mostrando las sedas que saca de una valija (yo tengo la mía). Elijo por fin un pañuelo color borravino y el mercader me dice, porque justo en ese momento pasa a nuestro lado un guardia. Es un peso colombiano, pero me hace seña de cinco con la mano. Entiendo que es por la droga que ha escondido en el pañuelo. Yo hurgo en la bolsita que llevo colgada del cuello y saco monedas de varios países. Por fin encuentro cinco pesos colombianos, le pago, él me hace un paquete con el pañuelo y yo lo meto dentro de mi maleta.

Me dirijo hacia la salida del mercado: hay una muralla de alambre tejido, y las tranqueras están cerradas. Mucha gente hace cola para pasar la aduana, y espera pacientemente. Yo me asusto, pienso que el paquete con el pañuelo comprado allí mismo es demasiado delator. Además ¿de dónde vengo yo? no he vuelto de ningún viaje como para justificar mi valija. Opto por buscar el baño para tratar de deshacerme de la droga o al menos esconderla mejor. Sólo encuentro baños para el personal de aduanas, pregunto dónde está el baño para viajeros, me contestan vagamente, nadie sabe muy bien. Sigo arrastrando mi valija y me siento muy sospechosa. Y, aunque pienso que la busca es bastante inútil, sigo buscando la puerta del baño. No quisiera deshacerme de la droga, pero sé que me la van a encontrar si no tomo alguna medida, además, siempre me cruzo con guardias armados. Subo escaleras, recorro pasillos sucios, como de hospital y de golpe me cruzo con una columna humana que avanza siguiendo a un instructor de gimnasia. Un, dos; un dos. Y me siento un poco ridícula buscando un baño con mi valija a cuestas. De golpe me doy cuenta de que la columna está formada por los viajeros que hacían cola frente a la aduana. Pongo cara de urgencia y sigo buscando en sentido contrario. Más escaleras, ningún baño, más corredores y de nuevo cruzo con el instructor de gimnasia y su cola, y ellos se ríen de mí y todo sería muy cómico (yo, mi valija, la gimnasia) si no fuera por mi temor a que me descubran la droga. La tercera vez que me encuentro con ellos ya no los cruzo, vamos en el mismo sentido, los precedo, y el instructor me dice cosas entre amables y obscenas y me da un puntapié amistoso sobre el hombro mientras bajamos por unas escaleras. Es como un espaldarazo para que yo dirija la columna humana, la de los viajeros que marchan, y yo que llevo la droga en la valija no sé si debo negarme a hacerlo o si es ése mi deber, mi premio o mi condena.

Epílogo:
del Conocimiento como droga no adictiva y más bien inquietante.

Fábula de la mira telescópica

Había una vez un ignoto cazador de fortunas que decidió alejarse para no volver, no volver, no volver. Ni con la frente marchita ni con el morral repleto ni con nada: el retorno era de su más profundo desagrado.

Vagó, entonces, por caminos atestados de seres indefensos que acechaban su paso. No quiero limosna alguna, les decía el cazador, ignorando que eran ellos quienes necesitaban la limosna. Tanto no querer, tanto negarse a todo no conduce a buen término; no poder retornar ni poder limosnear es la vida en escorzo y nuestro cazador descubrió muy pronto la humillación de quien pretende no humillarse. (Con la cabeza en alto todo el tiempo nos perdemos lo que está a nivel de la cintura y que es tan bueno.) Nuestro cazador no podía saber de ensoñaciones ni captar lo de abajo, lo trémulo. El mundo por la mira se hace rectangular, con una escopeta en mano el mundo tiene un centro y ya todo es más fácil.

Hay que huir de lo fácil y estar tan sólo atento a lo sagrado.

Nuestro cazador avanzaba furtivo y las fortunas lo sobrevolaban como pájaros: era una cacería al acecho de bandadas muy blancas de la suerte sin intención de herirlas. Nuestro cazador quería tan sólo tener la maravilla a un tiro de escopeta y tener sobre todo la omnipotencia de dejar el dedo flojo en el gatillo. Ni un disparo que quiebre las distancias, ni una gota de sangre de limosna y aún menos dar un paso hacia atrás del culatazo.

Moraleja:
Afortunados son los que no cazan:
con rigidez de bala hasta la blanca grulla de la suerte
se hace perdiz.

Después están aquellos...

Después están aquellos que sucumben a la tentación del blanco móvil: siguen un pájaro con la vista y lo apuntan con el dedo como queriendo bajarlo. Son los peores asesinos. Los que quieren pero no pueden, los que se limitan.

De cometas, barriletes, papalotes o como quiera llamarlos

Para remontar un barrilete, como para las demás actividades humanas, hay sistemas y sistemas: correr como locos arrastrándolo de un hilo o simplemente mantenerlo en alto (en vilo) con el brazo estirado a la espera de algún viento propicio.

Escribir escribir y...

Escribir escribir y escribir sin ton ni son es ejercicio de ablande. En cambio el psicoanálisis no, el psicoanálisis es ejercicio de hablande.

¿Crecer con el crepúsculo?

Crepúsculo para deshacerse a pedazos en algo que pierde esfericidad como la pierde el sol y que adquiere otra forma. Crepúsculo para dejarse sangrar con el crepúsculo, es decir: frente al mar y ser el mar. Ser éste que está allí a los pies —tan lamedor— y que con aire de nada se va tragando al sol como si fuera cosa de todos los días. Y lo es. Cosa de todos los crepúsculos sobre el mar sólo que uno no siempre está allí para anotarlo y entonces no es lo mismo. Sólo que uno no, uno a veces anda vagando —divagando— por otros costados de la tierra, lamiendo otras heridas que no siempre —por suerte— son las propias; lamiendo como el mar, como un perro sincero.

Hay pieles que hacen bien y que son necesarias: ciertos pellejos fértiles, ciertas concesiones. Hay también eso otro que llamamos recuerdos y que nos asaltan de golpe para arrancarnos de un pozo y meternos en otro.

Hay un cierto flotar, un desmedido amor, alguna opresiva atmósfera de la que se huye aun a pesar nuestro. Está lo adherente y también está —a qué negarlo— todo lo repelente. Repelente por su fuerza centrífuga, su expelencia.

Ese sol que se va rectangulando a ojos vista para que no queden dudas si hasta ahora hemos dudado de espejismos. Ese sol que sabemos no existe de puro rectangular, no más, de puro rojo. Ardiente se vuelve el sol, en llamaradas, y es en ese preciso instante cuando menos arde, cuando ya no irradia casi calor alguno y el mar aprovecha para chuparnos la temperatura del cuerpo. Lo único más o menos cálido que nos iba quedando.

La piel del mar

Demasiados cuerpos bellos para esta única extensión de arena llamada playa. Demasiados calificativos para un recuerdo que menciona a los cuerpos bellos como algo que viene de muy lejos, sumergido muy hondo en zonas que uno no quiere ni puede rastrear y sin embargo debe. Como este mar tan tenso de inocente azul que sabemos encierra en sus profundidades todo tipo de animales monstruosos. Los hay sin embargo bellos, los hay bellamente monstruos, maravillosos, desconcertantes, inimaginables. A veces saltan fuera rasgando la piel de mar que de inmediato se recompone con un aire por demás inocente. Seres tenebrosos como las bellas bañistas de piel esperanzada que corren por la playa y se revuelcan en las olas y aúllan quedamente con una felicidad que no puede postergarse.

El mar a veces las comprende y entonces también brama —como animal en brama— y se desvive volcando todo tipo de epítetos sobre la callada superficie de la arena, receptora. Arena que deglute los epítetos, los absorbe, y aquí como siempre ocurre en estos casos y en tantos otros casos apenas similares, aquí no ha pasado nada.

Como en esos momentos de la inocencia nuestra o quizá de nuestra negación cuando creemos poder y hasta podemos olvidar que ahí no más están matando a los otros que son como nosotros mismos, los están desgarrando, desangrando, y por arriba tan suave como el mar en la bahía, una piel que se recompone al instante mismo de la herida, una piel para nada humana.

La cicatrización de la piel de mar se hace en ondas concéntricas, centrífugas, que cada vez se van distanciando más unas de otras hasta perderse en la lisura. El mar no guarda recuerdos de la herida. Es condición de la piedad, ésta de ir formando cicatrices para sellar heridas, de saber que una vez una cosa hizo mal y temer calladamente que vuelva a repetirse. Ignorando, claro, que quizá en la repetición resida la respuesta.

Manuscrito encontrado dentro de una botella

siento que estoy a punto de develar el secreto. Creo que voy a tener que internarme algo más adentro de este mar para saber de qué se trata, por qué le atribuimos monstruos de difícil asimilación para la mente humana

Aquí termina, interrumpido, el manuscrito que encontramos en la botella. Ni lo hubiéramos leído de no haber estado la botella en manos de ese ahogado que afloró en la playa, un ahogado tan verde y como con escamas. Chillamos un ratito al descubrirlo y después salimos corriendo hacia los médanos. Estaba muy descompuesto y preferimos espiarlo desde lejos, desde donde el ahogado parecía un insulto y el mar nos resultaba perdonable, de un azul inocente. Al mar lo seguiremos viendo para siempre, al ahogado de escamas y a su manuscrito embotellado algún día los olvidaremos para siempre.

Lo que no debe saberse

El color índigo es una prueba más de la existencia de lo inconfesable, de aquello que no debe saberse.

Porque delata demasiado claramente la verdadera unión de los opuestos. Los extremos se tocan y el espectro de luz es en realidad cilíndrico y por lo tanto cíclico.

A saber:
el paso del rojo al amarillo crea el color naranja, el de amarillo al azul crea el verde. Y el color violeta ¿de dónde sale? Entre el azul y el violeta aparece el índigo para que no advirtamos que:

la unión del azul y del rojo genera el violeta. Por lo tanto es directo el paso del infrarrojo al ultravioleta o viceversa y el arcoiris se cierra sobre sí mismo. Ouroboro de luz, carajo.

Invencible

Me he vuelto invisible y este hecho que parece tan útil no me sirve de nada. Por lo pronto, sólo tengo perseguidores internos que no necesitan verme, y la invisibilidad no me puede salvar de los golpes fortuitos o de los tiros al aire. Así que la aparente ventaja de la invisibilidad me resulta más molesta que otra cosa: los mozos no me ven en los bares cuando me siento a una mesa y los amigos me cruzan por la calle con aire indiferente.

Claro que mi verdadero problema no es la invisibilidad sino la mutancia. Sospecho que los cambios suelen realizarse en boca-nadas, y es en estos instantes de verdadera mutación cuando desaparecemos por un rato del mundo de los vivos (es decir el de los piolas, el de aquellos que se aferran con las uñas a su magra posibilidad de ser visibles, conspicuos, evidentes, estridentes, sólidos). Y una mutación debe ser bienvenida, aunque nos borre de a ratos. Tenemos que aprender a ser incautos.

Milonga para Jacinto Cardoso

A Jacinto Cardoso se lo llevaron, esposado, un martes por la noche. Se resistió con todas las fuerzas que quedaban en su pobre cuerpo desangrado, pero no hubo caso. La libertad esa noche le volvía la espalda. Pobre Jacinto Cardoso. Se cuenta que los muchachos le compusieron una doliente canción de despedida. Un martes por la noche nada menos, martes 13 para Jacinto Cardoso aunque fue un martes cualquiera cuando lo esposaron. Los muchachos supieron llorar la pérdida de Jacinto Cardoso, desangrado en el juego de naipes, esposado por la Juana un martes a la noche.

Equidades

• Equinocción viene de caballo (¿o *a* caballo?)

• Empezó a sospechar que todas sus transformaciones eran en haras (recalcó la hache) del amor

• Llegó hasta mí caracoleando, pero no de felicidad como lo hubiera hecho un noble equino, sino simplemente por su absoluta incapacidad para tomar el camino más directo

• Difícil saber si era ser humano o caballo, si tenía labios o belfos. Y todo porque no podía pronunciar la palabra "civilización": le salía *tropilla*.

Aerobismo

Corriendo el albur, corriendo la liebre, corriendo el Amok... acabó, claro está, estirando la pata.

Pregunta: ¿quién capitanea...

Pregunta: ¿Quién capitanea el bergantín de tres mástiles que navega señorial sobre los espejismos?

Respuesta: El pirata Morgan y su señora la Fata Morgana.

Confesión esdrújula

Penélope nictálope, de noche tejo redes para atrapar un cíclope.

Días cuando no pasa nada

Días como noches invertidas, días naranja. Díaz. Lo conocí precisamente en una de esas oportunidades caracol que dan vueltas sobre sí mismas sin llegar a ninguna parte y por eso mismo intenté llamarlo Espiral Díaz. Él objetó al principio diciendo que era nombre de mujer. Dijo: —Se dice la espiral, es nombre de mujer.

De mujer tu abuela, le habría contestado yo de haberme dejado llevar por mis impulsos naturales. Por suerte me contuve porque hubiera sido una forma, si bien un poco críptica, de establecer una tautología. Rápidamente barajé otras figuras y tropos para intentar responderle pero fui descartándolos a todos: pleonasmo no, elipsis no, no litote ni oximoron ni nada. Simplemente aclaré: se dice *la* para evitar la cacofonía o lo que sea, pero espiral es palabra masculina, como todas las que terminan en *al*: mineral, pedal, fanal, animal. Al decir esta última me arrepentí. Por suerte Díaz era profesor de retórica pero no muy dado a las susceptibilidades (estaba de rechupete). Lo dejó pasar, y como esa tarde se me había dado por mostrarle las piernas dejó pasar otras cosas también. Total (al) que nos hicimos amigos y masqueamigos. Después supe que en realidad se llamaba Floreal y por eso dejó que lo llamara Elespiral, así, masculinizado, en memoria de nuestro primer encuentro y también de ciertos aspectos retorcidos de su carácter.

Usted suele sentir...

Usted suele sentir lo que otros llaman nostalgia. No siempre, siempre trata de reír y estar alegre, pero a veces —qué le vamos a hacer— le agarra eso de la nostalgia, animal ofendido. Y entonces es como un dolor muy poco inteligente que le va avanzando sin ton ni son por el cuerpo y que no oprime allí donde debería oprimir un dolor cualquiera. Como esos dolores de los que ni vale la pena hablar, los que todo el mundo sufre: la falta de amor o el dolor de cabeza o las tripas de estopa. Cosa de todos y de todos los días. Lo que mata es lo otro: la añoranza de aquello que nunca llegará tan siquiera a dejarse entrever, a sugerirse.

No creo que...

No creo que te pida nada, no te voy a pedir nada ni a molestar siquiera. Sólo una cosa: no me mientas nunca. No sé sobre qué pie pararme ante la mentira, entro en otro territorio cuando me mienten y tengo miedo de perderme para siempre. Por eso te ruego que, si no me la querés dar, no me des la información que pido pero nunca me mientas. ¿Me oís? Nunca. Porque suelo meterme de cabeza en la mentira, me voy como por un tobogán y caigo en cualquier parte, me deslizo y me pierdo. Pero esto no te lo voy a decir, es mi secreto, sólo te pido que no me mientas, por favor, nunca me mientas, y no porque no te vaya a creer y me duela y me sienta engañada. No. Porque te voy a creer. Porque sólo creo en las mentiras y siempre caigo en ese pozo y el pozo no existe.

La chica que se convirtió en sidra

Jorge, Eduardo, Ernesto, Alfredo, Alberto, uf, y tantos otros. Tengo 27 novios y un manzano. Eso quiero que dure: los frutos colorados. Es tan fácil así. Llamo a un muchacho, le doy una manzana y al mismo tiempo le pregunto ¿querés ser mi novio? Si dice que no, le quito la manzana aunque ya esté mordida (prefiero tirarla a la basura). Pero si me dice que sí ¡qué alegría! anoto enseguida un nombre nuevo en mi lista. Trato en lo posible de que sean todos nombres diferentes: es una buena colección, no quisiera estropearla repitiéndome. Yo les doy la manzana que les abre la sed y ellos son insaciables. Después me piden la prueba de amor para sellar el pacto y yo no soy quién para negarme.

El resultado es de lo más agradable, poco a poco voy sintiendo fermentar mis partes interiores y eso me hace cosquillas. Con el tiempo que pasa —y pasan los muchachos— me voy descubriendo un olor dulce que me viene de adentro, un perfume a manzanas, y mi manzano sigue dando sus frutos y los muchachos llegan ya de los barrios alejados a pedírmelos. Primero tienen que comerse la manzana —ya se sabe— si no, no son mis novios. Después nos revolcamos un ratito entre los pastos altos al fondo de mi casa y cada vez me siento más licuada entre sus brazos, efervescente y pálida. Por eso mismo me mandé a fabricar el tonel grande: por si un día se me ocurre retirarme a terminar el proceso ¿podrá seguir sin ellos, sin mis novios? Y segunda pregunta ¿quiero realmente cambiar tan a fondo? Preferiría seguir repartiendo manzanas, pero ése es el problema: siempre se conoce lo que se da, nunca las transformaciones que se pueden sufrir con lo que se recibe a cambio.

Hoy

¿Qué hace ese hombre paseando por el parque con el diario de la tarde bajo el brazo y es tan insultantemente la mañana? No hay nada más obsoleto, ya se ha dicho, que el diario de la víspera: algo que nos remite a lo que ya ha sido, que con el correr de sólo doce horas ha modificado su sustancia.

Este hombre también ya ha sido, ya ha pasado, este hombre es de ayer como su diario y no me lo adelanto para reconocerlo de miedo a apearme —por este solo hecho— de mi eterno presente que no por ser incierto es menos mío.

Y hay que...

Y hay que enfrentarse a diario con la terca seguridad de quienes creen saber lo que buscan, es decir de aquellos que buscan tan poquito. Aquellos que se conforman con lo que tienen al alcance de la mano sin siquiera propiciar la existencia de lo maravilloso. Sólo quien duda puede sospechar que lo maravilloso existe y que quizá con suerte alguna vez se llegue (o al menos se intente llegar buscando alguna puerta y permitiéndose por momentos trinar a gritos con el cuerpo y bailar con la lengua).

El ritmo sí que lo llevamos dentro, está en nosotros antes de nosotros mismos. No necesitamos andar buscándolo por el mundo, tan sólo alentarlo. El ritmo es lo más nuestro —es decir compartible— que tenemos.

Teoría de la *chasse à courre*

Si uno se sienta a esperar que afloren las ideas (sistema de caza al acecho) las ideas llegan o no llegan y así pueden pasarse los años sin haber logrado nada. Mejor recurrir a otro sistema de cacería: al galope y con perro si fuera necesario. Quizá las presas así cobradas sean distintas, de sabor más sorprendente pero menos elaborado. Y bueno, hay para todos los gustos y se puede recurrir a condimentos. Además existen formas y formas de presentar un plato y cuando hay hambre no hay pan duro. Debe también tenerse en cuenta la posibilidad de no probar bocado y pedir otra cosa (otro libro).

Nuestro gato de cada día

En alguna parte de mi casa hay un gato muriéndose de hambre. Eso me desespera, me desespera el oír sus chillidos agudos y tener que buscarlo y buscarlo sin poder encontrarlo (también me desespera la idea de todos esos animales que no tienen voz propia y por lo tanto no pueden chillar y señalarse en algún rincón de casa cuando están atrapados, muriéndose de hambre).

Esto ocurre a menudo por defectos absolutamente míos:

1) No tengo oído direccional.

2) Mi casa es demasiado grande, laberíntica, y por lo tanto revisarla a fondo me llevaría semanas.

Y el gato chilla cada vez más débilmente y yo sé que la agonía ya ha empezado.

Yo mientras tanto busco por donde puedo buscar y eso, claro, no me conduce a nada. La verdadera busca debe de llevarse a cabo por esas zonas que ni siquiera intuimos, las que quizá no existan pero que sí albergan a ese gato dentro nuestro que no nos deja descansar con sus chillidos, que nos hace buscar sin saber qué y menos aún dónde.

Aquí pasan cosas raras (1976)

Aquí pasan cosas raras

En el café de la esquina —todo café que se precie está en esquina, todo sitio de encuentro es un cruce entre dos vías (dos vidas)— Mario y Pedro piden sendos cortados y les ponen mucha azúcar porque el azúcar es gratis y alimenta. Mario y Pedro están sin un mango desde hace rato y no es que se quejen demasiado pero bueno, ya es hora de tener un poco de suerte, y de golpe ven el portafolios abandonado y tan sólo mirándose se dicen que quizá el momento haya llegado. Propio ahí, muchachos, en el café de la esquina, uno de tantos.

Está solito el portafolios sobre la silla arrimada a la mesa y nadie viene a buscarlo.

Entran y salen los chochamus del barrio, comentan cosas que Mario y Pedro no escuchan: Cada vez hay más y tienen tonadita, vienen de tierra adentro... me pregunto qué hacen, para qué han venido. Mario y Pedro se preguntan en cambio si alguien va a sentarse a la mesa del fondo, va a descorrer esa silla y encontrar ese portafolios que ya casi aman, casi acarician y huelen y lamen y besan. Uno por fin llega y se sienta, solitario (y pensar que el portafolios estará repleto de billetes y el otro lo va a ligar al módico precio de un batido de Gancia que es lo que finalmente pide después de dudar un rato). Le traen el batido con buena tanda de ingredientes. ¿Al llevarse a la boca qué aceituna, qué pedacito de queso va a notar el portafolios esperándolo sobre la silla al lado de la suya? Pedro y Mario no quieren ni pensarlo y no piensan en otra cosa... Al fin y al cabo el tipo tiene tanto o tan poco derecho al portafolios como ellos, al fin y al cabo es sólo cuestión de azar, una mesa mejor elegida y listo. El tipo sorbe su bebida con desgano, traga uno que otro ingrediente; ellos ni pueden pedir otro café porque están en la mala como puede ocurrirle a usted o a mí, más quizá a mí que a usted, pero eso no viene a cuento ahora que Pedro y Mario viven supeditados a un tipo que se saca pedacitos de salame de entre los dientes con la uña mientras termina de tomar su trago y no ve nada, no oye los

comentarios de la muchachada: Se los ve en las esquinas. Hasta
Elba el otro día me lo comentaba, fijáte, ella que es tan chicata;
ni qué ciencia ficción, aterrizados de otro planeta aunque parecen tipos del interior pero tan peinaditos, atildaditos te digo y yo
a uno le pedí la hora pero minga, claro, no tienen reloj, para qué
van a querer reloj, me podés decir, si viven en un tiempo que no
es el de nosotros. No. Yo también los vi, salen de debajo de los
adoquines en esas calles donde todavía quedan y vaya uno a
saber qué buscan aunque sabemos que dejan agujeros en las
calles, esos baches enormes por donde salieron y que no se
pueden cerrar más.

Ni el tipo del batido de Gancia los escucha ni los escuchan Mario y Pedro, pendientes de un portafolios olvidado sobre
una silla que seguro contiene algo de valor, porque si no no
hubiera sido olvidado así para ellos, tan sólo para ellos, si el tipo
del batido no. El tipo del batido de Gancia, copa terminada, dientes
escarbados, platitos casi sin tocar, se levanta de la mesa, paga de
pie, mozo retira todo mete propina en bolsa pasa el trapo húmedo
sobre mesa y se aleja y listo, ha llegado el momento porque el
café está animado en la otra punta y aquí vacío y Mario y Pedro
saben que si no es ahora es nunca.

Portafolios bajo el brazo, Mario sale primero y por eso
mismo es el primero en ver el saco de hombre abandonado sobre
un coche, contra la vereda. Contra la vereda el coche, y por ende
el saco abandonado sobre el techo del mismo. Un saco espléndido de estupenda calidad. También Pedro lo ve, a Pedro le tiemblan
las piernas por demasiada coincidencia, con lo bien que a él le
vendría un saco nuevo y además con los bolsillos llenos de guita.
Mario no se anima a agarrarlo. Pedro sí aunque con cierto
remordimiento que crece, casi estalla al ver acercarse a dos canas
que vienen hacia ellos con intenciones de.

—Encontramos este coche sobre un saco. Este saco sobre
un coche. No sabemos qué hacer con él. El saco, digo.

—Entonces déjelo donde lo encontró. No nos moleste
con menudencias, estamos para cosas más importantes.

Cosas más trascendentes. Persecución del hombre por
el hombre si me está permitido el eufemismo. Gracias a lo cual el
célebre saco queda en las manos azoradas de Pedro que lo ha
tomado con tanto cariño. Cuánta falta le hacía un saco como éste,
sport y seguro bien forradito, ya dijimos, forrado de guita no de
seda qué importa la seda. Con el botín bien sujeto enfilan a pie

hacia su casa. No se deciden a sacar uno de esos billetes crocantitos que Mario creyó vislumbrar al abrir apenas el portafolios, plata para tomar un taxi o un mísero colectivo.

Por las calles prestan atención por si las cosas raras que están pasando, ésas que oyeron de refilón en el café, tienen algo que ver con los hallazgos. Los extraños personajes o no aparecen por esas zonas o han sido reemplazados: dos vigilantes por esquina son muchos vigilantes porque hay muchas esquinas. Ésta no es una tarde gris como cualquiera y pensándolo bien quizá tampoco sea una tarde de suerte como parece. Son las caras sin expresión de un día de semana, tan distintas de las caras sin expresión de los domingos. Pedro y Mario ahora tienen color, tienen máscara y se sienten existir porque en su camino florecieron un portafolios (fea palabra) y un saco sport. (Un saco no tan nuevo como parecía, más bien algo raído y con los bordes gastados pero digno. Eso es: un saco digno.) Como tarde no es una tarde fácil, ésta. Algo se desplaza en el aire con el aullido de las sirenas y ellos empiezan a sentirse señalados. Ven policías por todos los rincones, policías en los vestíbulos sombríos, de a pares en todas las esquinas cubriendo el área ciudadana, policías trepidantes en sus motocicletas circulando a contramano como si la marcha del país dependiera de ellos y quizá dependa, sí, por eso están las cosas como están y Mario no se arriesga a decirlo en voz alta porque el portafolios lo tiene trabado, ni que ocultara un micrófono, pero qué paranoia, si nadie lo obliga a cargarlo. Podría deshacerse de él en cualquier rincón oscuro y no, ¿cómo largar la fortuna que ha llegado sin pedir a manos de uno, aunque la fortuna tenga carga de dinamita? Toma el portafolios con más naturalidad, con más cariño, no como si estuviera a punto de estallar. En ese mismo momento Pedro decide ponerse el saco que le queda un poco grande pero no ridículo ni nada de eso. Holgado, sí, pero no ridículo; cómodo, abrigado, cariñoso, gastadito en los bordes, sobado. Pedro mete las manos en los bolsillos del saco (*sus* bolsillos) y encuentra unos cuantos boletos de colectivo, un pañuelo usado, unos billetes y monedas. No le puede decir nada a Mario y se da vuelta de golpe para ver si los han estado siguiendo. Quizá hayan caído en algún tipo de trampa indefinible, y Mario debe de estar sintiendo algo parecido porque tampoco dice palabra. Chifla entre dientes con cara de tipo que toda su vida ha estado cargando un ridículo portafolios negro como ése. La situación no tiene aire tan brillante como en un principio.

Parece que nadie los ha seguido, pero vaya uno a saber: gente viene tras ellos y quizá alguno dejó el portafolios y el saco con oscuros designios. Mario se decide por fin y le dice a Pedro en un murmullo: No entremos a casa, sigamos como si nada, quiero ver si nos siguen. Pedro está de acuerdo. Mario rememora con nostalgia los tiempos (una hora atrás) cuando podían hablarse en voz alta y hasta reír. El portafolios se le está haciendo demasiado pesado y de nuevo tiene la tentación de abandonarlo a su suerte. ¿Abandonarlo sin antes haber revisado el contenido? Cobardía pura.

Siguen caminando sin rumbo fijo para despistar a algún posible aunque improbable perseguidor. No son ya Pedro y Mario los que caminan, son un saco y un portafolios convertidos en personajes. Avanzan y por fin el saco decide: Entremos en un bar a tomar algo, me muero de sed.

—¿Con todo esto? ¿Sin siquiera saber de qué se trata?

—Y, sí. Tengo unos pesos en el bolsillo.

Saca la mano azorada con dos billetes. Mil y mil de los viejos, no se anima a volver a hurgar, pero cree —huele— que hay más. Buena falta les hacen unos sandwiches, pueden pedirlos en ese café que parece tranquilo.

Un tipo dice y la otra se llama los sábados no hay pan; cualquier cosa, me pregunto cuál es el lavado de cerebro... En épocas turbulentas no hay como parar la oreja aunque lo malo de los cafés es el ruido de voces que tapa las voces. Lo bueno de los cafés son los tostados mixtos.

Escuchá bien, vos que sos inteligente.

Ellos se dejan distraer por un ratito, también se preguntan cuál será el lavado de cerebro, y si el que fue llamado inteligente se lo cree. Creer por creer, los hay dispuestos hasta a creerse lo de los sábados sin pan, como si alguien pudiera ignorar que los sábados se necesita pan para fabricar las hostias del domingo y el domingo se necesita vino para poder atravesar el páramo feroz de los días hábiles.

Cuando se anda por el mundo —los cafés— con las antenas aguzadas se pescan todo tipo de confesiones y se hacen los razonamientos más abstrusos (absurdos), absolutamente necesarios por necesidad de alerta y por culpa de esos dos elementos tan ajenos a ellos que los poseen a ellos, los envuelven sobre todo ahora que esos muchachos entran jadeantes al café y se sientan a una mesa con cara de aquí no ha pasado nada y sacan carpetas, abren libros pero ya es tarde: traen a la policía pegada a sus talones y, como se sabe, los libros no engañan a los sagaces guardianes de la ley, más bien los estimulan. Han llegado tras los estudiantes para poner orden y lo ponen, a empujones: documentos, vamos, vamos, derechito al celular que espera afuera con la boca abierta. Pedro y Mario no saben cómo salir de allí, cómo abrirse paso entre la masa humana que va abandonando el café a su tranquilidad inicial, convalesciente ahora. Al salir, uno de los muchachos deja caer un paquetito a los pies de Mario que, en un gesto irreflexivo, atrae el paquete con el pie y lo oculta tras el célebre portafolios apoyado contra la silla. De golpe se asusta: cree haber entrado en la locura apropiatoria de todo lo que cae a su alcance. Después se asusta más aún: sabe que lo ha hecho para proteger al pibe pero, ¿y si a la cana se le diera por registrarlo a él? Le encontrarían un portafolios que vaya uno a saber qué tiene adentro, un paquete inexplicable (de golpe le da risa, alucina que el paquete es una bomba y ve su pierna volando por los aires simpáticamente acompañada por el portafolios, ya despanzurrado y escupiendo billetes de los gordos, falsos). Todo esto en el brevísimo instante de disimular el paquetito y después nada. Más vale dejar la mente en blanco, guarda con los canas telépatas y esas cosas. ¿Y qué se estaba diciendo hace mil años cuando reinaba la calma?: un lavado de cerebro; necesario sería un autolavado de cerebro para no delatar lo que hay dentro de esa cabecita loca —la procesión va por dentro, muchachos—. Los muchachos se alejan, llevados un poquito a las patadas por los azules, el paquete queda allí a los pies de estos dos señores dignos, señores de saco y portafolios (uno de cada para cada). Dignos señores ahora muy solos en el calmo café, señores a los que ni un tostado mixto podrá ya consolar.

Se ponen de pie. Mario sabe que si deja el paquetito el mozo lo va a llamar y todo puede ser descubierto. Se lo lleva, sumándolo así al botín del día pero por poco rato; lo abandona en una calle solitaria dentro de un tacho de basura como quien no quiere la cosa y temblando. Pedro a su lado no entiende nada pero por suerte no logra reunir las fuerzas para preguntar.

En épocas de claridad pueden hacerse todo tipo de preguntas, pero en momentos como éste el solo hecho de seguir vivo ya condensa todo lo preguntable y lo desvirtúa. Sólo se puede caminar, con uno que otro alto en el camino, eso sí, para ver por ejemplo por qué llora este hombre. Y el hombre llora de manera tan mansa, tan incontrolable, que es casi sacrílego no detenerse a su lado y hasta preocuparse. Es la hora de cierre de las tiendas y las vendedoras que enfilan a sus casas quieren saber de qué se trata: el instinto maternal siempre está al acecho en ellas, y el hombre llora sin consuelo. Por fin logra articular. Ya no puedo más, y el corrillo de gente que se ha formado a su alrededor pone cara de entender pero no entiende. Cuando sacude el diario y grita no puedo más, algunos creen que ha leído las noticias y el peso del mundo le resulta excesivo. Ya están por irse y dejarlo abandonado a su flojera. Por fin entre hipos logra explicar que busca trabajo desde hace meses y ya no le queda un peso para el colectivo ni un gramo de fuerza para seguir buscando.

—Trabajo —le dice Pedro a Mario—. Vamos, no tenemos nada que hacer acá.

—Al menos, no tenemos nada que ofrecerle. Ojalá tuviéramos.

Trabajo, trabajo, corean los otros y se conmueven porque ésa sí es palabra inteligible y no las lágrimas. Las lágrimas del hombre siguen horadando el asfalto y vaya uno a saber qué encuentran pero nadie se lo pregunta aunque quizá él sí, quizá él se esté diciendo mis lágrimas están perforando la tierra y el llanto puede descubrir petróleo. Si me muero acá mismo quizá pueda colarme por los agujeritos que hacen las lágrimas en el asfalto y al cabo de mil años convertirme en petróleo para que otro como yo, en estas mismas circunstancias... Una idea bonita pero el corrillo no lo deja sumirse en sus pensamientos que de alguna manera —intuye— son pensamientos de muerte (el corrillo se espanta: pensar en muerte así en plena calle, qué atentado contra la paz del ciudadano medio a quien sólo le llega la muerte por los diarios). Falta de trabajo sí, todos entienden la falta de trabajo y están dispuestos a ayudarlo. Es mejor que la muerte. Y las buenas vendedoras de las casas de artefactos electrodomésticos abren sus carteras y sacan algunos billetes por demás estrujados, de inmediato se organiza la colecta, las más decididas toman el dinero de los otros y los instan a aflojar más. Mario está tentado de abrir el portafolios: ¿qué tesoros habrá ahí dentro para compartir con ese tipo? Pedro piensa que debería haber recuperado el paquete que Mario abandonó en un tacho de basura. Quizá eran herramientas de trabajo, pintura en aerosol, o el perfecto equipito para armar una bomba, cualquier cosa para darle a este tipo y que la inactividad no lo liquide.

Las chicas están ahora pujando para que el tipo acepte el dinero juntado. El tipo chilla y chilla que no quiere limosnas. Alguna le explica que sólo se trata de una contribución espontánea para sacar del paso a su familia mientras él sigue buscando trabajo con más ánimo y el estómago lleno. El cocodrilo llora ahora de la emoción. Las vendedoras se sienten buenas, redimidas, y Pedro y Mario deciden que éste es un tipo de suerte.

Quizá junto a este tipo Mario se decida a abrir el portafolios y Pedro pueda revisar a fondo el secreto contenido de los bolsillos del saco.

Entonces, cuando el tipo queda solo, lo toman del brazo y lo invitan a comer con ellos. El tipo al principio se resiste, tiene miedo de estos dos: pueden querer sacarle la guita que acaba de recibir. Ya no sabe si es cierto o si es mentira que no encuentra trabajo o si ése es su trabajo, simular la desesperación para que la gente de los barrios se conmueva. Reflexiona rápidamente: Si es cierto que soy un desesperado y todos fueron tan buenos conmigo no hay motivo para que estos dos no lo sean. Si he simulado la desesperación quiere decir que mal actor no soy y voy a poder sacarles algo a estos dos también. Decide que tienen una mirada extraña pero parecen honestos, y juntos se van a un boliche para darse el lujo de unos buenos chorizos y bastante vino.

Tres, piensa alguno de ellos, es un número de suerte. Vamos a ver si de acá sale algo bueno.

¿Por qué se les ha hecho tan tarde contándose sus vidas que quizá sean ciertas? Los tres se descubren una idéntica necesidad de poner orden y relatan minuciosamente desde que eran chicos hasta estos días aciagos en que tantas cosas raras están pasando. El boliche queda cerca del Once y ellos por momentos sueñan con irse o con descarrilar un tren o algo con tal de aflojar la tensión que los infla por dentro. Ya es la hora de las imaginaciones y ninguno de los tres quiere pedir la cuenta. Ni Pedro ni Mario han hablado de sus sorpresivos hallazgos. Y el tipo ni sueña con pagarles la comida a estos dos vagos que para colmo lo han invitado.

La tensión se vuelve insoportable y hay que decidirse. Han pasado horas. Alrededor de ellos los mozos van apilando las sillas sobre las mesas, como un andamiaje que poco a poco se va cerrando, amenaza con engullirlos, porque los mozos en un insensible ardor de construcción siguen apilando sillas sobre sillas, mesas sobre mesas y sillas y más sillas. Van a quedar aprisionados en una red de patas de madera, tumba de sillas y una que otra mesa. Buen final para estos tres cobardes que no se animaron a pedir la cuenta. Aquí yacen: pagaron con sus vidas siete sándwiches de chorizo y dos jarras de vino de la casa. Fue un precio equitativo.

Pedro por fin —el arrojado Pedro— pide la cuenta y reza para que la plata de los bolsillos exteriores alcance. Los bolsillos internos son un mundo inescrutable aun allí, escudado por las sillas; los bolsillos internos conforman un laberinto demasiado intrincado para él. Tendría que recorrer vidas ajenas al meterse en los bolsillos interiores del saco, meterse en los que no le pertenece, perderse de sí mismo entrando a paso firme en la locura.

La plata alcanza. Y los tres salen del restaurant aliviados y amigos. Como quien se olvida, Mario ha dejado el portafolios —demasiado pesado, ya— entre la intrincada construcción de sillas y mesas encimadas, seguro de que no lo van a encontrar hasta el día siguiente. A las pocas cuadras se despiden del tipo y siguen camino al departamento que comparten. Cuando están por llegar, Pedro se da cuenta de que Mario ya no tiene el portafolios. Entonces se quita el saco, lo estira con cariño y lo deja sobre un auto estacionado, su lugar de origen. Por fin abren la puerta del departamento sin miedo, y se acuestan sin miedo, sin plata y sin ilusiones. Duermen profundamente, hasta el punto que Mario, en un sobresalto, no logra saber si el estruendo que lo acaba de despertar ha sido real o soñado.

Los mejor calzados

Invasión de mendigos pero queda un consuelo: a ninguno le faltan zapatos, zapatos sobran. Eso sí, en ciertas oportunidades hay que quitárselo a alguna pierna descuartizada que se encuentra entre los matorrales y sólo sirve para calzar a un rengo. Pero esto no ocurre a menudo, en general se encuentra el cadáver completito con los dos zapatos intactos. En cambio las ropas sí están inutilizadas. Suelen presentar orificios de bala y manchas de sangre, o han sido desgarradas a latigazos, o la picana eléctrica les ha dejado unas quemaduras muy feas y difíciles de ocultar. Por eso no contamos con la ropa, pero los zapatos vienen chiche. Y en general se trata de buenos zapatos que han sufrido poco uso porque a sus propietarios no se les deja llegar demasiado lejos en la vida. Apenas asoman la cabeza, apenas piensan (y el pensar no deteriora los zapatos) ya está todo cantado y les basta con dar unos pocos pasos para que ellos les tronchen la carrera.

Es decir que zapatos encontramos, y como no siempre son del número que se necesita, hemos instalado en un baldío del Bajo un puestito de canje. Cobramos muy contados pesos por el servicio: a un mendigo no se le puede pedir mucho pero sí que contribuya a pagar la yerba mate y algún bizcochito de grasa. Sólo ganamos dinero de verdad cuando por fin se logra alguna venta. A veces los familiares de los muertos, enterados vaya uno a saber cómo de nuestra existencia, se llegan hasta nosotros para rogarnos que les vendamos los zapatos del finado si es que los tenemos. Los zapatos son lo único que pueden enterrar, los pobres, porque claro, jamás les permitirán llevarse el cuerpo.

Es realmente lamentable que un buen par de zapatos salga de circulación, pero de algo tenemos que vivir también nosotros y además no podemos negarnos a una obra de bien. El nuestro es un verdadero apostolado y así lo entiende la policía que nunca nos molesta mientras merodeamos por baldíos, zanjones, descampados, bosquecitos y demás rincones donde se puede ocultar algún cadáver. Bien sabe la policía que es gracias a nosotros que esta ciudad puede jactarse de ser la de los mendigos mejor calzados del mundo.

Camino al ministerio

Hay un cierto terror al decir presente y descubrir de golpe que uno está ausente o alienado. No resulta nada fácil avanzar por esta realidad tan erizada de clavos: al apoyar un pie después del otro, con suma cautela, de inmediato hay que alzarlo y entonces se anda a salto de mata y ya no se está presente aquí y ahora, a menos de ser faquir, y uno no.

Él, en cambio, sí. Se ha estado adiestrando durante años para decir presente y asentar su pie con fuerza como ratificando la palabra. Cada vez hay más clavos agudísimos en las calles y eso lo alegra: va a poder de verdad dejar a todos con la boca abierta y aprovechar el estupor para conseguir un cargo público. Sus años de endurecimiento plantar también le han servido para hacer un minucioso estudio de las costumbres oficiales y ahora sabe que es en momentos de máximo asombro cuando se producen las vacantes y por ende la necesidad de cubrir los puestos con gente nueva (él no está quemado, si se toma la palabra en su acepción metafórica y no al pie de la letra, al pie de sus pies que ya han pasado la prueba de fuego y tantas otras). Lo tiene todo muy bien dispuesto: va a salir de su casa pisando fuerte y se va a dirigir con naturalidad casi marcial hasta la plaza donde el tapiz de clavos es más denso e hirsuto. Allí le bastará con esperar —siempre de pie sobre los clavos— que un granadero de gruesísimas botas se acerque a él y le pregunte el cargo (allí se quedará reflexionando sobre los clavos: quizás hayan sido puestos para justificar las botas que de otra manera caerían en desuso con la nueva técnica de patadas eléctricas). Deberá elegir la hora de mayor concurrencia, quizá las dos de la tarde o la salida de los bancos, para que el asombro al verlo pasar tan decidido sea realmente eficaz y apoteótico. Duda entre salir descalzo —cosa demasiado llamativa y hasta vulgar— o calzarse con finos mocasines de suela inexistente como los mocasines de los pieles rojas. Opta por este último sistema y mientras espera que le traigan dos o tres pares (debe prever el desgaste en caso de tener que repetir la hazaña) continúa con los ejercicios diarios para curtirse la planta de los pies: media hoja de papel de lija número tres, un poco de soplete, caminatas sobre clavos miguelitos dispersos por la casa. Durante la caminata ya no siente dolor pero su andar a los tumbos no tiene todavía la gracia necesaria para que lo nombren ministro, ni siquiera secretario. Sigue haciendo intentos cada vez más fructuosos y con el éxito tan cerca no lamenta los largos años de sacrificio requeridos para llegar a este punto. Su vocación política siempre fue profunda, no iba a postergarla por el simple deseo, verbigracia, de retener a su señora esposa. Graciela lo abandonó al tercer mes de adiestramiento: Eras insoportable cuando arreglabas el país por vía oral en el comité con tus correligionarios, alegó, pero mil veces más insoportable sos ahora, todo el día en casa sobándote las patas. Odio la política masoquista. Abur.

Él se limitó a sonreírle con cierta oculta sorna y así creyó dejar a salvo su amor propio aunque perdiera su amor. Ya te vas a arrepentir cuando sea ministro y vas a volver reptando hasta estos mismos pies que ahora despreciás, pero va a ser tarde, le contestó, aunque tarde fue para esa frase porque ella ya había pegado un portazo y partido hacia quién sabe qué destino ignoto. Al principio él lamentó mucho la ausencia de su mujer, pero los años de aprendizaje y vida monacal lo fueron apartando de toda aspiración terrena. El deseo de poder fue el más ardiente de todos los deseos y por eso ahora lo encontramos lleno de paz interior, entregado a los últimos preparativos mientras aguarda los mocasines que le abrirán el camino. El deseo de poder se ha vuelto en él casi abrasador. Los vecinos se preguntan de qué provendrá ese olor a quemado que sale de la casa del solitario tan tranquilo, casi un santo. Al principio el olor es tenue como de asadito mientras él se quema con cuidado las plantas de los pies con un soplete para crear costras protectoras. Poco a poco el olor va creciendo hasta tornarse casi irrespirable porque a los pies quemados se agrega el ardor achicharrante de sus descontroladas ansias. Los vecinos no quieren renunciar a su estima por él: un hombre tan frugal y recatado, con decirles que desde que se fue la mujer de esa casa no sale ni una risa ni un poco de música o esas cosas raras que siempre molestan a los otros. Esa casa es el ejemplo de la cuadra aunque ni de lejos sea la mejor pintada ni la más elegante.

Parece mentira, pero todo se sabe en este mundo y la noticia de la gran marcha que él prepara —pisando fuerte sobre los clavos— ha llegado a oídos de los vecinos y ya están muy ansiosos de que sea la hora. Ansiedad que se convierte en angustia por culpa del olor. Empiezan a temer que él haya renunciado a su vocación ministerial para entregarse en cuerpo y alma a la vocación mística. Y pensar que ellos pacientemente habían estado esperando que él accediera al cargo para solicitarle un puestito en algún organismo oficial, o una cuña para el hijo que está en la Aduana, o alguna pensioncita sin demasiadas pretensiones. A la espera de un espaldarazo los vecinos se ocuparon desinteresadamente de él durante todos estos años, dejándole siempre una olla con comida en la puerta de su casa, los spaghettis que sobraban del almuerzo, alguna fruta, un bocado especial los domingos o fiestas de guardar, mate cocido. Así a diario para que no los olvide cuando llegue el momento y para mantenerlo sano para que el momento llegue.

Y ahora él ha pegado este desvío hacia la santidad y ellos (los vecinos) se sienten estafados. Él ya casi ni prueba la comida pero en compensación ellos se inclinan a llevarle alimentos cada vez menos frescos y ya no se preocupan por el valor calórico (si no va a ser ministro no precisa estar bien alimentado ni siquiera tener buena presencia y por eso ya no le dejan más jabones o cremas de afeitar y desodorantes caros). Él ni se da cuenta de estas desatenciones como tampoco se dio cuenta antes de las atenciones: las tomaba con toda naturalidad como lógico tributo a su constancia y a su profunda vocación política que lo convertía en un héroe y en un mártir.

(Los vecinos reclaman al héroe y él está inclinándose hacia el martirologio.) ¡Ay, ay, ay qué será de nosotros si después de tantos preparativos este hombre no se lanza por las calles desdeñando los clavos causando el estupor general y accediendo a un ministerio! Él tiene ahora todas las posibilidades de triunfo entre las manos (comentan ellos durante las cada vez menos frecuentes reuniones vecinales) y es capaz de caer en la tentación de tirarlo todo por la borda y elegir otro camino. Nuestros informantes dicen que sigue preparándose para la Marcha del Asombro hasta la plaza, pero, ¿qué si hubiera decidido otra estrategia? Quizá en las piezas del fondo de la casa donde no llegan nuestras cámaras ocultas ni nuestros micrófonos él se esté preparando para acciones muy distintas. Este olor a quemado que cada vez sale con mayor intensidad de su casa da mucho que pensar. Casi están ya seguros de que él ha renunciado a su propósito ministerial para embarcarse en la inútil búsqueda de tipo espiritual. Al fin y al cabo, un hombre capaz de pasarse varios años preparándose para hacer de faquir bien podría interesarse por algo más seguro y duradero que un cargo oficial por importante que éste fuese. La salvación eterna, por ejemplo.

—¿Y por qué no puede interesarnos también a nosotros? —pregunta en la siguiente reunión el vecino más ducho en inversiones a largo plazo.

Y por qué no, corearon los demás convencidos de que alguna recompensa deberían obtener después de tanto preocuparse por él a lo largo de años.

Es así como, mientras él espera sus mocasines (un mes a lo sumo, le dijeron), empieza a encontrar ante su puerta cantidad de velas y de flores blancas en lugar de las consabidas vituallas. Piensa más en un cambio de dieta que en un paso del mundo material al espiritual. Las velas, repugnantes hasta en guiso y para colmo indigestas, se van apilando en un rincón de la cocina, pero las flores son pasables en ensalada. A los pocos días el hambre le hace chillar las tripas pero no aplaca el ardor de las ansias de poder. Se ilusiona una mañana cuando encuentra una enorme parrilla frente a su puerta porque no sabe que los vecinos han pensado en San Lorenzo por culpa del olor a quemado. Muere con una imagen fija en la retina: la del costillar y las achuras que le permitirán estrenar la parrilla. Durante más de una semana los vecinos siguen dejando flores y velas junto a su puerta porque piensan que ese nuevo olor que sale de la casa es el tan mentado olor a santidad. Ellos sí que se sienten ahora bien recompensados.

Sursum corda

Hoy en día ya no se puede hacer nada bajo cuerda: las cuerdas vienen muy finas y hay quienes se enteran de todo lo que está ocurriendo. Cuerdas eran las de antes que venían tupidas y no las de ahora, cuerdas flojas. Y así estamos, ¿vio? Bailando en la cuerda floja y digo vio no por caer en un vicio verbal caro a mis compatriotas sino porque seguramente usted lo debe de haber visto si bien no lo ha notado. Todos bailamos en la cuerda floja y se lo siente en las calles aunque uno a veces crea que es culpa de los baches. Y ese ligero mareo que suele aquejarnos y que atribuimos al exceso de vino en las comidas, no: la cuerda floja. Y el brusco desviarse de los automovilistas o el barquinazo del colectivero, provocados por lo mismo pero como uno se acostumbra a todo también esto nos parece natural ahora. Sobre la cuerda floja sin poder hacer nada bajo cuerda. Alegrémonos mientras las cosas no se pongan más espesas y nos encontremos todos con la soga al cuello.

El don de la palabra

Arriba
Suelo regodearme en el tremendo placer de decir a todo que no. Decir que sí es fácil, nos hace simpáticos, se pueden cosechar unas cuantas sonrisas y después adelante a hacer lo que se quiere. En cambio decir que no, nos da una omnipotencia desafiante encaramable tan sólo en los balcones más altos desde donde nuestro no ni alcanza a los que se encuentran a nivel de la plaza. Para eso he mandado a abrir socavones en la plaza, para enseñarles humildad a los que vienen a escucharme. Así la cosa está mejor distribuida: abajísimo el pueblo, abajo la tierra, sobre la tierra algunas palmeras y otras hierbas y yo sobre todo eso diciendo no en cuantas ocasiones se me presentan y suelen ser muchas a lo largo del día. Ellos me aclaman desde los socavones, yo les imparto mi atildada bendición desde arriba y a veces una paloma la transporta y la deja caer algo grotescamente sobre la cabeza de uno de los del pueblo —uno del público—. Esto sí es importante de ser tenido en cuenta: mi pueblo es mi público, y debe enfrentar el monumental despliegue de nuestras intenciones (atenciones a veces) y con suerte recibir en determinadas oportunidades nuestro don en forma de una caca de paloma.

Ellos son los señalados. Nosotros nos limitamos a hablar, a esbozar desde el balcón un gesto de eucaristía y las palomas se encargan de designar a los contados elegidos de la jornada. Los que reciben la cagada en la cabeza (eso sí que trae suerte) son ungidos ministros, los que pueden ostentar una caca de paloma en la solapa pasan a ser los guardianes del orden (por la orden del mérito) y tienen carta blanca para aporrear a quienes les resulten sospechosos, antipáticos o tristes. Pero hay que tener en cuenta que éste no es un oficio sin riesgos: basta que una paloma deposite su óbolo consagratorio sobre el aporreado para que los roles se inviertan y el antiguo guardián del orden pase a ser la víctima.

Desde mi balcón me divierto bastante con estos espectáculos, por eso mandé cavar los túneles sin techo que surcan la plaza de este a oeste. Allí están todos bien encasillados sin desarmar la lúcida disposición de los canteros y cuando se pelean no levantan una excesiva polvareda. Linda gente, me digo, decidida a defender hasta lo último sus intereses como yo lo he dispuesto, se han ganado la instalación de letrinas dentro de los socavones para ser usadas cuando mis discursos duran más de ocho horas.

A veces analizo con mi primer ministro si discursos tan largos no llegarán a ser contraproducentes. Es cierto que de esta manera la gente se distrae, y piensa menos, o no piensa nada, pero también es cierto que así la gente no trabaja y esto me tiene bastante preocupado. El país se ha detenido, hay que reconocerlo, y aunque mi primer ministro diga que es sólo un compás de espera, la pausa necesaria para tomar aliento, a veces tengo mis dudas. Pero cuando los muchachos de la plaza me gritan Adelante, adelante, te amamos de amor radiante, entonces pienso que sí, que debo seguir manteniéndolos al calor de mis palabras.

Ya he hecho grandes aunque disimuladas refacciones en el balcón: me han instalado un asiento mullido pero muy alto y visto desde abajo siempre aparezco de pie, y un ocultísimo orinal dispone de mis más impostergables urgencias. Mi primer ministro (a quien de ahora en adelante llamaremos Pancho) propuso que el orinal descargara sobre la plaza pero yo me opuse. Su teoría de que el pueblo recibe todo lo que viene de mí con verdadera unción puede ser cierta pero por ahora prefiero avanzar con cautela. Soy así de discreto.

Durante los discursos más largos mi principal enemigo es el sueño y a veces me quedo dormido en medio de una frase. Los de abajo esperan anhelantes y me aclaman, y yo sin enterarme de sus gritos. Al despertar digo a modo de consuelo:

El arroyo de mis palabras nunca se ha de secar, es manantial inagotable con el que alimento a mi pueblo y lo seguiré alimentando hasta la última gota de mi vida que es de ustedes. Cual cormorán que se desgarra el buche para dar de comer a su cría, así he de brindar en holocausto hasta el último aliento de mi garganta desgarrada para beneficio de mi pueblo que es mi cría.

Conmueve comprobar cómo, después de frases de este tipo, en los socavones bulle un entusiasmo de hormiguero cloqueante. Por eso mismo descarté la propuesta de los toldos plásticos transparentes ahora que se aproxima la época de lluvias. Pancho dice que es una buena idea pero sospecho que en este caso Pancho se trae un negociado bajo el poncho. Porque si bien es cierto que los parlantes pueden ser instalados dentro de los mismos socavones, y que yo a mi vez podría ver a la gente dada la transparencia de los toldos, me sería imposible oír sus aclamaciones y son sus gritos de aliento los que me impulsan a seguir adelante en mi gestión y lo único capaz de inflamar mi verba. Así que nada de toldos, quiero el contacto directo, el mano a mano con mi pueblo.

Me informan que abajo ya se han organizado a la perfección: han instalado cocinas de campaña, puestos de primeros auxilios y otras dependencias necesarias. También me informan que ciertas parejas descaradas se acoplan mientras estoy hablando, pero no quiero creerlo. Aunque la ola de partos que los movilizó días atrás, en momentos en que yo abordaba los problemas de la superpoblación y de la contaminación ambiental, no puede menos que dejarme pensando. Mañana les haré un verdadero sermón sobre la Ley divina y la castidad. Si no me escuchan a mí al menos que le teman al Otro.

Abajo

Los del pueblo pasan por momentos de temor, es verdad, sobre todo ahora que está por llegar la época de lluvias y el gobierno no ha dispuesto nada para proteger los socavones. Los más creyentes se trasladan con grandes penurias hasta el tercer socavón contando del norte donde un cura ha improvisado un altar e imparte la bendición mediando una módica limosna para la Virgencita. A éstos no se les escapa nada, opinan los ateos que se quedan piolas en su lugar con la esperanza de que a último momento se le ocurra al gobierno tomar alguna medida para ampararlos de la lluvia torrencial.

También corren como ciempiés ramificados los rumores de la conspiración. Pero no es ésta la oportunidad para intentar un levantamiento de las masas populares y los dirigentes lo saben: el Líder ha iniciado una maratón de discursos y nadie quiere perderse ni una sola palabra ni perder su puesto dentro de los socavones. Los soldados reparten víveres, han llegado camiones de maíz y en las cocinas se preparan distintas especialidades: humita, mute, tortillas, locro, tamales.

Algunos pesimistas (los disconformes nunca faltan) dicen que pronto se agotará la cosecha de maíz y, como nadie ha cultivado la tierra desde que el Líder empezó a hablar, van a quedarse sin comida. Cometen el mismo error de siempre: pensar que los habitantes de la capital constituyen toda la masa humana del país. ¿Y para qué está la indiada?, preguntan los del bando optimista. La indiada seguro que sigue trabajando la tierra aunque nadie esté allí para instigarlos; trabajando la tierra, sembrando y cosechando. Esto ya es carne en ellos y además no van a permitir que los pobres urbanos se mueran de hambre por el solo hecho de haberse constituido en auditorio.

Por otra parte, gracias al hambre generalizada y a una cierta gula el mismo pueblo acabó con la jerarquización arbitraria de las palomas. Los ministros ungidos por palomas son cosa del pasado, ya no quedan palomas en la plaza: todas fueron asadas. Ahora se está estudiando la posibilidad de criar ratas asépticas para aumentar el poder nutritivo de las ollas de locro.

Esto se discute mientras el Líder descansa o se reúne con su ministro, porque cuando el Líder habla el silencio es sepulcral dentro de los socavones, al punto de que el temor por la llegada de las lluvias queda postergado hasta nuevo silencio. Y eso que el cielo ya se está oscureciendo pero ellos no van a abandonar su puesto por unas gotas de agua más o menos. El Líder habla cada vez con mayor calor, en una de ésas su verba inflamada evapora la lluvia a mitad de camino. Con el primer chaparrón se dan cuenta de que ésta es una pretensión vana, y cuando se desencadena la gran tormenta (la primera de una serie que durará tres meses) los de los socavones descubren la existencia del barro primordial que muy pronto les llega a las rodillas. El Líder habla a borbotones como los del barro donde ellos tratan de conservar el equilibrio. Hay muchos desertores. Poco a poco los socavones se van volcando sobre la plaza y la plaza va escupiendo gente por las calles aledañas. No hay más remedio que irse, si bien al pueblo le cuesta abandonar la voz cálida del Líder y las ollas populares y la vida fácil aunque restringida de los socavones.

Por suerte el Líder no puede ver la cobarde retirada de su gente porque la espesísima cortina de lluvia le tapa la visual. Pero como todas las ventajas del mundo tienen también su contrapartida, tampoco pueden ellos ver al Líder y por eso mismo algunos se quedan sobrenadando en el lodo y otros se alejan con un imborrable sentimiento de culpa sin saber que el balcón hace ya rato que está vacío y los parlantes sólo retransmiten viejos mensajes grabados mientras el Líder, en su vastísima cama, hace gárgaras de sal tratando de curarse una afonía que amenaza ser crónica.

Amor por los animales

Auto celeste

Una vez establecido que es persona y no un perro de aguas pasamos al segundo interrogante: ¿hombre o mujer? Transcurre un lapso larguísimo de tiempo y no logramos definir algo concreto. Va a llegar a su destino y nosotros, nada.

Pregúntenos lo que quiera, la fórmula del anhídrido sulfúrico o la manera de atar nudos en mundos de dimensiones pares y sabremos contestarle. No nos pida sin embargo que establezcamos su signo: circulito con flecha apuntando pa'arriba o circulito con cruz pa'bajo o circulito nomás o culito. Le digo a Sebastián: Con algo hay que conformarse, amigazo.

Va a llegar a destino y nos desespera el no saber a qué sexo pertenece, es decir a qué sexo le sería satisfactorio pertenecer, es decir entregarse.

Aunque a veces, claro, el opuesto o el propio... Eso no lo sabremos de una primera ojeada y yo le digo Sebastián, metéle fierro, viejo, a ver si lo/la alcanzamos.

Resultado de lo cual me endilga un calláte pelotudo porque va como prendidito al volante pero al personaje enigmático del otro coche lo pasamos a llamar Lola. Pienso que en caso de ser un muchachito le diremos Lalo y listo el pollo, porque tiene una melena que da ganas de metérsela en la boca y chuparla despacito como hilo de caramelo —mirá si seré marica, pensando en estas cosas— pero nada marica, prefiero de lejos que sea Lola, y también de cerquita, acá no más sobre mis piernas, y le digo a Sebastián, Sebas, viejo, metéle pata que se nos raja, y él me obedece y pega la curva tras el otro y se cuela entre los autos enhebrando con precisión, zigzagueando lleno de bríos que para eso estamos hechos los porteños, para la zancadilla, el dribling, la patadita de costelete, el sorteo de todos los obstáculos en pos de los culos más notables de la creación. Dale fierro, Sebas, metéle pata a fondo, mirá cómo pica, quiere camorra. Lola o Lalo en su cochazo blanco con chófer, vale la pena verle la jeta.

Auto blanco

—No se dé vuelta, nos están siguiendo.

—Puede que sea idea suya. Gire rápido a la derecha. ¿Todavía?

—Todavía.

—¿Coordinación Federal?

—No creo. Es un celeste, pero medio antiguo. Sin antenas.

—Acelere para pasar el semáforo. ¿Qué hacen ellos?

—Queman la luz roja.

—¿No los detienen?

—No. Mala señal.

—¿Me habrán reconocido?

—No creo, con esa peluca...

—¿Cuántos son?

—Dos.

—¿No irán los otros dos escondidos atrás? Raro, raro. No se dé vuelta, siga mirándolos por el espejito. Gire de golpe a la izquierda en la primera que pueda. ¿Siguen?

—Siguen.

Auto celeste

Dale negro, meté pata que los alcanzamos. Seguro que vale la pena, che, no podemos quedarnos así con el entripado y dejarnos pasar por cualquiera. Mirá cómo raja, y con chófer, debe ser una mina bárbara, capaz que es una estrella de la tele y la reconocemos. Debe de tenerle miedo al secuestro cosita linda, chauchita de papá, si lo que queremos es otra cosa, no hacerte pupa. Vení que te lamo toda. Y vos, Sebas, no te calentés, negro, no te calentés, prendéte firme al volante, mirá cómo pegó esa curva... uy, como las curvas de ella, igualito, seguro. Qué bestia, ese tipo no hace picadas, hace slalom. Dale, nomás, este gato igual te va a alcanzar, ratita. Orgullosa ratita, tan rígida en tu asiento sin darte vuelta ni un pelo. Date vuelta, ratita, que te queremos conocer.

¿Y si fuera un tipo? Después de tanto correr y arriesgar mil boletas mirá vos si es un tipo y la cagamos. Aunque con ese pelo... si es hombre igual se la podemos dar, por turro, por habernos hecho correr como locos porque sí. Al chófer lo perdonamos, es un pobre laburante, cumple bien con su deber. Hasta podemos contratarlo nosotros y dedicar el resto de nuestros días a correr tras las mil minas esquivas. No te ofendás, Sebas, sos un Fangio, metéle, viejo, que te está sacando ventaja.

Auto blanco
—Imposible darles el esquinazo. Esto me huele muy mal, esta-
cionemos y hagámonos los burros. O defendámonos. No se
puede seguir corriendo para siempre, nos queda poca nafta. Y
meternos en la cochera sería suicida.
        —Parar sería mucho más suicida, con todo lo que lleva-
mos. No entiendo por qué no conectaron la sirena, nos hubieran
agarrado hace rato. Y no parecen tener equipo de radio, ¿no?
        —No creo. Serán tiras fuera de servicio. ¡Pegue la vuelta
a la derecha!

Auto celeste
¿Por qué barrio nos estarán llevando? Qué andurriales, che, ¿vos
conocés por acá? Mirá que se hace la difícil. ¡¡¡Guarda!!! Girá a la
derecha.

Nunca se llegó a saber por qué los del auto blanco redujeron la
marcha de repente. No vivieron para contarlo. Los del auto celeste
en cambio tienen tiempo de sobra para inventar razones: en la
cárcel se los somete con prolijidad a lo que allí se llaman
interrogatorios pero ellos no saben qué decir, ni qué decirse.
¿Quiénes eran los dos tipos del coche blanco (¡tipos, carajo!),
adónde se dirigían, para quiénes eran las armas, quiénes eran
los dos tipos, a qué organización pertenecen, cómo se llaman los
cabecillas, para quiénes eran las armas, adónde iban, cómo se
llamaban los dos tipos, qué organización, quiénes son los jefes,
adónde se dirigían, para dónde eran las armas, cómo se llamaban
los dos tipos?, ¿los dos tipos?
        Los diarios de la tarde, al dar con más detalles la noticia,
dijeron que los dos coches de los terroristas (uno celeste y el otro
blanco) habían quedado enroscados entre sí formando como una
escarapela argentina. Los pintores de vanguardia en señal de
protesta no se sabe si por los acontecimientos o por las metáforas
sensibleras de la prensa local se inspiraron de inmediato para
crear el crash-art y la primera muestra fue titulada *Choque
Nacional*. Los pasajeros del coche blanco nunca llegaron a saber
que gracias a ellos la metralleta retorcida pasó a se reconsiderada la
obra de arte por excelencia. Los del coche celeste se cagan en la obra
de arte.

Colectiveríadas

—Ya tiene totalmente asimilado el rol, en serio. Es la actitud típica de la reacción burguesa.

—Y después sacás la mercadería del mostrador.

Si yo fuera dueño de una esquina, instalaría un café. Qué bruto, las cosas que se le ocurren a uno sólo porque de golpe es lindo pescar unas conversaciones que no dicen nada pero dejan participar un poquito sin comprometerlo a uno. Es algo que tiene que ver con la ternura.

—Ni el PC, ni el Partido Intransigente, ni Balbín.

La macana es que uno sólo pesca los cabos más inútiles. Debe ser culpa de esta esquina que tiene mala trasmisión de ondas. Tendría que elegir muy bien mi esquina para poner el café. Una con buena acústica.

Me temo que esto es demasiado pedir. Voy a tener que empezar de nuevo: si quiero una esquina y no la tengo entonces me compro un colectivo y paro en todas y también me comunico. La gente me pregunta si llego hasta Retiro, me pide que le avise, me dice ciento cincuenta, ciento cincuenta la mayoría de las veces. Voy a jugarle al ciento cincuenta, a ver si sale y entonces me compro un colectivo, corto el boleto, paso a segunda, le doy el vuelto cierro la puerta de atrás insulto al tachero digo corriéndose al interior del coche. Una vieja me está clavando un paquete en la nuca. Espero que sea un paquete y no una teta puntiaguda de vieja o algo así. Eso es lo que tienen las tetas en este recorrido. Pinchan. Y cómo no van a pinchar si la otra vez el Cacho me contó de la mina esa que subió al coche justo al final del recorrido en la madrugada, y se fue con él hasta el baldío y páfate era un tipo disfrazado, de ésos, y el Cacho casi más lo mata a golpes pero salió con un ojo en compota porque claro el otro era tipo a pesar de todo y no una mina debilucha y el Cacho quedó con la cara magullada pero en una de ésas es un boleto para justificar el ojo negro que le puso su mujer que es una arpía. Estas sirenas lo vuelven loco a uno, las sirenas aú aúuu digo, las que hacen que uno no sepa dónde meterse para dejar paso. Sí señora, le aviso, faltan tres paradas. Tres paradas, las cosas que uno tiene que decir al volante de su colectivo y después pretenden que. Y las gambas esas de la tipa sentada adelante, que veo por el espejo. ¿Qué número será gamba para jugarle a la quiniela en lugar del 150 que en una de ésas aumenta de nuevo el precio del boleto y me quedo pagando? En cuanto gane me compro un colectivo de una línea que recorra Corrientes, y después le hago instalar el aparato de pasar cintas grabadas y meta tangos a eso de la tardecita cuando vaya en sentido contrario a la maroma, los otros sudando del centro hacia las afueras y yo piola piola transitando Corrientes con mis tangos en estereofónico y unas lucecitas tamizadas. Los pasajeros suben y me agradecen mi colectivo tan bien fileteado por fuera y dentro con adornos chiche sobre el gran espejo y la cortinita de terciopelo con flecos dorados y bordada de lentejuelas, la calavera transparente que se enciende cuando freno sobre la palanca de cambios. Soy el primer colectivero pelirrojo de la Cap. Fed. El más pintón de todos. Sí, señora, la próxima parada. Parada, señora, ¿se imagina?

—Eso es lo que te estoy diciendo, que no hablo al divino pedo.

—Flaco, de pelo colorado, co-lo-ra-do. Lo tenés que haber visto alguna vez por Lavalle o por Corrientes. Pasa como un iluminado.

No entiendo cómo se ha dado la cosa, pero en el café donde estoy planeando lo de mi colectivo ya se habla de mí. No creo que mis pensamientos sean tan intensos como para haber materializado mi imagen al volante de mi estupendo vehículo, pero aquí están los de la mesa de enfrente hablando de mí como colectivero. No hay duda de que me abordaron cuando acababa de recorrer o cuando iba hacia el mejor tramo de Corrientes, cuando quedaba la sonrisa del recuerdo del placer o cuando se preparaba la nueva sonrisa del placer, y ellos vieron en todo eso algo como iluminado. No es para menos. Lástima que me perdí lo que siguieron diciendo, no supe lo que ocurrió después del premonitorio encuentro conmigo al volante de mi colectivo imaginario. Me perdí a mí mismo para siempre, de puro distraído, porque cuando quise seguir escuchándolos ellos ya se habían levantado para irse y ahora andan sueltos sabiendo más de mí que yo mismo. La idea me desespera. Cuatro tipos. En esta ciudad hay cuatro tipos que han entrado más adentro de mis sueños de lo que yo me animo a entrar. ¿Acaso alguna vez supe que mi expresión era como iluminada? No señor. Por eso ahora les digo confidencialmente que nunca hay que arrastrar los deseos hasta un café de esquina. Los deseos tienen allí una malsana tendencia a propagarse sin tomar en cuenta la mala calidad de la acústica ni las rígidas leyes de las buenas costumbres.

Visión de reojo

La verdá, la verdá, me plantó la mano en el culo y yo estaba ya a punto de pegarle cuatro gritos cuando el colectivo pasó frente a una iglesia y lo vi persignarse. Buen muchacho después de todo, me dije. Quizá no lo esté haciendo a propósito o quizá su mano derecha ignore lo que su izquierda hace o. Traté de correrme al interior del coche —porque una cosa es justificar y otra muy distinta es dejarse manosear— pero cada vez subían más pasajeros y no había forma. Mis esguinces sólo sirvieron para que él meta mejor la mano y hasta me acaricie. Yo me movía nerviosa. Él también. Pasamos frente a otra iglesia pero ni se dio cuenta y se llevó la mano a la cara sólo para secarse el sudor. Yo lo empecé a mirar de reojo haciéndome la disimulada, no fuera a creer que me estaba gustando. Imposible correrme y eso que me sacudía. Decidí entonces tomarme la revancha y a mi vez le planté la mano en el culo a él. Pocas cuadras después una oleada de gente me sacó de su lado a empujones. Los que bajaban me arrancaron del colectivo y ahora lamento haberlo perdido así de golpe porque en su billetera sólo había 7 400 pesos de los viejos y más hubiera podido sacarle en un encuentro a solas. Parecía cariñoso. Y muy desprendido.

Cine porno

Poner en orden los acontecimientos de los últimos diez minutos, atando cabos con otras cosas que han ido ocurriendo ayer y anteayer, me va a consumir un montón de tiempo y eso que dejo de lado lo que incluyen los diarios —ya sean matutinos, vespertinos o clandestinos— por demasiado sabido. Lo difícil de un recuento es limitarse a mirar hacia atrás y no perderse en las inutilidades del presente. Es decir por un lado está el tipo que dijo Peló la .45 y me la enchufó, propio, propio. Por otro lado el que entró en el cuchitril aquel para alquilar películas súper 8, sonoras y en colores. Tenían *El limpiador de vidrios*, otra llamada *En el parque* y también la clásica *El ladrón*.

Lo terrible de estos encuentros tan fugaces y casuales es que a uno se le despierta la necesidad de estar en todas partes, el don de ubicuidad que le dicen, para poder desentrañar el mecanismo de esta Capital Federal y darle una aplicación práctica. A cada instante pasan cosas subterráneas y la más mínima palabra debe ser tenida en cuenta porque puede dar la clave. ¿Quién el torturador, quién el torturado, quién el sometedor y quién el sometido? El que alquila las películas porno puede muy bien ser el que pela la .45 y se la enchufa al otro, y los dos actos pueden ser simultáneos: la visión de la película y la extracción de la .45 real o metafórica. (El que dijo Peló la... no usó un tono ni de horror ni de queja. Había más bien un timbre de alegría en su voz que él no se preocupó por ocultar. Ni el más mínimo problema lo acechaba. En cambio el otro, pobre, el del alquiler de las películas, ése era un desesperado.)

La historia entonces debe ser distinta y aparece un tercer personaje: el que pela la .45 es un desconocido, se la enchufa al que ya sabemos —el que dijo la frase— pero el muy piola se corre a tiempo y el tiro que se dispara sólo por culpa del brusco movimiento le pasa de refilón por los testículos al del alquiler de películas, inutilizándolo. Entonces Roxana entra, alarmadísima, al cuarto donde él permanece aún de pie y se abraza sollozando a sus pantalones de donde mana sangre. La bala ha abierto un agujero en el tabique de separación y en zoom hacia dicho agujero se muestra el ojo del capo en GPP que espía la escena entre Roxana y el baleado con cierto brillo de placer en la pupila. La cámara vuelve entonces a la pareja que se está desvistiendo. Roxana le está ayudando a él a sacarse la ropa y él (ya que el sexo es más fuerte que el dolor y que el miedo) la está ayudando a desvestirse a Roxana y le saca la blusa para dejar al descubierto los espléndidos pechos de la muchacha. La blusa le sirve para hacerse una especie de torniquete en la zona genital y muy pronto la sangre deja de manar a borbotones para ir a concentrarse en el miembro que empieza a crecer hasta alcanzar proporciones deslumbrantes. Roxana queda encandilada y después lo besa con desesperación como si intuyera que ése es su último contacto porque el cirujano (llamado de urgencia por el capo) va a ser implacable. No olvidemos que el lema del capo es: no dejar títere con cabeza.

(Cacho la recomendó a Lila para el papel de Roxana, dice que ésas son tetas y no las que chupamos de chicos, pero creo que se lo van a dar no más a Esmeralda porque viene mejor la onda.) A mí personalmente el argumento no me convence demasiado, tanta sangre, ¿no? pero ellos dicen que es algo novedoso y además así empalma con el tipo que va a alquilar películas porno porque uno que se queda sin pelotas sólo puede hacerlo de ojito. Y yo me pregunto ¿y qué hacen con el de la .45? La frase quedó colgada en el aire: "Peló la .45 y me la enchufó"... y después nada, el protagonista pasa a ser otro. Y aparece uno no se sabe de dónde (el dueño de la pistola) y, ¿quién es el capo, y eso?

—Ya vamos a ir viendo los detalles del argumento durante los ensayos —me contestan—. Vos limitáte a traer las frases de base, los factores desencadenantes. Ya vas a ver lo que somos capaces de inventar nosotros. Por ejemplo, la película puede transcurrir en las oficinas del capo que es traficante de drogas y trae tereré del Paraguay o algo así. En la oficina al lado de la del capo están Roxana y el de los futuros testículos baleados cogiendo sobre un escritorio. Ella acostada sobre el escritorio y él de pie (anotá: conseguir escritorio de altura apropiada). Ella le dice que lo quiere porque él tiene la más grande de toda la oficina, no como la de González que se escapa a cada rato (allí puede haber un flash back de González y ella en un pasillo). Entonces al de los testículos le da un ataque de celos y empieza a golpearla diciéndole Puta, te acostás con todos, y ese González que es un atorrante y cosas de este tipo. El capo en el escritorio de al lado escucha muy excitado (nunca hay que olvidar el audio en este tipo de películas, debe ser tan cargado como el video). Por fin ellos descubren que el capo los está espiando por la rendija de la puerta y se sienten incómodos y furiosos. Le dicen al capo que se peleaban por la goma (sin aclarar qué goma) y empiezan rápidamente a vestirse porque la ropa ha quedado toda tirada por la oficina y eso puede causarle mala impresión a los clientes.

Escena 18 - Baño de las oficinas
Interior - Atardecer

Él habla en voz baja con el matón de la empresa. Mientras lo acaricia subrepticiamente le dice que al que le gustaría eso es a González, que el otro día lo escuchó decir lleno de gozo: "Y peló la .45 y me la enchufó". Que él, el matón, podría hacerle lo mismo y que González sabría agradecérselo. Que al principio González se haría el estrecho pero después no. El matón se ilusiona y sale del baño abrochándose, dispuesto a todo.

Escena 19 - Oficina
Interior - Atardecer

Él, el matón entra cuando Roxana, González y él están trabajando. Saca la .45 dispuesto a enchufársela ya sabemos dónde a González pero González se asusta, cree que va a disparar, y encadena así con el argumento que ya tenemos. ¿Viste? ¿Qué me contursi?
—Pienso que hay demasiados tipos para una sola mina.
—Sí, pero qué mina. Y además hay un bufa, y una escena para putos, y se promete más. Con esto dejamos contentos a todos. Yo quiero pathos, cuando dirijo los dejo a todos ululantes.
—Bien, pero mucha gracia no le veo a la historia esta.
—No le ves, no le ves... ¿No te das cuenta, pajarón, que así todo queda cerrado, perfecto, cíclico? Borgiano, diría yo: si el tipo de los testículos reventados es el que va a alquilar después las películas porno para consolarse, entonces nos alquila la nuestra y así no sólo producimos de un golpe la mercadería, sino también al consumidor. ¿Manyás?

Unlimited Rapes United, Argentina

Con desesperación agarró la guía de teléfonos, tomo amarillo, y se puso a buscar el número de la Vedeefe, Violadores de Frente, la conocida filial argentina de la URU (Unlimited Rapes United) con asiento en Des Moines, estado de Iowa, e importantes filiales en todo el país. Nada podía contener la oleada de indignación patriótica que lo hacía resollar mientras daba vuelta las páginas. Nada, ni el buen olorcito de los bifes a la plancha que su abnegada esposa estaba preparando en la cocina. La ira lo sacudía hasta el punto de impedirle concentrar la atención en los nombres y le llevó un buen rato dar con el número buscado, a pesar del aviso que ocupaba media página y no era para menos, con la obra de bien que estos buenos muchachos hacían.

Tomó el teléfono con intención de convertirse en el vocero de la gran masa anónima de ciudadanos que en esos momentos estarían tanto o más indignados que él pero sin la capacidad intelectual necesaria para asumir la queja y tomar la iniciativa.

Empezó así la lucha por conseguir comunicación y el bife se fue enfriando lentamente en el plato junto con las papas fritas, mientras su noble esposa se lamentaba en voz alta de tener que comer sola y justo un domingo. La causa que lo impulsaba a actuar, le dijo a su cara mitad, era altamente humanitaria y bien podía ella sacrificarse un poco en beneficio de la comunidad. Y con paciencia muy poco común en él siguió luchando con el teléfono pero:

1º No había tono.
2º No enganchaba la central.
3º Enganchaba pero daba tono ocupado.
4º Adelante con la central, pero el número estaba y no era para menos a pesar de tener un conmutador con diez líneas.
5º No había tono, etc.

Obtuvo la comunicación a las seis menos cuarto de la tarde, cuando ya la angustia estaba por acabar con él, y sin haber podido probar bocado. Su tierna esposa hubo de resignarse a hacer la siesta sola, ¡en domingo!, y casi no pudo dormir, claro, a pesar de haberse acostado antes que de costumbre por los escasos platos que tuvo que lavar. El bife seguía esperándolo a él sobre la mesa, junto a las papas fritas acartonadas, la ensalada ennegrecida y el vino. Ella era capaz de comprender su furia, pero no hasta ese punto. Pobre pichoncito y todo por ella, para que pudiese ir tranquila al mercado o para que no se asustara si un desconocido la seguía por la calle de noche cuando él le pedía que fuese a comprar cigarrillos o el diario. En una ciudad tan peligrosa como ésta ella podía circular sin preocupaciones porque él velaba por ella y era capaz de tomar la delantera y protestar cuando las cosas no funcionaban como era debido.

—Si siguen así muy pronto vamos a quedar totalmente en manos de los terroristas —había dicho mientras buscaba el número en la guía. Y había agregado con razón:

—Yo les voy a enseñar a cumplir con su cometido, para eso les pagamos.

Él es tan hombre cuando se trata de volverse enérgico, es tan decidido; capaz hasta de sacrificar la siesta del domingo junto a ella, el único momento de amor de la semana, sólo por defenderla.

Hasta que a las seis menos cuarto de la tarde —sin haber almorzado ni hecho el amor ni hecho la siesta, sin haber tomado su mate cocido con bizcochos ni ninguna de esas cosas agradables que deparan los domingos aunque llueva— una voz del otro lado del hilo le preguntó con eficiencia Qué desea y él pudo por fin descargar su cólera, no sin antes haber dado su número de carnet y sus filiaciones, como es lógico.

—Son ustedes los que deben rendirme cuentas por haber faltado a su deber, anoche. Y eso que era sábado. ¿Cómo quieren que los ciudadanos honorables vivamos tranquilos? No apareció ni la más mínima violación en los matutinos de hoy, ninguna menor debió ser internada en un hospital psiquiátrico para reponerse de un shock por ultraje al pudor, nada. ¿Acaso no les da vergüenza?

—Naturalmente, señor. Le aseguro que nosotros también estamos confundidos. Usted conoce el prestigio de nuestra empresa, nunca ha habido motivo de queja hasta hoy, no entiendo qué ha podido suceder. Anoche se cometieron tres violaciones espectaculares pero no hubo denuncias.

—Y a mí qué que no haya denuncias. Yo sólo pido que aparezca la noticia en los diarios para leerla a la hora del desayuno.

—Ése es nuestro drama, señor. La ética profesional nos amordaza, nos impide pasar directamente la gacetilla a la prensa aunque más de una vez nos ha sido reclamada para apurar el trámite. Pero usted comprende que debemos dejar ese aspecto del trabajo en manos de la policía, y si no hay denuncia la policía no puede hacer nada.

—¡Qué ignominia!, ya no se puede contar con nadie. Si las violaciones no aparecen en los diarios, hasta los ciudadanos probos vamos a tener que salir a violar por las calles, y eso no está bien visto. Después de todo, tres violaciones de nada, un sábado a la noche, ni cuentan. Deben ser mucho más activos para que la cosa tenga repercusión. Y ahora no me digan que el dinero no les basta para contratar nuevos miembros, bien que nos han aumentado la cuota últimamente, y el número de socios es cada vez mayor, según la última circular enviada por la empresa misma.

—Es cierto, señor, es cierto. Pero debe comprender que los tiempos están difíciles y las mujeres ya no se nos resisten como antes. No podemos obrar con el mismo ímpetu.

—Cuentos. Todavía no se ha perdido el pudor, mujeres serias hay a montones, pero si esto sigue así ni vale más la pena pagar la cuota. Crónicas de violaciones —no violaciones a escondidas—, eso es lo que exigimos los ciudadanos probos para sentir que todo sigue su curso normal y podemos quedarnos en paz en nuestros sillones leyendo el diario.

—Señor, los ciudadanos exigen eso pero no las ciudadanas. Nos están boicoteando el trabajo que usted sabe es delicado como una obra de arte. Ahora hay algunas que hasta se nos ríen en la cara cuando las agarramos en un rincón oscuro. Nos critican el instrumental, nos inhiben, ¿comprende? Y nosotros necesitamos de todo nuestro orgullo para llevar adelante esta labor que es un verdadero apostolado. No podemos hacer nada si ellas nos critican, nos asustan y hasta a veces nos golpean. Sólo somos hombres... así no podemos funcionar. Y por fin, cuando logramos cumplir, ellas se vuelven a sus casas muy tranquilas y ni siquiera hacen la denuncia correspondiente. Le digo: ya no quedan damas.

—Sí que quedan. Mi esposa, sin ir más lejos. Una verdadera dama. Es por ella que me suscribí a la Vedeefe, por ella pago la elevadísima cuota mensual y por ella —porque es una dama— es que ahora presento esta queja que espero sea tenida muy en cuenta.

—Claro que sí, señor. Su queja ha quedado debidamente registrada. Le agradecemos su preocupación por nuestra causa y también le agradecemos el dato. Buenas tardes.

Al dejar el tubo, él pudo por fin suspirar aliviado.

Aquí nace la inocencia

Aquí nace la inocencia. Cuando se encontró frente a este cartel no tuvo ni un instante de duda. No se preguntó por qué aquí y no en cualquier otro lado. Supo. Allí y *niente di più* porque eso de que la inocencia cunda y ande naciendo por doquier ya es mucho pedir. Como puede ser mucho pedir que la gente piense o algo por el estilo. Se lo damos todo masticado y la inocencia no nace: muere. Pero gracias a esta clínica experimental íntegramente argentina, algo puede rescatarse todavía. Se sabe hasta qué punto el feto percibe las sensaciones de la madre y oye lo que se está diciendo, para no hablar de los hogares donde impera la televisión, brrr, y entonces aun dentro del vientre no se gesta la inocencia sino algo muy distinto. En cambio aquí no, aquí nace la inocencia. Es una casa en La Boca pintada de colores pálidos en franco contraste con las otras tan abigarradas. En el interior las paredes y los techos están totalmente recubiertos de telgopor y una televisión en circuito cerrado pasa todo tipo de programas bucólicos y noticias optimistas, evidentemente inventadas. Las parejas se internan allí para engendrar, y la madre debe quedar en ese paraíso artificial hasta el momento del parto, sin siquiera asomar la nariz a la calle. Respira un aire tamizado, la temperatura es siempre agradable, por las falsas ventanas siempre brilla el sol.

Se trata de una clínica obstétrica experimental y aunque los precios son bastante accesibles teniendo en cuenta los servicios que ofrece, pocas son las futuras madres que aceptan someterse a semejante aislamiento. Por lo pronto, una vez que la señora ha sido fecundada, el marido ya no puede visitarla más para no traer contaminaciones del mundo exterior. Ni siquiera puede escribirle cartas o llamarla por teléfono. Y todo está tan cuidado y regulado que se ha dicho que la pureza crea acostumbramiento y las mujeres que han pasado por la clínica de la inocencia nunca más son las mismas al volver a sus casas. En compensación los allí nacidos se convierten casi automáticamente en delincuentes juveniles. Es evidente que este problema ya no concierne a los obstetras sino a los sociólogos, pero se sabe que tiene relación directa con la falta de anticuerpos. Al no estar inmunizados contra el mundo exterior, estos jóvenes y muchachas impolutos se transforman al tiempo en seres descontrolados y agresivos. El director del establecimiento no se preocupa por estas nimiedades; sabe que no hay desenfreno ulterior que pueda borrar lo que se les ha brindado: una inocencia primordial que es tema de conversación inagotable con los compañeros de calabozo.

Verbo matar

Mata - mató - matará - mataría - ha matado - hubo matado - habrá matado - habría matado - está matando - estuvo matando - ha estado matando - habría estado matando - habrá estado matando - estará matando - estaría matando - mate.

No nos decidimos por ninguno de estos modos ni ninguno de estos tiempos. ¿Mató, matará, habrá matado? Creemos que está matando, a cada paso, a cada respiro, a cada. No nos gusta que se acerque a nosotras pero nos lo cruzamos cuando vamos a buscar almejas en la playa. Nosotras vamos de norte a sur, él viene de sur a norte y más cerca de las dunas, como buscando piedritas. Nos mira y lo miramos, ¿mató, matará, habría matado, está matando? Nosotras dejamos en el suelo la bolsa con almejas y nos tomamos de la mano hasta que él pasa y se aleja. No nos tira ni una piedrita ni siquiera nos mira pero después no nos quedan fuerzas para seguir haciendo pozos y buscar almejas.

El otro día, pasó él y en seguida no más encontramos una gaviota herida en la playa. Pobrecita, la llevamos a casa y en el camino le dijimos que nosotras éramos buenas, no como él, que no tenía que tenernos miedo y hasta la tapamos con mi saquito para que el viento frío no le hiciera doler el ala rota. Después nos la comimos en guiso. Un poco dura, pero muy sabrosa.

Al día siguiente volvimos a recorrer la playa. No lo vimos a él ni encontramos ninguna gaviota herida. Malo como es pero algo tiene para atraer a los animales. Como cuando estábamos pescando: horas sin que pique nada hasta que apareció él y entonces sacamos una regia corvina. No nos ponderó el pique ni sonrió y mejor porque tenía más cara de asesino que nunca con el pelo largo parado y los ojos brillantes. Siguió juntando sus piedritas como si nada, pensando en las que ha matado, matará, mata.

Cuando él pasa nos quedamos duras de miedo, ¿nos llegará el turno, algún día? En el colegio conjugamos el verbo matar y el escalofrío que nos recorre la columna no es igual al de cuando lo vemos pasar muy orondo por la playa juntando sus piedritas. El escalofrío de la playa se ubica en una parte más baja de nuestro cuerpo y es más estimulante, como el aire de mar. Él junta todas esas piedras para cubrir las tumbas de sus víctimas, aunque son piedritas chiquitas, transparentes, que de vez en cuando observa contra el sol para asegurarse de que el sol existe. Mamá dice que si se pasa todo el día buscando piedras es porque come piedras. Mamá no piensa más que en la comida, pero seguro que él se alimenta con alguna otra cosa. El último suspiro de sus víctimas, por ejemplo. No hay nada más nutritivo que el último suspiro, el que arrastra todo lo que una persona acumuló durante años. Él debe de tener algún secreto para captar esa esencia que se escapa y por eso no necesita vitaminas. Con mi hermana tenemos miedo de que él nos agarre alguna noche y nos mate para absorber todo eso que fuimos asimilando en los últimos años. Tenemos mucho miedo porque estamos muy bien alimentadas, mamá siempre se preocupó por equilibrar nuestras comidas y nunca nos faltó la fruta o las verduras aunque son muy caras en estas regiones. Y las almejas contienen mucho yodo, dice mamá, y el pescado es lo más sano que hay aunque aburrido el gusto pero qué le va a resultar aburrido a él que mientras mata a sus víctimas (siempre mujeres, claro) debe de hacerles esas cosas horribles que imaginamos con mi hermana, sólo para divertirse un poco. Con mi hermana pasamos horas hablando de esas cosas que él les hace a sus víctimas antes de matarlas para divertirse un poco. Los diarios muchas veces mencionan a degenerados como él pero él es de los peores porque no come otra cosa. El otro día lo espiamos mientras les hablaba a las lechugas que tiene en la huerta (loco, además de degenerado). Les decía cosas cariñosas y nosotras estamos seguras de que eran lechugas venenosas. En cambio nosotras no les decimos nada a las lechugas, nos las tenemos que comer con aceite y limón aunque son un asco y todo porque mamá dice que contienen muchas vitaminas. Y nosotras ahora tenemos que tragar vitaminas para él, qué bronca, porque cuanto mejor alimentadas estemos más contento lo vamos a poner y con más gusto nos va a hacer esas cosas horribles de las que hablan los diarios y que nosotras imaginamos, justo antes de matarnos para tragarse de una bocanada nuestro último suspiro cargado de vitaminas. Nos va a hacer un montón de cosas tan asquerosas que hasta nos da vergüenza contarlas, y sólo las decimos en voz muy bajita cuando estamos en la playa y no hay nadie a leguas de distancia. Él se va a tomar nuestro último suspiro y se va a quedar fuerte como un toro para ir a matar a otras chicas como nosotras. Ojalá la agarre a Pocha. Pero que a ella no le haga ninguna de las cosas asquerosas antes de matarla porque a ella capaz que le gusten, la muy puerca. A ella que la mate directamente clavándole un cuchillo en la panza. Con nosotras en cambio se va a divertir mucho rato porque somos bonitas y a él le va a gustar nuestro cuerpo y nuestra voz cuando chillamos. Y nosotros vamos a chillar así y así pero nadie nos va a oír porque él nos va a llevar a un lugar muy lejos y después nos va a meter en la boca esa cosa horrible que ya sabemos. Ya nos habló la Pocha de todo eso, y él debe de tener una cosa enorme con la que mata a sus víctimas.

Enorme aunque nunca la vimos. Para demostrar que somos valientes quisimos espiarlo mientras hacía pis pero se dio cuenta y nos sacó corriendo. ¿Por qué será que no nos la quiso mostrar? Será porque cuando llegue nuestro último día quiere darnos la sorpresa y agarrarnos puras para sentir más placer. Seguro que sí. Él se reserva para nuestro último día y por eso no quiere ni acercarse a nosotras.

Pero ya no.

Papá nos prestó el rifle, por fin, después de tanto pedírselo para cazar conejos. Nos dijo que ya somos grandes, que podemos ir solas con el rifle si queremos, pero que tengamos mucho cuidado, que nos lo presta como premio porque nos va tan bien en el colegio. Es cierto, nos va bien en el colegio. No es nada difícil aprender a conjugar los verbos:

Él será matado - es matado - ha sido matado.

Pavada de suicidio

Ismael agarró el revólver, se lo pasó por la cara despacito. Después oprimió el gatillo y se oyó el disparo. Pam. Un muerto más en la ciudad, la cosa ya es un vicio. Primero agarró el revólver que estaba en un cajón del escritorio, después se lo pasó suavemente por la cara, después se lo plantó sobre la sien y disparó. Sin decir palabra. Pam. Muerto.

Recapitulemos: el escritorio es bien solemne, de veras ministerial (nos referimos a la estancia-escritorio). El mueble escritorio también, muy ministerial y cubierto con un vidrio que debe de haber reflejado la escena y el asombro. Ismael sabía dónde se encontraba el revólver, él mismo lo había escondido allí. Así que no perdió tiempo en eso, le bastó con abrir el cajón correspondiente y meter la mano hasta el fondo. Después lo sujetó bien, se lo pasó por la cara con una cierta voluptuosidad antes de apoyárselo contra la sien y oprimir el gatillo. Fue algo casi sensual y bastante inesperado. Hasta para él mismo pero ni tuvo tiempo de pensarlo. Un gesto sin importancia y la bala ya había sido disparada.

Falta algo: Ismael en el bar con un vaso en la mano reflexionando sobre su futura acción y las posibles consecuencias.

Hay que retroceder más aún si se quiere llegar a la verdad: Ismael en la cuna llorando porque está sucio y no lo cambian.

No tanto.

Ismael en la primaria peleándose con un compañerito que mucho más tarde llegaría a ser ministro, sería su amigo, sería traidor.

No. Ismael en el ministerio sin poder denunciar lo que sabía, amordazado. Ismael en el bar con el vaso en la mano (el tercer vaso) y la decisión irrevocable: mejor la muerte.

Ismael empujando la puerta giratoria de entrada al edificio, empujando la puerta vaivén de entrada al cuerpo de oficinas, saludando a la guardia, empujando la puerta de entrada a su despacho. Una vez en su despacho, siete pasos hasta su escritorio. Asombro, la acción de abrir el cajón, retirar el revólver y pasárselo por la cara, casi única y muy rápida. La acción de apoyárselo contra la sien y oprimir el gatillo, otra acción pero inmediata a la anterior. Pam. Muerto. E Ismael saliendo casi aliviado de su despacho (el despacho del otro, del ministro) aun previendo lo que le esperaría fuera.

Los zombis

En los acontecimientos clave no siempre es necesario estar presente. Pero entonces resulta difícil tomar partido, ¿cuál hubiera sido mi bando esa tarde de diciembre cuando una multitud asaltó los coches embotellados en Libertador a la altura de la General Paz? Jorge me lo cuenta por teléfono, él tampoco lo ha visto pero se horroriza, yo también me horrorizo, él se horroriza/ solidariza con los que están metidos en la sólida mecánica de sus autos —caja de Faraday hasta entonces por la que el rayo se deslizaba sin perjuicios— y de golpe no, el coche ya no es una protección: es una jaula. Hay un embotellamiento de tránsito con la consiguiente imposibilidad de moverse. Y de detrás de los pilares de cemento y de los matorrales mal cuidados que hacen a la decoración del viaducto, salta una jauría, los hombres hambrientos, los voraces que con uñas y dientes y garras les arrancan lo que pueden a los que están ensartados en sus autos.

Me pregunto cuál habrá sido el inventario:

31 relojes pulsera.

15 cadenas con sus respectivas medallitas.

3 collares valiosos.

28 alianzas, alguna quizá con su correspondiente dedo.

Un montón de colgantes.

Algunos aros con un poco de sangre, coagulada en el perno.

Un botín no demasiado brillante, pobres de nosotros, pero tampoco podemos quejarnos del resultado de un operativo espontáneo como éste provocado por la necesidad más absoluta, la desesperación, el hambre, la desdicha. Si se nos quiere culpar de algo, cúlpesenos de estar vivos en estas tierras y en estos momentos. No podemos aceptar ningún otro cargo, nos basta con saber que estamos condenados desde el vamos y esto puedo decírselo yo que no estuve en ese lugar ni soñé estarlo pero que me solidarizo de alguna forma con ellos porque veo en sus ojos un horror más tenaz que el horror en los ojos de los otros, los que pueden por fin poner en marcha los motores y correr a la comisaría más próxima a reclamar justicia.

¿Linyera, yo?

Cuando estoy frente a mi plato de lentejas y las cuento una a una y *logro* contarlas, entonces me digo mejores épocas hemos conocido, ¿eh muchacho? Y me palmeo un poquitito el hombro, con suavidad eso sí, no como antes cuando los esfuerzos musculares y hasta las palmadas me dejaban tan pancho. Ahora ya no, ahora vienen las defecciones en materia de organismo y además está este problema de la alimentación que es tan escasa. Vas a terminar de una vez, me gritan, hay que dejar el lugar para otro, y yo meto violín en bolsa es decir meto la cabeza entre los hombros —lo único que me pertenece— y me voy hasta la estación de subterráneo a tratar de refugiarme al calorcito.

Hay un lío de órdago en la estación y por eso de que a río —lío— revuelto ganancia de pescadores aprovecho para colarme como de costumbre por donde entran los que tienen abono. Nadie me chista, todos gritan, corren, alguno protesta:

—Carajo, justo viene a elegir este momento para tirarse bajo el tren, como si no tuviéramos nada que hacer, nosotros, los que nos seguimos manteniendo en vida, qué falta de respeto, venir a suicidarse justo ahora cuando todo el mundo va al laburo, no hay derecho, qué va a decir el jefe, siempre viniendo con excusas, va a decir. Este infeliz podría haber elegido otro tren, no justo el tren donde yo viajo, para hacerme atrasar y qué le voy a decir por culpa de este imbécil.

De inmediato me identifico con él, lo sé, pero me cuesta saber cuál de los dos es él, aquél con el cual me identifico: si el protestador o el suicida. Creo que es una cuestión de etapas en mi existencia. Hace unos años me hubiera identificado con el protestón, ahora más bien con el suicida. Aunque quizá me equivoque. Quizá hubiera debido suicidarme en aquel entonces cuando era el señor profesor y usaba saco y corbata y corría a la cátedra y en cambio ahora puedo muy bien permitirme el lujo de protestar ya que no tengo nada que perder. El estar arriesgando algo debilita la protesta, la vuelve vacía y uno no se permite

[432]

tomarla demasiado en serio por temor al efecto de rebote que como todo el mundo sabe tiene la protesta. En cambio ahora, ¿qué? Un golpe de protesta en plena cara no me vendría tan mal después de todo ya que fui tan cobarde en épocas pasadas. La protesta sería un retorno a la vida, un llamado de alerta; y para que vean que no miento me voy a poner a protestar ya mismo:

¿Un suicida, señores? Qué falta de respeto, qué ignominia. No tiene la más mínima consideración por los seres que dependemos de un horario. Debe de haber sido alguien que ignoraba lo que era el trabajo, el tener que ganarse el pan de cada día con el sudor de la frente. Una frente no demasiado amplia ni poblada de ideas pero bien constituida (perdón, no debo alejarme del propósito...). Un suicida, señores, señoras que seguramente trabajan en estos días de hambre cuando el sueldo del esposo no alimenta a la prole. Y ahora se han detenido los trenes subterráneos y debemos salir al aire y conseguirnos otro medio de transporte con la consiguiente pérdida de tiempo y de dinero. Un suicida que no sabe el mal que nos está ocasionando al elegir esta temprana hora de la mañana en lugar de tirarse bajo el tren a las diez de la noche, pongamos por caso, cuando sólo viajan los ociosos. Y todo para llamar la atención, como si nos importara.

—También usted está llamando la atención. Déjese de chillar y marche preso.

—Sólo estaba protestando como un buen ciudadano...

—Ma sí.

Se ve que no estoy para estos trotes. Pero aquí dentro, al menos, tengo mi propio lugar y no es tan helado como dicen. Ya escribí mi nombre en la pared y una que otra alusión casi ilegible a la policía en general y al cabo Figueras en particular. Aparte de esto, sólo puedo anotar que me molestan mucho los alaridos, esos gemidos y gritos y palabrotas que brotan por la noche no se sabe bien de dónde ni por qué.

Aunque en otras épocas fui profesor de castellano en una escuela secundaria y por eso sé lo que les digo o más bien sé cómo decir lo que estoy diciendo. Los chillidos nocturnos me despiertan causándome una tan sana indignación como la del tipo aquel ofendido en carne propia por un suicida anónimo. Ahora yo quiero protestar también pero se me escapa un poco el contenido de la queja por culpa de estos monigotes borrachos que comparten mi nuevo alojamiento pero no mi bochorno. Los gritos son cada noche más escalofriantes y yo exijo ser trasladado a una institución penal como la gente. Que me saquen de esta infernal comisaría.

Por fin me sacan. Sí. De un empujón me ponen en la calle: chau comida repugnante pero a horario, chau manta con pulgas pero manta. Vuelta a ver de dónde saco unos mangos para el morfi, vuelta a la lucha cotidiana, a esta ciudad cada vez más invisible donde ni puedo echarme un sueñito mañanero porque en eso cae el suicida de las 8:37 y me estropea el descanso.

Se lo digo yo

Sí señor, se lo digo yo, que de subterráneos me las sé todas. Nada de bajar en las horas punta porque se le puede rasgar a uno el traje o quedar con la corbata en hilachas. Sí señor, las horas punta son el colmo, cada día las afilan más, para embromar a los ciudadanos incautos. Pero se lo merecen por boludos. No tienen más que escucharme a mí y bajar al subte sólo en horas redondeadas. A las diez de la mañana, pongamos por caso, o a las nueve de la noche.

Otro consejito y va por la misma suma, de obsequio como quien dice, de regalo: si por alguna razón impostergable tienen que viajar en subte en horas punta nunca lleven a sus novias. Ya se imaginan ustedes lo que les puede ocurrir a estas castas damiselas en semejantes circunstancias. Y después no me vengan a decir que no les previne; no me las traigan de vuelta como mercadería averiada porque me consta que han salido enteritas de fábrica y para eso les doy la garantía, pero nadie es tan mago como para protegerlas durante un viaje en subte a las seis de la tarde. Se lo digo yo que estoy en este negocio desde hace años. Eso sí, si se las sabe cuidar son irreemplazables. ¿El señor lleva una?

Vía vía

Las vías de tranvía abandonadas no mueren donde las cubre el asfalto, y hay quienes toman estas vías y las siguen bajo tierra hasta los territorios grises de la nostalgia de donde sólo se emerge convertido en murciélago. Los murciélagos que han empezado siendo seres humanos que siguieron las vías del tranvía ahora señalan su paso con un campanilleo muy particular y quienes lo oyen se ven obligados a su vez a honrar a los tranvías. No siempre el camino es el mismo. Los hay que honran a los tranvías volviéndose amarillos como con ictericia y hay otros a quienes les crece un troley y se electrizan de a ratos. Nadie se ha dado cuenta de este fenómeno salvo los interesados que se acaban de presentar ante la UTA solicitando la personería jurídica para fundar un nuevo gremio. La UTA se encuentra en un serio dilema: tranvías eran los de antes y no éstos que andan con los cables pelados.

Ni el más aterrador, ni el menos memorable

El día que encontró pelos públicos en su plato de sopa no fue el más aterrador de su existencia y era sopa de letras. El día que encontró un obelisco entre sus pelos públicos la cosa ya le llamó más la atención aunque no por eso pudo comprender de golpe su nueva vocación cartográfica gracias a la cual todo él —sus más recónditos rincones y sus más diminutas divergencias— empezaban a convertirse en copia fiel de la ciudad, mucho más cálida que la propia ciudad y menos esquemática.

Su novia tampoco supo verlo de entrada aunque durante buen tiempo recibió con placer los honores del recientemente adquirido obelisco y dejó que su lengua corriera por la calle Corrientes con todos los carteles de cines y atracciones hasta hundirse en la calidez de la recova.

Me pica el barro de Belgrano, hay un palpitar intenso por el lado de Flores, acabó diciéndole él cuando por fin se hizo a su nueva condición de mapa. La novia no pudo menos que comprarse una guía Peuser, y siguiendo las líneas de los más reputados colectivos sus caricias se volvieron barrocas e inesperadas. Una mano que partía de la axila derecha podía muy bien terminar en la nuca después de circunvalar el ombligo, y un beso nacido en el dedo gordo del pie izquierdo quizá tan sólo se perdía en la cortada del empeine. Él daba luz verde para todo pero ella resultó respetuosa de las leyes de tránsito: cierta noche decidió que a los camiones había que desviarlos por el bajo y cerró a la circulación ciertas arterias céntricas.

¿Taxis? Taxis también hubo pero no todos eran medios de transporte para transportarlo a él a remotas regiones donde el cuerpo no es ciudad ni es nada, tan sólo un lago negro en el que uno puede sumergirse hasta su propio fondo.

La boca de él es la cuadra comprendida entre Corrientes y Lavalle, a la altura de Anchorena (el mercado de Abasto) con un tajito que es la calle Gardel por la que a veces entona una canción nostálgica o a veces silba para llamar al perro. Sus tripas son las cloacas que desembocan en el río de la Plata y su novia es a veces un barco que navega por ese río, tan lejos de él-ciudad y tan cerca de otras costas.

Él no enciende sus carteles luminosos por miedo a deslumbrar a los que pasan, ¡él tiene tantos pero tantos recursos! Su pelo es el bosque de Palermo, su nariz la barranca del río, su pecho la plaza San Martín y así y así poniendo un poquito de imaginación y ni pizca de ningún otro ingrediente.

En la ciudad que es él a veces hay huelgas. Las peores son las de los obreros de la energía, con cortes de luz y súbitos bajones de tensión. De la limpieza ya ni se habla. Por la zona sur está hecha un desastre, abandonada, y sólo la zona norte conserva algo del antiguo esplendor en los bigotes.

Su ciudad requiere a veces algunas conmociones, una manifestación callejera, un éxodo quizás. Eso es, un éxodo. De eso se encarga su novia porque en los tejemanejes del amor distante y la esperanza es de lo más ducha. Vení, le dice él, y ella va y lo besa pero después lo araña y por fin le dice Me voy pero ya vuelvo y él se queda esperándola sin saber si quiere un beso, un zarpazo o tan sólo esperarla.

Cuando ella no está él olvida sus ínfulas catastrales y va al trabajo así, sencillo, llevando su esperanza bajo el brazo como si fuera un diario. Los que lo ven pueden creer que se está interesando por los acontecimientos internacionales, pero nada de eso: sólo trata de leer en el recuerdo de ella su próxima movida.

Peón 3 rey. Y de inmediato interpreta: ella se está preparando para ir a la estancia, llegará calladita sin avisar a nadie y se irá a pasar unos días con un puestero cualquiera o con el domador (aunque no, claro, el domador es para la jugada siguiente: caballo 5 torre —con él hace el amor en el potrero cinco, donde está el molino alto—). Ahora sólo conseguirá un puestero, el Irineo, quizá, y pasará tres días con él hasta elaborar un plan de seducción aplicable al dueño de la estancia, padre de él (de él-ciudad, no del puestero) y acabará en la cama de don Agustín, el rey de los embutidos. El viejo está un poco caduco, hay que reconocerlo, pero a ella qué con tal de desconcertarlo a él (a él, no al viejo). Ésa será su jugada del cuatro de setiembre, lo ve clarito.

Es decir que ella se escapa al campo y él que es la ciudad no puede cruzar sus propios límites para ir a buscarla. La General Paz es para él coto vedado, ¿acaso alguien es capaz de transgredir sus propias fronteras y aflorar ileso de tanta iniquidad? Él estaría dispuesto a darse vuelta como un guante para ella, pero no es para tanto (el hombro a hombro de la solidaridad humana, el codo de Dorrego. Su cuerpo le duele en lo que tiene de más municipal y también le duele en la ausencia de ella).

Los cortes de energía se vuelven constantes cuando su novia no está, no sólo se le apaga la luz de las pupilas sino que es pura sombra hasta la planta de los pies, la planta termoeléctrica.

Cuando ella vuelve a la ciudad después de una jugada (y hay 8 peones, dos caballos, dos alfiles, dos torres, un rey y hasta una reina, su buen tiempo le lleva disponer de todos) él se siente renovado, refundado. Sus árboles callejeros vibran como en plena primavera y a veces hasta florecen, pero entonces el peluquero recomienda un buen corte y un baño de crema. A ella no le gustan los periodos de poda —prefiere verlo indómito—. Tampoco le gusta encontrarlo con todos los semáforos en rojo como a veces lo encuentra cuando sus incursiones camperas han sido por demás prolongadas.

—Hubieras podido quedarte allá bucolizándote.

—La ciudad me atrae, es más fuerte que yo. Mis manos necesitan volver a la tersura de tu asfalto. Qué le vas a hacer, che, soy una viciosa de la calle Corrientes.

Eso a él no le agrada tanto: la calle Corrientes no es su zona erógena favorita. Prefiere la 9 de Julio o Plaza de Mayo pero hay deseos que no pueden ser formulados en voz alta. Ella un día decide permitir la propaganda vial y empieza a escribirle carteles sobre el cuerpo con lápiz de cejas. El Silencio es Salud, sobre el pecho, o Americano Gancia sobre la nalga izquierda. A él la idea lo divierte durante largos diez minutos pero después se harta y decreta huelga de brazos caídos entre los encoladores de afiches, huelga que se propaga a otras ramas de la actividad urbana y por fin ella se queda sin su premio. Ella decide organizar un levantamiento entre las masas pero no lo logra, sus arengas no obtienen eco alguno. Opta entonces por la venganza, una idea largamente madurada:

—Esta ciudad no me gusta, está vacía. Una ciudad sin habitantes no es ciudad ni es nada.

Él sigue durmiendo porque hay toque de queda. Ella sale sigilosamente en medio de la noche, vuelve al alba con un frasquito que deja destapado sobre la cama de él, y se retira a sus tareas habituales.

Pero no está contenta y piensa: de la ciudad grande, la que transitamos todos, nosotros somos las pulgas. Y qué si ahora a la ciudad se le diera por rascarse como debe de estar rascándose él. ¿Y qué si se le da por matarnos de una palmada o reventarnos entre las uñas? Con razón en Tribunales suelen quemar gamexane.

Y se pone a llorar sin consuelo en medio de la calle mientras él en su casa deja de golpe de ser ciudad y se convierte en perro, en inconsciente homenaje literario.

Pequeña historia obviable

Nico vivía justo pasando el puente de la General Paz, pero qué puente. No el de Libertador ni el de Cabildo sino uno mucho más arriba y eso fue lo primero que entusiasmó a Liliana. Un hombre de otro mundo, un extraurbano. Las chicas del frigorífico habían acabado por envidiarla cuando ella les contaba las peripecias del viaje en colectivo hasta la casa de Nicolás, bordeando la quema.

El hecho de que las chicas le envidiaran el viaje no quería decir que le envidiaran a Nicolás, porque Nico era bizco. Apenitas un poco estrábico pero lo suficiente como para que las odiosas chicas del frigorífico lo criticaran a espaldas de Liliana. Con Liliana delante solían largar alguna pulla del tipo *Este muchacho tiene una mirada de lo más romántica, parece como concentrado en sus propios pensamientos, ¿viste?* y cosas por el estilo, pero Liliana volvía a describirles una nueva odisea en colectivo y les tapaba la boca. Lenguas viperinas que hablan de pura envidia no más. Nico en cambio no veía nada glorioso en ese viaje, él que tenía que hacerlo dos veces por día todos los días cuando no cuatro porque Liliana era de las que pretendían que el novio las acompañara de vuelta a casa. Ésta es capaz de contarle la aventura de un paseo en calesita, les decía Nico a sus compañeros de la sección achuras, no sin cierto orgullo. Y los compañeros de la sección achuras no se reían de él porque a pesar de estar rodeados de entrañas no tenían mala ídem. En cambio, la madre de Nicolás no podía ver con buenos ojos una novia venida de zonas tan distantes, no sólo porque ella también era bizca como su hijo (más que un defecto, una gracia) sino y sobre todo porque no podía creer que alguien se llegara tan lejos por el solo interés de estar con Nico. Aquí hay gato encerrado, pensaba la madre de Nicolás aun sabiendo que Liliana y su hijo eran compañeros de trabajo, ella eso sí de la sección empaque. Pensó que quizá el nene le pasaba de vez en cuando una tripa gorda que bien podía ser la debilidad de ella, pero no, la debilidad de ella eran los *vermicelli alle vongole* que nada tienen que ver con las achuras. Una madre siempre debe estar llorando por su hijo, opinó la madre de Nicolás mientras picaba cebollas. Una madre siempre debe estar alerta y no dejar que se cuele la ignominia.

Liliana empezó a pensar lo mismo al décimo día de atraso cuando se dio cuenta de que en su vientre palpitaba —palpitaría— otra vida. Dudó entre hacerse un aborto y pedirle a Nico que se casara con ella. Temió perder tantas cosas casándose, el viaje en colectivo, por ejemplo, porque lo lógico sería que Nico viniera a vivir a casa de ella que estaba tan cerca del trabajo. Empezó a preguntarse si lo quería y decidió que sí a pesar de su bizquera, de su fertilidad y de otros defectos que sería largo enumerar.

Nicolás se puso muy feliz cuando ella le habló de casarse y del crío y eso, pero se negó terminantemente a vivir en casa de ella —una especie de conventillo, imagínese— cuando él tenía su casita propia con patio y madre.

A la vieja casi le da un soponcio al enterarse de la noticia, pero se la aguantó como buena italiana propensa a la legalidad. El casamiento sería por iglesia no como la hija de Eloísa que el novio vino a buscarla con toda pompa y ella salió de gran traje blanco pero sólo para disimular frente a los vecinos porque el tipo era divorciado y la piba ahora es como una infeliz mantenida; al menos su Nico se casaría por iglesia, un consuelo después de todo. Vieja beata ridícula, se dijo Liliana pero igual se hizo vestidito blanco, un poco amplio eso sí porque la panza iba a seguir creciendo.

Es decir que: Liliana resplandeciente en su vestido de volados de organdí con mangas murciélago y Nicolás pura Casa Martínez, chaqué con todo, y las chicas del frigorífico tragándose por una vez la envidia, vertiendo lágrimas y tirando arroz que es como lágrimas solidificadas, la petrificación germinativa de las lágrimas.

Al tiempo nació Nicolasito, igualito a la abuela, pobrecito, el mismo bigote pero por suerte con ambos ojos en su eje correcto. Un año después llegó Mariana para alegrar el hogar de los Venturi. Y ya basta, con el casalito alcanza, la familia tipo, y los chicos crecen extramuros, desmedidamente suburbanos, mirando cómo a su vez crece la ciudad frente a ellos, al mismo tiempo que ellos aunque la ciudad les lleva unos siglos de ventaja y kilos de desventajas.

Él es Dí

Él es Dí pero le gusta (y suele) ser tantas otras cosas. Crece y es Didí, es Tri, es Tetra. Creciendo, creciendo puede llegar a ser Dios, pero prefiere otras transformaciones, otras manifestaciones de su ser díico.

Con ella se encontró a mitad de cuadra —por raro que parezca— en momentos en que él era Dionisio, nuevo dióscuro. Y después de charlar un rato en un café ella empezó a buscar al mellizo de él en las mesas vecinas, temerosa de tener frente a sí tan sólo una de las caras, incompleta, y ansiando la otra. (Esas cosas tiene Dí: da la clave pero que entienda quien pueda.) Es decir que a ella le dijo bien clarito: Dionisio, y ella en vez de mirar para otro lado debió darse cuenta de que la mellicez completa estaba allí sentada a su misma mesa, y sólo había que optar. Dí o Nisio. Tampoco la opción hubiera podido conformarla, ella era de esos seres que lo quieren todo, seres altamente despreciados por Dí que sabe de renuncias. La dejó en el café buscando lo absoluto. Y salió para apoyarse contra otra pared más fértil y proseguir su búsqueda.

Dí se alimenta de paseantes insólitos, y en esta ciudad no tiene que esperar demasiado para saciar su hambre. Los seres más extraños surgen de debajo del asfalto y Dí acecha el momento; basta con estar parado un buen rato en una esquina abarcando con la vista el entrecruzamiento de dos calles para discernir de golpe un leve borbotón en alguna parte del asfalto, una forma redonda que va creciendo hasta alcanzar el tamaño de un huevo y que eclosiona. Muchos automovilistas han aplastado sin saberlo a estos seres extraños antes de su total formación; pero un buen número se salva y cuando nadie los ve —ocultos entre hileras de coches que esperan un cambio de luces— adquieren forma humana y cruzan desaprensivamente la calle por el paso peatonal.

Dí acecha estos gloriosos instantes de nacimiento, y aunque las más de las veces la espera es larga, suele verse recompensado. También se equivoca (de donde sus detractores deducen que Dí es humano). Ese día dejó pasar a varias personas con cara de no estar ahí ni en ninguna otra parte e interpeló al muchachito de melena hirsuta.

—Estoy —le dijo Dí.

—Estoi/co —reflexionó el otro.

—¿Quién sos? —preguntó Dí.

—Quién sos/tuvo la mirada —contestó el otro.

—¿Qué querés?

—Que reciban todos algo.

—En lugar de repetir, ¿podrías decirme tu nombre o es algún embeleco?

—Eco.

—¿Te llamás Eco?

—Ecco.

—¿Y qué estudiás, Eco?

—Economía.

Dí, que no le teme a nada ni aun a las aliteraciones, más bien le divierten, lo invitó a almorzar. Pudo comprobar así —no sin cierto regocijo— que Eco se veía obligado a comer los platos que menos le gustaban por una simple razón de consonancias. Pero al cabo de un buen rato, cuando Eco se hubo comido ya tres postres quizá por imposibilidad de frenar los pedidos en razón de su nombre, Dí se hartó y estuvo a punto de dejarlo de seña, como buen porteño. En fin, que él será Dí pero malo no es, por eso acabó pagando la cuenta —los tres postres incluidos— y salió corriendo para proseguir su búsqueda de ejemplares insólitos pero de otra calaña.

Eso sí, a veces el efecto de ósmosis se produce a la inversa y en lugar de alimentarse Dí de seres estrambóticos uno de esos seres se lo traga a Dí, lo absorbe plenamente y Dí no sufre por eso sino que es feliz en su nueva cáscara, otra forma de Dí integrado en otros sueños (de ahí las historias de Dí alucinando un vuelo interplanetario o un ardiente amor tahitiano bajo los cocoteros). Estas trivialidades no son dignas de Dí, como su nombre lo indica. Por eso luego de permitirse ciertas incursiones culpables por los sueños baratos recupera su forma indefinible pero fácil de reconocer cuando por casualidad lo vemos reclinado contra una pared con los ojos brumosos contemplando el asfalto como si supiera.

El sabor de una medialuna a las nueve de la mañana en un viejo café de barrio donde a los 97 años Rodolfo Mondolfo todavía se reúne con sus amigos los miércoles a la tarde

Qué bueno.

Zoología fantástica

Un peludo, un sapo, una boca de lobo. Lejos, muy lejos, aullaba el pampero para anunciar la salamanca. Aquí, en la ciudad, él pidió otro sapo de cerveza y se lo negaron:

—No te servimos más, con el peludo que traés te basta y sobra...

Él se ofendió porque lo llamaron borracho y dejó la cervecería. Afuera, noche oscura como boca de lobo. Sus ojos de lince le hicieron una mala jugada y no vio el coche que lo atropelló de anca. ¡Caracoles! El conductor se hizo el oso. En el hospital, cama como jaula, papagayo. Desde remotas zonas tropicales llegaban a sus oídos los rugidos de las fieras. Estaba solo como un perro y se hizo la del mono para consolarse. ¡Pobre gato! Manso como un cordero pero torpe como un topo. Había sido un pez en el agua, un lirón durmiendo, fumando era un murciélago. De costumbres gregarias, se llamaba León pero los muchachos de la barra le decían Carpincho.

El exceso de alpiste fue su ruina. Murió como un pajarito.

Los Mascapios

Puedo pedirles que se dejen de mascar apio a las tres de la mañana, pero me parece descortés. Al precio que está el apio. Es muy posible que ellos masquen apio en señal de inconformismo y para solidarizarse con la protesta de las amas de casa por el precio de la verdura. O tal vez lo hagan por un sentido de su superioridad, para demostrar que ellos pueden comer lo que otros compran tan sólo como regalo de lujo o para lucir de adorno en el ojal.

Son tres y mascan por momentos al unísono o se hacen contrapunto. El estruendo suele ser casi aterrador en el sótano donde nos alojamos. El patrón también duerme con nosotros, es un hombre económico, y la primera noche se despertó espantado creyendo que las ratas le estaban comiendo la mercadería. Que nos comieran a nosotros vaya y pase, pero la mercadería... Las ratas en cambio a nosotros nos dejan en paz, prefieren los garbanzos. De vez en cuando les damos un puñado y ellas nos lanzan miradas de agradecimiento. El patrón no lo sabe, le desespera cualquier gesto de generosidad y cualquier desperdicio. Por eso los Mascapios mascan con tanta fruición sabiendo que aunque perecedera ellos también se están comiendo la mercadería. Sólo que ellos tienen permiso porque debido a los últimos aumentos ya casi nadie compra apio hoy por hoy, y el verdulero tendría que tirar el apio que queda sin vender si no fuera porque tres de sus ayudantes —no yo, claro que no— le reciben el apio como parte de pago. El problema va a ser cuando se termine el apio. Porque de otras verduras sonoras a la manducación sólo conozco la zanahoria que a ellos nos les gusta o el rabanito, y no se puede decir que el rabanito sea capaz de reemplazar al apio en su calidad de circulante.

Nuestro patrón tiene el sueño pesado y la costumbre fácil, y ya no se despierta más con el cronch cronch de los Mascapios. Acomodado sobre las papas y cubierto de tierra hace caso omiso a ese ruido de trituradoras humanas. Los Mascapios

[447]

duermen poco, su resistencia al sueño es sorprendente: quizá se deba a alguna propiedad poco estudiada del apio. De todos modos el patrón ya no se despierta y a mí más bien me adormece el acompasado triturar de los Mascapios. Se podría decir que nuestra vida transcurre en la verde paz de la hortaliza si sobre nuestras cabezas no pesara la imponderable inquietud de los vecinos. La verdulería está en la parte baja de un edificio de 13 pisos y de alguna extraña manera vibraciones de miedo se deslizan desde los 13 pisos hasta nosotros. Si sólo supiéramos a qué se deben, si pudiéramos asistir a alguna secreta reunión de consorcio... Pero las reuniones tienen lugar en el lavadero cerrado en lo alto del edificio y nosotros pertenecemos a los sótanos. No tenemos acceso a las terrazas y por eso estamos tan blancuzcos, color nabo; ni siquiera podemos darnos el lujo de un viajecito en ascensor y menos aún saber qué se trata en las reuniones de consorcio. El patrón no se preocupa por esas pequeñeces: los ascensores le dan claustrofobia, las reuniones de consorcio le dan asco y además teme que el dueño del local le aumente el alquiler con sólo verlo (por eso el patrón nunca se baña, para pasar lo más inadvertido posible entre las papas). El negocio marcha bien y está abierto hasta tarde, domingos y feriados inclusive. Nosotros no nos quejamos porque mientras más abierto esté mejor se ventila el sótano y podemos pasar buena parte de la noche sin olerlo al patrón, pero los rumores de inquietud que vienen desde arriba nos perturban el sueño.

Una orden de allanamiento no es más que un papel escrito pero aquí nos tienen, esperando que se den cuenta solitos porque de nada vale gritar nuestra inocencia. Llegaron con la orden y enseguida empezaron a darlo vuelta todo: volcaron los cajones de fruta, metieron las manos como locos en los barriles de garbanzos, descorcharon las pocas botellas de vino que quedaban y se las tomaron con la excusa de ver qué había adentro y al sótano lo revolvieron todo, pisoteando las papas, las cebollas, los nabos y el apio (los Mascapios lloraban). Reventaron los zapallos para ver si estaban ahuecados, sacudieron los manojos de zanahorias esperando que fueran sonajeros o algo parecido. Al grito de denuncia, denuncia, despanzurraron todo lo que les cayó entre manos.

Es cierto que por el barrio habían estallado varias bombas, pero, ¿qué podían estar buscando en la verdulería? Con decirles que al principio tomaron cada pieza de fruta con cautela, la examinaron al trasluz, la escucharon con estetoscopio. Después la furia se les fue desenroscando hasta encontrar su natural forma de expresión que es la patada. Patadas a los cajones de fruta, una que otra a nosotros, hasta que se dieron cuenta de que allí no teníamos armas escondidas ni un poquito de pólvora ni droga ni estábamos cavando túneles secretos ni planeábamos nada o escondíamos a algún terrorista o teníamos tras las montañas de papas una cárcel del pueblo.

Nada de nada pero seguíamos a la sombra. El patrón llora más que por su perdida libertad por la mercadería perdida. La policía se niega a pagar los daños y perjuicios y pretende ahora que el patrón les pague la limpieza de las botas todas pegoteadas. Los Mascapios también lloran y ya presentan síntomas alarmantes por carencia de apio en la sangre. Esto es un desastre no sólo moral sino económico y yo exijo que nos den una explicación hasta que por fin el comisario se digna abrir el calabozo y así sabemos de la denuncia de los vecinos que creían que les estábamos taladrando el edificio. A las tres de la mañana, todas las madrugadas. Un ruido como de tren en marcha que no cesó al ponernos a nosotros a buen recaudo. Total, los Mascapios habían sido reemplazados por las ratas que daban buena cuenta de la mercadería despanzurrada.

Ahora han apuntalado el edificio y hemos vuelto a la calma. Los Mascapios están sueltos pero amordazados de noche. Las ratas están en cana. Se dice por ahí que las usan para extraños experimentos, para torturar a los presos políticos; poco lograrán de ellas, son ratas macrobióticas y pacifistas. Las extrañamos mucho pero no nos animamos a reclamarlas, no sea cosa que nos las devuelvan enviciadas.

Puro corazón

Nadie sospechó nada en Buenos Aires cuando empezaron a aparecer los carteles: *El amor, un león que come corazón*. Bonito, ¿no?, más bien poético y hasta infantil si se quiere. Y cuando llegaron los cinco mil eminentes cardiólogos para el congreso mundial nadie, pero lo que se llama nadie, ató cabos y empezó a llamarlos leones, o señores del amor o algo parecido. Los cardiólogos empezaron a pasearse frente a plaza San Martín con paso más bien lánguido, sin naturalmente cruzar a la vereda del sol para no coagularse: participaron en simposios, conferencias magistrales, sesiones plenarias, demostraciones prácticas y teóricas, departieron amablemente con el periodismo local.

Cinco mil cardiólogos en esta ciudad del sur, tan lejos del mundo que avanza, oh tan lejos y por ende tan incontaminada. Resultado de lo cual los grandes potentados de las grandes potencias deben de estar cuidando sus excesos y midiendo no sólo el número de sus cigarrillos diarios sino también el de sus actos de amor y el de sus ansiedades. Ansiedades calibradas para los importantes del mundo y decisiones pospuestas porque los cardiólogos más notables (*sus* cardiólogos) están todos en la ciudad del sur y no es cuestión de permitirse ni la menor extrasístole así, desprotegida.

El mundo en suspenso con los latidos puestos en esta Buenos Aires donde se ve fluir a los cardiólogos por las arterias céntricas hasta llegar a alguna parrillada. Como único menú piden morcillas al plato y las saborean mientras sueñan con trasplantes. Desconocen, naturalmente, el poder alucinatorio de la morcilla criolla que nada tiene que envidiarles a otros productos foráneos y cuando empiezan a notar los primeros síntomas ya es tarde, han entrado en el delirio pleno. Cierto cardiólogo empieza a remar con los brazos remontando el torrente sanguíneo de la ciudad hasta llegar al ventrículo izquierdo ubicado en el teatro San Martín. Allí se encierra en una cabina telefónica y disfrazado de pitonisa empieza a evacuar las consultas de corazón y a dar consejos para retener amores. Poco a poco se va corriendo la voz y mujeres de todos los puntos de la urbe acuden para pedirle ayuda. Él, como miembro activo del Congreso de Cardiología hace lo que puede pero tiene que delegar gran parte de la responsabilidad en sus colegas más jóvenes que han venido a asistirlo (o quizá hayan venido a disuadirlo pero una vez enterados de su noble tarea se han visto en la obligación de alentarlo, secundarlo, reemplazarlo, siendo todos ellos también miembros activos dentro de lo que cabe —y cabe bastante si me está permitida esta nueva digresión—. Miembros activos; débil es la carne, el corazón, los cuerpos cavernosos, las membranas).

...y el mundo entero en suspenso, como reteniendo el aliento por temor a un infarto. Buenos Aires: la isla.

Otras derivaciones inesperadas: con cada operación en el anfiteatro de la Facultad de Medicina se cortan por analogía las arterias de comunicación aérea con el resto del orbe. Ya estamos cortados de la mitad del planeta y la vida prosigue en forma casi artificial, como en un pulmotor.

La célula lo sabe. Ellos lo tienen todo planeado y nosotros los dejamos hacer porque ni siquiera sospechamos cuáles son sus fines y menos aún sus principios. Pero principios tienen, no nos cabe la menor duda, por eso comenzaron su acción secuestrando por una parte a los cardiólogos y por la otra poniéndoles doble carga de alucinógeno a las morcillas. Las morcillas. No lo olvide.

La segunda parte del operativo consistió en la denuncia de un complot quizá urdido por ellos mismos. Se trataba de formar un banco de sangre en el interior del país para llevar el buen plasma telúrico a los países supercivilizados, exangües, que piden a gritos una transfusión gaucha. Ése fue otro cantar, quizá ajeno a los cardiólogos que saben mucho del órgano pero no del vital elemento que el órgano dispersa.

Tanta digresión nos aparta de la morcilla cargada, y este informe debe ser una pieza de absoluta objetividad, una cámara oscura.

Es decir que: el congreso por fin llegó a su término, las ponencias fueron empolladas, surgieron unos nuevos embriones de ideas, y todos bien dispuestos para retornar a sus respectivos países donde por fin los altos dignatarios podrían permitirse el lujo de una angina péctoris o de una buena trombosis coronaria, si no fuera porque:

a) las vías de comunicación con el exterior estaban estranguladas como ya explicamos anteriormente y no había by-pass posible;
b) el número de cardiólogos visitantes se hallaba incompleto y faltando ciertas piezas esenciales se hacía imposible empezar la partida;
c) los enmorcillados sumos se negaban a irse.

Parte de este estudio intenta tratar la vida de esos happy few que eligieron BAires para hacer su nido. Querríamos dar un informe completo y exhaustivo de las actividades de estos cardiólogos que se fueron internando por el cuerpo de la ciudad para auscultarla. Pero resulta tarea imposible: estetoscopio en mano parece que se fueron alejando poco a poco del radio céntrico hasta llegar a esos confines que no explora la guía Peuser. Allí detectaron latidos más intensos y encontraron el punto exacto donde la ciudad no necesita marcapasos. Catéter en ristre se nos perdieron los cardiólogos por esas calles de dios o del diablo y nosotros creyendo que blandían otra cosa. Y emprendimos la búsqueda:

—Pienso que podríamos encontrar a alguno de ellos por las palpitantes regiones de Villa Cariño.

—Nuestra patrulla ya cubrió Palermo y no hallamos ni rastros.

A gran velocidad se organizaron las mentadas patrullas para descubrir el paradero de los cardiólogos desaparecidos, todos ellos sabios de palabra rectora, mirar avieso y dedos con la rapidez y la fineza de un pico de garza. Fueron justamente estos últimos los que con mayor velocidad encontraron una tarea acorde con sus acrisoladas capacidades. (Una vez terminado el congreso, los cardiólogos dispersos por el radio urbano debieron encontrar medios de subsistencia ajenos a la práctica de su especialidad hipocrática.) Los habilísimos cirujanos se volcaron al punguismo. Los otros, los teóricos, debieron rebuscárselas de distintas maneras mientras las incansables patrullas despliegan una operación rastrillo muy digna de encomio: bajo tierra se busca a los que podrían haber sido víctimas del secuestro terrorista, por el aire se persigue a los muy volados.

Rastrillan las patrullas tratando de no arrancar ni una gota de sangre a Buenos Aires que es puro corazón, pobrecita. La tarea es ardua sobre todo porque el pueblo les ha ido cobrando simpatía a los cardiólogos réprobos que han renunciado a ser facultativos de lujo para dedicarse a menesteres más cercanos a la tierra. Las patrullas olfatean como sabuesos por toda la República mientras reciben cables de Interpol conminándolas al éxito. El pueblo mientras tanto ampara y oculta a estos sabios que les abren nuevas vías al corazón, pasando a veces por el sexo (el cardiólogo austríaco, v.g., que inventó la máquina de amar para reducir al mínimo la actividad cardiovascular en el orgasmo). La vía brasileña al corazón ha sido forjada sobre el cuerpo de víctimas inocentes y lleva ritmo de samba, el modelo peruano es más bien gastronómico con cocción de anticuchos, el imperialismo yanqui se manifiesta a pesar suyo intentando colonizar los corazones tiernos, los rusos han logrado unificar el número de sístoles y diástoles entre aquellos que residen en su zona de influencia, el gobierno argentino ha nacionalizado las heridas para que al menos las bocas de expendio queden bajo su control.

Mientras tanto las patrullas continúan con la operación rastrillo (llamada Operativo Estetoscopio) para tratar de hallar a los eminentes cardiólogos que tienen paralizado al mundo y conmovida a la Argentina. Como se viene anunciando en distintas entregas de este informativo, la resistencia se ha organizado con suma celeridad y la búsqueda promete ser ardua. Desde nuestra tribuna seguimos paso a paso el Operativo Estetoscopio, para mantener así a nuestros queridos radioescuchas informados al minuto. Y es en pos de la nota distinta que hemos llegado con nuestro equipo móvil hasta el mercado Dorrego, donde las amas de casa seguramente tienen algo que decirnos:

—Amable señora, querríamos que nos refiera frente al micrófono si ha notado alguna diferencia al hacer sus compras cotidianas desde que se inició esta caza al cardiólogo.

Señora 1.— ¡Y cómo no la voy a notar, y cómo! Están pasando cosas muy sospechosas. Con decirle que ya no se encuentra corazón de ternera por ninguna parte. Me paso el día entero buscando por todos los mercados y todas las carnicerías aunque mi marido proteste, y nada. Si hasta escasea en las boutiques de lujo donde últimamente se lo encontraba a precio de oro. Nada, ¿vio?, ni un gramo de corazón en toda la ciudad y mis pobres gatitos medio muertos de hambre; ellos tan finos que sólo le prueban el corazón y ni una comidita más. Y ahora no tengo con qué alimentarlos. Después, si hago alguna locura no me vengan a culpar a mí. Son los cardiólogos los que han impulsado mi inocente mano, vaya una a saber para qué quieren los corazones, qué estarán guisando.

Señora 2.— Porque le diré, don, que se dicen por acá cosas muy feas de esos cardiólogos. Que usan los corazones para fines extrañísimos. Sobre todo para cierta ceremonia de resurrección que los tiene muy preocupados. Algunas estarán de acuerdo, pero yo opino que hay que intensificar la búsqueda y encontrarlos cuanto antes.

Señora 3.— ¡Pero qué los van a encontrar! Mi hijo, que estudia medicina, le diré, opina que ellos han descubierto la fórmula para hacerse invisibles. Algo que ver con la linfa, usted transforma toda su sangre en linfa que es incolora aun en contacto con el aire y ya está. Le digo, ser invisible es sólo cosa de la linfa.

Señora 2.— Quién nos dice, doña, que no hay un cardiólogo acá mismo riéndose de nosotros y tramando alguna cosa horrible.

Señora 3.— ¡Dios nos libre y guarde!

Dios está recuperando imagen en estos días, entre las mentes acientíficas y también entre las otras. Todo a partir del reportaje radial que reprodujimos en su debido momento (este informe debe ser lo más completo posible) sin darle sin embargo la importancia que cobraría con el correr del tiempo y sucesivas retrasmisiones. Surgieron así dos interpretaciones distintas y equidistantemente erróneas de lo comentado por las señoras al salir del mercado.

A) Fue la invisibilidad linfática lo que más dio pábulo para los comentarios. Aclaremos: la señora 3 dijo: "Ser invisible es sólo cosa de la linfa" y los radioescuchas, y los escuchas de los radioescuchas y los escuchas de los escuchas de los radioescuchas, entendieron ninfa y fue así que se inició el culto a la fuente de Lola Mora que sociólogos y teólogos de épocas futuras no sabrán interpretar. Si la ninfa vuelve invisible, hay que adorar a la ninfa. Al menos la adorarán aquellos de entre nosotros que alguna vez en su vida hayan deseado pasar más que inadvertidos.

B) El de la fuente de Lola Mora es un culto diurno y casi benéfico. Dada la ubicación poco céntrica de la fuente de marras los oficiantes pueden reunirse sin ser molestados y practicar sus ritos de adoración que poco a poco se van convirtiendo en verdaderas bacanales. La policía no cuenta en estos momentos con efectivos suficientes como para controlar los excesos, o quizá la verdad sea otra: la policía cuenta cada día con mayor número de efectivos pero teme perderlos en la proximidad de la fuente, por invisibilidad o más bien por contagio (pues si bien un policía invisible puede ser tremendamente útil en el cumplimiento de sus funciones específicas, también hay que reconocer que resulta difícil controlarlo y nunca se sabe si lucha en nuestro bando o en el contrario).

Total que se impuso la necesidad de otorgarles un cierto margen de libertad a los lolamoristas, los del a) culto diurno, y por lo tanto tampoco se pudo interferir con sus contrincantes, los del b) culto nocturno.

Y eso que los del b) culto nocturno resultaron en definitiva bastante maléficos. Con decirle que empezaron reuniéndose en ciertas casas abandonadas, en barrios apartados —en particular una o dos tétricas mansiones de madera en pleno Tigre— para invocar con cánticos diversos y ululantes la presencia de vampiros. Así interpretan ellos la invasión de cardiólogos: amantes de oscuras potencias relacionadas con el vaivén de la sangre y sus transfusiones sin intermediarios.

Ahora por las noches en determinadas esquinas surgen pequeños túmulos de piedras rojas para oficiar una invocación a los vampiros. Muchos ciudadanos opinan que han oído un extraño ulular en las noches sin luna que les hiela la sangre pero siempre aparece algún escéptico que atribuye el ulular no a los vampiros sino a las habituales sirenas de camiones celulares. Y cada vez son más los que se arriman subrepticiamente a los túmulos para hacer su ofrenda consistente en una morcilla fresca. Al rato los gatos de albañal devoran la morcilla y eso es lo que corresponde porque como todo el mundo sabe los gatos son los emisarios del vampiro. (Por la noche los adeptos a la secta nocturna de la sangre negra llevan las morcillas a los túmulos —y fueron las morcillas las que desencadenaron esta relación de hechos—, al llegar la mañana han desaparecido las morcillas.) Los lolamoristas diurnos alegan que también la morcilla se ha convertido a la verdadera fe y se ha vuelto invisible de puro solar y transparente, no más. Los de la secta oscura no ignoran el trabajo de los gatos. Y este encontronazo de los dogmas generaría una verdadera guerra religiosa de no ser por una cuestión casi fotométrica: los vampiristas no toleran la luz para su incursión en lo sagrado, los lolamoristas no profesan en la noche.

Morcillas invisibles o morcillas alimento de los gatos, el hecho es que las morcillas desaparecen y esto no es tolerable para este nuevo mito generado en ellas. Es por eso que ahora reina radiante la inefable morcilla filosofal en plena Plaza de la República, bajo un fanal tallado. No se puede decir que sea un monumento por demás estético pero por suerte tampoco es maloliente, gracias al fanal que en realidad es una cápsula de vacío dentro de la cual se conserva la morcilla gigante hecha con la sangre de tres toros campeones de raza Aberdeen Angus, y algo más. Muchos machos porteños se han identificado con la morcilla y le llevan pequeños ramilletes de flores oscuras. Por la ciudad se corre la voz de que la sangre de los tres toros campeones era RH negativo pero eso no puede ser comprobado y además, ¿qué importancia tiene? Lo principal es que de puro renegrida absorbe las luces que tienen la osadía de pretender brillar en sus inmediaciones y ya se han estrellado contra el pedestal varios conductores que intentaron circunvalarlo en coche.

Los lolamoristas están verdes de envidia por un problema catastral ya que la morcilla ocupa el lugar más álgido de toda la metrópoli, claro que el verde se les nota poco ahora que están accediendo a la invisibilidad tan anhelada. Con todo, ya nadie habla de los cinco mil cardiólogos. Es posible que se hayan invisibilizado antes que nadie, o se los hayan comido los vampiros, o se hayan vuelto simplemente a sus respectivos países para permitirles a los jerarcas el lujo de un infarto a buen recaudo.

Es así como el puesto de anticuchos ha quedado abandonado, ya nadie responde a las consultas de las pobres damiselas con el corazón partido, los punguistas de dedos brujos han desaparecido de los colectivos, ya nadie hace funcionar el recién descubierto marcamalospasos.

El final de este informe es bien triste y hasta puede ser sangriento: bastaría que alguien ponga una bomba de tiempo en el banco de sangre o que finalmente los adoradores diurnos se vean interceptados por los nocturnos en un no lejano mediodía de eclipse.

Escaleran

¿Acaso no necesita usted alquilar una escalera? Hay que nivelar hacia arriba, nos dijeron, y no hay duda de que todos aspiramos a llegar más alto pero no siempre poseemos medios propios para alcanzar la cima, por eso a veces nos vemos necesitados de una escalera idónea. Nuestra fábrica le ofrece todo tipo de escaleras, desde la humilde escalera de pintor hasta la fastuosa escalera real hecha de un mismo palo. Un palo muy bien tallado, claro, palo de rosa por ejemplo o palo de amasar (¡de amasar!) para esposas autoritarias como la mía. Aunque el autoritarismo no está permitido en nuestras plantas donde impera, eso sí, la tan mentada verticalidad. Desde un punto de vista práctico no sabemos muy bien qué significa esa palabra, pero en lo que a escaleras respecta, la verticalidad es la norma. Cuando quisimos fabricar escaleras horizontales para nivelar a nivel, los obreros se sublevaron e hicieron huelga alegando trabajo insalubre y distanciamiento del dogma. No hicimos demasiados esfuerzos para ganarlos a nuestra causa porque nos dimos cuenta de que las escaleras horizontales no tenían mucha salida en los comercios del ramo, ni aun tratándose de escaleras alquiladas que no significan una erogación excesiva. Según parece, todos aspiran a trepar, escalar, ascender, y no quieren saber nada con eso de avanzar prudentemente a una misma altura.

La primera escalera horizontal que fabricamos se la llevé de regalo a mi señora, pero ella no quiso ni enterarse de su uso específico y la convirtió en portamacetas. Mi señora siempre me desalienta en las empresas más osadas. No siempre tiene razón, como cuando se opuso terminantemente a la fabricación de escaleras de bajar. Dijo que nadie iba a comprarlas porque requerían una fosa y pocos son los que tienen fosas en sus domicilios particulares. La pobre carece de imaginación: no supo darse cuenta de que la plaza está colmada de contreras que pretenden bajar cuando el gobierno insiste en que se suba. Mientras duró la modalidad de las escaleras de bajar la fábrica prosperó mucho y pudimos abrir la nueva rama: escaleras giratorias. Son las más costosas porque funcionan con motor pero resultan ideales para deshacerse de huéspedes no deseados. Se los invita a una ascensión, y la fuerza centrífuga hace el resto. Con estas escaleras giratorias logramos desembarazarnos de muchos acreedores pero mi señora, siempre tan ahorrativa, erradicó las escaleras giratorias de nuestro hogar y también de la fábrica alegando que consumían demasiada electricidad.

Todavía nos llegan algunos pedidos del interior. Les mandamos en cambio escaleras plegadizas que caben en un sobre grande. Pero por desgracia he de admitir mi derrota y, aunque todo esto lo narre en presente, son cosas del pasado. Mi señora acabó sintiendo celos por las escaleras de todo tipo y por eso confieso que escal/eran. Ya no son más.

Vacío era el de antes

Lo bueno de los mediodías grises es el olor a asadito que se escapa de las obras en construcción. Ahora bien, me pregunto qué pondrán los obreros sobre sus parrillas. Antes la cosa era simple: asado de tira, tan sabroso y tan útil para hacer con los huesitos el acabado fino del palier. ¿Y ahora? Nuevos materiales sintéticos han reemplazado a los huesitos tan vistosos, y además siempre hay veda de carne. Pero el olor a asado forma parte indispensable de las obras en construcción y no hay edificio que adelante si no se lo consagra con los vahos de la parrilla.

Las cosas ya no vienen como antes: el acabado fino con mosaico de huesitos ha caído en desuso y los albañiles no trabajan como en otras épocas por culpa de la mala nutrición y de las huelgas. Ahora todos los cucharas y los media cucharas desprecian las obras en barrios populares y tratan de conchabarse por Palermo Chico o en la zona aledaña a Callao y Quintana. Saben que allí la última moda son los ángulos adornados con huesos de bife de costilla, y eso vale más que un doble aguinaldo. Claro que cuando logran, después de paciente espera y de uno que otro empujoncito, ser tomados en alguna de esas obras, la cruda realidad nada tiene de edificante a pesar de tratarse de un edificio en construcción. Es decir que: en esos rascacielos de superlujo nada puede ser librado al azar y entonces una legión de peladores de huesos de bife de costilla se apersona a la hora indicada que es la del mediodía y se apresta 1º a devorar los bifes y 2º a dejar los huesos perfectamente pelados y pulcros, listos para ser colocados sin el consabido tratamiento a la cal viva que deteriora las tonalidades rosadas.

Para ingresar en este equipo de peladores se requiere una dentadura tan perfecta y filosa que pocos pueden ser los elegidos. Cada vez menos, si se tiene en cuenta además la escasez no sólo de bifes de costilla, sino también de construcciones de superlujo a partir de los tres últimos desmoronamientos. (No puede decirse que la falla sea imputable a los ángulos de hueso en el hall de entrada o en los salones. El hueso es, como se sabe, el material de construcción más resistente que se encuentra en plaza, si es que se encuentra.) (En las altas esferas de la Cámara de la Construcción se habla de conseguir huesos de procedencia ajena al ganado vacuno pero los obreros —aun los de los equipos especializados que fueron elegidos por la agudeza de sus dientes y no por la finura de su paladar— se niegan a limpiarlos.) Ya se ha creado una liga de protección al mejor amigo del hombre, que junta fondos por la calle Florida. La preside un grupo conspicuo de obreros de la construcción en defensa de los perros, hasta de los hidrófobos. No se sabe si los impulsan motivos de moral o de simple sabor, sin embargo la Cámara de la Construcción nada puede contra esta campaña a la que ya se han adscripto varias sociedades de damas de beneficencia del Barrio Norte (el subcomité Pulgas, con sede en Avellaneda, lucha con creciente fervor por la protección del can y ya ha recibido una medalla del Kennel Club International y otra de la asociación Happy Linyeras con asiento en Nebraska). La Cámara de la Construcción se reúne a diario para tratar esta inesperada consecuencia del desabastecimiento.

En los barrios menos aristocráticos, la parálisis de la construcción es imputable más a la falta del olor a asado que al desabastecimiento de huesitos, reemplazables como ya dijimos por sucedáneos plásticos. La ausencia del olor a asado y el bajo índice de productividad de los obreros por falta de proteínas son también tema obligado en toda reunión de directorio. Hasta se ha apelado a técnicos extranjeros que estudian el problema desde todos los ángulos. Y precisamente el técnico más imaginativo e informado dio por fin con una solución bien argentina: el vacío. Gracias al vacío y a bajísimo costo (¡costo nulo!) se puede de ahora en adelante engañar el estómago de la masa obrera y sahumar los futuros rascacielos. Por eso digo que es bueno en los días grises, los de mucha niebla, pasar frente a las obras en construcción y percibir el olorcito a asado. En días resplandecientes, no: resulta más bien triste entrever por algún hueco de la tapia las brasas ardiendo bajo las parrillas y sobre las parrillas, nada.

Historia verdolaga

Se construyeron muros para contener la pampa pero cierta vez una semillita pudo más que todas las toneladas de cemento juntas. Aunque eso de poder más es algo sumamente subjetivo que permite una vasta gama de interpretaciones. El hecho objetivo es el siguiente: los muros no dejan pasar ni un atisbo de pampa pero son incapaces de contener el viento que se escurre entre las grietas. El viento es muy individualista pero las semillitas de cardo son tenaces y por fin una pudo colarse dentro del viento para atravesar el muro y acceder a la zona urbanizada. Ahora vemos un cardo nacido de no se sabe dónde e instalado en medio de una ciudad que ha erradicado el verde por decreto.

Al principio fue fácil. Todos evitaban bajar la vista al pasar esa esquina, pero ahora que el cardo ha crecido bastante —favorecido por las lluvias tan sorprendentes en esta época del año— ya no es tan sencillo evitar la zona de la ciudad donde se encuentra, sobre todo para quienes trabajan en los rascacielos aledaños y no pueden menos que deslumbrarse de refilón por las radiaciones del verde.

El intendente está que se lo llevan los demonios. Piensa en todo el dinero invertido para que los semáforos pasen del rojo al azul y ahora ocurre esto...

(Nadie se anima a arrancar el cardo, aun poniéndose anteojos de soldar, por miedo de contaminarse con el color a causa de las espinas.)

Ahora acaba de aparecer un nuevo decreto en el Boletín Oficial diciendo que extraoficialmente todo nos está permitido siempre y cuando no se cometan abusos. Con esto esperan que algún sacrificado ciudadano nos libere del cardo. A mí eso de los abusos me huele muy mal, se lo puede interpretar de cualquier manera y más vale quedarse en el molde hasta que la notificación sea más explícita. Pero la mayoría de los ciudadanos se sintieron liberados, sensación que apenas conocen los menores de 15.

En el '60 se declaró el estado de guerra interna y como la procesión va por dentro dicho estado nunca fue oficialmente levantado por la misma razón de que nunca había sido oficialmente impuesto. Son los rumores lo que más pesa sobre nuestras cabezas, rumores engendrados por el miedo, y frases que a veces empiezan como simple broma van creciendo y creciendo hasta dejar un tendal de víctimas por rúbrica. El ejemplo de ese color ahora inmencionable es quizá el más ilustrativo: todo empezó porque alguien adujo que al presidente de entonces no le gustaba que en su presencia se contaran chistes subidos de tono, chistes ...des. Luego, el presidente que le sucedió en el cargo tenía una hija medio demacrada a quien ese color no le sentaba, y se decidió suprimirlo de la moda femenina. Al cabo de un tiempo la mujer de un ministro fue vista con otro hombre en actitudes equívocas en un parque, y de inmediato parques, plazas y demás espacios ...... fueron borrados del distrito federal. Llegó por fin aquel intendente que proscribió la pampa por motivos nunca bien explicitados y por último se cambió el color de los semáforos y todo estaría en orden de no ser por el cardo. El cardo perturba nuestras vidas, nos trae recuerdos. Hasta hay quienes ahora se permiten añorar las mesas de billar o los hipotéticos beneficios de la clorofila. Todo por un pequeño cardo hirsuto, feo, que sin embargo muchos ven de radiante belleza. Con decirles que ya se ha constituido una secta secreta bajo el signo del cardo que entró últimamente en tratativas con los separatistas escoceses. Empezaron persiguiendo fines nobles: libertad de color y de credo, justicia social, igualdad de sexos. Poco a poco se están fanatizando. Ahora pretenden, en caso de triunfo, imponer el verde como uniforme obligatorio a todos los ciudadanos y como bebida nacional el jarabe de yerba mate.

El gobierno ya está sintiendo cierta afinidad con este grupo disidente y se habla de una alianza a corto plazo. Mientras tanto —amparándose en el edicto de permiso extraoficial— nutridos grupos de ciudadanos hacen peregrinaciones al santo cardo y le llevan ofrendas de abono animal obtenido de contrabando. Han tenido la brillante precaución de cubrir el cardo con un lienzo blanco, para no deslumbrarse, y pacientemente organizan procesiones y cánticos a la espera de la amnistía que les permitirá descubrir el cardo como el gran monumento a la pacificación nacional.

La marcha

El vendedor de pochoclo saca rápido el carrito de en medio porque cuando los muchachos avanzan no los para ni siquiera la noble institución alimenticia —ni el recuerdo del maíz, ese fruto americano, ni nada—. Cuando los muchachos avanzan con los estandartes en alto no miran para abajo, ignoran que a fuerza de avanzar van a desgastar por fin el pavimento y en una de ésas surge algo de verdad valioso.

No avanzan en grupos homogéneos sino a borbotones ligeramente distanciados entre sí quizá por sutilezas en la interpretación del dogma. Pero el desgaste del pavimento es uniforme y en los momentos de silencio se le puede empezar a notar cierto tinte terroso. Es un engaño. El tinte viene de lo que la muchachada trae pegado a la suela de las alpargatas. Ellos tienen memoria de la piel para adentro. De la piel para afuera en general se dejan atrapar por las promesas y así los vemos con la mirada en alto y arrastrando los pies, arrastrando los pies que es lo único bueno.

Avanzan (y eso también parecería bueno) pero se sabe que en medio de su ruta hay una mole frente a la cual detendrán sus pasos. La muchachada camina como si nada pudiera detenerla pero tiene una meta fijada de antemano y es allí donde el hecho se vuelve inexplicable porque no deja cabida a la imaginación ni a la esperanza.

La mole es el altar, es el resplandor como de puesta de sol al final del camino. Sólo que el camino sigue y quizá ellos lo sepan aunque vayan con la mirada en alto y no busquen la tierra. Cantando ellos avanzan y con suerte el vendedor de pochoclo ha sido un visionario: esta marcha no se va a detener, y hay cosas que no pueden ser retiradas del camino.

Política

Una pareja baja del tren en Retiro. Tienen las manos ocupadas: de la izquierda de él y de la derecha de ella cuelgan sendos bolsos. La izquierda de ella y la derecha de él están enlazadas. Miran a su alrededor y no entienden. Las manos enlazadas se desenlazan, él se enjuga el sudor de la frente, ella se arregla la blusa. Vuelven a tomarse de la mano y caminan varios metros hasta la calle. Recién llegados del interior. Traen la información. Nadie ha ido a recibirlos. Se pierden en la ciudad, desaparecen para siempre y nunca más serán identificables a partir del momento en que se soltaron las manos, poco después de la llegada a Retiro. Las manos no se vuelven a juntar en la ciudad —o muy esporádicamente— y la información se diluye en los gases de escape y queda flotando por ahí con la esperanza de que alguien, algún día, sepa descifrar el código.

El lugar de su quietud

> Toda luna, todo año,
> todo día, todo viento
> camina y pasa también.
> También toda sangre llega
> al lugar de su quietud.
>
> *Libros del Chilam-Balam*

Los altareas han sido erigidos en el interior del país pero hasta nosotros (los de la ciudad, la periferia, los que creemos poder salvarnos) llegan los efluvios. Los del interior se han resignado y rezan. Sin embargo no hay motivo aparente de pánico, sólo los consabidos tiroteos, alguna que otra razzia policial, los patrullajes de siempre. Pero oscuramente ellos deben saber que el fin está próximo. Es que tantas cosas empiezan a confundirse que ahora lo anormal imita a lo natural y viceversa. Las sirenas y el viento, por ejemplo: ya las sirenas de los coches policiales parecen el ulular del viento, con idéntico sonido e idéntico poder de destrucción.

Para vigilar mejor desde los helicópteros a los habitantes de las casas se está utilizando un tipo de sirena de nota tan aguda y estridente que hace volar los techos. Por suerte el gobierno no ha encontrado todavía la fórmula para mantener bajo control a quienes no viven en casas bajas o en los últimos pisos de propiedad horizontal. Pero éstos son contadísimos: desde que se ha cortado el suministro de energía ya nadie se aventura más allá de un tercer piso por el peligro que significa transitar a oscuras las escaleras, reducto de maleantes.

Como consuelo anotaremos que muchos destechados han adoptado el techo de plexiglass, obsequio del gobierno. Sobre todo en zonas rurales, donde los techos de paja no sólo se vuelan a menudo por la acción de las sirenas sino también por causa de algún simple vendaval. Los del interior son así: se conforman con cualquier cosa, hasta con quedarse en su lugar armando altares y organizando rogativas cuando el tiempo —tanto meteoro como cronológico— se lo permite. Tienen poco tiempo para rezar, y mal tiempo. La sudestada les apaga las llamas votivas y las inundaciones les exigen una atención constante para evitar que se ahogue el ganado (caprino, ovino, porcino, un poquito vacuno y bastante gallináceo). Por fortuna no han tenido la osadía de venirse a la ciudad como aquella vez siete años atrás, durante la histórica sequía, cuando los hombres sedientos avanzaron en tropel en busca de la ciudad y del agua pisoteando los cadáveres apergaminados de los que morían en la marcha. Pero la ciudad tampoco fue una solución porque la gente de allí no los quería y los atacó a palos como a perros aullantes y tuvieron que refugiarse en el mar con el agua hasta la cintura, donde no los alcanzaban las piedras arrojadas por los que desde la orilla defendían su pan, su agua potable y su enferma dignidad.

Es decir que ellos no van a cometer el mismo error aunque esto no ocurrió aquí, ocurrió en otro país cercano y es lo mismo porque la memoria individual de ellos es muy frágil pero la memoria de la raza es envidiable y suele aflorar para sacarlos de apuros. Sin embargo no creemos que el remanido sentimiento religioso los salve ahora de la que se nos viene; a ellos no, pero quizá sí a nosotros, nosotros los citadinos que sabemos husmear el aire en procura de algún efluvio de incienso de copal que llega de tierra adentro. Ellos pasan grandes penurias para importar el incienso de copal y según parece somos nosotros quienes recibiremos los beneficios. Al menos —cuando los gases de escape nos los permiten— cazamos a pleno pulmón bocanadas de incienso que sabemos inútil, por si acaso. Todo es así, ahora: no tenemos nada que temer pero tememos; éste es el mejor de los mundos posibles como suelen decirnos por la radio y cómo serán los otros; el país camina hacia el futuro y personeros embozados de ideologías aberrantes nada podrán hacer para detener su marcha, dice el gobierno, y nosotros para sobrevivir hacemos como si creyéramos. Dejando de lado a los que trabajan la clandestinidad —y son pocos— nuestro único atisbo de rebeldía es este husmear subrepticiamente el aire en procura de algo que nos llega desde el interior del país y que denuncia nuestra falta de fe. Creo —no puedo estar seguro, de eso se habla en voz muy baja— que en ciertas zonas periféricas de la ciudad se van armando grupos de peregrinación al interior para tratar de comprender —y de justificar— esta nueva tendencia mística. Nunca fuimos un pueblo demasiado creyente y ahora nos surge la necesidad de armar altares, algo debe de haber detrás de todo esto. Hoy en el café con los amigos (porque no vayan a creer que las cosas están tan mal, todavía puede reunirse uno en el café con los amigos) tocamos con suma prudencia el tema (siempre hay que estar muy atento a las muchas orejas erizadas): ¿qué estará pasando en el interior?; ¿será el exceso de miedo que los devuelve a una búsqueda primitiva de esperanza o será que están planeando algo? Jorge sospecha que el copal debe de tener poderes aluci- nógenos y por eso se privan de tantas cosas para conseguirlo. Parece que el copal no puede ser transportado por ningún medio mecánico y es así como debe venir de América Central a lomo de mula o a lomo de hombre; ya se han organizado postas para su traslado y podríamos sospechar que dentro de las bolsas de corteza de copal llegan armas o por lo menos drogas o algunas instrucciones si no fuera porque nuestras aduanas son tan seve- ras y tan lúcidas. Las aduanas internas, eso sí, no permiten el acceso del copal a las ciudades. Tampoco lo queremos; aunque ciertos intelectuales disconformes hayan declarado a nuestra ciudad área de catástrofe psicológica. Pero tenemos problemas mucho más candentes y no podemos perder el tiempo en oracio- nes o en disquisiciones de las llamadas metafísicas. Jorge dice que no se trata de eso sino de algo más profundo. Jorge dice, Jorge dice... ahora en los cafés no se hace más que decir porque en muchos ya se prohíbe escribir aunque se consuma bastante. Alegan que así las mesas se desocupan más rápido, pero sospe- cho que estos dueños de cafés donde se reprime la palabra escrita son en realidad agentes de provocación. La idea nació, creo, en el de la esquina de Paraguay y Pueyrredón, y corrió como reguero de pólvora por toda la ciudad. Ahora tampoco dejan escribir en los cafés aledaños al Palacio de la Moneda ni en algunos de la Avenida do Rio Branco. En Pocitos sí, todos los cafés son de escritura permitida y los intelectuales se reúnen allí a las seis de la tarde. Con tal de que no sea una encerrona, como dice Jorge, provocada por los extremistas, claro, porque el gobier- no está por encima de estas maquinaciones, por encima de todos, volando en helicópteros y velando por la paz de la nación.

Nada hay que temer. La escalada de violencia sólo alcanza a los que la buscan, no a nosotros humildes ciudadanos que no nos permitimos ni una mueca de disgusto ni la menor señal de descontento (desconcierto sí, no es para menos cuando nos vuelan el techo de la casa y a veces la tapa de los sesos, cuando nos palpan de armas por la calle o cuando el olor a copal se hace demasiado intenso y nos da ganas de correr a ver de qué se trata. De correr y correr; disparar no siempre es cobardía).

Acabamos por acostumbrarnos al incienso que más de una vez compite con el olor a pólvora, y ahora nos llega lo otro:

una distante nota de flauta que perfora los ruidos ciudadanos. Al principio pensamos en la onda ultrasónica para dispersar manifestaciones, pero no. La nota de flauta es sostenida y los distraídos pueden pensar que se trata de un lamento; es en realidad un cántico que persiste y a veces se interrumpe y retoma para obligarnos a levantar la cabeza como en las viejas épocas cuando el rugido de los helicópteros nos llamaba la atención. Ya hemos perdido nuestra capacidad de asombro pero el sonido de la flauta nos conmueve más que ciertas manifestaciones relámpago los sábados por la noche a la salida de los cines cuando despiertan viejos motivos de queja adormecidos. No estamos para esos trotes, tampoco estamos como para salir corriendo cuando llegan los patrulleros desde los cuatro puntos de la ciudad y convergen encima de nosotros.

Sirenas como el viento, flautas como notas ultrasónicas para dispersar motines. Parecería que los del interior han decidido retrucar ciertas iniciativas del poder central. Al menos así se dice en la calle pero no se especifica quiénes son los del interior: gente del montón, provincianos cualesquiera, agentes a sueldo de potencias extranjeras, grupos de guerrilla armada, anarquistas, sabios. Después del olor a incienso que llegue este sonido de flauta ya es demasiado. Podríamos hablar de penetración sensorial e ideológica si en algún remoto rincón de nuestro ser nacional no sintiéramos que es para nuestro bien, que alguna forma de redención nos ha de llegar de ellos. Y esta vaguísima esperanza nos devuelve el lujo de tener miedo. Bueno, no miedo comentado en voz alta como en otros tiempos. Este de ahora es un miedo a puertas cerradas, silencioso, estéril, de vibración muy baja que se traduce en iras callejeras o en arranques de violencia conyugal. Tenemos nuestras pesadillas y son siempre de torturas aunque los tiempos no estén para estas sutilezas. Antes sí podían demorarse en aplicar los más refinados métodos para obtener confesiones, ahora las confesiones ya han sido relegadas al olvido: todos son culpables y a otra cosa. Con sueños anacrónicos seguimos aferrados a las torturas pero los del interior del país no sufren ni tienen pesadillas: se dice que han logrado eliminar esas horas de entrega absoluta cuando el hombre dormido está a total merced de su adversario. Ellos caen en meditación profunda durante breves períodos de tiempo y mantienen las pesadillas a distancia; y las pesadillas, que no son sonsas, se limitan al ejido urbano donde encuentran un terreno más propicio. Pero no, no se debe hablar de esto ni siquiera hablar del miedo. Tan poco se sabe —se sabe la ventaja del silencio— y hay tanto que se ignora. ¿Qué hacen, por ejemplo, los del interior frente a sus altares? No creemos que eleven preces al dios tantas veces invocado por el gobierno ni que hayan descubierto nuevos dioses o sacado a relucir dioses arcaicos. Debe tratarse de algo menos obvio. Bah. Esas cosas no tienen por qué preocuparnos a nosotros, hombres de cuatro paredes (muchas veces sin techo o con techo transparente), hombres adictos al asfalto. Si ellos quieren quemarse con incienso, que se quemen; si ellos quieren perder el aliento soplando en la quena, que lo pierdan. Nada de todo esto nos interesa: nada de todo esto podrá salvarnos. Quizá tan sólo el miedo, un poco de miedo que nos haga ver claro a nosotros los habitantes de la ciudad, pero qué, si no nos lo permitimos porque con un soplo de miedo llegan tantas otras cosas: el cuestionamiento, el horror, la duda, el disconformismo, el disgusto. Que ellos allá lejos en el campo o en la montaña se desvivan con las prácticas inútiles. Nosotros podemos tomar un barco e irnos, ellos están anclados y por eso entonan salmos.

Nuestra vida es tranquila. De vez en cuando desaparece un amigo, sí, o matan a los vecinos o un compañero de colegio de nuestros hijos o hasta nuestros propios hijos caen en una ratonera, pero la cosa no es tan apocalíptica como parece, es más bien rítmica y orgánica. La escalada de violencia: un muerto cada 24 horas, cada 21, cada 18, cada 15, cada 12 no debe inquietar a nadie. Más mueren en otras partes del mundo, como bien señaló aquel diputado minutos antes de que le descerrajaran el balazo. Más, quizá, pero en ninguna parte tan cercanos.

Cuando la radio habla de la paz reinante (la televisión ha sido suprimida, nadie quiere dar la cara) sabemos que se trata de una expresión de deseo o de un pedido de auxilio, porque los mismos locutores no ignoran que en cada rincón los espera una bomba y llegan embozados a las emisoras para que nadie pueda reconocerlos después cuando andan sueltos por las calles como respetables ciudadanos. No se sabe quiénes atentan contra los locutores, al fin y al cabo ellos sólo leen lo que otros escriben y la segunda incógnita es: ¿dónde lo escriben? Debe ser en los ministerios bajo vigilancia policial y también bajo custodia porque ya no está permitido escribir en ninguna otra parte. Es lógico, los escritores de ciencia ficción habían previsto hace años el actual estado de cosas y ahora se trata de evitar que las nuevas

profecías proliferen (aunque ciertos miembros del gobierno
—los menos imaginativos— han propuesto dejarles libertad de
acción a los escritores para apoderarse luego de ciertas ideas
interesantes, del tipo nuevos métodos de coacción que siempre
pueden deducirse de cualquier literatura). Yo no me presto a
tales manejos, y por eso he desarrollado y puesto en práctica un
ingenioso sistema para escribir a oscuras. Después guardo los
manuscritos en un lugar que sólo yo me sé y veremos qué pasa.
Mientras tanto el gobierno nos bombardea con consignas optimistas que no repito por demasiado archisabidas y ésta es nuestra
única fuente de cultura. A pesar de lo cual sigo escribiendo y trato
de ser respetuosa y de no.

La noche anterior escuché un ruido extraño y de inmediato
escondí el manuscrito. No me acuerdo qué iba a anotar: sospecho
que ya no tiene importancia. Me alegro eso sí de mis rápidos
reflejos porque de golpe se encendieron las luces accionadas por
la llave maestra y entró una patrulla a registrar la casa. La pobre
Betsy tiene ahora para una semana de trabajo si quiere volver a
poner todo en orden, sin contar lo que rompieron y lo que se
deben de haber llevado. Gaspar no logra consolarla pero al
menos no ocurrió nada más grave que el allanamiento en sí.
Insistieron en averiguar por qué me tenían de pensionista, pero
ellos dieron las explicaciones adecuadas y por suerte, por milagro casi, no encontraron mi tablita con pintura fosforescente y
demás parafernalia para escribir en la oscuridad. No sé qué
habría sido de mí, de Betsy y de Gaspar si la hubieran encontrado,
pero mi escondite es ingeniosísimo y ahora pienso si no sería
preferible ocultar allí algo más útil. Bueno, ya es tarde para
cambiar; debo seguir avanzando por este camino de tinta, y creo
que hasta sería necesario contar la historia del portero. Yo estuve
en la reunión de consorcio y vi cómo se relamían interiormente
las mujeres solas cuando se habló del nuevo encargado: 34 años,
soltero. Yo lo vi los días siguientes esmerándose por demás con
los bronces de la entrada y también leyendo algún libro en sus
horas de guardia. Pero no estuve presente cuando se lo llevó la
policía. Se murmura que era un infiltrado del interior. Ahora sé
que debí haber hablado un poco más con él, quizá ahora
deshilachando sus palabras podría por fin entender algo, entrever un trozo de la trama. ¿Qué hacen en el interior, qué buscan?
Ahora apenas puedo tratar de descubrir cuál de las mujeres solas

del edificio fue la que hizo la denuncia. Despechadas parecen todas y no es para menos, ¿pero son todas capaces de correr al teléfono y condenar a alguien por despecho? Puede que sí, tantas veces la radio invita gentilmente a la delación que quizá hasta se sintieron buenas ciudadanas. Ahora no sólo me da asco saludarlas, puedo también anotarlo con cierta impunidad, sé que mi escondite es seguro. Por eso me voy a dar el lujo de escribir unos cuentitos. Ya tengo las ideas y hasta los títulos: *Los mejor calzados, Aquí pasan cosas raras, Amor por los animales, El don de la palabra*. Total, son sólo para mí y, si alguna vez tenemos la suerte de salir de ésta, quizá hasta puedan servir de testimonio. O no, pero a mí me consuelan y con mi sistema no temo estar haciéndoles el juego ni dándoles ideas. Hasta puedo dejar de lado el subterfugio de hablar de mí en plural o en masculino. Puedo ser yo. Sólo quisiera que se sepa que no por ser un poco cándida y proclive al engaño todo lo que he anotado es falso. Ciertos son el sonido de la flauta, el olor a incienso, las sirenas. Cierto que algo está pasando en el interior del país y quisiera unirme a ello. Cierto que tenemos —tengo— miedo.

Escribo a escondidas, y con alivio acabo de enterarme que los del interior también están escribiendo. Aprovechan la claridad de las llamas votivas para escribir sin descanso lo que suponemos es el libro de la raza. Esto es para nosotros una forma de ilusión y también una condena: cuando la raza se escribe a sí misma, la raza se acaba y no hay nada que hacerle.

Hay quienes menosprecian esta información: dicen que los de la ciudad no tenemos relación alguna con la raza esa, qué relación podemos tener nosotros, todos hijos de inmigrantes. Por mi parte no veo de dónde el desplazamiento geográfico puede ser motivo de orgullo cuando el aire que respiramos, el cielo y el paisaje cuando queda una gota de cielo o de paisaje, están impregnados de ellos, los que vivieron aquí desde siempre y nutrieron la tierra con sus cuerpos por escasos que fueran. Y ahora se dice que están escribiendo el libro y existe la esperanza de que esta tarea lleve largos años. Su memoria es inmemorial y van a tener que remontarse tan profundamente en el tiempo para llegar hasta la base del mito y quitarle las telarañas y desmitificarlo (para devolverle a esa verdad su esencia, quitarle su disfraz) que nos quedará aún tiempo para seguir viviendo, es decir para crearles nuevos mitos. Porque en la ciudad están los pragmáticos, allá lejos los idealistas y el encuentro, ¿dónde?

Mientras tanto las persecuciones se vuelven cada vez más insidiosas. No se puede estar en la calle sin ver a los uniformados cometiendo todo tipo de infracciones por el solo placer de reírse de quienes deben acatar las leyes. Y pobre del que se ofenda o se retobe o simplemente critique: se trata de una trampa y por eso hay muchos que en la desesperación prefieren enrolarse en las filas con la excusa de buscar la tranquilidad espiritual, pero poco a poco van entrando en el juego porque grande es la tentación de embromar a los otros.

Yo, cada vez más calladita, sigo anotando todo esto aun a grandes rasgos (¡grandes riesgos!) porque es la única forma de libertad que nos queda. Los otros todavía hacen ingentes esfuerzos por creer mientras la radio (que se ha vuelto obligatoria) trasmite una información opuesta a los acontecimientos que son del dominio público. Este hábil sistema de mensajes contradictorios ha sido montado para enloquecer a la población a corto plazo y por eso, en resguardo de mi salud mental, escribo y escribo siempre a oscuras y sin poder releer lo que he escrito. Al menos me siento apoyada por los del interior. Yo no estoy como ellos entregada a la confección del libro pero algo es algo. El mío es un aporte muy modesto y además espero que nunca llegue a manos de lector alguno: significaría que he sido descubierta. A veces vuelvo a casa tan impresionada por los golpeados, mutilados, ensangrentados y tullidos que deambulan ciegos por las calles que ni escribir puedo y eso no importa. Si dejo de escribir, no pasa nada. En cambio si detuvieran a los del interior sería el gran cataclismo (se detendría la historia). Deben de haber empezado a narrar desde las épocas más remotas y hay que tener paciencia. Escribiendo sin descanso puede que algún día alcancen el presente y lo superen, en todos los sentidos del verbo superar: que lo dejen atrás, lo modifiquen y hasta con un poco de suerte lo mejoren. Es cuestión de lenguaje.

Los heréticos (1967)

Nihil obstat

Como es de suponer, yo ando en busca de la absolución total de mis pecados. Y esto no es cosa nueva, no; me viene de chico, desde aquella vez a los once en que le robé la gorra llena de monedas al ciego ese que pedía limosna. Fue para comprarme una medallita, claro, y había hecho bien mis cálculos: la medalla tenía de un lado al Sagrado Corazón y del otro una leyenda que ofrecía novecientos días de indulgencia a todo el que rezase un padrenuestro ante la imagen. Si mis cuentas eran buenas, bastaba con cuatro padrenuestros para que el cielo me perdonase el robo. El resto resultaba beneficio neto: novecientos días por vez no serán una eternidad pero puestos unos detrás de otros suman unas vacaciones en el Paraíso que da gusto imaginar.

Y no sólo existe la posibilidad de pasárselas bien después de muerto; no me diga que no es una broma eso de tener que andar por estas tierras del Señor cargando sobre los hombros molestos pecados menores, sentimientos de culpa que pesan y de los que uno se puede liberar con tanta facilidad, después de todo.

También pensé en la cuestión de las hostias, que fue regia mientras duró. Le diré que yo, Juan Lucas, con nombre de dos evangelistas como corresponde, iba a misa de seis todos los días y a comulgar. Con un poco de cuidado, y tratando de portarme más o menos bien, una única confesión me duraba toda la semana con sólo cambiar de iglesia. Siete días de levantarme al alba que me dejaban la buena cosecha de seis hostias consagradas para guardar de reserva en previsión de días peores. Las metía todas en una caja de madera tallada sobre la que había pegado una estampita de Santa Inés y que yo mismo purifiqué con agua bendita de la que tengo varias botellas llenas. Lo más peligroso era el momento en que tenía que sacarme la hostia de la boca después de la comunión. Pero con elegir el banco más oscuro de la iglesia listo el pollo. Hasta las viejas beatas que van a farfullar sus rezos están medio dormidas a esa hora. Con decirle que ni siquiera se daban cuenta de que tenían un santo, allí, al alcance de la mano, y que ese santo era yo que me negaba a asumir el más pequeño de mis más deleitosos pecados...

Generalmente el stock de hostias consagradas se me agotaba durante las vacaciones, entre la tentación de los lugares de veraneo con chicas en traje de baño y una que otra que vendía a algún amigo para redimirlo de una buena vez. Ya ve, he sembrado el bien hasta entre mis amistades, algunas de las cuales ni se lo merecen...

La de mi autocomunión era una ceremonia sencillita pero muy devota: por la noche, después de alguna farra, yo mismo volvía a bendecir la hostia y me la administraba alabando mi propia pureza. Era la absolución perfecta sin necesidad de pasar por todos los engorros de la Iglesia que le hacen perder a uno tantas buenas horas de playa. Además, eso de irme a dormir con la conciencia sucia me costaba mucho... como si no me hubiera lavado los dientes, ¿a usted no le pasa lo mismo?

Fue el año pasado cuando lo conocí a Matías. Yo, honestamente, soy un muchacho sano y alegre, como usted ve, aunque siempre en paz con el Creador. Matías, en cambio, era de los trágicos: sombrío y siempre vestido de negro y con el ceño fruncido. Pensé que la salvación estaba quizá por ese lado y empecé a imitarlo, a vestirme de negro como él, a dejar de reír. Por las noches caminábamos por las calles oscuras y él me decía:

—La senda de Dios sólo es para los elegidos. De nada vale que te tortures si no eres uno de los nuestros... Arrodíllate, vil gusano, y reza.

Por mi manera de rezar, de arrodillarme y de vil gusano, se dio cuenta de que yo también era uno de ellos.

—Mañana empieza la gran penitencia —me dijo una vez—. Ayunaremos durante tres días, tan sólo agua y galletas, y permaneceremos en el más absoluto silencio y en la más densa oscuridad.

Para mí la cosa empezaba a ponerse fea, pero hice de tripas corazón y le pregunté:

—¿Y cuántos días de indulgencia te parece a vos que se ganan con todo ese sacrificio?

—No hay duda de que eres un gusano. Lo sabía. Un perfecto venal, un interesado. Y lo peor es que no andas tras los bienes de este mundo sino tras los del otro, que es mucho más grave. Ya sabes cómo castiga Dios la codicia y la soberbia.

Se quedó mirándome con asco un buen tiempo y después agregó:

—Pero yo he de salvar tu alma. He de salvarte porque sí, para tu bien, y no para encontrar en ti mi propia salvación, como harías en mi lugar.

Se arremangó entonces la sotana que usaba de entrecasa, cuando no podían verlo los que sabían que era empleado de banco y no cura, y gritó:

—¡Te voy a arrancar esa codicia de eternidad aunque tengas que salir con la piel hecha jirones!

Tomó el rebenque que tenía colgado en lo que él llamaba su rinconcito criollo y empezó a azotarme con furia. Supongo que lo hizo por mi bien, como había dicho, pero le aseguro que me alegré de que no se le diera además por usar las espuelas o el fierro de marcar. La espalda me quedó toda morada y él sólo paró cuando se le hubo cansado bien el brazo. No veo por qué la medida de mi penitencia tiene que estar en relación directa con el aguante de sus bíceps... Es injusto, hay días en que él está aguantador y yo apenas tengo que expiar alguna pequeña falta. Y los golpes, como usted bien se imagina, no se pueden acumular como las hostias.

¿El ayuno? Ah, sí. Claro que lo hicimos. Aunque la oscuridad sólo era densa y total desde la una de la madrugada hasta el alba, desde que se apagaban los colorinches del letrero luminoso de afuera hasta los primeros rayos del sol que se colaban por entre las persianas. Usted ya sabe lo que son estos departamentos modernos, todo se le mete a uno adentro: ruidos, olores, luces. Los rojos y verdes intermitentes del letrero de neón le daban a Matías una cara de diablo que se hinchaba y deshinchaba masticando galletas marineras. Yo personalmente no me calenté demasiado; no creo que se pueda llegar así a la santidad. A mí me gustan las cosas más sencillas, más profundas. Las cosas benditas. Al menos con los latigazos uno sentía dolor y podía pensar que estaba pasando algo... Pero no comer, y estar en la penumbra, y casi no hablar, eso no puede redimir a nadie: es demasiado aburrido.

—Tenemos que dormir en un solo catre para que la incomodidad nos alcance hasta en el sueño —decía Matías. Y yo:

—Podemos dormir en el suelo que es bien incómodo y duro y al menos no tenemos que estar apretujados con este calor...

—No. Es necesario estar el uno contra el otro, bien apretados para que no se nos escape nuestra fuerza vital, para unir nuestras almas. Debemos conservar la prana que se volatiliza con tanta facilidad cuando se está débil. Abrázame, hermano.

Lo que es a mí no me agarran más para eso del ayuno. Matías hizo lo que pudo, claro. Si hasta quería besarme en la boca para infundirme un poco de su santidad... Pero a mí no me sirvió de nada tanto sacrificio de su parte. En el libro en que llevo la cuenta del tiempo de perdón ganado apenas pude anotar tres años más: uno por cada día que pasamos encerrados. Y tres años de Paraíso en toda una eternidad, se imagina usted que no es gran cosa.

Fue justo para esa época cuando apareció Adela. Una muchacha espléndida, pero tan terrenal, tan diferente de Matías. Nunca quiso venir conmigo a misa, ni siquiera para confesarse. Hasta se reía cuando yo trataba de hacerle tragar una de mis hostias. Pero venía a menudo a casa, se quedaba un rato y ¡zas! cometíamos el pecado de la carne. Tenía la piel suave y era tibia, siempre tan tibia y como vibrando. Yo se lo trataba de explicar a Matías y le decía que cuando la tenía en mi cama, tan rubia y con los ojos tan claros, bien podía imaginarme que era un ángel. Sin embargo Matías contestaba:

—¡Qué ángel, si es un demonio! Debes abandonar a esa hembra que es la encarnación de Satanás, la serpiente que a cada rato pone la manzana en tus manos y que no va a detenerse hasta no verte arrastrándote por todos los infiernos.

—No —la defendía yo—. Adela es una buena piba. No podés hablar así de ella que no hace mal a nadie y que a mí me hace tan feliz.

—¡La concupiscencia! —bramaba él, hasta que por fin me di cuenta de que tenía razón y no pude menos de hacer lo que hice, aunque a veces pienso que está mal. Sobre todo cuando ella viene a golpear a la puerta del departamento de Matías y a llamarme como loca. En esos momentos Matías se pone fuerte para defenderme, la echa a arañazos y después viene al dormitorio a tranquilizarme y a decirme que no me preocupe. Pero me preocupo, padre, y por eso quiero que usted me diga cuánto tiempo de Paraíso puedo agregarme en el libro por haberla abandonado a Adela tan a pesar mío.

Proceso a la Virgen

—Será muy linda y todo lo que usted quiera, pero ya estamos hartos de que no nos haga ni el más mínimo milagrito. Hartos, le digo.

Sobre su cabeza colgaba una hinchada estrella de mar y sus ojos se enredaban en la red que pretendía hacer de la pesca algo decorativo y tentador. Sin embargo, el que hablaba tenía bien marcados en la cara el viento y la sal y las manos desgarradas de tanto tironear las redes y por ahí afuera no más se paseaba Hernán Cavarrubias sin el brazo izquierdo, arrancado por un guinche.

—Una vida de perros, le digo, y eso sin contarle lo del Temerario que se hundió a la entrada del puerto y nosotros acá casi mirando cómo se ahogaban sin poder hacer nada. La culpa, claro, la tuvo el patrón Luque que quiso volver para descargar y salir de nuevo. No es cuestión de volver con este temporal, le dijeron los de la Siempre Lista que se mojaron mar afuera esperando que amainara. Pero Luque no era de los que iban a perder un buen banco de salmón cuando lo encontraban; se había encomendado a Ella, eso sí, y tenía una mala foto de la imagen al lado del timón. Pero qué Virgen de los Milagros ni Virgen de los Milagros. Para mí que ni lo oyó al Luque cuando empezó a tragar agua y a llamarla por su nombre.

"Eso que era el único que le sabía el nombre, se lo acordaba desde cuando la habían traído de España diciendo que era un regalo de pescadores de otros mares. Linda imagen, con tantas puntillas como si fueran espuma, y un poco triste. Linda imagen y milagrosa para mejor; al menos así dijeron ellos. Por eso nunca le faltó un buen cirio encendido, o dos, o tres. Hasta consiguió una colección de exvotos de lata, más para tentarla a atender pedidos que en agradecimiento de alguna cura que no había hecho: un poco como esos huevos de yeso que se les deja a las gallinas para que salgan buenas ponedoras. Ésta, a todas luces, no es una imagen buena ponedora de milagros, pero los que la trajeron afirmaron lo contrario y no es cuestión de desatender ese tipo de afirmaciones.

Habrá que dejar que se aclimate, opinaron los pescadores al principio. Con sorna alguien dijo que quizás era necesario ponerle la carnada adecuada, pero ellos menearon la cabeza: sabían que las cosas celestes nada tienen que ver con los secretos de la buena pesca.

Mientras preparaban los anzuelos en el espinel del cazón o mientras remendaban las largas redes no por eso dejaban de pensar en ella con la esperanza de que hiciera algún milagro. Aunque cuando volvían con las barcas cargadas de pescado hasta el tope sabían muy bien que ése no era milagro alguno sino simple cumplimiento de las leyes marinas, como ocurría desde mucho antes de que ella apareciese por el pueblo. Y en el muelle, mientras hacían volar por el aire los salmones para cargarlos en el camión, pensaban con bastante sentido práctico que el milagro sería encontrar una mañana un buen muelle de cemento en lugar de esas tablas podridas donde latía el peligro de romperse una pierna en las noches sin luna.

Las mujeres, en cambio, tenían una idea más poética aunque no menos egoísta de las obligaciones de la Virgen y se reunían a su alrededor cuando las barcas estaban afuera, más para envidiar su manto de fino terciopelo, sus puntillas y sus collares de plata que para rezar y pedir la vuelta de los hombres que se habían hecho a la mar.

El viento podía entonces andar como por su casa en el esmirriado pueblecito. Venía galopando por el vasto desierto y desierto encontraba allí también, con las mujeres en la iglesia y los hombres en alta mar: trabajo y fe, la perfecta combinación para el viento que se iba hasta la playa a correr como un loco y a jugar con la María.

Es tan fácil jugar con el viento, dejar que se le cuele a una por entre las piernas o que se le enrede en el pelo y la haga reír...

—Mirála vos a esa loca, siempre haciendo escándalos. Ya no tiene edad para juntar caracoles y andar corriendo descalza y muerta de frío.

—Es hora de que se busque algún buen muchacho y no perturbe más a nuestros maridos.

En su casa la María tenía una larga ristra de collares de caracoles y no le interesaba envidiar los collares de plata de la Virgen, por eso nunca iba a la iglesia e ignoraba que las mujeres trataban de indisponer a la imagen en su contra diciéndole que ella era una nueva Eva mandada para seducir a sus hombres, o, peor aún, la venenosa serpiente con cuerpo de mujer esperando agazapada para saltar y morder y traer el pecado al pueblo. El pecado, total, corría como el buen vino por el pueblo, pero qué les podía importar eso a las mujeres mientras fueran ellas las beneficiarias, mientras fueran sus propias virtudes las que se escurrían felices por entre la trama por demás generosa de las redes de sus maridos. Pero la María libre sobre la arena era la amenaza de que algún día se habría de romper el orden preestablecido dejándolas con un palmo de narices.

—Virgencita, imagen santa, dame un género azul para hacerme un vestido que si no la María me lo quita al Ramón.

—Ay, Virgencita, pensar que lleva tu nombre y es el mismo demonio. Ayer lo vi a mi marido que la estaba mirando y le brillaban los ojos como nunca le brillaron conmigo porque ella lo tiene engualichado.

La Virgen tenía cara de comprenderlo todo y sin embargo mes tras mes la María seguía correteando por ahí como una salvaje y el tiempo que pasaba no hacía más que aumentar el deseo de los hombres. Pero para qué iba a querer hombres la María, con las caricias del viento que eran tanto más suaves y desinteresadas.

Mientras tomaban su vino en el único café frente a los muelles, los pescadores no miraban la desembocadura del río ni vigilaban la llegada de la creciente que les permitiría salir. No. Tenían los ojos fijos en el lugar por el que tarde o temprano debía pasar la María, con la cabeza cubierta de algas.

Entre acecho y acecho fue llegando el verano, casi sin hacerse desear. Un día por fin apareció el sol, el mar se detuvo para tomar aliento y el frío desierto detrás de las casas brilló con inesperadas tonalidades rojizas. Ese día los pescadores no salieron. Se quedaron en el café frente a sus vasos esperando ver pasar a la María: flotaba en el aire un resplandor que presagiaba grandes acontecimientos y los grandes acontecimientos no eran moneda corriente en esas latitudes. Cuando el sol ya se estaba poniendo, acarreando tras de sí una manada de nubes rosadas, apareció por fin la María. El vestido mojado le dibujaba el cuerpo: se había hecho amiga del mar por despecho, porque el viento la había abandonado. Muchos pares de ojos la siguieron en su camino de vuelta, muchos posibles amigos que podrían darle más satisfacciones que el viento o el mar. Fue un minuto de silencio para los hombres que lanzaron un mudo suspiro o un mudo —llamado aunque después siguieron bebiendo como si nada hubiera pasado y acabaran por irse a sus casas con el deseo por la María martillándoles en el alma.

Felipe, el recién casado, encontró la única flor del pueblo escondida entre unas maderas podridas a pocos pasos de su casa. La recogió para su mujer pero después de madura reflexión dio media vuelta y fue a la iglesia a dejársela a la Virgen:

—Te pido una sola cosa, yo que nunca te pedí nada. Y te traigo la única flor silvestre que ha crecido en este puerto. Nunca te pedí nada pero ahora quiero que la María sea mía. Haz que la María esté conmigo aunque sea una sola vez y te traeré todas las flores de los rincones más apartados.

No sólo Felipe tuvo esa noche la brillante idea de pedirle la virgen a la Virgen, como corresponde. Si hasta Hernán Cavarrubias cargó bajo su brazo único la pesada farola de bronce que era su tesoro para dársela a la Virgen y pedirle el milagro de conseguir a la María. Total, arguyó, si de milagros se trata no hay razón para que un manco tenga menos suerte con una mujer que un hombre completo.

A la mañana siguiente las barcas salieron al alba cargando una esperanza. Y al llegar a la barra, el punto de verdadero peligro, los pescadores se despreocuparon de sus timones y quedaron mirando la playa a su derecha por donde aparecía el sol porque la María ya se estaba bañando a esas horas, desnuda.

Las mujeres llegaron a la iglesia un poco más tarde con algunos regalos y algunos pedidos a flor de labios para la Virgen de los Milagros, pero descubrieron que el altar ya estaba cubierto con otras ofrendas. Al principio sintieron un odio profundo y profundos celos ante esa imagen que acaparaba toda la generosidad de sus hombres, pero muy pronto cayeron en la cuenta de que no debía ser por una mera estatua que los hombres se desvivían, que las caracolas y la flor y el anillo y hasta la conocida farola de Hernán Cavarrubias estaban allí implorando algo que sólo podía tener olor a hembra.

Hubo un largo conciliábulo en la iglesia, y por fin decidieron ir a consultarla a la vieja Raquel llevándole los regalos destinados a la Virgen, ya que la vieja tenía fama de bruja y podía ser imparcial, sin ningún hombre de su familia que perder en el juego.

La vieja Raquel bien que sabía del fondo de las almas:

—Esa mujer les ha chupado el seso porque está muy lejos, porque ellos saben que a pesar de todos sus pedidos y ofrendas y posibles milagros, nunca la van a alcanzar. No piensan más que en ella porque total soñar no cuesta nada y siempre lo que no se tiene parece mejor que lo que está al alcance de la mano. Pero dejen que la cacen algún día; bastará con que uno la toque para que los demás ya no quieran saber nada y se olviden de ella.

—Es que no la quieren tocar. Si no ya la hubieran agarrado alguna noche oscura como nos agarraron a nosotras. Prefieren tenerla así para desearla sin problemas.

—¿Por qué la van a ensuciar si total es tan fácil dejarla como está? Si ella no hace nada para tentarlos demasiado, ni siquiera los busca.

La vieja se quedó pensando un buen rato con la cabeza hundida entre los hombros, bulto negro y caliente como una lechuza. Por fin dijo:

—Todo depende de ustedes, ahora. De la voluntad que pongan en recuperarlos... Hoy es el día de la Virgen porque hoy hace tres años que nos la trajeron. Ustedes van a organizar una gran fiesta y el vino va a correr en cantidad. Hasta podemos hacer una procesión, y poner a la Virgen en un altar sobre un muelle. El padre Antonio nunca se niega a estas cosas. Elijan ustedes a un hombre, señálenmelo y yo me encargo de largárselo a la María...

Sin decir una palabra las mujeres volvieron a sus casas y empezaron a preparar las tortas de pescado y a freír los langostinos para la fiesta. Inclinadas sobre sus sartenes reían solas al pensar en la noche, en el vino y en la humillación de la María.

Pasaron toda la tarde instalando mesas y bancos frente al muelle, armando el altar con flores de papel, apilando damajuanas. A la hora del ocaso las barcas cruzaron la barra una tras otra. Un poco más allá los pescadores vieron a la María que de nuevo estaba jugando entre las olas con el pelo flotando como una medusa... Ninguno se decidió a detener su barca y fueron entrando todos en fila india por la boca del río. Una suave música los iba acompañando porque lo primero que oyeron fue el acordeón de Olimpio. Y a medida que se acercaban al puerto empezaron a ver las mesas tendidas, las lámparas de petróleo, las damajuanas de vino y el altar vacío. Es el día de nuestra Virgen, es el día de nuestra Virgen, les gritaban desde la tierra las mujeres enardecidas, sabiendo hasta qué punto decían la verdad.

La fiesta arrancó con cierta tirantez porque los hombres pensaban en la María que nadaba a pesar del frío en un mar ensangrentado por la puesta del sol. Todo se fue asentando gracias al vino y a las brasas sobre las que se cocinaba el salmón, hasta que el padre Antonio decidió que ya era hora y los guió hasta la iglesia. Por primera vez la Virgen salió bajo su palio a recorrer un pueblo que casi no conocía. El polvo de los caminos le endurecía las puntillas mientras los pescadores entonaban lo que ellos creían ser salmos pero que más se parecían a lánguidas canciones de marineros borrachos... Acabaron por ponerla frente al altar improvisado, le encendieron velas y se quedaron mirándola sin saber qué hacer, como esperando el milagro. Las mujeres supieron aprovechar el desconcierto para servir más vino y empezar el baile. Nunca se había visto nada igual sobre los sobrios muelles pero ¿qué importancia podían tener las tradiciones cuando estaba en juego todo el honor femenino del pueblo? Algunas mujeres bailaron sobre las mesas, otras hicieron volar sus polleras con demasiada violencia. Sólo la vieja Raquel quedó frente al altar como sumida en sus oraciones. Por fin reunió a las mujeres para decirles:

—Ha llegado el momento. Ahora ustedes elijan al hombre que yo me encargo del resto.

—No quiero que sea mi marido —gritó una.

—Ni el mío. Ni mi padre. Ni mi hermano. Ni mi hijo —corearon las otras.

Hasta que la vieja se enojó:

—¿Hicieron toda la fiesta para echarse atrás al final? Tienen que hacer un sacrificio, nada más que un sacrificio para la Virgen y después van a poder vivir en paz sin soñar con la María.

Pero las mujeres se empecinaron en su negativa y la vieja ya se alejaba mascullando entre dientes cuando una de ellas la alcanzó:

—Llámelo a Hernán Cavarrubias, que no tiene mujer, ni madre, ni hijas. Él se la merece a la María.

Si la vieja pensó en la mezquindad de las mujeres no lo hizo notar. Se quedó un rato como ausente y después fue a buscar a Cavarrubias para decirle que había tenido una visión: la María lo amaba y lo llamaba, debía estar esperándolo en algún rincón del pueblo porque tenía vergüenza de entregarse. Y sobre todo, agregó, no se olvide de tomarla por la fuerza porque a ella le gusta así.

—Es el milagro. La Virgen me ha escuchado porque le regalé mi farola. —Y con la ayuda del vino salió corriendo hacia la casa de la María para hacerla suya.

Con cada vaso que iban sirviendo, las mujeres desparramaban la noticia hasta que no hubo hombre alguno en los muelles que no supiera lo de Hernán Cavarrubias y que no estuviese devorándose de envidia, esperando la vuelta del manco.

Cavarrubias volvió mucho antes de lo que se esperaba y con aire de derrota:

—La María desapareció. No está en su casa ni en las calles ni en el almacén ni a orillas del mar. Se la tragó la tierra.

Los otros pensaron que quizás era el mar el que se la había tragado, y mejor así porque podían seguir deseándola, como antes. Mientras tanto Cavarrubias se lamentaba frente al altar improvisado y trataba de arrancar algún consejo a la Virgen. De pronto se dio cuenta de que era Ella la culpable de todo y se levantó de un salto para imprecarla:

—La culpa la tiene la Virgen —empezó a gritar— que se quiso burlar de mí a pesar de la farola. Nunca nos ha querido. ¿Acaso alguno de ustedes se acuerda de haber recibido algo de Ella?

Por su lado las mujeres, contritas, estaban cuchicheando a un costado del muelle, lamentándose de haber mandado al manco que no tenía por qué conseguir nada, de no haber sido lo suficientemente valientes para sacrificar a alguno de sus hombres y acabar con el mito de la María para siempre. Hasta que una de ellas irguió la cabeza por encima del grupo:

—Nosotras no tenemos la culpa. Nosotras siempre le pedimos amparo a la Virgen y esto es como si Ella nos hubiera vuelto la cara. Al fin y al cabo sólo queríamos que nos devolviera el deseo de los hombres, que era nuestro. Nada que pudiera ofenderla, todo lo contrario, y si no nos hizo el favor es porque quiso humillarnos.

Poco a poco el pueblo entero se fue juntando frente a la imagen, con toda la dosis de despecho acumulado, de pedidos insaciados. Alguien la bajó del altar improvisado y los reproches empezaron a llover sobre ella con furia. Fue un juicio muy somero, y la condena empezó cuando Hernán Cavarrubias le tiró la primera piedra.

Ciudad ajena

Si quieren llámenlo intuición femenina, o locura, o como quieran llamarlo, porque lo que es yo ni lo pienso calificar y son ustedes los que necesitan una etiqueta para cada cosa. Aquí y ahora no tengo por qué darle un nombre a nada, y menos aún tratar de explicarlo; tan sólo quiero ir tragando el miedo a grandes bocanadas mientras espero que él vuelva.

Todo empezó hace un mes, quizás, aunque a mí ya me parece que nunca ha empezado. Fue por culpa de la intuición femenina o como se hayan decidido a llamarlo los que viven del mal lado de las cosas y sólo conocen las realidades más palpables. Yo, por lo pronto, siempre tuve un mundo propio lleno de emociones y nunca me he fiado de las palabras, menos aún de su significado. Pero cuando lo escuché cantar me dije: *tiene una voz como para resucitar a los muertos,* y en eso las palabras no me la jugaron sucia y pude saber después que no me había equivocado. Mi mundo nada tiene que ver con la fantasía, ni siquiera con la ciencia ficción: está hecho de pequeñas cosas que los dioses tienen a bien ofrecerme cuando las merezco y que yo sé identificar entre millones de otras casi idénticas. Las piedras, por ejemplo. Sé que las piedras son mis amigas. Un día que estuve especialmente lúcida encontré un canto rodado en forma de gallina; al poco tiempo apareció otro que parecía una fabulosa mujer con un solo pecho y el ombligo que le atravesaba el cuerpo. Cosas muy menores, claro, comparadas con mi ciudad. Primero la encontré en sueños, después la fui a buscar justo donde la había soñado, del otro lado de los Andes y a pico sobre el Pacífico. Es una ciudad de ojivas y duras fortalezas moradas que la montaña, pensé por un tiempo, había fabricado para mí.

Tiene una voz como para resucitar a los muertos, me repetía mientras lo escuchaba cantar. Era ya bastante premonitorio que para llegar hasta él hubiera que bajar tantos escalones, y como la palabra casualidad no existe, la primera vez bajé impulsada por algún oscuro designio, el mismo que me había llevado hasta ese barrio de estibadores y de solapadas prostitutas.

Me molestó haberlo encontrado, saber de su existencia, poder desenmascararlo. Era la voz de otra raza que se arrancaba de sus tripas al tercer vaso de aguardiente y sólo yo lo sabía, aunque los demás que parecían tan pálidos y fantasmales al lado de su negra piel animal también intuían algo y escuchaban en un silencio que era de comunión. Volví dos, tres veces, justo al quinto toque de las doce cuando él empezaba a cantar. Llegaba para asistir al repetido rito de los parroquianos que dejaban los dados y las cartas y hasta se enjugaban los labios para no tomar más mientras él estuviera cantando. Y al tercer día decidí: voy a llevarlo a mi ciudad que cuelga sobre el mar; su voz puede hacer resucitar a los muertos y mi ciudad está llena de espíritus que bailan a mi alrededor y tratan de decirme cosas cada vez que llego hasta allí atravesando las montañas.

Sólo él era capaz de materializar a mis muertos para que yo pudiera descifrar ese pedazo de naturaleza que ayudada por el viento una vez trató de imitar la obra de los hombres. Los que murieron allí tenían que conocer ya el misterio que cuelga de los picos más altos y que nunca me ha dejado dormir en esas noches solitarias entre las rocas. Año tras año, todos los veranos, casi con devoción, dejaba atrás los volcanes para tratar de develar el secreto de mi ciudad, y en aquel momento, sentada a la mesa del rincón escuchándolo cantar, me di cuenta de que no podía hacer nada sin su ayuda y decidí llevarlo.

Pensé que la luz del día no tenía por qué borrar su existencia y volví a la mañana siguiente al boliche para preguntarle al mozo dónde podría encontrarlo. Pero él estaba allí, en la misma posición que la noche anterior. Sólo había cambiado la expresión de su cara y por el piso rodaba su botella vacía. Bajé la escalera con parsimonia, acerqué una silla a su mesa y empecé a explicar. Hablé durante una hora y no logré arrancarle ni siquiera un gesto.

Usted es el único que puede ayudarme, le dije como despedida. Me voy dentro de quince días. Véngase conmigo...

Tanta imploración de mi parte y él ni levantó la vista, así que me alejé arrastrando los pies y como vencida. Hasta que subí las escaleras y salí a la calle y por fin pensé que quizá no entendiera las palabras cotidianas y que sólo debía ser permeable a alguna oscura señal cabalística. Volví corriendo para ver si todavía se podía hacer algo, y al empujar la puerta vaivén él levantó la vista y sus ojos me mostraron un instantáneo brillo de comprensión que alcanzó para alimentar mi tenacidad. Noche tras noche llegué justo a la hora en que empezaba a cantar. Poco a poco fui abandonando mi rincón hasta ganar la triste claridad que lo rodeaba, pero él parecía no reconocerme.

La noche antes de la partida decidí jugar la última carta. Me senté a la mesa que enfrentaba la suya, dejé mi mochila sobre el piso y esperé. Estaba como dormido y sus ojos brillaron sólo cuando empezó a cantar.

Necesito que reviva a mis muertos para saber, me repetía para darme fuerzas. Por fin decidí sacar de mi bolsillo los boletos para Copahue, primera etapa del viaje. Eran dos y traté de ponerlos justo bajo sus ojos. En ese momento agachó la cabeza y al verlos dejó de cantar, súbitamente. El silencio rompió la calma. Los parroquianos recuperaron sus sistemas nerviosos y me descubrieron, con sorpresa, y uno de ellos arrimó su silla a la mía y trató de abrazarme. Yo sólo lo miraba a él y noté que sus músculos se iban poniendo tensos hasta que su brazo se distendió como un resorte para golpear la mandíbula del tipo a mi lado que cayó arrastrando la silla. Y antes de que los demás pudieran empezar a asombrarse tomó los boletos y la mochila con una mano mientras con la otra me empujaba a través del salón y escaleras arriba.

En el maldito hotel del Bajo descubrí que su cuerpo tenía la exacta forma que yo deseaba, pero él no quiso saber nada del mío ni de mi agradecimiento. A la mañana siguiente empezó el destartalado viaje por caminos de polvo y pampa, primero, por caminos de montaña después, días y noches con sus interminables paradas. Viajó mudo y erguido, sin ver nada, sin quejarse ni asombrarse. Le falta aguardiente, descubrí. Voy a tener que comprarle unas cuantas botellas para que pueda cantar con toda el alma cuando lleguemos a mi ciudad.

En el preciso instante en que se diluían las horas llegamos a Copahue, el valle de los volcanes con chorros de agua hirviendo que surgen del fondo de la tierra para que la montaña se convierta en infierno. Llegamos al olor a azufre y a las nieves eternas.

Ya era una costumbre en los hoteles: los dos en la misma cama tratando de no tocarnos. Pero esa noche el termómetro marcaba bajo cero y él empezó a temblar debajo de las mantas. No iba a dejarlo sufrir, ahora que lo tenía, y casi sin pensarlo traté de pasarle un poco de mi propio calor. De golpe sus brazos revivieron, revivió cada célula de su cuerpo y no tuve más que dejarme estar para que los ritos se cumplieran.

Me desperté ya entrada la mañana y quise sentirlo cerca. Estiré la mano sobre las sábanas pero mi mano corrió sin encontrarlo y supe que me había abandonado para siempre. Rotos los designios y las claves por faltar a la pureza, por atender al deseo, justo cuando estábamos tan cerca de mi ciudad. Me vestí como pude y salí corriendo sin hacerle caso al viento que insistía en empujarme y hacerme caer, sin hacerle caso a los diminutos volcanes que nacían a mi paso y me quemaban los pies. A medida que corría me iba olvidando de él, de sus brazos, de su cuerpo negro. Mis muertos, gritaba, estoy perdiendo a mis muertos.

Creí que no iba a encontrarlo más, que se había esfumado con mi aliento, pero por fin apareció frente a la laguna de barro hirviendo: estaba mirando las burbujas gigantes que crecían y reventaban en borbotones ensordecedores. Tiritaba de frío y parecía alucinado.

Lo agarré de la mano como a un chico y lo llevé del otro lado del valle, donde estaba el mercado de los indios. Le compré un poncho bien grueso y empecé a reír al verlo tan solemne y acriollado; él también sonrió y de golpe tuvo esa expresión suave como cuando cantaba. Compramos todas las provisiones, contratamos los caballos para la madrugada siguiente y corrimos de un lado al otro siempre de la mano arreglando los pormenores de la gran aventura. No me olvidé del aguardiente, y cuando tuve que pagar vi que me estaba quedando sin plata para la vuelta, aunque la vuelta era lo que menos importaba.

Con los primeros rayos de sol nos alejamos de las casas de piedra y de las barrosas lagunas enrojecidas. Había que dejarse estar por ese camino de montañas estériles, por los desfiladeros colgando sobre el precipicio, por los troncos angostos que cruzan los torrentes. Sólo el caballo conoce el secreto para no desbarrancarse y hay que dejarlo ir sin un solo tirón de riendas. Las largas horas de marcha se aliviaron en Chanchocó, el pueblito chileno de chozas chatas e indios silenciosos. Pero no podíamos quedarnos a descansar en ese mediodía de miradas hoscas, sólo el tiempo para comer algún bocado caliente, para cambiar de monta y otra vez andando por las montañas hacia mi ciudad, a revivir a mis muertos.

El cansancio no se siente en las alturas donde todo es cansancio y aplastamiento, pero él tenía un frío quemante y desconocido que lo hacía tiritar bajo el poncho. Empezaba a arrepentirme de haber traído a este ser acostumbrado al calor y a la inercia pero la idea de saber que pronto el misterio de mi ciudad me sería develado me volvió cruel y seguí andando sin mirarlo, alcanzándole tan sólo la botella para que bebiera. Después de un trago muy largo pareció reanimarse y pudimos llegar hasta el gran corral de roca donde yo siempre largaba los caballos. Trepamos a pie por la montaña abrupta. Él intuyó que ya estábamos cerca porque empezó a cantar en voz baja, jadeante, hasta que por fin aparecieron las cuevas y murallas de vivos colores ocre que formaban mi ciudad colgada sobre el mar. Me ganó la misma extraña paz de siempre y me senté junto a él en el parapeto a pique sobre el abismo, de espaldas a las aguas que se desgarraban abajo. Tuve que contenerme para no correr por entre los laberintos y me quedé muy quieta mientras él contemplaba mi ciudad como queriendo penetrarla.

Su voz surgió de golpe, vibrando entre las rocas. Cantaba como nunca había cantado antes, poniendo todo lo que tenía y acompañado por la percusión de la montaña. Mientras el sol se ocultaba, su canto subía y crecía invadiendo el fondo negro de las cuevas, y yo luchaba para no escuchar su voz sino el mensaje que me vendría de mis muertos. Su canto entraba por los túneles y se arremolinaba y volvía diferente en el eco. Y de golpe la vi justo donde debía estar el remolino: era una claridad fantasmal que parecía surgir de la tierra como un vapor blanco y oscilante. En esa claridad se iba a develar el misterio, sin duda, y contuve la respiración para no ahuyentarla.

No quise ni siquiera dar vuelta la cabeza para mirarlo a él pero como su canto habría de traerme la verdad rogué que no se callara. Siguió cantando más fuerte, más hondo, y la claridad empezó a tomar muchas formas que se arrancaron de las sombras para ir ganando la luz violácea del atardecer. Surgieron nebulosas para irse armando poco a poco, hasta que mi expectativa se convirtió en espanto y quise gritar y no pude y quise retroceder pero no fui capaz de moverme. Ellos estaban allí, delante de mí, acercándose. Esperaba sus espíritus y eran sus cuerpos los que se me aparecían, huesos con pedazos de piel colgando y una siniestra sonrisa sin labios.

—¡Cállese! —grité cuando pude recuperar la voz, pero él no pareció oírme y siguió cantando mientras los muertos se me acercaban, implacables, balanceándose al ritmo distorsionado de su canto.

—¡Cállese! ¡Cállese!

En la desesperación me tapé los ojos, pero nada podía contenerlos y sus imágenes se colaban por entre mis dedos mientras ellos avanzaban. Sólo él podía hacerlos desaparecer dejando de cantar, pero parecía querer seguir cantando eternamente. No me quedaba otro remedio, y me resultó demasiado fácil. Un único empujón me bastó para hacerlo callar también eternamente. Las piedras que lo sostenían se soltaron y sin un grito lo vi precipitarse al abismo; en ese momento sólo supe que los cadáveres se habían apagado con la última nota de su canto. La viscosa sensación de terror y de asco que me dejaron tardó mucho en abandonarme pero después fue peor porque me di cuenta de lo sola que estaba en la noche y en el mundo y empecé a sentir en mí el dolor que antes fue de él, el desgarramiento de su cuerpo oscuro. Ese cuerpo que alguna vez podrá remontarse si alguien como él, con una voz capaz de resucitar a los muertos, llegara hasta mi ciudad.

Lo estoy esperando.

La puerta

Los primeros días de julio llegaron a Santiago del Estero con vientos fríos y la silbante amenaza de un invierno más crudo que de costumbre. Flotaba una atmósfera constante de polvo gris, los árboles secos se doblaban con cada ráfaga hasta quebrarse. Sólo los altos cardones mantenían erguido su espinoso perfil sin frente contra el huracán; hasta que ellos también caían dejando ver que tanto coraje era hueco por dentro. Todo se había vuelto blancuzco como un paisaje de nieve sucia, sin nieve pero con viento. El crujido de las breas y de los espinillos hacía más duro ese frío que resbalaba por las osamentas también blancas y peladas de los animales muertos.

En el rancho cercado por una apretujada hilera de cactos el viento corría como por el campo abierto. Era inútil que cerraran bien la puerta tallada, orgullo de todos: las paredes de lata y arpillera, el techo de paja, no servían de reparo. Acurrucados alrededor de un fuego mortecino, el Orosmán, la Belisaria, los ocho chicos y la abuela buscaban, más que el calor de esas brasas casi extinguidas, el calor humano. En su cajón de frutas el bebé de catorce meses lloraba y la Belisaria se preguntaba qué harían con el otro que estaba por llegar. Como contestando a su pregunta, desde el fondo del silencio surgió la voz del mayor de los chicos, el Orestes:

—No podemos seguir así, tata. Vámonos pa'l Tucumán...

—Sí, pa'l Tucumán, pa'l Tucumán —corearon los hermanos.

—Me contaron que en la ciudad hay luces. Y las casas son altas y fuertes, el viento no las atraviesa.

Y el Orestes, de nuevo:

—Don Zoilo dice que allí vamos a encontrar trabajo. Que necesitan muchas manos pa'l azúcar. Y dice también que hay mucha plata.

—Tata, don Zoilo fue el año pasado a la zafra. Dice que ya está muy viejo para volver, que le vende el carretón.

—El Orestes dice que se lo podemos cambiar por las chivas y las dos ovejas. Allá no las vamos a necesitar.

El Orosmán protestó:

—¿Cómo vamos a ir con la mama así, pues?

La Belisaria no quiso saber nada:

—Yo voy igual.

—Y la abuela ya está vieja.

—Yo también quiero ir pa'l calor, quiero vivir bien mis últimos días.

Esa noche se durmió mucho mejor en el rancho, con la esperanza tapándolos como si fuera una manta.

La mañana siguiente hirvió de actividad. Primero la discusión con don Zoilo que además de las chivas y las dos ovejas quería que le dieran la puerta a cambio del carretón, cosa imposible. Separarse de la puerta era traicionar todas las tradiciones: tenía cinco diablos tallados y como un ángel arriba que los espantaba. Más diabólico resultaba el ángel que los otros, pero eso era culpa del abuelo del Orosmán que la había hecho sin saber trabajar bien la madera, allá en las misiones. Sin embargo los curas le habían dicho es muy bonita, la vamos a poner en la capilla, y el abuelo en lugar de sentirse orgulloso esa misma noche se hizo a campo con su caballo y su puerta a cuestas porque no quería que fuera de Dios sino de él y de los suyos. Entre los suyos quedó, y no era el Orosmán el que la iba a cambiar por un mísero carretón de gruesos troncos y sin techo, aunque fuera de los mejorcitos que tenían las santiagueños para irse a la zafra.

Por fin el trato quedó cerrado con la sola entrega de los animales y el carretón cambió de dueño. Los caballos caracolearon alegres bajo el peso de los arneses que habían dormido durante cinco años en un rincón del rancho, los largos tientos de cuero para espantar las moscas les cosquilleaban los flancos y sintieron nuevos bríos olvidados mucho tiempo atrás.

El Orosmán y los chicos cargaron sin fatiga las bolsas de maíz y todo lo que iban encontrando en el rancho. Poco a poco el carretón se fue llenando, y el rancho entero empezó a ubicarse allí arriba: las paredes de arpillera fueron usadas de envoltorio, la paja del techo dispuesta para rellenar huecos y formar colchones. Por fin quedaron sólo dos postes de pie, como una cruz sobre la tumba del ranchito al que ya no volverían.

Don Zoilo, tomando mate en cuclillas, les dijo:

—Sigan mi consejo, vayan a la ciudá. Allí los conchaban mejor, les dan mejores salarios. No se dejen contratar en el campo, lleguen hasta la ciudá.

Fueron las palabras de despedida. El Orosmán, montado sobre el caballo del medio, hizo restallar el látigo y emprendieron la marcha. Una noche de frío los pescó en pleno camino y los obligó a detenerse. Al fuego raleado por el viento calentaron la comida y después durmieron hundidos en el carretón, entre los bultos y la paja. La mañana siguiente les trajo un poco de sol, como una promesa, y los llevó a la carretera que iba derecho a la ciudad. Atrás quedó el monte espinoso y seco, pero el paisaje cada vez más ralo se negó a cambiar. Y el cielo, a medida que se escurría la tarde, empezó a tomar feos tonos de gris hasta que el campo y el cielo se confundieron en la niebla del horizonte. La noche se volvió a cerrar sobre ellos, sobre su hambre y su frío.

Cuando emprendieron de nuevo la marcha pudieron ver que a los lados del camino el campo se empezaba a volver verde, sembrado; la ciudad ya estaba cerca. De golpe, un estruendo les sobresaltó el cansancio. Lo siguió otro, y después otro más.

—Son cañones —dijo el Orestes en voz muy baja—. Así me contaron que suenan los cañones, y todo tiembla.

—No diga sonseras, m'hijo. Serán los ruidos de la gran ciudá —y castigó a los caballos para que apretaran el paso.

Tomaron la avenida de entrada a la ciudad, con casas y jardines y una enorme cantidad de gente que se apuraba hacia el centro. El carretón los siguió, rodeó una plaza, enfiló por una calle angosta y de golpe, agazapado a la vuelta de una esquina, descubrió un pelotón de soldados que a una voz de mando se puso a marchar.

Siguieron avanzando. Los altos edificios estaban cubiertos de banderas, celestes y blancas, y la gente se duplicaba, se multiplicaba en todas las personas del mundo que no podían dejar de gritar y de cantar. Autos y sulkies empujaban al carretón hacia la plaza mayor y el Orosmán y su familia, azorados, se dejaban llevar. Los tanques que avanzaban hacia ellos no lograron más que agrandarles los ojos de susto. Y para colmo, ese vigilante que les gritaba:

—Circulen, circulen, ahí no se pueden detener.

La banda lanzaba sus tambores a todo galope y la corriente los arrastraba. Un sargento montado se acercó hasta ellos para gritarles váyanse de acá ¿no ven que está prohibido pasar?

Los caballos ya no respondían a las riendas, los chicos menores lloraban escondidos entre la paja. Pasaron frente a grandes carteles con esa difícil palabra sesquicentenario que no supieron leer y la Belisaria también se largó a llorar en silencio porque eso era el infierno y había que pedirle a la Virgencita que los sacara de allí.

Por fin encontraron una calle que los alejaba de la plaza, aunque había que abrirse paso entre la gente. Pasaron frente a una casa encalada que parecía ser el centro del tumulto, con sus dos ventanas de rejas verdes al costado de la puerta.

—¡Miren, miren, una puerta casi tan linda como la nuestra! —gritó uno de los chicos, pero ya nada podía llamarles la atención. Ni siquiera cuando estalló ese incendio de luces y los contornos de la catedral quedaron dibujados en la noche como una admonición. En el cielo reventaban los fuegos malos, rojos y verdes, y con el resplandor sus caras parecían de ánimas en pena.

Y como un ánima en pena el carretón se dejó arrastrar por ese torbellino de gritos y colores, por el mareo de la ciudad.

Los cañones tronaron de nuevo, el estruendo ensordecía, y en cuanto los caballos se encontraron en una calle libre del cinturón de gente que los rodeaba acabaron por desbocarse echándose a galopar por el asfalto.

El Orosmán sólo pudo contenerlos al llegar al descampado, donde de la ciudad apenas quedaba una mancha roja en el cielo como una puesta de sol. La marcha se hizo más lenta, entonces, pero no se detuvo. Casi se podría decir que sin detenerse llegaron hasta los dos palos en cruz que montaban guardia en el lugar donde había estado su rancho. El frío estaba agazapado allí, como esperándolos, y la necesidad de un fuego se volvió vital después de esa marcha forzada que había durado una noche, un día, y parte de otra noche. Hasta para espantar las ánimas necesitaban un fuego y uno de los chicos gimió quememos la puerta, mientras intentaba en vano encender unos tronquitos que apenas si lograban chispear.

—¡No, la puerta no! —protestó la Belisaria—. Es lo único que tenemos, nos acompaña. Y si la quemamos, seguro que alguna maldición nos trae.

El silencio fue largo y doloroso.

—Más maldición es que la abuela se nos muera de frío... —determinó el Orosmán.

Se despidieron de la puerta con unción, pero las llamas crecieron rápido y las caras de los diablos empezaron a retorcerse en muecas que se burlaban de ellos, de todos ellos y del ángel.

No por eso les faltó calor, y cuando don Zoilo pasó por allí a la mañana las brasas todavía estaban rojas. Su sorpresa fue grande al verlos de vuelta al Orosmán con su mujer y su madre y sus hijos, todos como rezando alrededor de los palos en cruz que era el único recuerdo que les quedaba del rancho.

—¿Cómo, volvieron? —les preguntó sin desmontar—. Van a tener que empezar de nuevo...

—Sí, de nuevo —le contestó el Orosmán—. Y ahora ni siquiera tenemos la puerta para que nos proteja. Pero preferimos volver, aunque nos muramos de frío.

Y mirándose las manos agregó:

—Porque cuando llegamos allá, el Tucumán estaba en guerra.

El pecado de la manzana

Precisamente a mí me vienen a mirar con cara de hambre, los muy glotones. Estoy fuera de su alcance, señores, y de aquí no me pienso soltar. Bien prendidita a la rama donde me puso mi árbol. Estoy verde, señores, ¿acaso no se dan cuenta? como las uvas de aquella zorra... Además, para llegar hasta mí necesitarían un buen par de alas. No tienen por qué mirarme con tanta gula. Estoy verde, y por lo tanto no pienso caerme.

Al fin y al cabo soy la fruta histórica, la de más renombre, la más conocida:

Desciendo, como bien lo saben ustedes, de la manzana de Paris, de las de las Hespérides, de la de Guillermo Tell. Si hasta soy pariente directa, en línea recta, de la muy científica manzana de Newton que tanto ha hecho por ustedes los seres humanos. Desciendo...

¡Horror! ¿Y esa maldita serpiente que se acerca?... ¿Por qué me saca la lengua, por qué se enrosca en las ramas de mi árbol como si estuviera en su casa?

Viene a propósito, a hacerme recordar el desliz de mi especie, el gran papelón de la manzana. Si ya nadie se acuerda hoy en día de Adán y Eva, nadie piensa ya en el viejo pecado original. Pero esta serpiente del demonio no deja que yo me olvide, nada menos que yo... Siento que la vergüenza me sube por el tallo, me da calor, siento que me ruborizo. ¡Qué colorada que estoy!...

—Es natural —dijo uno de los hombres que estaba al pie del árbol, mientras le daba el primer mordisco a la manzana—. Es natural, cayó de madura...

El abecedario

El primer día de enero se despertó al alba y ese hecho fortuito determinó que resolviera ser metódico en su vida. En adelante actuaría con todas las reglas del arte. Se ajustaría a todos los códigos. Respetaría, sobre todo, el viejo y buen abecedario que, al fin y al cabo, es la base del entendimiento humano.

Para cumplir con este plan empezó como es natural por la letra A. Por lo tanto la primera semana amó a Ana; almorzó albóndigas, arroz con azafrán, asado a la árabe y ananás. Adquirió anís, aguardiente y hasta un poco de alcohol. Solamente anduvo en auto, asistió asiduamente al cine Arizona, leyó la novela *Amalia*, exclamó ¡ahijuna! y también ¡aleluya! y ¡albricias! Ascendió a un árbol, adquirió un antifaz para asaltar un almacén y amaestró una alondra.

Todo iba a pedir de boca. Y de vocabulario. Siempre respetuoso del orden de las letras la segunda semana birló una bicicleta, besó a Beatriz, bebió Borgoña. La tercera cazó cocodrilos, corrió carreras, cortejó a Clara y cerró una cuenta. La cuarta semana se declaró a Desirée, dirigió un diario, dibujó diagramas. La quinta semana engulló empanadas y enfermó del estómago.

Cumplía una experiencia esencial que habría aportado mucho a la humanidad de no ser por el accidente que le impidió llegar a la Z. La decimotercera semana, sin tenerlo previsto, murió de meningitis.

Julia J.

La universidad queda en el límite con el campo, más allá de la curva del río. Muy blanca, encaramada sobre finas columnas, se estira en suave pendiente casi hasta tocar el agua. Yo no conocía la ciudad, ni me interesaba, porque la universidad era un mundo suficientemente completo para colmarme: allí estaba Pedro, que por las noches tocaba la guitarra mientras mirábamos correr el río como si quisiéramos irnos. A la mañana lo tenía de frente, sobre el estrado, y todas sus largas cátedras las dictaba para mí. Cuando otros usurpaban su lugar yo podía cerrar los ojos y pensar en él y casi oír sus canciones.

Entre una clase y otra siempre nos escapábamos al jardín para encontrarnos.

—Estoy libre dentro de dos horas. Esperáme como de costumbre bajo la tercera columna.

—Bueno...

—Deberías ir a caminar por la ciudad, mientras tanto. Vas a ver que no es tan horrible como creés.

—¿Para qué? Todo me parece horrible cuando no estamos juntos.

Salí, sin embargo, caminando con pereza bajo el sol de la siesta. Pero la calma no duró demasiado porque unos pasos me seguían marcando un ritmo cada vez más angustiado, ajenos a mi indiferencia. De golpe una mano se apoyó sobre mi hombro haciéndome girar con brusquedad. Y surgió una voz:

—No creas que me voy a dejar robar así no más, sin defenderme.

—¿Robar? ¿Y quién te quiere robar?

—Vos, que poco a poco me lo vas robando todo. Pero esto se va a acabar...

Era la primera vez que la veía fuera del marco de las largas mesas y los bancos de madera. Para mí no era más que un nombre incompleto, Julia J. y una cara confundida con tantas otras. Pero yo contaba para ella, y su odio desbordaba de sus palabras:

—Claro que me robaste. Primero la universidad, que era mía. Después el amor de Pedro, con sus canciones. Ahora querés ganarte también el cariño de mi ciudad. Pero no voy a dejar que te agarrés lo que es mío. Lo voy a defender hasta con los dientes.

Y para no dejarme la menor duda me mordió con todas sus fuerzas el brazo desnudo. Hubiera querido quedarme para aclarar las cosas, para demostrarle mis buenas intenciones, pero la sangre que empezó a correr por mi brazo y la sangre que adiviné en sus ojos me obligaron a huir.

Julia J., la ciudad es tuya, quizá también el mundo y yo no los quiero pero igual tengo que correr sin respirar casi, sin pensar en detenerme.

La primera piedra me alcanzó justo antes de doblar una esquina. Ya iba entrando en su ciudad y eso Julia J. no iba a perdonármelo, pero tampoco me dejaba volver para atrás; sólo avanzar, avanzar. Julia J., Julia J., las piedras que caían detrás de mí, delante de mí, que me golpeaban las espaldas y las piernas me repetían tu nombre.

A veces, como para darme un descanso, alguna piedra que caía demasiado lejos dejaba escapar el nombre de Pedro. Pedro, si al menos él estuviera aquí... Yo lo sabía, lejos de él todo iba a parecerme horrible. Julia J. y las piedras y esta ciudad que tiene la culpa, son todas horribles.

Busco algún jardín para esconderme, algún amparo, y sólo encuentro paredes que esconden las casas y las plantas y las flores. Hay puertas macizas y piedras, calles de piedras. ¿No ves Julia J. que la ciudad está de tu lado? Las paredes son de colores, sí, ocres y rosadas, pero el sol de la siesta también es tu amigo y mata las sombras y aplasta las formas...

Correr y rimar, avanzar. La única solución que queda es olvidar el problema, por eso busco las palabras que riman para espantar las ideas.

Ya no siento las piedras que me golpean la espalda y a veces la cabeza. Julia J. no cede: su locura debe tener una raíz muy profunda para no morir con el cansancio, y yo tengo que dejarme llevar por esa locura que no me pertenece.

Las calles forman ángulos rectos, sin piedad, sólo el respiro de doblar una esquina que deje olvidar las piedras. Sin embargo Julia J. siempre tiene tiempo de agacharse para recoger una más y tirármela.

A lo lejos, un brillo diferente, ni rosa ni ocre, algo azul para calmar la sed: el río. En el río las piedras se han ahogado hace siglos y sólo atino a correr por el muelle y bajar los escalones roídos hasta la corriente. El agua es fría y palpitante. Puede ser la pureza, quizá también la salvación, hasta que oigo de nuevo la voz de Julia J., ahí nomás a mi oído:

—Mi río, es mi río. No me lo vas a robar.

La profesora

Va a estar orgullosa de mí, claro que va a estar orgullosa de mí cuando se entere de que seguí fielmente el camino que ella me trazó.

Mendizábal caminaba por el barrio de casitas pulcras y de esmerados jardines arrastrando el recuerdo de su profesora de historia que se hacía tan liviano y dulce de cargar como el de esos amores que pasan rozando la realidad. Ella tenía rodete, zapatos de taco bajo, una austeridad que la dejaba fuera del tiempo y apta para asimilarse a todas las reinas que describía, aun a las más crueles. Con el diploma bajo el brazo, Mendizábal sabía que por fin podría encararse con ella otra vez y hablar ahora de las grandes gestas como había aprendido a hacerlo, y alabar la honradez del pasado que estaba ya limpio de toda la pestilencia de la cosa reciente y un poco podrida.

Al llegar frente a la tranquera del jardín estiró las manos para comprobar el perfecto brillo de sus uñas, se sacudió la caspa de los hombros, arregló la punta del pañuelo tenuemente rosado que le asomaba del bolsillo superior del saco. Cinco años eran muchos años, no podía permitir que un descuido arruinara su aliño y que ella recibiera una mala impresión de este antiguo alumno suyo que era más bien su discípulo.

Empujó la tranquera y entró en pos de un rodete, unos tacos bajos y un sombrío traje sastre, pero al llegar al fondo del jardín en lugar de la madre encontró a los chicos. Le pareció que tenían máscaras de sangre porque la mermelada de frutilla les chorreaba por el mentón y pensó que se querían matar porque se estaban bombardeando con panes, sin saber que ésa era la habitual diversión a la hora del té que siempre se estiraba en risas que él tomó por aullidos. Por fin un brazo con un pan se detuvo en el aire al aparecer Mendizábal y un aullido quedó cortado por el asombro, pero sólo unos instantes porque ellos no conocían ni la inmovilidad ni el asombro.

Generosamente pensaron que el desconocido podía formar parte de sus juegos:

—¡Vení, vení a guerrear con nosotros!

—¡Que venga! ¡Que venga!

Mendizábal se asustó y quiso retroceder. No podía imaginar tanta monstruosidad. Ella tenía hijos, claro, porque adoraba a los niños. Y si su memoria no le era infiel, alguna vez había hablado de mellizos. Aníbal y Augusta, eso es, tan lindos nombres con sabor histórico... Pero santo cielo, los que estaban frente a él eran peor que animales, no les quedaba ni la forma de verdaderos niños.

—Vení a tomar un tazón de leche con nosotros. No te quedés ahí plantado como un pajarón.

—¡Calláte la boca, estúpida! Qué va a querer esa porquería para maricones. A los hombres hay que darles grapa.

—Yo una vez me tomé media botella...

—Sí, y nosotros te tuvimos que meter en la cama. Y estuviste vomitando toda la noche, era una porquería. Esas taradeces las hace cualquiera, cualquiera que no tenga un poquitito de seso, y que nunca haya probado un trago de nada en su vida.

—¿Tenés un cigarrillo?

—Dejáte de fumar, chiquilina ridícula, o te rompo un ojo. ¿Al fin y al cabo soy o no soy tu hermano mayor?

Mendizábal, que nada sabía del mistificado mundo de los chicos, descubrió que eso de trágame tierra no estaba desacertado. Hubiera querido desaparecer de allí, no haberlos conocido nunca. Sin embargo, una pequeña esperanza vino en su socorro y le devolvió la voz:

—Pero, ¿y la señora de Ortiz? ¿Esa profesora tan seria y distinguida, acaso no es la madre de ustedes?

Se equivocó de casa, le dirían. O más bien: Qué madre ni qué perro asado, la chingaste, che, nosotros no conocemos a ninguna señora de Ortiz. ¡Qué plancha!

Pero ellos lo miraron con sus ojos hoscos y no contestaron. Esta vez el silencio se hizo palpable, enemigo, y por fin los chicos dejaron de observarlo con rabia, agacharon la cabeza y empezaron a codearse como queriendo disimular algo.

—¿Dónde está tu madre, la profesora? —insistió Mendizábal mirándolo al mayor pero dirigiéndose a todos. Pocas esperanzas le quedaban ya.

Ellos se miraron de reojo, sin levantar las cabezas, casi sin moverse. Uno de los más chicos tomó una miga de pan y empezó a estrujarla entre los dedos y los demás espiaban sus gestos mientras tendían y tendían el resorte del silencio. Hasta que ya no pudieron aguantar más y estallaron todos al mismo tiempo, y uno le pegó una patada al gato que se refregaba a sus pies y los chillidos del animal se confundieron con los de los chicos y sólo se pudo distinguir la voz del mayor que gritaba:

—¿Ma de qué madre me estás hablando? Nosotros no tenemos madre. Vos estás loco, loco. Picátelas, de una buena vez, rajá que estamos hartos de verte.

—¡Que se vaya! —corearon todos los otros—. ¡Que se vaya de una vez!

Sin embargo Mendizábal ya no creía en el alivio de haberse equivocado. Los dos mayores eran demasiado idénticos, los mellizos, claro, con idénticos mechones cayéndoles sobre los ojos oscuros y duros. Quedó sin saber qué hacer en medio de esta jauría aullante, aislado, mirando el lustre de sus zapatos nuevos. Quería tomar una decisión pero las miradas hostiles se lo impedían. De pronto oyó, entre el tumulto de los chicos, el crujido de la tranquera que daba a la calle y pensó que debía quedarse. La casa en medio del jardín no dejaba ver a la persona que acababa de entrar, pero el sonido había lastimado las expresiones de los chicos y Mendizábal supo que algo estaba por suceder. La más chiquita saltó de su silla y salió corriendo hacia la casa mientras llamaba ¡mamá!

Los demás reaccionaron entonces y se levantaron de un solo impulso, haciendo tambalear la mesa y volcando casi todos los tazones de leche. Mendizábal se preocupó por unas gotas que le habían manchado el pantalón oscuro, pensó que si era ella la que había llegado no podía ir a saludarla así, tendría que limpiarse. Cuando se quiso acordar los chicos ya habían desaparecido tragados por la casa.

Una figura surgió al poco rato en el marco de la puerta, arrancándose de la oscuridad. Tenía el cuerpo cubierto por un enorme impermeable amarillo y la cabeza coronada por un rodete deforme que se desarmaba y del que caían unas mechas de pelo amarillo y sucio como el impermeable... La figura se iba acercando lentamente a Mendizábal, hablándole con voz enronquecida:

—¿Cómo le va, joven? Yo soy la señora de Ortiz. Usted ya no debe acordarse bien de mí, pero eso no importa. Mejor sería que no se acordase de nada. Y ahora puede irse, no más. Ando apuradísima. Disculpe, pero váyase de una vez.

Era Augusta, en realidad, y Mendizábal hubiera querido preguntarle por qué se disfrazaba. No le dieron tiempo. Augusta se esfumó con la seguridad de haber cumplido y enseguida apareció otro extraño personaje enfundado en una salida de baño y con una capelina de tul en la cabeza. Esta vez la voz se hizo finita:

—Soy la señora de Ortiz, claro, y vengo a despedirme de usted porque hoy no voy a poder verlo. La verdad es que no voy a poder verlo nunca, aunque quizá le convenga volver dentro de unos años. Si tiene suerte para ese entonces nos encontrará a todos muertos, bien podridos, cubiertos de moscas. Que Dios lo bendiga, hijo mío. ¡Y chau Pinela!

Frente a Mendizábal desfilaron siete señoras de Ortiz, y la última sólo le llegaba hasta la cintura y caminaba enredándose en una larga cortina de tul. Todos venían a decirle adiós, a obligarlo a que se fuera, pero él sólo pensaba en quedarse para conocer el desenlace.

Por fin la verdadera señora de Ortiz hizo su aparición, y él la vio más grotesca que todos los disfraces de los chicos porque se había soltado el rodete y el pelo muy corto le daba una expresión adolescente que nada tenía que ver con su recuerdo. Casi no pudo reconocer a su antigua profesora de historia en esa mujer un poco ondulante que se le acercaba como con los labios tendidos. La señora de Ortiz, profesora, madre, que siempre había estado tan majestuosamente fuera de su alcance, ¿cómo podía ahora aparecérsele así con esa carga de morbidez, para tomarle la mano? Ya le parecía oírla:

—Puede asombrarse, no más, mi querido Mendizábal. Puede asombrarse pero déjeme compartir su asombro, mire que volverlo a encontrar después de tantos años... Me notará algo distinta ¿no? Y no es para menos, con tanto muchachito a mi alrededor durante tanto tiempo...

Ella en cambio le estaba diciendo: Usted era Mendizábal, ¿no? Con tanto muchachito a mi alrededor una ya pierde noción de los nombres...

Él masculló como queriendo disculparse:

—Creo que siempre fui un buen alumno.

—Supongo que sí, por eso recuerdo su nombre. Pero ahora que ya es grande le confieso que me hartan los buenos alumnos, la cátedra, todas esas historias.

—...y me acabo de recibir de profesor de historia, como usted.

—Pobre. Ya va a ver lo arduo que es vivir entre héroes sin cara que se estereotipan y son siempre los mismos.

Le sonrió con gran ternura y Mendizábal creyó escuchar lo que años atrás hubiera querido oír pero ahora ya no:

—...los héroes con tu cara. Eras Atila, a veces, y otras Alejandro Magno. Mientras dictaba clases les ponía tu boca, tus ojos, que me miraban absortos y que seguían cada uno de mis gestos, como adorándome.

Eso mientras ella decía: ...los chicos que lo siguen a uno con ojos embobados, y los que se pelean en los bancos de atrás, y todos los unos que hay que poner para mantener cierta calma. Ahora soy tan feliz desde que me liberé de todo eso. Si hasta parezco mucho más joven ¿verdad, chicos? Tengo ganas de reír, de divertirme.

Los chicos la rodeaban mirándola con cara de perros fieles pero un poco espantados de su amo y de sus mutaciones. Un brillo de admiración que les daba vergüenza se les escapaba contra su voluntad de los ojos, y para ocultarlo mantenían gacha la cabeza y parecían sumisos.

—Ahora váyanse a jugar, déjenme charlar un rato con este viejo alumno mío que ha tenido la deferencia de venir a visitarme.

Se escabulleron sin protestas pero no fueron muy lejos y enseguida sus susurros llegaron desde detrás de un matorral. Entre los dos, sentados frente a frente, hubo un largo silencio, hasta que el crepúsculo empezó a caer con dulzura y ella vio en Mendizábal, cabizbajo, un chico más y tendió una mano para apoyársela sobre el hombro.

Él pegó un salto para atrás, en la silla, y decidió que debía huir y olvidarse para siempre de su antigua profesora que estaba maldita, poseída por el demonio. Abrió la boca varias veces, hasta que por fin pudo largar su grito:

—¡Tengo que irme! —y como pudo, agregó—: Estoy apurado, tengo que irme. Ya es tarde para todo, es tarde.

—Siempre fuiste un muchacho tímido, pero podías haberte curado con la edad. Quedáte un ratito más, que te sirvo un whisky y te calmás.

—Tengo que irme, tengo que irme.

Ella se le acercó y lo tomó del brazo:

—No tenés que estar nervioso, parecés una lechuza. Esos anteojos tan gruesos están bien para la cátedra, pero acá te los podés sacar. Te hacen cara de alucinado.

Con un gesto lento ella le acarició el pelo y después hizo ademán de sacarle los anteojos, pero él pegó un manotón tan brusco para apartar esa mano de mujer de su cara que los anteojos volaron y fueron a caer sobre el césped sumiéndolo en la penumbra. En un intento desesperado se agachó para buscarlos, a tientas, y le pareció que el cuerpo de la mujer andaba por ahí en cuatro patas queriendo refregarse contra el suyo, y que en cualquier momento iba a sentir las piernas de ella enroscándose por las suyas y su boca caliente y pintada metida dentro de sus propios labios resecos. Desesperadamente pasaba las manos por el pasto buscando los anteojos cuando de golpe oyó los gritos, cada vez más cercanos. Su penumbra se pobló de gritos e intuyó que los chicos venían en tropel para hundirlo definitivamente en la negrura y en el calor de la mujer.

Sobre él se formó un nudo de piernas y de brazos, pero con un enorme esfuerzo se pudo zafar y arrastrarse hasta el cerco, a tientas, y luego ponerse de pie y caminar siguiendo el cerco, hasta tocar del otro lado la pared de la casa, y dejar el cerco hasta alcanzar la tranquera. Pudo abrirla, y se dio vuelta para cerrarla, con precaución, pensando que en la calle estaría a resguardo. A tropezones dejó atrás el jardín endemoniado y avanzó hacia la salvación.

La muerte debe de ser así, claro. Una vida enorme, indefinida, tranquila.

A sus espaldas los golpes y los gritos continuaban como si en la confusión y la ira los otros no se hubieran dado cuenta de que él ya estaba lejos. O como si todos estuvieran cegados como él, peleando contra las plantas y los arbustos.

La muerte debe de ser como esta calle, que llega desde más allá de la bruma siguiéndolo a uno constantemente. Pero él se alejaba con demasiada lentitud y la vida por fin logró alcanzarlo. Eran los chicos que hacían ese nuevo alboroto, los chicos que lo llamaban por su nombre y que venían a reventar su paz.

—¡Che, Mendizábal, vení!

—Vení, que nosotros somos tus amigos, te encontramos los anteojos.

—Tus anteojos... acá están... vení, vení.

Después de todo, quizás ellos fueran ángeles y uno estaba obligado a obedecerles. Los adivinó encaramados sobre la tranquera, empujándose unos a otros, tendiéndole los brazos.

—Tomá, tomá. Los encontramos al lado del naranjo. Están sanitos.

Volvió lentamente hacia ellos, tanteó unas manos y por fin resucitó al ponerse los anteojos. De golpe todo volvió a la calma realidad de un anochecer azul de primavera sin el más mínimo detalle que dejara transparentar la tragedia. Mendizábal maldijo su imaginación que le había hecho una mala jugada y se había puesto a dibujarle monstruos. Había sido un mal sueño, acabado ya, y él se lo agradeció a los árboles, a las nubes y a esos siete niños rubios que lo miraban con orgullo y le decían:

—Nosotros te queremos mucho, somos tus amigos.

—Siempre que nos necesités, llamános. Nosotros te vamos a ayudar...

Un mal sueño, sí, de no haber sido porque por entre las cabezas de los chicos y más allá de sus risas creyó ver la silueta de la profesora que trataba en vano de incorporarse.

Alirka, la de los caballos

El universo visible se había vuelto femenino, pero reseco y estéril. Las tres mujeres tejían casi todo el tiempo y las lanas de colores morados se enredaban dibujando signos que ellas a veces trataban de descifrar. El ruido de las agujas las distraía y después de una semana de arduo tejer ya se habían olvidado hasta del olor a hombre.

Conocían muy bien, eso sí, el olor del lago y pasaban las largas horas de la siesta a sus orillas escuchando el zumbido de las moscas verdes sobre los peces muertos. Pensaban que si toda la podredumbre del mundo pudiera concentrarse en un punto, seguramente sería allí donde el agua tenía la consistencia verde y pastosa de las plantas en descomposición. A mediodía, cuando el sol era más rajante, brillaban más las escamas de los peces muertos y las moscas parecían tornasoladas. El olor se volvía insoportable, pero era un olor vivo a pesar de venir de la muerte, un olor caliente. Daba ganas de aspirarlo a fondo, de absorberlo; y después, vomitar.

En las playas angostas no había espacio para las tres estiradas, pero lo importante era que el sol les ennegreciera la piel. A sus espaldas se alzaba el acantilado de tierra roja y las matas se retorcían en forma de garras. Es un paisaje maligno, había dicho Antonia cuando llegaron desprevenidas a pasar unas cortas vacaciones. Tenemos que elegir, o nos adaptamos a él o nos devora...

Josefina y María Carmela habían reído con risas que aún conservaban ecos de ciudad, de buena educación, de avenidas asfaltadas. Pero después se adaptaron con demasiada facilidad, sin caer casi en la cuenta.

La pequeña casa estaba aislada entre las sierras, rodeada por un monte bajo e hirsuto. Para llegar hasta el lago las tres mujeres debían abandonar el único camino, seguir a campo traviesa y cruzar la ciénaga donde untadas de barro y atrapadas hasta los muslos se hundían con fruición para alcanzar la íntima verdad de la tierra.

En esos mismos pantanos a la vera del lago pacían las yeguas y algunos potrillos. Eran de galope liviano pero sus cascos se hundían en el barro dejando huellas profundas y descifrables. Cuando se espantaban, las crines y las colas volaban al viento y las sierras devolvían sus relinchos desfigurándolos hasta que más que un eco parecían gritos humanos. Todos los crepúsculos, desde lo alto de un acantilado entre los espinillos, las tres espiaban a los animales. Espiaban sobre todo al semental que vigilaba a su tropilla, inmóvil bajo un arco abierto por las aguas en la pared de tierra roja y friable.

En un atardecer borrascoso la descubrieron a Alirka, la hechicera, invisible moradora de esas tierras. Su silueta se recortaba sobre el horizonte más allá de las montañas: una nube negra y violenta dibujaba su perfil. El amuleto que colgaba en la cocina de la casa debía de ser de Alirka: tenía una herradura y una bolsa de seda verde llena de sal. Es para mantener alejados a los caballos salvajes, les había dicho el viejo ermitaño, y ellas no tenían por qué dudar.

Esa tarde, como todas las otras, formularon sus deseos:

—Me gustaría espantar a la tropilla, hacerla galopar hacia los acantilados para que las espinas desgarren los cueros lustrosos de los caballos.

—Yo quisiera ahuyentarlos hacia el agua. Que salten por el barro, sobre los troncos muertos, y después se echen a nadar hasta agotarse.

Y Josefina:

—Yo prefiero que sigan así, casi sin moverse, hasta que el cielo esté verde y después negro; y entonces sí quiero que corran, al más furioso de los galopes, y nos aplasten...

Pero ninguna de las tres hizo ademán de moverse: los caballos salvajes pertenecían a Alirka y la hechicera era capaz de vengarse si trataban de alterar el ritmo de sus vidas.

En el camino de vuelta a la casa descubrieron el árbol retorcido y reseco que debía de tener el vientre lleno de serpientes y que era sin lugar a dudas la morada de Alirka.

Por la noche decidieron invocarla encendiendo velas verdes frente al antiguo espejo rajado y comiendo las rojas manzanas del pecado original. Lo que querían de Alirka era un talismán que les diera poder y sobre todo una inagotable codicia, saciada siempre y siempre exacerbada. Tres noches seguidas la invocaron. Una vez le pidieron con monedas debajo de las velas un talismán que les trajera oro; las otras dos veces prefirieron un talismán de amor y la ofrenda para Alirka fue un fresco corazón de pollo.

Pero en realidad no era a Alirka sino a Leda a quien esperaban, y no tuvieron miedo hasta la noche de la tormenta.

—Jamás pensé que el motor de un auto tan chiquito pudiera llegar a ser tan complicado...

Así era el destino humano: nunca se encuentra a la persona indicada en el debido momento. ¡Malditos sean los hombres que no saben de tuercas! Leda sólo le podía ver medio cuerpo porque el resto había desaparecido bajo el capot de su auto blanco. ¡Maldito sea, auto blanco, cuidadito, último grito, que me viene a fallar nada menos que en la carretera más desierta de la República Argentina y países limítrofes a mil millones de millares de millas de toda civilización y alevosía!

Y este tipo, el único que pasó en dos horas, y sólo sabe mancharse la camisa con la grasa del carburador o lo que mil demonios sea.

Mascullando insultos, Leda fue hasta la motocicleta que el hombre había estacionado al borde del camino; se puso a mirar la campera negra que estaba sobre el asiento mientras el otro seguía con la cabeza metida dentro del motor. Idiota, no entendía nada. Doblemente idiota, tenía una calavera impresa en la espalda de la campera, como un chiquilín...

Leda se acercó al auto, se calzó los guantes con furia, se los volvió a sacar porque hacía calor a pesar de ser bastante tarde ya. Se ajustó el gran pañuelo de muselina estampada copiado de aquel que Jeanne Moreau usaba en una película, super-chic para ir a perderse por ahí y tragar polvo, mandado a hacer para lucirse con las vacas, estupendo.

El hombre sacó la cabeza de debajo del capot.

—No sé qué es lo que se puede arreglar ahí adentro, pero usted puede hacer dos cosas: volverse para atrás, sola y a pie, o seguir adelante conmigo. Elija. Si tenemos suerte antes de medianoche llegamos al chalet de sus tres amiguitas.

María Carmela salió al porche iluminado y un escarabajo le golpeó la frente. Podía muy bien ser una advertencia porque los demás bichos tan sólo se estrellaban contra la bombita eléctrica. Las mariposas nocturnas, oscuras y burdas, caían achicharradas a sus pies. Miró hacia afuera, hacia la oscuridad donde debía de estar el lago, y vio el primer relámpago.

—Vamos a tener tormenta... —dijo al entrar, cerrando la puerta para que no se colaran los sapos.

—Las arañas están enloquecidas —le contestaron.

—Hay que matarlas, rápido.

—¡No! Ellas tejen como nosotras. Además son mágicas. Son nuestros gatos negros, nuestras lechuzas. Somos nosotras mismas caminando por el techo y las paredes. No hay que matarlas, hay que traerles moscas y ponerlas en sus telas. Moscas muertas pero bien fresquitas, hinchadas de sangre.

Como cada noche, el ruido de las agujas de tejer coreaba las palabras de las tres mujeres. Pero esta vez las palabras tuvieron que sufrir además la ensordecedora compañía de los truenos.

—Le digo que me di cuenta, me di cuenta —gritaba Leda durante el trayecto—. Lo leí en alguna parte: ¡usted es la muerte, el motociclista de la muerte!

El hombre, con el acelerador de su motocicleta a fondo, sólo iba atento al ronroneo de los cilindros. Leda, aferrada a su cintura, trataba de sacudirlo y gritar pero sólo lograba tragar el viento, el polvo y su angustia. Iban hacia el poniente, justo allí donde las nubes negras recortaban figuras contra una claridad que no era de esta tierra. Y de golpe, nítido, zigzagueante, el rayo. Y los truenos, y el tambor de los cielos gruñendo y rolando. Ella hubiera preferido ir hacia atrás, hacia lo oscuro, y no hacia esa luz fría que era maléfica.

—Pare. Pare. Usted es la muerte, no quiero seguir andando —gritaba Leda, y los rayos le contestaban en el horizonte y en el llano el croar de las ranas y de vez en cuando un lúgubre mugido de esos toros que parecían de piedra. Los animales vivos no importan; son los animales muertos, carroña, osamentas, los que se dejan invadir por el mal y lo resguardan. Blancos huesos con cuernos que brillan en la noche, del otro lado de la tumba, para que juegue el demonio.

—¡No quiero morir!

El hombre se dio vuelta, entonces, y un relámpago le iluminó la cara como un fogonazo. Era pálido y sin ojos, igual a la calavera que llevaba dibujada en la espalda.

—Ya vamos a llegar —aclaró con una voz sin timbre. El viento le desfiguró la frase y Leda supo que el infierno estaba cerca.

Josefina, Antonia, María Carmela. Las tres ovilladas sobre el sofá de la sala, pegadas unas contra otras como esas ranas que necesitan conservar la humedad a toda costa. Sentían por dentro el dolor del miedo y querían retener ese poco de coraje que les quedaba. No se habían animado a salir para cerrar las persianas y en los ventanales brillaba el cielo de plomo que cada tanto se desgarraba en luces coloradas como para dejar paso al demonio. No llovía.

—Lo quisimos —se lamentó Antonia—. Nos lo buscamos...

Hubiera querido decir, lo provocamos. Provocaron la tormenta, la ira de los elementos, el desencadenamiento de las fuerzas del mal.

Sobre la repisa de la chimenea las velas verdes de la invocación a Alirka estaban apagadas y las moscas muertas para las arañas parecían a la expectativa. Pero debían olvidar conjuros y juegos de brujas. Las furias estaban desatadas y ellas querían pedir perdón, arrodillarse, rezar. No podían. Un acto de contrición para que eso cesara, para que llegara un día claro como los otros con olor a hierbas aromáticas, lejos de las carcajadas del diablo, de las fulgurantes sonrisas de los rayos.

—Basta, no quiero seguir adelante. Yo te conjuro, muerte. Pará el motor, no quiero oír el rugido de los caños de escape. *Vade retro*, Satanás. El viento se me mete adentro, el pelo se me vuela como si fueran moscas... ¡La puta que lo parió, deténgase!

—¡Qué tantas supersticiones, cábalas y monstruos! ¿Qué nos da por creer en estas cosas, ahora? ¿No somos normales, acaso? Vamos a acostarnos, no tenemos por qué tener miedo... Total, es una tormenta como cualquier otra.

Pero las tres estaban temblando.

—No tenemos por qué creer en supercherías. Somos mujeres grandes, cultas, civilizadas.

Y se lo repetían varias veces para poder empezar a creerlo:

—Cultas y civilizadas. Queríamos un talismán, era un juego divertidísimo. Un talismán que nos diera todo el poder, es ridículo. Pero no nos vamos a dejar llevar por estas bromas...

—Ha llegado la hora de reaccionar, de acabar con las idioteces.

—Suprimámoslo todo. Las velas, el espejo. Todo. Empezando por ese estúpido amuleto que cuelga de la viga del techo... Pamplinas.

—Tirémoslo por la ventana. Total, nosotras no creemos.
El viejo ermitaño les había dicho que servía para detener
a los caballos salvajes, para mantenerlos junto a la orilla del lago.
Esa herradura impedía que se lanzaran al galope, con el semental
negro a la cabeza, en busca de un hombre para aplastarlo con sus
cascos. Sin amuleto los caballos, al galope, exigían una muerte.
Pero ellas estaban dispuestas a no creer en toscas leyendas de
serranos.

—¡Qué frío es el frío que me trepa por las piernas! Húmedo como
el escuerzo, y pegajoso.
Leda ya no sabe gritar. Viaje frío y sin fin abrazada a la
muerte

Hubo un compás de espera. Habían tirado el amuleto y sin saber
bien por qué, esperaban. Sobre la chimenea, las agujas del gran
reloj se encontraron a las doce y las tres mujeres creyeron oír
campanadas que no existían. Estaban por suspirar de alivio
cuando de golpe un profundo temblor sacudió las paredes y se
oyó a lo lejos el retumbar de los cascos. Después, nada. O quizás
un grito de mujer anunciando el silencio.
Las tres se miraron angustiadas, pero en cuanto pudieron
hablar le echaron la culpa a la imaginación y decidieron irse a
dormir. La tormenta se estaba calmando y una por una fueron
apareciendo las estrellas. Cuando por fin brilló la luna ellas no
pudieron verla: dormían acurrucadas sobre el sofá de la sala, bien
tapadas con un poncho colorado.

—Es hermoso. ¿Tenía los ojos grises, no es cierto, y el pelo en
remolino?
—No sé.
—Contános, Leda. Era fuerte, ¿no?, y a la vez manso y tierno.
—No sé.
—Entonces no podés decir que es tuyo... Lo mataron los
caballos de Alirka. Tiene la marca de un casco en la frente.
—Y a los caballos de Alirka los desbocamos nosotras.
Ellos lo mataron para nosotras. Es nuestro.
Esa misma mañana habían encontrado a Leda y al muerto
en el prado frente a la casa, bajo el algarrobo. Ella estaba llorando,
cara a cara contra el otro, sin poder contener los espasmos. Por
eso objetaba:

—No lo abandoné en toda la noche, mientras el búho chistaba desde un árbol. No lo voy a abandonar ahora...

Pero María Carmela y Josefina y Antonia lo querían para ellas porque era lo único que tenían en materia de hombres y más les valía muerto y sin poder de herirlas:

—Fuimos nosotras las que desatamos las furias de Alirka.

—Nosotras, que tiramos la herradura por la ventana.

—Nosotras, que sabemos de conjuros y maleficios. ¡Nosotras!

Por primera vez Leda miró a sus antiguas amigas. Las vio negras, desgreñadas, envejecidas. Brujas.

¡Váyanse! Las tres como aves de rapiña. Váyanse. Dejen de bailar alrededor de mi muerto. Tienen los ojos saltones como lechuzas, se les van a salir de las órbitas. Ustedes lo que quieren es saber qué tiene adentro. Quieren destriparlo y reventarlo y hurgar. Pero no las voy a dejar, este muerto es mío. Váyanse, perros husmeadores, asquerosos. Pájaros negros, de rapiña. Este cuerpo es mío, a mí también se me desencaja la boca y se me saltan los ojos. Yo también quiero destriparlo y ver qué tiene adentro; es mejor que sorberles el alma mientras están vivos, es mejor que tratar de quebrarles la voluntad. Mientras están vivos sólo se puede adivinar, no se puede ver ni palpar. Sólo herir con palabras, romper capas de afuera... Pero ahora lo tengo así, muerto a mis pies, rendido. Puedo abrirlo con un cuchillo y tener por fin un hombre, la profundidad de un hombre al alcance de mi mano. Quiero tantear sus vísceras viscosas, cálidas, huidizas; sólo para mí. Que ellas no lo miren, no lo toquen. Podría dejarlo como está, también, al sol durante días para que se hinche, se hinche y reviente y saque a relucir sus preciosos colores y las moscas tornasoladas se lo traguen y su propio olor caliente lo acompañe como una presencia. Pero las otras están aquí, lo quieren para ellas, se lo comen con los ojos, se les hace agua la boca.

—Es nuestro —gritaban—. Lo mató Alirka para nosotras, es nuestro...

Leda se dio cuenta de que debía confesar para recuperarlo:

—No es de ustedes, es mío. Yo lo maté y nadie va a poder quitármelo: lo ahorqué con mi largo pañuelo de muselina. Se lo pasé por el cuello y apreté fuerte hasta que no pude más, y él no supo defenderse. Era la muerte, por eso lo maté. Paró la moto allí, en la oscuridad, y me dijo que habíamos llegado. Todo era negro y quieto y rumoroso. Había olor a azufre. Me había llevado al infierno, quería acabar conmigo, y yo no quería morir. Vivo era la muerte, les aseguro, con su campera negra y sus ojos como cuencas vacías que no podían ver. Ahora lo devolví a la vida. Es humano, ahora, aunque se pudra.

—¿Y los caballos? —le gritaron las otras—. ¿Cómo explicás lo de los caballos y el signo de la herradura?

—Los caballos vinieron después, atraídos por el olor de la agonía, por el alma que se iba. Pero a este hombre lo ahorqué yo, con mi propio pañuelo. ¡Es mío!

Las otras tres mujeres retrocedieron: estaban frente a una muerte que había sido deliberada, la magia ya no entraba en juego. Había habido asesinato, y un asesinato colmaba todas las medidas. De golpe volvieron a recordar la ciudad, las leyes, los castigos. Pensaron sobre todo en ese hombre que debió ser hermoso en vida, y fuerte, y tierno.

—¡Asesina! —le gritaron. Y quisieron insultarla.

Ya no existía Alirka. Sólo Leda, que debía asumir su castigo, pagar por su crimen. La justicia debía tomarla en sus manos y cobrarle esa muerte como era debido. Es extraño cómo se vuelve a la realidad en medio de los grandes conflictos: habría que llevarla hasta el pueblo más cercano, dar parte a la policía, entregarla. Entre las tres podrían dominarla sin esfuerzo.

Cuchicheaban sus planes mientras Leda, absorta frente al muerto, no las escuchaba. Cuchichearon hasta que un extraño brillo apareció en los ojos de Antonia, que murmuró:

—Dice que lo ha ahorcado...

Josefina siguió la frase:

—Y a los pies del ahorcado crece siempre la raíz en forma de hombre, que chilla cuando la arrancan, que encierra en sí toda la magia.

Y María Carmela:

—Es la mandrágora. Es el talismán que nos manda Alirka...

—Está bajo el algarrobo...

—¡Vamos a buscarlo!

La desolada

Estoy dejándome achicharrar por los celos y es mal síntoma. Creo que voy a tener que dejar de verlo por unos días, hasta que se me pase. Reconozco la etapa, ya la he vivido antes, aunque nunca como ahora. Es que él tiene los ojos verdes y la sonrisa tierna y se le forman grandes arrugas que son de risa aunque nunca ríe. Mis rodillas tienen el gusto salado de las cosas de mar; sentada en el piso me las lamo y no hago más que pensar en él.

Cuando estoy tranquila me gusta correr por los largos pasillos, por las habitaciones vacías, y levantar una nube de polvo con mi túnica blanca que se arrastra en una vana cola de novia. Pero hoy él no va a venir. Si tengo la suficiente fuerza de voluntad, no va a venir. No lo pienso invocar para hacerme mala sangre y sufrir. Quisiera reírme cuando estoy con él, ser feliz y bailar; pero no puedo. Tengo que espiar sus gestos y palabras, medirlos y pesarlos, y no puedo disfrutar de los momentos en que estamos juntos. Son los celos, naturalmente, los conozco muy bien, los he visto llegar otras veces. Debería hacerme amiga de ellos:

—Señores celos, la puerta está abierta y la casa a vuestra entera disposición. Entrad, salid, vagad. Pero dejadme en paz...

En paz, a decir verdad, vivo la mayor parte del tiempo. A él sólo lo invoco cuando me siento muy sola, y sólo me siento sola a la hora del atardecer, y no todos los días.

Hoy el almacenero me dejó las galletitas que a mí me gustan y un paquete de leche en polvo. ¿Cómo decirle que la leche en polvo me da asco y además que no tengo dónde calentar el agua? Me cortaron el gas, hace siglos que me cortaron el gas. Hubiera preferido duraznos al natural y no leche en polvo. El jarrón que le dejé no debe haberle parecido gran cosa, y sin embargo era de Sèvres. Pero qué puede saber ese pobre hombre de un Sèvres...

Mientras como las galletitas pienso en mi amor. Atardecer o no, hoy no lo voy a hacer venir. Están rellenas con esa crema blanca que me gusta mucho. Hoy no lo haré venir, no, así le pruebo que celosa no soy. Total, cuando no está conmigo no existe, simplemente. Hay muchas cosas que no sé, pero estoy bien segura de que él es una creación mía y nada más. Como cualquier vil y verdadero amor: puro invento del que ama. Si nadie es amado por lo que es sino por lo que el otro lo cree ser...

Yo al mío lo hago de ojos verdes, con el pelo revuelto y la sonrisa muy triste; y sobre todo esas arrugas que le marcan la boca y que me emocionan... ¡Pero es tan triste el pobre! No es culpa mía: yo lo querría alegre y despreocupado pero él se me escapa de entre las manos y se me hace triste. Para que fuera alegre tendría que cambiarle la cara, pero la suya es la única cara de hombre que recuerdo. Y la mía la única cara de mujer, si vamos al caso. Aunque ha pasado demasiado tiempo desde que le dejé al almacenero el último espejo, el barroco con marco dorado. Tenía unos angelotes y bien que le gustó, me dejó a cambio cinco latas de sardinas, un pan grande y dos botellas de vino. Todo iba tan bien en aquel entonces... pero resulta que ahora tengo que inventarme un nuevo amor y ya no hay cara que ponerle.

Muchas mañanas quiero espiar al almacenero para que me sirva de inspiración. Pero en cuanto lo oigo subir la escalinata de entrada me escapo, y cuando él llega al zaguán donde me deja las cosas yo ya estoy en el último de los salones temblando de miedo porque un día puede decidirse a entrar y pescarme al final de los pasillos.

Mis rodillas siempre tienen el mismo gusto a sal, son inmutables. Suerte que aquí nunca hace frío, ni demasiado calor. Una vez el almacenero me dejó un helado, sospecho que fue un regalo pero fui a buscar las cosas tan tarde que el helado ya se había derretido y formaba una gran mancha cremosa sobre el parquet.

Mi amor debe de estar por venir y lo peor es que me olvidé de su nombre. ¿Alberto, Mario, Jorge? Casi siempre tengo que cambiarle de nombre porque la memoria me falla mucho últimamente; pero él es siempre el mismo, aunque yo trate de cambiarlo y de serle profundamente infiel. Además, soy cobarde porque de no serlo espiaría al almacenero y ya tendría una nueva cara para él.

Mi amor ya se fue. Hoy la visita ha sido muy corta porque estoy muy cansada y ni ganas tenía de hacer un esfuerzo para mantenerlo a mi lado. Creo que tuve tiempo de decirle que lo esencial del amor no es querer ni creer, sino crear. Esa bonita frase se me ocurrió el otro día y a Mario le pareció muy acertada. Decidimos hacer algo juntos: como otros construyen un hogar, nosotros vamos a revivir esta casa abandonada y a fabricarle un alma.

Y pensar que le puse la sillita Boulle dorada a la hoja al almacenero y a cambio de eso el muy bruto me dejó tan sólo una lata gigante de caballa en aceite, abierta, que nunca podré terminar y un queso enorme y redondo como el mundo, con todo el mal olor del mundo. Vaya una a confiar en el buen gusto de esta gente... Claro que a mí los muebles no me importan, ya hay siete piezas totalmente vacías y son las que barro con más entusiasmo aunque después no tenga dónde tirar el polvo porque cerré las ventanas para siempre. Y es tan lindo el polvo así, amontonado, tan suave, que me da pena dejárselo al almacenero para que me lo tire con los demás desperdicios.

Creo que ya van tres días que no lo llamo a mi amor. La verdad es que hay amores que son como drogas y con los que es mejor no enviciarse y abandonarlos cuando todavía nos quedan fuerzas. Lo terrible en todo esto es que una pierde la propia individualidad, se pierde para siempre en la otra persona. Por las noches me repito que no quiero enamorarme más, pero después me doy cuenta de mi falta de fe y de mi cobardía y me dan ganas de llorar.

Me saqué la túnica blanca para lavarla y ahora estoy desnuda. Espero que el sol que entra por la claraboya del vestíbulo sea lo suficientemente fuerte como para secármela rápido. Así me siento muy incómoda: la larga cola ya formaba parte de mí y el ruido que hacía al arrastrarse por los pisos me acompañaba.

Y la bestia del almacenero no me deja más jabón, como antes. Me está poniendo de mal humor. Ahora se le da por dejarme velas porque se enteró vaya una a saber cómo que me cortaron la luz. Y yo que estaba contenta sin luz porque no me veía obligada a escribir de noche y podía dormir tranquila...

Se lo conté a Eduardo pero a él esas cosas no le interesan. Siempre tiene la misma mirada triste en sus ojos verdes y no se la puedo borrar con mis morisquetas. Entonces tengo que hablarle de amor y eso me hace mal. El otro día empecé a insultarlo, le dije que era superficial e insensible, y traté de arrancarle confesiones. A él le dolió, pero yo necesitaba verlo sufrir por mi culpa. ¿Acaso cree que al huevo no le duele que le rompan la cáscara?

Sin embargo la verdad del huevo está en la yema, y yo quiero toda la verdad de él. No voy a detenerme ante nada para conocer su verdad, aunque con eso lo pierda y yo también tenga que reventar.

Candelabros de plata, fuentes, un viejo reloj, todo se ha ido poco a poco y me alegro porque no pienso aferrarme a los objetos. Bastante trabajo tengo con ocuparme del amor. Lo malo es que uno de estos días el almacenero me dejó un ramo de flores, como de antigüedades y no me va a traer más comida.

La túnica se secó pero quedó muy arrugada. Tuve que volverla a mojar y ponérmela húmeda para plancharla con el calor de mi cuerpo. Anoche tuve frío por primera vez y no pude dormir. Estuve pensando mucho y decidí que estoy dada vuelta como un guante, toda metida para adentro por culpa de un amor centrípeto.

Ahora van quedando pocas cosas en la casa. Ya no recibo las galletitas rellenas con crema que me gustan y al estúpido del almacenero se le ocurrió traer anchoas que me dan asco. Le dije a Fernando que se las llevara: tenía el pelo más sedoso que nunca, las arrugas de la boca más marcadas y los ojos tan verdes que las flores coloradas le quedaban bien. Pero no se las llevó. Esta mañana las encontré en el mismo lugar donde yo se las había puesto, marchitas.

Me devolvieron la luz, justo de noche, claro, para embromarme. De golpe, en lo mejor de un sueño en colores, me desperté porque todas las luces de la casa se habían encendido al mismo tiempo. Tanto brillo parecía una fiesta, pero los salones estaban más vacíos que nunca y acabé por sentirme deprimida. Sin embargo eso sirvió para reconciliarme con el almacenero porque debe de ser él el que pagó la cuenta atrasada de electricidad. Después de todo, habrá valorado más de lo que me imaginé el Capodimonte que le dejé el otro día. Era una sopera preciosa llena de flores pegoteadas y él me había dejado las mismas cosas que por aquel adefesio de plástico que encontré en la antecocina.

Ricardo me pidió que no lo llamara más, por un tiempo, porque tenía que trabajar mucho. Lloré después de su partida, pero al rato me dije que si seguía así eso no iba a ser un amor sino un entierro y me calmé bastante.

Me pregunto si podré empujar el piano hasta el zaguán donde el almacenero me deja las cosas. Pero a él nunca se le va a ocurrir llevarse semejante mastodonte de cola. Ni la mesa ovalada para veinte personas del comedor, ni siquiera el ropero inglés de tres cuerpos que está en el dormitorio grande. Y pensar que eso es todo lo que me queda... He pasado dos días sin comer y no aguanto más. Sentada sobre el piso, acabo de descubrir que mis rodillas ya no tienen su viejo gusto a sal. Y mi voz, cuando voy llamando a mi amor por los largos corredores, suena a hueco como si fuera un globo. Ya me he devorado toda la casa, me la he comido poco a poco con el almacenero como intermediario.

No quiero morirme de hambre, eso sí que no. Estaría horrible si a mi amor se le ocurriera venir a buscarme sin que yo lo llamase; me encontraría flaca y verde y con la túnica flotando como la de un fantasma. Pero en esta casa ya no tengo nada más que dar, ni que hacer, tan sólo sentarme en el zaguán y esperar. El almacenero estará por llegar: me imagino que zonzo no es, que se va a dar cuenta que a cambio de sus latas me entrego a mí misma, que es lo único que me queda.

Mientras espero al almacenero lo llamo a mi amor y me acuerdo de su pelo sedoso, de sus tristes ojos verdes y de esas arrugas que van de la nariz a la boca como si estuviera riendo. Lo llamo con desesperación, una y otra vez mientras espero al almacenero, pero él no viene. Después de todo, me parece que también le he contagiado mis defectos: debe de estar celoso.

Una familia para Clotilde

Esa mañana, como tantas otras, Rolo la pasó en contemplación de Rolando. Para su padre, descansar significaba agotarse físicamente: largas caminatas por la playa desierta, carreras, salto de rana, una que otra flexión. Sólo tenía cuarenta y seis años, podía permitírselo. Rolo, en cambio, estaba por cumplir los diecisiete; era una edad seria, se sentía hastiado del mundo.

De pie, en lo alto de un médano, o tomando naranjada en el Playa Bar meditaba sobre su triste suerte mientras veía brillar al sol la dorada espalda de su padre, enfrascado en la calistenia. Rolando era un buen atleta y lo sabía. Rolo miraba su propio cuerpo blancuzco, angosto de espaldas, y se daba cuenta por qué tenía vergüenza de caminar junto a su padre cuando los dos estaban en malla. Sin embargo, al avanzar la temporada, cuando alquilaban carpa, prefería irse con su padre por la playa en lugar de quedarse sentado en una reposera junto a su madre todo el santo día. Ella era así, en todo ponía una vehemencia inusitada: y si en noviembre y diciembre se ocupaba de la casa sin tomar respiro, el resto de las vacaciones se olvidaba de casa y familia para dedicarse tan sólo a tomar sol porque quería volver a Buenos Aires con aspecto de haber disfrutado.

Por la tarde no había nada que hacer, y Rolo sentado sobre la tranquera soñaba con los bailes, con la posibilidad de que apareciera una chica en bikini, con los compañeros que echaba de menos. A eso de las cuatro el carro de don Luis llegó por la playa y trepó con esfuerzo el camino abierto entre los médanos hasta la casa de Rolando. Eso les pasaba por vivir apartados del pueblo, lejos de la anémica civilización. El carro de don Luis era pesado y chato, de una madera que parecía roída por el mar.

—Buenas —le dijo el carrero a Rolo.

—Bué.

—Podrías saludar mejor. Traigo las maletas de la señora que va a ocupar la casa de ustedes, la que está en el fondo. Tienen suerte, le expliqué a tu padre, porque lo que es en esta temporada ni se alquila ni se vende, y ustedes pescaron una inquilina.

La cuadriga descansaba de la pesada marcha por la arena. Sólo el potrillo se impacientaba y resollaba.

—Ajá —masculló Rolo sin entusiasmo pero miró intensamente las valijas de cuero blanco y ese enorme baúl ropero de los que ya no se usan.

—Parece que la señora se va a quedar mucho tiempo acá...

—Ajá.

—¿Todo el verano?

—Todo el verano, y parte del otoño y el resto de la vida. Y nosotros con ella; no nos movemos más de acá. Enterrados.

Hundió con furia su cortaplumas en el tronco de un pino. Quería irse, a cualquier lado. Si al menos Pinamar tuviera un puerto, para imaginarse viajes...

Domingo por la mañana y Rolo, con el saco al hombro, cruzó el parque de su casa, pasó entre el seto de tupidas acacias y fue hacia el jardín del chalet del fondo. Se había olvidado ya de la nueva inquilina pero ella estaba allí para recordárselo, tendida a la sombra sobre una silla tijera, mostrando mucha carne blanca y una larga melena con reflejos rojizos. Rolo se detuvo en seco.

—Hola, pichón... ¿A dónde vas? —tenía una voz cálida que se estiraba entre las plantas.

—A misa —contestó él de mala gana.

—¿A misa? —en boca de ella la palabra parecía nueva y desconocida.

El sol empezaba a picar. Rolo tuvo ganas de tenderse al fresco bajo los pinos y escucharla, simplemente. Sin embargo le dijo:

—Sí, a misa. A usted la capilla le parecerá chica y fea, y todavía no está terminada del todo. Pero eso no tiene importancia cuando uno quiere ir a misa.

—Hmm. ¿Y si te sentaras acá, al lado mío, y tomaras un buen gin tonic, no sería mejor que ir a misa?

—No.

—Sin embargo a tu padre bien que le gustaría venir. Él no es como vos. No va a misa. Ayer por la tarde pasó cinco veces por acá a caballo; hace un rato lo vi en traje de baño, debe estar nadando... Quedáte.

Ella tenía los ojos pardos y profundos. Rolo salió corriendo.

Yo le voy a enseñar a esa loca que no soy como mi padre. Le voy a enseñar al viejo, andar caliente por ahí. Les voy a enseñar...

A medida que pasaban los días Rolando se iba poniendo cada vez más silencioso y taciturno. Y Rolo iba tomando la costumbre de seguirlo por toda la casa, irritándolo a más no poder. Pero no se quejaba por eso. En realidad, resultaba bastante difícil arrancarle alguna palabra.

—Querido, no pongás los pies sobre el sofá que vas a ensuciar la cretona.

—Querido, corréte un poco que quiero abrir las ventanas para ventilar.

Y el querido hacía lo que le decían, sin protestas. Era asombroso.

Rolo empezó a sospechar algo cuando notó que su padre no se levantaba más a las siete de la mañana como antes para ir a darse el primer remojón. Y una tarde, a la hora de la siesta, descubrió que se escapaba sigilosamente por la puerta de la cocina mientras su mujer dormía.

Atinó a correr escaleras arriba hasta el altillo, se asomó a la pequeña ventana y pudo ver a Rolando justo cuando entraba a la casa de Clotilde. Sin llamar, como si fuera de la familia.

Ya van a ver lo que soy capaz de hacer. Ya van a ver. A mí nadie me embroma. A mí me invitó primero, les voy a enseñar.

Rolo nunca se había creído capaz de tener paciencia, pero esas virtudes sólo se descubren cuando se las necesita. Acuclillado tras un macizo de acacias, sobre las hojas secas y crocantes, esperó casi dos horas que Rolando se decidiera a abandonar el cuerpo de ella, que debía ser tan blanco entre las sábanas, tan blando para hundir las manos. A veces pensaba en esos otros pobres cuerpos que había conocido, cuerpos secos y apurados que casi ni había visto, que sólo tenían el olor de sus compañeros que habían pasado antes que él. Cuerpos de mujer que tenían el olor de otros muchachos, casi idénticos a él, transpirados y nerviosos.

En cambio Clotilde debía ser diferente, y él la tenía entre sus manos ahora que conocía su secreto y podía delatarlos. Ya les iba a demostrar a esos dos que él también era un hombre. Rolo, el pequeño Rolo, seguiría en las carnes de Clotilde las huellas dejadas por Rolando, su padre. Y pondría la boca allí donde él la había puesto, imitaría cuidadosamente cada uno de sus gestos. La espera era larga, atenaceante. Pero después vendría la compensación del cuerpo de Clotilde caliente, resbaladizo. Húmedo, único.

Una planta de azaleas florecida despedía un perfume sutil que Rolo no estaba capacitado para apreciar. Pero más allá de las flores, más allá de las paredes de la casa, adivinaba a su padre desnudo sobre la blanca Clotilde y sabía que gracias a eso, a él también le llegaría su turno.

No tardaría en salir. La puerta verde y un poco descascarada se abriría para dejarlo pasar y él esperaría tan sólo un momento, el tiempo suficiente como para verlo lejos, y luego entraría de golpe y la tomaría a Clotilde por la fuerza sin que ella atinara a defenderse.

No fue así, claro está. Clotilde lo vio, lo llamó, y él se entregó mansito como un gato y fue ella quien le enseñó por dónde debían ir sus manos para imitar las manos de su padre.

—Me pidió que le jure que no te iba a decir nada a vos y yo se lo juré y le pedí que me siguiera besando... como si me importaran sus besos...

Rolando se rió con una risa fría, desalmada. Clotilde no notó la diferencia que había entre ésa y su risa habitual y siguió hablándole de Rolo. Pero cuando quiso acurrucarse contra el cuerpo de él, en la cama, Rolando pegó un puñetazo sobre la mesa de luz y se levantó de un salto. Los músculos de la espalda se le fueron arqueando uno a uno como fieras en acecho. Sin embargo después se encogió de hombros y se fue al baño lentamente como si todo lo que ella le había contado no tuviese la más mínima importancia. Volvió más tranquilo y se acostó junto a ella, pero después lo asaltó la duda y la sacudió a Clotilde con fuerza y empezó a gritar:

—Soy mejor que el pibe, ¿no? ¡Decime que soy mejor que el pibe!

Ella contestó sí, sí, pero pensó que el otro ni siquiera se animaba a suspirar y sintió ternura por él.

A la tarde siguiente Rolando le dijo a su mujer: voy a buscar cigarrillos, y ella se hizo la que le creía porque no le quedaba más remedio. ¡Como si los cigarrillos se encontrasen en la cama de Clotilde!

Rolo, en cambio, no podía decir voy a buscar cigarrillos porque no lo dejaban fumar, pero en cambio podía salir o entrar cuando se le daba la gana y no necesitaba dar explicaciones para ir a lo de Clotilde y hacer algo bastante más serio que fumar. Al ver salir a su padre subió como siempre a la buhardilla para espiarlo por entre los árboles. La escena se repetía: Rolando, apurado, furtivo, corría a los brazos de ella y él, Rolo, se sentía feliz a pesar de todo porque podía aprovechar el camino que le había abierto su padre y demostrar así que él no era menos, que también era un hombre.

Pero un hombre, así como así, lo son todos; con ciertos atributos basta. El verdadero hombre allí era ella, Clotilde, que los manejaba a los dos como quería y los exacerbaba el uno contra el otro, o el uno a favor del otro según la inspiración del momento. Que ella era el verdadero hombre allí lo sabía muy bien. Se lo repetía todas las noches en esa cama que muchas veces había sufrido el peso y el calor de uno de ellos antes de que se disipara el peso y el calor del otro. Clotilde. Se miraba al espejo, se acariciaba los pechos llenos, sonreía y mostraba sus dientes también blancos, parejos, indiferentes. Pensar resultaba para ella un esfuerzo demasiado grande: tan sólo sentirse feliz, y a veces nostálgica. Y torturar un poco a esos machos que le habían tocado en suerte y que ella aceptaba sin remordimientos, sin siquiera la más remota idea de pecado.

En la casa grande, del otro lado de las tupidas acacias y del suave y rojizo colchón de la pinocha, Estela, la madre de Rolo, la mujer de Rolando, también solía mirarse al espejo en el cuarto de baño. Su imagen surgía diluida por la espuma del jabón que ella misma había puesto allí para limpiar. Y entonces ella le pasaba el trapo con furia, haciendo aparecer de un solo trazo a veces los ojos, a veces una oreja y un rincón de la boca que delataba el dolorido rictus de los labios. Hubiera querido borrarse para siempre pero la imagen la enfrentaba, inexorable, y lo único que podía hacer era lavar el espejo esperando que un poco de toda esa limpieza le llegase al alma.

Lo sabía: sus dos hombres, salidos para siempre de sí misma, ahí con la otra porque era blanda y cómoda y no dura y fuerte como ella.

Rolo estaba como de costumbre agazapado tras el macizo de acacias. En un momento dado le pareció que la puerta se abría y se encogió más aún en su escondite. Pero era una falsa alarma, o más bien una falsa esperanza. Su padre se detenía más que de costumbre sobre el cuerpo de Clotilde; no era justo, Rolo empezaba a impacientarse. ¿Y si era ella la que lo estaba reteniendo? ¿Y si ella, sabiendo que él estaba allí, le hubiera pedido a su padre que no la abandonara? Sin embargo, aquella vez que le había preguntado qué clase de caricias le hacía Rolando, ella le había contestado:

—Nada del otro mundo...

—Pero decime, decime qué te hace él, yo no quiero ser menos.

—No, me gusta que sean diferentes. Él es un bruto y me sacude y a veces me da bofetadas y me grita mientras me está amando.

Se había dado vuelta hacia él y le había puesto la cabeza despeinada sobre el vientre y había seguido:

—Pero vos en cambio sos tan suave... como una chica. Te gusta que te acaricien la cara, los hombros, la espalda. Igual que una mujer.

—¿Vos alguna vez te acostaste con una mujer?

—Hmm —le había contestado ella vagamente, y él interpretaba a veces el hmm como un sí y otras como un no, según sus estados de ánimo.

Ya hacía más de dos horas que estaba escondido tras las acacias. Pronto se iba a despertar su madre de la siesta; estaba furioso. Y Clotilde, que sabía muy bien que él estaba allí y ni siquiera le hacía una señal. Era una puta. Era peor que eso, engullía cualquier cosa: hombres, mujeres, viejos y niños. Una avestruz sexual. Peor que el mismo demonio.

Para calmarse empezó a caminar por los fondos del chalet, olvidando la prudencia. Pero no notó que su padre lo estaba espiando, oculto detrás de un postigo, y que no perdía ni uno solo de sus movimientos.

No quiero que se entere de que Clotilde no está. Qué tanto, que sufra como estoy sufriendo yo, y amargándome, se venía repitiendo Rolando desde hacía dos horas.

En medio de un paso Rolo se detuvo en seco. Tras la enredadera de jazmines, justo frente a la ventana del dormitorio, había un montón de puchos aplastados. Un montón grande, de varios días, algunos totalmente deshechos, tan sólo restos de tabaco, y otros intactos, casi: los de Rolando, con filtro de corcho. Entonces su padre había estado allí, en otras oportunidades, esperando que su propio hijo abandonara de una vez por todas la cama de Clotilde para volver con ella y reírse de él a carcajadas.

Rolando, enterado de su secreto, sabiendo a su hijo también allí, en el dormitorio, como había estado él antes, como vendría él después. Siempre tenía que tener la última palabra, la última risotada, el último acto del amor. Siempre su padre superándolo, aplastándolo. También en esto. La culpa la tenía Clotilde por decírselo todo, por no saber callarse. Ramera.

Y Rolando, tras los postigos, se sentía celoso de su hijo, feliz con su desconcierto. Clotilde se había ido hasta la noche, le había dejado una nota, le huía porque sabía que esa tarde iban a venir. Y el otro pobre infeliz allí desesperado, creyendo que su padre estaba realizando quién sabe qué proezas, sin saber que esas mismas proezas son casi siempre patrimonio de los jóvenes.

De un lado o del otro de los postigos cerrados, padre e hijo se sentían superados, vencidos. Rolo pensaba: él está ahí, va a estar toda la tarde, toda la noche, obligándola a olvidarse de mí. Por fin decidió alejarse lentamente por el sendero, pateando cascotes y diciéndose que después de todo a Clotilde sólo debían gustarle las mujeres y que no valía la pena seguir luchando.

Encerrado en el chalet Rolando lo vio alejarse y se dijo que a pesar de lo delgado que era, de lo encorvada que llevaba la espalda, era joven y fuerte y reconcentrado como les gusta a las mujeres.

Ninguno de los dos podía adivinar que Clotilde se había dado cuenta de lo harta que estaba de todo eso, de saber que Rolo se escondía en el jardín mientras Rolando estaba con ella y que a veces, después de haberlo despachado y mientras estaba con Rolo, Rolando andaba dando vueltas por ahí como león en su jaula aunque no lo confesara. Como si ella no supiera que se buscaban el uno al otro a través de ella.

Esa misma noche Rolo fue a ayudar a su madre a lavar los platos, cosa poco habitual en él:

—Mamá —se decidió a preguntarle después de un largo silencio—. ¿No la conocés a la señora que alquila el chalet del fondo?

—No.

Hubo una incómoda pausa.

—Pero deberías conocerla, hacerte amiga de ella. Es muy amable.

—No necesito amigas y menos mujeres como ésa.

Linda venganza la que le estaba preparando a su padre, difícil venganza también la de lanzarla a su madre en brazos de Clotilde.

—Pero fijáte que sería lo mejor, hacerte amiga de ella. Política de buena vecindad y todo eso. Después de todo es nuestra inquilina.

Era una frase valiente para decirle a una madre que debería de estar al tanto de lo que pasaba.

—Podrías ir a verla mañana y llevarle un pedazo de esa torta tan rica que hacés para el té...

La madre ni siquiera se dignó contestar. Pasó el trapo con furia sobre las hornillas, se sacó el delantal y se fue al dormitorio.

Rolando ya estaba metido en la cama. No se había ido a caminar por el bosque, no estaba leyendo en el living. Sencillamente estaba allí, instalado en la cama camera, como esperándola.

Ella pasó largo rato en el baño, volvió con el camisón puesto, se acostó.

—Estela —le dijo Rolando—, Estela, estás muy sola últimamente. Si nos vamos a quedar acá dos meses más te convendría conocer gente.

—Mis amigas llegan después de Reyes...

—Falta casi un mes ¿y mientras tanto? ¿Pensás quedarte encerrada en la casa como hasta ahora? Ya está lindo el tiempo, como para ir a la playa. Deberías hacerte de alguna amiga para que te acompañe.

—¿Tenés a alguien en vista?

—En vista, no... aunque quizá podría ser la inquilina de nuestro chalet, parece simpática.

Lo hubiera jurado. Él también la quería empujar allí, como Rolo. Debía ser una confabulación de los dos hombres para burlarse de ella. Pero ya estaba cansada de dejarse tomar por idiota porque sí, para mantener la paz de la familia. Ya que querían verla actuar, actuaría. Y cómo. La lucha está abierta, veremos quién es más fuerte. Por lo menos, una inspección al campo enemigo nunca le vendría mal, así podría luchar en igualdad de condiciones.

—Bueno —le contestó a Rolando mansamente como tenía por costumbre—, si te parece mañana voy a verla y le llevo unas masas para el té. A ver si congeniamos.

Rolando se alegró de poder embromarlo a Rolo de alguna manera, y se asombró de lo fácil que había resultado convencerla.

La mesa familiar está más triste que nunca. Mientras ellos habían llevado las de ganar podían disimular muy bien la pena de ella. Había sido una lucha limpia, entre machos, como corresponde; aunque se tratara de padre e hijo. En aquel entonces habían comido con apetito, tratando de mostrarse alegres para impresionarse mutuamente y hacerse sufrir. Ni un solo miramiento para la mujer que estaba sentada frente a ellos y que hacía enormes esfuerzos para no romper a llorar.

Ahora la situación es bien diferente. Estela está exultante, se ha vuelto conversadora, es feliz. Ha adquirido una nueva grandeza. Es ella, Estela, la que los ha desbancado, la que ocupa un lugar amplio y cálido donde cabían dos hombres. Ahora Estela está sola y triunfante en el seno de Clotilde.

Y ellos, mustios, ni la miran ni se miran entre sí. Sólo saben recorrer el chalet que ya no es un hogar porque Estela descuida los pisos, las comidas, y no pone más flores en el centro de mesa. Ella tiene ahora otras ocupaciones. Desde el último bocado del almuerzo hasta la puesta del sol lo pasa en casa de Clotilde. Ha sido, si se puede decir, una amistad relámpago. Feliz amor a primera vista, reunión de abejas reinas mientras los zánganos revolotean por ahí como perdidos. Dan vueltas alrededor de Estela para recuperarla, a veces, y otras para que les devuelva a Clotilde.

Ni una, ni otra. Sin el pan y sin la torta. Por fin ha llegado el momento de enfrentarse y no de andarse husmeando mutuamente sobre el cuerpo de una hembra. ¿Pero qué pueden tener que decirse esos dos seres desposeídos, esos dos machos que habían aprendido a encontrarse sólo en una sorda competencia?

Los días fueron pasando de esta manera, hasta que Rolo no pudo aguantar más y se encaminó hacia su antiguo puesto de vigilancia a la vera del chalet. Había querido azuzarla a su madre en contra de su padre pero el viento se le había dado vuelta: adiós Clotilde, adiós amor, adiós. Estela era la que ahora absorbía sus horas, sus gestos, sus palabras. Había demostrado ser la más astuta: sin pelear, como quien no quiere la cosa, se la había tragado. Tenés una madre formidable, le había dicho Clotilde en la única oportunidad en que había logrado verla a solas. Y ni una palabra más, ni disculpas ni agradecimiento por lo de antes. Media vuelta, march, y ya estaba de nuevo metida en su casa con la puerta bien cerrada.

Acurrucado tras la mata de acacias Rolo recuerda todos los momentos pasados con Clotilde y no sabe que a pocos metros de allí Rolando está haciendo su consabida caminata tras la enredadera de jazmines. Los dos atrapados en la misma trampa, acechando a las mujeres que están adentro dedicadas la una a la otra, sin siquiera pensar en salir.

Ninguno de los dos sabe exactamente qué espera, ignorando sus mutuas presencias, ignorándolo todo menos ese mundo del que los han apartado para siempre. Escuchan; y en eso, cada cual en su puesto de observación, reciben en la cara el latigazo de una especie de risa. Una risa apagada, como con vergüenza, que de golpe se alza para taparlo todo y después baja de tono hasta convertirse en un susurro que se cuela hasta los huesos... Rolo pega un salto y corre hacia la ventana del dormitorio y sin quererlo se topa con su padre que también ha salido de su escondite porque oyó esa risa que amenaza con nunca acabar. Se miran como acusándose, pero sin una palabra. Están los dos afuera, para siempre, porque se les ocurrió meter a Estela en la casa y Estela no va a salir más ahora que ha despertado la risa de Clotilde.

Es un murmullo bien templado como el de los pinos, acariciador, amante. De golpe empieza a llover; suavemente primero, cada vez con más furia. Pero ellos se quedan en el jardín empapándose, como esperando algo, hasta que cae la noche.

Adentro, Estela no siente el frío, la lluvia, la noche. Sonríe con beatífica felicidad porque ha logrado su propósito: junto a Clotilde, de rodillas, le hace repetir una y otra vez el Acto de Contrición y la oración de la Virgen. "Dios te salve, María..." El rezo vuela y ondea como una risa que sale de los labios de Clotilde, contrita. Y Estela, a quien nada le importa de la contrición de Clotilde, sonríe porque sabe que al fin ha recuperado a sus hombres.

El hijo de Kermaria

Las risas de los chicos llegaban hasta el camino principal y tres viejas vestidas de negro se persignaron. Eran risas agrias, de hombres agotados, de demonios. Y todas las viejas del caserío, idénticas, enjutas, enlutadas, que ya no se estremecían ante nada, se estremecían al oír las risas chirriantes de los chicos.

Pero ellos no interrumpían sus juegos por una señal de la cruz más o menos:

—Yo soy el médico...

—Yo soy la muerte...

—Yo soy el rico...

—Yo soy la muerte...

—Yo soy la muerte...

—¡Pajarón! Sabes muy bien que no puede haber dos muertes seguidas. Tienes que ser el pobre, o el carnicero, o lo que se te antoje. Pero no, claro, justo se te ocurre ser la muerte cuando no te toca el turno.

—Yo puedo ser siempre la muerte si me gusta —insistió Joseph—. Al fin y al cabo fui yo el que inventó el juego, el que les mostró a todos ustedes la pintura que está en la capilla, fui yo...

No lo dejaron terminar, claro está. Eran chicos muy rápidos en irse a las manos y tenían una idea muy personal de lo que debía ser la justicia. Al grito de otra que favoritismos se lanzaron sobre el pobre Joseph obligándolo a huir con toda la velocidad de sus cortas piernas de once años. Como si no hubiera sido él quien había propuesto ese juego imitando a la ronda de gentiles y de muertos que estaba pintada desde hacía setecientos años en la capilla de Kermaria... Su abuelo siempre lo llevaba a verla en esos días de verano que aplastan a los granjeros en sus siestas. Y en el silencio de la capilla gris el niño le describía al viejo ciego los descascarados entornos de la danza macabra:

—Hay un esqueleto —le decía— que lleva de la mano a un hombre de capa larga y sombrero negro, muy chato...

—El hombre es el abogado, y va de la mano de la muerte. Cada cual tiene su muerte privada, nadie se salva, y ella te hace bailar y bailar y no te suelta ni por broma.

Luego se entusiasmaba:

—Sigue, sigue contándome... —y bailaba sobre el piso de baldosas gastadas y chocaba contra las sillas de paja y los reclinatorios de la capilla.

El viejo sí que sabía imitar bien el fresco y bailar como deberían bailar los de la pintura, porque él estaba más cerca que nadie de su muerte y debía sentir esa mano de huesos aprisionando la suya. Por eso Joseph admiraba a su abuelo aunque estuviera todo el santo día hamacándose en su mecedora en medio del patio, frente al gallinero, cantándose canciones incomprensibles y sin música. Y porque lo admiraba fue a buscarlo cuando necesitó de alguien que lo consolara del ataque de los chicos y que aplacara la humillación de la huida, pero el viejo ni lo oyó llegar, sumido como estaba en sus habituales ensueños:

—La deben estar lavando. Oigo el chasquido del agua sobre sus flancos; ella debe estar fresca, tensa, sonrosada, y yo quisiera desvestirme y revolcarme sobre las losas frías y lavarme estos malditos ojos con el agua que ha corrido por su cuerpo y que debe de estar renovada y bendita...

—Abuelo —Joseph lo tomó del brazo y lo sacudió—. ¡Abuelo!

La mecedora se detuvo:

—Joseph, ¿eres tú? Anda rápido a ver si la están lavando, quiero saberlo enseguida. Ahora oigo la escoba que corre por sus carnes rosadas...

—Sí, la están lavando, no es para menos. Anoche Constantín el jorobado entró por una ventana y se quedó a dormir bajo el tapiz del altar. ¡Hijo de la gran perra! La debe de haber llenado de pulgas a la pobre.

—Constantín el jorobado, Constantín el jorobado, y a mí ni me dejan acercarme a ella porque esas viejas del demonio ponen el grito en el cielo en cuanto me ven y ni siquiera me dejan tocarla, y todo porque una vez hundí la cara en la pila bautismal y después me refresqué los labios en los labios de la Virgen. En la capilla de Kermaria, justamente, como si Ella no estuviese allí en su casa y yo con Ella en la casa de todos.

—Esas viejas son unas brujas, te digo —lo consoló Joseph mientras acariciaba la bolsita de sal gruesa que le colgaba del cuello y lo preservaba de los maleficios. Luego rió íntimamente, recordando aquella vez cuando los chicos sacaron los apóstoles policromados del atrio de Kermaria, las gigantescas tallas románicas de madera, y se instalaron en los nichos: doce niños de caras sucias con los trapos que habían encontrado en sus casas colgándoles de la ropa, inmóviles, esperando ansiosamente la llegada de las viejas que habrían de acudir a la primera misa del alba, para asustarlas.

—Son unas brujas, claro —retomó el abuelo—. Si no lo sabré yo, que bien las podía ver de chico. Son siempre las mismas, esmirriadas y negras. Nunca cambian ni se mueren. Son ellas las que hicieron conjuros para que me quedara ciego, porque yo era el único hombre que iba a la capilla a verlas arrodilladas, rezando las oraciones al revés frente a la imagen de la Virgen con el Niño, ese Niño que no quiere saber nada del gran pecho redondo que le ofrece la Virgen María y que pone cara de asco. Y ellas allí, rezando para que toda la leche en todos los pechos de madre se vuelva agria, para que todos los hijos se vuelvan lechuzas, o lobizones, de noche.

El viejo calló. Son unas brujas, insistió Joseph para incitarlo a seguir hablando. Por nada quería escuchar el silencio porque en ese momento acababa de ver a su madre atravesando subrepticiamente la tranquera del fondo y temía oír sus pasos alejándose hacia un destino que debía de ser terrible y misterioso. Sin embargo ella no era como las otras, era joven y hermosa todavía y sólo se había vestido de largo y de negro varios años atrás, cuando murió su marido, y nunca usó la cofia blanca.

—Todas unas brujas, eso es, y me hicieron quedar ciego. Pero lo que no saben es que ahora puedo pasar la lengua por las ásperas paredes de Kermaria y sentirla más que nunca dentro de mí aunque las piedras me arranquen el pellejo.

Joseph, sentado en el piso de tierra apisonada del patio, se clavaba las uñas en las manos preguntándose dónde habría ido su madre, pero nada lo retenía tanto en su lugar como las palabras del viejo y prefirió quedarse allí en vez de correr a descubrir lo que lo atormentaba. Quedarse allí y hacer acopio de recuerdos cálidos para las frías noches en el internado, cuando su imaginación lo traería de vuelta a la capilla de Kermaria a pasar la lengua por sus rugosas paredes o a revolcarse en su piso, o a beber toda el agua bendita para purificarse. Sin embargo, cuando llegaban las vacaciones la lengua se le destrozaba al correr por el granito, el piso resultaba demasiado duro y el agua bendita tenía gusto a vieja; y eso cuando tenía suerte y el padre Médard no lo veía y lo echaba de allí a escobazos.

—Faltan pocos días para la peregrinación... —comentó el abuelo, interrumpiendo los pensamientos del chico.

La peregrinación marcaba el apogeo anual de la parroquia de Kermaria an Ifkuit, olvidada en medio de la maleza bretona, lejos del mar, lejos del aire, tan sólo aferrada a la tierra con sus pobres casas aisladas, hechas de adobe y buen techo de paja ennegrecida. Pero el grupo de chicos salvajes que vivía pendiente de la capilla no podía compartir la alegría y se sentía desposeído por esa gente que llegaba desde los más lejanos confines de la Bretaña para pedir la salud y la fortaleza física que no podía brindarle ninguna de las catedrales de afiladas agujas...

Por eso los chicos se preparaban con muchos días de anticipación para estar bien presentes y poder defender el honor del pueblo con algunas de sus fechorías, ya que sus madres, las mujeres de los labradores, se mantenían apartadas y no entraban a la capilla cuando entraban las otras, las mujeres de los pescadores que se balanceaban como las olas y parecían acunar a un hijo. Junto con las mujeres de la costa llegaba el recuerdo de un mito lejano, la antigüedad de una raza, y las mujeres de Kermaria aspiraban hondo para llenarse los pulmones con el olor salobre que las otras traían del borde del mar. Pero los chicos eran insensibles al olor a sal y lo único que querían era estar lo más cerca posible del padre Médard durante la misa para marearse con el olor a incienso que no se derrochaba más que en los días de peregrinaje.

Sólo Joseph, quizá, sabía algo del mar y del misterio de la espuma. Por las noches de este último verano su madre, más callada que nunca, le enseñaba a tejer después de las comidas sentados frente a la mesa familiar. A la cabecera, el viejo canturreaba y se entretenía con su vaso de aguardiente. En general molestaba poco antes de que lo llevaran a acostarse.

—Tejan, no más, hijos míos. Tejan calcetines para mis pies que deben estar abrigaditos en invierno —decía, a veces. O si no—: La bufanda, larga la quiero, larga. Nada de escatimar la lana, que este invierno va a ser muy crudo y el pobre viejo necesita calor...

Madre e hijo trabajaban en silencio, sin escuchar las palabras del abuelo, sin preocuparse por contestarle. Todo era paz en esos momentos hasta que una noche el viejo decidió estirar la mano para tocar la lana suave pero se encontró con que sus dedos penetraban en el tejido y sintió que por esa trama abierta se colaba todo el frío del mundo, porque su nuera y su nieto estaban tejiendo redes.

Tejiendo redes Joseph se distraía. Además la tenía a su madre cerca y eso le hacía olvidar que algunos días ella desaparecía a la hora de la siesta para volver sólo al atardecer. Los preparativos para la peregrinación también lo entretenían. La capilla de Kermaria cobraba poco a poco un halo brillante de limpieza y el cielo largaba sin descanso una llovizna suave que le lavaba los flancos. Los chicos endiosaban al abuelo en esos momentos porque sentían que la capilla se les estaba escapando y que sólo él podía devolvérsela intacta. Entonces venían en las tardes de lluvia, todos embarrados, a sentarse en el piso húmedo del cobertizo para escucharlo hablar, como si fuera un profeta, de esa Kermaria que para ellos estaba viva y con alma.

El padre Médard pasaba y repasaba frente al cobertizo y no perdía oportunidad para amonestar a los chicos:

—Hijos míos, volved a vuestras casas. El ojo de Nuestro Señor está fijo en vosotros y sabe lo que tramáis...

Era él quien sabía lo que le esperaba cuando los chicos de su parroquia se juntaban con el viejo, y no estaba tranquilo. Pero los chicos se limitaban a reír con sus risas agrias y hablaban en voz baja, desacostumbrada en ellos.

Hasta que el día de la peregrinación llegó por fin. Minutos antes de la misa vespertina el hijo del herrero trajo un frasco lleno de mojarritas vivas y lo volcó en la pila de agua bendita. Los demás chicos entraron en la capilla con expresiones hoscas y se quedaron en los bancos de atrás, mirando de reojo y con furia, esperando la aparición de los primeros peregrinos.

Junto con un grupo de desconocidos entró la madre de Joseph. No puso los dedos al descuido dentro de la pila sino que vio los peces, pero su cara no reflejó asombro. En cambio tomó una mojarrita entre sus manos y con esa mirada triste que se había instalado en sus ojos en los últimos años salió en puntas de pie, tratando de no hacerse notar. Joseph la vio, sin embargo, y se escabulló tras ella sin esperar la diversión que le brindarían las viejas al llegar y poner distraídamente los dedos entre las pequeñas formas escurridizas.

Quiso salir corriendo pero en el umbral del atrio un sol repentino le hirió las pupilas y, acostumbrado como estaba a la penumbra de la capilla y a la persistente llovizna gris de su región, tuvo que detenerse, cegado. Cuando volvió a abrir los ojos una forma blanca desaparecía tras las matas espinosas del otro lado del camino principal, frente a la capilla.

Joseph pasó casi una hora dentro del monte enmarañado, buscando a su madre. Los matorrales se estiraban hacia él como dedos y le arañaban las piernas y le desgarraban la ropa. Cada árbol, cada mata, cada planta rastrera tenía sus espinas personales, largas o cortas, blancas, negras o naranja, y él las podía ver en detalle y a la vez no las veía, turbado por la desesperación de buscar a su madre. Tengo que encontrarla, se decía. Y después: ojalá no la encuentre nunca. No quería ver confirmados sus temores. Sin embargo no sabía exactamente por qué tenía miedo, él que había atravesado mil veces el círculo de demonios que rodeaba la capilla. Aunque ahora estaba en juego algo mucho más vital para él, algo que formaba parte de su carne y de su sangre, y si su madre había querido buscarse un nuevo marido (de eso al menos estaba seguro), lo había traicionado vilmente al no elegir a uno de los apóstoles del atrio o a una de las figuras del fresco que eran sus verdaderos amigos.

Para amar hay que ser maduro y sabio y lleno de piedad, le había dicho su madre una vez.

Cuando yo ame, le había contestado él, mis hijos tendrán la cara del Niño de cera que está frente al altar.

Su madre, seguramente, no pudo darse cuenta en aquel momento de que ella debía mantenerse a la altura de tanta grandeza. Y por no haberse dado cuenta Joseph le guardaba un amargo rencor mientras la buscaba por el monte.

La sangre de sus raspones le corría por la cara y por los brazos y en las piernas ya sentía el fuego de todas las ortigas cuando por fin la encontró. La adivinó, más bien, por el resplandor blanco de su vestido en el fondo de la hondonada. Se acercó un poco, con toda cautela, para asegurarse de que estaba sola, y pudo ver la mojarrita que ella conservaba aún en la palma de la mano abierta y que ya no latía.

Se sentó en lo alto de la colina escondido entre los matorrales dispuesto a esperar. Sabía que algo iba a suceder, su madre nunca hacía nada porque sí, sin razón. En ese momento, a lo lejos, la campana de Kermaria rompió el silencio para indicar el final de la misa vespertina.

La espera se dilataba y a Joseph empezó a invadirlo una inmensa emoción. Quizá, después de todo, su madre no lo había traicionado. Quizás el hombre al que esperaba pertenecía en realidad a la capilla y era nada menos que el padre Médard... Pero enseguida supo que no debía hacerse ninguna ilusión; por un sendero abierto entre los espinillos el que apareció, muy corpulento, muy alto, muy rubio, era un desconocido. Sin embargo Joseph descubrió en su manera de andar al único pescador que se adentraba en la tierra, el que todos los viernes venía a vender pescado en la parroquia de Kermaria.

Desde donde estaba Joseph sólo podía ver la espalda de su madre, pero por la manera que vibraban sus hombros y su alto rodete adivinó en sus ojos esa mirada tan suya, honda y triste, fija en el hombre que se iba acercando.

El pescador llegó hasta la mujer y la tomó por los hombros con las grandes manos muy abiertas y ella empezó a incorporarse, lentamente, Joseph no quiso esperar el encuentro de esos labios ávidos y llamó:

—¡Mamá!

Y luego del grito quiso revolcarse sobre las espinas, y sobre todo que le pegaran, bien fuerte, para que ese dolor que sentía tan adentro se le saliera afuera, confundido con el sano y conocido dolor de la carne. Pero los golpes no llegaron, y cuando por fin levantó la vista encontró a su madre sola frente a él, con los brazos colgándole al costado, como vaciados.

Volvieron a la chacra juntos, en silencio, y allí se quedaron encerrados durante varios días, madre e hijo, y ella sólo le hablaba para preguntarle:

—¿Qué sabes tú del mar? —y a veces lo sacudía hasta hacerlo llorar. Joseph apenas atinaba a lamerse las lágrimas repitiéndose que ésa era la única agua salada que existía en el mundo.

Mientras tanto el abuelo vagaba por el camino principal bajo la lluvia, y en cuanto oía pasos se acercaba al caminante y le pedía algo de comer, porque a él lo habían dejado abandonado. Y aunque los vecinos se apiadaran de él no podían olvidar las afrentas hechas a Kermaria y le lanzaban pullas y lo insultaban:

—¿Por qué no vas a la capilla a comerte los cirios y a indigestarte con hostias? Degenerado.

—Más de una vez te tomaste el vino de la misa... ¿Por qué no vuelves a hacerlo en lugar de mendigar el que está en nuestras mesas?

Y el abuelo rogaba, como una letanía:

—Piedad para un pobre ciego...

—No es piedad lo que necesitas. Son palos.

Sin embargo lo dejaron dormir sobre la paja fresca de sus graneros y le pintaron de blanco el bastón, y fue huésped de muchas mesas mientras su nuera se mantuvo encerrada sin querer ver a nadie.

¿Qué sabes del mar?, gritaba ella por las noches para no llamar al hombre, y Joseph, con los ojos desmesuradamente abiertos, trataba de verla en la oscuridad mientras mordisqueaba un pedazo de pan seco, rancio casi, que había logrado esconder en su bolsillo.

Una mañana, por fin, amaneció con sol. Era el mismo sol de la tarde de peregrinaje que había desaparecido hasta ese momento oculto tras la capa gris de la llovizna. Entonces la madre hizo un paquete con los embutidos que quedaban en la alacena y obligó a Joseph a vestirse rápidamente para salir.

Llegaron a Ploumanac'h con las últimas luces del atardecer, no porque el camino fuera largo sino porque les había resultado difícil encontrar quien los llevara.

—Éste es el puerto, no puede ser, no puede ser —exclamó la madre de Joseph mordiéndose la palma de la mano y mirando desolada ese puerto seco, abandonado por la marea, donde las barcas panzonas de los pescadores yacían recostadas sobre la arena rosada.

—No puede ser —coreó Joseph, pero íntimamente se alegraba: No puede ser, pero es... y ya sus labios estaban por esbozar una tímida sonrisa de triunfo, la primera desde hacía muchos días, cuando a lo lejos vio acercarse a un hombre y reconoció al pescador de su madre y notó que él también los había reconocido y se dirigía hacia ellos. Entonces se soltó bruscamente de la mano que lo tenía sujeto y echó a correr hacia el otro extremo del camino.

—Joseph, Joseph, vuelve, no te vayas —gritó la madre.

Y luego: —Ay, Pierre, haz que me vuelva el chico. Que no se me vaya...

Empezaron a correr tras Joseph. La madre jadeaba y sin embargo no podía dejar de gritar:

—Quería volver a encontrarte, Pierre, pero no para perderlo a él. Vine a buscarte, te lo juro; alcánzalo, por Dios, alcánzalo.

El pelo le caía a Joseph sobre los ojos mientras corría, y la desesperación le impedía ver claro. Quería huir de ese hombre desconocido y al mismo tiempo no quería alejarse de su madre. Pero ella estaba en el bando de ese hombre y no le quedaba más remedio que correr, con todas sus fuerzas. Por momentos creía tener las voces de ellos casi encima y se asustaba, y después se asustaba más aún porque le parecía que el sonido de su nombre cuando lo llamaban se hacía cada vez más lejano y ya no podría recuperarlo.

Por fin divisó el portón del recinto de una iglesia y se decidió a entrar. Pisó terreno amigo cuando tuvo bajo sus plantas las piedras del camposanto y pudo detenerse para aspirar, hondamente, y luego largar un prolongado suspiro que tuvo su eco en el campanario. Pudo también comprobar, al detenerse, que la noche acababa de caer y que las últimas luces violetas se esfumaban tras la cruz de granito del calvario. A pesar de la penumbra creciente también llegó a distinguir el osario con sus finas columnas. Sin lugar a dudas ése era el mejor refugio, allí donde nadie pensaría en ir a buscarlo. Como tenía apenas once años se pudo escurrir por entre la angosta separación que dejaban las columnas y sentarse sobre la enorme pila de huesos humanos, grises, y cariados, desenterrados a lo largo del tiempo para dar lugar en el pequeño cementerio a los huesos nuevos, a la carne muerta, a los gusanos.

Y como tenía apenas once años todo el terror que por allí flotaba se adueñó poco a poco de él y el frío le clavó sus filos y se habría puesto a aullar como los perros de no haber temido que lo confundieran con un alma en pena.

Para defenderse lo único que podía hacer era cerrar los ojos, con los párpados muy apretados, para no ver fantasmas ni luces malas. Podía también taparse los oídos con los brazos para no escuchar los quejidos de los muertos... Pero se hacía trampa a sí mismo y a veces aflojaba la fuerza de sus brazos para tratar de oír si aún llamaban su nombre a lo lejos y otras veces espiaba por entre los párpados semicerrados para tratar de descubrir alguna silueta humana.

Cuando por fin salió la luna sólo alcanzó a ver las cuencas vacías de las calaveras fijas en él y, mucho más allá de las columnas, la cruz del calvario y el perfil negro de la iglesia. Para ese entonces el miedo ya se había hecho carne en él, ya casi no le molestaba. Tenía sueño, eso sí, mucho sueño. Agotamiento por el largo viaje, y la huida, y la tensión... Pensó que después de todo no estaba tan mal que su madre se fuera con un hombre que estaba bien vivo y que no pertenecía a ese maldito mundo de los muertos. Pensó, mientras la cabeza le caía sobre la pila de huesos terrosos, que el cariño que él necesitaba no era su madre quien podía dárselo sino esa otra mujer que había en su pueblo, tan vasta, tan cálida, tan generosa: la capilla de Kermaria.

Los Menestreles

—¿Para qué vuelves a preguntarme cómo se llamaban? Si ya lo sabes, ya lo sabes. Te lo he repetido veinte veces, sílaba por sílaba, letra por letra. Conoces el nombre de memoria, ¿para qué vuelves a preguntármelo?

El chico no se daba cuenta de que a veces la torturaba y agachó la cabeza, ofendido, mordiéndose los labios y dejando que el pelo renegrido le cayera sobre la frente hasta taparle los ojos. Frunció el ceño, también. No quería que le anduviera con vueltas, no le importaba saber cómo se llamaban, lo que quería era oírlo en boca de su madre porque cuando ella pronunciaba el nombre se le escapaba ese campanilleo en la voz que a veces era triste, pero que otras veces resonaba con un profundo placer. Claro que no iba a andar insistiendo, eso no era cosa de hombres. Para disimular quiso recoger de entre las patas traseras de la vaca una piedra de las lindas, las que se deshacen al chocar contra la pared dura del establo. Al agacharse la vaca mansa le pegó un golpe en la cara con la cola y la madre rió, quebrando la tensión, y largó el nombre:

—Se llamaban los Menestreles.

El chico levantó la cabeza de inmediato, pero fue demasiado tarde. Sólo pudo pescar las últimas notas de la risa donde ya no había ni ese dolor ni esa angustia que a él le gustaba descubrir detrás de la alegría.

En todo el pueblo del Bignon no había otra como su madre. La gente le tenía respeto, aunque pidiera fiado, y eso que se llamaba Jeanne, como cualquier otra, un nombre de campesina. Él, en cambio, se llamaba Ariel. Ariel adoraba su nombre y lo odiaba al mismo tiempo. Podía repetirlo de noche cuando estaba solo en su cama alta hundido en el espeso colchón de lana que se tragaba los sonidos, o cuando andaba por el campo durante la trilla y veía a los hombres trabajar a lo lejos y podía revolcarse en el heno fresco y perfumado. Ariel... pero cuando tenía que decirlo en el colegio y los grandes venían a burlarse de él y le preguntaban ¿cómo te llamas, ricurita? y le acariciaban la cabeza esperando encontrar un pelo sedoso y manso, no duro y salvaje como en verdad tenía, sólo sabía dar media vuelta y escapar sin contestarles. Y desde lejos les gritaba Ariel, Ariel, arrepentido de su cobardía y pensando que después de todo Ariel rimaba con menestrel, Arieles y Menestreles.

Aquellas tardes de huida volvía a la granja con la vergüenza quemándole la espalda. Los cuatro kilómetros a pie desde la pequeña ciudad de Meslay hasta Les Maladières no bastaban para refrescarle las mejillas. Abandonaba con desgano la carretera asfaltada y no sentía ningún placer al hundirse en el barro del camino, o al patear las piedras frágiles o al empujar el manzano seco para ayudarlo a acostarse de una buena vez. Los días de vergüenza (vergüenza por no haberse atrevido a pronunciar su nombre) no saludaba a los vecinos de las otras dos granjas que encontraba en el camino de tierra ni se inclinaba sobre la charca de los patos para tratar de descubrir por fin los peces dorados que vivían en el fondo de las aguas glaucas. Y por último, al empujar la tranquera destartalada de Les Maladières, no corría hasta el establo chico donde su madre debía de estar ordeñando a esa hora del atardecer.

Esos días era ella quien lo llamaba:

—¡Ariel!

Así, con un grito seco y prescindente, y él se sentía liberado y corría a refugiarse en su falda tibia, entre las piernas abiertas bajo la ubre de la vaca. Ella le alcanzaba entonces su tazón de leche viva y Ariel se purificaba mientras la escuchaba decir, dulcemente:

—Tienes ojos de Henri, así de azules y de hondos. Era el que cantaba con más fuerzas las canciones alegres. Las gritaba, casi, y yo temblaba de miedo: los alemanes podían oírlo y venir a sacármelos a todos. Tienes los ojos iguales a los de Henri... Yo lo miré mucho a los ojos y quise guardármelos.

Madre e hijo quedaban en silencio, después, envueltos por el olor caliente del establo, hundidos en pensamientos sobre Henri que se entremezclaban mientras la vaca mugía de impaciencia.

Jeanne la fuerte (como le decían en el pueblo donde la habían visto crecer) le decía en otras oportunidades a su hijo:

—Tienes las manos de Antoine... Eran largas y finas, no hinchadas como las mías, y tocaba la mandolina como si fuera un ángel con su arpa.

O bien:

—El pelo, así hirsuto como los matorrales de nuestro campo, era el pelo de Joseph...

Y Ariel se sobresaltaba y le sacudía el brazo hasta hacerle doler.

—¡No, mamá, no! Si me habías dicho que era el pelo de Alexis. ¿Te estarás olvidando, ya?

Y Jeanne la fuerte reía con esa risa triste y débil que él tanto amaba:

—¿Cómo quieres que me olvide? ¿Cómo podría olvidarme de ellos? Pero tienes razón; Joseph tenía el pelo negro también, pero suave bajo la caricia. En cambio, Alexis... duro, como el tuyo, y yo me reía porque no se lo podía peinar. De eso tampoco, ¿ves?, me olvidaré jamás.

Y no era como para olvidarse, tampoco, porque todo había empezado una de esas mañanas de mayo tan claras que parecen soñadas. Georges le Gouarnec, su marido, había acabado por irse a la guerra él también. Veo que ahora necesitan hasta a los borrachos, le había dicho Jeanne como despedida y cuando él volvió sobre sus pasos no fue para darle un beso a su mujer sino para agregar a su mochila las dos últimas botellas de aguardiente casero que antes había decidido no llevar. Luego se había ido dejándola sola para hacer todos los trabajos de la granja. Ella hizo lo que pudo, pero el viejo tractor quedó arrumbado en el hangar, y tuvo que contratar hombres para la siembra y la cosecha de su pequeño campo, y la mayor parte de las manzanas se pudrieron al pie de los árboles porque ella sola no podía hacer sidra, ni le interesaba. Pero después de largos meses empezó a extrañarlo a su Georges, cuando vino la primavera y los trabajos de la granja se hicieron demasiado pesados.

En aquellas mañanas de mayo, sin embargo, se sentía liviana y casi corría mientras arreaba la manada de gansos hasta los comederos. Tenía ganas de tirar su larga pica por el aire y de bailar con las faldas recogidas sobre las botas de goma. Los gansos graznaban, sin embargo, y levantaban los picos y parecían de mal humor; por eso ella les iba gritando a voz en cuello hasta que los gritos se le volvieron a meter en la boca porque los vio llegar cantando suavemente por el camino de tierra que lleva a la charca de los patos y a las granjas vecinas. A duras penas podía oír la canción pero Jeanne sabía que iban cantando algo dulce porque se movían igual que los álamos frente a la iglesia en los atardeceres de otoño.

Cerró los ojos y los contó como se le habían grabado en la memoria: eran nueve. No podía ser, no podían existir nueve seres idénticos. Sería uno, dos a lo sumo, y su soledad le hacía jugarretas y le multiplicaba a los hombres. Abrió los ojos de nuevo y los vio claramente contra la pared parda y áspera de la casa. Habían callado y se mantenían en fila frente a los gansos. Eran nueve, en efecto, y diferentes aunque todos igualmente encorvados bajo el peso de sus mochilas.

Jeanne quiso acercarse hasta ellos y sintió en las piernas el calor de las plumas de los gansos y en la cara el calor de la mirada de los hombres. Le costó trabajo pasar entre las aves que eran veinticinco, entonces, y no se animó a mirar de frente a los desconocidos, secándose las manos en el repasador que le colgaba de la cintura.

En ese momento Ariel levantó la cabeza:

—¿Te estás acordando de algo nuevo, mamá?

Ella abandonó los recuerdos para volver a su hijo:

—No, de algo nuevo no. Ya te lo conté todo, todo. No me queda nada más por recordar, sino tan sólo empezar otra vez.

—Pensabas en el día en que llegaron...

—Así es.

—Y yo, ¿dónde estaba?

—En el cielo, todavía. Bajaste muchos meses después.

—Por eso no los vi. ¿Pero estás segura de que me lo contaste todo?

—Segurísima.

Todo no, claro. Hay cosas que no se le pueden contar a un chico de ocho años aunque tenga el pelo de Alexis y las manos de Antoine y la voz que prometía ser la voz de Michel.

Michel fue el primero y lo eligió ella porque cantaba mejor que los otros y era el solista de la voz grave y cuando abría la boca los demás se callaban. Ariel, la voz de Michel. Algún día tendrás esa voz de Michel, hijo mío.

Huían de la guerra y no encontraron mejor lugar para esconderse que esa granja perdida en medio de la tierra pobre y salvaje cerca de la Bretaña. En la bodega sólo quedaba un barril de sidra y Jeanne la fuerte tuvo ganas de llorar porque Georges Le Gouarnec se había ido antes del otoño sin preparar más y en cambio, cuando él estaba allí, toda la casa se llenaba con el perfume de las manzanas. Y luego venía desde el granero donde estaban los alambiques ese otro olor que ella odiaba pero que hubiera querido sentir cuando ellos llegaron. Aguardiente, millones de botellas, todas las que se había tomado Georges Le Gouarnec en su vida, de la mañana a la noche, Jeanne hubiera querido recuperarlas para retener a sus nueve hombres que cantaban canciones y contaban historias tristes.

Retenerlos. La primera noche fue para Michel, elegido por ella. Los otros se instalaron en las dos cuchetas y en el piso del comedor y ella volvió, por primera vez después de la partida de su marido, al dormitorio y a la cama alta y profunda donde se hundió en compañía de Michel.

—¿Cómo se llamaban, mamá?

Esta vez la tomó desprevenida y por eso contestó simplemente:

—Los Menestreles.

Ya había entrado los dos tarros de leche y le estaba dando de comer a la chancha que iba a tener cría. Mandó a Ariel a recoger huevos del gallinero.

—Y no rompas ninguno, como Robert, que volvía con el canasto chorreante.

Robert había resultado ser el peor de todos. Nunca quería ir a desplumar gansos y se negó a revisar el motor del tractor a pesar de haber sido mecánico alguna vez en su vida. Sabía contar historias maravillosas, eso sí, y se sentaba sobre la mesa con su tazón de sidra entre las manos y hablaba durante horas. Los demás eran mucho más serviciales: hasta la ayudaron a matar el chancho y a hacer las morcillas y los embutidos que se llevaron para el viaje. Pero justamente por su haraganería era en Robert en quien Jeanne tenía puestas todas sus esperanzas. Cuando le tocó el turno a él, en la quinta noche, ella tomó la palangana y fue hasta la bomba de agua a lavarse con esmero a la luz de la luna. Y una vez en la cama, entre los acolchados de pluma de ganso, le susurró palabras desconocidas y lo colmó de caricias sabias y nuevas, reinventadas para él.

A la madrugada siguiente, cuando tuvo que levantarse, lo miró a los ojos para ver si se quedaba, pero él se dio vuelta y siguió durmiendo hasta las once. Sin embargo, al llegar la noche, Marcel lo reemplazó en la gran cama y la rueda siguió girando.

Cuando Jeanne se levantaba al amanecer y tenía que pasar por encima de los cuerpos dormidos estirados sobre el piso del comedor, le daban ganas de gritarles que se quedaran. Después empezaba a preparar el desayuno y el buen aroma de la sopa de cebollas los iba despertando a todos y entonces ya no pensaba que quizá se fueran dejándola sola de nuevo, porque sus voces y sus risas y sus bromas la llenaban de vida.

Y cuando les servía la sopa, sentados frente a la mesa en los bancos largos y estrechos, los volvía a contar para estar segura de la cifra de su felicidad. Eran nueve.

Y ahora es uno, chico y encogido contra el fuego de la chimenea en las noches de invierno. Jeanne quisiera darle su calor pero ella también se siente fría, fría por dentro, y entonces le pide:

—Ariel, cántame una canción...

Y Ariel, obediente, le canta con su voz infantil una canción que ha aprendido en el colegio:

> Sobre el puente de Avignon,
> todos bailan, todos bailan...

—No, Ariel, eso no; una canción seria.

Y Ariel, con su mejor voluntad, cambia de ritmo y entona *La Marsellesa*.

Otras veces Jeanne la fuerte, decepcionada, no quiere canciones y le pide:

—Ariel, hijo mío, cuéntame un cuento.

Y Ariel cuenta cuentos del colegio, de chicos malos y chicos buenos que se pelean, o historias de animales domésticos que es lo único que conoce. Algunas veces se anima a hablar de los peces dorados que hay en el fondo de la charca de los patos de aguas glaucas. Son peces brillantes que sólo se dejan ver por las personas de buen corazón. Pero prefiere no acordarse demasiado de ellos porque él nunca ha logrado verlos...

Un solo día del año la madre lo sienta sobre sus rodillas y le cuenta los cuentos que le gustaría escuchar a ella. Ese día no se trabaja, apenas salen para darles de comer a los animales. Y Ariel no va al colegio porque es 21 de febrero, el día de su cumpleaños. Y Jeanne la fuerte se sienta en su silla baja de pelar papas y cuenta sin descanso lo que una vez le transmitieron los Menestreles. Son historias brillantes de príncipes y pastoras que algunas veces hablan de orgías con mujeres y vino, pero las puede repetir a pesar de todo porque son tan antiguas que Ariel no las va a comprender.

Lo que no puede contar son sus noches verdaderas con los Menestreles, sus noches que se convierten en palabras que le queman la boca y que ella quisiera escupir. Pero debe guardárselas porque Ariel es su hijo, sólo acaba de cumplir nueve años, y a un hijo no se le cuentan esas cosas.

—Mamá, ¿cómo nacen los chicos? ¿Tardan tanto como los terneros? ¿Tienen padres como el toro que alquilamos la primavera pasada?

—Los chicos tardan nueve meses en nacer y todos tienen padre. Nadie puede nacer sin padre...

Ariel ya lo sabía pero quería estar seguro: nueve meses y nueve padres. Cuando se fue a acostar no pensó en las historias de Jeanne. Pensó y repensó que era el chico más rico del mundo porque para tenerlo a él su madre había alquilado nueve padres. El pelo de Alexis, la boca de Ivès, la voz, cuando se forme, de Michel, los ojos de Henri...

Acostada en la cucheta del comedor Jeanne la fuerte también pensaba en Henri. Era el jefe, y fue el primero en dirigirle la palabra cuando llegaron por sorpresa a Les Maladières:

—Somos los Menestreles —dijo para presentarse—. El gobierno quiere darnos rifles y nosotros sólo queremos blandir nuestras mandolinas. Al ruido de las balas preferimos el de nuestras propias voces cuando cantan. Si usted, querida señora, fuera tan amable como para darnos albergue durante unos días trataremos de no comprometerla y nos iremos al sur en cuanto pase el peligro.

Se quedaron nueve días y nueve noches y después se fueron hacia el sur, cantando.

—¡Ariel! Usted siempre tan distraído. Repita lo que le he dicho y señale en el mapa dónde queda el sur.

En medio de la clase de geografía y sin razón aparente Ariel se echó a llorar.

Jeanne, en cambio, ya no lloraba. Quizá no haya llorado nunca. Hizo lo posible por retenerlos y no los retuvo. El que por fin volvió fue Georges Le Gouarnec, su legítimo marido, para fabricar doble ración de aguardiente y para insultarla porque todo el pueblo se había enterado de la existencia de sus nueve huéspedes secretos a pesar de no haberlos visto jamás. A él, nueve pares de cuernos más o menos no le pesaban en la cabeza llena de alcohol, pero eso de que todos los habitantes del Bignon lo comentaran y se burlaran de él, eso no lo podía soportar.

Cuando Jeanne pasaba frente a su marido cargando la tina de ropa sucia hacia la bomba de agua, él mascullaba inmundicias y le escupía sobre los pies descalzos. Jeanne no se detenía por tan poca cosa, pero después el odio de Le Gouarnec le traía recuerdos de los otros y se quedaba frente a la bomba sin bombear, con los brazos caídos y los ojos llenos de sueños.

Georges Le Gouarnec dejó pasar una a una las cuatro estaciones del año sin preocuparse por el trigo que se pudría en los campos, tan sólo pendiente de la fermentación del zumo de manzanas para poder encerrarse en el granero y enmarañarse en los tubos del alambique. Se volvió a ir justo un año después de su llegada, poco antes del nacimiento de Ariel, pero Jeanne ya no necesitaba el estímulo de su odio para evocar a los hombres que habían traído alegría a su monótona vida.

—Mamá, mamá. ¿Cuál era el que adoraba a los perros?

Jeanne sacudió la cabeza. No quería pensar más, no quería contestarle. Hubiera preferido irse a dormir, pero le había prometido a Ariel hacer dulce de ciruelas. Él la miró, inquieto:

—Ya te estás olvidando, ¿ves? Yo te dije que un día te ibas a olvidar de ellos y nos íbamos a quedar sin nada. ¿Qué vamos a hacer si te olvidas? Sin ellos no vamos a poder seguir viviendo.

Jeanne hizo una mueca pero le contestó:

—Olvidarme no, pero estoy tan cansada...

—¿Cansada de ellos?

—De ellos no, mi amor. Ven, vamos a ver la mesa donde tallaron sus nombres.

Como tenía por costumbre, pasó la mano suavemente sobre la mesa donde estaban los nombres. Era una caricia. Ariel la imitó.

Los años fueron pasando sin hacerse sentir demasiado hasta que una mañana Jeanne se despertó sabiendo que ésa era una gran fecha porque su Ariel ya cumplía los trece y por fin podía vaciar en él su propio corazón, hablarle de su gran amor por ellos y saciar esa vieja sed que tenía de compartirlo con alguien. Pero cuando entró en la cocina para encender el fuego se encontró con que debía enquistar nuevamente su corazón: Georges Le Gouarnec había vuelto después de trece años de ausencia, más fofo y colorado que nunca, y la esperaba de pie frente al horno. Y cuando Ariel se levantó descalzo y fue corriendo a besarla, ella sólo pudo decir:

—Ariel, saluda a tu padre... —sintiendo que se le quemaban las mejillas de vergüenza, y segura de que Ariel no lo quería ver y por eso cerraba los ojos y fruncía el ceño.

Georges Le Gouarnec lo sacudió por los hombros:

—¡Salúdalo a tu padre, imbécil!

Pero Ariel se zafó de la manaza que lo retenía y huyó por el campo, hundiéndose entre los matorrales.

Yo sé que no es. Yo sé que no es. Mi padre son nueve menestreles y no un tipo gordo e hinchado que tiene mal olor.

Al llegar al lado de la cueva de la liebre que había descubierto el día anterior se tiró de barriga al suelo y se tapó los oídos para no seguir escuchando los gritos del viejo.

Jeanne la fuerte fue a buscar a su hijo sólo cuando las estrellas empezaron a palidecer en el cielo, después de que Le Gouarnec se hubo quedado dormido sobre el espeso colchón, cubierto por el acolchado de plumas que reemplazaba el calor de su mujer.

—Mamá, mamá. No es él, ¿no?

—No.

—Y de ellos, ¿nunca te vas a olvidar?

—Nunca, nunca.

—¡Mamá! —gritó, y su voz salió ronca esta vez y se dio cuenta de que había llegado el momento de ser como ellos y de seguir su propio camino ya que su cama que había sido la de ellos crujía bajo otro peso plebeyo, pegajoso.

A la madrugada siguiente, al pasar frente a la charca de los patos, tiró nueve piedras dándoles un nombre a cada una. Así, al menos, se llevaba un ideal a la granja donde lo habían contratado para ordeñar.

Sobre la mesa de los nombres Jeanne la fuerte hacía esfuerzos para dibujar las letras y con paciencia le escribía a Ariel las historias contadas por los Menestreles, mientras se dejaba mecer por los monótonos ronquidos de su marido.

Y Ariel le contestaba contándole cómo la hija del patrón iba a misa con un vestido blanco, y más adelante le explicaba su asombro porque el vestido se había convertido en un par de alas y la hija del patrón se había echado a volar hacia el reino de los patos salvajes.

Ariel había ascendido de categoría: ya era capaz de crear historias como los Menestreles y Jeanne la fuerte no se olvidaba del nombre y se lo escribía en cada carta y él se sentía feliz y no se daba cuenta, ocupado como estaba con sus propias leyendas y con los trabajos de la granja, que cuando los campos se secan y reverdecen y después se hielan quiere decir que el tiempo pasa y que tres años es casi una vida para un muchacho que al irse de su casa acababa de cumplir los trece.

No se daba cuenta hasta que llegó esa otra carta hostil, en un sobre castaño que apestaba a incienso y que era del cura del Bignon. En el sobre decía Ariel Le Gouarnec, no simplemente Ariel, y él supo que se trataba de una mala noticia.

Jeanne la fuerte se estaba muriendo. Ariel no podía hacer nada para impedirlo, tan sólo tratar de que pronunciara el nombre que le haría recuperar parte de sus fuerzas.

En la cama alta la mano de Jeanne asomaba, frágil por primera vez, perdida entre los acolchados de plumas. Y Ariel apretujaba esa mano que había conocido dura y vital:

—Mamá, mamá, dime cómo se llamaban...

Y desde el comedor le llegaba la voz de Le Gouarnec latigueando el silencio:

—Y a mí que soy su padre ni me saluda, ni me mira a mí que soy su padre. Es verdad que es un hijo de puta, pero después de todo yo soy su padre, su pobre padre viejo... —y las sílabas se le aglutinaban como el aguardiente que chorreaba de la mesa de los nombres.

En el dormitorio Ariel hubiera querido contenerse pero cada vez sacudía con más fuerza la mano, el brazo, el hombro de su madre.

—Mamá, háblame de ellos... ¿Cómo se llamaban?

Por un instante vio en sus ojos un relámpago de dolor. Quiso dejarla tranquila, no sacudirla más, no exigirle nada, ya, pero desde el comedor llegaban los gruñidos, y los gritos, y la risa. Sobre todo la risa:

—¡Se cree hijo de Dios! Se cree hijo de dioses y de saltimbanquis, pero yo escupo y escupo sobre todos ellos y sobre su progenitura porque a este mequetrefe hediondo lo hice yo, cornudo y todo como era, para gloria, paz y sosiego de mi amarga vejez. Amén.

Ariel apretujó la otra mano, ahora extraña entre las suyas, sin poder contenerse más.

—Dime cómo se llamaban, al menos. No me dejes sin ellos.

Jeanne la fuerte dio vuelta la cara hacia la pared pero se esforzó por hablar en un hilo de voz:

—Ya no me acuerdo... pero ve, ve a buscarlos... —y sus ojos se cerraron sobre esa pequeña ilusión.

Las maldiciones que Georges Le Gouarnec no dejó de mascullar durante los tres días del velatorio fueron la oración fúnebre para Jeanne la fuerte, pero también lo fue la esperanza de Ariel, que salió corriendo hacia el sur, hacia el sol, para buscar a los Menestreles.

Fin de milenio (1999)

Fin de milenio

Él

Él tiene una cantidad de posibilidades a su alcance. Puede reventar su dinero en un festejo de una noche en París o New York, puede irse a Fiji donde por primera vez en todo el mundo empieza el primer milenio, puede. No encontrará ni un rincón en un hotel pero qué le importa, hotel no necesita. Ha estado explorando en Internet, explorando y explorando, conoce todos los precios, posibilidades y secretos. La guita que se puede reventar sin hacerle mella a su familia, la guita que ni ellos mismos saben que existe asciende a más de diecisiete mil dólares y eso debería alcanzarle ampliamente.

Tiene desplegados ante sí sus propios retratos, lo que no tiene ni remotamente cerca es un espejo. Hasta se afeita de memoria. Poco a poco desde que vive solo ha ido eliminando todas las superficies reflectoras en su departamento. Las fotos sobre el escritorio lo muestran de treinta años, pintón... Ahora tiene algo más del doble, mucho menos pelo, blanco por cierto —a los pelos los ve en el peine, trata de peinarse lo menos posible, escribe, escribe, pero lo que escribe es su autobiografía distorsionada, más o menos apócrifa, de cuando tenía los benditos treinta años. En dicha edad ha decidido quedarse congelado, coagulado, fijo. Tres años atrás se plantó en sus treinta, y es ésa la personalidad que asume para las circunstanciales parejas on line. Ellas son hermosas a menos de que estén mintiendo tanto o más que él, algunas hasta son interesantes. Es con quienes se demora más tiempo, meses en ciertos casos, cada noche encontrándolas en la pantalla de su computadora, hasta que al propio relato de sí mismo le debería ir apareciendo alguna cana, alguna arruga; para mantener su imagen su imagen debería cierto día cumplir un año más. Le resulta intolerable. Entonces corta la comunicación de cuajo, se deshace de esa cita ciega y empieza una nueva, penosamente a veces, buscando quién como la otra logre arrancarlo por un tiempo de la angustia.

Así desde que le pusieron el triple by-pass y la cosa se complicó y ni vale la pena pensar en eso. Así desde que no pudo responderles más a aquellas a quienes solía arrimarse blandiendo toda su verdad, porque su verdad se le hizo de goma, su verdad no supo atender más los desesperados reclamos de su sangre. Y entonces. Entonces se hizo instalar el módem y a otra cosa mariposa.

Hoy ya no es lo mismo. El hoy ya está a un paso de dar vuelta la página del siglo, del milenio, y la realidad virtual está a punto —también ella— de traicionarlo. El primero de enero cero horas un segundo enloquecerán las computadoras, se estremecerán las pantallas, se apagará el mundo. Y2K, guai tu kei lo llaman los entendidos en muy norteamericana sigla de implicaciones apocalípticas. Ante tamaño Armagedon él tendrá derecho de volver a ser el macho de siempre, el de sus treinta años cabellera al viento ojos luminosamente verdes y no glaucos. Aunque sea por una vez, una solita. La decisión le vino de golpe, ahora quiere planearlo todo bien y se va tomando el tiempo.

Le manda un e-mail a cada uno de sus hijos en México deseándoles más felicidades de las que se merecen, turros los dos que se fueron a instalar a 2600 metros de altura sabiendo muy bien que él allí no podría alcanzarlos. Turra sobre todo la hija que lo alejó así de sus dos nietitos. No importa. Tampoco importa su ex mujer que nunca lo entendió ni entendió su necesidad de expansión, su vitalidad cuando él escapaba por ahí con alguna turrita o enfermera, la misma cosa, para darle libre curso a toda la maravilla que bullía en él y ya no bulle. Su ex mujer hace ya tres años que estará riendo sin parar. Bonita venganza para ella, justicia poética habrá pensado la muy turra cuando la operación tuvo en él efectos imprevisibles. Él hoy no quiere ni oírle la voz, ni siquiera comunicarse con ella por correo electrónico. Que reviente. Ella de nuevo se pondrá pesada y le rogará que reabra el consultorio, le dirá una vez más que los pacientes le tenían gran confianza y lo reclaman. Ya deben haber muerto todos por suerte, le contestó a su mujer, pero ella no se dejó amilanar; no te creas insustituible, eras simplemente un muy buen clínico, le contestó sin mosquear y él pensó que nadie puede ser buen médico si no logra curarse a sí mismo, y bueno o malo qué importa si lo único que importa es lo que en él ya no responde, y para qué seguir pensando.

Sólo que ahora sí, pensar es la única actitud de vida. Pensar y planear y desempolvar el viejo recetario y consultar el archivo de las candidatas del chat-room. Las de antes y las de ahora, ¿cuál estará mejor? ¿cuál de ellas estará diciendo la verdad? No tiene tiempo para andar desperdiciando en investigaciones EVR. En la Vida Real, le causa gracia la sigla, como si la otra vida donde él luce eternos treinta años con ojos llenos de chispas y un potencial inagotable no fuera también real, a su manera, y yo te cojo así y así y te hago esto y lo otro como les escribe a algunas minitas (las turras, según él, quienes desde una computadora distante lo estimulan y lo azuzan), y acabo en larguísimas eyecciones de lava ardiente y blanca y te chorreo toda y esas cosas, mientras ellas quizá se relaman de gusto sin saber el mal que le están haciendo, las muy turras.

Son todas iguales, reventar a alguna de éstas no sería mala idea, se dice.

Pero él ya no tiene los treinta años que le juró tener a la minita, a cualquiera de ellas. Ni en un rincón del corazón los tiene, porque ese mismo rincón reventó cierta mañana en su propio consultorio, y de ahí al quirófano un solo paso y ahora esto. Lo estuvo reconstruyendo, al rincón treintañero de su corazón maltrecho, durante cientos de miles de palabras pero se le han agotado las palabras, se está acabando el tiempo. Cuando suenen las doce de la noche del último día de este mismo mes de diciembre ya nada será lo mismo, el siglo que lo vio descollar en descomunales revolcones se habrá ido, se eclipsarán las pantallas, se eclipsarán sus fotos de los treinta años, el buen mozo que hizo revivir en monitores ajenos perderá la poca consistencia que alguna vez supo tener, ni la memoria perdurará de ciertas verborrágicas orgías que lo alimentaron durante el tiempo de comunicación virtual. Agotado estará el alimento, vencido como quien dice.

Ellas serán todas iguales, unas turras de décima, pero él es un tipo ético y no le puede hacer una cosa así a ninguna minita de ésas que cándidamente (turramente) andan flotando por el ciberespacio como quien se revuelca en una cama deshecha. No, no le pude hacer eso aun sin pensar en el quilombo que se armaría. Lo fácil que sería desenmascararlo a través de la dirección de su casilla punto com y después su familia metida en todo, los chicos viniéndose de México a verlo cuando ya es demasiado tarde, su ex ni hablar, las idiotas de sus primas que nunca se mosquearon por él haciendo declaraciones a la prensa. Nada de eso. No quiere nada de eso. Y Juanjo, haciendo lo imposible, seguro, por consolarla a su ex, Juanjo el muy metido, el mismo que le dijo muy al principio Vos los odiás a todos porque no se te para más. Lo bien que hizo en mandarlo al carajo a ése su ex mejor amigo de una vez para siempre. Él no los odia a todos porque, no, él los quiere, por eso mismo los odia.

No es momento de ponerse sentimental. Es momento de acción. Desempolvar los viejos recetarios, desempolvar los trajes aunque con este calor ni pensar en trajes. Afeitarse de memoria, el cuello no más, un poco las mejillas; quizá le quede bien la barba después de todo, no sabe, no quiere verse. No puede. Ha suprimido los espejos en su casa. Cuando salga, cuando retome el paso, cuando vaya más allá del supermercado de la vuelta tan completo con Banelco y todo, una vez que le haya puesto la funda negra a la computadora, al monitor, y la funda al teclado y la funda a la impresora, como un luto.

Ella
Enfermera, inteligente, puta. No sabe cómo se concilian estas tres instancias, sabe que la definen. Se lo repite a su imagen del espejo:

—Sos enfermera, inteligente, puta.

Enfermera y puta son dos datos concretos, pero lo de inteligente es apenas una apreciación personal y además los hechos no parecerían darle la razón. ¿Qué hay de inteligente en haberse venido a Comodoro Rivadavia, esta malhadada ciudad hecha de vientos, para cambiar de vida? Bueno, lo inteligente es precisamente eso, que logró su objetivo: cambió de vida. No que alguien la estuviera persiguiendo, ni que hubiese motivo alguno para que la persiguieran. En su trabajo siempre fue irreprochable, despiadada, eficaz. Como le enseñaron. Nada de enternecerse, nada de perder el tiempo con algún caso más patético que otros. A todos lo mismo por igual, es decir lo estrictamente necesario, lo que dicta la orden médica.

El que se volvió totalmente ineficaz para ella fue su trabajo. En el hospital la declararon prescindible tras treinta años de irreprochable foja de servicio. Después de convertirse en la mano derecha del cirujano mayor —él solía repetírselo— el cirujano se volvió zurdo y la pateó de su lado.

A este nuevo trabajo, si se le puede llamar así, arrastró las costumbres del viejo. También es irreprochable, eficaz y despiadada. Nada de enternecerse demasiado, aunque ahora a veces se permite perder un poco más de tiempo, sobre todo cuando encuentra un atisbo de goce, aunque sea un atisbo.

Ya no tiene edad de pedir mucho más. Todo lo contrario: tiene edad de pedirlo todo porque por fin sabe qué quiere, pero nadie se lo dará, sería como reclamar en el vacío. Más le vale callar. Es lo que mejor practica, el silencio. Esta tardecita una vez más como todos los últimos meses atravesará el bruto viento por calles que ni puede reconocer de tanto entornar los párpados para que no la ciegue la bruta polvareda, girará con la puerta giratoria del Garby's, respirará el alivio de un aire detenido donde el tufo a hombre será la invitación para abrir nuevamente los ojos. En el Garby's toda penetración es auditiva, alguno se sentará a su lado en el mostrador y le contará su vida, el drama de su vida porque si no es dramática a qué contarla, ella pondrá la oreja con todo esmero, profesionalmente casi, hará lo posible para que su potencial cliente sienta la imperiosa necesidad de pasar de la penetración auditiva a la vaginal, la única provechosa para ella. Es una vida como cualquier otra, se dice, es en realidad la otra cara de su vida anterior, ésa que acabó vaciándola del todo y la escupió a estas costas.

Una vez adentro abre los ojos pero ni mira al hombre que circunstancialmente se sienta a su lado. Lo escucha no más, y es ésa su carnada. Tampoco pretende que él la mire demasiado ya no está para eso ha pasado la cincuentena aunque se ve bien, lo reconoce, las carnes duras y una sonrisa bastante juvenil nacida acá porque sí, quizá porque casi nunca afloró en su antigua profesión y entonces es más nueva que ella, la sonrisa.

Con el cirujano mayor a veces la sonrisa le latía en la comisura de los labios, allá en Rosario, en el distante lugar convertido ahora en un ya muy distante tiempo. Y el cirujano mayor una buena mañana la declaró prescindible, porque sí, y alegando motivos de presupuesto contrató a una asistente inexperta, sin antigüedad es decir mucho más joven, más apetecible. Ella reclamó tanto, protestó tanto que ahora ni abrir la boca quiere. Sólo para menesteres de su nuevo oficio, y bien la abre y chupa y chupa y con eso también sorbe las palabras del cliente que no es un hombre para ella, nunca un hombre o ser humano alguno, sólo un cliente. Un ente. Que reviente, se dice en más de una oportunidad, por mí que reviente, aunque no sería éste quien debería reventar de mil maneras sino el cirujano mayor, el malaentraña.

Allá lejos, tiempo atrás, en otro infierno.

En el bar del aeropuerto
—Usted es el único que está llegando, sabe, todos se han ido
yendo, día tras día, casi todos a la capital a festejar, o donde
tengan más familia. Nadie quiere quedarse en Comodoro a ver
cómo el viento les trae el 2000. Con decirle que las autoridades
planearon fuegos artificiales sobre el mar pero después desistie-
ron, se les iban a desarmar antes de alcanzar la altura necesaria.
Creo que hasta las autoridades se rajaron, la cosa va a estar mejor
en Trelew, o en Rawson, dicen. Acá no cabe el color, sólo esa
especie de gris de estas tierras tan grises, no entiendo qué vino
a hacer usted acá justamente hoy para acabar el siglo.
   Él no se sentó a tomar un escocés en las rocas para charlar
con el barman. Pero le viene bien, necesita una información.
   —Trabajo —contesta entonces parcamente—. Vine porque no pude evitarlo, me pregunto dónde habrá algunas chicas
para no pasarlo tan solo.
   —Si es hombre del petróleo se entiende. Lo van a albergar
bien en la compañía, pero usté escápese al hotel Imperial. Ahí tienen
minas de primera, unas bombas, pregúntele a mi colega del bar y
él le va a presentar a las mejores. Dígale que va de parte de Truman.
   —¿Habrá otros lugares, también, no?
   —En el Impe son muy discretos. Pero bueno, va en gustos
y en bolsillos. Está también el Tom Tom, un lugar de jerarquía,
oscurito, Alfonso se ocupa de eso allí, pregúntele, también puede
ofrecerle otras amenidades, si prefiere.
   —Ajá, ¿y?
   —Hay otros. Y está el Garby's, pero yo no se lo recomen-
daría. Todas bastante gastaditas, qué le voy a decir.
   Él pidió otro scotch, se quedó en silencio sin tomarlo,
como acostumbrándose a la idea de estar allí, al frío. Había elegido
Comodoro Rivadavia precisamente por eso, por la temperatura.
Nada de andar achicharrándose en el calor, de perder energías.
Para Europa o USA no había más pasajes, y por otra parte, un viaje
largo, un cambio de idioma, los posibles apagones... demasiado
esfuerzo para su sencillo propósito. La idea de un mar embraveci-
do, acá, le había resultado atractiva, pero desde el avión, de su
lado en el avión no pudo ver el océano, sólo como un océano de
dunas y las torres de petróleo.
   Salió del aeropuerto cuando recién empezaba a caer la
noche, tendría tiempo de recorrer el espinel. Decidió empezar
desde abajo. Subió a un taxi y pidió ir directamente al Garby's. El

bajo perfil, el anonimato total, todo le convenía. Miró su reloj: 30 de diciembre, las veinte y treinta, el plan podía ir desarrollándose con mesura. Bastaba con no pensar demasiado.

Pidió otro scotch en el mostrador del Garby's, con mucha soda esta vez. Ir paulatinamente. En el bolso a su lado tenía lo necesario y un poco más también, por eso del lastre. Con el vaso en la mano se puso a mirarlas a todas y en efecto, estaban ya bastante ajadas y además poca elección había. Tendría que moverse a zonas más acogedoras pero ésta no era inhóspita, todo lo contrario, le hacía sentir un cierto calorcito de hogar vaya uno a saber por qué, algún detalle del decorado parecía traerle reminiscencias de infancia con películas de cowboys. Un saloon, eso es, está en un saloon, le gusta la idea, también quizá le guste ir aplazando la *otra* idea: no tiene por qué salir corriendo, le hecha más soda al whisky y gira en su taburete buscando no sabe qué. La mujer sentada a su derecha dos taburetes más allá entiende algo que él no había alcanzado a formularse —no debería permitírselo— y le extiende el paquete de cigarrillos. Él lo mira azorado, tres años ya sin fumar, pero ahora necesita un pucho y ahora qué importa. Se estira sobre el mostrador, le dice a la mujer gracias, muchas gracias, es justo lo que necesito. Ella no está fumando, ella no dice palabra, sólo le roza un poco la mano al retomar el paquete y le descarga una sonrisa insólita. Es una sonrisa que viene de otro lado. No de sumisión ni de seducción ni de reconocimiento ni de abulia. Tiene vida propia, la sonrisa, tiene identidad e independencia. Quizá la mujer también las tenga, independencia, identidad, completud, una forma de estar en este lugar en este instante que borra todas las demás posibilidades. A él le viene bien, le viene muy pero muy bien, quizá sea contagioso. La mira fijo a los ojos pidiéndole fuego. La mira muy fijo a los ojos pidiéndole un fuego que no es ése que ella no tiene —el barman se acerca y le enciende a él el cigarrillo—, es un fuego que chisporrotea dentro de ella haciéndole salir destellos de los ojos, ojos de mujer en llamas fijos en los de él que empiezan a recuperar su viejo resplandor iridiscente.

El encuentro

Están ahora sentados a una mesa.

En el Garby's, ese saloon, han pasado cosas, se ha ido escurriendo el tiempo. En la mesa de ellos, no. En esta mesa se han vuelto a llenar los vaso, una y otra y otra vez, y los ojos no se han apagado. Ella siente que no tiene por qué tratar de llevárselo a él a la cama, que están bien acá, y qué bien se está acá, piensa él, tengo 24 horas todavía para estar acá y después; es mucho tiempo, no quiero ni moverme. Él ha pedido algunos cigarrillos más sólo para rozarle una vez más la mano, porque después el cigarrillo queda olvidado en el cenicero y su lento humo azul asciende por el quieto aire azul del Garby's. Afuera ruge el viento, a veces hasta se lo oye como fiera hambreada. Yo fui una fiera hambreada, dice él como para su coleto. Ella así lo entiende y lo deja. ¿Fiera con hambre de quién, con quién? No le pregunta. Con la cabeza apoyada en la mano y esa sonrisa que aparece de golpe, ella casi ni se mueve ni habla y él sabe que está toda aquí, presente, para él. Ella quiere saber pero sin curiosidad. A los treinta años, dice él, y es como si dijera ahora. A los treinta años —¡ahora, ahora!—, y ella siente que está tocando un punto tan pero tan delicado que es quizá para esto que ha hecho todo el largo recorrido desde el hospital de Rosario hasta el Garby's, sin etapas intermedias, sin resuello. Ella lo deja ser y al mismo tiempo quisiera exterminarlo. Pisotearlo como a una cucaracha. El hombre no tiene derecho, no tiene derecho alguno de venir a remover. Él se echa para atrás en la silla y la sondea de arriba abajo. Ve lo que otros no ven, lo que él mismo nunca ha visto ni querido ver. Por eso cierra los ojos y queda como durmiendo. Ella tiene la cabeza apoyada sobre su mano derecha, el codo sobre la mesa. También cierra los ojos. El Garby's se apaga para ambos y se apaga para el mundo. Son ya las dos de la mañana. Son las tres y él está diciendo eran cuatro mujeres y se aburrían, una de ellas me invitó a tomar un copetín, todas se desnudaron. Volví sábado tras sábado, las cuatro para mí solito, en todas las posiciones, por todos los orificios, también las cuatro entreveradas sólo para mí, para mis ojos.

Ella escucha un dolor infinito detrás de tanto goce. Y a la inversa. Ella sabe de palabras sin saberlo.

Son las tres y media y él dice: también vine a causa del mar. Entonces vamos a verlo, al mar, propone ella en una de las pocas veces que abre la boca. Hará un viento helado. Qué importa, usted vino a ver el mar y debe verlo, usted no es de quienes no hacen lo que vinieron a hacer.

Ella es algo disléxica. Alguna vez escribió mal la palabra mar, escribió amr, y por lo tanto sabe qué está queriendo decir él sin proponérselo.

Van por la larga costanera desolada, azotada, y no tienen más remedio que abrazarse para no salir despedidos por el viento. Se abrazan y se abrazan. Caminan unos pasos, él con su bolso colgándole del hombro, y se abrazan. Él como a una tabla de salvación, ella aceptando el abrazo con todos los recaudos, entendiendo que es parte de su nuevo oficio y nada pero nada tiene que ver con eso que algunos llaman sentimientos.

Ojo, se dice ella en el camino frente a ese mar invisible pero oh tan desaforadamente audible. Ojo, se repite, éste no es un cliente, es un paciente, un desesperado más, yo no me engancho.

También es un cliente. Él le propone, y por muy buena suma, ir a un hotel a pasar juntos lo poco que queda de la noche y quizá la mañana. Para dormir nada más, dice, y no la besa.

Esto es otra cosa, piensa ella, así está mejor, piensa, es una suma interesante y no veo por qué no, al fin y al cabo. Tan sólo dormir puede resultarle a él poco estimulante, mejor darle algo por su dinero, y entonces le baja la mano por el pecho e intenta metérsela dentro del pantalón pero él con toda delicadeza se la retira y le dice no, ahora no, para nada, hoy a la noche puede ser pero quizá no con vos, ni te tomés la molestia.

No fueron al Imperial ni al otro hotel de cuatro estrellas. Caprichos del cliente, a ella qué le importa. Si él logró emocionarla en algún momento del Garby's, ahora ya todo ha retomado el cariz de la rutina. Darse nombres falsos, anotarse en recepción como si fueran otros, él siempre con su bolso a cuestas para que la cosa tenga un mínimo toque de credibilidad, y también por eso de la estúpida credibilidad él se registra por dos noches y paga al contado.

Una vez en la pieza, ella entra en acción. Sabe comportarse como lo que es, ahora, en esta tesitura, pero él no se lo agradece. La rechaza. A ella le da bronca. Ella entonces con gran esfuerzo abre las compuertas de sus palabras, las de ella que son en realidad las de él, las que él le fue largando a lo largo de la noche en el Garby's. Le describe la escena y allí está él tomando copetines con cuatro mujeres jóvenes pero no tanto, cuatro mujeres que saben lo que hacen y una a una se le van desvistiendo en las narices, trago va trago viene, oh qué calor hace, hace tanto calor acá, gime ella como habrá gemido alguna de las cuatro, gatunamente, desvistiéndose ella también mientras le devuelve a él su propia historia con una riqueza insospechada de detalles.

Él se ha sacado los pantalones, ella no lo toca. Ella se mueve en extraña danza desdoblándose en cuatro mientras se pregunta qué tendrá él en el bolso que metió en el placard. Como si a ella le importara. Él cerró el placard con llave y se guardó la llave en el bolsillo de la camisa. Él se echa en la cama con la camisa puesta, como cota de malla. Ella sigue con su historia.

De golpe él la interrumpe. Dejáme dormir, le dice, después me seguís contando, es lo que quiero pero ahora quiero dormir hace tanto que no duermo dejáme dormir así acurrucado vení tengo un sueño de años después será otra cosa y me seguís diciendo todo lo mío.

Después se va a ir usted con otra, eso dijo, le recuerda ella.

Qué importa lo que dije, te pago doble, no te preocupés, quiero tenerte a mi lado, quiero quiero quiero. Necesito dormir.

Ella reconoce necesidades más imperiosas que otras. Sabe que dormir no es la necesidad más imperiosa de él, ahora, pero tampoco lo es coger y cuál será, y sin embargo él empieza a roncar, ahí no más en la cama a su lado, dándole pudorosamente la espalda eso sí, mirando la pared.

Ella no puede conciliar el sueño aunque lo intenta. El hombre —perdón, el cliente— la intriga. Más aún, la exacerba. Dos modalidades que no debe permitirse. El cliente es una rata, como todos. El hombre es una rata. Y qué, ella está allí para ganarse el sustento y punto. Sin contemplaciones. Sin complicaciones de ninguna índole.

El hombre/cliente en cambio parecería tener más de una complicación e intenciones ocultas. Vaya una a saber y qué me importa. En su bolso quizá esté la clave del asunto. No es asunto mío. Yo cobro, me voy, me desentiendo, y listo.

Debe de ser tardísimo a juzgar por el hambre que la atenaza. También al cliente. Él, al verla abrir los ojos, le pregunta si quiere comer algo. Ella hace sí con la cabeza y él descuelga el teléfono y empieza a hacer el pedido. Se ve que se ha levantado hace rato y ha estado consultando el menú. A ella no la consulta, pero le va gustando lo que él pide.

Ella va al baño, se viste, se arregla, cuando sale lo encuentra a él con los pantalones puestos. En cuanto terminen de almorzar seguramente él partirá en busca de alguna o algunas que le resulten más apetitosas y ella se sentirá a salvo, siempre que él le pague lo prometido. Él se irá con su bolso a otra parte así como con sus intenciones aviesas. Una y la misma cosa.

Él ha pedido vino, centolla pelada, sándwiches de lomo. Ella recibe la bandeja, él paga la adición. Comen y el comer los alegra. Él por primera vez en todas estas largas horas de estarse visteando como duelistas con cuchillos mellados, ríe. Y ella siente que se le abre el canal de las palabras y se larga a hablar de cosas que nada tienen que ver con lo de él. Tienen que ver con ella, con sus sueños. La centolla, dice, vine a Comodoro por este bicho mítico para mí, inalcanzable.

—Los aviones se inventaron para trasladar también alimentos —ríe él.

—Por supuesto. Pero en Rosario es carísima. Me hablaron, no más, nunca hasta venir acá había podido probarla.

—¿Te gustó?

—Me iluminó por dentro.

Él quedó con el tenedor en el aire, después dejó que ella terminara la centolla. Y esperó verla toda iluminada por dentro, quizá como esa Virgencita de Luján que le habían regalado de chico, esa imagen tan poco agraciada a la luz, totalmente de yeso y casi sin forma hasta que la oscuridad le devolvía toda su fosforescencia y sus pliegues y colores. Aquí no crecen los colores, le había dicho el barman del aeropuerto, o algo por el estilo. Pero esta mujer a su vera, deleitándose con las últimas hebras de centolla, relamiéndose, de golpe brillaría con toda la luz y los colores del mundo y él perdería la opacidad de los últimos años, junto con ella se volvería radiante. De dicha.

Me iluminó por dentro, había dicho ella y él ahora se larga a reír y reír con mucho de llanto dentro porque —no se lo puede ni quiere explicar a ella— advierte haber llegado a un punto donde toda metáfora parecía reemplazar la verdad literal, verdadera, EVR, mientras la vida real pasa por otra parte y esta mujer allí, con su sonrisa radiante sí pero sin la luminosidad interna prometida, sin la salvación ni nada.

Ella después de la risa se prepara para irse. Terminar ya con esta farsa o mejor dicho con este hiato entre una farsa y otra. Dejar la pieza de hotel, dejarlo a él para que pueda ir a buscarse una putita joven, las cuatro putas señoras de sus sueños treintañeros, mientras ella zarpa a gastar los buenos billetes prometidos antes de que suenen las doce y empezar así el año 2000 con zapatos nuevos, por ejemplo, y hasta quizá con un nuevo abrigo.

Ella estira la mano para reclamar la deuda, él le toma la mano y la retiene. No te vayas todavía, le pide.

—Págueme no más lo que quiera, le dice ella. Ya son las siete de la tarde, es hora de que usté vaya armando sus festejos. Hoy es mañana, hoy ya es la víspera de lo que vendrá: el año nuevo, el siglo nuevo, el anticristo o como quiera llamarlo. No todos los días se entra al año 2000, sólo se entra hoy. Aprovéchelo.

—Vos tendrás tu programa...

—Yo no tengo nada y no me importa. Me alegro. De que sea así, quiero decir. Lo único que tengo es tiempo y no quiero malgastarle el suyo.

—También yo. Lo único que tengo es tiempo y no lo quiero. Quedáte. Habláme, pedimos más centolla. Champán si querés.

—No. No es eso lo convenido.

—Mirá, te doy todo lo que tengo pero quedáte y habláme. Hace mucho que...

—Hace mucho que no escucha palabra alguna. No me quedo, no me interesa.

Él fue al perchero, sacó la billetera de su abrigo:

—Tomá. Tomála, te doy todo lo que hay acá y es bastante más de lo convenido. Quedáte.

—¿Y vos? —pregunta ella deslizándose en el tuteo sin querer, bajando la guardia.

—Qué importa, en fin, se inventaron las tarjetas de crédito, ¿no?

Ella vuelve sobre sus pasos y se sienta en la cama. Se desabrocha la blusa a pesar del viento que sopla afuera. El abrigo y la cartera los deja caer al piso. Está triste.

Cierra los ojos para no ver el silencio. No ha tocado la billetera. Él se acerca muy silenciosamente a ella y le pone una mano sobre la nuca.

—La plata es tuya —le dice él muy quedamente como si le estuviera hablando de temas íntimos—. Es toda tuya, hay más de lo que te imaginás.

—No quiero ganarme la plata así, sin haber hecho nada, escuchando solamente.

—Así se la ganan tantos. Abogados, analistas, médico. Sí, hasta médicos.

—Yo soy enfermera, dice ella muy a su pesar, como si sólo el ser enfermera la justificara. Bueno, en realidad —corrige— fui enfermera en una época pero ya no.

—Con razón me gustás —confiesa él también a su pesar y permitiéndose reconocer, por primera vez, que ella no obstante sus años y su distancia y esa como dureza, le gusta; o quizá por todo eso le gusta.

—Así que —agrega él como quien vuelve a tomar las riendas— ahora vamos a hacer una siestita, pero a las diez de la noche me despertás para hablarme más sobre las mujeres a la hora del copetín, el tiempo va a ser nuestro, todo nuestro, yo te voy a, vos me vas a. Como nunca. Despertáme, no te olvides. Si te olvidás te mato.

Ella no tomó en serio la amenaza de él pero quedó pendiente del reloj. Y para mitigar la espera y no sentirse como una idiota romántica tomó la billetera de él y contó los billetes. Es cierto, había más de los convenidos pero no tanto más, tampoco. Se puso a hacer cálculos. Para matar el tiempo y no preguntarse nada más sobre el durmiente ni hacerse ilusión alguna empezó a imaginar la lista de lo que compraría con la plata. Nada utilitario figuraba en la lista, nada utilitario en esta última noche del milenio. Ni pagar la renta ni la nueva estufa. Sábanas nuevas sí, eso sí, bellas sábanas para ella sola en su pieza de pensión donde nunca nunca entraría cliente alguno.

A las diez de la noche en punto empezó a despertarlo muy suavemente, acostándose a su lado y pasándole la mano por la espalda. Cuatro bellas mujeres maduras te invitan a tomar el copetín los sábados al caer la tarde, le recuerda. Vos vas aunque estés casado y bien casado, adivina ella sin que él se lo haya dicho o insinuado.

—Esperá un momento —dice él—. No te movás, una cosa, y me seguís contando, con ganas me seguís contando ¿eh? Yo tengo unos treinta años.

En el baño él se encierra con el bolso. A ella qué le importa, ella no se siente insultada o sospechada. Él se demora muchísimo en el baño, se oye correr el agua, y cuando sale por fin con el pelo mojado lleva puestos los mismos calzoncillos de antes. No se ha afeitado. Ella le dice:

—Son las once pasadas, van a empezar los festejos. No serán gran cosa acá pero es lo que nos toca. El momento es importante, podríamos ir a...

—No. Tengo planeado otro festejo mucho mejor —dice él y empieza a desvestirla y la agarra de los pelos—. Vamos a hacer el amor como nunca en tu vida. Te voy a hacer gozar hasta que no puedas respirar, puta, turra, turrita de mierda, vieja chota, y me vas a pedir más, mucho más y yo te voy a dejar sin habla, sin resuello, te voy a dar. Y después esto, lo único que te exijo es esto:

con tus últimas fuerzas, cuando acabe con vos, te llenás la bañadera y te das el baño más lujoso de tu vida. Ahí te dejé la espuma, de lo mejor, la mejor de todas las espumas. Vos te sumergís en la bañera y te quedás ahí todo el tiempo necesario hasta que te vuelvas blanca y pura y limpita, pero limpita como nunca estuviste, que así te quiero ver cuando vuelvas a esta pieza. Tomáte mucho tiempo en la espuma, no voy a querer verte por un buen rato. Y cerrá bien la puerta del baño. Cerrála con llave.

A ella no la inquietan propuestas estrambóticas. Conque eso tenía en el bolso, un frasco de espuma, pura espuma todo él, en el hospital usaban un puñado de sal gruesa y un mínimo chorrito de lavandina, mucho más relajante. Pero este hombre trae espuma, es pura espuma y promete como todos: te voy a reventar de gozo, perra, te voy a hacer pedir más y más y más, no vas a poder ni moverte, puta, vas a ver lo que es bueno, lo que es un hombre, vas a recibir el pijazo mejor de la historia, todas esas cosas, y ojalá. Te voy a lamber toda, te voy a. Promesas tantas veces escuchadas. Ella está abierta a toda sugerencia, a qué negarlo, bien quisiera, y en más de una oportunidad la cosa se puso bien candente, pero bueno, no como con el jefe de cirugía, el muy ciruja, y después vuelta a la rueda y son todos iguales. Mierditas ostentosos que se mueren de susto cuando una dice su placer y pide algo.

—Tengo preservativos en la cartera, le dice a él que en medio de tanto fragor parece haber olvidado el detalle.

—Yo no uso.

—Es así o nada.

—Conmigo no corrés riesgo alguno. Hace años que no. Conmigo no.

Ella le ha visto la cicatriz bajo la tetilla izquierda, ella entiende de esas cosas y le cree.

—No te arriesgues vos entonces. Qué garantías podés tener —le dice con toda sensatez a su cliente.

—No me importa. No me importa nada, no me.

Y se le tira encima, y aquello que hasta entonces parecía dormido sacude las plumas y se echa a volar con alborozo, así, sin manipulación alguna, sin esfuerzo de su parte, no por nada le dicen el pájaro, piensa ella a su vez alborozada y expectante.

Todo aquello que le vinieron prometiendo desde siglos atrás, todo desde el comienzo del mundo, todo lo que empieza y termina y vuelve a resurgir en oleadas intensísimas se da ahora. Ella rueda por arenas de oro, es un tambor vibrante, es una cuerda, resuena con clamor de las esferas, se abre y se cierra y el aire en bocanadas se le mete muy hondo y la infla y la eleva, ella vuela con el pájaro ese que la lleva ensartada, gira y grita de placer, de dicha, sabe que hay otro allí volando con ella dentro de ella alrededor de ella y son lo mismo, ella y el otro, una súbita catarata que se va afinando y después un latido interno, denso, persistente.

Ha quedado transpirada y ahíta sobre él. Él la aparta con un dejo de fuerza, logra soplarle:

—Me prometiste...

Ella sabe que irá hasta el baño, dejará correr el agua en la bañera, la colmará de espumas, será como el mar al que sólo pudo acercarse con él de noche, la espuma también la lamerá toda, se le meterá por todos los intersticios y no será lo mismo.

Se queda horas en la bañera regodeándose en la tibieza, en un bienestar tan olvidado del cuerpo.

Después empieza a secarse frente al espejo de la puerta del baño y empieza a verse con nuevos ojos.

—Soy linda —le dice a su imagen.

Su ropa está allí al alcance de la mano. Se va vistiendo lentamente, mirándose, apreciándose. El tipo quizá quiera seguir durmiendo hasta el día siguiente. Ella no, ella quiere festejar, ahora más que nunca. En el Garby's ya todos deben estar en pedo pero seguirán festejando y festejando a lo largo de la larga noche aunque sólo esté allí la gentuza de siempre. Ella ahora tiene unos pesitos de más y los va a poder convidar a todos con sidra. El tipo dijo que iba a pedir champán pero no importa, por eso no vale la pena quedarse, él ya cumplió su cometido y con creces, ella cumplió el suyo, los dos tienen motivos de más para estar contentos, a sus años y dadas las circunstancias.

De dónde habrá sacado él tantos bríos, tanto fragor macha- zo, se pregunta mientras acaba de vestirse; un tipo que parecía tan apático, tan poco estimulado, un sofaifa cualquiera y de golpe ¡shazam! Superman de la catrera. En el fondo a ella qué le importa. Se echa encima las últimas gotas de perfume y piensa que ahora, con suerte, podrá comprarse una botellita de extracto francés.

En la penumbra de la pieza él parecería seguir durmiendo, boca arriba. Ella se acerca para decirle chau, y quizá hasta para decirle gracias, pero a los pocos pasos nota la espuma que le sale a él de la boca y sabe. Él está muerto.

Su primer impulso es el de sacudirlo, llamarlo a los gritos, quizá hacerle respiración boca a boca o un masaje cardiaco, pero se contiene a tiempo. Le toca la frente con extremo cuidado y la frente está bien fría. Ya es tarde para cualquier intento y además qué, ella ya no es enfermera, no es la buena samaritana que quizá sin quererlo alguna vez supo ser, es ahora una puta barata que se encuentra ahí con un fiambre y algo debe hacer antes de que la metan en líos. Pobre tipo, pero ahora no estamos para estas consideraciones. Vuelve al baño a revisar un poco y claro, en el tacho de desperdicios está la cajita vacía de la píldora azul. Remedio para las disfunciones eréctiles como le dicen, ahora entiende el súbito ardor de él, debió haberlo imaginado. Imbécil, con su múltiple by-pass o lo que mil carajos le hayan hecho al corazón. Boludo y mil veces boludo, hijo de mil putas quisiera gritarle a voz en cuello pero más vale calladita, eh, más vale pensar rápido porque no es cuestión de complicarse la existencia.

Hacerle justamente eso a ella. Venirse de tan lejos para hacerle eso a ella, nada menos. Poco a poco ata cabos y no puede más de la bronca que siente. Puede irse y dejarlo allí plantado, volverse a la capital, total él pagó la pieza un día más y ella colgará del picaporte de la puerta el cartel de No Molestar y tomará el primer avión y se irá a cualquier parte. A empezar de nuevo. Algo de guita tiene entre lo ahorrado y lo que él le dio. Sí. Que reviente. Ella se va y él allí queda a juntar moscas como se merece. Al menos se hubiera buscado sus cuatro mujeres, tomado copetines, la habría pasado bomba. Aunque mal no le fue después de todo, acabó con ganas, y ella le hizo honor a sus eyaculaciones.

Y ahora esto. Sólo espuma. Espuma en la boca. Hasta el más infeliz de los detectives la encuentra a ella y le carga la culpa. Más vale alejarse del todo, irse a Brasil, qué se yo, a Venezuela, lo más lejos posible.

Él debe tener alguna identificación, ¿quién será? ¿Y a mí qué me importa? Quizá tenga más guita en alguna parte.

Ella conoce la rutina y afuera hace frío, cosa que por primera vez agradece: tiene guantes en la cartera. Se los calza para empezar a hurgar en los bolsillos de él. No encuentra nada y es raro, sólo una lapicera, algo de cambio suelto. Ni tarjeta de crédito ni documento ni papel alguno. Pero claro, qué la asombra se dice ella confirmando por fin la propia inteligencia. Que la asombra, si él tenía su plan muy bien urdido. No dejar rastro alguno. Un suicida anónimo, carajo, y le tenía que tocar a ella. De tanto ardor provocado él se le pudo haber muerto encima, adentro, y ella tratando de acabar con un fiambre, cerrando así su mierdoso círculo.

Con saña se arroja sobre el bolso que él dejó sobre una silla. Ya no es cuestión de andarle respetando intimidad alguna al sofaifa ese, y en el bolso oh sorpresa sólo encuentra dos libros gordos, un cuaderno, una muda de ropa, un par de zapatos, una sevillana.

Una navaja, qué raro se dice ella, ya nadie usa navaja.

Pone todos los elementos sobre la mesa, al lado de las sobras del banquete. Los libros no parecen decirle nada. El cuaderno está en blanco. Los calzoncillos, la camiseta, el par de medias, usados pero limpios, como los zapatos. Y la sevillana. Se queda mirando todo largo rato para no mirar al muerto, y de golpe entiende.

Es inteligente, no más. Supo usar la sevillana para cortar con sumo cuidado el forro del bolso y ahí aparecieron los billetes, de cien dólares, muchos más de lo que imaginó jamás, unos contra otros como entretela, hasta contar ciento sesenta. Es decir dieciséis mil dólares y no hay error, los contó y los recontó un montonal de veces, los puso en pilitas, en paquetitos de a mil dólares, de todas las formas y sí, dieciséis mil verdes y todos para ella.

Ya que estaba en las matemáticas, calculó: son las 2:15 de la mañana, él pagó por dos días y llegamos hará unas veinticuatro horas, tengo hasta mañana al mediodía. Me debo apurar pero no desesperar. El primer vuelo a la capital sale a las 8:23, tengo tiempo, y después que me echen los galgos. Acá me llamo Silvia López y en ninguna otra parte. A las 8:23 Silvia López se esfuma y recién a eso de las doce empezarán a llamar para pedir que deje la habitación y cuando él no conteste, no conteste...

Yo estaré lejos.

Ya empiezo a ir estando lejos. Ya me calzo el abrigo, ya meto los fajos de billetes en los bolsillos secretos de mi abrigo. Nunca se pueden tomar suficientes recaudos con los clientes, pero nunca de los nunca jamases pensé en semejante cantidad de dinero y los bolsillos están que revientan y parezco un canguro. No importa. En una noche como ésta nada importa. Hoy empieza otra era. Para mí más que para nadie.

Me voy feliz a pesar del muerto. Me voy sin pensar en el muerto pero en el rellano le digo chau, muy suavemente, muy bajito, y vaya con dios, le digo, que es lo único que se puede decir en estas estúpidas circunstancias.

De recuerdo no solamente me llevo tus verdes. También el cuaderno y la navaja.

Primero de enero del año 2000. Somos cuatro los que abordamos este vuelo. Ninguno tiene cara de santito, yo tampoco. No es fecha para pedir algo mejor. Lo que me restaba de la noche lo pasé juntando mis petates, metí en una valija toda mi ropa que no es tanta, también la navaja para no dejar *corpus delicti* en el camino, saldé mis deudas en la pensión y dije que me iba a casa de una hermana enferma, acá nadie pregunta demasiado, a nadie le importa, no quise llamar la atención pero igual tomé un taxi porque un día como hoy... Ahora en el avión me pregunto de dónde habrá sacado las lucas verdes el sofaifa, a quién se las habrá afanado. Que reviente. Ahora están en buenas manos. Él no podía ignorar en qué baile se metía, no digo con lo de los verdes, digo con su pildorita infame. Yo voy a ser una duquesa, me voy a Angra dos Reis donde siempre quise ir, me voy al spa a darme todos los baños de espuma del mundo sin que nadie me mande, me voy a recorrer Brasil y a tomar caipirinhas como contó la enfermera en jefe, esa vividora. O no. Mejor hago bien mis cálculos, con unos doscientos dólares por mes puedo vivir en un pueblito de pescadores cerca de Fortaleza, eso hizo aquel residente jovenazo, y así por los años de los años sin tener que preocuparme por trabajo alguno, honesto o del otro que tuvo lo suyo mientras duró. Tuvo esto. Me alcanza para un montonal de años. Eso es. Estupendo. En aeroparque me tomo el primer vuelo al Uruguay, si no hay vuelos me cruzo en aliscafo, de allí derechito en ómnibus a mi Brasil brasileiro hasta dar con el pueblito que más me convenga. Ya voy a estar en el extranjero cuando traten de despertarlo al sofaifa ese y no lo logren.

Soy más que inteligente. Soy brillante. Y hoy me llegó la suerte.

Eso cree ella.

¿Por qué se quedó entonces con el cuaderno en blanco del sofaifa, como llama ella al pobre finado?

Ahora la vemos en pleno vuelo a BAires a ocho mil metros de altura escribiendo febrilmente algo que parece ser una carta. Ahora la vemos dirigirse al baño del avión con el abrigo puesto y eso que la calefacción está funcionando a pleno.

Ahora no la vemos más ni nos interesa.

Epílogo

A las seis de la tarde del primero de enero el Garby's en Comodoro Rivadavia está cerrado, más que cerrado, hermético. Pero cierto resplandor de luz y por ende de vida fluye desde dentro, y alguien está golpeando desesperadamente las ventanas, una tras otra, con una urgencia inaudita. Los que están dormidos sobre o bajo las mesas se sobresaltan y le gritan al barman que vaya a ver qué pasa. El barman arrastra su curda y su agotamiento hasta la puerta y allí se topa con una mujer de muy buen lomo a la que no tiene fuerzas para homenajear como es debido. ¿Qué..? empieza a preguntar, y ella le pone en las manos un envoltorio, como si estuviera hirviente.

—¿Usted es el barman, no? No lo niegue, lo reconozco. Este paquete me lo dio una pasajera esta mañana y me hizo jurar por mi madre y por todo lo más sagrado que se lo haría llegar a usted esta misma tarde. El vuelo de regreso se demoró pero acá estoy. Soy sólo la azafata. He cumplido.

El barman se ve en la obligación de despertar del todo. Desencurdelarse. Tomarse un café triple y encender una buena luz y ponerse a leer la carta. Porque al abrir esa bolsa de plástico, toda mal atada con cintas y piolines, se le cayeron encima crocantes billetes de cien dólares y sintió que había llegado la hora de despejar los vahos del alcohol.

La carta empieza diciendo:

"Barman de mi corazón, sólo en vos puedo confiar, vos viste cómo nos conocimos anteayer."

Después sigue una larga saga sobre las noches del 30 y del 31 de diciembre del año, del siglo, del milenio anterior, y habla de un encuentro y de una muerte que fue en realidad una extraña forma de suicidio.

Y al final aclara: "dejé al muerto en el hotel, no sé quién es él ni cómo se llama. Nos dimos, yo por Comodoro siempre di, nombres falsos. Habrá que comprender. Pero lo que sí sé y quiero es que le den a él cristiana sepultura. Y por si no encuentran a sus familiares como seguramente no los encontrarán (¡la policía y los jueces son tan inoperantes!) y aun si los encuentran, aquí van seis mil dólares para pagarle el entierro. Con todo el boato y la pompa que el difunto se merece. Y no te guardés la guita para vos como no me la guardo yo, porque en ese caso me encargaré de que caiga sobre tu cabeza toda la maldición del mundo y un poco más también, de yapa".

El final de la carta está húmedo, casi ni se lee la firma, está como empapada en lágrimas.

—Vaya, carajo —rezonga el barman del Garby's— las cosas de la emoción no hay que envolverlas en bolsa de plástico. Después se empaña todo.

Cuentos completos y uno más terminó de imprimirse
en agosto de 1999, en Litográfica Ingramex, S.A. de
C.V. Centeno 162, Col. Granjas Esmeralda, C.P. 09810,
México D.F. Composición tipográfica: Fernando Ruiz.
Cuidado de la edición: Sandra Hussein, Astrid Velasco,
Gonzalo Vélez y Rodrigo Fernández de Gortari.